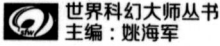
世界科幻大师丛书
主编：姚海军

镜舞

[美]洛伊斯·比约德 著　昂智慧 译

四川科学技术出版社

MIRROR DANCE by LOIS MCMASTER BUJOLD
Copyright: ⓒ 1994 by LOIS MCMASTER BUJOLD
this edition arranged with THE SPECTRUM LITERARY AGENCY
through BIG APPLE AGENCY,INC.,LABUAN,MALAYSIA.
Simplified Chinese edition copyright：2018 SCIENCE FICTION WORLD
All rights reserved.

图书在版编目(CIP)数据

镜 舞／[美]洛伊斯·比约德 著； 昂智慧 译
成都：四川科学技术出版社，2018.5
(世界科幻大师丛书／姚海军 主编)
ISBN 978-7-5364-9072-7

Ⅰ.①镜… Ⅱ.①洛… ②昂… Ⅲ.①科学幻想小说－美国－现代
Ⅳ.①I712.45

中国版本图书馆CIP数据核字(2018)第107320号
图进字：21-2017-31

世界科幻大师丛书

镜 舞

出 品 人	钱丹凝
丛书主编	姚海军
著 者	[美]洛伊斯·比约德
译 者	昂智慧
责任编辑	宋 齐
封面绘画	赵恩哲
封面设计	施 洋
版面设计	施 洋
责任出版	欧晓春
出版发行	四川科学技术出版社
	四川省成都市槐树街2号出版大厦　邮政编码：610031
成品尺寸	140mm×203mm
印　　张	18.75
字　　数	410千
插　　页	2
印　　刷	四川省南方印务有限公司
版　　次	2018年9月成都第一版
印　　次	2018年9月成都第一次印刷
定　　价	66.00元

ISBN 978-7-5364-9072-7

■ 版权所有·翻印必究 ■

■本书如有缺页、破损、装订错误，请寄回印刷厂调换。
厂址：四川省眉山市彭山区彭祖大道南段135号　邮编：620860

致中国读者

1982年,我在美国中西部的一个小镇开始写作我的第一部小说(也是"迈尔斯"系列的第一部)。那时的我无论如何也想象不到,我的小说有一天会在中国出版发行——这种想法本身就是科幻小说,好像当时描述二十一世纪的某些小说一样。

是啊,可现在……

现在,我们大家都已置身未来。尽管这个未来仍旧没有月球基地,没有飞行轿车,但却实现了许多奇迹,覆盖我们生活的方方面面。这个世界还不完美,也许永远不会,但事实证明,比起二十世纪中期,我在饱受核弹威胁的青年时代读到的某些科幻小说中所描写的世界毁灭的凄惨前景,现在这个世界光明得多。现在似乎没有人在放射性废墟中四处爬行、对抗异种——就算真有这种事,数量也不多。相反,我们发现自己正处于人类历史上思想和艺术最为繁荣丰盛的时代。当然,这些思想或艺术并不一定都是好的,但数量确实庞大,我们可以从中选择。"数量本身就是一种质量",这句老话还是有道理的,尤其是涉及信息时,这句话更妙、更对,不能仅仅看成英语中一个小小的文字游戏。

"迈尔斯"系列故事不是那种板起面孔的科幻小说(我希望我的小说能做到诙谐、机智),而是那种将读者带到另一个世界的冒险故事。首先,它应该能让我自己高兴;其次,它能使任何愿意参加这次冒险的读者感到高兴。我感到欣慰的是,许多读者从中得到了快乐。自从最初的三部于1986年付印以来,这个系列在美国不断重印。"迈尔斯"系列的十四部小说已经被译成十九种文字。同时,这些书还荣膺众多奖项,让我倍受鼓舞。

尽管"迈尔斯"系列是以银河空间为背景演绎的冒险故事,但这套科幻小说系列中的科学背景和情节更侧重于生物、遗传和医药方面,致力于探讨这些领域的发展进步对社会结构和两性关系——尤其是对我的主人公们忙碌的生活——所造成的影响。我的同行弗诺·文奇提出了"超人剧变"理论,认为在不久的将来,人类的形态将会改变得超乎我们的想象。我对这种观点并不十分赞同。作为一个人、一个母亲,我深切地体会到,人类受制于自己随时光流逝不断改变的身体,这种制约是极难撼动的。在我看来,"超人剧变"理论只对一种人有吸引力:希望自己一出世就具有二十二岁成年人的外形与心智的人,这种理论会让他们把长大

致中国读者

成熟的过程中所需要付出的所有努力(多数并非他们自己的努力)轻松抛诸脑后。对于"剧变",弗诺·文奇的理论阐述得十分精辟。但我怀疑现实中的变化将大大不同于他的理论,而且不会那样猛然改变。在我自己的作品中,我试着向广大读者指出:未来将出现许多不同的生活方式,互相依存、互相竞争,不会出现单一的、普适性的模式。

我很早就开始阅读系列书籍,总是苦于难以将大部头系列中的情节顺序理清,有时甚至毫无头绪。所以当我自己进行小说创作时,我最先考虑的就是让这些故事既能独立成篇,组合起来又构成一个系列。作品的翻译顺序比在美国上市的顺序更让人难以捉摸,但我的做法获得了成功,使世界各地的读者不再受作品先后次序的困扰。我设法让系列小说中的每一本都有合理的开端、发展和结局;在提供背景时,我尽量避免笨拙冗长地复述前面的故事情节。这种做法的好处就是:无论以什么样的顺序阅读,这一系列都能为读者提供悬念和惊喜。

有读者朋友给我发来电子邮件,说"迈尔斯"系列的顺序似乎没个定数,无论依照哪种顺序开始阅读,都能很好地融入到情节中去。但究竟哪种顺序是最合适的?读者朋友们对此一直争论不休,而且乐此不疲。现在,我已经学会在因特网上用Google搜索我的名字时,如何在一些我根本不认识的文字和字母中将"'迈尔斯'系列小说的阅读顺序"辨别出来——仅仅观察小说标题的排列就可以了,我也由此了解到各国读者对我的系列小说的阅读顺序的看法。

而作为作者,我的个人意见就是:从手头有的开始,一直走

III

下去。对于生活来说,这也是一条不错的忠告。

最后,很高兴科幻世界杂志社将我的作品介绍到中国。衷心希望在这个全新的二十一世纪,迈尔斯、他的家族、他的朋友、他的敌人(这是他永远向前的动力)能够将悬念和愉悦带给我全新的中国读者。

洛伊斯·麦克马斯特·比约德
2004年10月于明尼苏达州伊代纳

比约德:一个传奇

姚海军

2004年9月6日,美国波士顿喜来登大酒店,第六十二届世界科幻大会雨果奖颁奖典礼的现场座无虚席。大会进行到了压轴戏——主持人宣布雨果奖最重要的"最佳长篇小说奖"的最终得主。当"洛伊斯·麦克马斯特·比约德"这个名字在会场上空响起时,掌声和欢呼声顿时淹没了一切。

虽然行前对比约德和她名下的一系列热销作品不乏了解,这样的火爆场面还是大大超出了意料。那一刻,我真正体会到了一个科幻小说作家的魅力和她所带给人们的快乐。

对大多数国内读者来说,比约德可能是一个陌生的名字,但在美国,她却是继海因莱因、阿西莫夫之后最具知名度的科幻作家之一。凭着规模庞大的"迈尔斯"系列小说,她不仅重现了太空歌剧的辉煌,也奠定了自己一流科幻作家的地位。

在比约德之前,太空歌剧已经成为科幻小说史上一个逝去时代的象征——那个时代铭记的是E.E.史密斯、范·沃格特这样的名字。是比约德,复活了太空歌剧,赋予它新的内涵与活力,让我们有机会在一个崭新的时代重温太空时代的传奇与梦想。

在成为一位作家之前,比约德是个典型的书迷,因而她的创作特别注重故事性。比约德的世界中独创性的想象不多,但她的故事曲折、细腻、轻松、睿智。这种极具亲和力的特质使她拥有了难以数计的读者,同时也成就了她本人的传奇。这个传奇可以用她的名字出现在世界两大科幻奖颁奖典礼上的频率来概括:

1989年:《自由下落》(Falling Free)进入雨果奖最后角逐,获星云奖;

1990年:《悲悼的群山》(The Mountains of Mourning)获星云奖及雨果奖;

1991年:《气象播报员》(Weatherman)进入星云奖最后角逐;《贵族们的游戏》(The Vor Game)获雨果奖;

1992年:《贝拉亚》(Barrayar)进入星云奖最后角逐,获雨果奖;

1993年:《太空人巴纳克尔·比尔》(Barnacle Bill the Spacer)进入星云奖最后角逐;

1995年:《镜舞》(Mirror Dance)获雨果奖;

1997年:《记忆》(Memory)进入星云奖及雨果奖最后角逐;

2000年:《平民战争》(A Civil Campaign)进入星云奖及雨果奖最后角逐;

2002年:《卡里昂的诅咒》(The Curse of Chalion)进入雨果奖最后角逐;

2003年:《外交豁免权》(Diplomatic Immunity)进入星云奖最后角逐;

2004年:《灵魂骑士》(Paladin of Souls)获雨果奖、星云奖双奖。

2017年:迈尔斯系列(The Vorkosigan Saga)获雨果奖最佳系列奖;

2018年:五神世界(World of the Five Gods)获雨果奖最佳系列奖。

七次捧得雨果奖奖杯、三次捧得星云奖奖杯——比约德创造了世界两大科幻奖历史上的一个奇迹。而尤其值得一提的是，五座雨果奖奖杯中，竟有四部属于"迈尔斯"系列——由此可见"迈尔斯"系列的巨大成功。

　　作为比约德地位的象征，"迈尔斯"系列目前已经出版到了第二十三部（截至2018年）。这些作品，都得到了世界著名网上书店Amazon的四星以上推荐以及各种媒体的好评。

　　比约德是一位谦谨、优雅、热情的女士，在世界科幻大会丰富多彩的活动间隙，我和我的同事们与她进行了两次短暂交流，她非常高兴她的"迈尔斯"系列能够在中国出版，还主动为我们介绍其他科幻作家和出版商，这一切给我们留下了美好的回忆。我很荣幸能够有机会将她介绍给国内的读者朋友。在此，衷心希望大家能够喜欢她的作品，也祝愿她的传奇持之永恒。

第一章

埃斯科巴最大的商业运输中转站的旅客大厅里,排列着一长串通信舱。舱门是玻璃的,被彩虹一样的光分割成一个个斜纹格。显然,这是根据某个人的装饰理念而设计的。这些方格被有意排列得参差错落,映出的镜像也就成了一块块碎片。一个矮小的、身穿灰白两色军服的男人,冲着镜子里自己那四分五裂的身影皱了皱眉头。

他的镜像也冲他皱了皱眉头。这身没有任何标记的雇佣军军官便服套装——短上衣和塞进高帮靴子里的便装裤——看上去无可挑剔。他开始审视军服里面自己的身体。一个挺直了身体的、侏儒般的小矮人,驼背、短脖子、大头。他这个矮小身体的上上下下,几乎没有留下任何疏忽或漏洞,所有的地方都被精心整修过:黑头发修剪得非常整齐,黑眉毛下面的灰色眼睛加深了颜色,身体的各个细小的部位也都修正过了。他恨这个身体。

那扇玻璃镜门终于滑动开来,一个女人走出通信舱。她身穿柔软的紧身束腰上衣和飘垂的裤子。一个时髦的、由贵重的电子仪器构成的武装带,穿过一条饰有珠宝的链子,优雅地悬挂在她的身体上,展示出她的身份。一看见他,她立刻停下了脚步；在他那怒气冲冲的瞪视下，她顿时显出畏惧的神色，然后她努力镇定自己，小心翼翼地走到他身边，嘟哝着说："请原谅……我很抱歉……"

他缓慢地咧了咧嘴，挤出一个似是而非的微笑，嗓子里发出一些几乎听不见的声音——这只是为了与她侧身而过时显示一点起码的礼貌。然后他按动开关重新把门关上，使自己避开别人的视线。终于可以独自一人待一会儿了，即使是在像这样一个狭窄的通信舱里，这也是最后一次独处的机会了。那个女人令人厌恶的香水味还滞留在空气里，那种香气里还混杂着一股通信站特有的气味：回收再使用的空气、食品、身体、气压、塑料、金属和清洁剂等发出的气味。他做了一个深呼吸，然后坐下来，把自己的手平放在狭小的控制台面上，努力让它们停止颤抖。

他并不完全是独自一人。这里又有一面该死的镜子，它是为了方便一些顾客，使他们能够在被全息图像设备传输出自己的外貌之前先自我审视一番。他那双带着黑眼圈的眼睛从镜子里幸灾乐祸地瞪了"他"一眼。他把自己口袋里的东西全部倒到柜台上。他所有的东西所占据的空间只比他自己的两只手掌稍稍大一点儿。他开始再一次清点这些东西，好像再数一次能够改变它们的数目似的……

一个还剩三百贝塔元的信用卡：一个人可以用这些钱在这个轨道航空站上很好地生活一个星期，或者在下面的星球上精打细算地生活上好几个月。三个假身份卡，没有一个显示他现在的身份，也没有一个显示他过去的身份。一把普通的小塑料梳子，一个数据集成块，就这些了。他把除了信用卡之外的所有东西重新放进不同的口袋里，东西放完了，空口袋还有剩余。然后他对自己不满地嘟哝起来：你至少应该带上你自己的牙刷吧……现在想起来已经太晚了。

接下来的事情更糟了。在通过身份审查之前,他神情紧张地坐在那儿,感到一阵恐慌。得了,你以前干过这个,现在你能行的。他把信用卡塞进那个缝隙里,然后敲打出事先认真记住的密码。他强迫自己再一次看了看镜子,努力使自己显得似乎漫不经心的样子。在他所有的练习中,他从来没有露出过现在这样的笑容。尽管如此,他还是痛恨这个笑容。

图像显示屏被激活了。一个女人的身影在上面显示了出来。她穿着灰白两色的军服,同他自己穿的一样,但是,她的军服上标有军衔和身份牌。她清脆地说道:"通信军官赫勒尔德,胜利号,登达立自由……公司。"

他抹了抹自己的嘴唇,然后平静地说:"请替我联系监察台的监察官。"

"内史密斯将军,你回来了!长官!"即使在这个全息图像显示屏上也可以感受到,她那挺直的身姿和灿烂的笑容焕发起一阵喜悦和兴奋。这使他仿佛受到重重的一击,"有什么情况?我们会很快出发吗?"

"在恰当的时候……赫勒尔德中尉。"(赫勒尔德)这个名字对一个通信军官来说正合适①。他努力地挤出一个微笑。内史密斯将军是应该微笑的,这是毫无疑问的,"在恰当的时候你就会知道的。现在给我在轨道中转站安排一个接应。"

"好的,长官。我会替你安排好的。奎因上校跟你在一起吗?"

"唔……不。"

---

①英语 herald,意为古代的传令官,同 Hereld 字形和读音相似。所以他这么说。

"她什么时候跟上来?"

"……过些时候。"

"好的,长官。那我就发通行证给……有什么仪器需要装载吗?"

"不,只有我自己。"

"埃斯科巴颁发的一个人员通行证,还有……"她转过身去,过了一会儿说,"二十分钟之后,在E17进站对接口将有人等候你。"

"很好。"他从这个大厅去航空站的那一边大约正需要二十分钟。他应该再同赫勒尔德中尉进行一点私下的交谈吗?她认识他,她与他熟悉到什么程度?他目前在这里所说的每一句话都将是一种冒险,可能暴露他的无知或者错误。犯错误是要受到惩罚的。他的贝塔语口音是否正确?他恨这些焦虑,他感到一阵难以忍受的恐惧。"我希望直接被送到羚羊号上去。"

"好的,长官。你希望我预先通知索恩上校吗?"

难道内史密斯将军喜欢不时地搞一些突击检查吗?得了,这次不是时候。"是的,请通知他。告诉他们做好出航的准备。"

"只有羚羊号吗?"她的眉毛抬了起来。

"是的,中尉。"这句话是用贝塔语无可挑剔的、不耐烦的神气慢腾腾地说出来的。看到她明显地变得拘谨起来之后,他暗暗地庆贺自己的成功。这句话非常有效地暗示了对她的批评,批评她没有遵守保密纪律或者行为失态,或者两者兼有,目的是阻止她提出更多的危险问题。

"好的,将军。"

"内史密斯,完毕。"他切断了线路。她在显示屏的一阵闪烁中消失了,他大大地松了一口气。内史密斯将军,迈尔斯·内史密斯。他现在又必须对这些称呼做出恰当的反应了,即使在睡梦里也不能忘记。暂时把那个弗·科西根勋爵完全丢到一边去吧;扮演好这个人的内史密斯身份就已经够困难的了。常规问题。你的名字是什么?迈尔斯,迈尔斯,迈尔斯。

弗·科西根勋爵假装成内史密斯将军。他也这样做了。这究竟又有什么区别?

但是你的真实姓名是什么?

一阵突如其来的绝望和愤怒使得他眼前一片漆黑。他眨了眨眼,恢复了视觉,并且试图使自己镇定下来。我的名字是由我的意愿所决定的。现在我就想要成为迈尔斯·内史密斯。

他离开了那个通信舱,然后大踏步地走过大厅,两条短腿不停地摆动着,使得过往的行人吃惊地注视起他来。看啊,迈尔斯。看啊,迈尔斯在跑。看啊,他还真像那么回事。他一直往前走,没有任何人妨碍他。

他弯腰走进那间安排好的人员太空舱,这是一格四人座的小型航空飞行器,舱门上的传感器刚刚显出绿色并开始闪烁,门就自动打开了。他进去之后,立即按动开关把舱门重新关上。这个太空舱太小了,无法携带重力舱。他从座位上空飘浮过去,小心翼翼地把自己安置到那个飞行员旁边的座位上。这个飞行员身穿登达立统一的灰色技术员工作服。

"好了。我们出发吧。"

当他正在系安全带的时候,那个飞行员微笑着向他敬了一个礼。从其他方面来看,这是一个比较理智的成年男子,但是他的面部神情与那个通信军官赫勒尔德一样:非常激动、全神贯注、热切地关注着他,就好像他的乘客马上就要从自己的口袋里变出什么宝物来。

当太空舱顺利地脱离航空站的控制并掉转方向,他转过头往舱外望去,只看见他们正从航空站里往浩渺的太空飞去。导航总控制台的各色交通指示灯以惊人的速度变换着,根据它们的指引,那个飞行员敏捷地穿梭航行起来。

"很高兴看到你回来了,将军。"当航道宽畅之后,这个飞行员说,"有什么情况吗?"

从这个飞行员那非常礼貌的语气来看,他应该没有什么危险。他仅仅是迈尔斯的一个普通战友,不是他的某个亲密的老朋友,也不是更糟糕的,他的某个老情人。他试图回避对方的问题,说:"到时候你会及时得到通知的。"他竭力使自己的语气显得温和而且亲切,但是又不需要提起对方的姓名和军衔。

这个飞行员发出一声好奇的感叹:"啊!"然后开始傻笑起来,显然感到满意了。

面带平静的微笑,他往座椅背上一靠。那个巨大的航空中转站被他们越来越远地抛到身后去了,它开始变得像某个顽皮小孩的玩具,然后成了几点闪烁的亮光。"请原谅,我有点疲倦了。"他更深地缩进座位里,闭上了眼睛,"到我们进站的时候,请叫醒我,如果我睡着了的话。"

"是,长官。"飞行员充满敬意地回答道,"你看起来像是会睡着的样子。"

他懒洋洋地挥了挥手,以示回答,然后假装打起瞌睡来。当他遇见某个把他当作"内史密斯"的人,他能够立刻察觉出来。他们总是面带同样一种愚蠢的、紧张与兴奋交织的神情。他们不都是崇拜者,他也遇见过内史密斯的敌人,但是,无论是崇拜还是仇恨,这些人都对他有一种强烈的反应。好像他们突然受到了某种刺激,从而展现出比他们平时强烈十倍以上的活力。他究竟是怎么做到这一点的?怎样使得这些人像那样突然焕发出光芒的?即使内史密斯确实是一个精力极端旺盛的家伙,那他又是怎样使这种活力感染到他人的呢?

那些没有把他当作内史密斯的陌生人在遇见他的时候,从来也没有像那样对待过他。他们或者是漠然而有礼貌的,或者是漠然又粗鲁的,或者单纯地是漠然的、亲密的或冷淡的。对他那稍微有些畸形的身体,明显地不正常的四英尺九英寸的身高,他们都暗暗地感到不舒服,或者显露出某种特别小心谨慎的神情。

他的怨恨使得他的双眼闪动着愤怒和痛苦。所有这一切该死的英雄崇拜或者其他的种种反应,都是冲着内史密斯来的,都是内史密斯的,不是我的……从来就没有人这样对待过我……

想到即将面对的困难,一种恐惧淹没了他心中的痛苦。贝尔·索恩,羚羊号航空军舰的舰长肯定不是一般的对手。它是内史密斯的朋友、他的舰队的高级军官和他的贝塔同乡,不错,与它见面一定是一个艰巨的考验。而且索恩已经知道克隆人的存在,两年前在地球上,他们已经在一阵混乱中见过了。虽然他们从没有面对面地遭遇过,但是一个在其他的登达立人看来不值一提的小错误,很可能就会引起索恩的疑心和联想……

即使连他们之间仅有的那一点差别,内史密斯也从他这里盗窃了去。那个雇佣军司令官现在总是公开地谎称他自己是一个克隆人。这是一个超级谎言,可以掩饰他的另一种身份,他的另一种生活。你有两种生活,他对他不在场的敌人无声地说,我一种也没有。我是一个真正的克隆人,该死的,难道我连这样一种独特身份也不能拥有吗?你一定要拿走一切吗?

不,还是想点愉快的事情吧。他能对付索恩。只要他不遇见那个可怕的奎因,那个贴身保镖和情人奎因,就没有问题。他在地球上曾经撞见过奎因,他糊弄过她一次,整整一个上午。但是不会有第二次了,他不认为会有第二次。不过现在奎因正陪着真正的迈尔斯·内史密斯,像粘胶一样粘着他呢。所以不会有见到她的危险。这次旅行不会有什么老情人了。

到目前为止,他还从来没有过情人。也许,不应该把这个也怪罪到内史密斯头上。因为在他生命的前二十年里,他实际上是一个囚犯,虽然他自己当时没有意识到这一点。过去这两年……这两年是一连串的灾难,他痛苦地承认。这是他最后一次机会。他不愿意再往远处想了。再也没有其他机会了。这一次一定要成功。

他身边的飞行员动了动,于是他把眼睛睁开一点,看到对方拉下了减速器。他们正飞向羚羊号。它从一个小点,变成一个模型,最后显露出一个宇宙飞船的模样。这艘轻型飞船上有二十名宇航员,外加压货人和一小队警卫队员。相对于它的型号来说,它的动力装置非常强,是一艘典型的战舰。它看起来敏捷、轻快,是一艘很好的飞船,飞起来潇洒极了。简直完美无缺。虽然他心情不佳,看到这艘飞船时,还是情不自禁地流露出赞赏的神情。现在是我获取、你奉献的时候了,内史密斯。

那个飞行员显然感觉到他正在欣赏羚羊号,他把他们乘坐的小航空飞行器尽可能悄悄地停靠在控制架上,动作非常轻盈,干脆利落。"需要我等候吗,长官?"

"不,我不再需要你了。"

在他的乘客下飞行器之前,飞行员一面赶紧调整航道,一面冲着他再一次敬礼并自豪而傻气地笑了笑。他勉强挤出一个微笑并回了一个礼,然后抓住舱盖上的把手,跳进羚羊号上的重力场。

他差一点被一条货物装载轨道绊倒。在他的身后,那个飞行员已经关好舱门,并掉转航向准备回到他的出发地,可能是旗舰胜利号。他抬头往上看——总是往上看——看见一个等候在这里的登达立军官的脸,这张脸在此之前他只在全息图像上研究过。

贝尔·索恩舰长是一个两性同体的贝塔人,这个种族是早年的一次人类遗传学和社会工程学实验的成果,这次实验仅仅是成功地创造了另一个少数种族。索恩光滑的面容两旁覆盖着一些柔软的棕色头发,它们修剪成不长也不短的式样,恐怕任何男人或女人都不会喜欢这样的发式。它的制服上衣敞开着,从内衣里露出的一部分显然是女性的乳房。那条灰色的登达立制服裤子非常宽松,能很好地掩盖它两条大腿间隆起的部位。一些人认为两性同体人非常令人恶心,而他只是觉得索恩的这个特别之处很不协调。意识到自己的反应之后,他不由地松了一口气。这个两性同体人容光焕发,散发出一种"我-爱-内史密斯"的神情,这令他非常不安。当他对这个羚羊号舰长回军礼的时候,他的勇气似乎大大受挫。

"欢迎你,长官!"这个尖利的声音充满了热情。

他正要设法挤出一个不自然的微笑,这个两性同体人突然走上前来拥抱他。他感到一阵惊恐,勉强才控制住自己,没有发出尖叫或大打出手。他温顺地忍受了这个拥抱,没有显露出特别的紧张,然后他凭着意志力顺利地念出了早已经排演好的一些台词。它要来亲吻我吗?

这个两性同体人与他之间只有一臂之距,它的双手亲密地放在他的双肩上,不过,还好,它并没有亲吻他。他大大地松了一口气。索恩仰起头,嘴唇翘起来,显出一种困惑的神情。"怎么啦,迈尔斯?"

直呼名字,不带姓?"抱歉,贝尔。我只是有一点儿累。我们可以立刻开始工作吗?"

"你看上去是很疲倦的样子。好的,你希望我把全体人员都召集来吗?"

"不……你在需要的时候再对他们传达吧。"他是故意这样安排的,为了尽可能减少与其他登达立人接触。

"那么,到我的舱房里来吧,我们谈话的时候你还可以放松一下,喝点茶。"

这个两性同体人跟在他后面来到走廊上。因为不知道下面该怎么走,他就转过身来,做出非常礼貌和谦让的样子,等着索恩走到前面去。他跟着这个登达立军官走过几个拐弯,然后又上了一层楼。这艘飞船的内部不像他期望的那样结构紧凑。他留心记住每一条道路。内史密斯是应该非常熟悉这艘飞船的。

羚羊号舰长的舱房是一个整齐的小房间,颇有军人风格,在许多壁橱之外,没有任何个人的特色。但是,索恩打开了其中的一个壁橱,竟然拿出一套古色古香的陶器茶具和各种小茶叶罐,罐子里装的是各种各样的茶叶,它们的产地既有地球,也有其他星球。这些茶具和茶叶罐都包裹在特制的泡沫袋子里,以防被损坏。"什么茶?"索恩问道,它的手停留在各种茶叶罐的上空。

"和平时一样。"他一边回答,一边坐到桌子旁边一个固定住的椅子上。

"你大概已经猜到了吧,我发誓这些天要把你训练得更大胆一些。"索恩转过头,冲着他奇怪地笑了笑——这是一句有潜在含义的双关语吗？忙了一会,索恩把一套精致的茶杯和茶托放在桌子上,靠近他的胳膊旁。他拿起来小心翼翼地尝了尝。这时,索恩拿过另一把椅子,把它固定在桌子的另一边,为自己也倒了一杯茶,然后心满意足地哼了哼,也坐了下来。

他暗暗感到庆幸,这种热的、琥珀色的液体味道还不错,除了有点涩。糖？这个登达立人一定会把糖放在桌子上,如果内史密斯喝茶要加糖的话。索恩不会在阴险地考验他吧？既然这样,就不要糖了。

喝茶的雇佣兵们。如果与墙上展示的那些武器(不,应该称它为一个流动的武器库)相比较,他们喝的这种饮料实在是没有任何危险性可言。那里有一对震荡枪,一枝针弹枪,一枝等离子弧光枪,一把闪亮的铁弓箭,还有悬挂在一个武装带上的各色催泪弹。索恩应该是很称职的。如果这一点没有问题的话,他也不会在乎它喜欢喝什么东西的。

"你一直在做秘密调查。我猜想这一次你一定给我们带来了一个有趣的东西,是不是？"在一阵沉默之后,索恩问道。

"是的,这次特使团指派的任务很有趣。"他非常希望这正是索恩话中所指的事情。这个两性同体人点点头,然后抬起眉毛以示进一步的询问,"这不过是一个小行动。根本不是我们希望的那种大事件——"

索恩笑了起来。

"但是也有一定的复杂性。"

"继续说,喔,快说吧。"

他抹了抹嘴唇,一个典型的内史密斯动作。"我们计划袭击巴罗普乔王朝在杰克逊联邦上的克隆人教养院。清除它。"

索恩本来正跷着二郎腿坐着,现在"砰"的一声站了起来。

"杀了他们?"它吃惊地问。

"那些克隆人？不，拯救他们！拯救他们全体。"

"哦,哎哟,"索恩看起来显然是大大地松了一口气,"我还以为要杀了他们呢——他们毕竟是一些孩子。尽管是一些克隆人。"

"一点儿也不错。"他吃惊地发现自己发出了一个真正的微笑,"我……很高兴你这么想。"

"还能怎么想？"索恩耸耸肩说,"克隆人换脑生意确实是巴罗普乔王朝所提供的商业服务中最荒诞、最恶心的一种了,除非有更糟糕的我还不知道。"

"我同意你的观点。"他往后仰靠到椅子上,设法掩饰住自己的惊讶,他没有想到索恩居然不假思索地完全赞同他的计划。索恩是认真的吗？他自己倒是亲身体验了杰克逊联邦的克隆人生意背后的恐怖,对它再了解不过了。他亲身经历了一切。但是他从未期望过那些没有亲身体验的人能够以同样的眼光来看待它。

严格说来,巴罗普乔王朝的特殊之处并不是克隆人,而是它的不道德的商业活动,或者准确地说,是它的生命延长买卖,而且这种买卖利润特别高。人们为延长自己的生命什么样的价钱不愿意付出呢？它的市场也非常大。巴罗普乔王朝提供的这项有偿服务,从医学上看非常大胆,技术还不完善……那些有钱的、残忍的、(当然他必须承认,也是)拥有异常冷静的前瞻能力的顾客,在手术中可能会突然死亡。

虽然这项买卖中最关键的那场外科手术的程序惊人地复杂,其他的安排却很简单。首先用顾客的生殖细胞在一个子宫复制器里培植出一个克隆人来,然后在巴罗普乔王朝的教养院里把这个克隆人养大,他们过的是一种受到精心照料的孤儿生活。毕竟,这些克隆人是很值钱的,他们的身体状况和健康情况极其重要。最后,当适当的时机来临时,他们就会被拆卸了重新组装。在一场成功率远远低于百分之百的外科手术中,克隆人原身的大脑从一个衰老的、不健康的身体里,被移植到他的复制体之中,这个复制体(即克隆人)此时正充满青春活力。克隆人自己的大脑就被作为手术中产生的垃圾给处理掉了。

这种买卖在蠕虫洞星系里是非法的,只有在杰克逊联邦是一个例外。那些统治这个星球的罪恶的王朝都不觉得它有什么不好。它使他们获得了某种垄断权,并且形成了一个相当稳定的高利润商业行当。

根据他的观察,外界对于这件事的态度是"眼不见,心不烦"。所以,索恩眼睛里闪现的同情和正义的愤怒促使他产生了一种近乎痛苦的感动,这种痛苦很久以来是如此麻木,以至于他根本就察觉不到它的存在。而且,他吃惊地意识到,他差一点就热泪盈眶了。这可能是一个圈套。他用力吐了一口气,又一个典型的内史密斯动作。

索恩紧锁眉头陷入了沉思。"你确定我们应该使用羚羊号吗?我上次听说,瑞瓦尔男爵还活着,它一定会引起他的注意。"

瑞瓦尔王朝是巴罗普乔王朝在医务方面的一个小小的竞争对手。它的特长是采用遗传工程技术或外科技术制造人类,这些人类可以用于任何目的,包括性服务,他们实际上是一些根据顾客要求定做出来的奴隶。他认为这是邪恶的,但比利用克隆人技术来进行谋杀要好一些。可羚羊号与瑞瓦尔男爵有什么关系,他就摸不着头脑了。让索恩去担心吧。也许这个两性同体人以后会透露更多的关于这个问题的信息。他提醒自己,应该抓住机会回到飞船的计划上来。

"这次计划与瑞瓦尔王朝没有关系,我们应该不必介意。"

"希望我们能做到。"索恩非常赞同。它迟疑了一下,沉思着,又喝了一口茶,"喏,尽管确实早就该治理杰克逊联邦了,最好是彻底把它解决了,但是,我猜想我们这次行动并非仅仅是出于同情心。那么,唔,这次计划背后的目的是什么呢?"

他已经为这个问题准备了一个现成的回答。"事实上,只有一个克隆人,或者说,这个克隆人的原身,是我们的顾主感兴趣的。其余的都是做掩护的。在巴罗普乔王朝的顾客之中,有些人有很多敌人。他们不会知道究竟是谁发起了这场袭击。这使我们的顾主的身份不至于暴露,而保守这个秘密对于他们很重要。"

索恩得意地笑了起来。"我觉得这点小小的发挥一定是你的主意。"

他耸耸肩。"在某种意义上可以这么说。"

"我们是不是最好知道我们的目标究竟是哪个克隆人,以防意外事件发生? 如果我们的顾客希望它是活的——如果真正的目标其实是那个出钱培植它的老家伙的话,他们是否关心这个克隆人的死活?"

"他们关心这一点。必须是活的。但是……为了便于操作,就让我们假定所有的克隆人都是我们的目标吧。"

索恩点点头表示默认。"我没有意见。"这个两性同体人的眼睛里闪烁着极大的热情。它突然用拳头击掌,发出巨大的声响,吓了他一跳,"是该同这些杰克逊混蛋较量较量了! 啊,这一定会很有意思!"它张大嘴巴,发出令人吃惊的大笑,"我们在杰克逊联邦上有多少援助力量? 安全网络如何?"

"不要指望任何援助力量。"

"唔,除了巴罗普乔、瑞瓦尔和费尔之外,我们有多少对手?"

费尔王朝主要进行武器交易,它与这个有什么关系?"我和你一样不清楚。"

索恩皱了皱眉头,显然这不是内史密斯通常可能做出的回答。

"我有很多关于那个教养院的内部信息,一旦我们出发之后,我会给你做一些简单介绍的。好了,贝尔,通常在这种时候,你是不需要我告诉你该怎么做的,我相信你。你来做一个行动策划吧,我将审查最后的方案。"

索恩的身体挺直了。"好的。会有多少克隆孩子?"

"巴罗普乔大约平均每星期做一次移植手术,一年五十个。克隆人在他们生命的最后一年里,全部被迁移到一个靠近王朝总部的机构里。我想从那里把为整个一年的移植手术提供材料的所有克隆人都带走。大约五十或六十个。"

"全部安置在羚羊号上吗?那会很拥挤的。"

"快速传送,贝尔,快速传送。"

"是的,我想你是对的。什么时候行动?"

"越快越好。每耽搁一个星期就会损耗一个无辜的生命。"他已经用这种方式计算出了过去两年时间的耽搁所造成的损失。到目前为止我已经浪费了一百条生命。从地球到埃斯科巴这段旅程花费了他一千贝塔元和四个克隆人的生命(即四周时间)。

"我知道了。"索恩忧郁地说。然后站起来,把茶杯放到一边。它把椅子移到总控制台附近,"那个孩子已经被挑选出来做手术了,是不是?"

"是的,即使不是他,也是他的同伴。"

索恩开始敲击键盘。"费用从哪里出?这可是你负责的。"

"这次计划的经费还没有到账。你可以从舰队的经费中提取你预算的费用。"

"好的。把你的手掌放在这儿,授权我提款吧。"索恩拿出一个传感器。

他毫不迟疑地把自己的手掌平放在那个传感器上。让他惊诧的是,那个红色的未识别信号闪个不停。不!它应该是对的,它应该是——

"该死的机器。"索恩把传感器一角在桌子上轻轻地敲了敲,"不要捣乱。再试一次。"

这一次,他把自己的手掌稍有些弯曲地放在上面,计算机分析了这个新信息之后,宣布他可以被接受并受到保护。他那猛烈地跳动着的心宽舒了下来。

索恩敲进更多的信息,并且转过头来说:"这次行动你不请求任何武装小分队的协助吗?"

"不。"他机械地应和着,"继续吧。"他必须离开这里,必须在自己快承受不了这个伪装的压力之前离开,以免毁了到目前为止的良好的开端。

"你想要你平常的舱房吗?"索恩问道。

"当然。"他站着说。

"我来看看……"这个两性同体人在一个闪烁不定的、复杂的数据阅读器上查看了一下,这个阅读器显示在连接着中央控制系统的图像感光片上,"你房间的掌纹锁仍然为你保留着。快去吧,你看起来疲惫不堪。那里一切正常。"

"很好。"

"埃莉·奎因什么时候过来?"

"这次行动她不参加。"

索恩的眼睛吃惊地睁大了。"真的啊。"它的笑容不可思议地变得夸张了起来,"这太糟糕了。"但是它的声音里并没有流露出一丝失望的情绪。她们之间有某种竞争的关系?为了什么?

"让胜利号把我的装备传送过来。"他命令道。对,再授权一次偷窃行动,授权把他的一切都偷窃过来。"还有……方便的时候让人送一份食物到我的舱房去。"

"好的。"索恩坚定地点点头表示它的承诺,"顺便说一句,我很高兴看到你现在食欲好了一些,即使在睡眠不足的情况下。很好,继续保持住。你要知道,我们很为你担心。"

食欲好了些,见鬼去吧。长着这么矮小的身体,想减轻体重曾经是一场多么艰难的战斗啊。仅仅为了重新穿上内史密斯的制服,他就已经整整饿了三个月了。他现在穿的这套制服是他两年前偷来的。对他的原身(即内史密斯)的另一股憎恶之情涌上他的心头。他退出房间之前,随意地行了一个礼,相信这会鼓励索恩继续工作而不要来纠缠他。

没有其他办法,现在只能一个门一个门地试,直到哪个舱房的门打开为止了。他希望不要有任何登达立人在这个时候出来。他终于找到了自己的舱房,就是那个两性同体人的舱房正对面的那间。这一次,当他用手掌触及那个传感垫时,门自动地滑开来,没有出现任何错误信号。

这个舱房几乎与索恩的一样,也是一个小房间,就是东西少一些。他查看了壁橱,发现大多数是空的,不过在其中的一个壁橱里,他发现了一套工作服和一件外套,都是他能穿的尺寸。在这个舱房整洁的盥洗室里剩有一套用过的日常用品,包括一枝牙刷,他的嘴唇翘起来,发出一种自我嘲笑的声音。从墙上展开下来的折叠床收拾得很整齐,看上去非常诱人,他几乎要昏倒在上面了。

我开始行动了,我做到了。登达立人已经接受了他,用同样愚蠢的、盲目信任的方式接受了他的命令。现在他必须做的就是不要弄砸了这一切。最艰难的部分已经过去了。

他简单地冲了一个淋浴。就在他穿上内史密斯的裤子的时候,他要的食物送来了。衣衫不整正好使他有理由把那个端盘子的、热情的登达立人迅速地打发走了。他发现那些盖子底下的食物都是真正上好的东西,而不是什么配给品。大块的烤牛排,非常新鲜的素菜,纯正的咖啡,食物的冷热都恰到好处,而且都根据内史密斯的爱好,漂亮地分割成一小份一小份的。甚至还有冰激凌。他发现这些食物都符合他的原身的喜好。他再一次感到气馁,因为他发现,这些他根本就不认识的人居然在任何方面都试图迎合他,即使在这样比较细小的事情上也如此。军衔高确实有它的特权,但是这样也太荒诞了。

尽管很压抑,他还是把所有的东西都吃掉了。正当他感到纳闷儿,不知道那些填塞在盘子上所有空隙处的、绿色的、毛茸茸的东西是否也可以吃的时候,舱房的蜂鸣器又响了起来。

这一次是一个登达立人和一个载有三个大箱子的浮力气垫。

"哦,"他眨了眨眼,"我的装备。现在就把它放在房间的中间吧。"

"是的,长官。这一次你不需要一个勤务员吗?"这个士兵诱人的表情告诉他,在她与内史密斯的关系中,谁更主动。

"不……我们即将出发,就放在那儿吧。"

"我将很乐意为你打开这些箱子,长官。是我把它们收拾起来的。"

"太好了。"

"如果我漏掉了什么东西,请告诉我,我会立刻补上的。"

"谢谢你,下士。"他的声音里泄露出他的气恼,幸运的是,这压制住了那个下士的热情。这个登达立人从气垫上卸下箱子,带着羞涩的微笑离开了,这个笑容似乎在说,嗨,你不应该责备我,我只是想试一试。

他也微微地对她笑了笑。当门关上之后,他立刻就把注意力集中在那些箱子上了。他弹开了那些锁,犹豫了起来,他为自己的急切心情感到困惑。这大概很像得到一个生日礼物,他还从来没有收到过生日礼物呢。那么,让我们来弥补失去的时间吧。

第一个箱子里是衣服,比他迄今为止拥有的全部衣服都要多。其中有一些工作服、军便装、军礼服——他拿起那件灰色丝绒上衣,看着那些闪亮的银纽扣吃惊地睁大了眼睛——靴子、皮鞋、拖鞋、睡衣裤,都是合适且最简便的。还有一些便衣服装,大约八到十套,大都是地球上的或银河系的风格,符合社交水准。一套红丝绸的埃斯科巴商业服装,一件贝拉亚准军服式紧身上衣和一条绲边裤,一条贝塔围裙和拖鞋,一件粗糙的上衣、衬衣和裤子,它们适合给任何一个不走运的航站工人穿。还有大量的内衣。有些服装上配置了三种不同的时间表和内置的通讯设施。还有其他的、各种各样的奇妙服装……

他转向第二个箱子,打开一看,大吃一惊。太空盔甲。这是一套全副武装的攻击型太空盔甲,有能量和生命必需品配备以及武器装卸配置。大小正合他的尺寸。它装在箱子里,发射出强烈的光芒。它的气味令他震惊,完全是为战争的气味,混杂着金属、塑料、能源、化学物质……以及往昔的汗水等等气味。他从没有穿过太空盔甲,虽然他曾经在全息图像上非常仔细地研究过它。这是一个不祥的东西,一套致命的盔甲……

他把它全部拿出来,整齐地排放在地板上。奇怪的斑痕、伤疤和补丁遍布闪亮的衣服表面。是什么样的武器、什么样的攻击,具有这么大的威力,在这件金属盔甲上留下了这些印记?又是什么样的敌人发出的炮火?他用手指抚摸着这些疤痕,意识到,每一个伤疤都可能是致命的。这里没有任何虚假的成分。

这真令人不安。不。他制止了自己的那种由于不自信而产生的冷颤。如果他能做到,我也能做到。当他把它们重新装进箱子里时,他试图不去理会那些疤痕和神秘的破损之处。曾经沾在上面的是血?排泄物?烧伤的痕迹?油迹?不管怎样,现在它已经被清洗干净了,像新的一样,没有任何这类气味了。

第三个箱子比第二个小一些,装了一套一般场合使用的盔甲,没有内置的武器装备,它不是为太空战争准备的,而是为了那些在普通气压、温度和环境下进行的一般战斗所准备的。它最吸引人之处是那个光滑的、可以通过耳麦下达命令的硬膜头盔,它配备了一个内置遥感勘测器,一个图像放映机安放在前额上方,它能够在指挥官的眼前随时展示任何数据。他把头盔放在台子上,准备随后再仔细地研究它,然后把其他的东西都放回原处。

当他把所有衣服在舱房的壁橱和抽屉里安置好之后,他开始后悔当初不该那么草率地把那个勤务兵轰走的。他倒在床上,关了灯。等他再醒来时,他应该已经走上去杰克逊联邦的路途了……

他刚开始迷迷糊糊要睡着的时候,舱房的通信网发出了呼叫。他蹒跚着去回话,口中嘟囔着,用一种睡意蒙眬的声音说出一些勉强连贯的词语:"我是内史密斯。"

"迈尔斯?"索恩的声音传过来,"行动小组的成员都在这儿。"

"喔……很好。那就尽快开始行动吧。"

"你不想见见他们吗?"索恩有点吃惊地说。

检阅。他倒吸了一口气。"当然。我这就……来。完毕。"

他赶紧重新穿上制服裤子,挑选了一个有军衔标志的上衣,并且迅速地在舱房的通信控制台上查询了一下这个飞船的内部构造和部署情况。

装卸舱里有十二个身穿灰色保护色的飞行服男女队员,舱房里还有大量装备和给养。轻便型的和重型的武器对称地排列在不同的地方。那些雇佣兵有的站着,有的坐着,吵吵闹闹的,说话的声音既大又粗鲁,不时地爆发出尖叫和大笑。他们都身材高大,体能惊人,他们相互碰撞着,一方面是为了嬉戏,一方面也是为了找一个大声喧哗的理由。他们把刀子或其他的私人武器悬挂在腰带上、手枪套或子弹带上,看上去非常吓人。他们的面貌粗犷,充满野性。他镇定住自己,挺直了身体,然后走到他们中间。

顿时情况就发生了变化。"敬礼!"有人高声叫了起来,随后所有的人都面表情严肃地自动排成整齐而肃静的两队,他们的装备都放在自己的脚下。这似乎比刚才的喧闹更吓人。

他微微一笑,往前走了上去,假装查看每一个人。就在这时,一件非常沉重的行李袋从舱房外面飞进来了,重重地落在地板上,然后,第十三位队员挤了进来,立正,向他敬礼。

他不知所措地站在那儿，感到一阵恐慌。这究竟是怎么回事？他的眼睛瞪着面前的那个闪亮的皮带扣，然后，他抬起头并努力伸长脖子。这个畸形的家伙有八英尺高。他觉得，它的巨大的身躯散发出的力量，就好像一股热浪，但是它的面容却令人恐惧：茶褐色的黄眼睛，就像狼的眼睛一样，扭曲的、向上翘起来的猩红色嘴唇之间露出又长又白的尖牙齿。它的两只大手带有爪子，厚实有力，顶端锋利，还镀上了一层瓷釉和猩红色的擦亮剂……他的目光又回到这个怪物的脸上。它的眼睛周围画着淡淡的金色眼影，颊骨上还相应地贴了一些小小的、装饰性的、金色的金属亮片。红褐色的头发向后精心地梳理成一条辫子。尽管穿着宽松的灰色飞行服，但是皮带扎得很紧，所以也能显出一些体形来。这东西是一个女性？

"陶娜军士和绿色小组服从命令前来报到，长官！"传来一个男中音的嗓音。

"谢谢你——"自己的声音显得又小又沙哑，他咳嗽几声清了清喉咙，"谢谢你，就这样吧，一切听从索恩舰长的安排，你们可以退下了。"他们还是直挺着身子听他说话，他不得不重复自己的命令，"解散！"

他们毫无秩序地分散开来，或者是按照他们特有的某种秩序分散开了。那个怪物军士踌躇了一下之后，向他走过来。他夹紧双膝，以阻止自己从它——她身边逃走……

她降低了自己的声音。"谢谢你挑选我们绿色小组，迈尔斯，我想这意味着你给我们带来了一次真正的战斗机会。"

又是直呼其名？"索恩舰长在途中将会布置一切。这是……一个具有挑战性的任务。"那么这就是负责这次行动的军士了？

"奎因上校负责具体安排，同平时一样，是不是？"她抬起毛茸茸的眉毛冲着他问道。

"奎因上校……将不参加这次行动。"

他发现她那金色的眼睛瞪大了，连瞳孔也扩大了。她的嘴唇翻上去，露出更多的尖牙齿，他恐惧地发现这就是她的笑容，她笑得很奇怪，让他想起索恩听到这同一个消息的时候的反应。

她向四周看了看，这个区间船里已经没有其他人了。"呵？"她嗓子里发出咕噜咕噜的声音，就好像猫在高兴地叫，"那么，我随时都可以做你的贴身侍卫，亲爱的，给我一个信号就可以了。"

什么信号？什么玩意儿——

她弯下腰来，她的嘴唇动了起来，那猩红色的爪子抓住了他的肩膀——他一时产生了一种幻觉，觉得她像是要卸了他的头，剥了皮，吃掉他——然后，她的嘴贴上了他的嘴唇。他突然感到窒息，两眼发黑，几乎晕倒，幸好她及时直起了身子来。她奇怪地瞪了他一眼，眼睛中流露出一种受到了伤害的神情。"迈尔斯，你怎么啦？"

那只是一个吻。我的老天啊。"没什么，"他设法控制住自己，"我……生病了。我或许应该卧床休息，但是我必须来见见大家。"

她看上去非常吃惊。"我说你确实应该卧床休息——你浑身颤抖！简直站都站不住了。来，让我扶你去病区。你真是个不可思议的家伙！"

"不！我很好。我是说，我已经看过医生了。我只是需要休息，休息休息就会好起来的，没什么大不了的。"

"好吧，你这就回到你的床上去吧！"

"好的。"

他转过身去，她在他的屁股上重重地拍了一巴掌。他咬紧牙关忍住了,然后听见她说:"至少你现在胃口好了一些。照顾好自己啊!"

他背着身体挥了挥手,头也不回地逃走了。难道这就是军队里的同志之情?是一个军士对她的崇拜者的表示?他认为不应该是这样的。这应该是一种亲密的表示。内史密斯,你这个该死的疯子混蛋,你在闲暇时间里究竟都干了些什么?我不认为你有任何闲暇。你一定是一个不可思议的、自暴自弃的疯子,假如你真的跟那个家伙……

他走进舱房,关上门,背靠在门上,笑得直哆嗦,觉得这一切简直难以置信。该死的,他曾经研究过内史密斯的一切,一切。刚才的一幕不应该发生。有这样的朋友,还要敌人做什么?

他脱了衣服,浑身紧张地躺在床上,思索着内史密斯·弗·科西根的复杂人生,揣测着究竟还有什么陷阱在等着他。他察觉到一阵轻微的沙沙声和吱吱呀呀的声音,还有替换重力舱的拖拉声,这意味着羚羊号终于离开了埃斯科巴的轨道。他已经成功地偷窃了一艘武器装备齐全、设备精良的高速航空飞船了,而且没有一个人知道这个事实。他们正在驶向杰克逊联邦。驶向他的命运。他自己的命运,不是内史密斯的。他的思绪飞旋着,终于朝着梦乡飞去。

你声称这是你自己的命运,在被黑夜吞没之前,他体内的那个恶魔声音发出了最后的低语,但是你为什么不能公布你真正的身份?

第二章

他们从客运飞船上经过隧道一起走了下来,手牵着手。奎因的行李袋在她的肩膀上晃荡着,迈尔斯用另一只手拿着飞行包。在这个轨道中转站的候机大厅里,人们都转过头来。当他们悠闲地漫步经过时,那些男人们的眼睛里流露出躲躲闪闪的、嫉妒的神情,迈尔斯用眼角得意洋洋地扫了一眼他的女同伴,我的奎因。

今天早晨——是早晨吗?他应该核对一下登达立舰队的时间
——奎因显得特别漂亮。她把自己那满是口袋的灰色制服裤子折起来,塞进红色的鹿皮靴子里,上身配一件小小的红色紧身背心,俨然一副引导时尚的神气模样。红色的紧身背心和那短短的黑色鬈发,使她洁白的皮肤越发引人注目。她这身鲜艳的装扮分散了人们的注意力,使他们无法注意到她超强的体力。这一点还真难发现,假如人们不知道她的那个行李袋究竟有多重的话。

她那清澈的棕色眼睛使她显得很机智,但是,在一瞬间就能让男人们目瞪口呆的魅力,却隐藏在她那完美的、呈现雕塑般线条的面容里。这无疑是一个非常昂贵的面容,因为它是一个天才的外科整容艺术家的杰作。一个粗心的看客可能会认为那个与她手挽手的畸形男人付了她的整容费,同时也会认为这个女人是一个娼妓。这个看客根本想象不出她究竟为自己的这张脸付出了什么代价:她过去的那张脸在塔瓦德的那场战斗中被炸毁了。那几乎是内史密斯将军军旅生涯中的第一次失败——距离现在该有十年了吧?我的上帝。迈尔斯认为这种粗心的看客无疑是一个蠢货。

这一类人的近期代表人物是一个富裕的行政官员,他的外表让迈尔斯联想到他那金发碧眼的表兄弟伊凡,只是比伊凡更加文质彬彬一些。这个人在从萨尔格耶到埃斯科巴这两个星期的旅行中,一直被错误的猜测所误导,所以总是纠缠着奎因,意图引诱她。迈尔斯用眼角的余光瞥到这个人正把自己的行李放到一个气垫上,并且在离开之前,发出了最后一声充满失败感和挫折感的叹息。除了让迈尔斯联想到伊凡之外,迈尔斯对这个人并没有什么厌恶,事实上,迈尔斯几乎为他感到难过,因为奎因的幽默感非常糟糕,就如同她的吸引力一样,能够给人以致命的打击。

迈尔斯转过头来看着那个埃斯科巴人,低声问道:"亲爱的,你最后究竟说了些什么才终于摆脱了他?"

奎因的眼睛闪动着去寻找那个男人,然后,她眯起眼睛,笑了起来。"如果我告诉你,你会觉得很尴尬的。"

"不,我不会的,告诉我吧。"

"我告诉他你舌头上的功夫很厉害,他一定是觉得自己在这方面没有竞争力吧。"

迈尔斯的脸红了起来。

"如果我不是怀疑他可能是某种间谍,我会让他有机会接近我的。"她很抱歉地补充说。

"你现在不怀疑了?"

"是的,真不走运,否则要有趣得多了。"

"我可不会觉得有趣的。我已经准备好去一旁休息休息了。"

"是啊,你很乐观啊。"

"我真喜欢这种夫妻出双入对的旅行方式,"他表白说,"这对我很合适。"他深吸了一口气,"既然我们已经度过了蜜月,为什么不再配上一个婚礼?"

"你还有完没完?"她的语气是轻柔的,但他挽着的她的手臂却突然退缩了回去,他意识到他的话让她很痛苦,不由得暗暗自责。

"我很抱歉,我曾经保证不再提起这个话题的。"

她耸了耸那只没有背行李的肩膀,同时松开了手臂,让它顺着自己的脚步甩动起来。"麻烦就在于,你不想让我成为内史密斯夫人,登达立的将军夫人,你想让我成为贝拉亚的弗·科西根夫人。那是一个降低了的身份。我是出生在太空中的,即使我真的嫁了一个清洁工,要到某个重力地带去工作,并且再也不上来……贝拉亚也不是一个我要选择的地方。我不是瞧不起你的家乡。"

为什么不? 其他的人都愿意。"我妈妈喜欢你。"他讨好地说。

"我也很敬仰她。到现在为止,我已经见过她四次了,每一次都留下了深刻的印象。但是,越是印象深刻,我越是觉得愤怒,她的才能被贝拉亚可耻地浪费了。如果她愿意待在贝塔殖民地中,她肯定会成为一个非常出色的科学家——或者她可以做任何她喜欢做的其他事情。"

"她喜欢做弗·科西根伯爵夫人。"

"她喜欢被你的父亲所迷惑,而且,我承认,你的父亲是够迷人的。她对那里的其他人一点儿也不在乎。"在走进埃斯科巴的旅客监察员视听范围之前,奎因停下了脚步,迈尔斯也站了下来,"尽管她是一个天才,但是她在那里被弄得疲惫不堪,贝拉亚吸空了她,贝拉亚是她的癌症,正在慢慢地杀死她。"

默默地,迈尔斯摇了摇头。

"对你也一样。弗·科西根伯爵。"奎因阴沉地补充说。这一次是他不再那么坚决地反驳了。

她感觉到了这一点,昂起头说:"总之,内史密斯将军是同我一样疯狂的家伙,而弗·科西根伯爵则相反,是一个沉默的、驯服的、黏黏糊糊的人。我看到过你在家里的样子,迈尔斯,你就好像不是你自己似的。那时的你被束缚了,不知怎么显得弱小了,即使是你的声音也变低了。真是非常奇怪。"

"我没有办法……在那里我必须随大流。仅仅在大约几十年之前,一个拥有像我这样的身体的人会由于具有生物突变异种的嫌疑而立刻被杀死。我不能够做得太过火、太快。我很容易成为攻击的靶子。"

"这是否就是皇家安全部指派你执行这么多需要在外星球完成的任务的原因?"

"这是为了有利于我作为一个军官的成长,开阔我的视野,丰富我的经验。"

"但是有一天,他们会把你永远地从这里带走,带回家乡,然后挤干你所有的经验来为他们服务,就像挤一块海绵一样。"

"我现在就在为他们服务,埃莉。"他温柔地提醒她。他的声音是如此黯然和平静,她不得不低下头去听,"现在,以前,而且永远如此。"

她的眼睛悄悄地移开了。"是的,哦……那么,如果他们把你拖回贝拉亚,我要你现在的职位。有朝一日,我想成为奎因将军。"

"我没有意见。"他殷勤地说。这个职位,当然没有问题。应该是重新成为弗·科西根勋爵的时候了,他很想重新恢复那个身份。他必须停止同奎因进行这种自虐式的关于婚姻问题的谈话,无论如何,奎因就是奎因,他不愿意改变她,即使为了……弗·科西根勋爵,他也不愿意。

当他们来到巨大的中转站时,尽管产生了片刻的令人压抑的自我反省,渴望重新回到登达立的念头还是使他加快了步伐。奎因是对的,他可以感觉到内史密斯的灵魂重新注满了他的肌肤,遍布身体的每一个角落,从心灵深处一直到他的指尖。再见了,沉闷的迈尔斯·弗·科西根中尉,贝拉亚帝国安全部里一个默默无闻的间谍(而且是一个迟迟没有升职的家伙);你好,神气的内史密斯将军,太空雇佣兵和神通广大的幸运战士。

或者是一个不走运的家伙。当他们来到排列在顾客大厅旁的那排通信舱前,走向装了玻璃的大门时,他放慢了脚步。

"让我们先去看看红色小分队现在怎么样了,看看他们是否已经休整好了。我想亲自下去,让他们高兴高兴。"

"好的。"奎因卸下她的行李袋,几乎砸了迈尔斯那双穿着凉鞋的脚。她走进最近的一间通信舱,插入她的卡,在键盘上键入一个密码。

迈尔斯放下自己的飞行包,坐在奎因的行李袋上,在通信舱的外面看着她。他从旁边的那个通信舱的玻璃门上面看到了自己那被切割成许多碎片的反射镜像：黑色的裤子和宽松的白色衬衫，这套衣服似乎既显示出自己的身份，又同旅行外套很相配，显得很普通，很休闲，很随意，还不错。

他曾经穿过像乌龟壳一般的高级防护服，就好像他的身体是一些脆弱而珍贵的东西组成的。那种防护服似乎在向他周围的人声明：别惹我，我是有人保护的。他什么时候开始不再那么强烈地需要那种防护服了呢？他不很清楚。

谈起身体，什么时候他开始不再痛恨自己的身体了呢？那应该是两年之前，从他最后一次受重伤之后，那是在一次执行解救人质任务的时候，恰好是在同他的兄弟在地球上不可思议地遭遇之后。他完全康复已经有相当一段时间了。他矫正了自己的手，做了全部的骨移植，并且已经完全适应了这些新骨头，在那这前它们总是咯吱咯吱乱响。他的骨骼已经有几个月没有任何毛病了。我一点儿也不感到痛苦。意识到这一点之后，他忧郁地笑了笑。这不完全是奎因的功劳，虽然奎因确实……非常令人安慰。我在年老的时候会保持清醒的理智吗？

在你力所能及的时候，尽情地享受吧。他二十八岁，显然在体能上正达到某种顶峰。他能够感觉到它。那种注定要来临的下降还有一段时候才会到来。

通讯频道里传来的声音把他带回到了现实之中。奎因接通了另一端的桑迪·赫勒尔德，正对她说："嗨，我回来了。"

"嗨，奎因，我正盼着你呢。我能为你做什么？"桑迪又把自己的头发搞成奇怪的样子了，迈尔斯甚至从他所站的位置也注意到了。

"我们刚从跃迁飞船上下来，目前正在航空中转站，准备绕道回去。我需要首先下去把红色小队的剩余人员带上,然后回到胜利号。他们目前的状况如何?"

"等一下,我一会儿就能查到他们的信息……"赫勒尔德中尉开始在她左边的阅读器上查找一些数据。

在拥挤的顾客大厅里,一个身穿灰色登达立服装的男人走过来,他看到迈尔斯,迟疑而谨慎地对他点点头,似乎不敢确定这位将军的便服是不是某种伪装。迈尔斯对他挥挥手,对自己的身份表示肯定,这个男人微笑了起来,然后继续大步向前走去。迈尔斯的大脑里打开了一个综合信息数据库。这个男人叫特拉维斯·格雷,他是一个刚加入游客号的基地技术员,大约有六年工龄,是通讯设备方面的专家,他收集地球上古典的和前卫的音乐……迈尔斯的头脑里现在携带了多少这样一类人资料?几百条?几千条?

更多的信息又传递过来。赫勒尔德转过身来,滔滔不绝地说了起来:"艾夫斯获准在下面休假,博伊德已经回到胜利号去接受进一步的治疗。贝阿齐尼的生命中心报告说,德拉姆、威凡、阿芘已经能够出院,但是他们希望在走之前同某位负责人谈谈有关他们的情况。"

"可以。"

"关于基和泽拉斯基……他们也想谈谈。"

奎因的双唇紧闭了起来。"可以。"她淡淡地同意了。迈尔斯的心里有些不安,只有一点点。他预料到那将不是一场愉快的谈话。"告诉他们,我们正在路上。"奎因说。

"是,奎因上校。"赫勒尔德在她的图像显示器上移动着文件夹,"我会告诉他们的。你想要哪一种航空飞行器?"

"胜利号上的小型私人飞行器就可以了,除非你需要从贝阿

31

齐尼飞机场装载货物。"

"不,没有什么货物需要装载。"

"很好。"

赫勒尔德查看着她的图像显示器。"根据埃斯科巴的飞行调度,在三十分钟之后,我可以把2号航空飞行器安置在J-26进站对接口,然后你可以立刻去下面。"

"谢谢。请传达一个通知:等我们回来的时候,将举行全体上校和舰长参加的简报会。贝阿齐尼现在是几点钟?"

赫勒尔德往旁边看了看。"九点零六分,那里一天有26.7个小时。"

"是早晨。太棒了。那里的天气怎么样?"

"很不错,只需要穿衬衫就可以了。"

"很好,我不需要换装了。我们准备好离开贝阿齐尼机场之前,会通知你。奎因完毕。"

迈尔斯坐在行李袋上,瞪着自己的凉鞋,沉浸在不愉快的回忆之中。那是登达立雇佣兵艰难的秘密冒险活动之一,任务是空投军事指挥员和设备到马里拉克,以协助他们对塞塔甘德人入侵的长期抵抗。从胜利号起航的A-4战斗机,在最后一次往来运输的过程中被敌人的炮火击中,飞行器上载有全体红色小队的成员和一些重要的马里拉克人。飞行员德拉姆虽然受了重伤,而且也处于极度震惊之中,但他成功地把自己那架被严重损伤了的、正在燃烧着的飞行器停靠在了胜利号的控制夹上,救援小组通过一条紧急隧道登上飞行器,设法把每个人都抢救了出来。他们在飞行器爆炸之前及时地丢弃了它,而且,胜利号自己在塞塔甘德人的复仇攻击发动之前勉强起程脱身。就是这样一次行动,虽然开始时简单而又平静,却在一种富有英雄气势的喧闹中结束,迈尔斯开始痛恨它,是痛恨那种喧闹,而不是那种英雄气势。

在经过令人痛心的分门别类之后,伤亡数据出来了:十二个人严重受伤;由于胜利号上的医疗条件有限,七个人被低温速冻起来了,以便将来进一步救护;三个人永久性地死亡。现在迈尔斯将了解到第二组的那七个人之中,还有多少已经死亡。那些脸、名字、无数关于他们的信息,涌上迈尔斯的脑海。他自己曾经计划乘坐那最后一架飞行器的,但是临时改乘了早一些的一架飞行器去处理另一个地方的一场森林火灾去了……

"也许他们不会那么糟。"奎因看着他的脸色说。她伸出手来,他从行李袋上努力站了起来,背上自己的飞行包。

"我自己在医院里度过了这么多时光,我无法不同情他们。"他为自己的忧郁情绪解释说。一次完美的行动。为了一次完美的行动他什么都愿意付出,一次没有任何错误的行动。也许即将来临的行动就是这次他企盼已久的完美行动。

贝阿齐尼的生命中心是登达立在埃斯科巴设立的冷冻治疗专门医院。当奎因和迈尔斯走进生命中心的大门时,那种医院的气味立即击中了迈尔斯。这不是一种难闻的气味,不是任何一种臭味,仅仅是进入空调房间里所感觉到的奇怪反应。但是在他的体验中,这是一种与痛苦深深连在一起气味,他发现自己的心跳加快了。飞行或者战斗。他深吸了一口气,控制住自己那本能的心悸,四下打量了起来。门廊是埃斯科巴一般的技术大厦具有的普通样式,很干净,但装饰粗糙。大量的金钱都被投资到楼上的那些冷冻设备、再生实验室和手术室上去了。

医院的高级组织者之一,阿拉贡斯博士,走过来迎接他们,并且把他们带到他楼上的办公室里。这个办公室塞满了各种散乱的信息碟片和杂志论文选印本等，显示出它的主人是一个对于自己所从事的事业有着深刻而持续的思考的高级专家。迈尔斯也喜欢阿拉贡斯博士本人，他是一个身材高大而且直爽的人，有着古铜色皮肤、高贵的鼻子和灰色的头发，既友好，又坦率。

阿拉贡斯博士为没有更好的结果来汇报而感到难过。这伤害了他的自尊心，迈尔斯猜想。

"你给我们带来了这么糟的病人，却期望出现奇迹。"他轻声地抱怨说，"如果你们期望奇迹，从一开始就应该做好准备，从我的这些可怜的病人接受先期治疗的时候就开始。"

阿拉贡斯从来都不称呼他们躯体，或者任何其他士兵们杜撰出来的、令人不安的绰号。总是说我的病人。这是迈尔斯喜欢这个埃斯科巴医生的另一个原因。

"一般来说——很不幸地——我们的伤病员并不是有计划地、按一定顺序、一个一个地到来。"迈尔斯稍带歉意地说，"像这一次，我们有二十八个人同时受伤，而且程度各不相同：严重的外伤、骨伤和化学品中毒等等。对他们的分类处理是非常艰难的，我们的医务人员已经尽了最大的努力了。"他犹豫不决地说，"你认为应该让我们的一部分医务人员来接受你们最新的技术培训吗？如果你是这样认为的，你自己愿意担任指导教师吗？"

阿拉贡斯伸展出双手，显出一副沉思的样子。"要解决这个问题，还需要做一些工作……你走之前去同玛格拉行政官谈谈吧。"

奎因看到迈尔斯点了点头，就在她的电子记事本上做了一个记录。

阿拉贡斯从他的信息终端上调出了一些图表。"首先是最坏的消息。对于你们的基先生和泽拉斯基小姐,我们已经没有回天之力了。"

"我……看到了基的脑伤。对此我有思想准备。"它像一个被砸烂了的瓜。"不过我们恰好有速冻设备,所以我们想试一试。"

阿拉贡斯点点头,表示理解。"泽拉斯基小姐的情况基本相同,只不过外表不那么明显。她的头盖骨内部的循环系统大都被外伤破坏了,她脑部的瘀血曾经被不恰当地清除,速冻液的喷洒也不正确。在冻结的层面和血肿之间,中枢神经被完全摧毁了。我很抱歉。他们的尸体现在保存在我们的停尸房里,如何处理由你们来决定。"

"基希望他的尸体能够被运送到自己的老家与家人葬在一起。让你们的有关部门准备好,按惯例把他运走。我们会告知有关地址。"他朝奎因点头示意,奎因又做了一条笔记,"泽拉斯基没有登记任何家庭成员或非直系亲属—— 一些登达立人不喜欢透露这些情况,或无法提供这些情况,我们也不坚持。请把她的尸体焚化后送到胜利号上,交给我们的医务部门。"

"很好。"阿拉贡斯关闭了他的电子图像显示屏上的那些图像,它们就好像泯灭的灵魂一样消失了。他打开了另外一些图像。

"你们的德拉姆先生和威凡小姐目前都仅仅部分地恢复了健康,他们俩都还患有普通中枢神经损伤和因速冻而引起的失忆症。德拉姆先生的失忆症更加严重,因为我们必须清除他的那些中枢神经植入组织。"

"他能够接受另一次脑部安装吗?"

"目前还难以预测。我可以预测,长远来看,他们的情况是很好的,但是两个人都必须在一年之内脱离军职。关于这两个病人,如果可能的话,我坚决主张把他们送回家。随着时间的流逝,熟悉的环境将会有利于促进他们那些尚存的记忆功能的恢复。"

"德拉姆中尉的家在地球上,我们将送他回去。威凡技术员的家在科林基地,我们会想办法试一试。"

奎因热切地点点头,并且又做了一些笔记。

"那么,我今天就把他们交给你们。在这里,我们已经尽了我们的最大努力,接下来该是他们度过康复期的时候了。现在……我们再来看看你们的阿苾先生。"

"我的勇士阿苾。"迈尔斯赞同地说。阿苾在登达侍了三年,曾申请并受到军官训练,二十一岁。

"但是,阿苾并没有脑伤,出了什么事?"迈尔斯问道,"你是说他会成为一个植物人吗?"

"我恐怕阿苾正是一个糟糕的先期治疗的受害者。他脑部的瘀血显然被草率地清除过,而且清除得不彻底。一些冷冻血细胞里的坏死部分扰乱了他的脑组织结构。我们清除了那些坏死部分,并且培植了一些新组织,它们成功地替代了旧的脑组织。但是,他的个性永远地丧失了。"

"一切都没有了?"

"他或许可以恢复一点零星的记忆,一些梦。但是他无法通过新的脑组织里的通道重新连接到自己的中枢神经,因为那些脑组织本身已经不存在了。他必须像一个准婴儿那样从头开始一切。他失去了对语言的掌握和其他许多东西。"

"他的智力是否可以恢复? 在恰当的时刻?"

阿拉贡斯回答这个问题之前,犹豫了很长的时间。"在几年之内,他将能够学会做一些简单的事情,以便做到生活自理。"

"我明白了。"迈尔斯叹息道。

"你准备怎么安置他?"

"他是又一个没有登记亲属的人,"迈尔斯深深地呼出一口气说,"把他送到埃斯科巴某个长期护理中心,一个治疗条件良好的地方。我希望你能够推荐一个这样的地方。在他能够出院独立生活之前,我将设立一小笔基金来支付他所需要的费用,无论他需要住院治疗多久。"

阿拉贡斯点点头,而且他和奎因都做了笔记。

在继续商谈了一些管理和经济费用上的具体问题之后,会谈结束了。然后,在去接另外两个康复中的病人之前,迈尔斯坚持要先去看望一下阿芘。

"他不会认出你们的。"当他们走进病房时,阿拉贡斯提醒他们说。

"没关系。"

乍一看,除了那套可怕的病人服之外,阿芘并不像迈尔斯想象的那样形同僵尸。他的脸上还有一些颜色和温度,他皮肤里天然的黑色素使得他没有呈现出可怕的苍白。但是,他一动也不动地躺着,身体骨瘦如柴,在被子下面扭曲着。这个床的两边有栏杆,令人不禁想起婴儿的摇篮或者棺材。奎因靠墙站着,双手抱在胸前。

"阿芘,"迈尔斯弯下身子轻轻地呼唤着,"阿芘,你能听见我的声音吗?"

阿芘的眼睛看了他一会,紧接着又显得茫然了。

"我知道你不认识我,但是以后你可能会回想起这一点:你曾经是一个好战士,聪明又坚强。在艰难的时候你曾与你的同伴并肩作战。你坚信拯救生命是你的责任。"别人的生命,不是你自己的。"明天,你会去另一个医院,在那里,人们将帮助你继续恢复健康。"在许多陌生人中间,更多的陌生人。"别担心钱的问题,我会安排好你所需要的一切费用。"他不知道什么是钱。"我有机会的时候,就会时常来看望你。"迈尔斯许诺道。对谁许诺?阿兹?阿兹已经不再存在了。他自己吗?他的声音越来越小,渐渐地听不见了。

声音的刺激使得阿兹浑身扭动起来,并且发出了一些大声的、没有任何意义的呻吟;显然他目前还没有能力控制自己的音量。虽然迈尔斯竭尽全力来辨认他的声音,但他不得不承认,这不是一些试图交谈的语言,而仅仅是一些动物式的生理反应。

"好好保重。"他低声说,然后离开了。有一阵子,他站在走廊上不住地颤抖。

"为什么你这样折磨自己?"奎因严厉地质问道。她双手交叉,抱在胸前,无声地补充道:你还有我。

"首先,严格地说,他是为我而死的;其次,"他试图使自己的声音显得轻快一些,"你没有发现,在直面你最害怕的东西的时候,你会感到一种令人着迷的诱惑力。"

"死亡是你最害怕的东西吗?"她好奇地问道。

"不,不是死亡。"他摩挲着自己的前额,犹豫不决,"是丧失思维能力。我这一辈子最不能接受的就是这个。"一阵莫名其妙的震颤穿过他的身体。"因为我是一个特别精明的小东西,不仅能够颠倒黑白,而且能够一再地证明自己的正确性。没有了大脑……"没有了大脑,我就什么也不是了。他挺直身体,直到腹部感到疼痛,然后努力地对奎因挤出一个微笑。"出发,奎因。"

在见过阿芘之后，面对德拉姆和威凡就不再有什么困难了。他们能走路和说话，威凡甚至认出了奎因。他们用租来的地面车把这两个人带回到航空飞船上。考虑到他们刚刚恢复的伤口，奎因没有像平时那样开飞车。到了航空飞船上，迈尔斯把德拉姆安排在前排和飞行员坐在一起，他曾经是德拉姆的一个同伴。当他们到达胜利号的时候，德拉姆不仅回忆起这个人的名字，而且还记起了一些飞船的飞行程序。迈尔斯把这两个正在康复中的病人都交给了到飞船门口来接应的医务人员，然后他护送他们去病房躺下，以便他们更好地从这次短暂的旅行所引起的疲劳中恢复回来。迈尔斯看着他们离去，感觉稍稍好了一些。

"损失惨重。"奎因在一旁忧心忡忡地指出。

"是的，"迈尔斯叹息道，"兵员们的康复要占用医疗部门的一大笔经费。我会通知舰队的会计把这部分费用单独核算，以免医疗部的财政状况出现赤字。你能有什么办法呢？我的勇士们都是无与伦比的忠心战士，我不能对不起他们。何况，"他微微一笑，"贝拉亚政府会支付这一切的。"

"我想，你的皇家安全部老板会支付这笔费用，你的任务计划说明书里有这一条。"

"伊林必须为此做出恰当的解释：为什么足够建立一支私人军队的费用在逐年减少，而这支军队却根本没有建成。帝国的某些会计师开始指责他的失职，这让他很痛苦。"

那个登达立飞行员已经安全地关闭了飞船，然后封闭了飞船的出口。他朝着迈尔斯点头示意。

"长官，在贝武奇纳航空港等你的时候，我在当地的地方新闻网中看到了一条新闻，你也许会感兴趣的。不过在埃斯科巴这里,就是一条不重要的消息了。"这个男人说。

"说吧,拉乔伊中尉。"迈尔斯好奇地看着他。

"塞塔甘德人已经宣布从马里拉克撤军。他们声称——什么来着,现在——'由于文化同盟的巨大进步,我们已经把维持治安的任务转交给当地政府。'"

迈尔斯兴奋地握紧了拳头。"这就是说,他们正在放弃他们的傀儡政权!哈!"他的两只脚不停地跳动着,然后重重地拍着奎因的后背,"你听到了吗,埃莉!我们赢了!我是说,他们赢了,那些马里拉克人赢了!"我们的牺牲得到回报了……

在他即将激动地大哭或者做出其他愚蠢的行为之前,迈尔斯努力控制住了自己。"请帮我一个忙,拉乔伊,请向全舰队的人传话,就说我说了——'你们大伙儿干得很漂亮。'可以吗?"

"是,长官,我很荣幸。"这个满面笑容的飞行员高兴地敬了一个礼,然后顺着走廊跑开去了。

迈尔斯开朗地笑了起来。"你看,埃莉,西蒙·伊林刚刚付出的代价,现在看来似乎物有所值啊!彻底摧毁了塞塔甘德人的星际侵略——首先阻挠他们的入侵——然后使他们进退两难——挫败他们——毁灭他们!"然后,他低声狠狠地说,"我做到了!我成功了。"

奎因也在微笑,但她的一条眉毛却弯曲成某种嘲讽的样子。"这很好,但是,如果我的分析是正确的话,我认为贝拉亚国家安全部真正想要的是,让塞塔甘德军队永久地纠缠在与马里拉克的游击战之中,从而把他们的注意力从贝拉亚与他们的疆界问题上转移开去。"

"他们没有写明这一点。"迈尔斯的嘴唇显出凶狠的样子,"西蒙只是说,'在条件许可的情况下,帮助那些马里拉克人。'这才是必须执行的命令。"

"但是你很清楚他真正的意义是什么。"

"四年的血战已经足够了。我没有背叛贝拉亚。谁也没有。"

"是吗？如果西蒙是一个比你更加无情的、马基雅维利式的人物,你的说法又有多少说服力？总有一天,迈尔斯,你会想方设法离开这些人。那以后你会做什么？"

他笑了笑,摇摇头,没有回答。

从马里拉克传来的好消息,使他觉得自己就好像行走在半失重的环境里一样。他轻轻地飘上胜利号的舱房门口,悄悄地看了看,发现走廊里没有人之后,他拥抱了奎因并深深地吻着她,这一个长吻会使他们回味好久的。然后,奎因回到她自己的宿舍去了。他走进舱房,随着关门的声音发出了一声叹息,终于回家了。

这里确实是他的家,因为他一边考虑着这个问题,一边把飞行包扔到床上,然后径直走向浴室。十年前,在一个极度绝望的时刻,迈尔斯·弗·科西根勋爵发明了内史密斯将军这个掩护性的身份,然后神奇地骗取了登达立雇佣军的临时指挥权。贝拉亚帝国安全部认可了这个掩护身份的有利之处……他曾经劝说、引诱、证明并强迫皇家安全部承认这个掩护身份的好处。小心点,你假扮成什么样子,就会变成什么样子的。

从什么时候起内史密斯将军不再是一个伪装了？这肯定是逐渐发生的,但是,主要还是发生于他的雇佣军司令官上司腾格退休之后。或许早在迈尔斯意识到之前,足智多谋的腾格就已经看出迈尔斯不再需要他的辅佐了。当迈尔斯淋浴的时候,整个登达立自由雇佣军舰队的机构组成图清晰地呈现在他的脑海里。个人方面的——器械方面的——组织方面的——后勤方面的——现在,他熟悉每一艘飞船、每一名勇士、每一个航天飞行器和每一件兵器。他知道它们如何才能够协调起来,第一步该怎么做,第二步,第三步……如何组织起一支各方面都符合战略要求的、精良的军事力量。只要看一眼一艘像胜利号这样的飞船,就可以在头脑里勾勒出它的内部结构,了解每一个机械方面的细节情况,了解每一项优势和劣势;就能预测到它的军事部署,以及那些围坐在会议桌旁的舰长和舰队长将做什么和说什么(甚至在他们自己了解这一切之前)。我已经登上了顶峰。我终于超越了一切。在这样一个位置上,我可以控制整个宇宙。他把淋浴的开关拧到"干",然后打开暖气烘干装置。当他离开浴室的时候,他的内心里仍然是非常欢畅的。我喜欢这种感觉。

当他打开他的衣橱大门,发现里面空空如也,他内心的欢畅感受就在一阵困惑之中消失了。难道是他的勤务兵把它们全都拿去清洗或修补了吗?当他打开其他的壁橱,发现他那各种各样的衣服只剩下了一套旧便服和一些比较差的内衣,他更加惊慌了。这是一个恶作剧吗?如果是的话,他可没有心情笑出来。

他光着身子,又急又气,迅速打开一只锁着的柜子,他的太空盔甲应该在里面——空的?!这简直太令人震惊了。即使什么人把它拿去校准,或者添加一些战略程序,或者做其他的安排,他的勤务兵也应该已经把它送回来了,否则万一他立刻就需要呢?

赶快,他的部下应该已经集合好了。他穿上原来的衬衫、裤子和便鞋。他不再需要一套制服来提高自己的威严,以便在会议室里掌握支配权。不再需要了。

在去开会的时候,他在走廊里遇见了桑迪·赫勒尔德下班回来,就向她友好地点点头。她转过身,倒退着,边走边吃惊地说:"你回来啦,长官!可真快。"

他可不能说自己去贝拉亚帝国首府为期几个星期的旅行是一次快速旅行。她可能是指他们去下面的行程。"只用了两个小时。"

"什么?"她的鼻子皱了起来。她仍然在倒着走,已经走到了走廊的尽头。

会议室里有一屋子高级军官在等着他呢,他挥挥手,然后转身走进了升降管道。

会议室里有一种熟悉的氛围,排列整齐的面容围绕着那张乌黑闪亮的桌子,看上去非常舒服。胜利号的机长奥松,游客号新提升的机长埃蕾娜·伯沙瑞-杰萨克,她的丈夫巴兹·杰萨克,舰队的工程师,在迈尔斯外出期间全权负责埃斯科巴轨道上登达立舰队的所有修理和改装事务。这夫妻两个都是贝拉亚人,他们俩和奎因,是少数几个知道迈尔斯双重身份的人。此外,还有游击者号的机长特拉茈罗等十几个人,都是真诚而值得信赖的。这就是他的部下。

羚羊号的贝尔·索恩迟到了,这可不太正常。索恩最主要的性格特征之一就是好奇心强,布置新任务的大会对于这个贝塔两性同体人来说,是绝对不容错过的。在等索恩的时候,迈尔斯转身同埃蕾娜·伯沙瑞-杰萨克闲谈。

"你在埃斯科巴有没有机会去探望你母亲?"

"我去了,谢谢。"她微笑了,"很……不错,只待了一会儿。我们谈论了一些事情,一些我们第一次见面时没有谈论的事情。"

这对她们俩都有好处,迈尔斯想。在埃蕾娜的黑眼睛里,那些一直存在着的紧张神情似乎在逐渐消失。"很好。"

当门吱吱打开时,他抬头看过去,但进来的只有奎因一个人,手里拿着那些保密文件。她已经换上了全副女军官的军便服,看上去一副很舒服、很能干的样子。她把文件递给迈尔斯,然后他把它们加载到通讯终端里。贝尔·索恩还不见人影。

谈话的嘈杂声消失了。他的部下都注视着他,流露出"让-我们-开始-吧"的神情。他想最好先把索恩的问题搞清楚再说。在打开通讯终端的显示屏之前,他询问道:"索恩机长为什么迟到?"

他们先看着他,然后面面相觑。贝尔不会出什么事情的,如果有的话,我应该早就得到汇报了。但是,他仍然觉得心里一阵紧张。"贝尔·索恩在哪里?"

通过眼神,他们挑选出埃蕾娜·伯沙瑞-杰萨克来回答这个问题。这绝对是一个不祥的征兆。"迈尔斯,"她迟疑地问,"贝尔本该比你先回来吗?"

"回来?贝尔去哪里啦?"

她奇怪地看着他,就好像他头脑不正常一样。"三天前,贝尔跟你一起乘羚羊号离开的。"

奎因的头猛地抬了起来。"这绝对不可能。"

"三天以前,我们还在回埃斯科巴的途中。"迈尔斯解释说。问题更加复杂了,他好像没有能力把握现在的局面了,事实上,这个会议室似乎失控了。

"你带上了绿色小队,贝尔说,是去执行一次新的任务。"埃蕾娜补充道。

"这才是一次新任务。"迈尔斯打开通讯终端。迈尔斯的脑

44

海里开始得出一个可怕的结论,他感到极度不安。桌子周围的面孔也分别出现了两种不同的表情:少数一些人曾经于两年前在地球上遭遇过那场混乱——哦,他们此刻正在同样的混乱中——他们现在全糊涂了,而大多数人对此毫不知情……

"我说我要去哪里?"迈尔斯问道,他的声音,就他自己来说,似乎很温和,但是,却把好几个人吓了一跳。

"杰克逊联邦。"埃蕾娜直瞪着他的眼睛,就好像一个动物学家试图分辨出某种标本的真伪,突然没有了任何信任……

杰克逊联邦,这下糟了。"贝尔·索恩?羚羊号?陶娜?应付杰克逊联邦的险恶环境?"迈尔斯发出惊恐的叫声,"我的上帝啊。"

"但是,如果你是迈尔斯,"特拉茁罗问道,"那么三天前的那个人是谁?"

"如果你是迈尔斯。"埃蕾娜阴沉地说。那些刚刚看出一点问题的人都流露出不满的表情。

"是这样的,"迈尔斯对房间里的这一部分人解释说,他们-在-说-什么-该死的-东西?"有些人拥有一个邪恶的双胞胎兄弟,我没有那么运气,我有一个白痴双胞胎兄弟。"

"你的克隆人。"埃蕾娜·伯沙瑞-杰萨克说。

"我的兄弟。"他机械地纠正道。

"小马克·皮埃尔,"奎因说,"哦……真讨厌。"

第三章

　　他的胃似乎在不停地翻腾,舱房在晃动,而且一层阴影蒙住了他的视线。跃迁所带来的奇怪感觉虽然很快就消失了,但它留下了一种不舒服的身体反应,就好像他自己是一面被敲击过的铜锣,仍然在感受着震动的余波。他深深地吸了一口气,以便使自己平静下来。刚才的那一次是这次旅行中的第四次跃迁了,要穿过埃斯科巴到杰克逊联邦中间的蛀洞通道,还要有五次跃迁。羚羊号已经航行三天了,几乎走过了一半的路程。

　　他环视着内史密斯的舱房。他无法继续藏在这里,也不能再装生病了。索恩需要他提供详细数据,以便组织这次登达立人对克隆人教养院的袭击。他已经设法隐藏身份(利用冬眠墙),查看了羚羊号上的任务日志(从两年前他在地球上遭遇内史密斯开始),现在他对这些雇佣兵们了解了许多,所以,不再那么害怕同他们交谈了。

　　遗憾的是,这个日志里没有多少东西能够告诉他,这些登达立人是怎么看待他和内史密斯在地球上的遭遇的。这个日志主要集中记录了飞船的修理和改装情况,或者它与那些配件零售商船之间的小数目生意往来。他只在滚动信息栏中发现了唯一一条与自己这次冒险有关的命令,命令提醒所有的飞船船长,内史密斯的克隆人替身已经在地球上被发现了,警告他们要提防这个克隆人冒充将军,其中还提供了一条(错误的)信息说,这个克隆人的双腿在医用扫描仪下会显示出普通人腿的骨头形态,而不是塑料替代品。命令还规定,在拘捕这个骗子的时候,一定要使用专门人员。除此之外,没有任何解释,或者任何补充和更新的说明。内史密斯(弗·科西根)的所有最高层次的命令都采用口头形式传达,不见诸文字,这是为了保密——对他们自己保密,而不是对其他人保密——这个习惯正好为他现在的冒险提供了方便。

他往后靠到自己的椅子上,凝视着面前通讯终端的显示屏。这条登达立信息把他称为马克。这又是一件你无法选择的事情。迈尔斯·内史密斯·弗·科西根曾经说过,马克·皮埃尔,你是马克·皮埃尔·弗·科西根勋爵,你自己的权利在贝拉亚。

但是他不在贝拉亚,如果可能的话,他永远也不会去那里。你不是我的兄弟,科玛的那个屠夫从来就不是我的父亲。他已经是第一千次地否认自己的出身了。

但是,这种心理暗示出现之后就一直深深地影响着他,使他对其他的那无数个假名字丧失了真正的兴趣,虽然他曾经茫然地瞪着那一长串名字,直到自己的眼睛疼痛为止。那些富有戏剧性的名字,简单的名字,具有异国情调的、奇怪的、普通的、愚蠢的……让·弗·德马克是他所使用过的名字中,以某种方式最接近他自己身份的名字。

马克!迈尔斯曾经在极端危险中大声叫道,你的名字叫马克!

我不是马克,我不是你那该死的兄弟,你这个疯子。这个否定是那样热切和强烈,但是,当它的回声逐渐消失的时候,他的脑海里似乎一片空白,觉得自己什么人也不是。

他的头很痛,一种折磨人的紧张感从他的脊梁骨穿过肩膀和脖子,延伸到他的头皮下面。他使劲地搓揉自己的脖子,但是那种张力仅仅蔓延到他的手臂,然后又回到了肩膀上。

他是被迫出生的,出生的方式和巴罗普乔家族的其他克隆人一样。但是,严格地说,这不是内史密斯的错。对,他们的基因一模一样,没错。可这是制造者的……意图所在,也许正是由于这个原因,才会有人出这笔克隆费。

当迈尔斯·内史密斯·弗·科西根勋爵六岁的时候,在一次活组织检查的时候,他的细胞组织样本在贝拉亚的一个医学实验室里被偷走了,当时正是科玛人抵制贝拉亚帝国征服的最后时刻。没有人——无论是贝拉亚人还是科玛人——真正对迈尔斯这个畸形的小孩子感兴趣,他们的目标是他的父亲——A·C·阿罗·弗·科西根,贝拉亚的摄政者,科玛的征服者(或者屠夫)。阿罗·弗·科西根充分发挥自己的才智,使得科玛成为贝拉亚所征服的第一个外星球国家,而且也使得他自己成为科玛人抵抗和仇恨的对象。随着时间的流逝,抵抗运动虽然没有成功,但是在流放者的内心里,复仇的愿望却始终存在。虽然被剥夺了军队、武器和一切军备供给,但一个科玛人的复仇小组策划了一个缓慢而疯狂的复仇计划:就是利用这个受到溺爱的儿子来攻击他的父亲……

就好像古老的故事里的巫师一样,科玛人同魔鬼做了一个交易,以便换得一个赝品儿子。一个冒牌的克隆人,想到这里,他无声地笑了笑,笑容里没有一丝幽默的味道。但是,事情出了差错。那个残废的男孩,他的原身,曾经在出生之前被他父亲的

镜 舞

另一个不共戴天的仇人下了毒,不正常地生长着,其发育趋势几乎无法预测;但是他的基因复制品却健康地成长着……在他的回忆中,这一点正是使得他明白他与其他的克隆人不同的第一个原因。当其他的克隆人去医生那儿接受治疗之后,他们回来时都显得更强壮,更健康,成长得更快。但是,每一次他去医生那儿之后(他似乎经常去),他们那些令人痛苦的治疗似乎总是使得他变得更病态,成长得更慢。那些他们安置在他的骨头上的整形器具似乎根本没有任何作用。他们把他改造成了现在这个驼背的侏儒模样,就好像按照他的原身挤压和切割成的。

当他开始怀疑他的克隆人同伴真正的用途的时候(因为有一些小道消息在孩子们中间传播着),他自己形体上的变化甚至给他带来一种喜悦。显然,他们肯定不会使用这样一个身体去做换脑手术。他可能会被抛弃——那样他就会逃离他的那些愉快的、微笑着的看守了……

当他十四岁的时候,他的科玛主人来接收他,真正的逃离奇迹般地发生了。然后,训练就开始了。那是些无休无止的、严厉的辅导、军事训练和教导。起初,一种命运,任何一种与他的那些教养院同伴的命运不同的命运,对于他来说,似乎都是非常好的。他决心接受那些训练,以便替代他的原身,并且为了可爱的科玛(一个他从没有见过的地方)去猛烈地袭击邪恶的贝拉亚(一个他同样从没有见过的地方)。但是,学做迈尔斯·弗·科西根的尝试,结果变成了好像在进行芝诺①所说的那种悖论式的赛跑。无论他怎么努力,无论他的训练是多么的疯狂,无论他因为自己的所犯的错误受到多么严厉的惩罚,迈尔斯总是学得更多,

---

①Zenoof Elea(490-430BC),古希腊哲学家,埃利亚学派代表人物,提出否认运动的"两分法"、"阿基里与龟"和"飞矢不动"等悖论。

更快；每当他赶上来的时候，迈尔斯总是又进步了一些，无论是智力还是其他方面。

一旦科玛教师真正开始实施他们的替代计划，这场象征性的竞赛就变成了一场实战。他们在蛀洞通道中间追逐那个难以捉摸的小弗·科西根勋爵，没想到他突然消失了，完全不存在了，然后，内史密斯将军出现了。科玛人从没有发现过内史密斯将军。两年前，在地球上，他们竟意外地遭遇，从那开始，那场愚蠢的竞赛又从头开始了，为了实现一个持续了二十年的复仇行动。

那些耽搁了的时间发生了决定性的作用，关于这一点，科玛人从没有意识到。当他们第一次追逐迈尔斯·弗·科西根的时候，他们定制的这个克隆人正处于智力发展的高峰期，全身心地投入到这场反抗活动中去，满腔热情，义无反顾。难道不是他们（科玛人）把他从克隆人的悲惨命运中拯救了出来吗？但是，在那十八个月的追逐中，他目睹科玛人的失败，同时他也通过旅行扩大了视野，接触了许多以前从没有接触过的消息、观点，甚至认识了一些人。这一切都在他的内心里埋下了怀疑的种子。显然，一个人如果想模仿像迈尔斯·弗·科西根这样接受过博大精深的教育的人，就不得不学会如何思考。在这个过程中，外科医生把他完好无损的双腿锯掉，用塑料腿来替代，就因为迈尔斯的腿被他自己毁掉了，这曾经是非常痛苦的经历。如果下一次迈尔斯折断了他自己的脖子呢？他不知不觉地觉醒了。

逐渐地，人们把他的脑子里塞满了对弗·科西根伯爵——迈尔斯的父亲的仇恨，这个活动本身同那种使用外科手术刀进行的大脑移植基本上是一样的。像他这样密谋复仇的人，必须准备被毁灭两次。但科玛人已经第二次毁了他。

有时候，他简直不知道自己究竟更痛恨哪些人：是巴罗普乔王朝、科玛人,还是迈尔斯·内史密斯·弗·科西根?

他哼了一声,关掉了通讯终端,然后起身从他的制服口袋里拿出自己珍贵的数据卡。对着镜子,他开始清洗、刮胡子,然后穿上登达立军官的灰色军便服。他希望尽量使自己保持整齐得体,让那些登达立人总是看到他那精心修饰的外表,而不是那个掩藏在多重伪装之下的真正的身份……

他武装好自己,离开舱房,穿过走廊,来到那个两性同体人机长的舱房门前,按下门铃。

没有反应。他又按了一次。过了一会儿,索恩那模糊的声音传了出来。"谁?"

"我是内史密斯。"

"哦,请进,迈尔斯。"那个声音由于激动而显得尖利了一些。

门滑开了,他走了进去,然后就发现门之所以没有能够立即打开,是因为他把索恩从睡梦中惊醒了。这个两性同体人坐在床边的一个扶手上,它的棕色头发非常蓬乱,手刚刚松开大门的开关。

"请原谅。"他边说,边往后退。但是,门已经关上了。

"不,没有关系。"

这个两性同体人睡意蒙眬地微笑着,把它的身体弯曲成C字形状,然后拍拍它的床边,邀请他说:"来,坐下,你任何时候来都可以。你是否需要揉揉背?你看起来很紧张的样子。"它穿着一件精心装饰了花边的长睡衣,大开口的V字领两边配有飘逸的丝绸饰带,一大片隆起的、洁白的胸部袒露了出来。

他没有坐到它身边,而是坐在一个固定的椅子上。索恩的笑容里呈现出一种特别的嘲讽,即使它一直保持着非常随意的姿态。他清了清喉咙。"我……想该是告诉你详细的任务安排情况的时候了,我答应过你的。"我应该先查看一下值班表。内史密斯将军了解这个机长的作息习惯吗?

"我很高兴看到你又从迷雾中现身了。你一直在做些什么?过去的八周你去哪里了?迈尔斯?谁死了?"

"没有人死,哦,八个克隆人,我猜想。"

"唔。"索恩不快地点点头。它不再摆出诱人的扭曲身姿,而是挺直了身体,然后,揉揉眼睛,把最后一丝睡意赶跑了。"喝茶吗?"

"当然,或者,哦,我等你换了衣服再来。"或者说,等你穿上真正的衣服。

它从床上下来。"绝对不行,反正再过一个小时我就该起床了。"它穿过舱房又去做它那套茶道了。他把自己的数据卡插进通讯终端,然后停了下来,一方面是为了礼貌,另一方面也是不得不如此,因为这个机长已经喝了几口那种热腾腾的黑色液体,现在完全清醒地回来了。他希望它会去换上制服。

当索恩信步走近的时候,他打开了显示屏。"我有一张详细的巴罗普乔王朝主要医疗中心的总地图,这幅地图最近的更新日期是四个月前——外加卫兵时刻表和巡逻兵的行动规律说明——他们的安全部署是非常严密的,比一般的医院要严密得多,与一个军事实验室的警备状况类似,但是并不坚固。平时,他们的那些安全措施似乎主要是对付地方上企图偷窃的家伙。当然,也是为了防止一些不那么情愿的病人逃跑。"他以前所拥有的大部分财产都投入到这块地图上去了。

这块彩色图像在图像感光板上自动展现出来。这家医疗中心确实很复杂,巨大而杂乱的建筑群,隧道,医疗广场,实验室,小型制造区,浮动的气垫,储藏室,车库,甚至还有两个短途航天飞行器的对接口,能够直接联系到星际轨道。

索恩放下茶杯,斜靠在通讯终端上,兴致勃勃地看着。然后,它拿起遥控器,翻看着地图页面,不时把地图缩小、放大或切割。"那么,我们将从占领飞行站开始?"

"不,那些克隆人都被集中在西边,就在这儿,在疗养院的这一片地方。我想,如果我们降落在这个体育场上,我们就会非常接近他们的宿舍。当然,我并不特别担心我们的飞船降落时会损坏什么设施。"

"当然。"一丝微笑在这个机长的脸上一闪而过,"时间安排?"

"我希望在夜间降落。这倒不是为了隐蔽,因为我们不可能让一个战斗机悄悄地降落而不为人所知。这主要是因为,那时是那些克隆人集中在一起的时候,而白天的其他时间里,他们都分散在各种体育游乐场所,例如,游泳池或其他什么地方。"

"或者在教室里?"

"不,大概不会的。除了应付一般社交活动的常识之外,他们几乎不教他们什么知识。只要一个克隆人能够数到二十并且能够认识一般的标记,这就够了。他们的大脑都要被扔掉的。"这也是他明白他自己与他们不同的另一个地方。一个真正的人类曾经充当他的私人教师,对他进行了各式各样的教育。他曾经有一段时间因为得到电脑教师的褒扬而非常得意。这些电脑教师与他的那些科玛私人教师不一样,他们不断地重复教诲,永远也不间断,从不惩罚他,从不咒骂、愤怒、殴打或者把他逼到体力极限直到他病倒或昏迷……"尽管如此,这些克隆人仍然从各种渠道获得了许多知识。大多数是从他们玩的全息图像游戏里获得的。他们都是非常聪明的孩子。几乎没有一个克隆人的原身是愚蠢的,否则他们也不可能聚敛足够的财富来购买这种延续生命的形式。他们可能是残酷的,但是,绝对不是愚蠢的。"

索恩眯起眼睛看着图像上的这个地点,把它分解了,把这个建筑物分解成一层一层的,仔细研究它的结构布局。"那么,我们十几个全副武装的登达士兵要在深夜里把五十或者六十个孩子从酣睡中惊醒……他们知道我们将到来吗?"

"不,他们不知道。顺便提一句,一定要让我们的战士明白,这些克隆人看上去并不像孩子。我们要在他们生长的最后一年里带走他们。他们大都只有十岁或十一岁,但是由于食用了生长加速剂,看起来都像十八九岁的年轻人。"

"看上去很笨拙?"

"不完全正确。他们的身体状况很好,非常健康,而且这正是在用他们做大脑移植手术之前,精心照料他们的唯一原因。"

"但是,他们……是否知道?是否知道他们将遭受的命运?"索恩皱着眉头问。

"没有人告诉他们这个,没有。他们只知道各种各样的谎言。他们被告知,为了安全的原因,为了把他们从一些外来的危险中拯救过来,他们生活在一个特殊的学校里面。他们都是一些公主或王子,或者是富人的继承人,在不久的将来,他们的父母或者叔叔或者大使将来把他们带向一个光辉的未来……然后,当然,一个微笑着的人会过来,会把他们从玩伴身边带走,并且告诉他们说,今天就是那个伟大的日子,然后他们就飞奔起来……"他停了停,咽下同情的泪水,"然后他们收拾起自己的东西,向自己的朋友们吹嘘一番……"

索恩看上去显得很苍白的样子,一只手下意识地敲击着掌中的遥控器。"我明白了。"

"他们都热切地、与杀害自己的凶手手拉着手地走出去。"

"你可以停止讲述具体的情节了,如果你不想让我把上一顿吃进去的东西都呕吐出来的话。"

"什么,你不是很多年前就知道这些事情了吗?"他嘲笑说,"为什么现在显得这样神经质?"他掩饰着自己语气里的尖刻。内史密斯。他必须做内史密斯。

索恩锋利的眼睛瞪了他一下。"上一次我就准备把他们从轨道上带走,你应该还记得的。但是你不同意。"

哪一次?肯定不是最近三年之内。他应该翻阅更早些时候的日志。该死。他耸耸肩,不置可否。

"那么,"索恩说,"这些……大孩子……是不是都会认为,我们是他们的父母的敌人,要在他们回家之前绑架他们?我看麻烦就在这里。"

他紧握的右手松开来。"也许不会的。孩子们……有一种自我教育的形式。许多年以来,流传着一种'谣言'。一些关于买卖的故事,一些怀疑。我告诉过你,他们是很聪明的。虽然操纵他们的那些年长者试图掩饰这些事,或者把它们混在其他的谎言中,但是……他们并没有能够成功地愚弄他。因为,他比一般的人在那里待的时间更长一些,他有时间观察那些克隆人来了又走,看到一些虚假的、关于身世的故事被一再地重复。有时候,那些年长的操纵者会犯一些小错误,这些都可以验证他的观察。如果一切还是同样的……"如果一切与他在那儿的时候是一样的,他几乎要这样说了,但是及时地纠正了自己,"我会想办法劝说他们的,这件事就交给我了。"

"没意见。"索恩拿起一把椅子,插在他附近的固定夹上,坐下来,然后迅速地就后勤布置、行动方向、人员安排和行动路线等做了一些记录,"两栋宿舍楼?"它奇怪地指着图像说。索恩的手指甲剪得很短,没有任何修饰。

"是的。男孩子们与女孩子们被刻意地分开了。女性——通常是女性——顾客希望自己在一个仍然保有处女身份的身体中苏醒过来。"

"我明白了。那么,我们必须在那些巴罗普乔人开始武装抵抗之前,奇迹般地把这些孩子都装上飞船——"

"是的,速度是最关键的。"

"这是当然的。但是,那些巴罗普乔人会把我们层层包围,这些孩子不像达戈拉的马里拉克人,你可以花费很多时间来训练他们做好登船准备。如果他们中有人不愿意走,或者有其他什么棘手的事情发生的话,我们该怎么办?"

"一旦那些克隆人被带上飞船,他们就成了我们的人质,我们就不会受到火力攻击。只要仍然存在着收复他们的希望,那些巴罗普乔人不会拿他们投资的产品来冒险。"

"这样看来,一旦他们发现一切希望都丧失了,他们就会严惩肇事者,以防这样的行为再次出现。"

"不错。我们必须搅乱他们的思想,让他们处于迷惑之中。"

"如此看来,他们的第二步可能就是——如果我们去了飞行站——去炸毁羚羊号,以切断我们的退路。"

"速度。"他固执地重复道。

"多考虑一些意外事件,迈尔斯,亲爱的,清醒点。通常情况下,一大早你是不需要我来启发你开动脑筋的——你想喝点茶吗? 不? 我的建议是,如果我们在下面耽搁了,就让羚羊号在费尔基地寻求庇护,然后,我们再去那里同它汇合。"

"费尔基地? 就是轨道上的那个?"他犹豫地问,"为什么?"

"费尔男爵一直同巴罗普乔人和瑞瓦尔有世仇,不是吗?"

这是杰克逊人使用的、企图导致两败俱伤的政治策略;他不很熟悉他们,他本应该更了解他们一些的。他从没有想到在任何一个王朝中寻找同盟者。他们都是一些犯罪分子,都是邪恶的,他们以各种军事形式相互支持或诋毁。这个瑞瓦尔,又提到他了。为什么?他耸了耸肩,一言不发,以掩饰自己对此人的无知。"带着五十个克隆人被困在费尔王朝并不是一件乐观的事情。没有一个杰克逊人值得信任。我们必须快速行动,火速撤离,这才是最安全的一种策略。"

"费尔王朝拥有第五号跃迁站,我们可以从那里撤离。"

"是的,但是我想回到埃斯科巴。那些克隆人都可以在那儿的教养院里得到安全保障。"

"是这样,迈尔斯,这条通道在我们回来的时间里一定会被巴罗普乔人控制住的,我们绝对无法从我们进去的路线出来,除非你有什么高招还没有说出来——没有?那么我认为我们最好把五号跃迁站作为我们的撤退路线。"

"你真的认为费尔是一个很可靠的同盟者吗?"他好奇地询问道。

"完全不是那回事。不过他是我们敌人的敌人,这才是原因所在。"

"但是,从第五号跃迁站出去就到了赫根哈伯。我们不可能进入塞塔甘德的领地,而另一条唯一能离开赫根哈伯的通道是从科玛到泊尔的。"

"虽然绕道,但更安全。"

对我来说就不安全了!那里是该死的贝拉亚帝国!他默默地按捺住内心的惊恐。

"从赫根哈伯到泊尔,再到科玛和瑟格亚,然后回到埃斯科巴。"索恩高兴地说道,"你想想,这可能会成功。"它斜靠在通讯终端上,又做了一些笔记,它的长睡衣在图像显示屏的光亮映衬下变化着、闪烁着。然后,它把胳膊放在控制台上,用双手托住自己的下巴,它的乳房在薄薄的衣服底下被挤压着变化了形状。它的表情变得温柔和深沉起来。它终于抬起头来看着他,面带一种奇怪的、非常忧郁的微笑。

"曾经有克隆人逃跑过吗?"索恩轻声问道。

"没有。"他迅速地回答说。

"当然,除了你自己的那个克隆人。"

谈话触及了一个危险的话题。"我的克隆人也没有能够逃脱。他仅仅是被他的买主带走了而已。"他当时确实应该尝试逃跑……如果他成功地逃跑了,他的生活又会是什么样子的呢?

"五十个孩子,"索恩叹息道,"你知道——我真的非常赞同这次行动。"它停下来,用敏锐、闪亮的眼睛看着他。

他感到非常不舒服,竭力压抑自己不去像个傻瓜似的说出:谢谢你。这一刻,他内心里非常激动,但是又不知如何用语言来表达自己,结果只好尴尬地沉默着。

"我猜想,"索恩在长时间的沉默之后,终于若有所思地说,"恐怕在这个环境里成长起来的任何人都很难真正地信任……任何其他人,任何其他人所说的话,包括他们的善意。"

"我……恐怕是这样的。"这是随意的交谈,还是某种恶兆的开始?一个陷阱……

索恩探过身来,用一只纤细但很有力的手托起他的下巴,仍然带着那种古怪而神秘的微笑,开始亲吻他。

他不知道自己是应该退缩还是应该回应,所以他什么都没有做,只是紧闭着眼睛,陷入手足无措的恐慌之中。索恩的嘴唇很温暖,有茶和佛手柑的味道,光滑且充满香气。难道内史密斯也搅到这种关系里面了?如果真的如此,他们的性别角色如何安排?或者他们轮流来?事情真的是那么糟吗?他的恐惧在索恩的刺激下陡然增加了:我相信我会死在一个情人的怀抱里。他曾经一直都是孤身一人。

索恩终于往后退了一点,这让他如释重负,但是,它的手仍然摸着他的下巴。在另一段沉寂的时间之后,它的笑容变得不那么愉快了。"我想,我不应该引诱你,"它叹息道,"考虑到所有的因素,这似乎有些残忍。"

它放开了他,然后站起来,那种情感上的犹豫神情似乎迅速消失了。"一会儿就回来。"它大步走到舱房的洗手间,把门从背后锁上了。

他坐在那里,惊魂未定,不住地颤抖。这该死的一切究竟意味着什么?他的脑子里出现了另一个想法,我敢打赌,这次旅行中你恐怕要丧失掉你自己的童贞了。但是转念又一想,不,不要跟这个两性同体的家伙。

这是一个考验吗?那么他究竟是通过了,还是失败了?索恩没有尖叫或者召集武装力量来增援。或许这个机长现在正在洗手间里使用通讯网络安排人员来逮捕他呢。在这样一个航行在茫茫太空之中的小飞船上,没有地方可以逃跑。他交叉着的双手下意识地紧紧抱住自己的身体。他努力地松开双手,把它们平放在控制台上,希望那些紧张的肌肉能够恢复自然。他们可能不会杀掉我。他们要把他带回舰队,让内史密斯来杀死他。

但是,没有武装士兵冲进舱门,而索恩也很快回来了。这一次它终于整齐地穿上了它的军服。它从通讯终端里拿出那块数据卡,握在手心里。"我将同陶娜军士一起根据这个数据卡进行一些认真的计划和部署。"

"哦,好的。是时候了。"他很不愿意让这块珍贵的数据卡离开自己的视线,但是,似乎在索恩的眼睛里,他仍然还是内史密斯。

索恩翘起嘴唇说:"现在应该向全体队员布置任务了。你是否认为我们应该让羚羊号处于完全的信息封闭状态?"

这个主意太好了,虽然他自己不敢提出这样的建议,因为这似乎显得很可疑、很奇怪。也许在这样一些秘密行动中,这样做是一种惯例。他根本不知道什么时候真正的内史密斯会回到登达立舰队,但是,从值班员对他的态度来看,他不久就会回来的。在过去的三天里,他一直提心吊胆,害怕真正的内史密斯会派一个信使来下达命令,让羚羊号立刻返航。再多给我几天时间吧,就几天,然后我就让一切恢复原状。"好的,就这么办。"

"很好,长官。"索恩迟疑地问,"你现在感觉怎么样?每个人都知道,你这种坏心情会持续几个星期的。但是,如果你好好地休息休息,也许可以在我们降落的时候恢复正常。我是否应该传令让大家不要去打扰你?"

"我……很感激,贝尔。"多么好的运气!"同我保持联系,好不好?"

"喔,好的。你放心好了。这是一次简单的直接袭击,除了如何对付那群孩子,这方面我服从你这个专家的意见。"

"好。"他面带笑容,高兴地敬了一个军礼,然后迅速地离开了索恩的舱房,穿过走道回到自己的舱房里。当舱房的门终于在他身后关上时,他倒在床上,抓起被子盖住自己。计划终于要实现了!

后来,通过仔细搜索飞船的日志,他终于在自己舱房的通讯终端里找到了四年前羚羊号访问杰克逊联邦的记录。像通常的日志一样,它记载了一些军需品的交易,即从费尔王朝的轨道运输站装载的一大批军械,但没有进一步的说明。接着,突然出现了索恩紧张的呼叫:"摩卡丢失了将军。他被瑞瓦尔男爵胁持了。现在我正要同费尔进行一项魔鬼交易。"然后就是关于紧急军事行动的记录,随后羚羊号迅速撤离,只装载了一半的货物。这些记载之后,出现了两段出人意料的谈话。谈话是在内史密斯和瑞瓦尔男爵以及费尔男爵之间进行的。瑞瓦尔在咆哮,声嘶力竭地威胁要处死内史密斯。看着男爵那张英俊但扭曲了的脸,他感到很不舒服。即使在一个崇尚冷酷的社会里,瑞瓦尔也是一个令其他的军火商敬而远之的人。内史密斯将军似乎代表着某种正义的东西。费尔显得更有自制力一些,一个冷酷的家伙。按照惯例,这次行动的原因和一些最关键的信息都由内史密斯口头传达,没有记载在日志上。但是,他仍然设法搜集到了一个惊人的事实,那就是,那个八英尺高的队员陶娜军士居然是巴罗普乔王朝生物实验室里的一个产品。

这就好像意外地遇见了某个自己家乡的人。在一种复杂的乡恋冲动之下,他花费了很长时间来调查她的档案,以查对这条记录是否属实。内史密斯显然偷走了她的心,或者至少偷走了她的人,但是,这似乎并不是让瑞瓦尔特别愤怒的原因。事情要更复杂得多。

他还收集到另一条令人不愉快的信息。费尔男爵曾经是一个克隆人的准消费者。他的敌人瑞瓦尔出于世仇,设法在移植手术进行之前谋杀了他的克隆人,使得费尔无法摆脱他那衰老的身躯。但是,费尔确实曾经有过那样的意图,这就足够了。尽管索恩设计了那套紧急计划,但他决定,如果可能的话,他将不同费尔男爵打任何交道。

他深深地吐出一口气,关掉通讯终端,回过头来练习使用那个头盔里的联络设备。幸好他的记忆里还保存了一些这方面的训练程序。我要设法调出它来。

第四章

"长官,从这一条通讯线路也联系不上羚羊号。"赫勒尔德中尉充满歉意地报告说。

迈尔斯握紧了拳头。他强迫自己放松下来,把手平放在自己的裤缝上,但是,内心的紧张仅仅是转移到了他的脚上,于是,他开始在胜利号的导航和通讯室不停地踱步徘徊起来。"这是第三次
——第三次?你是否对每一个通讯员重复了这条信息?"

"是的,长官。"

"第三次没有回复。真该死,是什么事缠住了贝尔?"

赫勒尔德中尉听到这个问题之后,无能为力地耸了耸肩。

迈尔斯紧锁着眉头,再一次踱步穿过房间。

"是不是信息传递系统出了什么毛病?其他信息传递情况如何——这个通道上的其他信息传递都正常吗?"

"是的,长官,我检查过了。通往杰克逊联邦的信息流是正常的。"

"他们真的提交过一个前往杰克逊联邦的计划,也确实是从那个出口点跃迁的吗?"

63

"是的,长官。"

那已经是四天之前的事情了。他在自己的记忆系统中查询有关蛀洞网的情况。从埃斯科巴到杰克逊联邦的那条最短的普通路线上没有任何跃迁点可以通往任何知名的地方。他想象不出贝尔可能会选择这个时候来扮演贝塔天文探索者的角色。

他做了——被迫地——一个决定,这个决定本身也让他非常恼火。近来,他已经不习惯让任何事情不处于自己的控制之下了。真该死!这不是我曾经计划要做的事情。"这样吧,桑迪,替我发一个会议通知。请奎因上校、伯沙瑞-杰萨克机长和杰萨克司令官,立即去胜利号的会议室里开会。"

听到这个名单的时候,赫勒尔德的眉毛挑了起来,虽然她的手顺从地在通讯终端上进行着必要的操作活动。被通知的这些人是高级军官。"长官,是不是发生了棘手的麻烦事了?"

他露出一个似是而非的微笑,并且努力使自己的声音显得轻松一些。"中尉,没什么,仅仅是非常令人恼火而已。"

事实并非如此。他那个白痴兄弟究竟想用他所征用的那个武装小分队来做什么?十几个全副武装的登达立士兵虽说也是一股比较强大的武装力量,但是,同一些军事力量相比较,比如说,同巴罗普乔王朝相比较……它仅仅能够给对方造成巨大的麻烦,但是很难安全地脱身。他一想到他的士兵,陶娜,上帝啊!——想到他们盲目地跟随着那个无知的马克去干一些从军事策略上看极为愚蠢的事情,但却以为是在跟随着他自己,他简直就要发狂了。他的大脑里警报尖叫着,红色的指示灯闪烁不停。贝尔,为什么你没有回音?

迈尔斯又开始绕着胜利号会议室的大会议桌不停地踱来踱

去,一圈又一圈,直到奎因松开抱住头的双手,冲着他大声叫喊道:"你坐下来好不好?"奎因不像他那样激动,她还没有开始啃自己的手指甲。她的手指甲仍然很整齐,呈完美的半月牙状。发现她很镇静,他感到一丝安慰。他找了一把椅子坐下来。他的一只脚开始敲击地面。奎因看到了,皱了皱眉头,张开嘴巴,又闭上了,无可奈何地摇了摇头。他停住脚,冲着她皮笑肉不笑地咧了咧嘴。幸好,就在他内心的紧张即将发展到不可控制的地步时,巴兹·杰萨克到了。

"埃蕾娜正从游客号那里赶来。"巴兹通报说。他坐到自己通常坐的那把固定的椅子上,并且习惯性从通讯终端上调出舰队的管理程序,"她几分钟之后就会到这里。"

"很好,谢谢。"迈尔斯点头回答说。

迈尔斯第一次遇见这个工程师的时候,那是大约十年前,登达立雇佣军刚刚成立的时候,当时他是一个将近三十岁的小伙子:高个子、瘦弱、黑头发,非常忧郁的样子。那时,他们这个组织只有迈尔斯、他的保镖、保镖的女儿、一个破旧的飞行器和一个喜欢冒险的飞行员,他们在一起做一些急功近利的走私买卖。迈尔斯曾经把巴兹作为一个忠诚的部下介绍给弗·科西根伯爵,当时内史密斯将军这个形象还没有被发明出来。现在,巴兹已经接近四十,他仍然是那么瘦,黑头发少了一些,同以往一样沉默寡言,但是显得非常自信。他在迈尔斯的眼里就像一头苍鹰,在芦苇丛生的湖边捕猎食物,不但悄无声息,而且非常敏捷。

正像巴兹所许诺的,埃蕾娜·伯沙瑞-杰萨克很快就走进了会议室,并且在她的丈夫身边坐了下来。由于两个人都是公务在身,他们重逢时表达情感的举动就局限在相互交换一个微笑和桌子底下一个简短的握手。然后,她冲着迈尔斯笑了笑。

在所有的登达立高级官员中,即那些在他还是中尉弗·科西根勋爵的时候就认识他的人当中,埃蕾娜肯定是最亲密的一个。她的父亲,已故的伯沙瑞军士,曾经是迈尔斯的保镖,并且从他出生时起,就担任他的贴身护卫。迈尔斯和埃蕾娜年龄相当,而且实际上是在一起长大的,因为弗·科西根伯爵夫人对这个女孩子关爱备至。埃蕾娜认识内史密斯将军,认识小弗·科西根伯爵,也非常了解平平常常的迈尔斯。

但是她却选择巴兹·杰萨克作为自己的丈夫……迈尔斯觉得把埃蕾娜当作自己的妹妹来看待要更愉快和实用一些。她几乎确实是他妈妈的养女。她同她的丈夫一样是个高个子,有着乌黑的短发和白净而光滑的皮肤。从她的脸上,他依然可以看到那个伯沙瑞军士的影子,伯沙瑞的那种愚钝和丑陋,经过某种遗传基因上的神奇变异,转变成她的绝色美貌。埃蕾娜,我仍然爱着你,糟了……他迅速地把这个念头从脑海里排除出去。他现在有了奎因。或者,无论如何,作为内史密斯将军的那个他拥有奎因。

是他一手把埃蕾娜培养成一个登达立军官的。埃蕾娜曾经是一个害羞的、满腹牢骚的姑娘,因为性别的关系,被贝拉亚军事机构拒之门外,但是现在,她已经从小分队队长、秘密间谍、高级军官,成长为飞船船长。退休了的司令官腾格曾经声明,埃蕾娜在他教过的军事学员中名列第二。迈尔斯有时候感到非常困惑,不知道他现在正在维持着的这个登达立雇佣军,究竟是为了帝国安全部服务,还是因为他自身受挫的个性,或者仅仅是送给埃蕾娜·伯沙瑞的一件秘密的礼物。应该是伯沙瑞-杰萨克。人的行为动机往往是模糊的,难以明确地为自己所洞察。

"羚羊号仍然没有任何答复。"迈尔斯直截了当地说,在这个小圈子里,没有必要搞任何形式主义的东西。他们都是最贴心的亲信,他甚至能够在他们面前说出自己心里的任何想法。他觉得自己的思想放松了一些,重新结合了内史密斯将军和弗·科西根勋爵这两种身份,他甚至可以稍微偏离那种慢腾腾的贝塔语,偶尔用贝拉亚的喉音来发几句牢骚。在这个会议中,他肯定他自己是会发牢骚的。"我要去追他们。"

奎因立刻用手指敲击桌子。"我想你会这么做的。但是,也许小马克也是这样想的呢。他研究过你,知道你的性格。这会不会是一个圈套?不要忘记上次他是怎么欺骗你的。"

迈尔斯有些迟疑。"我记得上次发生的事。我已经考虑到这可能是一个骗局。而且这正是我没有在二十小时之前立即就去追他们的原因。"在那个尴尬的、草草结束的全体成员会议之后,他一直恨不得立刻就去干掉他的那个兄弟。"想想看,很可能贝尔一开始受到了蒙骗——我想这是非常可能的,因为所有其他的人都受骗了——时间差可能让马克有机会来钻这个空子,但是它也会让贝尔逐渐地明白过来。如果是这样的话,一个返航的命令就会把羚羊号召回来了。"

"马克确实伪装得很逼真,"奎因分析说,"至少两年前他装得很像。如果不了解你有一个克隆人兄弟的话,人们就会认为,他似乎完全就是你情绪低落时候的样子。他的外表简直同你一模一样。"

"但是贝尔是知道内情的。"埃蕾娜打断她说。

"是的,"迈尔斯说,"因此说,贝尔可能是被蒙骗了,也可能是被禁闭起来了。"

"马克应该需要船上的机组人员,或者是一些工作人员,来驾驶飞船,"巴兹说,"虽然他可能准备了一队新的机组人员,等候在远处。"

"如果他策划了这样一次劫机和谋杀行动,他就不太可能带上一整队登达立士兵去送死。"迈尔斯深深地吸了一口气,"或许贝尔被收买了?"

巴兹露出惊讶的神情;奎因下意识地咬住自己右手上的小手指甲,尽管还没有啃它。

"怎么收买?"埃蕾娜问,"绝对不是用金钱。"她调皮地笑起来,"你是否认为贝尔终于放弃了对你的引诱,而选择了那个稍次一点的替代者?"

"这一点也不好笑。"迈尔斯迅速打断她的话。巴兹假装咳嗽,掩饰他那几乎就要爆发的哈哈大笑,装出若无其事的样子看着迈尔斯,然后避开他的目光,暗自窃笑。

"至少,这是一个老掉牙的笑话了。"迈尔斯无可奈何地承认埃蕾娜调皮的猜测确实是可能的,"但是,这要看马克究竟想去杰克逊联邦干什么。那种……该死的,由各种制造人体的杰克逊人所实行的奴隶制,对于贝尔这个进步的贝塔人来说,是不可原谅的。如果马克想打击一下这个曾经是他老家的星球,他会很容易就说服贝尔的。"

"以牺牲舰队为代价吗?"巴兹询问道。

"这确实……几乎相当于兵变,"迈尔斯勉强地表示同意,"我不是在指责他,我仅仅是在推测,揣摩一切可能性。"

"如果是这样的话,是否有可能马克的目的地根本就不是杰克逊联邦?"巴兹说,"杰克逊所控区域里一共有四个跃迁口,也许羚羊号仅仅是从那里经过?"

"是的,从地理情况看确实有这个可能性。"迈尔斯说,"但是,从心理学的角度看……我也研究过马克。虽然我并不能说我非常了解他的性格,但是我知道杰克逊联邦在他的生活中占有特别重要的地位。它仅仅是一种内在的情感,但它是一种非常强烈的内在情感。"就好像严重的消化不良症。

"我们这一次为什么又被马克蒙骗了?"埃蕾娜问道,"我以为皇家安全部会替我们盯住他的。"

"他们是在监视他。我定期地收到伊林的工作室提交的报告。"迈尔斯说,"将近三周前,我在皇家安全部阅读的最后一份报告上说,他仍然在地球上。但是,都怪这该死的时间差。如果他已经,比方说,在四周或五周之前离开了地球,而那份报告则仍然处于传递之中,它需要从地球传送到贝拉亚,然后再到我手中。我敢打赌,在几天之内,我们就会从总部那里收到一条密码信息,警告我们说马克又失踪了。"

"又失踪了?"埃蕾娜问道,"他以前失踪过吗?"

"他失踪过好几次,确切地说,是三次。"迈尔斯说,"你看,我曾经间或——在过去的两年里,这种事情已经发生过三次了——设法同他本人联系,邀请他到贝拉亚来,或者至少同我见个面。但是,每一次,他都感到惊恐万分,立刻就藏起来了,或者改变了自己的身份——对此他非常精通,因为他一直在逃避着科玛恐怖分子的追捕——然后伊林的手下就必须重新花费几个星期或者几个月的时间来寻找他。伊林要求我在未经过他允许之前,不要擅自去联系他。"他沮丧地说,"妈妈非常想让他来贝拉亚,但是她不让伊林下命令绑架他。起初我同意妈妈的意见,但是现在我对此感到很疑惑。"

"作为你的克隆人,他——"巴兹说。

"兄弟,"迈尔斯固执地纠正他说,"我的兄弟。我拒绝用'克隆人'这个词来称呼马克。我禁止这样称呼他。'克隆人'意味着某种可替换的东西，而一个兄弟则是一个独特的人。我向你保证，马克是一个独特的人。"

"在推测……马克下一步的行动时，"巴兹又开口说，这一次言辞更加谨慎了一些，"我们是否可以进行理性推理？他有理智吗？"

"如果他有，那也不是科玛人的功劳。"迈尔斯站起来，不顾奎因恼怒的目光，又开始围着桌子踱步。他避开她的目光，看着自己的靴子，"在我们发现他的存在之后，伊林让他的人对马克的情况进行了尽可能深入的调查。我想，这部分是因为他们这么多年来一直对他一无所知，感到很尴尬，想弥补这个过失。我读过所有的报告，希望能够揣摩透马克的内心。"从各个角度去揣摩。

"他在巴罗普乔的克隆人教养院里的生活似乎并不是很糟糕的——但是，在那些科玛暴徒把他带走之后，我猜想事情开始变得不妙起来。他们不停地训练他，想让他变成我，但是，每一次他们以为已经成功了的时候，我又做了一些他们意想不到的事情，而他们则又得从头开始。他们一直在修正他们的计划，这个阴谋没有能够像他们最初设想的那样按时施行，而且拖延了好几年时间。他们是一个小团体，有一小笔经费。我想，他们的头儿，萨尔·盖尹，可能已经发疯了。"他转了一圈又一圈。

"有时候，盖尹把马克视为科玛人复兴的巨大希望，设想当他们政变成功之后让马克当贝拉亚的皇帝。但是，有的时候，他陷入自己设计的骗局里，把马克视为我们父亲的生物遗传学意义上的代表，严厉地惩罚他，把他自己对弗·科西根家族和贝拉亚的所有仇恨都发泄到马克的身上。对于他自己，甚至对于马克,这种疯狂的惩罚(或者说折磨)被伪装成所谓的'训练纪律'。伊林的使者是从盖尹的一个前部下那里得到这个信息的,所以绝对可靠。"他又绕了一圈又一圈。

"例如,马克的新陈代谢功能显然与我的不一样。因此,每当马克的体重超过了我的,盖尹不是采用医学手段控制马克的食欲,而是首先限制他的饮食,然后让他大吃一顿,接着就强迫他以惊人的强度进行运动,直到他呕吐。这样不可思议的事情真是惨无人道。盖尹显然脾气很大,至少对马克来说是这样的。或者他有意识地试图把马克逼疯,制造一个疯狂的迈尔斯皇帝,来重现疯皇帝尤瑞的统治,自上而下地摧毁贝拉亚政权。有一次——这个使者报告说——马克外出了一个晚上,仅仅一个晚上,其实只出去了一会儿,盖尹的打手就立刻把他抓了回来。盖尹非常生气,指责他企图逃跑,然后拿出电棒,并且……"他看到埃蕾娜苍白的面容,就赶忙调整了一下自己这场突然爆发的愤怒倾诉,"并且对他做了一些丑陋的事情。"根据那个报告,这些事情严重损害了马克的性功能。

"无疑他恨盖尹。"奎因轻声说。

埃蕾娜的目光更加敏锐,她安慰迈尔斯说:"对此你无能为力,那时候,你甚至不知道马克的存在。"

"我们应该了解的。"

"不错。那么,这种负罪感在多大的程度上影响了你现在的思想,将军?"

"我想,有一些影响,"他承认,"这就是我召集你们来的原因。对于这个问题,我需要多方征求意见。"他停顿了一下,强迫自己坐下来,"不过,这不是叫你们来的唯一原因。在羚羊号从蛀洞里失踪之前,我曾经准备向你们布置一项真正的任务。"

"啊哈,"巴兹满意地说,"终于来了。"

"一个新的任务。"虽然他满腹心事,但还是笑了,"在马克出现之前,我曾经设想了一个完美的计划。那是一次全程免费的假日旅行。"

"什么,一次没有任何战斗的特殊旅行?"埃蕾娜讥讽地说,"我还以为你总是非常瞧不起欧萨尔将军的那些计划呢。"

"我改变主意了。"像往常一样,提起欧萨尔将军,他感到一阵突然袭来的懊悔,"随着时间的流逝,我意识到,他的指挥策略显得越来越高明,我想,我已经成熟了。"

"或者说已经长大了。"埃蕾娜插口道。

"无论如何,"迈尔斯继续,"贝拉亚人高级领导者希望为某个独立的宇宙航空站提供一些更完善的武器装备。维格基地……奎因,请展示地图。"

奎因在键盘上敲出了一幅维格基地及其临近地区的三维全息图表。在那上面,各个界限模糊的太空区域之间的跃迁路线,都用闪亮而突出的线条标了出来。

"在维格基地所控制的这三条跃迁路线中,一条通向西塔甘达区域,经由它的总管辖区奥拉斯瑞;一条被陶拉尼尔所阻塞,它有时是西塔甘达的同盟,有时是它的敌人;第三条被祖瓦忒拉特所掌握,它同西塔甘达之间保持互不干涉的关系,但是对它的这个强大的邻居非常警惕。"当他提到每个系统时,奎因都用强光突现出它们,"奥拉斯瑞和陶拉尼尔严格禁止维格基地进口任何重要的太空进攻或防御武器系统。祖瓦忒拉特在西塔甘达的逼迫下,不情愿地协同实行这一武器进口禁令。"

"那么,我们怎么进去?"巴兹问道。

"严格地说,是通过陶拉尼尔。我们走私驮运货物的马。"

"什么?"巴兹疑惑地问,但是埃蕾娜领会了他的意思,然后得意地大笑起来。

"你从来没有听说过这个故事吗？这个贝拉亚的历史故事？是这样的,在某个战事不断的世纪,塞里格·弗·科西根伯爵与哈芘布拉特的沃维君主打起仗来。弗·科西根的瓦史尼尔城被围困起来了。每周有两次,沃维君主的巡逻兵都要拦下一个小丑模样的家伙,他牵着一溜儿装满货物的马。这些巡逻兵仔细地检查这些货物,查看里面是否有违禁品,例如食物或供给品。但是,他的货物都是一些垃圾。他们乱翻并倒空那些装货的袋子,但是他每次都仔细地把这些垃圾重新收集起来,装进袋子里,他们又把他打翻在地,搜他的身,但是,什么也找不到,最终,又不得不把他放了。战争结束之后,沃维的一个边境卫兵偶然在一个小酒店里遇见了塞里格伯爵的这个忠臣,他不再是小丑的模样了。'你当时究竟走私什么?'这个卫兵沮丧地问道,'我们知道你一定在走私什么东西,但它究竟是什么?'

"这个忠臣回答说:'马。'

"我们走私宇宙飞船。也就是说,我们整个舰队:胜利号,D-16和羚羊号。我们通过陶拉尼尔进入维格基地的领空,执行穿越——飞行计划。然后我们从祖瓦忒拉特离开,带走我们所有的战士,但是留下我们那三艘旧飞船。然后我们到伊林芮卡那里去取我们的另外三艘崭新的飞船,在我们讨论这个计划时,它们已经即将造好,正停靠在伊林芮卡轨道的飞船厂里。它们是我们从格里高皇帝那里得到的冬季展览会的礼物。"

巴兹眨巴着眼问:"这能成功吗?"

"没有理由不成功。这次行动的准备工作——许可证、护照和贿赂等等——全部由皇家安全部在当地的使者来办理。我们要做的仅仅是悄悄地飞过去。没有任何战争,没有任何火力冲突。现在,唯一的问题是,我们三分之一的交易货物去了杰克逊联邦。"迈尔斯从鼻子里发出一声哼哼,结束了他的话。

"我们有多长时间来恢复舰队的完整?"埃蕾娜问道。

"我们所有的时间远远不够。皇家安全部为这个走私行动设定的时间表只有几天的机动时间,而不是几周。舰队必须在这个周末从埃斯科巴出发。我起初把出发时间定在明天。"

"我们可以不带羚羊号去吗?"巴兹问道。

"我们必须这么做。但不是仅仅如此。我有一个替补计划。奎因,把伊林芮卡的那些说明书转发给巴兹。"

奎因埋头看着自己面前的通讯终端接口上的安全数据卡,然后传输出一些数据到巴兹的设备上。这个工程师开始浏览伊林芮卡飞船制造商的那些展示性的、描述性的和专业性的文件。他的脸上露出了不常见的笑容。"寒冬老人在这个冬季展览会真慷慨。"他低声说。当他看到飞船的武器装备说明时,他的嘴巴高兴得合不拢了,眼睛里露出热切的渴望。

迈尔斯等他又陶醉了几分钟,说:"现在,从功能和武器装备等方面看,舰队里比羚羊号稍好一点的飞船,应该是特拉茈罗的游击者号了。"可惜的是,特拉茈罗不是舰队的雇员,而是一个拥有飞船的、具有独立自主权的机长,"你们认为他会听从劝说,拿自己的飞船来做交易吗?他交换过来的新飞船将更新、更快,从武器装备上看,新飞船虽然肯定比羚羊号强,但是比游击者号就要稍弱一点了。"

埃蕾娜挑起眉毛,笑了起来。"这是你提出的条件,是不是?"

他耸了耸肩。"确实如此,伊林要我解决武器禁运问题,他接受了我的计划方案。"

"哦,"巴兹乐得直哼哼,他仍然对新飞船的各种数据感到惊喜,"假如特拉茈罗看到这个……还有这个……还有……"

"这么说你认为你能够说服他?"迈尔斯问。

"当然。"巴兹肯定地说,"你也能说服他。"

"恐怕我会出发去另一个地方。不过,如果事情顺利的话,我很快就能够回头赶上你们。巴兹,我任命你来全权负责这项任务。奎因将告诉你所有的规则、代码和接应者等等,也就是伊林提供给我的一切。"

巴兹点头说:"很好,长官。"

"我带游客号去追羚羊号。"迈尔斯补充道。

巴兹和埃蕾娜相互交换了一个快速而隐秘的目光。"很好,长官。"在稍稍有一点迟疑之后,埃蕾娜也回答道,"昨天我已经把游客号上的警戒时间从二十四小时改变成一小时。我应该通知埃斯科巴的飞行控制中心我们何时起航?"

"一个小时之后。"然后,虽然没有任何人要求他解释,他补充道,"游客号在速度上仅次于游击者号和羚羊号,具有必要的武器装备。我想速度应该是最关键的,那样我们才能追上羚羊号——当然,阻止一场混乱的发生,比收拾混乱遗留下的残局要容易得多。我现在很后悔没有昨天就出发去追它,只是我必须让事情明朗起来。我任命奎因作为机动人员跟随我,因为她曾经在杰克逊联邦收集情报,具有宝贵的实地经验。"

奎因揉了揉自己的胳膊。"巴罗普乔王朝非常危险。他们有很多钱、很多卑鄙小人,而且复仇心非常强烈。"

"你知道我为什么不提那个地方?那是另一种危险,一些杰克逊人会把马克当作内史密斯将军,例如,瑞瓦尔男爵。"

瑞瓦尔男爵一直是一个危险。登达立人三个月前刚刚粉碎了他最近一次悬赏猎取内史密斯将军头皮的阴谋,这已经是第四次了,这种悬赏行为似乎已经成为一年一次的行动了。也许瑞瓦尔每年都派一个使者来执行这种行动,作为对他和内史密斯第一次遭遇的纪念。瑞瓦尔没有重型武器装备,也不具备远程航行能力,但是,他曾经接受过生命延长手术,他非常耐心,能够在很长很长的时间里,一直这么磨下去。

"你考虑过采用另一种方式来解决这个问题吗?"奎因慢腾腾地问道,"事先发送信息给杰克逊联邦,警告他们。例如,让费尔皇族拘留马克并且扣留羚羊号,直到你去接他们回来。费尔非常痛恨瑞瓦尔,即使仅仅为了泄愤,他也会保护马克,不让瑞瓦尔伤害他。"

迈尔斯叹息道:"我考虑过这个方式。"他用手指在抛光的桌面上划起不规则的图形来。

"迈尔斯,你曾经说要广泛征求意见的。"埃蕾娜指出,"这个方式为什么不好?"

"它可能行得通。但是,如果马克确实让贝尔相信他就是我,他们可能会拒捕,也许会拼死抵抗。马克极度不信任杰克逊联邦上的任何人,我不知道他在恐慌中会做出什么反应。"

"你对马克非常体贴。"埃蕾娜说。

"我正试图让他信任我。"

"你有没有考虑过这样一次小小的绕道旅行需要多少费用?一旦那些账单放到伊林的桌子上之后,该怎么办?"奎因问道。

"皇家安全部会支付一切的。毫无疑问。"

奎因说:"你肯定吗?对于皇家安全部来说,马克算得了什么?他现在仅仅属于一个过时了的、被戳穿了阴谋,他对贝拉亚再也没有任何危险了,再也不用担心他会秘密地替代你了。我认为,他们仅仅是出于礼貌才替我们监视他的。一种十分昂贵的礼貌。"

迈尔斯谨慎地回答说:"维护贝拉亚的主权是皇家安全部的明确职责。这就包括保护格雷格的人和进行一定数量的星际间谍活动——"他用一个手势表示其中也包括维持登达立舰队的活动,"而且也包括守护格雷格家族的直接继承人,不仅需要保护他们不受任何伤害,而且需要阻止任何针对他们的、可能危及政权的阴谋。说到这里,我实际上已经意识到,就目前来说,究竟谁是格雷格的继承人这个问题还没有解决。我真希望他会结婚,然后把我们一起从这个困境里解救出来。"迈尔斯迟疑了一会儿,"根据一种解释,马克·彼埃尔·弗·科西根勋爵也可能拥有对贝拉亚政权的继承权,排名仅次于我。这就让他不仅成为皇家安全部关注的对象,而且成为他们最主要的关注对象之一。我个人对羚羊号的追逐也就是正当的了。"

"确实无可非议。"奎因干巴巴地纠正说。

"事实就是这样。"

"如果贝拉亚——如你一贯所声称的——由于你身体上可疑的基因变异,不接受你作为他们的皇帝,那么,你的克隆人将登上王位这个想法肯定也会让他们特别反感的。"巴兹说,"你的双胞胎兄弟。"正当迈尔斯准备开口的时候,巴兹赶紧纠正道。

"成功地说服政府内阁与说服皇家安全部是两回事。"迈尔斯轻蔑地说,"可笑的是,科玛人一直把他们假造的迈尔斯当作伪装的王位继承人,我认为,无论是他们,还是马克,都没有想到他们确实制造了一个真正的继承人。不过,我得先死去才行。所以,我认为这个问题不重要。"他按住桌子,站了起来,"让我们开始行动吧,伙计们。"

在出门的时候,埃蕾娜低声问他:"迈尔斯,你的妈妈也看过那些关于盖尹如何对待马克的可怕调查吗?"

迈尔斯忧郁地笑了起来。"你以为是谁让他们调查的?"

第五章

他开始试穿那套轻便盔甲。他发现,紧贴着皮肤的那一层是一种神经阻隔保护网,它应该是当今市场上最热门的高科技产品。实战程序网络被组合到了那套灰色紧身套装和头罩的衣料里面了,整个头罩把他的头部、脖子和前额一起保护了起来,只有他的眼睛从洞眼里露了出来。这套盔甲可以抵抗当今最可怕的一种武器,就是那种可以使人的神经断裂、破坏人的大脑的武器。而且,它还具有防震荡作用。当然了,内史密斯肯定总是拥有当今最好的、最先进的、而且是特殊定制的东西……这个该死的弹性衣料难道不能松点吗?

舱房的蜂鸣器响了,他跳了起来,手中的头盔差一点掉到地上。他小心地把它放好。

"迈尔斯?"索恩机长的声音从内部通信联络系统里传来,"你准备好了吗?"

"是的,请进。"他按了一下开关,打开舱门。

索恩走了进来,它同他一样穿戴得非常整齐,只是头罩暂时挂在背上。这种没有任何形体线条的服装使得索恩显得不再是双性的,而是变成了一个中性的、无性别的生物,一个士兵。索恩的胳膊下面也夹着一个指挥头盔,只是稍微旧一些,形状也不一样。

索恩围着他走了一圈,审视着每一种武器和皮带钩,并且核对了他的等离子防护包上的数据。"很好。"索恩机长难道在作战之前通常都要检查它的将军吗?是否内史密斯常常不系鞋带就上战场,或者还有其他一些不良行为习惯?索恩冲着台子上的那个指挥头盔,说:"那个家伙很复杂,你肯定自己能够掌握它吗?"

那个头盔看上去是新的,但也不是很新。"为什么不能?"他耸了耸肩,"我以前用过。"

"用过三次。"索恩提起它自己的头盔,"乍一用起来可能会感到无所适从。它不是提供数据流,而是数据洪流。你必须学会忽视一切你不需要的东西,否则还不如不带它。你,现在……"索恩迟疑不决地说,"已经像老腾格那样,具备了神奇的能力,能够忽视所有附带的东西,但能回忆它们,并在需要的时候迅速把它们调动出来;而且也能够始终在恰当的时间里,出现在恰当的频道上。这就好像你的头脑在两个层面上能够同时工作。当你兴奋起来的时候,你在指挥中的反应就特别快。这就好像形成了一种习惯。那些经常与你一起工作的人往往会期待——而且依赖——你的这种出色表现。"索恩停下来,等待他的回答。

它希望他说些什么呢?他又耸了耸肩。"我尽力而为吧。"

"如果你仍然觉得身体不适,你知道,你可以把一切都交给我来处理。"

"我看起来像生病的样子吗?"

"你确实有点儿不对劲。你不愿意让整个小分队都感染上你的病态吧?"索恩显得很紧张,似乎很急切的样子。

"我很好,贝尔,退下。"

"是,长官。"索恩叹息道。

"一切都好吗?"

"飞行器已经装满了燃料和武器设备。绿色小队也整装待发,目前正在进行最后的一些装载工作。我们计划在午夜时分进入停泊轨道,就在巴罗普乔主要医疗中心的下方。我们会快速降落,以免引人注意。得手之后立即就撤离。如果一切顺利的话,整个行动应该在一个小时内结束。"

"很好。"他的心飞快地跳动起来。为了掩饰自己的紧张和激动,他假装不舒服地叹息道,"我们出发吧。"

"让我们——首先来核对一下我们头盔里的通讯系统。"索恩说。

这倒是一个好主意。在这个安静的舱房里做这种准备工作,比在降落的飞行器里要好多了。"好吧,"他说,然后又调皮地补充说,"慢慢来,别着急。"

即使是这样一次小小的袭击行动,指挥用的耳麦上需要使用的频道也有一百多个。此外还要加上与羚羊号、索恩以及所有的士兵们的直接语音联系,还有与所有的电脑之间的联系,飞船和飞行器上的电脑,以及头盔自己内部的电脑。需要核对的还有各种遥感检测数据、武器火力的或后勤保障等方面的数据。所有士兵的头盔里都有图像检测器,这样他们就可以在紫外线光束下看到外部的情况了。还有他们的医疗数据,全息地图的展示。那幅克隆人教养院的全息地图已经被置入系统中;进攻计划和几个可能发生的偶然事件也都上载了。在飞行中,还有一些频道需要调试,以便偷听敌人的遥感勘测系统。索恩已经把巴罗普乔警备卫士的通讯接口锁定了。他们甚至可以收到附近行星上的娱乐节目。当他转到这些频道的时候,轻柔的音乐顿时弥漫在空中。

他们终于完成了核对工作。然后他发现自己和索恩在一种尴尬的沉默中注视着对方。索恩的面部表情漠然,显得很不安的样子,似乎在竭力地压抑着某种情感。内疚?奇怪的感觉,应该不是。索恩不可能是在怀疑他,否则它就会立即停止这次行动。

"贝尔,是不是有一点战前紧张?"他轻声问道,"我相信你是很热爱你的工作的。"

索恩从自己的走神中恢复过来,大吃一惊地回答:"哦,我确实很热爱自己的工作。"它深深地吸了一口气,"让我们开始吧。"

"出发。"他表示赞同,然后率先走出他的这个舱房,来到明亮的走廊和他的行动——他自己的行动——所创造的那个沸腾的现实世界中。

飞行器舱门前的走廊恰像他第一次所看见的那样,只不过,这一次,那些身材高大的登达立士兵不是在往里拥,而是在按次序地往外走。他们这一次似乎显得更安静一些,没有上次的那些打闹和玩笑,他们的行动也更有条理和效率。现在,他们的名字都已经排列在他的指挥头盔里了,所以对于他来说,他们不再是完全陌生的了。他们都穿着各种不同的轻便盔甲和头盔,带着重型武器和一种手提式武器,同他自己所携带的那种一样。

他发现自己现在开始用一种不同的眼光来看待那个怪物中士了,因为他已经了解了她的出身。日志上曾经说,她只有十九岁,虽然她看上去要显得大一些。当内史密斯在四年前把她从瑞瓦尔王朝偷走的时候,她才十五岁。他眯起眼睛看着她,试图想象她作为一个小姑娘的模样。他自己是在八年前——十四岁的时候被带走的。他们俩同为巴罗普乔王朝的遗传学产品和囚犯的日子有重叠的时候,尽管他从没有见过她。在那个外科医疗中心之外,还有许多位于不同城镇的基因工程研究实验室。巴罗普乔王朝是一个巨大的组织机构,几乎是一个以杰克逊人的方式组成的特殊政府。不过,杰克逊联邦并没有任何政府机构。

八年前……你那时候认识的人没有一个现在仍然活着。你很清楚这一点,不是吗?

如果我不能做我想做的一切,我至少应该做我能做的一切。

他朝她走过去。"陶娜中士……"她转过身来,他立刻吃惊地问道,"你脖子上围的那个是什么?"实际上,他能看见那个东西是什么,那是一个巨大的、毛茸茸的、桃红色的弓状物。他想他真正的问题是,为什么你带着这个东西?

她冲着他笑了起来,至少他猜想她那种可怕的鬼脸是一个笑容,然后她用巨大的爪子把脖子上的东西弄松散一些。她今天晚上手指上涂抹的亮光剂是粉红色的。"你认为这能行吗?我想带上什么东西,以便让孩子不要害怕。"

他抬头看着她那八英尺高的身体,她穿着轻便盔甲、伪装服、靴子和子弹带,长着发达的肌肉和突出的犬牙。我认为这个东西似乎不能够达到你的目的,中士。"这……当然值得试一试。"他吞吞吐吐地回答。这么说,她对自己奇特的外表是有所知觉的……傻瓜!她怎么会没有知觉呢?你自己不能意识到自己的长相吗?他几乎对自己没有更早一些离开自己的舱房,以便早一点结识她而感到后悔。一个来自我的故乡的姑娘。

"要回去了,有什么感觉?"他突然问道,并且用一个不经意的点头来表示他指的是他们即将降落的巴罗普乔王朝。

"很古怪的感觉。"她承认,她的浓眉垂了下来。

"你熟悉这个降落地点吗?以前是否去过那里?"

"没有去过那个医疗中心。我几乎没有离开过基因研究基地,虽然有几年是同被雇用的养父母一起生活的,但那也是在同一个城镇上。"她的头低了下去,声音降了八度。接着,她冲着自己手下的一个士兵咆哮了一句命令,让他去卸载设备,那个士兵立刻去执行命令了。她转过身去,有意识地让自己的声音变得柔和、轻松一些。在执行任务的时候,她没有采用任何不恰当的方式来表示他们之间的亲密。似乎她和内史密斯是小心翼翼的秘密情人,如果他们确实是情人的话。这种小心和谨慎让他减轻了他的心理负担。她补充说:"我还没有完全走出过去的阴影。"

他自己的声音也降低了一些。"你恨他们吗?"是否像我一样恨他们?这是一个性质不同的问题。

她噘着嘴陷入思考中。"我想……我在成长期间,被他们利用了,但是,那时候我自己并没有意识到这一点。我经历过许多令人厌恶的测试,但是那都是科学实验……没有人故意来伤害我。在那个高级士兵项目被取消之前,在他们把我卖给瑞瓦尔之前,我并没有真正受到任何伤害。瑞瓦尔对我所做的一切是非常怪异的,但那是瑞瓦尔的本性所决定的。我觉得,是巴罗普乔……是巴罗普乔的冷漠——他们把我随手扔掉——给我造成了最大的伤害。不过,你在那之后就来了……"她高兴起来了,"一个身穿闪亮盔甲的骑士,以及后来发生的一切。"

一阵熟悉的、阴郁的仇恨涌上了他的心头。身穿闪亮盔甲的骑士鸡奸者,还有他骑的那匹马。但是,我也能拯救民众。该死的！她恰好在看别处，没有注意到他脸上突然出现的那股愤怒的神情，或者她可能以为他的愤怒是针对那些引起她痛苦的人的。

"但是，尽管如此，"她低声说道，"如果没有巴罗普乔王朝，就没有我的存在。他们制造了我。我还活着，无论能活多久……我是否应该用死亡来回报那些给我生命的人？"她那奇怪地扭曲了的脸，流露出自我反省的神情。

这不是一个士兵在执行降落任务的时候应该有的那种激昂的战斗情绪，他后悔自己没有早点意识到这个。"不……完全没有必要这样想。我们正要去拯救克隆人，而不是去杀死巴罗普乔的工作人员。我们只在迫不得已的时候才杀人，不是吗？"

这才是善良的内史密斯的作为，她抬起头，冲着他笑了起来。"我看到你感觉好起来，我就不担心了。我想去见你，但是索恩机长不允许我去。"她的眼睛里充满了热情和温暖。

"是的，我曾经病得……很厉害。索恩是对的。不过……也许当我们回去的时候，我们可以谈谈。"当这一切结束之后，当他赢得了他的权利之后……赢得做什么的权利？

"这就是一个约会了，将军！"她冲着他眨眨眼，然后又迅速恢复严肃的神情，显得非常兴奋。我许诺什么了？她大踏步地往前走去，重新变成了一个兴奋的中士，去照管自己的小分队了。

他随她一起来到正在做降落准备的飞行器上。这里的光线更暗一些，气温也更低一些，而且，自然是没有重力场的。他跟随着索恩机长，从一个扶手飘浮到另一个扶手，在脑海中盘算着他即将上载的那些"货物"可能拥有的空间。孩子们分成十二或十五排坐下，四个一排……空间足够了。这个飞行器可以装载两个小分队，外加装甲气垫车或者整个野战医院。在它的后部有一个急救站，包括四个折叠病床和一个轻便型紧急冷冻室。那个登达立军队医务兵迅速地上载了足够的军需品。每一件事都被这些行动敏捷、全副武装的士兵们悄悄地、镇定地安排妥当了。一切东西都井井有条。

那个驾驶飞行器的飞行员已经安坐在自己的位子上，索恩坐在副驾驶的位子上。他坐在他们俩身后的一把安装了通讯设备的椅子上。他能够看到窗外那些遥远的星星，它们的附近闪烁着五彩的灯光，这意味着人类生命的迹象。几乎要到家了。他的胃翻腾起来。

飞行员打开了内部通信联络系统。"陶娜，请对后部全面检查一下。我们还有五分钟可以用来瞄准轨道，然后我们就要脱离飞船，开始降落了。"

过了一会儿，陶娜中士的声音传了过来："检查完毕。所有的士兵都坐好了，舱门已经关上了。我们准备就绪。出发——重复一遍——出发。"

索恩扭过头来，指点了他一下，他赶紧把自己的安全带系上。安全带非常紧，但是当羚羊号战栗着进入它的停泊轨道时，他仍然左右摇晃着。这是加速度的作用，它可以弥补和抵消大型飞船舱面所造成的人为重力作用。

飞行员把双手平衡地悬在空中，然后突然放下来，似乎他是一个音乐家，正在演奏渐强音。喧闹的、巨大的叮当声，通过飞机机身发出回响。舱面下面的部分相应地发出凄厉、嘈杂的吼叫。

当他们说降落的时候，他胡思乱想着，他们可没有开玩笑。恒星和行星在前面的窗口令人恶心地旋转着。他闭上眼睛，他胃里的东西直往上翻。他突然意识到全套太空盔甲的优越性,那就是,假如你感到恐惧和不安,你的盔甲会掩护你,因此,其他任何人都不会发现你的失常。

当他们进入离子圈的时候,飞行器的外壳因与空气摩擦而发出了尖叫。他的安全带似乎要把他切割成碎片。"好玩儿吗?"索恩冲他叫喊了一声,由于减速运行,它的脸扭曲起来,嘴唇不住地颤抖着。他们正垂直往下降,或者至少飞行器处于近乎垂直的状态,他的安全带似乎要把他扔到舱房的天花板上,让他摔断脖子或者摔碎脑袋。

"我真希望没有什么东西阻挡了我们的航线,"飞行员兴奋地喊叫起来,"你要知道,这条航线没有经过任何导航员的指引。"

他开始想象一场发生在他们的飞行器与一架大型客运飞行器之间的空中撞击事故……那架飞行器上乘坐了五百多妇女和儿童……剧烈的爆炸伴随着火光、黑烟和烧焦的尸体……

他们穿过明暗界线进入黄昏。然后是黑暗和飘浮的云层……更大的云朵……飞行器颤抖着,并且像一个疯狂的低音大喇叭一样吼叫着,他敢肯定。他们还在垂直往下降,虽然他不知道,飞行员在这些浓雾中能够看到什么航线。

然后,他们突然恢复了平衡,云朵在他们的上面,下面则是一个城市的灯光,这些灯光像地毯上的珠宝一样明亮。他们还在一直往下坠落,就好像一块大石头一样。他的背开始感受到越来越强的压力。飞行器的脚架开始被拉出的时候,又出现了更多的嘈杂声。一排有一些灯光的建筑物逐渐在下方显现出来,一个隐约可见的运动场——傻瓜,到了,到了!一阵响声之后,他们在这些建筑物中间降落了下来。

"很好,让我们开始行动吧!"索恩从它的座位上转过身来,满面红光,双眼闪动着对战争的渴望,或是恐惧,或者两者兼而有之,他分辨不出究竟是哪一种。

他跟在十几个登达立士兵的后面走下了飞行器。他的眼睛开始有些适应了,在这夜半雾蒙蒙的寒冷空气中散布着的一些光亮,足够他看清周围的环境了——尽管这是在黑夜中。周围的一切似乎都是黑色和不祥的,缺少了应有的色彩。陶娜中士用手势悄然无声地指挥着她的小分队,让士兵们分组行动。没有任何人发出任何声音。他们沉默的面孔不时地被一些闪烁的光线照亮,这些光来自他们头盔上用来传递信息和增强视觉的图像摄入播放器。一个头盔上带有特殊观察仪的登达立女兵,铺展开个人使用的气垫式自行车,静悄悄地骑着它在黑暗中消失了。她的任务是空中掩护。

飞行员仍然留在飞行器里,陶娜又点出另外四名登达立士兵。其中,两名去周边巡视,还有两名守卫在飞行器后部。他与索恩曾经为这个安排争论过,索恩想安排更多的人去巡视,但是他认为,他们应该尽可能把人手集中在克隆人教养院里,而不是布置在这里守卫。因为医院里的那些普通的保卫人员没有什么可怕的,而且,那些具有更精良武器装备的后援部队还需要一些时间才可以赶到现场。而到那时候,他们应该已经撤离了——假如他们能够顺利而迅速地带走那些克隆人的话。他暗暗地责备自己没有带两个小分队来,当在埃斯科巴时,他完全可以做出那样的安排,但他那时过分担心羚羊号的承载能力和飞船上救生设备的数量了。

他自己的头盔为他提供了一个混乱不堪的彩色视频,充满了各种代码、数字和图形。他认真地逐个加以研究,但是它们闪动的速度太快了。当他抓住一个,想对它进行解析的时候,它已经消失——被另一个信息替代了。他采纳了索恩的建议,把所有这些扑面而来的信息降低为某种隐约的背景。头盔里的声音系统没有这么糟,没有人在说任何废话。

他、索恩和另外七名登达立士兵跟随着陶娜一路小跑着——陶娜自己大踏步地走着——行走在两幢临近的高楼中间。通过进入巴罗普乔安全保卫们的通讯网时,他察觉到他们的一些动静:该死的,出了什么事啦?你听到了吗?乔,检查第四区。然后是一阵忙乱的应答。他知道这之后还有许多对答,但是,他没有心思关注他们了。

拐过一个弯儿,就在那儿。一幢可爱的白色建筑,有三层,大窗户和阳台上装饰着许多风景图案,周围有很多植物。这不是一个普通的医院,也不是一个普通的宿舍,而是介于两者之间的某种东西,但是非常精致舒适。杰克逊人欺骗性地把它称为生命之家。死亡之家,我亲爱的老家。它看上去非常熟悉,又出奇的陌生。对于他来说,它曾经是那么雄伟辉煌,但是现在它似乎……显得比他记忆中要小得多。

陶娜举起她的等离子弧光枪,把它的射击范围调整到"大",然后发出橘黄、白和蓝三色光束,击碎了这幢楼紧锁着的玻璃大门。碎玻璃还在飞舞着,那些登达立士兵就冲了进去,并且迅速地分布到楼里的各个部位。一个士兵开始巡视一楼,警报器和火警都被截断了:那些登达立士兵每碰到一个警报装置,就用等离子光束摧毁它,但是,楼里那些偏远的地方仍然发出微弱的嘈杂声,自动喷水系统使得地面水流成河,把一些通道搞得一塌糊涂。

为了赶上其他的人,他奔跑了过去。一个身穿棕色和粉红色相间制服的巴罗普乔警卫员悄悄地出现在前面的走廊里,三位登达立士兵同时开火击倒了他,当他倒下时,他自己发出的火力全部都射到了天花板上。

陶娜和另外两名登达立女兵从左边的升降通道去了三楼;另一名士兵冲上前去,准备登上屋顶。他带领索恩和剩下的士兵来到二楼大厅,然后往左边拐过去。他们遇见了两个没有武器的成年人,其中一位是身穿睡衣的妇女,她正往身上套一件长袍,立刻就被他们打倒了。在那里。孩子们被锁在这些双层门里面,他们听见有人从门里面敲出响声。

"我们就要冲开大门了,"索恩朝着门里面大声喊叫,"站到一旁去,否则你们会受伤的!"敲击声停止了。索恩点头示意,一名登达立士兵把他的等离子弧光枪的射击范围调到小,然后冲着一个金属螺钉开了火。紧接着,索恩一脚踢开了大门。

一个金发碧眼的年轻人往后退了一步,困惑地瞪着索恩。"你们不是消防员。"

一群年轻人,高大的男孩子们,站在那个金发碧眼的男孩子后面,挤满了整个走道。他当然知道这是一群十岁左右的男孩子,但是,他不知道那些登达立士兵是怎么看待他们的。这些孩子都穿着统一的睡衣,青铜色和棕色相间的短上衣和短裤。

"头儿。"索恩轻声提醒他,并且把他用力推到前面,"开始讲吧。"

"清点一下人数。"当他经过索恩身边的时候,悄悄地对它说。

"好的。"

为了这个无比重要的时刻而准备的演讲,他已经在自己的脑海中无数次地练习过了,甚至还预先设想过一切可能发生的变化。但是，有一件事他非常肯定，那就是，他绝对不会用这个句子开头："我是迈尔斯·内史密斯。"他的心在猛烈地跳动着。他深深地吸了一口气，"我们是登达立雇佣军，我们来这里解救你们了。"

那个男孩子的表情中混杂着排斥、恐惧和轻蔑。"你看上去像一个蘑菇。"他茫然地说。

这简直……完全走题了。在他的无数遍预演中，没有一个是这样开始对话的。然而，戴着这个指挥头盔，身穿这样一副盔甲，他恐怕确实看起来像一个灰色的蘑菇——完全不是他自己所希望的那种英雄形象——

他摘下头盔，把头罩往后拉了拉，然后咧开嘴笑了笑。那个男孩子往后退缩了。

"听好了，你们这些克隆人！"他高声叫道，"你们听到的那个悄悄流传的秘密是真的。你们每一个人都将一个一个地被巴罗普乔王朝的外科医生谋杀掉。他们将把另外一个人的大脑移植到你的脑袋里，然后把你自己的大脑扔掉——这正是你们的朋友们离开你们之后的去处，他们一个一个走向了死亡。我们到这里来是为了带你们去埃斯科巴，在那里你们将得到庇护——"

孩子并没有全部都集中到这个走廊上，那些在人群后面的孩子开始散开去，回到各自的房间里。孩子们中间开始出现抱怨声、喊叫声和哭声。一个黑头发的男孩子企图从大门口冲出去，被一个士兵一把抓住了。由于疼痛和惊慌，这个孩子尖叫起来，他的叫声极大地刺激了其他的孩子。他在那个士兵铁钳一般的手掌中徒劳地挣扎着，那个士兵看上去非常懊恼，似乎不知怎么办才好，只好直瞪着他，似乎想从他这里得到指示或命令。

"叫上你们的朋友，跟我一起走！"他冲着那些散开去的孩子们绝望地喊道。那个金发碧眼的男孩子转过身,快速跑开去。

"我看他们不相信我们。"索恩说,这个两性同体人的面容显得苍白而紧张,"也许把他们打昏然后带走要更容易一些。我们没有时间在这里多费口舌了。"

"不——"

他的头盔里有人在呼叫他。他重新戴上它。各种通讯信号顿时在他的耳中震响起来,但是陶娜中士深沉的声音传了过来,通过调准频道,她的声音更大了一些。"长官,我们这里需要你的帮助。"

"什么事?"

她的回答被那个骑气垫式自行车的女兵的声音覆盖了。"长官,有三四个人正从你们那幢楼的阳台上往外爬。还有四个巴罗普乔警卫员正从北部接近你们。"

他在那些频道中忙乱地寻找着,终于找到了连接空中警戒的那条通讯通道。"不要让任何人逃走!"

"我应该怎么阻止他们,长官?"她的声音非常急迫。

"打昏他们,"他无可奈何地决定,"等等!别打那些正在阳台上往下爬的,等他们落地之后再打。"

"我恐怕开火会多多少少伤害到他们。"

"你尽力而为吧。"他切断通话,重新找到了陶娜,"你有什么事,中士?"

"我希望你能来同这个疯狂的姑娘谈谈。恐怕只有你才能够说服她了。"

"这里的事情——有些麻烦。"

索恩抬起眼睛,看见那个被抓住的男孩正用他没有穿鞋的脚一个劲儿地踢那个士兵,他把他的震荡枪调整到最轻,然后点了点那个孩子的脖子。那个孩子立即开始抽筋,身体显得疲软,但是仍然没有失去知觉,他的眼睛变得蒙眬和茫然,接着哭了起来。

由于一阵突如其来的担心,他对索恩说:"要用一切方法把他们召集起来。我要去帮助陶娜。"

"你去吧。"索恩咆哮道,明显地带有一种不顺从的腔调。它转过身去,开始召集自己的士兵,"你和你,看住这边——你,那边。把那些门推倒——"

他离开了,为那些噼里啪啦的声音感到羞耻。

楼上要安静许多。女孩子比男孩子要少很多,他在这里的时候,这种男女不平衡的现象就存在。过去他常常对此感到不解。跨过一个被击昏的女警卫员,按照自己的电子地图,在头盔的指引下,他找到了陶娜。

大约十来个姑娘盘腿坐在地板上,双手交叉放在背后,由一个登达立士兵挥舞着震荡枪看守着。她们的睡衣和睡裤是粉红色丝绸的,式样同男孩子们的相似。她们显得很害怕的样子,不过至少还都安静地坐着。他走进一个边门,发现陶娜与另外一个士兵正在劝说一个高个子的混血姑娘——她坐在一台通讯终端前面,双手抱在胸前,一副桀骜不驯的样子。本来应该是图像感光板的地方,现在是一个正冒着烟的窟窿,显然是刚刚用等离子枪打出来的。

这个混血姑娘转过头来,她那长长的头发从陶娜那儿摆动到他这里,然后又摆了回去。"我的夫人,真是热闹啊!"她的声音里有一种刺人的嘲讽。

"她拒绝挪动位置。"陶娜说。

"姑娘,"他直截了当地招呼她说,"你如果留在这里,就会成为一具行尸走肉。你是一个克隆人,你的身体注定要被你的原身偷走的。你的大脑将被移植,然后被毁掉。这一切很快就会发生的。"

"这些我都知道。"她非常轻蔑地说,就好像他是一个多嘴的白痴。

"什么?"他的脸拉长了。

"我知道将发生的一切。我对自己的命运没有任何不满。这是我的夫人的意愿所决定的,我完全服从她。"她的下巴抬了起来,双眼里展现出一种梦幻般的崇拜之情,她所崇拜的是什么,他难以猜测。

"她往安全部发了一个信息。"陶娜严厉地说,同时冲着那个窟窿点了点头,"她描述了我们的情况,我们的装备——甚至还通报了我们的人数。"

"你们将无法把我与我的夫人分开,"这个姑娘冷静地点点头,肯定地说,"卫兵们会抓住你们的,会来救我。我是很重要的。"

那些巴罗普乔人究竟对这个姑娘进行了什么样的教育?难道他能够在三十秒(或者更少)的时间内颠覆她所接受的思想吗?他认为这是不可能的。"中士,"他深深地吸了一口气,然后用一种提高了的、轻松的声音说,"击昏她。"

这个混血姑娘想逃跑,但是中士的反应速度几乎相当于光速。就在她跳起来的那一刹那,陶娜手中的震荡枪恰好击中她的两眼之间。陶娜跳过通讯终端,扶住姑娘的头,以免她撞到地板上。

"所有的都在吗?"他问道。

"至少有两个下楼去了,我们没有能够阻止住。"陶娜皱着眉头汇报说。

"她们会被击昏的,如果她们试图逃离这幢房子。"他安慰她说。

"但是,如果她们藏起来了呢?要找到她们是很费时间的。"她那双黄褐色的眼睛转动到一边,去查看她的头盔里展示的时刻表,"我们都应该立刻返回到飞行器上去了。"

"等一会儿。"他吃力地在自己的头盔里寻找着,好不容易才找到索恩的频道。远处传来一个人的咆哮声,"……狐狸精!你这个小……"

"什么?"索恩突然开口道,声音里透露出苦恼,"你把那边的姑娘都召集起来了吗?"

"打昏了一个。陶娜能背她。我说,你查到点名册了吗?"

"查到了,在管理员房间的通讯终端上查到的——一共三十八个男孩,十六个女孩。我们少了四个男孩子,显然是从阳台上翻下去了。士兵菲利皮抓住了三个,但是她说,没有第四个。你们那里情况如何?"

"陶娜中士说,有两个姑娘从背面的楼梯下去了。等她们下去之后,抓住她们。"他抬起头,不再看自己的图像显示屏,"索恩机长说,这里应该有十六个姑娘。"

陶娜赌气地往走廊走去,嘴里还嘟哝着什么,然后又转回来,看着那个被击昏的姑娘,说:"我们这里只击昏了一个。凯斯特尔,把这层楼查看一遍,检查一下壁橱和床底下。"

"是,中士。"那个登达立士兵跑着去执行命令了。

他跟在她的后面。索恩的声音又在他的耳边震响起来。"你们快一点,这是一次偷袭,还记得吧?我们没有时间寻找走失的人了。"

"等等,该死。"

当检查到第三个房间时,这个士兵弯腰查看床底下,叫了起来:"哈!抓住她了,中士!"她猛地扑过去,抓住了一双正在乱踢的脚脖子,然后用力往后拉。这个捕获物渐渐露出了全貌,是一个身穿粉红色短睡衣裤的姑娘。她发出一些含糊无助的声音,似乎并不指望自己的哭喊能够带来救助。她有一头瀑布般的银灰色鬈发,但她身上最突出的特征还是她那惊人的胸部线条,两个巨大的、滚圆的球体顶着粉红色的睡衣,好像要把它冲破似的。她爬起来跪着,屁股坐在脚后跟上,举起的双手茫然地捧着自己的乳房,似乎对它们的存在仍然感到惊讶和不习惯。

十岁,呸。她看上去有二十岁。而且这种异常丰满的体形绝对不是自然的。她的原身一定预定了身体整形服务。这个主意似乎很不错,让这个克隆人忍受外科变形手术的痛苦。细腰、肥臀……从她那过分夸张的、早熟的女性体征来看,几乎可以肯定,她很快就要被拉去做换脑手术了。

"不,走开,"她呜咽着,"走开,别来纠缠我……我的妈妈就要来接我了。我妈妈明天就要来接我了。走开,别纠缠我,我就要看见我妈妈了……"

他觉得,她的哭泣,还有她那丰满的……乳房,很快就能让他发疯的。"把她也击昏。"他声音沙哑地命令道。他们不得不扛着她,但是他们至少不需要听她的废话了。

那个士兵红了脸,像他一样,为她那惊人的体形感到震惊和尴尬。"可怜的傻瓜。"她低声嘟囔着,用震荡枪击中她的颈部,结束了她的痛苦。姑娘往前仆倒,歪斜着躺在地板上。

他的头盔里有人在呼叫,他不知道是哪个士兵的声音。"长官,我们刚刚用震荡枪击退了一群巴罗普乔王朝的消防员,他们没有穿抗震荡服。但是,那些正往这里逼近的警卫兵穿了抗震荡服。他们还派遣了大批增援部队,都带有重型武器。不能再使用震荡枪跟他们干了!"

他试图通过头盔里的显示屏,锁定这个士兵的位置。但是,他还没有找到,那个空中巡逻兵的声音就插了进来。"一个巴罗普乔重型武装小分队正从背面包抄你们所在的房子,长官。你们必须迅速撤离。情况将会十分危险。"

他挥手示意那个登达立士兵带着她的捕获物走在他的前面,他们一起离开了那个房间。"陶娜中士,"他呼叫道,"你听到外面那些敌情汇报了吗?"

"听到了,长官。我们离开这里吧。"

陶娜中士把那个混血姑娘扔到她宽大的肩膀上,把那个金发碧眼的男孩子扔到她的另一个肩膀上——显然根本不在乎他们的重量。他们把那群吓坏了的姑娘集合在楼梯口,陶娜让她们两个一组,手拉手往下走,秩序井然。当她们来到男孩子们的宿舍区时,这些姑娘们发出了惊讶的喊叫声。"我们是不允许下来这里的,"其中的一个姑娘哭喊着,试图反抗,"我们会有麻烦的。"

索恩这里有六个被击昏的男孩子,脸朝上躺在地板上,另外还有二十个排成一排靠墙站着,双手和双腿都伸展开来,标准的囚犯姿势。还有几个士兵在冲着他们喊叫,命令他们不要乱动。一些克隆人显得非常气愤,另外一些在哭泣,全都吓得要命。

他担心地看着那一堆被击昏的孩子们。"我们怎么把他们全部带走呢?"

"我还能扛上他们,"陶娜说,"这样你们就可以腾出手,把他们全部捆起来。"她轻轻地把自己扛着的那两个人放在这一溜人的最后面。

"很好。"索恩说,她几乎无法从那个漂亮玩偶似的姑娘身上移开视线,"沃利,凯斯特尔,我们来……"它的声音突然停住了,一个紧急信息同时出现在他们两个人的指挥头盔里。

这是那个骑自行车的士兵,她在尖叫:"狗娘养的,飞行器……伙计们,小心点,在你们的左边……"一阵嘈杂声,然后"……噢,该死的傻瓜……"接着,除了频道里发出的嗡嗡声之外,一片沉寂。

他发疯似的按键搜寻她的信息,想找到从她的头盔里发出的无论什么信息。她的电波探测器仍然在工作,它标示着她的位置在两幢楼中间的地面上,靠近游乐场的后部,正是飞行器降落的地方。她的健康信息是一些平直的空白线条。死了?肯定没有,如果死了,至少应该有一些流血的迹象……传输过来的图像反映的是雾气蒙蒙的夜空,至少他是这么理解的。菲利皮丢了她的头盔,她还丢了什么,他就不知道了。

索恩一遍又一遍地呼叫飞行器驾驶员和飞行器后部的卫兵,但是,都没有回音。它生气地喊叫道:"你来试试。"

他也没有收到任何回音。另两名执行巡逻任务的登达立士兵与巴罗普乔的重型武装小分队交上了火,就在那个骑自行车的士兵所报告的地点。

"我们应该摸清敌情。"索恩咆哮道,"陶娜中士,你负责留守在这里,让孩子们随时准备撤离。你……"这显然是指他了,为什么索恩不再称呼他内史密斯或迈尔斯?"跟我来。士兵萨姆勒,掩护我们。"

索恩用最快的速度跑了开去,他被远远地落在后面,暗暗诅咒自己那两条短腿。下了升降通道，穿过仍然在冒着热气的大门口，绕过一幢黑漆漆的楼房，他来到另外两幢楼之间。在这里，他终于追上了那个两性同体人，它正在运动场旁边那幢楼房的角落里，匍匐观察着。

飞行器仍然在那里，显然没有受到任何损伤——应该没有什么手提武器能够穿透它的防弹外壳。它的活动梯是收起来的，门也是关着的。一个黑影——是出事了的登达立士兵，还是敌人？——倒在它的一只机翼的下面。索恩轻声咒骂着，迅速地敲击着固定在它前臂上的电脑控制面板，输入一些数据。飞行器的大门打开了，活动梯铺展开来。仍然没有任何人做出反应。

"我准备进去看看。"索恩说。

"机长，按照规定这应该是我的任务。"那个接受索恩的命令来掩护他们的士兵说，他藏在一棵很粗的大树后面。

"这一次不是的。"索恩严厉地说。没有再做任何解释，它就冲了出去。首先它走的是"Z"字形路线，然后就手提等离子弧光枪径直上了活动梯冲了进去。过了一会儿，通讯频道里传来它的声音，"萨姆勒，跟上。"

虽然没有得到邀请，他也跟在萨姆勒的后面。飞行器的内部漆黑一片。他们都打开了自己头盔上的灯，几道白色的光束闪动不停。飞行器的内部似乎没有受到任何损伤，但是驾驶室的门关闭着。

索恩示意那个士兵站到他的对面，做好发射准备，从两面包抄驾驶室。索恩又在他手臂上的电脑控制板上敲进了一个数据。门开始艰难地滑动开来，然后突然颤动起来并停住了。

一股热浪冲了出来，就好像发生过爆炸的火炉里的气息。

接着,一团橘红色的火焰冲了出来,这个快要被烧焦的驾驶室,由于大量氧气的进入,重新又燃烧起来。那个士兵迅速戴上自己的紧急氧气面罩,从墙上拿下灭火器,对准燃烧着的驾驶台喷射起来。过了一会儿,他和索恩也走了进去。

一切都被破坏或烧毁了。控制器被烧化了,通讯设备被烧焦了。整个驾驶室里散发着一股令人窒息的臭气,其中还混杂着炭化肉的味道。那个被击昏的飞行员转过头来,嘟哝着说:"巴罗普乔士兵没有……好像没有重型武器!"

索恩咒骂着,发出不满的唏嘘声,它指出:"他们在这里扔了几颗我们自己的热地雷,然后关上门,跑了。他们当然首先要把飞行员击昏。这些狗娘养的、该死的、狡猾的巴罗普乔人……他们没有重型武器,所以就用我们的。他们赶走或伏击我的卫兵,闯进来,然后捣毁我们的飞行器。他们甚至不需要追击我们……这个玩意儿不能再飞啦。"在他们的头盔上发出的白色灯光照射下,索恩的脸看起来就好像一个雕刻出来的头骨面具。

他感到一阵恐慌。"贝尔,我们该怎么办?"

"退回到那幢楼里,派遣一个巡逻兵,利用我们手上的人质去达成某种投降协议。"

"不!"

"你有一个更好的主意吗——迈尔斯?"索恩的牙齿咬得吱吱响,"我认为这是不可能的。"

那个惊呆了的士兵瞪大了眼睛看着索恩。"机长——将军会让我们摆脱困境的。我们曾经经历过比这还要险恶的处境呢。"

"这一次不行了。"索恩直截了当地说,声音里充满了愤怒,"我的错误——我自己承担全部责任……这不是将军,这是他的克隆人兄弟马克。他欺骗了我们,但是几天前我已经明白了真相。在我们降落之前,甚至在我们制定袭击杰克逊人的计划之前,我就知道了他的骗局。我以为我能够搞定这次行动,以为我们不会被困住。"

"啊?"那个士兵的眉毛开始颤动起来,他简直不敢相信这一切。一个克隆人!他惊呆了,就好像被击昏了似的。

"我们不能——我们不能出卖那些孩子们,不能把他们交回到巴罗普乔人的手上。"马克气恼地叫了起来。他恳求着。

索恩把它的手伸进那堆黑炭里,那里本来应该是飞行员的座椅的。"谁被出卖了?"它抬起自己的手,用手上粘连着的黑炭在他的脸上划了一个"十"字形,从面颊到下巴。"谁被出卖了?"索恩轻声说道,"你有没有……一个更好的……主意?"

他颤抖着,他的脑海里一片空白。他脸上的热炭就好像一个疤痕。

"回到那幢楼里去,"索恩说,"服从我的命令。"

第六章

"任何下属都不行,"迈尔斯坚决地说,"我要跟最高首领谈谈。直截了当地谈谈。然后我们就离开这里。"

"我再试试。"奎因说。她转身回到游客号的指挥室,她的通讯终端上现在正显示一个巴罗普乔高级军官的形象,她开始同他进行进一步的商谈。

迈尔斯重新坐到他的椅子上,穿靴子的双脚跷起靠到桌子上,双手从容地放在安置了控制开关的扶手上。他显得镇静而有自控力。这正是一种策略。在这种时刻,这或许是他唯一可能采用的策略了。如果他在九小时之前采取行动的话……他恨不得用四种语言,逐个地咒骂过去五天里出现的所有延误,直到他用完所有的恶毒语言为止。他们浪费了大量的燃料,使用最高速度,疯狂地驱使着游客号追赶羚羊号,差一点儿就追到了。差一点儿。那些延误使得马克有足够的时间来实施一个糟糕的计划,并且把它搞成一场灾难。但是,这不完全是马克一个人的事。这么一团糟的局面需要有至少一打官兵的协作才可能出现。他非常想同贝尔·索恩单独谈谈,而且越快越好,尽管他并不指望贝尔会比马克更坦率地讲清楚所发生的一切。

他环视着这个指挥室,从电子显示屏上查看最新信息。羚羊号不在画面上,它由索恩的副手哈特中士指挥着逃往费尔基地了。他们自己现在被十几个巴罗普乔航空警备飞船包围住了。这些飞船潜伏在费尔基地的边界旁。另外还有两艘巴罗普乔飞船现在正在轨道上监视着游客号。到目前为止,它们还仅仅是摆摆样子,因为游客号的武器装备远远胜过它们。但是,如果巴罗普乔所有的飞船一起集中到这里的话,局面就会大大改观。除非他能够让巴罗普乔男爵相信这样做是不必要的。

他在自己的图像显示屏上调出下面的情况,它目前正处于游客号上军事电脑的分析范围之内。即使是从轨道上往下看,巴罗普乔医疗中心的外部布局也非常清楚,但是他缺少有关它内部的详细资料,如果他要策划一次漂亮的袭击的话,这些内部资料将是十分必要的。不会有漂亮的袭击了。只有协商和贿赂……想到可能消耗的费用,他感到非常不安。贝尔·索恩、马克、绿色小分队和五十个左右的巴罗普乔人质,所有这些人目前都被围困在同一幢楼房里,远离他们那被摧毁的飞行器,这种情况已经持续有八个小时了。飞行员已经死了,三个士兵受了伤。贝尔应该为这一切负责,我一定要撤它的职,迈尔斯暗自发誓。

下面现在应该快要到黎明时分了。感谢上帝,巴罗普乔人已经疏散了医疗中心里所有的平民,但是,他们也召集来了大量的武装部队和重型武器。仅仅是因为担心伤害到他们自己的克隆人,他们才没有立即发动猛烈的进攻。在协商中,他应该明白自己没有任何军事力量方面优势。啊,真是太糟糕了。

奎因没有回头,只是挥了挥手,示意他准备好。他低下头,查看自己的装扮。他穿的灰色军便服是从游客号上最矮的一个女雇员那里借来的,这个女人五英尺高,是一个技术人员。衣服勉强凑合能穿，但只佩戴了一部分合乎身份的徽章。虽然说不修边幅可以显示一种居高临下的姿态，但是他确实还需要其他的东西才能够达到这个效果。激昂的情绪和有节制的怒气似乎能够使他更显威严。如果不是因为他的迷走神经上安装了生物芯片，他的老毛病胃溃疡这会儿就可能恶化成胃穿孔了。他打开了自己的通讯终端，对接上奎因那台终端上的分流器，然后等待着。

随着一道火花，一个皱着眉头的男人形象出现在图像显示屏上。他那黑色的头发被一个金发卡紧紧地束在脑后，面部因此显得更加轮廓分明。这个男人穿着一件青铜色和棕色相间的短上衣，没有佩戴任何其他的首饰。他的皮肤呈浅棕色，看起来大约四十岁左右，身体健康。这些表象都不是真实的。掌握杰克逊王朝的领导权，需要一个人付出比整整一辈子还多的时间去钻营和争斗。瓦萨·路易吉，巴罗普乔男爵，他身上的克隆人外衣已经穿了二十多年了。他显然对自己的克隆人外衣照顾得很周到。如果再进行一次换脑手术的话，手术期间的恢复期，就他目前的情况来说，将会是非常危险的，因为他周围有太多冷酷无情的部下，一直在觊觎着他的权力。

"我是巴罗普乔。"这个棕色皮肤的男人说完，等待着。确实，从实际情况来看，这个男人和这个王朝是统一的整体。

"我是内史密斯。"迈尔斯说，"登达立雇佣舰队的司令官。"

"你显然没能掌握整个舰队。"瓦萨·路易吉漠然地说。

迈尔斯咬紧牙关，努力压抑住自己的怒火。"确实是这样。你很清楚，他们这次袭击你们，不是我指使的。"

"我很清楚你会这样说。如果是我的话，我是不会这么爽快地承认自己无法控制自己部下的。"

他在激怒你,厉害。"我们必须开诚布公地交谈。我还没有确认索恩机长是否真的被收买了,也许它仅仅是被我的克隆人伙伴给骗了。无论如何,他是你自己的产品,不知出于什么样的个人情感因素,回来试图对你进行报复。我仅仅是一个无辜的旁观者,现在想把事情摆平。"

"你,"巴罗普乔男爵眨巴着眼睛,就像一只蜥蜴,"是一个好管闲事的家伙。我们并没有制造你。你是从哪儿来的?"

"这有关系吗?"

"恐怕有关系。"

"那么,我带来了交易的信息,而且不是免费的。"这正是杰克逊人喜欢的礼节,男爵点点头,感到比较满意。他们开始进入交易程序了,虽然这并不是一个公平的交易。很好。

男爵并没有立即追问迈尔斯的家世。"你究竟需要我做什么,将军?"

"我是想帮助你。如果你允许的话,我能够把我的人从这个不幸的困境中撤离出来,他们恐怕会在人员和物资方面对巴罗普乔造成进一步的微弱危害。我们的撤离将是非常平静和彻底的。考虑到贵方至目前为止所受到的物质损失,我甚至将给予合理的赔偿。"

"我并不要求你来帮助我们,将军。"

"如果你想要使自己损伤降低的话,你就会要求我来帮助你们了。"

瓦萨·路易吉的眼睛眯了起来,他在思考迈尔斯的话。"这是威胁吗?"

迈尔斯耸耸肩。"恰恰相反。我们双方的损伤都会大大降低——否则我们的损伤都将是惨重的。我宁愿降低损伤。"

男爵的眼睛转向右边,在看图像摄影范围之外的什么东西或什么人。"请原谅,等一会儿,将军。"

他的面容流露出傲慢的神色。

奎因探过头来说:"你觉得我们能够设法解救一些可怜的克隆人吗?"

他把手插进自己的头发里。"你说什么啊,埃莉,我还没有救出我们的绿色小队呢!我很没有把握。"

"这真是一个耻辱。我们大老远地跑过来。"

"你知道,如果我想打仗的话,像这样的仗有很多。在贝拉亚的一些偏远地区,每年要有比五十个多得多的孩子由于被怀疑可能产生生理异变而被杀死。我不可能变得……像马克那样感情用事。我不知道他为什么会产生这些念头,也许是因为巴罗普乔人,也许是因为科玛人。"

奎因的眉毛挑了起来,她张开嘴,但是什么也没有说,又闭上了,似乎改变了主意,只是干巴巴地笑了笑。但是过了一会儿,她说:"我是在想你和马克的关系。你一直说你想让他信任你。"

"把那些克隆人作为礼物送给马克?我希望我能做到。但是现在我真恨不得亲手扼死他和贝尔·索恩。马克倒不欠我什么,但是贝尔不应该这么糊涂。"他的牙齿咬得紧紧地,显得非常痛心的样子。她的话在他脑海里引起了一系列幻想的场面:两艘飞船同时从杰克逊返航,带着那些克隆人,兴高采烈地跳跃着……还一边嘲笑着那些巴罗普乔人……马克颤抖着,满怀感激和崇拜……把他们全部带回家,带到妈妈面前……该死,这是不可能的。如果他自己从一开始就计划好一切,也许还是可能的。他当然不会策划一次没有任何后援的、发生在半夜的正面攻击。图像显示屏重新闪动起来,于是他挥挥手,让奎因走出画面。瓦萨·路易吉又出现在显示屏上。

"内史密斯将军,"他招呼道,"我决定允许你命令你的那些叛逆的部下向我的警卫部队投降。"

"我不希望再给你的警卫部队带来任何麻烦,男爵,他们毕竟已经被折腾了一整夜了,一定非常疲劳和急躁。我准备自己收复他们。"

"这是不可能的,但是我会保证他们的生命安全。至于他们每一个因为自己所犯下的罪行将被罚款多少,这以后再决定。"

赎金。他按捺住自己的愤怒。"这……是一种可能性。但是,必须事先确定赎金的数目。"

"你恐怕没有资格提附加条件,将军。"

"我只是希望避免误解,男爵。"

瓦萨·路易吉噘起嘴唇。"很好。每一个士兵一万贝塔元,每个军官二万五千贝塔元,你的两性同体人机长,需要付五万元,除非你希望我们来处置它——不?我认为你不再需要你的克隆人伙伴了,所以我们恢复对他的监管权。作为交易,我将放弃财产损伤赔偿要求。"这个男爵点点头,对自己的慷慨感到非常满意。

总共大约要五十万。迈尔斯内心感到一阵担忧。好吧,也许这是可以成交的。"但是我对我的克隆人伙伴并不是没有兴趣了。你对他开什么……价钱?"

"你对他有什么兴趣?"瓦萨·路易吉吃惊地追问道。

迈尔斯耸了耸肩。"我想这是显而易见的。我的职业生涯充满了危险。我是我的克隆计划中唯一的一个存活者。那个我称为'马克'的家伙对于我来说是一个意外(恰如我对于他一样),

我想,我们双方都不知道还有另外一个克隆计划。我到哪里去寻找这样一个完美的,嗳,肢体捐赠人呢?而且几乎是立等可取的?"

瓦萨·路易吉摊开双手。"我们将设法为你看护好他。"

"如果我需要他的话,那一定是一个非常紧急的时刻。在那种时刻,我恐怕价格会上涨。另外,有些意外事件恐怕会发生。看看可怜的费尔男爵的克隆人替身遇到了什么,他也是你们看护的。"

温度似乎立刻下降了二十度,迈尔斯暗暗地后悔自己的多嘴。那个事件在这些地区显然仍可能是机密,或者至少还是某种敏感话题。男爵在更细致地研究他,如果不是出于尊敬,那就是出于怀疑。"如果为了肢体移植,你想制造一个克隆人,将军,那你就找对地方了。但是,这个克隆人是不卖的。"

"这个克隆人也不属于你。"迈尔斯打断他说,似乎太快了一点。不要这样——稳住。保持冷静,隐藏住自己真实的想法,虚情假意地与巴罗普乔男爵讨价还价,做成一笔不太吃亏的交易。冷静。"另外,如果重新制造一个克隆人,还需要大约十年时间。我担心的并不是年老体衰的问题,而是任何可能发生的突发事件。"他停顿了一会儿,然后似乎颇具英雄气概地说,"当然,这样的话,你就不需要放弃对财产损失的赔偿要求了。"

"我什么也不需要做,将军。"这个男爵冷静地指出。

不要太自信了,你这个杰克逊杂种。"男爵,你为什么需要这个特别的克隆人?你完全可以轻而易举地为你自己再制造一个。"

"没有那么容易。他的健康记录证明,他的制造过程是很不容易的。"瓦萨·路易吉用一个手指敲了敲他自己的鹰钩鼻子,毫无幽默感地笑了起来。

"你是想惩罚他吗？杀一儆百？"

"我无疑是这样认为的。"

这么说，关于马克有一个计划，或者至少是一个有利可图的主意。"我相信，在我们贝拉亚人这方面，他是没有任何用途了的。那个计划已经完蛋了。他们已经知道我们俩了。"

"我承认，他与贝拉亚人的关系令我很感兴趣，你与贝拉亚人的关系也让我很感兴趣。从你给自己起的名字看，你显然早已经知道你自己的出身了。那么，你与贝拉亚的关系究竟是怎么样的，将军？"

"很令人头疼。"他承认道，"他们容忍了我，我不时为他们做点什么，得些报酬。除此之外，我们相互保持一定的距离。贝拉亚帝国安全部的势力范围比巴罗普乔王朝要大，我相信，你不会希望惹恼他们的。"

瓦萨·路易吉的眉毛挑了起来，委婉地表示怀疑。"一个原身，两个克隆人……三个身份相同的兄弟。而且全都这么矮。在你们当中，我猜想你是最棒的。"

似乎不知所云。这个男爵肯定在试探什么，可能是想得到某种信息。"三个，但是，三者各不相同。"迈尔斯说，"我可以肯定，我的那个原身弗·科西根勋爵是一个沉默而固执的家伙，而且，我恐怕马克也已经表现出了他的弱点。我是一个改进了的版本。我的制造者为我设计了一些非常高级的功能，使我能进行自我设计。我的两个兄弟中没有一个掌握了这样一种技能。"

"我希望我能够同你的制造者谈谈。"

"我也希望你能，但是他们已经死了。"

男爵冲着他发出一声冷笑。"你是一个傲慢自负的小东西，不是吗?"

迈尔斯也冷笑了起来,没有说话。

男爵往后靠了靠。"我的决定是不会改变的了。那个克隆人不卖。而且,每过三十分钟,罚金就要加倍。我建议你快点做出选择,将军,你不会得到更好的交易条件了。"

"我必须同我的舰队会计师碰个头。"迈尔斯暂时找了一个借口,"我很快就会给你回话的。"

"假如没有回呢?"瓦萨·路易吉嘟囔着,为自己的风趣而笑了起来。

迈尔斯迅速切断了通讯网络,然后坐在那儿。他的胃开始翻腾起来。耻辱和愤怒像一阵阵热浪从他的胃里涌上来。

"舰队的会计师不在这里。"奎因说,感到有点迷惑。布伦中士和其他的登达立士兵确实同巴兹一起从埃斯科巴出发了。

"我……不喜欢巴罗普乔男爵的交易。"

"以后皇家安全部不是还能救出马克吗?"

"我就代表皇家安全部。"

奎因几乎无法反驳,她沉默了起来。

"我想要我的太空盔甲。"他暴躁地叫喊道。

"在马克那里。"奎因说。

"我知道。我想要我的轻便盔甲和指挥头盔。"

"也在马克那里。"

"我知道。"他的头猛地垂下,重重地碰到椅子的扶手上,那清脆的撞击声在这安静的房间里吓得奎因一哆嗦,"那么就拿一个分队队长的头盔来。"

"做什么用?"奎因用一种低沉的、不赞同的口气说,"你说过不会有军事行动的。"

"我要自己去做一笔更好的交易。"他站起来。满腔怒火直冲上脑门,"跟我来。"

当那架空投飞行器脱开控制夹,加速飞离游客号的时候,座位上的皮带勒进了他的身体里。迈尔斯从飞行员的身旁往窗外迅速地查看了一下,他的两架战斗机也飞离了母机,任务是掩护他们。他们的身后紧跟着游客号上的第二架空投飞行器,这是他所计划的两组进攻队伍中的另一支。他的佯攻。那些巴罗普乔人会相信他吗?希望如此吧。他把注意力重新集中到他的头盔提供的那些闪烁不停的信息上。

他并没有戴某个分队队长的头盔,而是用上了埃蕾娜·伯沙瑞-杰萨克的机长头盔,她本人此时正在游客号上监管着战略指挥室。如果你回来后,让我发现上面有任何孔洞,一定饶不了你。她对他说,强烈的焦虑使得她的嘴唇都发白了。实际上,他身上所穿的一切都是别人捐赠的。一套号码过大的、带有神经断裂防护网的衣服,袖口和裤脚都卷起,然后用松紧带捆住了。奎因坚持让他穿这套防护服,他也没有反对,因为他确实特别害怕神经组织上的损伤。一套肥大的工作服套在外面,也用同样的方式穿在身上。两双厚袜子使得他借来的那双大靴子不再在脚上前后晃荡。这些都很令人头疼,但是这会儿,他只想在下面搞一个三十分钟的袭击,也就顾不得那么多了。

他最担心的是他们降落的地点。降落在索恩他们所在的楼房顶上,这是他的第一选择,但是飞行员认为,这幢楼房恐怕会在他们降落的时候被飞行器的冲击力摧毁,而且,那个屋顶是尖的,并不是平的。第二个可行的降落地点已经被羚羊号上那个废弃的飞行器占住了。第三个选择是一个离那幢楼房比较远的地方,考虑到他们在回到飞行器的时候可能遭到的巴罗普乔安全部队的阻击,这段路程就显得更远了。直截了当不是他喜欢的进攻方式。好吧,也许第二架飞行器上的基姆拉率领的黄色小分队会分散敌人的注意力。看管好你的飞行器,基姆拉,它现在是我们唯一的退路了。该死,我应该把整个舰队都带来的。

他没有注意到自己乘坐的飞行器在进入大气层的时候,由于减速发出了刺耳的声音——这架飞行器是很好的空投机,但是速度远远达不到他的要求。那两架一直在监视着游客号的巴罗普乔战斗飞行器冲着游客号本机徒劳地发射了几炮,犹豫不定地跟着基姆拉跑了一段,然后又转过头来跟踪迈尔斯。迈尔斯立刻通过对讲机给他的战斗机飞行员下达了一道简洁的命令,结果其中的一个巴罗普乔飞行器因此随即被击成碎片。另一个巴罗普乔飞行器见状顿时惊慌失措,逃到一边去等待增援了。好吧,这倒更方便了。回来的时候再收拾它,那将会是很有意思的。他意识到自己开始兴奋起来,那种感觉比兴奋剂的作用还要奇妙。这值得吗?如果我们胜了,就值得。

我们将获得胜利。

当他们绕着这个星球飞行,寻找着他们的目标的时候,他再一次尝试联系上索恩。那些巴罗普乔人占据了一些主要的频道。他尝试着闯进去,在通讯网上发布了一个简短的问讯信息,但是,没有得到任何答复。可能有人在监控通讯网。好吧,等他们到达那里的时候,他应该可以同索恩取得联系的。他调出巴罗普乔医疗中心的全息图像,许多无声的图形在他的眼前跳动着。说起清理战场,他起初想直接命令他的战斗机冲着索恩藏身的地点旁边开火,以便把他可能遭遇的一些障碍清除掉。但是,炸开的空地恐怕需要很长时间才能够冷却下来,除此之外,这个行动对巴罗普乔人造成的方便恐怕并不比他自己少——只怕还是要少一些,因为那些巴罗普乔人熟悉地形。他还考虑采用通道,一些多用途通道和导管。他觉得这个主意不好,然后他皱起眉头,想到了陶娜,为她被马克牵连到这场灾难中来而惋惜。

当他们接近那幢楼房的时候,飞行器减速时所发生的疯狂颤动终于停止了——然后,"砰"的一声,飞行器降落到地面上。奎因——她一直在试图建立通讯联系——从副驾驶后面的固定椅子上抬起头说:"我已经联系上了索恩,试试62j接点,现在只有声音,没有图像。"

他感到一阵愤怒,然后迅速控制住自己,接通了自己以往的部下。"贝尔?我们下来了,来接你们。准备好突围。有没有什么人被遗漏了?"

他不需要看贝尔的脸,就能够感觉到它的畏缩。但是,贝尔没有浪费时间来开脱自己或道歉。"两个人受了腿伤,行动不便。士兵菲利皮十五分钟之前死了。我们用冰块把她包裹了起来。如果你带来了速冻室,我们还可以做一些进一步的处理。"

"很好,但是我们没有更多的时间花费在她的身上。现在就把她包扎好。我们将尽快赶到。"他朝奎因点点头,他们俩一起站起来,离开了飞行器,让飞行员在他们身后把门关上了。

奎因通知医疗员将要处理的兵员情况,橘红色小分队的第一部分队员迅速占据了飞行器周围一些有利的防守位置。两辆装甲巡逻车立刻跟在他们后面,去清理巴罗普乔狙击手可能隐藏的地方。迈尔斯和奎因跟在蓝色小分队的后面走下活动梯,立即就感受到那里黎明时分的寒冷和潮湿。他留下整整一半橘红色小分队来守卫他们的飞行器,防止巴罗普乔士兵再一次来偷袭。

晨雾环绕着仍然冒着热气的飞行器,冉冉升起的太阳使得天空显现出美妙的色彩,但是,医疗中心的那些楼房仍然笼罩在墨色的阴影中。一架气垫自行车升空飞走了,两个士兵拼命紧追其后,蓝色小分队也跟上了。迈尔斯集中精力飞快地迈开双腿跟上,他不希望任何一个长着一双长腿的士兵因为他的缘故而减速。至少这一次没有人需要这么做,他上气不接下气地哼了哼,对自己感到比较满意。他的四周发出了一些散乱的枪炮声,他知道他的先头部队——橘红色小分队已经与敌人短兵相接,正在努力完成自己的任务。

他们相互掩护着,快速绕过一幢又一幢楼房。似乎没有遇到任何阻碍。这使迈尔斯联想到那些食肉植物,它们都有一些多汁而光滑的茎,都通向其内部,像他这样的小昆虫滑进去很容易,但是要走出来,就必然要费尽力气或招来杀身之祸……

因此,当第一个声波手榴弹爆炸的时候,迈尔斯甚至有一种如释重负的感觉。巴罗普乔人并没有像他刚才所猜想的,把一切都留在最后来对付他们。这个爆炸发生在大约相隔两幢楼的地方,它强烈地震动并回响在他们行走的通道上。这肯定与登达立士兵没有关系,他头盔里的音响系统不是很好。他下意识地在头盔里查询这个爆炸声的位置,发现橘红色小分队遭遇了巴罗普乔的一组保卫人员。这些被发现的敌人并不让他担心,他担心的是那些他的士兵没有发现的敌人……他怀疑敌人是否已经增添了比声波手榴弹更厉害的武器,或者已经洞察到他自己所穿戴的轻便盔甲的弱点。奎因曾经想让他穿她的盔甲,但是他设法让她相信,对于他来说,她的盔甲太大了,穿着它在身上晃荡会让他发疯的。穿这样的盔甲才更要发疯呢,他似乎听见她在嘟囔,但是他没有接话,在这次行动中,他可不想接受任何劝告。

吓跑了三四个潜伏着的巴罗普乔士兵之后,他们终于来到克隆人教养院旁边。这幢大型建筑物,看起来就好像一个旅馆。破碎的玻璃门通向一个大厅,在那里,一些警卫人员在不停地巡视着。迅速地交换过口令之后,他们走了进去。一半蓝色小分队的成员分散开来,协助绿色小分队的卫士们加强对这幢楼的警戒,另一半队员留下来保卫他。

那个医务兵带着那块装载着轻便式冷冻室的气垫托板,穿过一个又一个门,在同伴们的指点下,迅速地来到一个走廊里。他们很机智地把菲利皮藏在一个偏房里,免得让那些克隆孩子们看见。在目前这样紧急的战争环境里,第一步应该是尽可能地收集起病人自己的血,把它回收和储存起来。太残酷了,简直是一团糟,那些精神虚弱和没有思想准备的人简直没有办法面对这一切。

"将军!"一个相当尖的声音喊道。

他转过身,发现贝尔·索恩正站在自己的面前。这个两性同体人的面容几乎同它戴的那个灰色的防护头罩一个颜色,显得极度疲惫。看它第二眼之后,他更加生气,完全是一个残兵败将。贝尔看上去像是被击败了,像是丧失了一切希望。而且这正是事实。他们虽然相互并没有说一句关于责备或辩护的话,但是,一切都显露在他们各自的脸上。他点点头,表示看到了贝尔,看到了这一切。

贝尔的旁边站着另一个军人,戴着他的头盔——我的头盔——个头还不到贝尔的肩膀。他几乎忘记了马克的模样是多么怪异。我真的是那种样子吗?

"你——"迈尔斯的声音开始嘶哑了,他不得不停下来,清一清喉咙,"等会儿,我们两个应该好好地谈一谈。你似乎误会了很多东西。"

马克的下巴傲慢地翘了起来,我的脸肯定没有那么圆。它一定是头罩造成的视觉错误。"这些孩子们会怎么样?"马克说,"这些克隆人?"

"他们会怎么样?"几个穿着棕色丝绸睡衣套装的年轻人,显然正在给那些登达立士兵帮忙,听到这句问话都露出惊恐和激动的神情。在一个手持震荡枪的士兵看管下,还有另一组男孩子和女孩子,混坐在地板上。愚蠢透顶,他们确实仅仅是些孩子。

"我们必须——我们必须把他们一起带走。否则我不走。"马克咬紧牙关,但是迈尔斯看到他在呜咽。

"别威胁我,"迈尔斯咆哮道,"我们当然必须带他们走,难道我们还有什么其他的办法能够活着离开这里吗?"

马克的脸上流露出希望和仇恨交织在一起的复杂神情。"那么以后呢?"他疑心重重地追问道。

"哦,"迈尔斯故意轻松而嘲讽地说,"我们正准备飞到巴罗普乔基地,然后把他们丢下来,顺便对瓦萨·路易吉的善意表示感谢。简直是白痴!你认为我们该怎么办?我们必须立刻登上飞行器,然后疯狂地逃离这里。我们只能让他们在安全地带降落,而且我保证让你先走!"

马克迟疑了一会儿,然后深深地吸了一口气,点了点头。"好吧,就这样吧。"

"这不是……好吧,"迈尔斯叫喊起来,"这仅仅是……仅仅是……"他不知道用什么词语来描绘他目前所看到的这种糟糕

镜 舞

透顶的情况,"如果你当时想搞这样一次愚蠢的袭击,你至少应该咨询一下家里这方面专家的意见!"

"你?去向你求助?你以为我发疯了吗?"马克无比气恼地质问道。

"是的——"他们的争吵被一个瞪大了眼睛的金发碧眼的克隆男孩打断了,他走近他们,显出目瞪口呆的神情。

"你们确实是克隆人。"他满怀疑虑地说。

"不,我们是双胞胎,但是出生的时间相隔了六年。"迈尔斯粗暴地纠正道,"是的,我们确实同你们一样是克隆人,不错,回到原来的地方坐下,服从命令,真该死。"

那个男孩子立刻退了回去,低声嘟囔着:"这是真的!"

"该死,"马克愤怒地暗自抱怨,"为什么他们就相信你,而不相信我?这不公平!"

奎因的声音从他的头盔里穿了过来。"医务兵诺伍德已经把菲利皮包裹好并转移到了飞行器上,转移其他伤员的准备工作也基本完成,如果你和你的堂·吉诃德①兄弟已经相互问候完毕的话……"

"排好队,我们首先让第一批人员出去。"他回答说。他联络到蓝色小分队的队长,"弗兰明哈姆,准备掩护第一批突围人员。准备好了吗?"

"准备好了。陶娜中士已经替我排好了队形。"

"出发。别回头。"

五六个登达立士兵和十五六个惊恐万分、筋疲力尽的克隆孩子,两个躺在气垫托板上的伤员,从大厅里冲出了那些破碎的

---

① 堂·吉诃德是西班牙小说家塞万提斯的同名小说《堂吉诃德》中的人物,对事物往往过分理想化。

大门。弗兰明哈姆似乎并不愿意使用一些年轻姑娘作为挡箭牌,他那巧克力色的脸显得非常忧郁。但是,巴罗普乔的那些狙击手确实必须小心翼翼地开火了。登达立士兵让那些克隆人走在前面,虽然不是在跑,但至少可以说是在稳步地快速前进。一分钟之后,第二批突围人员跟上了第一批,迈尔斯打开了他戴的军士头盔左右两侧的视觉系统,一双耳朵警觉地分辨着小型武器可能发出的致命袭击。

他们能够突围出去吗?陶娜中士照看着最后一批克隆人来到大厅里。她对他行了一个似是而非的军礼,几乎完全没有对他和马克的关系感到任何疑问。"很高兴见到你,长官。"她高声说。

"我也很高兴见到你,中士。"他回答说,心里颇有感触。如果马克已经扼杀了陶娜对他的感情,他不知道如何才能够恢复他们之间的亲密关系。在方便的时候,他非常想了解,马克是怎样欺骗她的?他们俩的关系有多么密切?以后再说吧。

陶娜走近了些,低声说:"我们失去了四个孩子,都逃回到巴罗普乔人那儿去了。这让我很难过。有没有可能……"

他遗憾地摇摇头。"没有任何办法。这一次不再会出现奇迹了。我们必须带上我们目前所有的孩子立刻撤离,否则我们将全军覆没。"

她点点头,显然非常理解他们目前的处境。但是,理解并不能够消除遗憾和不幸所造成的刻骨铭心的痛苦。他满怀歉意地冲着她微微地笑了笑,她也咧了咧嘴,显得非常不开心。

蓝色小分队的医务员带着那个大气垫托板,上面装载着轻便冷冻室,一块大毯子盖住了那个闪亮的圆柱体,以免病人裸露着的身体被不相干的人看见。陶娜催促那些克隆人加快步伐。

贝尔·索恩向四周看着。"我恨这个地方。"它漠然地说。

"也许这一次,我们撤离的时候能够把它给炸了。"

贝尔点点头。

他们一群人,大约十五个克隆人、气垫托板上的伤员、一个登达立卫兵、陶娜、奎因、马克和贝尔,有秩序地冲出前门。迈尔斯望上看了看,好像他的头盔上有一个公牛眼睛似的,还好,头顶上那些移动的身影都穿着登达立的灰色军服。很好。他视野右侧的全息图像告诉他,弗兰明哈姆和他的小组已经顺利到达飞行器。他切断了与弗兰明哈姆的通讯通道,把第二小分队队长的联络信号降低到最小,集中精力对付自己目前的情况。

他的注意力被基姆拉的声音分散了,这是他第一次从黄色小分队那儿得到消息。"先生,这里的抵抗很弱。他们不理会我们。我们应该采用什么样的行动来引起他们的重视?"

"任何方法,基姆拉。你们必须把巴罗普乔人的注意力从我们这儿引开。要引开他们,但是不要以牺牲自己为代价,特别不要以你的飞行器为代价。"迈尔斯希望基姆拉中士在这样紧急的关头没有留神他的命令里这个荒唐的逻辑。如果——

巴罗普乔人的袭击首先是一枚炸弹,它在离他们十五米的地方爆炸了。这个炸弹把他们前面的路面炸出了一个洞,然后引发了一阵热气腾腾的碎片从空中雨点般降落下来,虽然看起来很吓人,但是并没有什么危险。那些克隆孩子的尖叫声在他堵塞着的耳朵里,似乎显得非常低沉。

"必须行动起来,基姆拉。运用你的直觉,嘿?"

一阵等离子炮火击中迈尔斯左边的盆景树木和右边的墙壁,把它们都炸得粉碎,迈尔斯意识到这场混乱并不是偶然的。他们是在有意识地引起那些克隆孩子的恐慌。他们的伎俩成功了,这些孩子正缩头缩脑、东倒西歪地相互拉扯着,尖声喊叫着,似乎很可能立刻就将四处逃窜。如果那样的话,就不再可能重新把他们召集起来了。一束等离子弧光枪击中了一个登达立士兵,迈尔斯猜想,这似乎只是这些巴罗普乔人在证明他们自己完全有能力把敌人全都消灭掉。这些射击使得那些克隆孩子们更加惊慌。一些经验比较丰富的士兵开始回击。迈尔斯冲着他的耳麦呼叫他的空中掩护人员。根据那些射击的角度来看,这些袭击的巴罗普乔人就在他们的上空。

陶娜注意到那些歇斯底里的克隆孩子们的情况,看了一下周围的情况,举起她的等离子弧光枪,射开了最近的一幢楼房的大门,这是一个没有窗户的、类似于车库的建筑物。"进去!"她大声叫喊道。

迈尔斯心想,这个主意还不错。在那里,即使他们要逃窜,也是往一个方向逃。只是他们不能在里面滞留,因为如果他们再被封锁住,就不会再有大哥哥来搭救他们了。

"走进去!"迈尔斯也喊道,"一直往前走,从那边门出去。"

当那些孩子惊慌失措地逃离危险地带,奔向那个在他们看来似乎是安全的地方时,他挥挥手,示意他们不要分开,因为被瓦解比被封锁更可怕。他招呼整个小分队一起跟上。两个蓝色小分队战士担任掩护,他们用等离子弧光枪冲着头顶上的……"牧羊人"开火。迈尔斯觉得这些巴罗普乔人正像牧羊人一样驱赶着他们,不时地袭击他们,似乎在命令他们只管逃命,不要抬头。不过,一个登达立士兵很幸运,他的等离子弧光枪击中了一个巴罗普乔人,此人正准备从对面建筑物的顶上向他们开火。

迈尔斯转过身,奔跑着冲过走廊,穿过一个巨大的双层门,迎面遇见了神情焦急的索恩,它想掩护他撤离。

"我来殿后,掩护你们撤退。"索恩自告奋勇地说。

是否索恩希望在这场战斗中英勇就义,以回避它必然要面对的军事法庭?一刹那间,迈尔斯几乎就准备让它这么了结算了。但是他随即就打消了这个念头。"你带着那些克隆人一起回到飞行器上去。"迈尔斯果断地命令道,"完成你自己承担起的任务。如果我是你,我就会干到底的。"

索恩张开嘴,似乎想说什么,但是它仅仅点了点头。他们都紧跟在小分队后面飞奔起来。

那个双层大门通往一个铺着混凝土地面的大房间,似乎是为了某种特别的场合而设计的集会地点。奎因和马克在前面犹豫不定,想等迈尔斯赶上来,虽然迈尔斯一个劲儿地冲着他们做手势,让他们赶紧离开。"你们停下来干什么?"他又急又气地叫喊道,不小心滑倒在地。

"小心!"不知是谁喊了起来。奎因迅速地转过身来,举起她的等离子弧光枪寻找目标。马克的嘴张开,成了一个"O"形,恰如他蒙在头罩里的脸型。

迈尔斯看到了那个巴罗普乔士兵,他们俩在一刹那间目瞪口呆地面面相觑。一小队穿着棕色服装的巴罗普乔狙击手,可能是从隧道里过来的,正沿着走廊冲过来,显然比那些他们追击的登达立士兵更有进攻的思想准备。迈尔斯面前的这个巴罗普乔士兵手持一把掷弹筒,对准他,发出一连串射击。

迈尔斯当然看不到那枚射弹,即使当它在他的胸腔里爆炸的时候,他也看不见它。当他的胸被炸得像一朵花似的,他只是感觉到(而不是听到)一个声音、一阵气流把他击倒,他的眼前闪动起黑色的光影,然后变得漆黑一片。

他感到非常震惊,不是因为他自己的想法,因为当时没有任何时间让他去想什么,而是因为他自己的感受,一刹那间他身体里最后一次心跳促成了这一切感受:无比剧烈的疼痛、愤怒……悔恨,无限短的时间里,无比巨大的创伤。等等,我还没有——

第七章

马克站得很近,那枚爆炸的射弹似乎震聋了他的耳朵,使他无法听到任何其他的声音。它发生得太快,所以他没有办法预料这一切,也没有办法及时遮住耳朵和眼睛。这个正在叫喊着、指挥着他们的矮小男人,像一块灰色的破布一样被炸瘫了,双臂张开,面容扭曲。一股鲜血飞溅到马克身上,奎因的整个左半身都被染成了鲜红色。

如此看来,你也不是完美无缺的,他脑海里最初出现的居然是这样奇怪的念头。迈尔斯突然表现的脆弱让他无比震惊,简直难以接受。我不相信你会受到伤害。你这可恶的家伙。我不相信你会——

奎因尖叫了起来,每个人都往后退缩了,只有他站着一动也不动。迈尔斯躺在混凝土地上,胸口被炸开了花,嘴大张着,僵直地躺着。这是一个死人。他曾经看到过其他的死人,不会错的。

奎因满脸杀气,举起等离子弧光枪冲着那些巴罗普乔人乱射,直到他们头顶上的天花板开始坍落,一个登达立士兵才把她手中的武器按住。"陶娜,干掉他们!"奎因用另一只手指挥起来。

这个怪物似的中士冲着走廊的前上方一阵疯狂扫射,像一个愤怒的巨型蜘蛛,展开全部威力,把敌人一网打尽。马克简直跟不上陶娜超人的速度,他只看到在一阵火光和阴影之后,那些巴罗普乔人破碎的肢体开始像雨点般飘落下来。他们那些具有高科技装备的轻便盔甲在这双被激怒的、巨大的爪子发起的进攻下,丝毫没有抵抗能力。三个男人,气管都被炸开了,躺在自己的血泊中翻滚着;一个登达立士兵从房间的另一头跑过来,差一点被一个敌人的尸体砸倒在地。本来现代化的军事武器不应该造成这样大规模的流血场面的,这些武器其实可以干净利落的干掉对手,就好像敲碎鸡蛋壳一样轻巧。

奎因对这一切视而不见,似乎根本就不在乎她的命令所造成的后果。她跪在迈尔斯的身边,双手颤抖,迟疑不决,然后猛地伸进去,脱掉迈尔斯的指挥头盔。她把自己的队长头盔放在地板上,在自己的灰色头罩外戴上迈尔斯的头盔。她试着与外界建立一些通讯联系,检查通讯线路是否畅通。显然,这个头盔没有受到损害。她高声下达命令给那些周边的士兵,查询降落了的那个飞行器以及另一个正在执行掩护任务的飞行器。"诺伍德,回到这里来,回到这里来。是的,带上它,现在就带上它。重复,诺伍德!"她只是为了发布命令,才暂时把目光从迈尔斯的身上转移开。"陶娜,保护好这幢建筑物。"在她的头顶上,陶娜转而向她手下的士兵传达这个命令。

奎因从她的武装带上抽出一把震动刀,开始割开迈尔斯身上的衣服,割开皮带和带有神经断裂防护网的制服,把那些血糊糊的碎片清理到一边。顺着奎因的目光,马克往上看去,他看到那个医务兵带着气垫托板又回来了。这个气垫托板能够抗重力,但是无法抵抗气压的冲力。那个沉重的轻便冷冻室不听那个医务兵的使唤，顺着惯性一个劲儿地往前跑，当他试图停下来把气垫托板放到地板上的时候，也很费了一番周折。半打克隆孩子像呆鹅一样，跟在这个医务兵的后面缩在一起，惊恐万分地看着周围的可怕场景。

那个医务兵看看迈尔斯的身体，又回头看看那个气垫托板。"奎因上校，这不行，它带不了两个人。"

"它必须带。"奎因的腿颤抖着，她的声音里透露出极度的不安和焦虑。她似乎对自己脸上流淌着的泪水毫无知觉，粉红色的眼影在她的脸上留下了一道道痕迹。"必须带上。"她阴郁地看着那个冷冻室，"把她卸下来。"

"奎因，我不能这么做！"

"听我的命令。现在是我在指挥。"

"奎因……"那个医务兵痛苦地质问道，"难道他曾经下过这样的命令？"

"他已经丧失了下命令的机会。好吧，"她深深地吸了一口气，"我来把她卸下来，你替他做好装载的准备。"

那个医务兵不再争辩，服从奎因的命令去照料迈尔斯了。他打开冷冻室后部的一扇门，拿出一套设备。它已经被用过一次了，重新装箱的时候又非常匆忙，所以现在看起来凌乱不堪。他取出一些巨大的绝缘瓶。

奎因用钥匙打开冷冻室。它的盖子砰的一声弹开，翘了起来。她伸手进去，松开一些东西，马克看不见它们是些什么东西。他也不想看它们。当她的手碰到那些速冻的皮肤时，她发出唏嘘的声音，但是仍然继续做着。随着一些声响，她从冷冻室里举起一个全身呈现出绿色和紫色的裸体女人，然后把她放在地板上。她就是那个被击毁的骑自行车的战士菲利皮。索恩的巡逻兵,不顾巴罗普乔人的炮火,终于在与她的头盔相隔两幢建筑物的地方,发现了她和她那被炸毁了的自行车。她的脊椎骨和四肢都被炸断了,尽管绿色小分队的医务兵做了非常大的努力来挽救她,她还是死了。奎因抬起头,看到马克正在瞪着她,便露出一副气恼的神情。

"你,这个没有用的家伙……把她包起来。"她指着菲利皮说。然后,她迅速地绕过那个轻便型冷冻室,来到蓝色小分队的医务兵旁边,他此刻正跪在迈尔斯身边。

马克终于从麻痹中清醒过来,他急忙跑到周围去找东西.在一些医用物品中,他找到了一小块锡箔纸。虽然他非常害怕那具尸体,但由于不敢违抗奎因的命令,他还是铺开银色的锡箔纸,把那个冰冷的女人尸体包了起来。在他哆哆嗦嗦的手中,这个女人的身体显得僵硬而沉重。

他抬起头,听见那个医务兵在自言自语。医务兵没有戴手套的手深深地伸进迈尔斯·弗·科西根的胸部。"我找不到端口,哪里才是该死的端口?至少那个可恶的主动脉,某个东西……"

"已经过了四分钟了。"奎因咆哮着,又拿出她的震动刀,割开了迈尔斯的喉咙,刀口很整齐,没有碰到气管。在割的时候,奎因非常紧张。

那个医务兵抬头看到了。"注意,一定要是颈动脉,而不是颈静脉。"

"我尽力吧。它们又没有不同颜色的标记。"她找到的是一种苍白而有弹性的东西。她把一根管子从一个绝缘罐里抽出来,然后把它接到那个可能是颈动脉的东西上。她打开电源,那个细小的气泵开始工作,把绿色的液体注入迈尔斯体内。她又从罐子里抽出第二根管子,把它安装在迈尔斯脖子的另一边。

血液开始从断裂的出口往外流淌,淌到她的手上,淌到一切东西上;它不是迅速涌出,而是缓缓地、机械地流着,仿佛不是从人的身体内流出的。它在地板上形成了闪亮的一片,然后开始沿着地板上的排水坡往外流去,形成一条微型的绯红色小溪。血液非常多,多得简直令人难以置信。那些缩在一起的克隆孩子不停地哭泣,马克的脑袋感到极度的疼痛,他简直无法看任何东西。

奎因让那个气泵一直不停地开动着,直到流淌出来的不是血而是绿色的冷冻液。那个医务兵显然终于找到了他想找的端口,然后又接上了另外两根管子。更多的血,混合着冷冻液,从伤口处流了出来。那条小溪变成了一条大河。医务兵把迈尔斯的靴子和袜子脱下来,用传感器在他逐渐变得惨白的脚上移动着。"几乎到了那里……该死的,我们的冷冻液快没有了。"他赶紧跑到罐子边,它已经自动关闭了,红色的指示灯在闪烁着。

"我用完了我所有的冷冻液。"奎因说。

"也许够了,他们俩都很矮小。夹住这些端口。"他扔给她一个闪亮的东西,她在空中一把抓住了。他们弯下腰抬起那个小小的身体,"放到冷冻室里去吧。"那个医务兵说,"他很轻……"他们迅速地把迈尔斯放到轻便式冷冻室里,让那些被血液渗透了的军服黏糊糊地堆在地板上。奎因让那个医务兵去做最后的设备连接工作,闭着眼睛转过头去,开始用头盔里的通讯设备发布命令。她一眼也没有看自己脚下那个被银色锡箔纸包裹着的尸体。

索恩缓步跑到奎因的面前。它刚才去哪儿啦?索恩看着奎因的眼睛,冲着那些巴罗普乔人的尸体歪了歪头,汇报说:"他们肯定是从隧道里进来的。我一直把守着所有的出口,直到现在。"索恩忧郁地凝视着那个轻便式冷冻室。这个两性同体人突然显得……憔悴了,老了。

奎因点点头表示知道了。"接通9C频道,我们在外面有麻烦了。"

好奇心打破了马克精神上的麻木状态,他把自己的头盔也戴上了。过去的几个小时里,也就是自从索恩重新与它的指挥部取得联系之后,他曾经因为感到绝望和无助而把它关闭了。他跟踪着奎因上校的信息输送路线。

蓝色小分队和橘黄色小分队的巡逻队遭遇到巴罗普乔警卫部队越来越强烈的武力抵抗。奎因在这幢建筑物里的滞留,使得巴罗普乔人像苍蝇飞向腐尸一般乱哄哄地蜂拥而至。由于三分之二的克隆孩子已经登上了飞行器,巴罗普乔人已不再直接地对它开火了,但是,敌人的空中援助力量仍然在迅速地增强,就好像兀鹰一样聚集在上空。奎因和她的手下眼看面临着被包围和封锁的危险。

"应该有其他的办法来对付。"奎因自言自语地说。她转换了一个频道,"基姆拉中士,你那边怎么样了?还是没有任何有力的武力抵抗吗?"

"这里的情况开始像我们所期望的那样展开了,我们受到了足够的重视,现在我正忙得很呢,奎因。"基姆拉那虽然微弱,但却显得非常兴奋的声音传了过来,突然间被一阵噪音打断,显然是敌人的等离子火力攻击激活了他自己的等离子反射磁场,"我们已经达到了目的,现在是该干掉他们的时候了。我要上场了,待会儿再聊,好吗?"随即是更多的噪音。

"什么目的? 保护好你的飞行器,听到没有,小家伙? 你也许还要来接我们,完成任务之后立刻向我汇报。"

"是。"一阵短暂的停顿之后,他又问道,"奎因,为什么将军不在这个频道上?"

奎因痛苦地闭上眼睛。"他目前……暂时不能和你通话。行动起来,基姆拉!"

基姆拉的回答被又一阵噪音给淹没了。马克的头盔里没有关于基姆拉和他的行动计划的任何材料,从信号的来源看,这个中尉所处的位置似乎不在这个医疗中心之内。难道是佯攻?如果确实如此的话,这个基姆拉似乎并没有能够把足够的敌人从他们的身边吸引开去。巡逻官弗兰明哈姆从屋顶上传消息过来,催促奎因抓紧时间撤离,就在同时,橘黄色小分队的一个巡逻队报告说,他们刚刚丧失了一个有利地形。

"飞行器能够降落在这个屋顶上,把我们接走吗?"奎因一边问,一边抬头打量起屋顶上的横梁。

索恩皱着眉头,顺着他的视线看过去。"我想它会把屋顶压塌的。"

"真该死,有没有其他的主意?"

"从下面走,"马克突然说。当他们意识到马克的建议究竟意味着什么时,奎因和索恩都大吃一惊,以至于差一点儿摔倒在地板上,"从隧道里穿过去,那些巴罗普乔士兵能进来,我们就能够出去。"

"但那是一个非常混乱和陌生的地方。"奎因反对说。

"我有地图,"马克说,"所有的绿色小分队成员也都有地图,他们可以带路。"

"你为什么不早说?"奎因厉声打断他的话,全然没有意识到自己不合逻辑的指责——因为在此之前并没有什么更早的机会。

索恩点点头,确认了这个信息的正确性,它开始迅速地在自己头盔里的全息地图上搜索。"能行。奎因,确实有一条路线——可以把我们从这个建筑物的内部带到你的飞行器那边。那里的巴罗普乔士兵比较少,他们全都瞄准了另一个方向;而且在地下,敌人的众多兵力也没有优势了。"

奎因瞪眼看着地面说:"我讨厌灰尘,喜欢真空环境和自由的空间。好吧,我们走吧。陶娜中士!"

一阵乱哄哄的紧急集合之后,队伍重新整装出发了,他们沿着一个升降管道来到地下,进入隧道里。士兵们在队伍的前面开路,陶娜让一些克隆孩子抬着菲利皮的尸体,好像她认为这个骑自行车的士兵还有起死回生的希望。

马克发现自己正走在那个轻便式冷冻室旁边,焦虑不安的医务兵在一边拉着装载它的气垫托板。马克用眼角余光偷偷打量着他的原身:他躺在那里,大张着嘴,面色苍白,嘴唇发灰,一动也不动。一层寒霜覆盖住了冷冻室的封口处,多余的热气从暖气管里散发出来,马克颤抖着,在热气里缩着头。他非常气愤,并且感到非常冷。你这个该死的家伙,迈尔斯·弗·科西根。我有那么多话要对你说,可是你却听不到了。

他们所走的这条隧道通往另一幢建筑物,从一扇又一扇双层门穿过之后,他们进入一个宽敞的门厅,那里有许多连接口通往四面八方,另外,还有一些升降管道和紧急楼梯等等。所有的门都被士兵们打开,以查看是否有暗藏着的巴罗普乔人。这里的空气弥漫着一种等离子弧光枪残余的烟雾和刺鼻的气味。不幸的是,就在这里,那些先遣侦察兵发现了他们一直在寻找的东西。

灯光突然熄灭了,在马克周围,所有的登达立战士头盔前的面甲都关闭了,他们都转变为内置紫外线模式了。马克也跟着做了,然后他发现自己在一个无色的世界里迷失了方向。他的头盔里乱哄哄的,各种交流的信息相互冲撞着。正在这时,两个先遣侦察兵从不同的走廊退回到大厅里,边跑边盲目地用等离子弧光枪向敌人开火,因为他们仅仅能够依靠面甲里的视线来瞄准敌人。四个巴罗普乔士兵从一个升降管道里钻了出来,他们径直插入奎因的队伍中心。一时间,敌我双方混杂在一起,以至于不得不展开肉搏战。马克被一个跌跌撞撞的登达立士兵不小心撞倒,他不得不蹲伏在气垫托板旁边。

"这里可不是打仗的地方。"那个医务兵呻吟着说,为了躲避空中飞舞着的枪弹,他急忙把气垫托板放在地上。"一旦被击中,那就……"

"那么,你就带着它躲到升降管道里去吧。"马克冲着他大声喊道。医务兵点点头,然后把托板转移到最近的、不被巴罗普乔人注意的升降管道里。他把升降管道的动力关上了,否则,对流的重力场将在管道和托板周围形成旋涡。为了避开人们的注意力,医务兵骑在轻便式冷冻室上,就好像它是一匹马。另一名士兵跟在他的后面,从管道内部的应急梯子上爬了下去。敌人的等离子弧光枪接连击中了马克三次,他急忙转身跟在那个士兵的后面爬下梯子,避开了凶猛的火力袭击。

但是,没有多久,在入口处出现了一个巴罗普乔士兵的头盔,然后等离子弧光枪发射出的火力就好像一盏灯似的从他们的头顶上直射下来。那个士兵协助医务兵把冷冻室猛拖住,并拖着穿过管道里最低处的入口,以避开这股强大的火力袭击。马克蜷缩着身体跟在他们后面,觉得自己就好像一个活靶子,被等离子弧光枪的火力团团包围了。他被射中了多少次了?他已经数不清了。他的盔甲还能够承受多少次袭击？什么时候它将承受不了并燃烧起来？

那个士兵选择了一个伏击的位置,然后转身瞄准身后的升降管道,但是,并没有巴罗普乔士兵追踪他们。他们站在黑暗和宁静之中,叫喊声和枪击声从他们头顶的战场上隐约地传来。这是一个小得多的门厅,只有两个出口。地板上那些灰暗的黄色应急灯使得这里弥漫着一种不真实的温暖气息。

"该死的,"那个医务兵瞪着上面说,"我想我们已经把自己和其余的人阻隔起来了。"

"这倒不一定。"马克说。这个医务兵和那个士兵都不是绿色小分队的,但是马克的头盔里有绿色小分队的联络程序。他调出头盔里的全息地图,寻找出他们目前的确切位置,然后让头盔里的电脑绘制了一个路线图,"你们从这里也可以回到飞行器上。虽然绕了一点弯路,但这条路更安全,不大可能会遭遇巴罗普乔士兵。"

"让我看看。"医务兵请求说。

马克把自己的头盔交给了他,既不太情愿,又有一种如释重负的感觉。医务兵把头盔戴在自己的头上,开始查看那条穿越巴罗普乔人的医疗中心的红色路线。马克试探性地冲着头顶上发射了一枪,没有任何巴罗普乔士兵突然出现。上面的枪战声似乎更模糊了,好像他们离开得越来越远。他重新退了回来,发现那个士兵正瞪着他,在他的面罩后面,闪动着令人不安的目光。不,我不是你那该死的将军。这真可惜,是吗？这个士兵显然认为那些巴罗普乔士兵错杀了一个小矮人。马克不需要他说话就知道他内心里的真实想法。他耸耸肩。

"好吧。"那个医务兵终于做出了决定。

"如果你们抓紧时间,甚至可以在奎因上校之前到达飞行器。"马克说。他仍然戴着那个医务兵的头盔。他们的头顶上已经没有任何声音了。他是应该追随奎因她们,还是应该在这里协助他们两个运送冷冻室?他不知道自己究竟是更害怕奎因,还是她的部队招惹来的巴罗普乔士兵。无论如何,同冷冻室在一起,他可能会更安全一些。

他深深地吸了一口气。"你……拿着我的头盔,我用你的。"医务兵和士兵都不赞同地、甚至是充满厌恶地怒视着他,"我要去寻找奎因和那些克隆孩子。"他的克隆孩子。难道奎因会对他们的生命有任何怜惜?

"是这样啊,那你就去吧。"医务兵说。他和那个士兵把冷冻室推着走出了门,头也不回地离开了。他们显然认为他完全是一个累赘,根本就巴不得摆脱掉他呢。

他闷闷不乐地重新从梯子上爬回到升降管道里。在即将回到地面的时候,他小心翼翼地探头窥视一眼上面的门厅,只看到一片狼藉。大厅周围的洒水装置正在往冒着浓烟的地方喷洒更多的水柱。一个身穿棕色衣服的躯体,面朝下趴在地下,一动也不动。地板很潮湿,而且滑溜溜的。他爬出升降管道,迅速地冲出去,来到一条回廊中,如果那些登达立士兵没有改变他们曾经计划好的路线的话,他们就应该是沿着这条回廊前进的。在这里,他看到更多的被等离子弧光枪毁坏的设施,因而相信自己没有走错路。

他转过一个弯儿,突然停下脚步,悄悄地退回去躲了起来。那些巴罗普乔士兵还没有看见他,他们正注视着另一个方向。他退回到回廊里,同时笨手笨脚地在那个他很不熟悉的头盔里查找合适的按键,费了很大的功夫才同奎因联系上。

"奎因上校？唔,我是马克。"

"你究竟在什么该死的地方？诺伍德在哪里？"

"他戴着我的头盔,正推着简便冷冻室走在另一条路上。我在你的后面,但是,我无法追上去。这里至少有四个巴罗普乔士兵阻隔在我们之间,他们正向你们逼近,当心点。"

"该死的,现在我们被击溃了。"奎因停顿了一会儿,"不,我能对付他们。马克,离开这该死的地方,跟上诺伍德,快去!"

"你想干什么？"

"把这些杂种炸翻掉,我们有足够的盔甲保护自己。快闪开!"

他明白了她的计划,迅速地离开了。他走进自己最先看到的一个升降管道,冲到梯子前面,疯狂地往上爬,根本就顾不上查看这个管道究竟是通往什么地方的。他一心想只尽快地离开这里,到地面上去……

这简直就是一场大地震。当梯子开始剧烈摇晃和震动的时候,他紧紧地抓住梯子的扶手,感到自己好像被击中了。这场爆炸仅仅持续了一小会儿,但却伴随着震耳欲聋的轰鸣。一切都停息之后,他又开始往上爬。前面出现了日光,反射到管道入口里,呈现出一道银白色的光亮。

他来到地面上,出现在一个似乎非常豪华的办公室里。这个办公室的窗户已经被震裂。他把窗户上已经破碎的玻璃敲开一个洞,爬了出去。透过他的内置紫外线观察器,他打量起自己的四周。左边有一半的建筑物都被炸毁,形成了一个巨大的弹坑。空中仍然是尘土飞扬,令人窒息。那些身穿坚实、牢固的太空防护服的巴罗普乔士兵也许都还没有死,但是,被压在那些废墟之下,恐怕需要一整队挖掘工花费几个小时来解救他们。在日光下,这一切虽然很恐怖,但他却微笑了起来,感到一阵激动。

那个医务员的头盔里似乎并没有任何窃听装置,可他还是听到了奎因的声音。"好吧,诺伍德,继续往前走吧。"她说,"拼命跑!弗兰明哈姆!听到没有?锁定诺伍德,开始装载你周边的人,等诺伍德和汤金登机之后,立即起航。基姆拉!你还在空中吗?"一阵停顿。马克听不到基姆拉的声音,不知道他是谁,也不知道他在哪里,但是他能够从奎因的答话中猜出一些线索,"好吧,我们现在用你来充当交通工具。恐怕会有一些拥挤,但是应该没有大问题。听从我的指示,直接降临在弹坑上。你能行的,是的,你会成功的。我已经用镭射观察仪查看过了,你将会畅通无阻。现在该是大胆地发挥你的飞行器作用的时候了。基姆拉,来吧!"

他也往弹坑跑去。他疾步靠近一个建筑物的旁边,想利用它伸出来的部分掩护自己,但是,那些噼里啪啦往下掉的水泥碎片让他意识到,这不是一个安全的地方。他头顶上那个被炸毁的阳台即将彻底坠落。是留在这里被砸成肉酱,还是冲到空地上去被枪弹射中?他几乎相信,无论他做出什么选择,最终都将会被证明是错误的。弗·科西根的军事手册上最常见的一条格言是什么来着?在实战中不存在任何作战计划。奎因的作战计划和方针总是以惊人的速度在变化着,目前她正在尝试打开一个崭新的突破口——他听到一个正在降落的飞行器发出越来越大的轰鸣声,剧烈的震动使得他头顶上摇摇欲坠的阳台显得更加危险了,于是他不得不飞奔着逃离那里。阳台的一角掉了下来,发出刺耳的声音。他一直拼命地往前跑着,让那些巴罗普乔士兵击中一个活动靶子吧……

当那架飞行器像一个巨大的甲壳虫一样伸出支架,小心地在弹坑里降落下来的时候,奎因和她的部下冒着危险冲进空地上。一些残余的巴罗普乔士兵从对面的建筑物里开枪阻击。由于他们仅仅使用等离子弧光枪,而且还要留心不伤害那些克隆人孩子,所以并没有多大的威胁。一个身穿红色衣服的克隆女孩尖声叫了起来,她被一个登达立士兵的等离子反射场的回流冲力击中了,这虽然很痛,但并没有致命的危险。小女孩哭喊着,显得无比恐慌。尽管如此,一个登达立士兵还是牢牢地抓住了她,把她带到飞行器的舱门口。此时,舱门正在打开,一个活动梯正伸展出来。

那几个巴罗普乔士兵显然意识到,他们不可能仅仅使用狙击手的装备就把飞行器击毁,所以就改变了策略。他们开始把火力集中到奎因身上,她顿时被一层蔚蓝色火焰的薄雾笼罩着,在这阵凶猛的袭击下踌躇起来。克隆人孩子和登达立士兵都急匆匆地登上了飞行器。

奎因的指挥头盔着火了。他必须冲到她的前面去。当他的等离子反射场发放能量的时候,他周围的空气燃烧了起来。然而,就在这短暂的缓冲时间内,奎因重新站稳了脚步。她抓起他的手,两个人一起冲上了飞行器,成为最后登机的乘客。飞行器开始起飞,当他们刚一跌落进舱门,活动梯立刻就被收了起来。舱门在他们身后紧紧闭上,接着出现了一阵奇妙的寂静。

马克仰面躺着,气喘吁吁,因为他的肺部装置着了火。奎因坐了起来,她的脸上出现了红色和灰色的斑痕,是日灼造成的。她歇斯底里地大叫了三声,然后就紧紧地闭上了嘴。她的手指提心吊胆地触摸着自己热乎乎的面颊,马克还记得,就是这个女人,她的脸曾经被等离子火焰完全烧毁过。但是这一次没有,幸好没有。

她跪了起来，又开始在那个差一点让她丧命的指挥头盔里查找通讯频道了。随后，她努力站了起来，在这个越来越摇晃的飞行器里跳跃着往前走去。陶娜中士、索恩和那些克隆人孩子，这些都是他能够辨认出的人，其余的则是一些陌生的登达立士兵，以基姆拉中士的黄色小分队成员为主，其中一些仍然穿着平常的灰色制服，另一些穿着太空盔甲——后一种装扮的士兵看起来更狼狈一些。飞行器上所有的四个病床都被占用了，另外还有一个伤兵躺在地板上。但是，那个负责照料他们的医务兵仍然平静地来回移动着脚步，并没有丝毫的惊慌。她的病人也都干净利落地处理过了，为在更好的条件下可能采用的进一步治疗做好了充分的准备。黄色小分队的轻便式冷冻室也被占用了。里面躺着的人正是菲利皮。这个士兵几乎没有任何生还的希望了，马克不知道他们回到游客号之后，是否还会继续把她保持在这种冷冻状态里。除了这个骑自行车的士兵和那个冷冻室之外，这里没有任何其他的尸体包裹了——基姆拉的小分队似乎顺利完成了自己的军事行动，他们所遭受的损伤相当小。

飞行器倾斜了起来，他们正在回旋地前进，还没有进入轨道。马克呻吟着站起来，跟着奎因往前走去，发现了异样的情况。

当他看到那个囚犯的时候，他突然停下了脚步。那个男人坐在那里，双手捆在背后，整个人被稳稳地固定在一个座位上，由两个士兵看守着———一个高个子的男人和一个瘦小的女人。在马克看来，这个女人就好像一条蛇，有着滑腻腻的肌肤和不眨动的眼珠。那个囚犯看上去大约四十岁左右，穿着一套棕色的丝绸衣裤。黑色的头发从脑袋后面的一个金色发圈里散落下来，遮住了他的脸。他没有任何反抗的迹象，只是坐在那里耐心地等待着,神情颇似那个蛇一般的女人。

巴罗普乔,是那个巴罗普乔,巴罗普乔男爵瓦萨·路易吉本人。从马克八年前最后一次瞥见他到现在,他几乎丝毫也没有变化。

瓦萨·路易吉的头抬了起来,看见马克,他的眼睛微微地张大了一些。"哦,将军。"他低声说。

"就这样吧。"马克不由自主地使用了一个典型的内史密斯短语来回应他。随着飞行器越来越剧烈的摇晃,他也越来越站不稳了。与此同时,他不得不掩饰自己内心深处的惊恐和身体上的极度疲乏,因为在实施这个行动计划的前夜,他根本就没有睡觉。巴罗普乔,在这里?

这个男爵扬起眉毛问道:"你衬衫上的血是谁的?"

马克低头看看自己。那一条血迹还没有变成棕色,仍然湿漉漉、黏糊糊、冰冰凉的。他发现自己非常想回答说,这是我兄弟的血,以造成一种震惊的效果。但他加快脚步往前走去,以免与他的交谈再深入下去。巴罗普乔男爵。奎因他们计划好对付这头狮子了吗?不过,至少他现在明白,为什么这架飞行器可以在战区上空盘旋,而不必担心会被击毁了。

他在驾驶舱里找到了奎因、索恩和黄色小分队的队长基姆拉。奎因已经在使用飞行器上的通讯设备,她那灰色的头罩被推到脑后,露出汗津津、乱糟糟的黑色鬈发。

"弗兰明哈姆!请回答!"她冲着对讲器叫喊着,"你必须立即起飞。巴罗普乔的空中增援部队几乎已经集中在你的头顶上了。"

在奎因的对面,索恩正通过全息图监视着战情的发展。两架登达立战斗飞行器以彩色小点的模样出现在显示屏上,它们俯冲过去,但是没有能够扰乱敌人飞行器舰队的列阵。显示屏上的这一切都以一种模拟的方式出现,是对目前他们下面的那个真实世界的数字化模拟。马克从飞行员的肩头往窗外望去,在阳光明媚的晨雾中,他看不到任何真正的飞行器。

"我们在等,长官,"弗兰明哈姆的声音又出现了,"再等一分钟,等小分队的人都回来。"

"你们那里有其他小队的人吗?有诺伍德吗?我无法联系到他的头盔!"

这时出现了一阵短暂的停顿。奎因的拳头握紧了,又松开。她那些长长的手指甲折断了,只剩下红红的半截。

弗兰明哈姆的声音终于又传了过来。"现在我们找到他了,长官。所有的人都到齐了,只少了菲利皮。我不想让任何人落在那些畜生的手里——"

"菲利皮在我们这里。"

"谢天谢地,这就好了。所有的人都齐了,我们可以起飞了。奎因上校。"

"照看好你装载的珍贵货物,弗兰明哈姆,"奎因说,"我们组织了游客号的火力网来掩护你们撤退。"在显示屏上,那些登达立彩色小点迅速摆脱了敌人的飞行器,把它们远远地甩在身后。

"你们怎么办?"

"我们就在你的后面。黄色小分队替我们搞到一张免费的'头等舱机票','他'能够保证我们安全回家。我们的目的地是费尔基地。"

"然后我们再从那儿出发?"

"不,羚羊号在这之前受了损伤,我们在那里进港整修。一切都安排好了。"

"明白了。费尔基地再见。"

登达立的全体参战人员终于集合了起来,并即将从敌人的地盘里突围。马克重重地坐到一张椅子上,继续关注事态的发展。那些战斗飞行器比运输飞行器受到敌人更大的火力威胁。一架战斗飞行器在敌人猛烈的袭击下,开始摇摆,它紧紧贴近黄色小分队乘坐的飞行器。整个舰队的排列也开始组合起来保护这个受了伤的成员。事情终于第一次如他们所计划的那样进行起来了。当他们终于冲出大气层进入轨道的时候,那些巴罗普乔阻击者不情愿地被远远甩在后面。

奎因把胳膊放在控制台上休息了一会儿,她的头也深深地埋在自己的手心里。索恩坐在那里,面色苍白,一言不发。

费尔基地终于到了。这是一个巨大的机构,是杰克逊联邦周围最大的轨道中转站,它也是费尔王朝的总部和中心城市。费尔男爵喜欢占据权力上的优势地位。在所有这些伟大的王朝组合成的权力体系中,费尔王朝恐怕处于最高的位置,具有最大的杀伤力。处于权力顶峰的家伙往往并不是一个好做交易的人,在这里,一切都是"现金"交易。登达立用来收买费尔王朝协助(或至少是保持中立姿态)的"现金"究竟是什么呢?是那个现在正被关押在货舱里的巴罗普乔男爵吗?

费尔王朝此时正处于朝阳初升时分,越来越明亮的阳光神奇地铺撒在这个星球上的广阔地域。他们在一个着陆港减速停靠,接受了费尔交通控制中心的导航,一些不知从哪儿冒出来的卫士,全副武装地出现在他们面前,护卫他们登陆。羚羊号就停靠在这儿的着陆港里。后来的这些运输飞行器和战斗飞行器全都温顺地停在自己的停靠夹上,护卫在母舰的身边,而羚羊号自身则安详而优雅地保持在自己被安置的停泊位置上。

在"咔嚓"一声嵌入停靠夹并在一阵"嗦嗦"声中系上固定锁链之后,它们就到家了。在货物舱里,登达立士兵首先把那些伤员转移到羚羊号上的医务室里,然后再处理一些杂务。奎因大声叫喊着往前冲,索恩步履沉着地走着,马克则跟在她后面。奎因疯狂地奔跑到羚羊号左翼的飞行器舱口,也就是弗兰明哈姆正停靠的地方。他们刚到不久,正停在一边运送伤员。马克看到巡逻兵汤金也在这些伤员中间之后,感到非常担心。汤金就是那个伴随着医务兵诺伍德一起撤退的人。这个人现在成了一个重伤员,他的脸黑乎乎的,一动也不动,完全没有知觉,被人匆忙地抬着放在一架气垫托板上。这里肯定有什么事不对劲儿。

奎因不耐烦地跺着双脚。其他的登达立巡逻兵也开始走出来,像赶羊群似的把那些克隆人孩子往外面赶。奎因皱着眉头,侧身从人群旁挤过去,经过隧道,来到飞行器里。

索恩和马克跟着她来到这个混乱不堪的地方。到处都是克隆人孩子,一些在哭,还有一些在剧烈地呕吐——登达立士兵正在试图抓住他们,把他们往出口处驱赶。一个行动迅速的士兵正在用一个手提吸尘器清理某个克隆人孩子的呕吐物,以免其他人受到其异味的干扰。这里的喊声、尖叫声和嘈杂的说话声汇成了一股激流,冲击着每个人的神经。弗兰明哈姆的吼叫根本就没有任何作用,既没能让舱里混乱的人群恢复秩序,也没能让那些受到恐吓的克隆人孩子加快步法离开。

"弗兰明哈姆!"奎因终于挤了过去,一把抓住他的胳膊,"弗兰明哈姆!诺伍德运载的那个冷冻室在什么地方?"

他低下头,皱起眉头想了想。"可是你说它在你那儿,上校。"

"什么?"

"你说菲利皮在你那儿。"他的嘴唇恶狠狠地扭曲起来,"该死的,如果我们把她丢下了,我要——"

"菲利皮是在我们那儿,但是,她——她已经不在那个冷冻室里了。诺伍德应该带着那个冷冻室到你的飞行器上,他和汤金一起带着那个冷冻室。"

"当我们把他们拖出来的时候,他们并没有带着冷冻室。我们把他们两个都带回来了,能带的都带了。诺伍德被一枚射弹打死了,头被炸开了。但是我还是把他的尸体带回来了,就在那边那个袋子里。"

指挥头盔着火了。哦,是的,我知道了……显然这就是奎因一直无法接通诺伍德的头盔的原因了。

"那个冷冻室,弗兰明哈姆!"奎因的声音里有一种马克从来没有听到过的极度愤怒。

"我们没有看到任何该死的冷冻室,奎因!我们发现诺伍德和汤金的时候,他们并没有带着什么冷冻室。那个冷冻室又有什么要紧——既然菲利皮已经不在里面了?"

奎因松开了他的胳膊,发出一连串恶毒的咒骂,然后咬紧牙关,气得直发抖。索恩看上去就好像一个白粉玩具娃娃,面色苍白。

"索恩,"当她终于恢复了说话的能力时,奎因说,"同埃蕾娜联系上。我希望两艘飞船同时实行安全性通讯封闭。不许任何人离开、进入或同费尔基地以及其他任何我不知道的人进行任何通讯联系。告诉她把哈特中尉从羚羊号上带到这里来。我要立即见他们俩,不许通过通讯设备传递这个命令。去吧。"

索恩点点头,转身往飞船的甲板方向走去。

"这是怎么啦?"弗兰明哈姆追问道。

奎因深深地吸了一口气。"弗兰明哈姆,我们把将军丢在下面了。"

"什么！你头脑发昏了吧，他不就在这里吗——"弗兰明哈姆的手指刚刚伸出来，指了指马克，立刻又缩了回去，"哦，"他停顿了一下，"那是他的克隆人。"

奎因的眼中喷射出怒火。马克可以感觉到它们似乎就像镭射穿孔机一样穿透了他的脊背。

"他可能不是克隆人，"奎因沉重地说，"至少巴罗普乔王朝必须认为他不是克隆人。"

"哦？"弗兰明哈姆的眼睛眯了起来，显出沉思的模样。

不！马克内心里发出怒吼。但这怒吼是无声的，一点儿声音也没有。

第八章

马克就好像是被囚禁在一个封闭的房间里,被一群不断出击的杀手包围着,这些杀手都是一副气喘吁吁的样子。他可以听到那些围坐在会议桌周围的每一个人的呼吸声。他们坐在游客号的军事指挥部的会客厅里。奎因的呼吸最轻,但是最急促;陶娜中士的呼吸最粗,似乎具有某种威胁力。这些人当中,只有坐在桌子顶头的埃蕾娜·伯沙瑞-杰萨克和她右边的哈特中尉衣着整齐、神情清爽,其余的人都还穿着战斗服,一副挫败的模样,而且浑身散发出异味:陶娜,弗兰明哈姆中士,基姆拉中尉,奎因,他们都坐在埃蕾娜·伯沙瑞-杰萨克的左边。而他自己,当然是孤零零地坐在这个椭圆形桌子的另一头。

埃蕾娜·伯沙瑞-杰萨克上校皱着眉头,不声不响地拿出一瓶镇痛剂分发给大家。陶娜中士拿了六颗,只有基姆拉中尉没有拿。然后陶娜又把药瓶递给弗兰明哈姆,根本就没有理会马克。而他刚才非常想要一些镇痛剂,此时,他就好像一个口渴的人渴望一杯水,但是却看到它被打翻在地并且渗透进沙漠地里。那瓶药又回到桌子上,消失在上校的口袋里。马克的眼睛不停地闪动,他的脑袋后面也一阵阵地疼痛。

伯沙瑞-杰萨克说:"这次紧急会议的主旨就是两个问题,我们应该尽可能迅速解决它们:究竟发生了什么事情？我们下一步应该怎么办？头盔里的那些记录送过来了吗？"

"是的,长官,"弗兰明哈姆回答说,"阿伯拉默下士马上就会把它们送到。"

"不幸的是,我们遗失了其中最重要的一部分。"奎因说,"是不是这样,弗兰明哈姆？"

"恐怕确实如此。长官。我猜想它是被巴罗普乔那里的某堵墙给掩埋了,大概是和诺伍德头盔的其他碎片在一起。"

"该死的。"奎因气恼得把椅子往前拱了拱。

会议室的门打开了,阿伯拉默下士小跑着进来了。他带着四块小巧而清晰的塑料碟片,分别标有"绿色小分队"、"黄色小分队"、"橘红色小分队"和"蓝色小分队"的字样。每一块碟片上都有十到十六个小按钮。它们都是头盔里的记录碟片。每一个战士在过去的几个小时内的个人情况都记录在这里面。它可以追踪到每个人的每一次行动、每一次心跳、每一次发射和命中、每一次通讯交流等等。在真实的时间里可能过于短暂而无法被捕捉住的事件,在这里可以做慢速处理、细致分析、分解、查错和纠正等等。

阿伯拉默立定、敬礼,然后把碟片交给伯沙瑞-杰萨克上校。她谢过他之后,就让他离开了。她把碟片交给奎因,后者把它们插入数据模拟器中进行下载。她同时还把这些文件确定为一级保密文件,并设置了密码。

巴罗普乔医疗中心的全息地图重新出现在桌面上空,这些数据化了的三维图像现在看起来已经不再陌生了。"我直接播放我们在隧道里被袭击的那一部分,"奎因说,"在这里,蓝色小分队,和一部分绿色小分队……"绿色和蓝色的线条交织在一起,就好像彩色的意大利面条,它们都出现在一幢模模糊糊的建筑物内部。"汤金是蓝色小分队的6号,他一直都带着自己的头盔,"奎因把汤金的号码用黄色标记出来,"诺伍德当时仍然戴着蓝色小分队10号头盔。马克……"她的嘴唇不快地撇了撇,"当时戴着1号头盔。"这个头盔的记录当然已经消失了,所以无法再追踪。她把诺伍德的10号标记为粉红色,"马克,你是在哪里跟诺伍德交换头盔的?"当她提出这个问题的时候,她并没有看着马克。

请不要为难我。他确信自己病得很厉害,因为他一直在颤抖。他脖子后面有一小块肌肉在不停地抽筋,引起一阵阵刺骨的疼痛。"在我们到达那个升降管道的底部时,"他的声音听起来就好像干巴巴的耳语,"当……当10号头盔回到记录中的时候,就是我在戴着它。诺伍德和汤金一起走的,那是我最后一次看见他们。"

那条粉红色线条确实转回到管道里,而且慢慢地移动到那些蓝色和绿色线条的交织群后面。而黄色线条则独自往前延展着。

奎因使用快进按钮调整那些声音记录。汤金的男中音出现了,但是变成了一种尖叫,就好像一个吃了安非他明的昆虫发出的声音。"我最后一次同他们联系的时候,他们在这里。"奎因用一个闪动的光点来标记这个地点,那是在另一幢建筑物内部的某个走廊里。她察觉到大家的沉默,让那条黄色线条继续延展。它走下一个升降管道,又经过了另一个公共隧道,穿过一幢建筑物的底部,上来,然后又穿过另一幢建筑物。

"就在那里,"弗兰明哈姆突然说,"我们就是在那里把他们挖出来的。我们在那里与他们取得了联系。"

于是,奎因做了另一个光点标记。"那么,那个冷冻室一定就在这儿附近的某个地方。"她使用亮色画出两条路线,"肯定就在这里。"她再一次强调说,"两幢建筑物,两个半,我想。但是,汤金的声音记录里没有丝毫有价值的线索。"那昆虫般的尖叫里可以辨认出巴罗普乔人的袭击和一次又一次呼救的声音,但是没有任何关于冷冻室的言辞。马克的喉咙一阵阵收缩。奎因,别再说了,请求你……

记录放完了。所有围坐在会议桌前的登达立人都瞪着眼看着它,似乎希望它还能再提示一些什么。但是什么也没有了。

门打开了,索恩上校走了进来。马克还从来没有看见过一个比它更憔悴的人。索恩也穿着脏兮兮的服装,只不过它的盔甲上的等离子反射装置已经卸了下来。它的灰色头罩披在肩膀上,露出了平平地贴住脑袋的棕色头发。索恩苍白的面颊上有一圈污垢,标记了头罩内外的界限,同奎因脸上被烧伤的一圈红色印记似乎配成了一对。索恩的步伐急促,不住痉挛,几乎已经濒于崩溃的边缘。它俯下身子,双手放在会议桌上,脸上露出忧郁的神情。

"你究竟有没有从汤金那里得到什么信息?"奎因问索恩,"电脑里面的东西我们刚刚都看了,我觉得还需要有所补充才行。"

"医务人员使他苏醒了一会儿,"索恩报告说,"他确实开口说话了。我还希望那些记录能够解释他所说的究竟是什么意思,但是……"

"他究竟说了什么?"

"他说,当他们达到这座建筑物的时候,"索恩指点着显示屏上的图像说,"他们被阻隔了。虽然还没有被完全包围住,但是通往飞行器的道路被一群敌人封锁了,而且敌人正在迅速地收缩包围圈。汤金说,诺伍德冲着他叫喊着说,他有一个主意,他说了什么'回到那里'。他让汤金用手榴弹牵制住敌人,并守卫住一个特殊的角落,一定就是这里。诺伍德自己带着冷冻室,沿着他们原来的路跑了回去。他几分钟之后就回来了——不超过六分钟,汤金说。而且,回来之后,诺伍德还告诉汤金说,'一切都安置好了,即使我们无法离开这里,将军一定会有机会突围的。'大约两分钟之后,他就被炸死了,汤金也被炸昏了。"

弗兰明哈姆点点头说:"我的部下在这之后不到三分钟就到达那里了。他们赶走了一群巴罗普乔士兵,那些人正在翻找尸体——是为了掠夺财物,还是为了收集情报,或者两者兼有,阿伯拉默下士不能肯定——我的部下找到汤金和诺伍德之后,赶紧撤离了现场,没有任何人看到那附近有冷冻室。"

奎因冲着自己折断的指甲盖发愣。马克觉得她自己根本没有意识到自己的举止。"就这些吗?"

"汤金说,诺伍德当时还在笑。"索恩补充说。

"笑,"奎因做了一个鬼脸,"该死的。"

伯沙瑞-杰萨克上校深深地陷入自己坐的椅子里。桌子周围的每一个人似乎都瞪着上空的全息图像,思考着:这最后一个小小的细节究竟意味着什么。"他一定采取了一个很聪明的办法。"伯沙瑞-杰萨克说,"或者说,一个他自以为很聪明的办法。"

"他离开了大约五分钟。这么短的时间里能采取什么聪明的办法?"奎因反对道,"这个该死的聪明鬼为什么不汇报,真应该狠狠地惩罚他!"

"他显然是准备汇报的。"伯沙瑞-杰萨克叹息道。

"我不认为我们应该浪费时间去追查责任。我们现在还有更重要的事情要做。"索恩哆嗦了一下,弗兰明哈姆、奎因和陶娜也都露出诧异的神情,他们一起转过身来看着马克,他赶紧缩回到自己的座位里面。

"从那时到现在只有不到两个小时的时间,"奎因一边看表一边说,"那个冷冻室一定还在那里,它只能在那里。"

"那么我们该怎么办?"基姆拉中尉干巴巴地问道,"实行另一次登陆行动?"

奎因紧闭嘴唇,对这种嘲讽表示不满。"基姆拉,你是不是自告奋勇,要去打头阵?"基姆拉举起手,晃动了一下,表示投降,然后缩到自己的椅子里。

"与此同时,"伯沙瑞-杰萨克说,"费尔基地的人还在召唤我们,他们非常着急。我们应该开始我们的交易了。我想这与我们的人质有关。"她冲着基姆拉的方向快速地点了点头,对这次登临行动中唯一一个完全成功的部门表示感谢。基姆拉也会意地点了点头,"这儿有没有人知道将军准备用巴罗普乔男爵做什么交易?"

大家全都摇摇头,表示不知道。"奎因,你难道也不知道?"基姆拉惊讶地问道。

"我不知道,因为我们没有时间交谈。我甚至不敢肯定,将军是否真的指望你的绑架计划会成功,或者仅仅只是把它作为一种转移敌人注意力的方法。这似乎更像他一贯的计策,那就是,不要让整个行动孤注一掷。我相信他是有计划,"她的声音渐渐地低沉了下去,"也有目的的。"她挺直身体坐了起来,"现在我很肯定我自己想做什么了。这一次的交易必然会对我们有利。巴罗普乔男爵将充当我们所有的人(包括将军)安全离开这里的条件,问题是我们不能做错任何事情。"

"这样看来,"伯沙瑞-杰萨克说,"我们不能让巴罗普乔王朝知道我们丢了一个如此珍贵的行李在下面。"伯沙瑞-杰萨克、索恩和奎因,全都转过身来看着马克,冷冷地掂量着。

"我也已经想到这一点了。"奎因说。

"不,"他小声说,"不!"他的叫喊听起来就好像死亡前的最后一声沙哑的怨言,"你们不是认真的,你们不能让我装扮成他,我不再想成为他了,上帝啊!不!"他在颤抖,他的五脏六腑都在翻腾和相互冲撞。我很冷。

奎因和伯沙瑞-杰萨克相互交换了一个眼神,伯沙瑞-杰萨克点点头。

奎因说:"你的一切责任我们不予追究。但是索恩,你的情况不同,目前你作为羚羊号舰长的职务被撤除,由哈特中尉接替。"

索恩点点头,似乎这正是它所期待的。"我被拘捕了吗?"

奎因的眼睛里流露出痛苦的神情。"真该死,我们现在没有时间和心情考虑这个问题。我们还需要从你那儿进一步了解情况,而且,我还需要你的经验。这儿的局势随时都可能发生突变。姑且认为你自己目前正处于关禁闭的状态吧,由我来负责对你的监控。你自己看守住自己。就在游客号上找一个客房,把它当作你自己的房间吧,如果你觉得这样好受一些的话。"

索恩的脸上露出非常凄凉的神情。"好的,长官。"它不自然地说。

奎因皱着眉头说:"去清洗清洗吧。我们等一会儿再继续讨论。"

除了奎因和伯沙瑞-杰萨克,其余的人都退出了房间。马克想跟在他们后面离开。"不,你不要走。"奎因阻止说,对于马克来说,她的话就好像一道死刑命令。他重新回到椅子上,蜷缩在那儿。当所有的登达立人都离开房间之后,奎因俯身关上了所有的录音设备。

迈尔斯的女人们。甜心-青梅竹马女友-埃蕾娜,现在的伯沙瑞-杰萨克上校,马克过去曾经研究过她,因为当时他被迫扮演弗·科西根大人。不过,她似乎并不符合马克的期望。奎因对科玛人的阴谋感到非常吃惊。这两个女人在外表上有很多相像的地方:都有黑色短发、姣好嫩白的皮肤、水灵灵的棕色眼睛。或者这仅仅是一个巧合?弗·科西根是否无意识中挑选奎因作为一种补偿和替代,因为他不可能拥有伯沙瑞-杰萨克这个真正的爱恋对象?甚至她们俩的名字都很相像:埃莉(Elli)和埃蕾娜(Elena)。

伯沙瑞-杰萨克相比较来看,要比奎因高出一个头,具有优雅的贵族气质,显得更冷静和有节制,这一点由于她那身灰色军便服更彰显了出来。奎因穿着盔甲和靴子,要矮一些,不过仍然比他自己要高出许多,她胖一些,也更热情一些。但是这两个女人都很吓人。马克自己关于女人的趣味不同,如果他有机会去挑选自己的趣味的话,他更喜欢那个他们从床底下拽出来的克隆人小女孩那样的,如果她的实际年龄确实如她看上去一般大的话。他喜欢的是一种矮小的、柔软的、粉色而且温顺的姑娘,那种不会在亲热之后杀掉他或吃掉他的姑娘。

埃蕾娜·伯沙瑞-杰萨克用一种令人惊恐的迷人神色打量着他。"这么像他,但却不是他。你为什么发抖?"

"我很冷。"马克嘟哝着。

"你很冷!"奎因不无愤怒地回应道,"你很冷!你这个该死的骗子!"她把椅子猛地转变了方向,背对着他。

伯沙瑞-杰萨克站起来,走到他这边的桌子旁。身材窈窕的女人。她摸了摸他的前额,又冷又湿的,他猛地缩回身体,避开她的手。她弯下腰来,瞪着他的眼睛。"奎因,不要再说了,他受到了极大的精神刺激。"

"他不值得同情。"奎因哽咽着。

"但是这不能改变这个事实,他确实受到了刺激,如果你希望有一个好的结果,就必须考虑这个因素。"

"该死的。"奎因转过身来。她的脸上出现了两道明显的泪痕,"你没有看到,你没有看到迈尔斯躺在那里,五脏六腑都流淌出来的情景。"

"奎因,他并没有死,是不是? 他只是被冷冻起来了,而且……而且,被放到了错误的地方。"她的语气里是不是有一丝不确定?

"哦,他确实真的死了。毫无疑问。而且如果我们不把他弄回来的话,他会一直躺在那里,没法子活过来的!"那些遍布她整个盔甲、淤积在她的手缝里、弄脏了她的脸的鲜血终于变成了棕色。

伯沙瑞-杰萨克深深地吸了一口气。"让我们集中精力处理手头的急事吧。目前最关键的问题是,马克是否能够骗得了费尔? 费尔曾经见过一次真正的迈尔斯。"

"这正是我不把贝尔·索恩完全拘捕起来的原因之一。让贝尔待在马克身边,希望它能够给他一些提示。"

"不管是否受到了精神刺激,马克倒是没有戳穿迈尔斯目前的真实情况。他没有提到弗·科西根这个词,不是吗?"

"是的。"奎因确认了。

伯沙瑞-杰萨克噘起嘴唇,研究起他来。"为什么?"她突然问道。

他更加深地缩进他的椅子里,试图躲避她目光的威力。"我不知道。"他低声回答。她还期望能听到更多的解释,于是他努力用稍微大一点儿的声音说,"我想是因为习惯吧。"在过去那些糟糕的日子里,如果他出错了,萨尔·盖尹常常是把他往死里打。"在我扮演他的某个身份的时候,如果他本人不会自动泄漏自己其他的身份,我也不会的。"

"你扮演他的某个身份,那么你自己又是谁?"伯沙瑞-杰萨克的眼睛眯了起来,琢磨着。

"我……不知道。"他禁不住更大声地问道,"我的——那些克隆人会有什么样的命运?"

奎因正准备回答,伯沙瑞-杰萨克举起手,制止了她。伯沙瑞-杰萨克替代她回答说:"你希望他们得到什么?"

"我希望他们获得自由,被送到某个安全的地方,某个巴罗普乔王朝无法绑架他们回去的地方。"

"这倒是一种奇怪的利他主义。我觉得非常困惑,这究竟是为了什么?这整个的袭击计划从一开始究竟是为了什么?你希望从中获得什么好处?"

他的嘴张开着,但是说不出话来。他无法回答。他仍然感到又冷又湿,虚弱,并且还在颤抖。他的头在剧烈地疼痛,似乎流尽了血。他摇摇头。

"呸!"奎因轻蔑地说,"好一个残兵败将,好一个,一个该死的迈尔斯的镜像。"

"奎因,"伯沙瑞-杰萨克平静地说,她的语气中具有一种深深的责备,奎因听出来了,她耸耸肩表示知道,"我认为我们俩都不知道我们究竟面对的是谁,"伯沙瑞-杰萨克继续说,"但是我知道有一个人不会这样对待他的。"

"谁?"

"弗·科西根伯爵夫人。"

"唉。"奎因叹息道,"这是另一回事。谁将去告诉她这所有的——"她的大拇指向下猛地一划,表示她指的是发生在杰克逊联邦的一切不幸事件,"我希望上帝保佑我,如果我现在真的负责收拾这个烂摊子。我必须把一切都向西蒙·伊林汇报。"她停顿了一下说,"埃蕾娜,你愿意成为头领吗? 在这种战争期间,贝尔又处于禁闭状况,我作为舰队的高级将领,自认为自己理所当然应该承担起最高领导的职责。"

"你做得很好,"伯沙瑞-杰萨克微微一笑,"我会支持你的。"她补充说,"很久以来,你一直都在参与舰队的领导工作,你当头领是理所当然的。"

"是的,我知道。"奎因做了一个鬼脸,"如果事情发展到那一步,你能通知他的家人吗?"

"这个任务,"伯沙瑞-杰萨克叹息道,"就是我理所当然要承担的了。是的,我会通知伯爵夫人的。"

"那就成交了。"但是两个人看起来都很疑惑,不知道自己究竟是担当起了一个相对而言更好一些还是更糟一些的责任。

"至于那些克隆人孩子,"伯沙瑞-杰萨克转向马克说,"你希望怎么样为他们赢得自由?"

"埃蕾娜,"奎因提醒她说,"不要许诺。我们还不知道如何通过交易离开这里。也不知道如何——"她又做了一个绝望的手势,"把他弄回来。"

"不,"马克低声说,"你们不能,不能把他们……在发生了这一切之后,又送回去。"

"我已经牺牲了菲利皮,"奎因严厉地说,"我也会毫不犹豫地把你牺牲掉,但是他……你知道我们为什么会发动这场该死的登陆行动吗?"她质问道。

他无言地摇摇头。

"是为了你,你这个臭狗屎。将军已经快要和巴罗普乔男爵达成交易了,我们准备出二十五万贝塔元,买回绿色小分队。算上我们所损失的所有设备,我们这次登陆行动所消耗的并不比这笔钱少多少,更不要说人员的伤亡了。但是,男爵拒绝把你拿出来再做一笔交易。为什么他不愿意把你也卖掉?我不知道。你对任何其他人都是没有任何用处的。但是迈尔斯不愿意丢下你不管!"

马克的眼睛瞪着自己的手。他抬起头,看到伯沙瑞-杰萨克又在仔细地打量自己,就好像自己身上隐藏着重要的密码。

"正如同将军不会抛弃他的兄弟,"伯沙瑞-杰萨克慢慢地说,"马克也不会抛弃那些克隆人孩子的,是不是,马克?"

他可能想说话,但是由于口干舌燥发不出声音了。

"你会做任何事情来挽救他们,是不是?任何我们要求你做的事情?"

他的嘴张开又合上,似乎是说出了一个无声的"是"。

"你会替我们扮演将军的角色吗?当然,我们会教你怎么做的。"

他似是而非地点点头,然后竭尽全力说出声来:"那么我能得到什么?"

"我们离开的时候会带上那些克隆人孩子的,我们会把他们送到某个巴罗普乔王朝鞭长莫及的地方。"

"埃蕾娜!"奎因阻止她继续说下去。

"我要,"他这一次终于咽下了一点口水,"我要那个贝拉亚女人承诺这一切。"他对伯沙瑞-杰萨克说。

奎因咬住自己的下唇,但是没有说话。停顿了好一会儿,伯沙瑞-杰萨克终于点点头说:"好吧,我承诺一切。但是你必须完全配合我们,明白了吗?"

"……是的,好吧。"

奎因站起来,上下打量他之后说:"但是他现在这副模样能扮演自己的角色吗?"

伯沙瑞-杰萨克也看了看他。"不,这样不行,我想恐怕不行。让他洗干净,吃饱,休息休息。然后我们再来看看他能不能胜任自己的角色。"

"费尔男爵恐怕不会给我们太多时间好好调教他的。"

"我们就告诉费尔男爵他正在洗澡。这倒不是在撒谎。"

洗澡,食物。他已经饿得太厉害,现在反倒几乎没有什么感觉了。

"我只想说一句话,"奎因说,"他仅仅是真正的迈尔斯·弗·科西根的一个该死的、可怜的仿制品。"

是的,这也是我一直想要对你说的。

伯沙瑞-杰萨克摇摇头,非常困惑的样子。"跟我来吧。"她对他说。

她把他送进一个军官的舱房,虽然很小,但是,感谢上帝,是一个单间。这是一间已经很久没有人住的房间,空荡荡的,很干净,具有一种军人的朴素风格,里面的空气不是很新鲜。他猜想,现在索恩恐怕也住在附近一间大致相似的房间里。

"我马上从羚羊号上拿一些干净的衣服来,再让人送一些食物。"

"先送点吃的来,好不好?"

"没问题。"

"你为什么对我这么好?"他的声音听起来那么忧郁和多疑,他担心这会使他显得非常脆弱。

她显出一副沉思的样子。"我想知道……你是谁,你是什么人。"

"你已经知道了。我是一个被制造出来的克隆人。就是在这个杰克逊联邦上被制造出来的。"

"我不是指你的身体。"

他耸耸肩,不由自主地表现出一种自我防范的姿态,虽然他明白她强调的是他身体的畸形。

"你很自闭,"她意识到了他的警觉,"很洁身自好。这与迈尔斯很不同。"

"他不是一个男人,而是一个团队。他总是让一大群女人追在自己的身后。"更不要提那个可怕的两性同体人了。"我猜他喜欢那样。"

她露出了出乎意料的笑容。这是他第一次看她笑。这个笑容让她变得漂亮起来。"我想,他确实喜欢那样。"她脸上的笑容慢慢地消失了,"他曾经喜欢那样。"

"你对我这么好是为了他,是不是? 你认为他会喜欢你这么做的。"不是因为他自己,不,从来就不是的,一切都是为了迈尔斯,为了他那该死的兄弟情。

"有一部分是的。"

很好。

"但是,主要地,"她说,"是因为弗·科西根伯爵夫人有一天会询问我,究竟是怎样对待她的儿子的。"

"你准备用巴罗普乔男爵交换迈尔斯,是不是?"

"马克……"她的眼睛黯淡下来……是因为怜悯,还是嘲讽?他难以分辨,"她将问的那个人是你。"

她转过身去,离开他,关上了舱房的门。

他洗澡的时候把水开到最热,然后在干燥机的热风下站了许久,直到他的皮肤发红,但他的身体仍然在颤抖。他因为极度疲倦而感到眩晕。当他终于从浴室里出来的时候,发现已经有人来过,送来了衣服和食物。他急忙穿上内裤、一件黑色的登达立T恤衫和一条灰色针织长裤,然后就扑向自己的食物。这一次不再是那种考究的"内史密斯精制食品"了,而是一份足够让一个高大而强壮的士兵吃饱的食物。食物的质量虽然可能不符合美食家的要求,但是,它的分量却是他在船上几个星期以来,第一次足够他吃的。他狼吞虎咽地把它们一扫而光,似乎担心那个送食物来的精灵随时都可能再出现,并把它们拿走。他的胃开始疼痛起来,他爬上床,侧身躺下。他不再像怕冷似的发抖,不再觉得乏力、出虚汗或由于低血糖而颤抖。但是,某种精神上的反射作用仍然像潮汐般地不断席卷着他的身体。

你终于把那些克隆人救了出来。

不,是迈尔斯把他们救出来的。

该死的,该死的,该死的。

这次失败的行动完全不是他所期望的那种辉煌的拯救行为。但是,他究竟曾经期待过怎么样的后果?他最渴望的就是和羚羊号一起回到埃斯科巴,带着胜利的微笑,护卫着那些克隆人一起回到埃斯科巴。他设想自己将面对一个暴跳如雷的迈尔斯,但是,一切都木已成舟,他不能够再阻挡迈尔斯,不能够再篡夺属于迈尔斯的胜利了。他甚至曾经想到过自己可能被逮捕,但是他将自愿地、愉快地走向牢房。他究竟曾经想得到什么?

是不是想摆脱幸存者具有的那种负罪感?或打破那个一直存在的诅咒?你过去认识的人没有一个现在还活着……他认为这正是促使他行动的动机,但是也许事情并不这么简单。他一直想使自己从种种束缚下解脱……在过去的两年里,他首先借助迈尔斯·弗·科西根,从萨尔·盖尹和科玛人的手中逃离了,然后,在伦敦的一个黎明时分,又彻底地从迈尔斯身边逃离了,但是,他并没有找到他自己在做恐怖分子的奴隶时所幻想的那种幸福。迈尔斯仅仅帮助他解脱了身体上的束缚;而其他的那些束缚,那些内在的束缚,已经深深地印刻在他的体内,与他本人难解难分了。

你究竟是怎样想的?你是不是以为,如果你像迈尔斯一样勇敢,他们就会像对待他那样对待你?他们也就会爱你?

这些"他们"究竟是谁?登达立人?迈尔斯自己?或者是迈尔斯背后的那些奇妙的身影,弗·科西根伯爵和伯爵夫人?

他想象中的迈尔斯的父母是模糊而不确定的。气急败坏的盖尹曾经让他相信,他们是他的敌人,是两个可怕的恶棍:科玛屠夫和他的泼妇妻子。但是,另一方面,他又让马克研究他们,使用的都是一些第一手资料,例如他们的作品,他们公开的演讲和拍摄下的私生活碟片。迈尔斯的父母显然是一些复杂的人,谈不上是圣徒,但是,也完全不是盖尹所杜撰的那种虐待狂、性变态者和凶狠的畜生。从碟片上看,阿罗·弗·科西根伯爵仅仅是一个有着灰白色头发、身材高大的男人,一张忧郁的脸上,两只眼睛流露出奇怪的热切神情,他说话的声音浑厚而平稳。弗·科西根伯爵夫人考迪利亚不常说话,她是一个高个子的女人,红色的头发里夹杂着一些灰色发丝,高贵的灰色眼睛,由于过于严厉而不能被称为漂亮,虽然看起来坚定而祥和,几乎可以说是美的,但是严格说来,还是不能算是美丽。

而现在伯沙瑞-杰萨克居然声称要把他交给他们……

他坐起来,打开灯,迅速地环视了一下这个小舱房,他发现没有什么东西可以让他用于自杀。没有枪,也没有任何锋利的东西,甚至都没有地方可以上吊。把自己在浴池里烫死也不是一个可行的方法,因为那里有一种自动装置可以调整水的温度。于是他又回到床上。

他的脑海里重新出现了一个可怕的图景:一个矮小、行动急促、喊叫着的男人胸口被炸开,红色的血大量地喷射出来……他开始哭泣,这让他自己无比惊讶。精神刺激,这一定是伯沙瑞-杰萨克所说的那种精神刺激。那个好色的男人活着的时候,我非常恨他,现在我为什么要哭?这简直是荒谬。也许他已经神经错乱了。

虽然整整两昼夜没有睡觉让他感到非常疲倦,但是现在他却无法真正地入睡。他仅仅是似睡非睡,被各式各样的噩梦缠绕着,处于一种幻觉之中,仿佛他正坐在一条小橡皮救生艇上,漂泊在一条鲜血汇聚成的河流中,被那鲜红的急流可怕地冲撞着……因此,当奎因在一个小时之后来叫醒他的时候,他居然感到了一种解脱。

第九章

"无论如何,"索恩上校说,"别提贝塔青春治疗的事。"

马克皱着眉头说:"什么贝塔青春治疗?有这么一回事吗?"

"没有。"

"那么我为什么要提它?"

"别管它了,不提就是了。"

马克紧闭着嘴,转动椅子,让正面对准屏幕,然后按住按钮降低椅子的高度,直到他的脚能够触到地面。他穿上了内史密斯的全套灰色军官制服。奎因替他穿戴整齐,就好像他自己是一个玩偶,或者是一个白痴孩子。奎因、伯沙瑞-杰萨克和索恩轮番指点他,教他如何应付即将来临的会见,但是她们的话充满了矛盾,所以现在他的脑子里乱糟糟的一片。就好像我自己什么也不懂!现在,这三位上校分别坐在摄像机拍摄范围之外的三张椅子上,随时准备通过秘密耳机对话,协助他解决临时出现的难题。他的耳朵痒痒的,于是他就转动起藏在里面的耳机,这个举动让伯沙瑞-杰萨克皱起了眉头,而奎因则是始终愁眉不展。

奎因一直都显得非常焦虑,她还穿着那身溅满血迹的盔甲。她突然接任最高指挥官的职务,根本没有片刻休息的时间。索恩已经清洗过了,并换上了灰色军便服,但显然也没有好好地睡过。她们两个人的脸都显得非常苍白、消瘦。奎因在给马克穿衣服的时候,还让他吃了点兴奋剂,因为她认为他过于笨嘴笨舌,不符合她的要求,但是他不喜欢兴奋剂。他的头脑和眼睛似乎过于敏捷、明晰,而他的身体则感到疲惫不堪。这个房间里的所有东西都显得过于清晰,他耳朵里听到的一切声音都似乎过于尖锐。当他听到通讯设备里传来奎因那刺耳的高八度嗓音时,他意识到,她自己也吃了兴奋剂。

("好吧,你已经在传输中了。")当他面前的屏幕开始闪亮的时候,奎因通过耳机对他说。其他的人也都立刻安静了下来。

费尔男爵的图像出现了,马克皱着眉头看着他。乔瑞斯·司汤伯,费尔王朝的头领目前仍然保留了自己本来的身躯,这一点是非常不同寻常的。这是一个老人的身躯,强壮,红脸庞,修剪得整齐而简短的白头发里夹杂着闪亮的赭红色发丝。他穿的紧身上衣是绿色的,这是标志他们王朝的特殊颜色,但是这衣服穿在他身上很不合适,使他看上去就好像一个甲状腺机能不足的淘气鬼。但是,在他那冷静而具有洞察力的眼睛里,却丝毫没有淘气的神情。迈尔斯是不会被一个杰克逊头领的气势所吓倒的,马克提醒自己说。迈尔斯不会害怕一切势力范围小于三个行星的头领。他的父亲科玛屠夫能够把杰克逊王朝当作早餐吃掉。

他,当然,并不是迈尔斯。

鼓起勇气。无论如何,在即将开始的十五分钟里,我就是迈尔斯。

"嘿,将军,"费尔大声地说,"我们终于又见面了。"

"差不多。"马克努力使自己的声音保持平稳。

"我看你像过去一样胆大妄为而又孤陋寡闻。"

"差不多。"

("开始交谈,真该死。")奎因的声音从耳机里传来。

马克鼓起勇气说:"费尔男爵,我起初的计划里并没有把费尔基地牵涉到这次袭击行动中来。我很想立即就带领部下离开,恰如你想尽快摆脱我们一样。为了这一共同的目的,我希望你能够保持中立。我相信你……已经知道我们绑架了巴罗普乔男爵?"

"我听说了。"费尔的一个眼睑抖动了一下,"你恐怕在寻找可靠的后援方面,有些自作聪明了。"

"是吗?"马克耸耸肩说,"费尔王朝与巴罗普乔王朝不是有世仇吗?"

"确切地说,不是那么回事。费尔王朝正准备与巴罗普乔王朝讲和,我们双方近来都认为这种状况有害无益。而现在我被怀疑与你的袭击计划有牵连。"费尔的眉头皱得更厉害了。

"唔……"他的思考被索恩的耳语打断了,("告诉他巴罗普乔还活着而且状况不错。")

"巴罗普乔男爵还活着,而且状况不错。"马克说,"他会一直保持这种状况的,我保证。作为一个中间人,我认为,通过帮助巴罗普乔获得自由,你可以充分地证明自己对他和他的王朝的诚意。我只想用他来做一个交易,然后我们就离开。"

"你太乐观了。"费尔干巴巴地说。

马克继续说:"一个简单而且无害的交易:就是用男爵交换我的克隆人。"

("兄弟"。)索恩、奎因和伯沙瑞-杰萨克一起冲着他的耳朵喊了起来。

"——兄弟。"马克继续说道,稍稍放松了一些,"不幸的是,我的……兄弟在下面的战斗中被击中了。不过,幸运的是,我们成功地把他给冷冻了起来,但是,那个轻便冷冻室又不幸在混战中丢失了。一个活人交换一个死人,我看不出这有什么困难的。"

男爵发出一阵笑声,不过他假装咳嗽掩饰了过去。马克对面的那三个登达立人的面容显得沮丧而僵硬,根本不觉得有什么好笑的地方。"将军,你已经成功地袭击了自己的目标,还需要一个死的克隆人干什么?"

("兄弟,")奎因又提醒说,("迈尔斯总是强调这一点。")

("确实如此,")索恩也提醒他说,("恰恰是这个差别使我第一次意识到你不是迈尔斯,当时在羚羊号上,我称你克隆人,而你并没有暴跳如雷地来纠正我。")

"我的兄弟,"马克疲倦地说,"并没有伤到头部,而且冷冻措施进行得也很及时。他生还的希望是很大的。"

("只有我们把他弄回来才有希望。")奎因怒吼道。

"我也有一个兄弟,"费尔男爵说,"但是他没有在我身上激发起同样的情感。"

我认为你也没有这种情感,男爵。马克心里想道。

索恩冲着马克的耳朵低声说:("他谈论的是他的同父异母兄弟,瑞瓦尔王朝的瑞瓦尔男爵。他们兄弟间最初的争执就发生在他与瑞瓦尔之间,巴罗普乔是后来才被牵扯进来的。")

我知道谁是瑞瓦尔,马克真想大吼一声,但是他忍住了。

"事实上,"费尔男爵继续说,"我的兄弟如果知道你在这里,一定会非常兴奋的。自从你上次大大地损伤了他的兵力之后,现在他只好满足于一些小规模的袭击了。我建议你现在提防点。"

"什么?难道瑞瓦尔的武力能够在费尔基地肆意横行吗?"马克存心挑唆道。

索恩对此表示赞许。("很好!这正是迈尔斯的风格。")

费尔的语气变得僵硬起来。"不太可能。"

索恩耳语道:("提醒他你曾经协助他对付他的兄弟。")

四年前迈尔斯究竟在这里干了什么该死的事情?"男爵,我曾经帮助你对付你的兄弟。你现在帮助我救我的兄弟,然后我们就谁也不欠谁了。"

"恐怕不是这么回事。你上次走之前丢下的不和的种子给我们带来了太多的烦恼。不过……你确实替我狠狠地收拾了瑞瓦尔一下。"费尔的眼睛里是否出现了一丝赞许的神情?他摸了摸自己的下巴,"所以,我将给你一天的时间去完成你的工作,然后你就必须离开。"

"你会保持中立?"

"是的,不过你最好时刻提防着啊。"

马克详细地描述了登达立人对那个冷冻室的下落的猜测。"告诉那些巴罗普乔人,我们认为它可能被藏起来,或者被伪装起来了。请他们务必注意,我们希望这个冷冻室完好无损地归还给我们,同样,我们也会把他们的男爵完好无损地还给他们的。"

("很好!")伯沙瑞-杰萨克鼓励他说,("让他们明白事情的重要性,而不要对任何拖延的可能性产生幻想。")

费尔的脸色变得严厉起来。"将军,我想你是一个急性子的人。但是,我恐怕你不明白我们在杰克逊联邦的行事方法。"

"但是你会安排的,不是吗? 这也正是我们与你结成同盟的原因。"

"我并不是你的同盟。这恐怕正是你不能够理解的最关键的事情。"

马克慢慢地点点头,像迈尔斯可能做的那样。他觉得费尔的态度非常奇怪,似乎包含了相当强烈的敌意。不过,他仍然对我表现出了一定的敬意。

不,他尊敬的对象是迈尔斯。该死的。"我只要求你保持中立。"

费尔迅速地瞪了他一眼。"其他的克隆人怎么处理?"

"什么?"

"巴罗普乔王朝肯定会就此事提出要求的。"

"他们没有权利过问这件事。瓦萨·路易吉的生命是我们进行交易的唯一条件,仅仅他一个人就足够了。"

"这个交易似乎不太平等。你的那个克隆人为什么这么重要?"

三个声音在他的耳朵里一齐喊了起来:("兄弟!")马克猛地把耳机拔了出来,并且把它扔到屏幕的旁边。奎因差一点咆哮起来。

"我无法把巴罗普乔男爵分割成几块来进行交易,"马克怒气冲冲地说,"看来我似乎不得不这么做了。"

费尔男爵举起一只手掌,表示和解。"冷静,将军。我不认为事情可能发展到那么严重的地步。"

"我也不希望如此。"马克说,"如果我让他回去的时候,却不得不留下他的脑袋,就像那些克隆人一样,那将是一件非常遗憾的事情。"

费尔男爵显然从他的威胁中察觉到一种来自他个人的愤怒,所以,他摊开双手说:"我会竭力帮助协调解决这件事的,将军。"

"谢谢你。"马克轻声说。

男爵点点头,然后他的图像就开始从屏幕上消散了。但是,似乎是因为全息图形的作用或者是因为过于激动,马克似乎觉得费尔的眼睛仍然在瞪着他,他一动也不动地坐着,直到几秒钟之后,确信它们已经消失了,他站了起来。

"唔,"伯沙瑞-杰萨克似乎非常吃惊地说,"你做得相对好。"

他无心回答这个问题。

"非常奇怪,"索恩说,"为什么费尔没有要求赔偿金?"

"我们可以信任他吗?"伯沙瑞-杰萨克问道。

"当然不能。"奎因把小指头放在嘴里慢慢地咬着,"但是我们需要费尔的合作,我们不能激怒他,不论需要多少钱。我以为他对我们狠狠地打击了巴罗普乔王朝应该感到更高兴才是。贝尔,恐怕自从你上次离开这里之后,这里的政治局面确实发生了很大的变化。"

索恩叹息着表示同意。

奎因继续说:"我希望你查看清楚目前这里的权力分布状况,看看是否有可能影响到我们的交易的情况,是否有任何我们可以加以利用的情况;查看一下在费尔王朝、巴罗普乔王朝和瑞瓦尔王朝背后是否有任何秘密。我感到他们之间似乎有什么事情非常可疑——也许仅仅是因为我吃了兴奋剂。我真想立刻就知道到底发生了什么该死的事情。"

"我尽力而为吧。"索恩点点头,离开了。

当大门在索恩的身后关上之后,伯沙瑞-杰萨克问奎因:"你向贝拉亚汇报这一切没有?"

"还没有。"

"什么都没说?"

"什么都没说。我不想通过通讯电缆传递这个消息,也不想用电报。伊凡可能在这里有一些特殊的信使,但我不知道他们是谁,也不知道如何联络他们。迈尔斯可能知道,而且……"

"而且?"伯沙瑞-杰萨克扬起眉头。

"而且我非常希望在汇报情况之前,把那个冷冻室取回来。"

"好把这件事塞在报告里,设法搪塞过去? 奎因,这是行不通的。"

奎因耸耸肩,一副不服气的样子。

过了一会儿,伯沙瑞-杰萨克表示和解地说:"不过,我赞同你的主张,我们不应该使用这里的通讯设备传输信息。"

"是的,伊凡曾经说过,这里遍地都是间谍,不仅仅是这些王朝们相互刺探。况且,贝拉亚在即将来临的几天里也不可能对我们有任何帮助。"

"要多久,"马克嘟囔道,"我还要扮演迈尔斯多久?"

"我不知道!"奎因厉声说。她稍稍缓和一点又说,"也许一天,一个星期,或几个星期——至少在我们把你和那个冷冻室送到科玛之前。那之后一切都不归我管了。"

"你到底为什么认为自己可以把这一切都隐瞒起来?"马克轻蔑地问道,"许多人都知道事情的真相。"

"纸包不住火?"奎因怪怪地笑了起来,"我不知道。士兵们是不会多嘴的,有纪律。那些克隆人根本不知道发生了什么。无论如何,我们可以在到达科玛之前,在这条宇宙飞船上保守住秘密。之后……之后我再想办法对付吧。"

"我想去看看我的……那些……克隆人,看看你是怎么对待他们的。"马克突然要求说。

奎因眼看就要暴跳如雷,不过伯沙瑞-杰萨克及时插话道:"我带他去吧,我也想查看一下这些乘客。"

"好吧,但是你一定要在完事之后把他送回他的舱房,并且在他的门前安置一个卫兵。我们不能让他在船上到处乱窜。"

"没问题。"伯沙瑞-杰萨克迅速地催着他离开了,以免奎因改变主意,把他绑起来或关起来。

那些克隆人孩子们被安置在游客号上的三个货物储藏室里,房间是匆忙收拾出来的,其中的两间住着男孩子,一间住着女孩子。马克跟在伯沙瑞-杰萨克的后面弯腰走进一间男孩子住的舱房,四处打量起来。这里有三排床铺,它们大约是从羚羊号上收集过来的,在房间的两个角落里,有用东西临时搭成的卫生间和浴室,这主要是为了最大限度地减少这些克隆人孩子在船上走动的必要性。这里拥挤不堪,似乎一半像是监狱,一半又像是难民营——当他从那些床位旁走过的时候,那些男孩子抬起犯人似的麻木的脸,直瞪着他。

我解救了你们所有的人,真该死,你们难道不知道是我救了你们?

不可否认,这场营救非常艰难和粗暴。在那个被围困的可怕的夜晚,那些登达立士兵被允许采用一切威胁性的语言和行动,以便控制住这些克隆人孩子。一些孩子现在正在睡觉,因为已经筋疲力尽了。那些曾经被打昏的,现在反倒醒了,一副病恹恹的样子。一个登达立女医务兵在舱房里来回走动着,分发镇静剂。一切似乎都秩序井然,却又压抑、沉默,没有丝毫喜悦和感激的气氛。如果他们能够相信我们的威胁,为什么不能够相信我们的承诺?即使那些当时很激动、很合作的男孩子们,现在也显得疲倦和恐惧,用一种新的怀疑的目光看着他。

那个金发碧眼的男孩子就是其中的一个。马克在他的床边停住脚步,蹲了下来。伯沙瑞-杰萨克也站在一旁,看着他们。"所有这一切,"马克冲着这个舱房含糊地挥挥手,"仅仅是临时的,你知道。事情会好起来的。我们即将带你们离开这里。"

这个男孩子用手臂支撑着抬起身子,稍稍往后缩了缩,咬着嘴唇,心事重重的样子。"你是哪一个?"他怀疑地问。

是活着的那一个。他想这样回答,但是他不敢当着伯沙瑞-杰萨克的面这么说。她可能会认为这是一个无礼的回答。"我是谁并不要紧。我们总归是要把你们带走的。"这是真实的,还是谎言?他现在没有权力控制登达立人了,而且,如果确实如奎因所说的,贝拉亚才是他们此行的目的地,他更没有能力指挥那些贝拉亚人。当他跟随着伯沙瑞-杰萨克来到姑娘们住的舱房时,他感到极度地沮丧。这里的居住环境几乎同男孩子们的相同,但是,由于只有十五个女孩子,所以显得不那么拥挤。一个登达立人正在发放食品,这也使得这里一时间显得活泼起来。这个士兵很明显正是陶娜,虽然马克看到的仅仅是一个背影,而且她还穿着干净的军便服和室内便鞋。她坐着,以降低自己那不可思议的高度。那些姑娘们克服了自己的胆怯,慢慢地向她围拢过来,有些人甚至好奇地触摸着她。在所有的登达立士兵中,只有陶娜从来也没有对这些克隆人孩子恶言恶语,即使在最危急的时候,她也都是好言相劝。她现在就好像一个神话故事里的巨人英雄,正在试图与一些可爱的野兽们交朋友。

而且她成功了。当马克走近的时候,有两个克隆人女孩子显出害怕的样子,她们偎依在这个坐着的中士身边,似乎在寻求她的保护。陶娜皱着眉头看着他,然后又看看伯沙瑞-杰萨克,后者冲着她迅速地点点头,似乎在说,没关系,我看着他呢。

"看……看到你在这里真是很意外。"马克结结巴巴地说。

"我自愿当看护。"陶娜粗声大气地说,"我不希望任何人来骚扰她们。"

"会……会有这样的事发生吗?"十五个美丽的姑娘……当然,这是可能的。十六个,加上你自己。他的脑海里闪动出一丝嘲讽的念头。

"现在绝对不会的。"伯沙瑞-杰萨克坚定地说。

"很好。"他含糊地说。

他又打量了一下周围,觉得在目前的情况下,这里的安排是尽可能让姑娘们舒服一些。他发现那个矮小的金发碧眼姑娘正侧身睡着,她身体的曲线在粉红色睡衣里十分明显。他为自己那双贪婪的眼睛尴尬起来,于是就弯下腰去,把她的被子轻轻地拉上来,盖住她的身体。他的手,鬼使神差地碰了碰她的头发。然后他带着负罪的心情,看着陶娜。"她吃镇静剂了吗?"

"是的,我们让她在睡眠中避过这一切。等她醒来的时候,一切都过去了。"

他拿起一个密封的食品盒,放在这个姑娘的头边,以便她醒来时享用。她的呼吸缓慢而平稳。似乎她不再需要他做任何其他的事情了。他抬起头,看到那个混血儿正恶狠狠地瞪着自己,似乎完全明白他的不良居心。他急忙转过头,避开她的视线。

伯沙瑞-杰萨克完成巡视之后,已经离开了这个房间。马克也走了出去。她正在走廊里同一个拿着振荡器的士兵谈话。

"——遇到有人跑出来时,"她说,"先开枪,再询问。她们都很年轻、健康,别担心有人会被吓出心脏病来。不过,我想她们不会给你惹许多麻烦的。"

"有一个特殊情况,"马克插话道,"一个黑头发、苗条的姑娘,非常漂亮——她似乎经历了一些奇特的精神训练,头脑……不太清楚。对她要严加看管。"

"是的,长官。"那个士兵机械地应答着,然后,瞪着他,又看看伯沙瑞-杰萨克,"……唔……"

"让陶娜中士加强对那个姑娘的情况汇报。我不希望任何人逃离这艘飞船。他们都是没有经过训练的,他们的无知和所有敌意一样危险。这里不是一个可有可无的岗哨,提高警惕!"

他们在分手时相互敬礼。那个士兵现在已经不再举止随意了,但是他故意不向马克敬礼。伯沙瑞-杰萨克大踏步地往前走,马克跟在后面一路小跑着。

"怎么样,"过了一会儿,她问道,"我们对克隆人的招待符合你的要求吗?"他无法察觉她的话音里是否有嘲讽的意味。

"在目前的情况下,这恐怕是最好的待遇了。"他咬了咬自己的舌头,但还是忍不住说了出来,"真该死,这真不公平!"

伯沙瑞-杰萨克跳起眉头,停住脚步,问道:"什么不公平?"

"我救了这些孩子——或者说,我们救了他们,你也救了他们——但是,他们把我们视为敌人、绑架者或者魔鬼。他们一点儿也不高兴。"

"也许……你应该仅仅满足于一个事实,那就是,你已经救了他们。如果你要求他们为此而感到高兴,这似乎有些过分了……小英雄。"这次她的语气具有非常明显的讽刺意味,但却并不是轻蔑。

"我还以为至少应该有一点感激、信任、认可,或其他什么的。"

"信任?"她平静地说。

"对,就是信任!至少其中有几个人应该会信任我的。"

"他们曾经受到了极大的精神打击。如果我是你,我就不会有过高的期望。还是等他们有机会了解到更多的真实情况时再说吧。"她停下来,转过身来看着他,"不过,假如你终于找到了让一个无知的、精神有损伤的、患多疑症的克隆人孩子信任你的方法——告诉迈尔斯,他非常想知道。"

马克不知所措地站在那儿。"这……是说我吗?"他张口结舌地问。

她往空荡荡的走廊里四处瞄了几眼,微微笑了笑,这是一种苦涩的、让人发狂的笑容。"你到了。"她冲着他的舱房大门点点头,"进去待着。"

他终于长长地睡了一觉,不过,奎因来叫醒他的时候,他仍然觉得还没有睡醒。马克不知道奎因是否有时间也睡上一觉,但是,这一次她至少已经清洗过了,并且穿上了灰色的军便服。他还以为她会一直穿着那件溅满血的盔甲,直到他们能够拿回那个冷冻室呢。即使没有穿着那套盔甲,她那红着的眼睛和紧张的神色依然让人觉得她处于崩溃的边缘。

"赶快来,"她咆哮着,"我需要你再去跟费尔谈谈。他似乎想跟我兜圈子。我开始怀疑他是否与巴罗普乔串通好了。我还不能肯定,但一切似乎都不合情理。"

她把他又拖到那间摄像室里,但是,这一次,她没有使用耳机,而是气势汹汹地站在他的旁边。在外人的眼里,她似乎是他的私人卫兵或者是高级助理,但马克的感觉是,她随时可能抓住他的头发,割断他的喉咙。

伯沙瑞-杰萨克也走了进来,像上次一样在旁边静静地坐了下来。她看到奎因那种气急败坏的样子,流露出关心的眼神,但是没有说话。

当费尔的红脸庞在全息图像上出现的时候,他显得非常生气。"内史密斯将军,我告诉过奎因上校,如果我有任何确切的消息,我会通知你的。"

"男爵,奎因上校……是在尽职为我工作,请不要责备她胡搅蛮缠。她仅仅是传达了我的焦虑。"一大串典型的迈尔斯词汇像江河泛滥一般从他的嘴里冒了出来。奎因的手指深深地刺进他的肩膀,似乎是在警告他不要过分任意发挥,"哦,你能给我们什么……我们是怎么说的来着……不那么确切的消息吗?"

费尔重新靠到椅子上,虽然仍然皱着眉头,但是脸色平静了下来。"坦率地说,巴罗普乔人说他们找不到那个冷冻室。"

"它一定在那里。"奎因不满地叫了起来。

"好了,好了,奎因。"马克轻轻地拍拍她的手。它们紧握着就像两个老虎钳似的。虽然奎因气得恨不能杀了他,她还是冲着他装出一个笑容,为了欺骗全息图像上的那个人。马克转身面对费尔说,"男爵——根据你的判断——那些巴罗普乔人是不是在撒谎?"

"我认为没有。"

"你是否有任何证据来证明自己的观点?比如说,任何派去现场的特派员,等等?"

男爵的嘴唇扭曲了起来。"将军,我真的无可奉告。"

当然不会的。他揉了揉自己的脸,这也是一个典型的迈尔斯动作。"你能告诉我,那些巴罗普乔人现在究竟在做些什么吗?"

"事实上,他们正在把自己的医疗中心翻个底朝天。所有的雇员,所有前去抵抗你们袭击的安全部队,现在都在寻找那个冷冻室。"

"这会不会是一种为了误导我们而精心策划的伪装行为?"

男爵停顿了一会儿。"不,"他终于平静地说,"他们确实非常焦急。无论从哪个方面来说,你是否意识到了……"他深深地吸了一口气,"你们的人质巴罗普乔男爵的真正价值?假如发生任何意外,对于杰克逊联邦的王朝之间的权力均衡会产生什么影响?"

"不知道。会有什么影响?"

男爵抬起下巴,严厉地审视着马克,怀疑他是在冷嘲热讽。他的眉头皱得更紧了,不过,他的回答是很认真的:"你应该意识到,你的人质的价值随着时间的流逝,会逐渐下降的。没有一个大王朝能够长时间没有最高头领,即使是一个小王朝也不行。在王朝的内部,总有一些年轻的势力集团在秘密地等待着接管最高权力。试想如果再拖下去,洛特斯可能会设法保持住她现在代理最高长官的职务和权力,到那时,主人的归来就不再仅仅意味着奖赏,而且也意味着她自己的降级了。一个大王朝就好比神话里的九头蛇怪,砍掉了它的头,更多的头立即会长出来,而且它们还会相互撕咬,最后只有一个头能够存活下来。但是,在经历了这场权力斗争之后,王朝的势力就被削弱了,它那些旧有的同盟和对外协议也都不再可信。这样,混乱的局面就会蔓延到邻近的王朝……我们这里是不希望发生这种意外情况的。谁也不希望它发生。"费尔自己恐怕是最讨厌它发生的,马克暗暗地推测道。

"也许你的那些年轻的同僚们并不讨厌这种混乱的发生。"

马克提醒道。

费尔挥了挥手,表示无须考虑他的那些年轻的同僚。如果他们确实想篡夺权力,这个手势也可能表示,让他们像他自己曾经做过的那样,为了权力去谋划、争夺和杀人吧。

"当然,我并无意把巴罗普乔男爵扣留在这里,直到他变得老朽。"马克说,"除了用他来做这个交易之外,我个人不认为他有什么其他的用处。请督促巴罗普乔王朝尽快找到我的兄弟,好不好?"

"他们不需要任何督促。"费尔冷冷地回答,"请记住,将军,如果这种……局面不能很快有一个结果的话,费尔基地将无法继续为你们提供停泊之处了。"

"喔……你说的'很快'究竟是什么意思?"

"就是很快。在未来的一天之内。"

费尔基地确实拥有足够的武力,它只要愿意,随时能够把登达立的这两艘小飞船驱除出境。或者不仅仅是驱除出境。"明白了。喔……能否让我们从第五跃迁口借道通行?"假如事情发展得不顺利的话……

"那样的话……你们必须重新交易。"

"怎么交易?"

"如果你仍然胁持着你的人质……我将不希望看到你们把他带出杰克逊联邦所控地区。而你们如果愿意放人,我将允许你们通行。"

奎因的拳头砸在全息屏幕的旁边。"不!"她大叫了起来,"这绝对不可能!我们一定要用巴罗普乔男爵来换……换回那个冷冻室,否则,我们绝对不会放他的!"

费尔微微吓了一跳。"上校!"他厉声呵斥道。

"如果我们被赶走了,我们就会带他一起走,"奎因威胁道,"你们全部去死吧。如果我们没有完好无损地拿回那个冷冻室,我们还有比你更好的同盟,他们无须任何交易,也不会关心你们的利益、你们的协议和权力平衡。他们所关心的仅仅是,从哪一端开始他们的轰炸:是从北极开始往下炸呢,还是从南极开始往上炸!"

费尔气得脸都扭曲了。"别这么荒唐,奎因上校,你说话的口气就好像你是个头领似的。"

奎因俯下身子,冲着全息屏幕吼叫道:"男爵,我代表一个领导层在说话!"

伯沙瑞-杰萨克非常吃惊,急忙做了一个砍头的手势,住嘴,奎因!

费尔的眼睛变得炯炯发亮。"你在虚张声势。"他终于说。

"我没有。你最好相信我的话!"

"没有人会为一个人做出这么大的牺牲。更不用说是为一个尸体了。"

奎因迟疑了起来。马克的手抱住了她的肩膀,紧紧地按住,意思是说,控制住你自己,该死的。她已经准备披露出一切秘密了。"你或许是对的,男爵,"她勉强回答说,"你最好祈求上帝保佑你自己是对的。"

在一段长长的沉默之后,费尔平静地问道:"将军,你们所谓的更好的同盟者究竟是谁?"

在一段相当长的停顿之后,马克抬起头,轻松愉快地说:"男爵,奎因上校刚才确实是在虚张声势。"

费尔的嘴唇咧了一下,似笑非笑。"所有的上校都是说谎者。"他轻声说。他的手伸过去关闭通讯设施,他的图像渐渐地消失了。这一次滞留在屏幕上的是他的冷笑。

"干得好,奎因,"马克怒吼了起来,"你刚才正好告诉了费尔男爵,他可以用那个冷冻室来做什么样的大交易了,或者你也已经告诉他应该跟谁去做这个交易了。现在好了,我们有两个敌人了。"

奎因急促地呼吸着,似乎她正在奔跑。"他不是我们的敌人,也不是我们的朋友,费尔只关心费尔自己,还记得他说过的话吗?"

"但是,如果费尔是在撒谎,或者是在传递巴罗普乔王朝的谎言呢?"伯沙瑞-杰萨克慢慢地问道,"费尔能够从中得到什么样的好处呢?"

"或者他们双方都在撒谎?"奎因说。

"假如他们双方都没有撒谎呢?"马克气恼地说,"难道你们从来没有想到这一点?还记得诺伍德——"

一个通讯端口发出嘟嘟的叫声,打断了他的话。奎因俯下身去接听。

"奎因,我是贝尔。我发现的线人同意在羚羊号的停泊港与我见面,你如果想参加,就必须立即过来回合。"

"好的,我立即就来。完毕。"她转过身去,一副疲惫不堪的样子,往门口走去,"埃蕾娜,记住把他,"她的大拇指点了点马克,"安置好。"

"唉,没问题。同贝尔他们谈话之后,你一定要抓紧时间休息休息。你过分烦躁不堪了,刚才差一点就暴露了一切。"

奎因含糊地挥挥手,表示知道了,但是没有任何明确的承诺。奎因走了之后,伯沙瑞-杰萨克转身冲着对讲器吩咐组织一个私人卫队跟随奎因一起外出。

马克站了起来,在房间里四处闲逛,他的手小心地插进自己的口袋里。他想象着,万一他们同费尔王朝的交易失败了,他们将会猛烈打击这些登达立飞船,将会再次出现炮火和鲜血……想到这里,他感到一阵颤抖和恶心。

他在会议室门前停下了脚步,这个门是锁着的。伯沙瑞-杰萨克现在正在进行另一场谈话,一些问题需要与费尔基地的飞船停泊处的官员协商解决。出于好奇,马克把自己的手掌放在指纹开关上,出人意料的是,门居然开了。他们必须要大量改动安全设施了——假如所有的登达立高级机密设备都能够被一个死人的手纹打开的话。这可不是一件简单的工作,因为迈尔斯为了自己的方便起见,肯定已经把他自己的手纹设置成了一个万能钥匙。这正是他的行事风格。

伯沙瑞-杰萨克抬头看了看,但是没有说什么。马克认为这就是默许了,于是就走进了会议室。当他进门之后,灯光自动打开了。索恩曾经在这里说过的话,又在他的耳朵里回响起来:诺伍德说,即使我们不能,将军也一定能够从这里突围的。那些登达立人是否细致地检查了记录?肯定有人看了一遍又一遍,是否有可能发现什么他们忽略的东西?他们了解自己的士兵、自己的设备,但是我了解那个医疗中心。我了解杰克逊联邦。

他不知道自己的手纹究竟有多大的能耐。坐上奎因的椅子,他惊讶地发现,在他的手掌触摸之下,所有的文献都打开了。他找到了自己要看的那个文件。诺伍德的数据已经丢失了,不过,汤金曾经有一段时间跟他在一起。汤金可能看到什么?不是那些彩色的标记,而是真正的时空,真正的目击,真正的耳闻?有这么一种记录没有?他知道,指挥头盔里曾经有过这个记录,如果士兵的头盔里也有的话,那么——啊,哈,汤金的视觉和听觉记录在他的眼前出现了。

为了搞清楚它们,他几乎感到一阵剧烈的头痛。这些都不是普通的影视纪录片,没有通常的那种镜头切换,而是一种痉挛性的跳动,是真人的大脑所捕捉到的所有声音和图像。他看到自己在升降管道里的形象时,放慢了记录播放速度,一个矮小、慌乱的家伙,身穿灰色的伪装服,呆板的面容上有一双贼亮贼亮的眼睛。我真的是这个样子吗?在宽松的制服下面,他那畸形的身体反倒不像他一贯想象的那样刺眼了。

他跟踪着汤金的眼睛,随着它们穿过一座座建筑物、隧道和走廊,一直走到最后出事的地点。索恩正确地转达了诺伍德的话,但是,时间上有出入,头盔的记录是,诺伍德曾经离开了十一分钟。诺伍德得意的面容又出现了,然后就是他那急促的笑声——几秒钟之后,就是剧烈的爆炸——马克急忙关掉显示器,并忧心忡忡地看了看自己的身体,似乎担心再次被鲜血和脑浆溅一身。

如果有任何线索的话,那一定是在这次爆炸之前。他重新打开程序,从他们在走廊里分手时开始播放。这一次他放慢了速度,一步一步地查看着,仔细研究每一个迹象。这种耐心、细致、忘我的专心工作似乎让他感到愉快。注意细小的环节,一定不要再忽略那些细小的环节。

"找到了。"他轻声说。如果是在正常速度的播放过程中,它恐怕就不会被发现了。那是对墙上一个标语的简单一瞥,这个标语带着一个箭头,被安置在走廊里的一个十字路口,上面写着:托运与接收。

他抬起头,发现伯沙瑞-杰萨克正在注视着自己。她坐在那里有多久了?她显得很放松的样子,穿着靴子的长腿跷起了二郎腿,长长的手指也交叉放在腿上。"你发现什么了?"她平静地问道。

他调出标记了诺伍德和汤金最后的行走线路的那套虚拟地图。"不是在这里,"他指点着说,"应该在这里。"他描绘出那两个登达立士兵带着冷冻室行走的一条路线,"这里就是诺伍德去的地方。通过这个隧道。我可以肯定是这里!我曾经见过那个设备——在那个建筑物的上面。真该死,我小时候常在那里同伙伴们一起玩耍,直到保育员来喊我们回去。我在自己的脑海里可以清楚地看到它,就好像诺伍德的头盔记录现在就在这里放映一样。他把冷冻室推到那个托运与接收处,而且他还把它托运了。"

伯沙瑞-杰萨克挺直了身体。"这可能吗?他只有那么短的时间!"

"不仅可能,而且非常容易!那些包装程序都是自动的。他只要把那个冷冻室放到包装机里,然后按一下按钮,就完事了。那些机器甚至还可以自动地把它送到装卸码头。那是一个非常繁忙的地方——从各地接受货物,托运一切东西:从数据磁盘到为移植而准备的冷冻人体部件、基因工程制作的胎儿、紧急医疗设备,例如冷冻室之类的东西,等等。这个地方昼夜开放,一直不停地运转着。在我们突然袭击之后,那里的工作人员可能匆忙撤退了,而包装机仍然在运转。诺伍德可能在电脑里为他的冷冻室设置了一个包装和运输任务,然后,如果他足够聪明的话,又清除了它。这样就不会留下任何痕迹了。干完之后,他就急忙跑回到汤金那里去了。"

"这么说,那个冷冻室现在正包装着留在下面的某个装卸码头?等等,我要告诉奎因!我想我们应该立刻通知那些巴罗普乔人,让他们到正确的地点去寻找——"

"我……"他举起手制止她说,"我想……"

她看着他,重新坐到自己的椅子上,眯起眼睛。"想什么?"

"我们离开那里已经有将近一整天了。而距离我们告诉那些巴罗普乔人去寻找冷冻室的时间,也有大半天了。如果那个冷冻室仍然在某个装卸码头,我想,他们应该已经发现了它。那个自动托运装置效率很高,我想,那个冷冻室已经被运送走了,恐怕在包装好之后一个小时之内就已经被运送走了。我认为那些巴罗普乔人和费尔男爵都没有撒谎,他们现在恐怕都急得发狂呢。不仅那个冷冻室不在下面,而且他们还根本不知道它被运送到哪里去了。"

伯沙瑞-杰萨克直挺挺地坐在椅子上。"我们知道吗?"她问道,"我的上帝。如果你是对的——它可能在去往任何地方的途中。它可能在这两个轨道上的几十个货运站上!我们如果告诉西蒙·伊凡这个消息,他一定会中风的。"

"不,不是任何地方,"马克肯定地纠正道,"它一定是被托运到了某个诺伍德知道的地点,某个他能够记住的地点——即使他被包围了,封锁了或被火烧着了。"

她咬住自己的嘴唇,认真思考这种可能性。"不错,"她终于赞同地说,"几乎是所有的地方,但是,至少我们可以从诺伍德的个人档案资料开始我们的搜索。"她重新放松地坐在椅子上,用她那深沉的眼睛看着他,"你知道吗?你自己在一个安静的房间里,做得非常好,我简直没有想到你能够做得这么好。你只不过不是那种战斗型军官。"

"我不适合做任何类型的军官。我讨厌军队。"

"迈尔斯喜欢征战。他对那种极度刺激的行为很上瘾。"

"我讨厌任何战争。我讨厌被人威胁。我在害怕的时候就无法思考问题。当别人冲着我吼叫的时候,我的思维就会停止。"

"但是,你确实很有头脑……你受到过多少次惊吓?"

"几乎一直是在被惊吓中。"他闷闷不乐地承认说。

"那么,你为什么……"她迟疑了起来,似乎想更加仔细地斟酌自己的用词,"你为什么一直想要成为迈尔斯?"

"我没有想,是你们要我扮演他的!"

"我不是指现在,我是说一直以来的情况。"

"我不知道你究竟在说什么。"

第十章

二十小时之后,这两艘登达立飞船从费尔基地起航了,它们正往第五跃迁口驶去。他们并不是单独行动的,六艘费尔王朝的护卫飞船正护送和监视着他们。在这个护卫队的后面,一艘巴罗普乔的巡洋飞船小心翼翼地飞行着,同前面的飞船始终保持着一个安全的距离。它是来接巴罗普乔男爵的。按照计划,交接将在费尔基地的第五跃迁口处附近的领空进行。不幸的是,迈尔斯的冷冻室不在那个巡洋舰上。

当奎因不得不接受这个不幸的事实时,她几乎要崩溃了。在他们最后一次在那个会议室开会的时候,伯沙瑞-杰萨克扶着她靠在墙上。

"我不要把迈尔斯丢下!"奎因哭喊着,"我要把那个巴罗普乔畜生先撕掉!"

"别这样。"伯沙瑞-杰萨克不满地劝说道,奎因的上衣在她手中揉成一团。如果她是动物,她的耳朵这个时候肯定会耷拉下来。他自己蜷缩在一个椅子里,试图让自己变得小一些,再小一些。"我也不希望事情是这个样子的,但是,现在情况已经发展到超出我们的控制力了。迈尔斯现在肯定不在那些巴罗普乔人手里了,只有上帝知道他在哪里。我们需要援军,不是武力部队,而是训练有素的智囊团。一大批这样的人才。我们需要伊凡,需要皇家安全部,我们非常需要他们,而且我们应该尽快地取得他们的援助。必须与时间赛跑。我们现在脱身越快,我们将来杀回来也越快。"

"我一定要回来!"奎因发誓道。

"这就要看你和伊凡是怎么协商的了。我保证,他同我们一样想把那个冷冻室找到。"

"伊凡仅仅是一个贝拉亚的……"奎因嘟哝出一个词,"官僚,他才不会像我们这样关心迈尔斯呢。"

"不要这么肯定。"伯沙瑞-杰萨克轻声说。

最终,马克发现自己又穿上了灰色的军官制服,他希望这一次是他最后一次扮演这个内史密斯将军了。他现在必须去监督移交人质的过程,人质将被交到费尔王朝的一架飞行器上。至于瓦萨·路易吉此后的命运,那就要看费尔男爵的了。马克暗暗希望他没有什么好结果。

伯沙瑞-杰萨克到马克的舱房门前来护送他去飞行器的机舱门口,费尔手下的飞船将停靠在那附近。伯沙瑞-杰萨克还像往常一样冷淡,甚至可以说很沉闷,她不像奎因那样对马克的衣装横加挑剔和指责,仅仅伸手拉直了马克衣服上的徽章。那件满是口袋的夹克上装很宽松,而且也足够长,能够遮掩住他粗粗的腰身和几乎溢出皮带的满身肥肉。他猛地把上衣往下用力拉了拉,然后跟在游客号的舰长后面穿过她的飞船。

"我为什么必须去参加这个交接仪式?"马克忧郁地问道。

"因为这是我们最后的机会,来让瓦萨·路易吉相信,你就是迈尔斯·内史密斯,而那个……冷冻室里的东西是一个克隆人。

这是为了防止那个冷冻室并没有被托运走,而在运送的过程中被巴罗普乔人首先发现。"

他们与一群武装卫士同时到达机舱门口,巴罗普乔男爵随后也到了——由奎因和其他两个登达立卫兵押送着。马克认为这些卫兵都只是在摆摆样子而已,这个场面里真正有威胁力的武装势力应该是费尔王朝的飞船和它的护卫队。他看到它们正飞行在登达立飞船的周围,严密监视着事态的发展。巴罗普乔男爵是不是真正的统治者?马克觉得自己就好像一个伪装成骑士的犯人。瓦萨·路易吉无视那些卫兵,直盯盯地看着奎因——另一个最高掌权者,同时紧张地注视着飞行器的舱门。

奎因对着马克敬礼。"将军!"

马克回了一个军礼。"上校。"他用一种阅兵时的姿态站立着,似乎正在巡视自己的部下。他是否应该同那个男爵交谈?他决定等对方首先打破他们之间的沉默。但是,那个男爵也在等待着,他的耐心非常好,简直令人难以忍受,好像他是用不同的方式来体验时间的。

无论这些登达立人曾经如何被围困,他们现在还有几分钟就可以彻底突围了。一旦这次交接仪式完成,游客号和羚羊号就将跃迁,那些克隆人孩子们就可以从巴罗普乔王朝的致命控制中逃脱了。无论他曾经造成了多么大的混乱和多少无可挽回的损失,这个小小的胜利还是确定无疑的。

终于听到了飞行器停靠时发出的咔嚓声。那些登达立士兵立刻紧盯着逐渐打开的舱门。只见在门的另一边,站立着一个身穿费尔王朝绿色制服的上校,带着两名贴身卫士,高声通报他自己的姓名和舰队的名称。他看出马克是这里的最高指挥官,就冲着他敬礼。"内史密斯将军,请接受费尔男爵的问候。他还带来了一个你们丢下的东西。"

奎因的脸因为极度的渴望而顿时显得苍白起来,马克几乎感觉到她的心脏已经停止跳动了。那个费尔上校从舱门口退了回去,但是随后进来的并不是他们渴望看到的冷冻室,而是一小队残兵败将,三个男人和两个女人。他们个个看起来都是一副很难为情、气愤、忧郁的样子。其中一个男人精神萎靡,由别人搀扶着走了进来。

奎因的间谍。这些登达立士兵是奎因准备安置在费尔基地,以便继续查询真相的。奎因的脸因为懊恼而涨得通红。但是她扬起头,干净利落地说:"请转告费尔男爵,我们感谢他的关心。"

那个费尔上校听到之后,敬了一个礼,还流露出酸溜溜的得意的笑容。

"我们将在最短的时间里再见面。"她深吸了一口气说,然后点了点,示意那令人不快的一小群人离开。他们步履沉重地离去了,伯沙瑞-杰萨克跟在他们后面。

那个费尔上校宣布:"我们准备好了迎接我们的旅客上船。"按照严格的交接仪式的规定,他自己并没有登上登达立的飞船,而是耐心地等待在舱门口。出于同样的理由,那些登达立士兵和奎因也立刻从巴罗普乔男爵身边闪开,他抬起头,开始往前走去。

"我的主人!等等我!"

他们身后传来一声尖叫,马克猛地一回头。那个男爵的眼睛也因为惊讶而睁大了。

这是那个混血姑娘,她的头发飘动着,从一个走廊的拐弯处冲了出来,她的一只手还牵着那个有银白色和金黄色头发的姑娘。她像一条灵活的鳗鱼一样,在那些登达立卫士中间穿梭前进。这些士兵虽然明白在目前的状况下不能够使用任何武器,但是,由于事情发生得非常突然,他们反应不过来,所以没有能够及时地抓住她。那个脚很小的金发姑娘没有她那么敏捷,她的另一只手护在胸前,整个身体似乎失去了平衡,被拖得气喘吁吁,蓝色的眼睛里充满了恐惧。

马克的脑海里出现了一幅关于她的图景:她躺在某个手术台上,头皮被小心翼翼地剥了下来,一个外科医生破开她的头颅,切断神经组织,拿出她的大脑……

他一把抓住她的腿,她的手从那个黑头发的姑娘手中脱落了,身体跌倒在甲板上。她哭了起来,而且还竭力地挣扎着,翻转过自己的身体。由于担心可能让她挣脱掉,他使劲用身体扑上去压住她,直到他的整个身体全都压在她的身上,她在他的身体下面徒劳地扭动着,根本不知道如何反抗。"别动,别动,我发誓,我并不想伤害你。"他对着她的耳朵轻声说。

与此同时,另一个姑娘已经成功地穿过了飞行器的舱门。那个费尔王朝的上校被她的到来弄糊涂了,但是他立刻制止那些前来捉拿她的登达立士兵。"别再往前走了,巴罗普乔男爵,这是怎么回事?"

"我的主人!"那个混血姑娘哭喊着,"请你带上我吧!我要同我的女主人结合在一起,我要!"

"就待在这边吧,"男爵平静地建议道,"他们不能把你抓回去了。"

"你看看我能不能——"奎因说着就开始往前闯,但是男爵举起一只手,手指微微弯曲着,做了一个威胁的手势。

"奎因上校,你肯定不希望因为这个而引发一场意外的事件,从而延误你们离开这里的时间,是不是？显然,这个姑娘是自愿选择回来的。"

奎因迟疑了起来。

"不!"马克叫喊了起来。他急忙爬了起来,也把那个金色头发的姑娘拖了起来,交给一个非常高大的登达立卫兵。"抓住她。"他自己则冲到巴罗普乔男爵面前。

"将军？"男爵挑起眉头,露出嘲讽的神情。

"你自己穿着另一个人的尸体,"马克怒吼道,"别跟我讲话。"他跌跌撞撞地往前走去,看着那个黑头发的姑娘,伸出双手,"姑娘……"他不知道那个姑娘的名字,也不知道此刻自己应该说什么,"别走,你不应该走,他们会杀了你的。"

现在,这个姑娘躲在男爵的身后,远离那些登达立卫兵,感觉到自己很安全了。她用手把自己的头发往后梳理了一下,冲着马克露出了胜利的微笑,眼睛里闪动着激动的光亮。"我为我的荣誉而服务,我要献出自己的全部,我的荣誉就是我的女主人。你没有任何荣誉,你这个猪!我的生命是一种奉献……它比你能够想象到的要更伟大,我是她祭坛上的一朵花。"

"你是一个该死的疯子,白痴。"奎因粗鲁地斥责她说。

她的下巴抬了起来,嘴唇咬紧了。"男爵,走吧。"她冷静地命令道,并且夸张地伸出一只手。

巴罗普乔男爵迟疑了一会儿,似乎是说,你这是干什么？然后往舱门口走去。没有任何登达立士兵举起武器,奎因没有命令他们这么做,而马克手中没有武器。他转身冲着她气愤地说:"奎因……"

她的呼吸非常急促和艰难。"如果我们现在不立刻跃迁的话,我们就会全部完蛋的。站着别动。"

瓦萨·路易吉在舱门口停下了脚步,他的一只脚仍然踩在游客号上。他转身面对马克说道:"为了消除你的困惑,将军——我告诉你吧,这个姑娘是我夫人的克隆人。"他不怀好意地说道,然后举起右手,把食指放在嘴里舔了舔,然后在马克的额头上按下一个冷冰冰的印子,"我带走一个,四十九个归你。如果你胆敢再回到这里来,你会死得很惨的。"说完,他迅速地离开了游客号,"你好,上校,谢谢你的耐心等待……"在他招呼自己的伙伴、对手、同盟或卫士的时候,舱门渐渐地关上了。

机舱内非常安静,只听到那个金色头发的克隆人姑娘在绝望地哭泣。马克额头上的印子好像结了冰似的,他用手背使劲地擦了擦,希望它能消失掉。

那些军鞋走起路来几乎悄然无声,不过,士兵们重重的步伐还是让甲板颤动了起来。陶娜中士从舱门边的走廊里急匆匆地跑了过来,当她看到那个金发的克隆人姑娘时,立即回头喊了起来:"这里又有一个!还有两个了。"另一个士兵跟在她后面,也跑了过来。

"陶娜,出什么事啦?"奎因有气无力地问道。

"那个姑娘,那个罪魁祸首,真是一个狡猾的家伙,"陶娜急忙停住脚步回答说,"她告诉其他的姑娘说,我们是一条贩卖奴隶的飞船,劝说其中的十个同她一起逃跑。守卫的士兵抓住三个,其余的七个散开了。到目前为止,我们又抓住了四个,大都藏在什么地方。我认为那个长头发的姑娘想乘着我们准备跃迁的时候逃走,所以我让卫兵看住她们,不让其他姑娘再同她接触。"

奎因咒骂着:"好主意,中士。你对她的隔离显然成功了。因为她跑到这里来了。不幸的是,她恰好赶上我们移交巴罗普乔男爵,就跟他一块走了。我们只抓住了另一个。"奎因冲着那个金发姑娘点了点头,她的哭泣声已经越来越微弱了,"这么说来,你们只需要再找一个就可以了。"

陶娜中士看着舱门,感到无比困惑。"长官,你怎么能够允许她离开呢?"

奎因的脸上露出冷漠的神情。"我不希望为了她再打一场。"

陶娜巨大的手紧紧地握成一个大拳头,但是她没有提出任何抗议。"我们最好赶紧把另一个克隆人姑娘找到,以免发生更糟糕的事情。"

"继续找吧,中士,你们四个,去帮助她。"奎因指挥那些现在已经没有任务在身的士兵说,"陶娜,等你们把所有的克隆人都安置好之后,到会议室来向我汇报。"

陶娜点点头,挥手让那些士兵去下面的走廊寻找,而她自己则走向最近的一个升降管道。她的鼻子不停地翕动着,就好像正在嗅着她的搜寻物。

奎因转过身去,低声说:"我要去查看相关信息,看看究竟发生了什么……"

"奎因,我想……把她送到克隆人住的舱房去。"马克自告奋勇地提出要求,并冲着那个金发克隆人姑娘点点头。

奎因充满疑惑地看着他。

"求你了,我想这么做。"

奎因看了看旁边的舱门,那个混血儿姑娘就是从那里逃走的,然后又看了看他的脸。他不知道自己的脸是什么样子,但是她叹息道:"好吧,如果你觉得这样会让你好受一些,就送她回去吧。"她往情报室走去,脸上充满了焦虑。

他转过身,温柔地抓住那个金发克隆人姑娘的手臂,她退缩了回去,含着泪水的蓝色大眼睛里闪动着拒绝的目光。即使他非常清楚(没有人比他更清楚了)她的身体是如何被设计和制造出来的,它的吸引力却仍然是那么强烈:美丽和单纯,性感和恐惧,全部交织在一起。她看上去似乎有二十岁的样子,正当青春艳丽时期,与他自己的年龄也正相配,而且,她只比他高几厘米。她恐怕正是他梦中的女人,如果他的生活不是这样混乱而且充满了不幸。

"你叫什么名字?"他故作轻松地问道。

她满心疑虑地看着他。"玛芮。"

克隆人都没有姓。"很美的名字。来吧,玛芮,我要送你去你的……寝室。回到你的朋友们身边之后,你会觉得好过一些的。"

她顺从地跟在他后面。

"陶娜中士很善良,你是知道的,她一心想照顾好你们。你刚才想逃跑,把她吓坏了。她担心你们伤害了自己,你不怕她,是不是?"

她可爱的嘴唇张开来。"我……不确定。"她的步伐很优美,稍有一点摇摆,她那包裹在粉红色的上衣里巨大乳房,随即令人心动地晃动起来。她应该接受乳房缩小手术,不过,他不知道游客号的外科医生是否能够做这类手术。而且,如果她在巴罗普乔的生活同他自己曾经有过的生活相似的话,她目前恐怕最痛恨的就是外科手术了。他们在他的身上做了那么多外科手术,他简直恨透它们了。

"我们不是贩卖奴隶的飞船。"他又开始认真地说,"我们将带你们……"也许对于她来说,她们旅行的目的地是贝拉亚帝国并不是什么好消息,"我们首先可能要在科玛停靠一下,不过,你也许不必一直待在那儿。"他无权许诺她最后的去处,他不能,一个囚犯无法解救另一个囚犯。

她咳嗽起来,并且用手揉起眼睛来。

"你……没事吧?"

"我想喝水。"她的声音因为刚才的奔跑和哭泣而沙哑了。

"我会给你水喝的。"他许诺说,他自己的舱门就在附近,所以他就带她进去了。

他的手一触到门上的按钮,门就自动打开了。"进来,我还没有机会同你谈谈呢,如果我们……那个姑娘就不可能欺骗你了。"他引导她走了进去,并且让她坐在床上。她有一点儿颤抖,他也在颤抖。

"她欺骗你了吧?"

"我……不知道,将军。"

他很不高兴地自嘲道:"我不是将军,我只是一个克隆人,像你一样。我在巴罗普乔长大,就住在你曾经住的楼下。"他走进盥洗室,倒了一杯水,递给她。他几乎想让她坐在自己的膝上来喂她喝,她曾经被设计成——"我希望你能够理解,理解你现在的处境,理解你曾经经历了些什么,这样你就不会再上当受骗了。为了保护你自己,你需要学习很多东西。"确实如此——因为她有这样一个身体。"你必须去上学。"

她咽下一口水。"我不想去上学。"她说完,又埋头去喝水了。

"那些巴罗普乔人没有安排一些学习课程给你吗?我在那里的时候,那些学习课程就是我生活中最好的一部分内容了。甚至比那些游戏还要好。当然,我也喜欢游戏。你们玩游戏吗?"

她点点头。

"游戏确实很好玩,但是,那些历史、天文图片和里面的老师,要更好玩一些。有一个白头发的古怪老人,穿着20世纪的服装,一种胳膊肘上有一个大补丁的那种夹克衫——我一直很想知道,这个人是一个真人,还是一个设计出来的模型。"

"我从来没有见到过他们。"

"那你们整天做什么?"

"我们互相闲聊,梳理头发,游泳,看护员让我们每天做健美操——"

"我们也做过。"

"——他们让我做了这个之后,"她摸了摸自己的乳房,"就只让我游泳了。"

他能够想象得出那是为了什么。"我猜想,你最后一次整形手术,就在不久之前。"

"大约一个月之前。"她停顿了一下,"你真的认为……我妈妈不会来接我吗?"

"我很抱歉。但是,你确实没有妈妈,我也没有。等待着你的仅仅是……一场非常恐怖的灾难,你根本难以想象。"只有他能够想象出可能出现的情景,它们在他的脑海里生动地闪现出来,几乎像真正发生了一样。

她皱着眉头看着他,显然很不情愿放弃自己长期抱有的梦想。"我们都很漂亮,如果你也是一个克隆人,为什么你不漂亮?"

"我很高兴地发现,你开始动脑筋了。"他小心地说,"我的身体是特意整形成这个样子的,因为我的原身就是这样的。他就是一个跛子。"

"但是,如果你说的——关于换脑子之类的事情——是真的,你为什么没有换?"

"我是……被设计成另一个目的的。我的购买人把我整个买下来,带走了。在那之后,我才知道了所有事情的真相。"他在她的身边坐下。她身体的味道很好闻——难道他们居然在她的肌肤内植入了某种微妙的香气?想起刚才在舱门口的时候,他曾经抱住她那柔软的身体,那种感觉真令人陶醉。他现在觉得很激动,很想再一次消融在那种美妙的感觉之中……"我当时有一些朋友——你有没有朋友?"

她默默地点点头。

"在我能够为他们做些什么的时候——在这之前很久——他们就都死去了,都被杀死了。所以,作为一种补偿,我就来拯救你们。"

她困惑地看着他。他不知道她究竟在想什么。

舱房一阵摇晃,他的胃里随即感到一阵恶心和翻腾。

"这是怎么啦?"玛芮慌张地喊了起来,她的眼睛睁得大大的,下意识地抓住了他的手。他的手在她的触摸下一阵发热。

"这没有什么,一切正常。这是你第一次跃迁。"由于他自己已经有过很多次跃迁的经历,所以他竭力安慰她,"我们已经离开了杰克逊联邦所控地区。杰克逊人再也抓不到我们了。"现在的感觉好多了,过去的所有事情都非常棘手,"我们都安全了。现在我们全都安全了。"他又想起那个混血儿,几乎全都安全了。

他非常希望玛芮能信任他。那些登达立人,那些贝拉亚人,他几乎不期望他们能理解他。但是这个姑娘——如果他能够让他自己的形象在她的眼睛里闪亮起来,那该有多好啊。他不想要别的回报,只想要一个吻。他迟疑了起来。你真的只想要一个吻吗?他的裤带下面又热又胀,渐渐地鼓起一个结来。他尴尬地发现,自己的下体变得很硬。也许她没有注意到,即使注意到也不能理解和判断出原因来。

"你能……吻我吗?"他干巴巴地低声问道。他把茶杯从她的手中拿开,自己喝下了杯中剩下的水。那点水也没有缓解他的紧张感。

"为什么?"她挑起眉头问道。

"就……算一种游戏。"

她明白他声音里那种恳求的意味。她眨了眨眼睛,终于自愿地俯下身子,用自己的嘴唇触到他的嘴唇。她的上衣散开了……

"哦,"他呻吟着,他的手抱住她的脖子,不让她离开,"请再吻一次……"他把她的脸拉近自己的脸,她既没有反抗,也没有任何主动的反应,但是她的嘴唇真是美妙无比。我要,我要……抚摸她是不会伤害到她的,仅仅抚摸她。她的双手自然地抱住了他的脖子。他能够感觉到她冰凉的手指甲。她的嘴唇张开了。他陶醉了,他觉得很热,脱掉了上衣。

停下,现在就停下,真该死。但是她应该是他的女人。迈尔斯有那么一大群女人。也许她会让他……再做一些比亲吻更进一步的事情?当然不会……绝对不会的。不做任何伤害她的事情。就在她的那对巨大的乳房之间摩擦摩擦,不会伤害到她的。当然,这样肯定会让她非常困惑不解。他在她的那些柔软的肌肤中肯定能感到很大的满足,或许比在她的大腿之间更满足。她也许认为他疯了,但是这不会伤害到她。他的嘴唇又开始贪婪地寻找她的。他抚摸着她的肌肤。还要。他把她的上衣脱到肩膀下面,饥渴地抚摸着她的身体。她的肌肤像天鹅绒一般柔软光滑,他的另一只手颤抖着,去解开自己的裤子。这真是一种释放,因为他的身体现在已经可怕地鼓胀勃起了。但是他不会碰她的……不会的……

他把她转了过去,夹住她的上身,疯狂地吻她的身体。她发出一阵惊讶的呻吟,他的呼吸开始粗重了起来,然后,突然地,停住了。一阵痉挛一直冲击到他的肺部,似乎他的支气管就要爆裂了。

不!不要又是这样!它又发生了,就像他去年感觉到的一样——

他从她的身上爬了下去,冰凉的汗水布满他全身。他努力地放松自己的喉咙,尝试着开始呼吸。刚才他触摸的那些美妙的肌肤似乎成为一种幻觉。

他的脑海里此时只有盖尹愤怒的叫喊声,他脱掉了他的衣服,似乎刚才的鞭打还不足以惩罚他似的。他气急败坏地指责自己背叛了国家,指责他像那个该死的阿罗·弗·科西根一样好色。他的身体似乎又感受到那种刻骨的伤痛、刺心的羞辱……

他努力从过去的场景中挣扎出来,用力地呼吸了一次之后,回到了现实之中。他发现,自己不知怎么坐在了地板上,而不是坐在床上,双手无力地低垂着。那个惊讶无比的金发姑娘屈膝蹲在凌乱的床上,几乎是半裸着,瞪着他问道:"你怎么啦?你为什么停止了?你要死了吗?"

不,我只是希望自己已经死了。这不公平。他知道刚才发生的事情是什么原因,这不是因为潜意识里的记忆而造成的,不是源自童年的记忆,而是最近发生的事情,就是四年前发生的。难道眼前这个奇妙的姑娘也不能把他从过去的噩梦中解救出来?难道他每次想同一个真正的姑娘做爱的时候,都要被这个噩梦所惊扰吗?也许这一次是因为处在过于紧张的环境里了?如果情况不是这样紧张,如果他不是仅仅能够做一些急促的、汗津津的摩擦,也许他能够克服记忆中的疯狂——不过,也许我就是摆脱不了……他又猛地吸了一口气,再一口。他的肺又重新开始工作了。他刚才真的差一点窒息而死吗?也许一旦他真的停止了呼吸,他体内的自动神经系统就会开始工作。

他的舱房大门被打开了。陶娜和伯沙瑞-杰萨克站在门口,侧身往里探视着。她们看到眼前这种可耻的情景都咒骂起来,陶娜还挺身闯进房里。

现在,他真希望自己现在就死掉。但是他的身体却不听他自己指挥。他仍然在呼吸着,蜷缩在那里,裤子褪到了膝盖上。

"你在干什么?"陶娜中士怒吼道,她的声音里暗藏着一种真正的危险,像狼嚎一般,她的犬齿全部暴露在嘴唇外边。他曾经看到她一把就扯断了一个男人的喉咙。

那个金发克隆人小女孩跪坐在床上,露出极度惊恐的表情。她的手像通常一样,试图去遮盖或支撑自己巨大的胸部,不过,她的动作也像通常一样,仅仅是使它们更加吸引人们的注意力。

"我只是想要一点水喝。"她呜咽着说,"我很抱歉。"

陶娜中士急忙单腿蹲下,伸出巨大的手掌,意思是说,我不是生你的气。马克不知道玛芮是否看懂了她的这个姿势。

"然后发生了什么?"伯沙瑞-杰萨克严肃地问。

"他就让我吻他。"

伯沙瑞-杰萨克扫了一眼他缩成一团的窝囊样,气得两眼直冒火。她转过身注视着他,低声质问道:"你是不是想要强奸她?"

"不!我不知道。我仅仅——"

陶娜中士站了起来,一把抓住他的衣服和一些皮肉,让他站直起身子,然后把他逼到一个墙角里,他的脚离地板有一米远。
"老实回答,你这个该死的家伙。"中士吼叫道。

他闭上眼睛,深深地吸了一口气。这不是因为来自迈尔斯的这些女人们的威胁,不是,不是因为她们,而是因为盖尹对他的更深的羞辱。不!他绝对不会让玛芮带着被强奸的印象走开的。

他简单地叙述了他自己刚才想要做的一切。它们确实非常丑陋,但是,这都是因为她的美丽完全控制住了他。

他紧紧地闭着眼睛,他没有提起自己的噩梦和恐慌,或者任何关于盖尹的事情。

他的内心在颤抖,但是表面上显得非常平静。他慢慢地说着,一直到他发现自己的脚重新站到了地板上,背后的手也松开了,他才冒险睁开了眼睛。

但是,他几乎立即又闭上了眼睛。伯沙瑞-杰萨克眼睛里毫不掩饰的轻蔑深深地刺痛了他。现在他完了。她曾经是那么同情他,对他那么和善,几乎是他在这里唯一的一个朋友。现在她僵硬地站在那儿,怒视着他。他深深地感到痛苦,非常深的痛苦,因为他仅有的一点友谊也丧失了。

"陶娜报告说还少一个克隆人,"伯沙瑞-杰萨克大声说,"而奎因说你坚持要送她回去。现在我们知道这其中的原因了。"

"不,我不是故意的……她确实是想喝一杯水。"他指了指那个茶杯,它歪倒在桌子旁边。陶娜转过身背对着他,单腿跪在床边,然后努力用一种非常温柔的声音问那个金发克隆人姑娘:"你受到伤害了没有?"

"我没事。"她颤抖地说,同时耸耸肩,把自己的上衣整理好,"不过,那个男人真的病得很厉害。"她注视着他,眼睛里流露出一种困惑和关心。

"显然如此。"伯沙瑞-杰萨克嘟囔道。她的下巴抬了起来,眼睛直逼马克,后者仍然靠在墙上,"先生,你将被禁闭在自己的舱房里。我要重新安置卫兵来看守。你别想去任何地方!"

我不会的,不会的。

她们把玛芮带走了。大门紧紧地锁上了。他爬上自己的床,仍然不住地颤抖着。

在飞往科玛的两个星期里,马克真的希望自己已经死掉了。

第十一章

在被禁闭的前三天里,马克一直心情抑郁地蜷缩在床上。他曾经是想去拯救生命的,而不是去毁灭他们。他一个一个地数着死去的人:那个飞行器驾驶员、菲利皮、诺伍德、基姆拉手下的那个士兵,此外还有八个重伤员。当他开始策划这次行动的时候,他还根本不知道他们的名字。还有那些死去的、不知名的巴罗普乔人。他甚至怀疑,或许在那些死去的巴罗普乔人之间,有一些曾经是他过去认识的,当他在那里生活的时候,他或许曾经同他们交谈或相互开过玩笑。就如同往常一样,只有这些小人物才是炮灰,而那些必须对这一切负责任的大人物则能够安然逃脱惩罚,就像巴罗普乔男爵那样自由地离开。

这四十九个克隆人孩子的生命是否比四个登达立士兵的生命更重要?那些登达立人似乎并不认为如此。他们并不是自愿来打仗的,是你欺骗他们去送死的。

他在一种突如其来的顿悟中颤抖了起来。生命并不是整数的加减法,他们每一个都是一个无穷大的符号。

我并不希望出现这样的结局。

而对那些克隆人孩子,那个金发克隆人姑娘,他,像其他的男人一样,很清楚地知道,她外表上的成熟仅仅是一个假象,只有那个即将被置换到这个身体上的六十岁的大脑才明白这些身体上的特征究竟是怎么一回事。在马克的脑海里,他分明看到这个体态丰满的姑娘才刚刚十岁。他没有想去伤害她或者让她害怕,但是,不幸的是,他不仅伤害了她而且吓坏了她。他只想讨她的欢心,让她的脸上发出喜悦的光芒。就像她们通常为迈尔斯动心的样子?他内心里有一个声音嘲讽地问。

没有一个克隆人孩子会充满感激,虽然他是如此痛苦地希望得到他们的感激。他必须放弃这个不切实际的幻想。十年之后,或者二十年之后,他们也许会为了自己的获救而感谢他。也许不会。我已经做了我能够做的一切。我很抱歉。

在他被禁闭的第二天,他开始想到自己恐怕会成为迈尔斯的替身,一个可以做换脑手术的替身。奇怪的是,他明白这个主意肯定不可能来自迈尔斯,但是迈尔斯也不可能反对它。也许某个人会想出这个主意,因为这要比修复迈尔斯自己的那个已经被严重毁坏了的身体容易得多。这个主意简直太恐怖了,他甚至想要主动提出献身的要求,以免总是为它所缠绕。

他之所以没有因此而彻底崩溃,主要是因为他意识到,只要迈尔斯的冷冻室没有找到,这个换脑的危险根本就不存在。在他那昏暗的舱房里,他的脑袋在枕头上发起烧来。

你宁愿消除这个可能性,是不是?

他的胡思乱想仅仅在吃饭和睡觉的时候才间断一下。狼吞虎咽地吃下飞船上供应的定额食品之后,他往往感到昏昏沉沉的。此时他别无所求,只想再吃一份,在他的甜言蜜语和恳求之下,看守他的卫兵往往也乐意效劳,因为他们自己并不认为这些食品有什么特别可口的地方。

一个登达立士兵从门口扔进来一些迈尔斯以前的干净衣服，它们是从羚羊号上拿过来的。这一次，衣服上所有的徽章都被摘掉了。到了第三天，他索性不再想方设法穿上内史密斯过于瘦小的制服裤子了，他穿上了宽松的船上休闲服。就在这个时候，他突然想出了一个好主意。

如果我看上去不再像迈尔斯了，他们就不能再让我扮演他了。

从那以后，他就开始做蠢事了。由于他一再地要求再来一份食物，有一个登达立士兵索性拖来一箱子盒饭，往墙角一丢，并警告马克不要再烦他去拿食物了。马克现在可以自由地实施他的自救计划了。他曾经听说有些囚犯利用勺子挖开一个通道逃了出去。不过，他的计划略有不同。

虽然他自己也知道这一切显得非常疯狂，但是毕竟这似乎让他不再那么茫然不知所措了。这次前往科玛的跃迁在他看来曾经是那么漫长，现在又好像显得太短促了。他阅读了营养说明书，从中了解到，如果他保持最低的运动量，一份食物就能够满足他一整天的营养需求了。他吃下的其余食物就会转变成脂肪，也就是说，会让他变得越来越不像迈尔斯。假如他没有算错的话，每四盒饭就可以增加一公斤体重。糟糕的是，所有的菜单都是一样的……

他似乎没有足够的时间来实行自己的计划。而且，他那矮小的身体也似乎无法再增加多少公斤肉了。在最后的时间里，由于担心时间不够了，马克几乎是一刻也不停地猛吃着，一直吃到胀痛为止。

奎因没有敲门就走了进来，她随手打开了所有的灯。

"噢。"马克吓了一跳,忙用双手捂住自己的眼睛。他刚刚大吃了一场,现在正蜷缩在床上。他眨巴着眼睛看了看墙上的时间表。奎因来的时间比他期望的要早半天。如果她的来临就意味着已经到达了科玛轨道的话,那么,这些登达立飞船航行的速度一定快得不可思议。哦,救命。

"起来。"奎因说,她揉了揉鼻子,"洗个澡,穿上这套制服。"她在他的床边放了一套绿色的、微微闪着金色光芒的衣服。按照她一贯的脾气,马克以为她会把衣服往床上一扔,她那虔诚而小心的动作让马克明白了,这套衣服一定是迈尔斯的。

"我会起床,"马克说,"也会洗澡的。但是我不想穿这套制服,不想穿任何制服了。"

"先生,让你做什么你就做什么吧。"

"这是一套贝拉亚军官制服,它代表着真正的权力,他们就认这个。如果有人冒名顶替,穿假制服,就会被他们绞死的。"他掀开被子,站了起来,微微觉得有些头晕。

"我的天啊,"奎因无比吃惊地问,"你究竟对自己做了些什么?"

"我想,"马克吞吞吐吐地说,"你可能仍然能够把我塞进那套制服里,但是,你要想清楚它的后果。"他耸耸肩,走进了盥洗室。

在他洗澡和刮胡子的时候,他细致地察看了自己的逃跑计划所造成的结果。时间还不太充足,不过他确实已经重新长出满身的赘肉——那些他在埃斯科巴扮演内史密斯将军的时候不得不减肥去掉的赘肉。他长出了双下巴,躯干整个粗了一圈,不过,他那鼓胀的腹部移动起来有些艰难。还不够,还没有胖到能够保证他的安全的程度。

奎因就是奎因,她是不会轻易放弃自己的想法的。她坚持把那套制服穿到马克身上。他则努力配合着。但是,效果……非常可笑,没有一丝军人应该有的样子。她不得不放弃,咆哮着,让他自己随便穿去了。他选择了一条干净的船上休闲裤、柔软的室内便鞋和一件宽松的贝拉亚式样的便衣上装,它配有宽大的袖子和带精美刺绣的腰带。他不知道应该怎样把那条刺绣的腰带系在自己肥胖的腰上,不知怎样会更加激怒奎因,从她的脸色来判断,他决定让它就像一个吊带似的松垮垮地搭在自己圆滚滚的肚子上。

她意识到了他的坏心思。"很满意自己的模样?"她嘲讽地问道。

"这是不是我今天最后的享受了?"

她的手慢慢地摊开,表示默认。

"你要带我去哪里?我们现在究竟在哪里?"

"科玛的轨道上。我们就要降落了。我们将秘密地降落在贝拉亚的一个军事航空基地上。在那里,我们将与皇家安全部的负责人西蒙·伊林上校进行非正式的会面。他收到我发给他的意义含糊的密码信息之后,从贝拉亚的皇家安全部总部乘特快专机赶来了。他非常想知道我究竟为什么要打扰他,他一定会要我说明是什么该死的事情如此重要。所以,"她的声音颤抖了起来,"我准备告诉他真相。"

她带他走出了游客号上的小舱房。显然她来了之后,立即就打发走了门口的卫兵,而且,似乎所有的走廊里都是空荡荡的。不,不仅仅是空荡荡的,简直就看不到一个人影。

他们来到一个人员运输机旁,进去之后,发现伯沙瑞-杰萨克本人坐在驾驶员的位置上。飞机上只有她一个人,这真是一个非常隐秘的小聚会。

伯沙瑞-杰萨克通常的那种冷冷的神情,今天看来简直就像要结冰了。当她回头看到他的时候,她的眼睛瞪得滚圆,她的黑眉毛则惊讶地弯了下来,表示对他那极度虚弱和肥胖的身体感到不满。

"我的天啊,马克,你看起来就好像一个落水淹死的尸体,在水里浸泡了一个星期之后又漂浮了上来。"

我自己就是那个感觉。"谢谢。"他无精打采地哼哼着。

她的鼻子也哼了哼,究竟是表示可笑、恶心还是嘲弄,他不敢肯定。随后,她立即就专心操作飞机了。他们悄悄地脱离了游客号。在失重和高速度的飞机中,马克再一次感到恶心、眩晕。

"为什么一个皇家安全部的负责人仅仅是一个上校?"马克询问道,试图通过交谈来转移自己的注意力,"这肯定不是为了保密,因为所有的人都知道他是谁。"

"这是贝拉亚的另一个传统。"伯沙瑞-杰萨克回答说,她说到传统这两个字的时候,流露出一丝嘲讽的意味。不过她至少还是在跟他说话,"伊林的前任耐格瑞上校一直没有被提升上校以上的职位。因为埃扎君王不能够容忍更大的野心,但是,每个人都知道耐格瑞的指令就代表了君王的,它们可以直接传达到所有的官员手中。伊林……我猜想,他一直不好意思让自己提升到比自己的老板更高的职位上。不过,他拿的却是一个副将的薪水。而那些在伊林之后将要接任的可怜虫们,恐怕也只能满足于一个上校的军衔了。"

他们来到了一个中等规模的轨道航空站。马克终于窥见了科玛的远景,它被遥远的距离减缩成一个半圆的形状。伯沙瑞-

杰萨克在交通指挥台的引导下，驶入了停泊港。

两个沉默寡言、面无表情、身穿整齐的贝拉亚绿色制服的武装卫士前来迎接他们。他们被引导着穿过航空站，来到一个没有窗户的房间里，这里是一个临时办公室，只有一个设有通讯终端的桌子和三把椅子，此外没有任何装饰品。

"谢谢你，请离开吧。"桌子后面的一个男人说。那两个卫兵悄然无声地离开了。

他们走了之后，那个男人似乎显得轻松了一些。他冲着伯沙瑞-杰萨克点了点头。"你好，埃蕾娜。看到你很高兴。"他那轻松愉快的声音里有一种不同寻常的温暖气质，就好像一个叔叔在招呼他最喜欢的侄女。

他身上的其他特征同马克在盖尹的录像片里看到的一样。西蒙·伊林是一个瘦弱的、上了年纪的男人，两鬓的白发已经逐渐地延伸到了他那棕色头发的内部，他有一张圆圆的脸庞，短平的翘鼻子上布满了皱纹，让他看起来显得很老气。他穿着非常正规的贝拉亚军官制服，就是那种奎因曾经想让马克穿的绿色制服，肩章上佩戴着皇家保安部的太阳神之眼徽章。

马克意识到伊林正非常惊讶地看着他的脸。"我的天啊，迈尔斯，你——"他开始用一种吓人的声音惊叫着，然后，他的眼睛里闪动出一丝恍然大悟的神情。他重新靠到自己的椅子背上。"嘿，"他的嘴巴翘了起来，"马克勋爵，你的妈妈让我转达她的问候。我很高兴终于见到了你。"他的话听起来很认真的样子。

这个客套仪式不要太长了，马克绝望地想，马克勋爵？他不可能是认真的。

"奎因，我想，你终于接到我们关于马克勋爵从地球上失踪的报告了？"

"还没有,它恐怕还在……我们最后的停靠站那儿等待着我们呢。"

伊林的眉毛挑了起来。"这么说,马克勋爵是自己从隐蔽处走了出来?或者说,是我从前的部下把他给我送来了?"

"都不是,长官。"奎因似乎不知如何说才好,而伯沙瑞-杰萨克根本就不准备做任何说明。

伊林俯身向前,露出更加严肃的神情,虽然仍然保留了一丝嘲讽的腔调。"这究竟是什么意思,这一次又是什么一个骗局?"

"不是骗局,长官。"奎因低声说,"不过,代价是巨大的。"

当他仔细地审视过她苍白的面容之后,他脸上那镇定而逗乐的神情完全消失了。"是吗?"过了一会儿,他说。

奎因双手扶住椅子,这不是一个表示强调的姿态,马克揣摩,那是为了支撑住她自己。"伊林,我们有一个问题。迈尔斯死了。"

伊林听到这话之后,立即面色苍白,身体僵硬,一动也不动了。突然,他把自己的椅子转动了过去。马克只能够看到他的后脑勺了。他的头发很稀少。当他再转回来的时候,他的面容已经比较镇定了。"奎因,这不是一个问题,"他低声说,"这是一场大灾难。"他把自己的双手小心翼翼地平放在黑色的桌面上。

"他被冷冻在一个冷冻室里。"奎因张开干燥的嘴唇说。

伊林的眼睛闭上了,他的嘴里在嘟哝着什么,究竟是在祈祷,还是在诅咒,马克看不出来。但是,他仅仅温和地说:"你应该早点告诉我这个,其他的就顺理成章了。"他的眼睛睁开了,"究竟发生了什么?他的伤势如何?没有伤到头部吧?先期治疗工作做得怎么样?"

"我协助做了他的先期治疗工作,在那种枪林弹雨的环境里,我……我认为它还算好的。不过,这要到……唉,他胸部的伤势非常严重,不过,就我看来,没有伤及脖子以上的任何部位。"

伊林严肃地说:"你是对的,奎因上校,这还不是一个巨大的灾难,仅仅是一个问题。我要通知皇家军队医院做好准备迎接他们最重要的病人。我们立即就把冷冻室从你们的飞船直接转移到我的特快专机上。"

"唔……"奎因说,"不……"

伊林用一只手捂住自己的前额,就好像头痛不已的样子。"说完,奎因。"他的声音里充满了畏惧。

"我们弄丢了那个冷冻室。"

"你们怎么会丢掉一个冷冻室?"

"它是一个轻便式冷冻室,"她不顾他的愤怒,赶紧汇报说,"我们在撤离的时候把它丢在下面了。两个飞行器的人都认为对方已经带上了它。这是一个信息交流上的问题——我绝对检查过的,我发誓。现在我们发现,那个负责运输冷冻室的医务兵被敌人包围了,无法登上指定的飞行器。我们认为,他可能利用自己附近的商业托运设备,把那个冷冻室从那里托运走了。"

"你们认为?我要问的是——这所谓的登陆行动是怎么回事?还有,他把冷冻室托运到哪里啦?"

"这就是我们的问题了,我们不知道他托运到哪里了。他还没有来得及汇报就被敌人杀害了。目前看里,似乎这个冷冻室可以在任何地方。"

伊林重新靠到椅子上,然后揉了揉自己嘴唇。"我明白了。那么,这一切究竟是什么时候发生的?在哪里发生的?"

"两个星期之前,在杰克逊联邦。"

"我把你们一起送去伊林芮卡,你们到那个该死的杰克逊联邦去干什么?"

奎因保持了一种阅兵仪式上的站立姿势,从四个星期之前的埃斯科巴开始,用最简洁的语言把整个事件从头叙述了一遍。"长官,我这里有一个附有图像碟片的完整报告,还有迈尔斯个人的记录。"她把一个数据集成块放在他的桌子上。

伊林看着它,就好像它非常危险似的,他没有伸手去拿起它来。"那四十九个克隆人现在在哪里?"

"报告长官,他们仍然在游客号上。我们希望能把他们卸下来。"

我的克隆人。伊林将如果对待他们?马克不敢询问。

"就我过去的经验来看,迈尔斯的个人记录往往没有任何用途,"他冷淡地指出,"他对究竟应该省略哪些东西,有自己奇怪的逻辑。"说着,他陷入了沉思,沉默了好一会儿。然后,他站了起来,在这个小小的办公室里来回踱步。他的脸上阴云密布,这死一般的沉寂就好像暴风雨之前的天空,突然就被破坏了。他转过身,使劲用拳头砸在桌子上,叫喊道,"这个该死的小家伙,他把自己的葬礼变成了一场闹剧!"

他背对着他们站了很久,当他终于又转过身的时候,他坐了下来,脸上已经没有什么特殊的表情了。他抬起头,招呼伯沙瑞-杰萨克。

"埃蕾娜,显然,目前我必须待在科玛,协助皇家安全部银河事务总部进行调查。我恐怕无法抽出五天的时间来。当然……我将写一个关于迈尔斯·弗·科西根副官的报告,而且会把它直接提交给弗·科西根伯爵和伯爵夫人。你能帮我一个忙,替我把马克勋爵送到沃巴萨塔那,交给他的监护人吗?"

不，不，不，马克内心里无声地惊叫起来。

"首相肯定有一些问题要问，而这些问题只有一个曾经亲临现场的人才能够回答出来。所以，目前就这件非常……棘手的事情来说，你是最合适的人选了。我承认，这个任务是很痛苦的。"

伯沙瑞-杰萨克很想回绝这个任务。"长官，我是一个舰长，我不能随便离开游客号。而且——说老实话，我不想护送马克勋爵。"

"你要是答应，我可以满足你的任何要求。"

她迟疑地问："任何要求？"

他点了点头。

她看了看马克。"我曾经许诺把这些克隆人带到某个安全的地方，某个人道的地方，不让杰克逊人再抓回他们。你能够替我实现我的诺言吗？"

伊林认真地考虑了一会儿。"皇家安全部一定可以迅速地改变他们的身份，这个没有问题。但是，寻找一个安顿他们的合适的地方，恐怕要更困难一些。不过，好吧，我们将负责安置他们。"

负责安置他们？伊林究竟是什么意思？虽然他们有很大缺点，不过，贝拉亚人倒是没有奴隶制。

"他们都是一些孩子，"马克不假思索地打断他说，"你应该记住这一点，他们都是一些孩子。"要记住这一点确实很不容易。他很想再补充一句，但是，伯沙瑞-杰萨克严厉的眼神制止了他。

伊林把目光从马克的身上移开。"如果是这样，我会征求弗·科西根伯爵夫人的意见的。还有其他的事情吗？"

"游客号和羚羊号——"

"它们目前必须停泊在科玛的轨道上。我向你的战士们道歉,但是,他们不得不再忍耐一下。"

"你会承担这次行动的损失吗?"

伊林做了一个鬼脸。"嗨,是的。"

"另外……请努力寻找迈尔斯!"

"哦,当然。"他叹息道。

"那么,我就去护送马克。"她的声音很微弱,脸色很苍白。

"谢谢你,"伊林平静地说,"只要你准备好了,我的特快专机随时可以供你使用。"他的眼睛很不情愿地转向马克,在这之前,他一直避免看马克,"你需要多少卫兵?"他问伯沙瑞-杰萨克,"我将命令他们听从你的指挥,直到你们安全到达弗·科西根伯爵那里。"

"我不想要任何卫兵,但是我也许会睡上一会儿,还是要两个吧。"伯沙瑞-杰萨克说。

好了,现在他成了贝拉亚皇家政府的一名囚犯了。马克想,他完蛋了。

伯沙瑞-杰萨克站了起来,同时示意马克也站起来。"走吧,我想从游客号上拿些个人用品,并且嘱咐我的副手承担起指挥官的责任,再向我士兵们解释他们必须滞留在这里的原因。我需要三十分钟。"

"很好,奎因上校,你就请留在这里吧。"

伊林站了起来,送伯沙瑞-杰萨克出去。"告诉阿罗和考迪利亚……"他想说什么,又停顿了下来。

"我会的。"伯沙瑞-杰萨克平静地说,伊林无言地点了点头。

门自动地打开了,她走了出去,甚至都没有回头看看马克是否跟上了。他不得不一路小跑着追上她。

他在那个皇家安全部特快专机上的舱房甚至比他曾经住过的游客号上的舱房更小,更像一个牢房。伯沙瑞-杰萨克把他一个人锁在房间之后就不管他了。这里甚至都没有卫兵来给他一天送三次饭,而这些送饭的时刻曾经是他与人接触并衡量时间流逝的唯一标准。现在的这个舱房里有电脑控制的食物供应系统,它能够直接连接到食品输送中心。他不知不觉地大吃起来,虽然不再能够肯定这样贪吃是否对他有什么好处,但他仍然从中体验到某种满足和自我毁灭的复杂滋味。肥胖虽然可以造成人的死亡,但是这个过程需要很多年才能够完成,而他只有五天的时间。

在最后一天里,他的身体变得很奇怪,他终于得了重病。他一直设法隐瞒着这个情况,直到他们来到一个客运飞行器上。在那个失重和剧烈摇晃的飞行器里,他的病被误认为晕机,一个皇家安全部卫兵自己也有些晕机,所以他主动从机舱的墙壁上拿下一个抗眩晕的眼罩,给马克戴上。

这个眼罩有一种镇定作用。马克的心跳动得迟缓了一些,就这样,一直维持到他们登上一辆密封的地面车。一个驾驶员和一个卫兵坐在前面的驾驶室里,马克和伯沙瑞-杰萨克面对面地坐在后面的车厢里。这是他这次噩梦般的旅程的最后一段路途了,他们从首都郊外的军事航空站驶往贝拉亚帝国的中心沃巴萨塔那。

一直到马克发现自己处于一种严重哮喘病发作的症状之中,伯沙瑞-杰萨克才从忧郁的自我沉思中回过神来,抬起头看了看他。

"你究竟怎么啦？"她俯下身子，拿起他的手，发现他的脉搏正在疯狂地跳动着。他浑身发冷。

"病了。"他上气不接下气地说。看到她那种"你不说这个我也知道"的神情，他又承认说，"很害怕。"他觉得自己在巴罗普乔的战火中已经体验到了惧怕的滋味，但是，那种感觉同他现在内心的恐惧相比较起来，简直不算什么了。

"你害怕什么？"她轻蔑地问，"没有人会伤害你的。"

"上校，他们会杀了我的。"

"谁？阿罗勋爵和考迪利亚夫人？绝对不会的。如果我们无法把迈尔斯找回来，你将会是下一任的弗·科西根伯爵。恐怕你已经意识到这一点了吧。"

听到这个，他悬在空中的心终于落回了肚子里。然后，他自然而然地恢复了正常的呼吸。他挣扎着睁开眼睛，挥手阻挡住伯沙瑞-杰萨克慌慌忙忙伸过来准备解开他的衣服的手，她曾经从飞行器的用品箱里带来一副抗眩晕眼罩，只是为了预防万一，现在她拿在手上，不知道该怎么办，他急忙示意她把它给他戴上。效果还不错。

"你以为你要见的这些人是谁？"当他的呼吸稍微恢复正常了一些之后，她气愤地质问道。

"我不知道。但是他们一定会骂我的。"

更糟糕的是，事情本来可以不像这样一团糟的。在发生杰克逊联邦事件之前，他本来是可以到贝拉亚来向他们表示自己的友好的。但是，他一直想用自己的方式来走进贝拉亚。他本来是想把事情办得漂亮一些的，结果弄得这么糟糕。

她重新靠到座位上，用一种微微有些困惑的眼神看着他。"你真的吓得要死，是不是？"她说，她的那种好像发现了新大陆的语调让他非常愤怒,"马克,阿罗伯爵和考迪利亚夫人一定会消除你内心的疑虑的,我知道他们会的,但是你自己这方面也要表现得好一些。"

"我这方面?怎么表现好一些?"

"我……不知道。"她承认。

"谢了,你真帮了我一个大忙。"

说着,他们就到了。地面车穿过一道道大门,来到一座巨大的住宅楼前面。这幢建筑物具有一种前电子时代的风格,看上去似乎显得非常古老。他在伦敦看到的类似建筑物都有上千年的历史,而这幢高大的建筑物最多只有一百五十年之久。弗·科西根家族的宅邸。

车子的顶棚打开了,马克跟在伯沙瑞-杰萨克的后面爬出来。这一次她站在那儿等着他。然后她紧紧地抓住他的胳膊,既担心他会崩溃,又害怕他会突然逃跑。他们从外面温暖而明亮的阳光里,走进一个昏暗而阴凉的大门厅,这里的地面是黑白相间的石板,里面有一个非常宽敞的房间。

伯沙瑞-杰萨克就好像一个邪恶精灵的使者,她把可爱的迈尔斯带走了,而把他这个苍白而肥胖的赝品偷偷地拿来冒名顶替。他按捺住一阵歇斯底里的傻笑,他的脑子里有一个疯狂的嘲弄者在高呼:嗨,妈妈、爸爸,我回来了……显然,那个邪恶的精灵就是他自己。

第十二章

有两个身穿棕色和银色制服的仆人在前厅迎接他们。在一个高级贵族家庭里,仆人也都是现役军人。其中的一个把伯沙瑞-杰萨克引到右边。马克想跟上去,被她制止了。现在他孤苦伶仃,没有了任何依靠,感觉比关在黑暗的舱房里时还要绝望。他不得不转身跟着另一个仆人穿过左边一个弯曲的走廊。

在从前盖尹对他的训练中,他曾经默记过弗·科西根家族宅邸的布局状况,所以,此时他知道他们正走进第一会客室,它靠近巨大的图书室。根据弗·科西根宅邸里房间的规模来看,这可能算是一间比较小的、专门接待亲朋好友的会客室,虽然它高高的天花板似乎给人一种冷漠而严峻的感觉。当他看到一位妇女坐在沙发上,正悄悄等待着他的来临时,他脑海里所有关于建筑物风格方面的知识立即就烟消云散了。

她很高,不瘦也不胖,是那种身材匀称的中年人。红色的头发里自然地夹杂着一些灰色发丝,它们被梳成一个髻,束在脑后。她的面颊和下巴线条分明,眼睛是灰色的,非常明亮。她坐在那里的姿态与其说是轻松自如,还不如说是镇定而有节制。她身穿一件丝织的灰棕色外套,一条有着漂亮手工刺绣图案的腰带(他突然发现,这个腰带和他自己盗用的那一条很相配),一条长至膝盖的短裙和一双靴子。没有佩戴任何珠宝首饰,他曾经以为她的服饰会更华丽和精美一些,气质更威严一些,就像他在录像里看到的外交场合下的弗·科西根伯爵夫人所代表的那种形象。或者说,她所拥有的权威已经深深地渗透进她的身体,她现在已经不需要任何服饰来衬托它,她自己就是权力本身?他在她和自己身上看不到任何体征方面的相似性。哦,也许他们眼睛的颜色是相同的,都是灰色。皮肤也相似,都很苍白。或许还有鼻子的形状。他们下巴的线条也比较一致,这一点从录像上看不出来。

"夫人,这是马克·弗·科西根勋爵。"那个仆人突然高声通报道,他的声音把马克吓了一大跳。

"谢谢你,皮尔玛。"她冲着那个中年仆人点了点头,把他给打发走了。那个男人小心地掩饰住了自己没有得到满足的好奇心,不过,在离开房间并关上房门的时候,他还是忍不住回头瞥了一眼。

"你好,马克,"弗·科西根伯爵夫人的声音是一种柔和的女中音,"请坐。"她冲着一把靠背椅挥了挥手,椅子就放在她沙发的斜对面,看起来似乎不会在这么近的距离冲着他咆哮和咒骂,但也不是非常亲密。他小心翼翼地坐了下去,就像他被教导的那样。不过,非同寻常的是,这个椅子的高度恰好合适,他坐上去之后,脚刚刚触到地板。难道它是专门为了迈尔斯而特制的吗?

"我很高兴终于见到你了,"她说,"不过,我很遗憾我们在目前这种环境下见面。"

"我也是。"他嘟囔着说,高兴?遗憾?这里的"我"又代表着什么人？夫人，我们究竟是谁？他心怀恐惧地往四周张望了一下，想看看科玛的屠夫究竟在哪里，"你的……丈夫在哪里？"

"表面上看，他是在接见埃蕾娜，但事实上，他是因为害怕而躲了起来，把我推到了第一线。这不是他通常的行为方式。"

"我……不明白，夫人。"他不知道应该怎样称呼她。

"近两天来，他一直在大量地吃胃药……你应该理解，从我们的角度来看，这个消息是多么突然和令人震惊。四天前，从皇家安全部总部来了一个特使，带来一个简单的信息，报告说迈尔斯失踪了，详情见随后的详细报告。这是我们第一次意识到出了事情。起初我们并不惊慌，因为迈尔斯不是第一次失踪，他曾经失踪了好几次，有时候还失踪过很长的时间。但是，伊林的详细报告在四个小时之后来到了，我们得知了迈尔斯目前的确切状况，还有你的就要来到这里的消息。我们只有三天的时间来做好思想准备。"

他安静地坐着，试图理解这个伟大的弗·科西根伯爵，这个科玛的屠夫，这个巨大的、能够统治一切的巨人。

"伊林从来都是直截了当地说话的，"伯爵夫人接着说道，"但是，这一次，他小心翼翼地不使用任何像'死'、'被杀害'这类的字眼。恐怕真正的医疗报告不是这么回事，是不是？"

"唔……冷冻过程看起来很成功。"她想从他这里探听到什么？

"就这样，我们在一种情感和法律的泥潭里挣扎着。"她叹息着，"事情可能会简单得多，假如他……"她的眉头紧紧地皱了起来，拳头也第一次握紧了，"你要理解，我们将讨论一些可能发生的紧急情况，这些事情大都与你有关。但是，我不会认为迈尔斯已经死了，除非我亲眼看到他的尸体。"

他想起了那个水泥地上像潮水一样流淌着的鲜血。"唔。"他绝望地支吾起来。

"事实上,你这个样子居然假扮作迈尔斯,这很让人不理解。"她非常困惑地看着他说,"你说那些登达立人曾经把你当作了迈尔斯?"

他缩进自己的椅子里,感觉到她那灰色的眼睛正敏锐地打量着他的身体。他感到自己身上的肥肉正在晃动着,在迈尔斯的衣服底下蜷缩成了一团。"从那以后,我已经……发胖了。"

"一下子就变成这样?就三个星期?"

"是的。"他嘟哝着,绯红了脸。

她挑起一条眉毛。"是故意的吗?"

"差不多吧。"

"喔,"她重新靠到椅子上,显得非常惊讶,"你真是太聪明了。"

他显得目瞪口呆的样子,然后突然意识到这会让他的双下巴更明显,于是又赶紧闭上了嘴。

"你的身份问题是我们争论的焦点。我反对隐瞒迈尔斯失踪这个事实,并让你装扮迈尔斯的计划。首先,这是不必要的,弗·科西根勋爵常常一走就是几个月,他的缺席比他的在场对很多人来说,似乎更正常。现在更重要的是确立你自己作为马克勋爵的身份,如果你确实准备接受这个身份的话。"

他清了清自己干燥的喉咙。"我可以有选择的机会吗?"

"你有,不过,希望你在让自己适应这个身份之后,做出一个合理的选择。"

"你不可能是认真的,我是一个克隆人。"

"我是贝塔殖民地人,小伙子,"她严厉地说,"在有关克隆人方面,贝塔的法律很理智,也很清楚。只有贝拉亚的习俗在这方面才是含糊的,这些贝拉亚人!"她发这个词的时候透露出一丝嘲讽的意味,"贝拉亚在有关人体再制作等高科技方面缺乏相应的经验,所以在法律上没有前例可循——而且,一旦事情不符合传统,"她发这个词的时候也带有酸溜溜的味道,就好像伯沙瑞-杰萨克一样,"他们就不知道该怎么办了。"

"那么,对于你来说,如果我是一个贝塔人,事情会是什么样的?"他问道,既紧张又好奇。

"你就是我的儿子或者是我的孙子,"她不假思索地回答说,"虽然不具备合法的法律手续,但是,可以由我授予合法继承权。"

"这些真的是你家乡的法律规定吗?"

"当然了。如果是我按照迈尔斯的模样定做了你(当然,我首先必须获得一个新生儿许可证),你就是我合法的儿子了。如果迈尔斯自己作为一个成年人,按照自己的意愿定制了你,他就是你合法的父亲,而我就是你的非直系祖母。当然,在你被定制的时候,迈尔斯还不是一个法律上认可的成年人,而且,你的出生也不是合法的。如果现在你还是一个未成年的孩子,我和迈尔斯就可以带着你去征求一个审判官的意见,他就可以根据你的利益来判决,究竟是我还是迈尔斯,来做你的合法监护人。当然,你现在已经不再是一个未成年的孩子了。"她叹息道,"你获得合法监护人保护的时间已经错过了。你的合法继承权将会因贝拉亚混乱的法律条文而纠缠不清。在恰当的时候,阿罗将会和你协商相关的贝拉亚习俗问题。这与我们情感上的关系不相干。"

"我们之间有情感上的关系吗?"他好奇地问。他内心的两种恐惧都没有应验:她既没有突然拿出武器,给他一枪;也没有出于某种理智上的亲情观念而突然扑上来拥抱他。他只看到她用一种平静而神秘的声音说:"我们确实有情感上的关系。不过,这个关系究竟是什么样的,还需要时间来发现。不过,请记住:你的体内有一半是我的基因,还有一半是我在这个世界上最崇拜的人的基因,它们之间在技术上的合成必然令我感兴趣。"

这么说来,确实很有道理,既符合逻辑,也没有任何威胁性。他发现自己的胃不再痉挛,喉咙也放松了许多。现在他突然觉得很饿。

"现在,你与我之间的关系,与你同贝拉亚之间的关系,可以不一样。后者是阿罗讨论的范围,而他对此有他自己的见解。一切都非常不确定,但是有一点可以肯定,当你在这里的时候,你就是你自己,马克,你是迈尔斯的孪生弟弟,比他小六岁。不是他的仿制品或者替身。因此说,你从一开始就应该使自己与迈尔斯有所区别,这种区别越大越好。"

"哦,"他松了一口气,"太好了,我会努力的。"

"我想你已经意识到了这一点,很好,我很赞同。但是,不做迈尔斯的替身,并不代表就不是迈尔斯的仿制品,我希望了解到,究竟马克是什么样的?"

"夫人……我不知道。"他不加掩饰的诚实之中包含着一种愤怒。

她看着他,目光里包含着敏锐和聪慧的辨别力。"会有时间让你证明你自己的,"她平静地说,"迈尔斯……曾经想让你来这里,你知道的。他还说起要带你四处看看,教你骑马……"她情不自禁地战栗了一下。

"盖尹在伦敦的时候曾经教过我,"马克回忆道,"那种体验很可怕,我不擅长骑马,所以他让我来到这里之后,要设法避免接近马。"

"啊?"她微微振作了一些,"唔,迈尔斯,你看,他有……曾经有……有这些关于兄弟情义的浪漫幻想。我也有一个兄弟,我就没有这些浪漫幻想。"她停顿了一下,往房间四周看了看,然后俯身向前,突然用一种非常神秘的语气低声说,"你有一个叔叔、一个祖母、两个在贝塔殖民地的表兄弟。他们与我和阿罗,还有你的表兄伊凡一样,也是你的亲人。记住,你可以做出自己的选择,不一定非要留在贝拉亚。我已经给了一个儿子给贝拉亚,而且,这二十八年来,我看到了它是怎样想要毁掉他的。"

"伊凡现在不在这里吧?"马克问道,感到非常惊讶和恐惧。

"他目前不住在弗·科西根宅邸,如果你是问这个的话。他住在沃巴萨塔那,目前为皇家后勤总部工作。"她的眼睛眯了起来,"他也许可以代替迈尔斯,带你四处看看。"

"为了我在伦敦对他所做的事情,伊凡也许还在生我的气呢。"马克焦虑地说。

"他会原谅你的。"伯爵夫人充满信心地预言道,"我敢肯定,迈尔斯一定非常喜欢同你一起去捉弄人。"

这个调皮的迈尔斯显然是受了他的妈妈的遗传。

"我几乎在贝拉亚住了有三十年了,"她若有所思地说,"我们已经有了很大的进步,但是,仍然还有许多需要改进的地方——甚至连阿罗自己也感到厌倦了。也许我们需要不止一代人来完成这种改革。在我看来,现在该是放弃那种小心翼翼地行事风格的时候了……唔,算了。"

他第一次放松地坐在椅子上,开始轻松自如地观看和倾听,而不是神经质地哆嗦。一个盟友,这就好像他有了一个盟友,虽然他自己还不很清楚其中的原因。盖尹没有在考迪利亚·弗·科西根伯爵夫人身上花费多少时间,因为一直把注意力全部集中在他的那个敌人屠夫身上。显然,他严重地低估了伯爵夫人的能力。她在这里已经生活了二十九年……他也能吗？这个念头第一次在他的脑海里萌发了。

通往大厅的门上响起一声短促的敲门声,随着弗·科西根伯爵夫人的一声"请进",门被推开了,一个男人从门外伸进头来,冲着她不自然地笑了笑。

"亲爱的夫人,我现在可以进来吗？"

"是的,我想可以了。"弗·科西根伯爵夫人回答说。

他走了进来,然后又把门关上了。马克的喉咙开始收紧了,他急促地呼吸着,几乎要失去控制了。他不能在这个人面前晕倒,或者呕吐,好在现在他的胃里几乎没有任何胆汁了。这个人就是他,没错,首相,将军,阿罗·弗·科西根伯爵,贝拉亚帝国的前任摄政王,三个王国的独裁者,科玛的征服者,军事天才,政治上的主要决策人……他还被指控为凶手、恐怖分子、疯子等等,在这个现在正往马克面前大步走过来的男人身上,人们似乎堆砌上了太多不可能的事情。

马克曾经在许多录像上从多种角度研究过他,所以,第一次看到这个人的时候,他的第一反应居然是,他比我料想的要苍老一些。弗·科西根伯爵比他的贝塔夫人年长十岁,但是,他看起来却要比他夫人大二十到三十岁的样子。他的头发比马克两年前在录像上看到的要更白一些了。作为一个贝拉亚人,他个头显然比较矮,同伯爵夫人差不多高。他的脸看上去显得忧郁、紧张、饱经风霜的样子。他穿着绿色的制服裤子,不过没有穿制服上衣,只穿了奶油色的衬衫,袖子高高地卷了起来。如果这样装扮是为了显得比较随便的话,显然并没有达到预期的效果。他走进来之后,房间的气氛陡然变得非常紧张起来。

"埃蕾娜已经安顿好了。"弗·科西根伯爵一边说,一边坐在伯爵夫人的身边。他的姿势很随意,双手放在自己的膝盖上,但是他没有舒服地靠到沙发背上,"这次访问似乎勾起了埃蕾娜许多回忆,她一时难以适应,感到心慌意乱。"

"我去跟她谈一会儿。"伯爵夫人说。

"好的。"伯爵的目光转向了马克。困惑?还是厌恶?"唔……"这个曾经统治了三个王国的外交专家似乎陷入了一个困境,他不知道如何称呼马克,于是转身对他的妻子说:"他曾经假扮成迈尔斯?"

弗·科西根伯爵夫人的眼睛里闪过一丝淡淡的幽默神情。"从那之后,他给自己增加了体重。"她简单地回答。

"我明白了。"

接下来又是令人痛苦的沉默。

马克突然开口说:"如果在过去,我看到你之后应该做的第一件事就是杀掉你。"

"是的,我知道。"弗·科西根伯爵靠到沙发上,终于开始正视马克的脸。

"他们让我练习二十多种谋杀方法,一直练到我做梦也在不停地练习。不过,最重要的一种方法是一个有毒的皮肤膏药,它能够让你全身麻痹而死,在验尸的时候被误认为是心脏衰竭。我必须单独同你在一起,设法把毒药膏贴到你的身上,贴到任何我能够触摸到的部位。奇怪的是,作为一个谋杀计划来看,这种毒药似乎药性太慢了一些。我必须在你的注视下,等待二十分钟,直到你死去,以确保你绝对不告诉他人我不是迈尔斯。"

伯爵忧郁地笑了笑。"我明白了。一个很好的复仇计划,很有戏剧色彩。它很可能成功。"

"然后,作为新任弗·科西根伯爵,我必须继续行动,开始成为独裁者。"

"那恐怕不太可能。盖尹自己曾经想成为独裁者,但是他的失败造成了一系列的混乱局面。你最多只能成为另一个弗·科西根的牺牲品罢了。"他显然变得轻松和自然起来,开始同马克讨论起这些离奇的设想。

"我之所以被制造出来,主要目的就是为了杀死你。两年前,我在经过多年痛苦的训练之后,终于准备好行使这个职责了。这个可怕的任务就是我生命的唯一目的。"

"放松些吧,"伯爵夫人劝说道,"大多数人的生命还没有任何目的呢。"

伯爵告诉马克:"在这个谋杀计划泄露之后,皇家安全部已经收集了大量关于你的文件。它们包括你最初作为盖尹心目中的一线希望,和两个月之前你最后从地球上消失,等等。但是,没有任何文件提到你在杰克逊联邦的冒险经历。它是不是这个谋杀计划最新的进展之一?"他的声音里夹杂着一丝疑惑。

"不,"马克坚决地说,"我的设计程序已经使我有了自己的主张。这一点你不可能看不出来。不过,我的思想却不是盖尹所期望的那样。"

"我不同意,"弗·科西根伯爵夫人出人意料地插话说,"你还是被人指使的,但是这个指使者不是盖尹。"

伯爵挑起眉头露出好奇的神情。

"你的行动计划是按照迈尔斯的意图设计的,"她解释说,"不过,这个设计非常草率。"

"我不明白。"伯爵说。

马克也不同意。"我仅仅在地球上与迈尔斯接触了几天时间。"

"我不知道你是否有思想准备来接受我的观点,不过事情似乎是这样的。你曾经接触到三种做人的模式:杰克逊的克隆人奴隶、科玛的恐怖分子和迈尔斯。你选择了迈尔斯作为你做人的榜样。不过,我很抱歉,迈尔斯自己认为他是一个迷途的骑士。一个有理智的政府是不会允许他随身携带一把匕首的,更不用说一个舰队了。因此说,马克,当你不得不在两个相对来说邪恶的榜样和一个疯狂的榜样之间做出选择的时候——你选择了这个疯狂的榜样。"

"我认为迈尔斯做得很好。"伯爵抗议说。

"喔,"伯爵夫人用手蒙住自己的脸,然后又松开,"亲爱的,我们所谈论的这个年轻人曾经遭受了贝拉亚施加在他身上的那么多压力和痛苦,于是他就制造了一个新的身份作为自己逃避的方式,然后他又劝说几千个银河雇佣兵来支持自己的疯狂念头,并且迫使贝拉亚帝国参与到他的疯狂计划中。内史密斯将军并不仅仅是一个皇家安全部的掩护身份,这你是知道的。我知道迈尔斯是一个天才,但是,你能够说他是一个心智健全的人吗?"

马克从来也不认为迈尔斯是疯狂的,他只知道迈尔斯是完美无缺的。这些话令他非常震惊。

"登达立舰队确实已经成为皇家安全部的一支秘密武装力量了。"伯爵说,他自己似乎也显得有一些不安,"他们有时候干得非常好。"

"当然,如果不是这样的话,你是不会让迈尔斯保留这个舰队的,所以他也一直设法保证这一点。我仅仅是要说明,如果迈尔斯觉得自己不需要这个庇护所了,我敢肯定,皇家安全部不出一年时间就能找到理由来解散这个舰队,而且你们会以为自己的行为非常合乎逻辑。"

他们为什么不责备我?他鼓足勇气低声说出了自己的困惑:"为什么你们不责备我杀死了迈尔斯?"

伯爵夫人用一个眼神把回答这个问题的责任让给了她的丈夫,他点点头回答道:(他的回答是否代表了他们两个人的共同意见?)"伊林的报告上说,迈尔斯是被一个巴罗普乔士兵射杀的。"

"但是,他不可能去那里打仗,如果我没有——"

弗·科西根伯爵举起一只手让他不要再说下去了。"如果他没有愚蠢到选择去打仗的话。不要试图用包揽一切责任的方式来掩饰你自己真正的责任。我自己就曾经这样做,以至于犯下了许多严重的错误。"他低头看了看自己靴子,"我们已经考虑到了一些长远的事务。虽然你现在个性和外形都与迈尔斯有了很大的区别,你的任何孩子从遗传学的角度来看,却与迈尔斯的没有任何差别。所以,不是你,而是你的儿子,将是贝拉亚所需要的继承人。"

"仅仅是为了延续弗·科西根家族的命脉。"弗·科西根伯爵夫人干巴巴地指出,"这是一个非常值得怀疑的目的,亲爱的。或者你把自己设想成马克的那些可能会出现的孩子们的祖父导师,就好像你的父亲对待迈尔斯一样?"

"绝对不会的。"伯爵坚定地低声否定说。

"你要留心自己现在的处境,"她转向马克,"你所面对的困境是……"她移开了目光,然后又回过头来看着他说,"如果我们无法找到迈尔斯,你所必须面对的就不仅仅是一种关系,而是一个职责。最起码,你应该为你麾下的百万人民的幸福承担起责任来。你应该成为他们在议会中的代言人。迈尔斯从一出生起就开始接受这方面的训练了。我不知道在紧急关头推出一个替代者是否可行。"

当然不行,哦,当然不行。

"我不知道,"伯爵若有所思地说,"我曾经就是这样一个替代人。直到我十一岁的时候,我还是一个普通的儿子,而不是爵位继承人。我承认,当我的长兄被谋杀之后,一连串的事件确实让我眼花缭乱。我们都一心想复仇,于是发动了那场疯狂的尤瑞战争。当一切稍稍平息下来之后,我意识到有一天我会成为伯爵的,我逐渐认同了这个事实。但是,我绝对没有想到这个'有一天'居然是五十年之后。我的经历也就是你现在面对的情况,马克,你可能会有很多年去学习或接受训练,但是,也可能明天就不得不接任伯爵爵位。"

这个男人现在七十二标准岁,在银河系的环境里算是中年人,而对于粗鲁的贝拉亚人来说,就已经是老人了。阿罗伯爵曾经非常辛劳地工作,他是否已经耗尽了自己的心血?他的父亲,皮奥特伯爵死的时候比他现在大二十岁。"贝拉亚会接受一个克隆人作为爵位继承人吗?"他怀疑地问。

"是啊,要制定一些法律条文需要时间,你的问题是一个重要的特例,我要运用我个人的意志力,逼迫他们迅速地解决它——"

马克似乎也不怀疑这一点。

"不过,目前谈论这一切还为时过早,因为一旦迈尔斯的冷冻室找到之后,问题就自然解决了。就目前而言,可以对公众宣布迈尔斯外出办公务去了,而你则是第一次来访。这当然也确实是真实的。"

马克摇了摇头,然后又点点头表示同意。他感到非常迷惑。"但是——这真的是必要的吗?假如我从来就没有被制造出来,而迈尔斯在某个地方因公殉职了,伊凡·弗·帕特利尔就会成为爵位继承人的。"

"是的,"伯爵说,"但是,弗·科西根王朝就将结束了,而这个王朝已经延续了十一代了。"

"这里有什么问题吗?"

"这里的问题就是,事实不是那样的。你确实存在。问题是……我一直希望考迪利亚的儿子做我的继承人。你要明白,我们所讨论的是一大笔财产。"

"我还以为在弗·科西根·瓦施诺伊毁灭之后,你祖先的领地大都丧失了呢。"

伯爵耸了耸肩说:"还有一些保留了下来。例如这个宅邸。不过,我的财产并不局限于一些资产,就像考迪利亚刚才所说的,它还是一个持续一生的职责。如果我让你继承它,你就应该主动承担起它来。"

"你自己留着它们吧,"马克认真地说,"我会签署任何文件的。"

伯爵感到很为难了。

"马克,就把这个建议作为一个意向,再考虑考虑吧。"伯爵夫人说,"你在这里可能会遇见一些人,对于这些问题你将会非常慎重地考虑的。你现在只要知道有这样一些无须言明的可能性就可以了。"

伯爵显露出一种心不在焉的神情,他慢慢地吐出一口气。

当他重新抬起头来的时候,他的面容非常严肃。"确实如此,而且,这其中有一项可能性,不仅无须言明,而且是不可以言明。你要记住这一点。"

这个不可以言明的可能性是这样地难以说出口,以至于弗·科西根伯爵自己也不知道如何说才好。"究竟是什么?"马克小心地问道。

"这里有一个……虚构的血统方面的推想,是六种方案中的一个,它指定由我来接任贝拉亚帝国,如果格雷格国王死去的时候没有继承人的话。"

"是的,"马克抢着说,"我当然知道这个。盖尹的计划里说得很清楚,首先是你,然后是迈尔斯或伊凡。"

"是的,不过,现在首先是我,然后是迈尔斯、你和伊凡。目前,迈尔斯从技术上看是死去了,这就剩下我和你了。不是作为迈尔斯的模仿者,而是以你自己的身份和权利。"

"这简直是胡说,"马克脱口而出,"这甚至比让我继承弗·科西根伯爵的爵位还要疯狂。"

我陷入一群疯子的手中了。

"如果有任何人试图同你谈论这个问题,立刻向我汇报。或者向考迪利亚和西蒙·伊林汇报。"伯爵补充说。

马克尽可能地缩进自己的椅子里。"好吧……"

"你吓着他了,亲爱的。"伯爵夫人说。

"就这个话题而言,说得再严重一些都不过分。"伯爵充满同情地说,他默默地看着马克,"你看起来很疲倦的样子,我们将让人带你去你的房间,你可以在那儿洗漱和休息。"

他们一起站了起来。马克跟着他们来到宽敞的大厅里。伯爵夫人往一个门廊点头示意了一下,这个门廊直接通往一个弯曲的楼梯下面。"我要乘升降管道上去看看埃蕾娜。"

"很好。"伯爵表示赞同,马克不得不跟着他走楼梯。两段楼梯就让马克意识到他现在是多么虚弱和肥胖。等到他们到达第二层的时候,马克已经像一个老年人一样气喘吁吁了。伯爵转身向第三个门厅走去。

马克担心地问:"你不是把我安置在迈尔斯的房间里吧?"

"不是的,不过,你即将住进去的这个房间是我小时候住的。"

确切地说,是在他的长兄死之前,他住的。这是次子的房间。不过这似乎同样令人沮丧。

"它现在仅仅是一间普通的客房。"伯爵按动按钮,打开一个没有任何装饰的木头门。里面是一个洒满阳光的房间。房间里有一些显然是手工制作的古代木质家具——几乎都是无价之宝:有床和一些橱柜,一个控制灯、机械式窗户和家用控制台。

马克一回头,碰上了伯爵注视着他的那种深深地流露出寻求和疑问的目光。这比那些登达立姑娘的"我-爱-迈尔斯"的神情更糟糕一千倍。他用双手抱住自己的头,恼怒地说:"迈尔斯不在这里!"

"我知道,"伯爵平静地说,"我是在寻找……我自己,我猜想——还有考迪利亚,还有你。"

很不情愿地,但是又似乎是不得不如此,马克也开始在伯爵身上寻找自己的影子。他不能肯定,头发的颜色,从前应该是相同的。他和迈尔斯都有同样的黑头发,这种头发他在录像里看到过年轻的弗·科西根将军也拥有过。他早就知道阿罗·弗·科西根是皮奥特·弗·科西根伯爵的小儿子,但是,那个长兄已经死去六十年了,他居然立即就想起了当时的情景,并且把它与自己的情况联系了起来。很奇怪,也很恐怖的是,他意识到:我曾经必须杀死这个男人,我现在仍然可以这么做,他一点也没有防范自己。

"你的皇家安全部人员并没有审讯我,难道你一点也不担心我有可能仍然按照计划来暗杀你?"或者说,他是否已经一点威胁力也没有了?

"我以为你已经射杀了你的父亲形象,已经经历了必要的净化过程了。"伯爵的嘴唇显露出一丝困惑的、似是而非的微笑。

马克仍然记得,当他冲着盖尹的脸发射那枚割裂神经元的炸弹时,盖尹那无比惊讶的神情。当阿罗·弗·科西根临死的时候,马克猜想,他或许可以有任何表情,但是绝对不会是惊讶的表情。

"根据迈尔斯自己的描述,你那时救了迈尔斯的性命。"伯爵说,"你两年前在地球上就非常坚定地做出自己的选择了。我有很多为你担心的事情,但是,我不担心自己的性命会葬送在你的手上。你还没有像你所想象的那样,彻底地割断对你兄弟的崇拜。这是我观察所得的印象。"

"他是我的原身,不是我的兄弟。"马克僵硬地说。

"考迪利亚和我才是你的原身。"伯爵很确定地说。

马克的脸上闪过否认的神情。

伯爵耸了耸肩。"不论迈尔斯是谁,我们生下了他,那么你也应该尝试接近我们。我们也许对你并没有害处。"

他那鼓胀的胃由于强烈的饥饿而颤抖着,但是又因为极度的恐惧而紧张万分。原身,父母。现在已经这么大了,他不知道自己是否曾经想要有父母。他们是这样一些巨人,他觉得自己被笼罩在他们的阴影里,像玻璃一样被粉碎了、被消灭了。他突然非常希望迈尔斯能够立即就回来。迈尔斯至少同他是一样大小的,可以同他谈心。

伯爵又看着卧室说:"皮尔玛会安置好你的随身物品的。"

"我没有任何行李,只有我穿的这身衣服……先生。"他的舌头似乎是不由自主地说出了最后的那个尊称。

"你总该有一些换洗衣服吧!"

"从地球上带来的东西,我都丢在埃斯科巴的一个储藏室的柜子里了。那儿的租期现在已经到了,所以,东西恐怕已经被没收了。"

伯爵仔细地看了看他。"我会让人来量一量你衣服的尺寸,顺便给你拿来一个用品箱。如果你在正常情况下来访的话,我们或许会带你四处转转,看看亲戚和朋友,在城里逛逛,测验一下你的能力和水平,安排你接受进一步的教育等等。"

一个学校?什么样的学校?进入贝拉亚军事学院对于马克来说是非常可怕的事情。他们会迫使他……一定有办法来抵制。他不是已经成功地拒绝了迈尔斯的所有衣服了吗?

"如果你想要任何东西,请按动控制台上的按钮找皮尔玛。"伯爵指点他说。

真人奴隶。很奇怪,他内心里那种极度的恐惧终于慢慢地消失了,取而代之的是一种说不清的渴望。"我能要点东西吃吗?"

"啊,一个小时之后,请同我和考迪利亚一起进午餐。皮尔玛会带你去黄色起居室的。"

"我自己能找到它。它在我们下面一层楼上,往南穿过一个走廊,右手第三个门。"

伯爵惊讶地挑起了眉头。"正确。"

"你看,我研究过你们。"

"这没什么,我们也已经研究过你了。我们都做过准备工作了。"

"那么,能力测试又是怎么回事?"

"哦,那是开玩笑的,没有什么测试,只有真正的生活。"

还有真正的死亡。"我很抱歉。"马克脱口而出,他这是为了迈尔斯?还是为了他自己?他根本就弄不清楚。

伯爵看上去也在纳闷儿,他的嘴角流露出一丝嘲讽的微笑。"没什么……奇怪的是,虽然现在迈尔斯的情况非常糟糕,但是我几乎感到一种释然。从前,每当迈尔斯失踪的时候,我们不知道他究竟在哪里,他将要做什么,我们忧心忡忡的猜想反而造成了更大的恐慌。这一次,我们至少知道他不可能做出更不可收拾的事情了。"

简单地挥了挥手之后,伯爵就离开了。他没有跟着马克走进房间,也没有再用其他任何方法烦扰他。三种暗杀他的方法在马克的脑海里闪过。但是,他所受的那种训练现在看起来似乎已经是非常久远的事情了。他现在也太不像样了,爬个楼梯就让他筋疲力尽。他关上门,倒在那个雕花的床上。

第十三章

伯爵和伯爵夫人在头两天里,有意识地想让马克从跃迁旅行的疲劳中恢复过来,所以没有给他安排任何事务。事实上,除了正式的进餐时间,马克几乎看不到弗·科西根伯爵。他在房子里和外面的园地里闲逛,没有任何人看护他,只有伯爵夫人关切的目光不时地萦绕着他。在大门口,有一些身穿制服的卫士把守着。他也没有勇气去试一试,不知他们是否会阻止他擅自外出。

他已经研究过弗·科西根宅邸,但是,亲临其境后却还是需要时间去适应它。这个房子看起来与他过去所想象的总有那么一些偏差。整体看起来很杂乱,虽然房子里面摆满了各种古董,所有的窗户却全部换成了现代的高强度防弹玻璃和自动百叶窗帘,即使是厨房也不例外。它就像一个大堡垒、一个天堂或一个监狱。他能够融入其中吗?

我一直是一个囚犯,我想要成为一个自由人。

第三天,他的新衣服送来了。伯爵夫人过来帮助他打开包裹。这个早晨,早秋时分那清爽的空气从他卧室的窗户外面吹了进来。这个窗户是他有意识打开的,在他看来,敞开它,就意味着与外面那神秘的、危险的、不可知的世界的某种连接。

他打开吊架上的一个包袱,发现一套服装,是那种让人烦恼的军服式样,高领上衣和长裤,颜色是弗·科西根制服通用的棕色和银色,看起来很像伯爵手下军人的制服,但是装饰着许多鲜亮的配饰。"这是什么?"他疑心重重地问道。

"啊,"伯爵夫人说,"很华丽,是不是? 它是你作为弗·科西根王朝家族次子的制服。"

他的,不是迈尔斯的。所有这些衣服都是电脑裁剪的,非常合身。当他试图揣摩他需要再狂吃多少东西才能摆脱这套衣服的时候,他的心沉了下来。

伯爵夫人看到他脸上沮丧的表情之后,开口安慰他说:"你只需要在两种场合穿这套衣服,一个是出席议员会议,另一个是参加国王的生日庆典。这是你必须参加的一个仪式,因为它就安排在几个星期之后。"她迟疑了一会儿,手指抚摸着制服上衣上的弗·科西根族徽,"迈尔斯的生日就在那之后不久。"

是啊,迈尔斯永远都存在着,无论他现在身在何处。"生日对于我来说是一个毫无意义的概念。对于一个被人从实验子宫里拿出来的人说,他出来的那一天究竟应该称为什么呢?"

"当我被人从实验子宫里拿出来的时候,我的父母就把那一天称为我的生日。"她冷淡地回答。

她是贝塔人。不错。"我甚至不知道自己是哪一天被拿出来的。"

"你不知道? 你的档案里有啊。"

"什么档案?"

"就是你在巴罗普乔医疗中心时的档案文件。你难道从来就没有见到过它? 我会给你一个复印件的。它读起来很可怕,也很惊人。事实上,你的生日是上个月十七号。"

"这么说,我已经错过了它。"他关上包袱,并把它塞进衣橱的最里面,"没什么了不起的。"

"庆祝生日是很重要的,"她温柔地纠正他,"在我们的生活中,别人是我们观察自己的唯一途径,一切美德或邪恶都存在于'人'身上。就连宇宙本身也不比'人'更广袤深邃。在人类的一切文明形式里,与人隔绝都是一种残酷的惩罚。"

"这倒……不假。"想起他自己最近的经历,他承认。他拿出的第二套服装很合他的心意:全黑色的。不过,细致地查看过之后,可以发现,它的设计几乎与第一套相同,族徽和碎点子花纹是用黑色丝绸点缀着的,而没有采用醒目的银丝,所以在全黑的衣料上几乎不易察觉。

"这是葬礼服。"伯爵夫人指点说。她的声音突然显得非常低沉。

"哦。"明白了它的用途,他就把它推进衣橱,放到那套次子制服后面。他终于选中了一套不那么有军事风格的服装:柔软而宽松的裤子,一双没有任何吓人装饰的低帮靴子,一件衬衫和背心,是深色的,蓝、绿、棕红色相间。它穿起来像是一套戏服,不过做工非常好。是不是军事伪装服?这套衣服究竟是要展示一个人的内心,还是要掩饰他的内心?"这就是我吗?"他问伯爵夫人,后者正在查看他的盥洗室。

她被逗乐了。"就一个人的服装而言,这是一个非常高深的问题。我可回答不出来。"

第四天,伊凡·弗·帕特利尔在早餐时出现了。他穿着一套皇家中尉的绿色军便服,他高大而健美的身材在这套衣服的衬托下显得更加完美。他的到来似乎顿时让黄色起居室显得拥挤起来。当他的这个想象中的表兄庄重地在他婶婶的面颊上亲吻了一下,并冲着他的叔叔点头问候的时候,马克急忙心虚地蜷缩在椅子上。伊凡从旁边的桌子上拿起一个盘子,盛了一些鸡蛋、肉和甜面包,倒了一大杯咖啡,用脚钩来一个椅子,在马克对面安顿下来。

"你好,马克。"伊凡终于注意到他的存在了,"你看起来糟透了。你什么时候开始变得这么胖了?"他咬了一大口烤肉,然后大嚼起来。

"谢谢你,伊凡。"马克不得已只好用一种稍有嘲讽意味的语气回答说,"我看你可是一点也没有变化。"他暗暗希望他的话能够传达一种暗示:你一点也没有长进。

伊凡的棕色眼睛闪动起来,他正准备开口回击,被他婶婶冷冷的一声"伊凡"给阻止住了。

马克认为伯爵夫人阻止伊凡说话,并不是因为他此时满嘴都是食物。不过,伊凡迅速地吞下嘴里的肉之后,冲着伯爵夫人而不是马克说:"我很抱歉,考迪利亚婶婶,不过,由于马克的原因,我至今仍然对像壁橱这一类小的、封闭的环境感到无比恐慌。"

"抱歉。"马克耸耸肩,低声说。但是,他身上似乎有某种东西不允许他被伊凡所吓倒,所以他又补充道,"是我让盖尹绑架你来引诱迈尔斯的。"

"这么说,那是你的主意。"

"这个主意很成功,不是吗。他上钩了,而且把头直接伸到你的圈套里了。"

伊凡紧绷起面孔。"我理解,这是他无法抗拒的习惯。"他回答说,语调里包含着一种既像是高兴,又像是愤怒的味道。

这一次轮到马克保持沉默了。不过,这个反击几乎令马克感到很满意。伊凡终于发泄出了对他的愤怒,他觉得伊凡的嘲讽就好像一阵甘霖,滋润了他这棵干枯的植物。伊凡的挑战几乎可以说给他的生活带来了一丝光明。"你为什么来这里?"

"相信我,这不是我自己的主意。"伊凡说,"我是来带你出去兜兜风的。"

马克看了看伯爵夫人,不过她却看着她的丈夫。"对他的教育已经开始了?"她问道。

"这是应有关人士的要求而决定的。"弗·科西根伯爵回答。

"啊哈。"她似乎非常高兴地说。但是马克却一点也不高兴,这不是他自己的要求。"很好,也许伊凡在途中可以带他看看市容。"

"这是一个好主意。"伯爵说,"由于伊凡本人就是一个官员,所以,就不需要带保卫人员了。"

为什么,这么说他们可以自由地交谈了?一个可怕的主意。问题是,谁来保护他不受伊凡的伤害?

"我相信,还有一个隐形卫士。"伯爵夫人说。

"哦,当然。"

所谓的隐形卫士,就是一个谁也看不见的卫兵,即使被保护人自己也看不见。马克担心,这些卫士或许会偷懒离开,并谎称自己曾经恪尽职守,因为他们都是一些看不见的人。

马克在早餐之后发现,弗·帕特利尔中尉拥有自己的地面车,一辆装饰着许多红色动物图案的跑车。马克不情愿地跟着伊凡坐进了车。"这么说,"他用一种不确定的口气说,"你还是想拧断我的脖子?"

伊凡把车开出弗·科西根宅邸的大门,融入沃巴萨塔那城的车流中。"就我个人来说,是的;但实际上,我却不能这么做。因为有许多人阻止我,而且我也不想丢掉阿罗叔叔给我的这份工作。我希望迈尔斯有一大堆孩子。如果他愿意的话,他现在已经有了一大堆孩子了。顺便说说,你就好像是从天而降的宝贝。如果不是因为你的话,他们现在就不得不让我成为爵位继承人了。"他迟疑了一会儿,不过车速并没有降低。车子来到一个交叉路口,飞快地超过另外四辆相互碰撞的车子,"迈尔斯究竟情况如何?阿罗叔叔的话非常含糊。我不能肯定究竟发生了什么——不过,他显得如此紧张,这是前所未有的事情。"

这里的交通比伦敦更繁忙,或者说,更没有秩序。马克紧紧抓住自己座位的边角,回答说:"我不知道。他胸部被击中了,几乎被炸成了两截。"

伊凡的嘴唇是否因为恐惧而颤抖了?如果他没有看错的话,他几乎立即又恢复了镇定神情。"需要一种最高级的医疗设备来把迈尔斯的肢体复原,"马克继续说道,"至于大脑……通常都是在肢体被复原之后才能够检测出是否有问题。"不过,到那时也就太晚了。"但这不是一个问题,或者说目前还不是一个问题。"

"不错。"伊凡的脸上露出一个奇怪的表情,"这真是太糟了,你知道。你们怎么可能丢掉……"他转弯的速度非常快,以至于车子在人行道上碰出了一道火花,一辆气垫卡车几乎冲撞到马克坐的这半边。对此,伊凡兴奋地咒骂了起来。马克急忙缩进自己的座位里,闭上了嘴。最好还是结束谈话,否则他自己的性命就难保了,因为它完全取决于这个驾驶员是否能够不被打扰地专心开车。他对迈尔斯出生的这个城市所产生的第一印象就是,在天黑之前,恐怕会有一半人要在车流中被撞死,或者说,那些出现在伊凡行驶的车道上的人有这个危险。伊凡此时做了一个急速的U字形大转弯,插入边道来到一个停车场,抢在其他两辆也准备进去停车的地面车之前驶了进去,然后来了个紧急刹车,马克几乎被车子产生的惯力甩到前面的隔板上。

"弗·哈腾城堡,"伊凡点点头并挥手指着面前的建筑物说,"今天议会厅没有会议,所以这个纪念馆就对公众开放。不过我们可不是一般的公众。"

"多么……有人文色彩。"从车子里往外望去,马克小心翼翼地评价说。弗·哈腾城堡确实看起来像一个城堡,一个散乱的、古老的、由一些形状各异的石头堆砌起来的巨大建筑物,四周被树木环绕着。它坐落在一条河流旁,这条河流把这个城市拦腰分割成了两半。它面前的广场现在成了一个公园,栽满了鲜花,而从前人们曾经在这里发动过许多无聊而虚荣的战争。"我究竟来做什么?"

"你必须会见一个人。而我不能事先对此发表任何言论。"伊凡打开车篷盖,爬了出去。马克跟在他后面也出去了。

不知是计划好的,还是出于一种恶作剧,伊凡确实带马克来到了纪念馆。这个纪念馆位于城堡的一个大房间里,展示的都是自独立时代以来的所有弗氏家族的武器和盔甲。作为一个穿制服的军人,伊凡进这个纪念馆是免票的,不过,他很遵守规矩,老老实实地替马克付了几个硬币的门票钱。马克猜想这不过是一种伪装,因为伊凡低声告诉他,所有的弗氏家族成员来这里也是免票的。

不过,或许这是因为伊凡很蔑视马克的弗氏身份。伊凡扮演的是一个皇家中尉的角色,或者说,是他自己的环境所要求他扮演的那些角色。马克意识到,真正的伊凡是非常难以捉摸的,绝对不能低估他的狡猾或者误以为他是一个傻瓜。

这么说,他是要去会见一个人,什么人?如果这个人也是一个皇家安全部的官员,他为什么不能在弗·科西根宅邸会见他?这会不会是一个政府官员?或者是首相阿罗的中立联合党的某个成员?他为什么要找自己?伊凡不可能安排这一切来暗杀他,因为那样做的结果是,弗·科西根家族的人会在两年内把他秘密地杀死。更多的荒诞情节在他的脑海里闪过,全部都没有动机且缺乏逻辑。

他们观看了许多可怕的武器,马克内心里为这些武器曾经可能造成的杀伤力感到无比震惊。

"弗·帕特利尔勋爵。"这不是一个询问。这个说话的人悄然无声地来到他们身边,马克简直不知道他是从哪个方向来的。他看上去是一个文质彬彬的中年人,可能是这个纪念馆的馆长,"请跟我来。"

伊凡没有提出任何问题,也没有发表任何评论,径直跟随着这个人走过去,他做了一个手势让马克走在他的前面。这样就被夹在中间了,马克心里顿时感到非常好奇和紧张。

他们来到一道门前,门上写着"禁止入内",那个男人用一种电子钥匙打开了这扇门,然后在他们走进之后,又把它锁上了。他们登上两层楼,顺着一个铺着木质地板的走廊来到这个建筑物的一个拐角处,这里是一个圆形的塔楼,曾经是卫兵的哨所,现在布置成了一个办公室的样子,过去墙上射箭用的缝隙,现在被改建成了普通的窗户。一个男人等在里面,他正坐在一个凳子上,忧郁地看着塔楼下面的河流和衣着华丽的人群。

他很瘦,三十岁左右,黑头发,白净的皮肤,身穿一套宽松的黑衣服,没有任何军人标志。他抬起头,冲着他们的带路人微微一笑。"谢谢你,凯维。"这句话似乎既是一种招呼,也是一个打发他离开的命令,那个人鞠了一个躬就立即退下了。

直到伊凡鞠躬并开口称呼"陛下",马克才终于明白了一切。

格雷格·弗·巴拉皇帝。该死的。伊凡关上了马克身后的门。马克控制住自己以免陷入恐慌之中。格雷格仅仅是独自一人,而且显然没有配备任何武器。前面发生的一切都仅仅是……一些错觉。尽管如此,他的心仍然急速地跳动着。

"你好,伊凡。"皇帝招呼道,"谢谢你。你现在也许可以去研究研究那些展览品。"

"我已经看过了。"伊凡简洁地回答。

"虽然如此,还是去吧。"格雷格冲着门口点头示意说。

"这不是什么好玩的事情,"伊凡说,"他不是迈尔斯,这也不是一个好日子。虽然他看起来不太像,但是他曾经受过严格的杀手训练。现在就打发我走开,是否操之过急?"

"好吧,"格雷格轻声说,"我们来看看究竟会怎么样吧。马克,你想暗杀我吗?"

"不。"马克带着怨气回答。

"你看到了,伊凡,出去溜达溜达。过一会儿我就让凯维去喊你。"

伊凡的脸上流露出沮丧的神情,马克觉得他这样的反应似乎非常奇怪。他离开之前行了一个具有嘲讽意味的军礼,似乎暗示说:你拿自己的脑袋在冒险。

"好了,马克勋爵,"格雷格说,"到目前为止,你对我们这个城市的印象如何?"

"一切都闪动得太快了,我几乎没有看见任何东西。"马克小心翼翼地回答。

"我的上帝,难道你让伊凡驾车的?"

"我不知道自己还有选择的可能性。"

这个皇帝笑了起来。"请坐下。"他示意马克坐在那张设有通讯终端的桌子对面的椅子上。不过,这个小房间里的其他摆设都非常简单,墙上那些古代军事印刷品和地图恐怕都是下面的纪念馆里多出来的东西。

当这个皇帝开始仔细研究马克的脸的时候,他的微笑渐渐地消失了。这让马克想起弗·科西根伯爵第一次看见他时的情景,他脸上的表情似乎也在说,你是谁?不过,皇帝的脸上并没有伯爵的那种高度紧张的神情,还算是一种可以接受的疑惑表情吧。

"这是你的办公室吗?"马克坐到那张宽大的椅子上,好奇地问道。这个房间很小,并且有意识地设计成非常朴素的样子。

"这是其中的一个。这个城堡里布满了各式各样的办公室,其中的一些分布在许多奇怪的部位上。例如,弗·瓦柯伯爵在地牢里拥有一个办公室。这里不是我最主要的办公室。在召开议会的时候,我只是用它来充当一个私人休息室,平时则在这里处理一些商务事件。"

"我怎么成为商务事件了呢?无论这是否是令人愉快的,我想知道,这次会面是私人性质的,还是官方性质的?"

"除了处理公务,我几乎难以脱身。在贝拉亚,公私两者是很难截然区分的。迈尔斯……曾经是……"格雷格在不得不使用过去时态的时候,也结结巴巴起来,"我这个城堡里的一个不定时的常客,他是我的臣子、我最重要的官员的儿子、我个人终身的好朋友。而且,他还是一个领地的伯爵爵位继承人。伯爵们是代表着我们帝国最高权力的第一级官员,我是帝国的首领。你是否明白我并不代表着最高权力?皇帝的职位仅仅是一个形式上的安排,而最高权力则是一个团体。在这个最高权力中,我仅仅是一小部分。弗·科西根领地的伯爵是这个最高权力的另一个部分,而且它的爵位是可替换的。"他停顿了下来。

"它是……链条上的一个环节。"马克主动提示,想证明他是在用心听着。

"一个锁子甲的一节或者一个网络里的一段。这就是说,单单一个薄弱环节并不能够构成很大的危险,但是,许多薄弱的环节合在一起,就可能导致失败和真正的灾难。尽管如此……人们总是希望有尽可能多的强有力的、可靠的环节,这是显而易见的。"

"确实如此。"你为什么看着我?

"好吧,告诉我在杰克逊联邦到底发生了些什么。就说你自己看到的。"格雷格往后靠到自己的座位上,跷起二郎腿,显得既非常关注,又轻松自如的样子,就好像树枝上的一只乌鸦。

"我恐怕不得不从地球上的经历开始讲起。"

"请说吧。"他那自然的微微一笑,似乎在告诉马克,你不要着急,我非常想听你说的一切。

马克犹豫不决地开始了他那结结巴巴的讲述。格雷格很少提出疑问,只有在马克讲到一些非常难以理解的部分时,他才插话问个究竟。马克很快就意识到,格雷格并不是仅仅想知道一些显而易见的事实。他显然已经看过了伊林的报告。这个皇帝另有所求。

"我无法反对你良好的意图,"格雷格就这个问题发表自己的见解,"那种换脑生意确实是一种非常恶心的事。但是,你必须明白,你的努力,你的袭击,几乎对它无法造成任何影响。那些巴罗普乔人将轻易地清扫掉你打碎的玻璃,然后继续做他们的换脑生意。"

"但是,对于这四十九个克隆人孩子来说,就可能有决定性的影响了。"他固执地坚持说,"每个人都提出同样的反对意见,都认为,'既然我无法改变一切,我就什么也不会做的。'而且他们确实没有做任何事。所以,这个可恶的现象就一直存在。无论如何,假如我能够像我所计划的那样回到埃斯科巴——在那里就会产生一个新闻热点。巴罗普乔王朝也许就会设法通过法律程序来夺回他们的克隆人,这样就会引起公众的激愤。我敢肯定这一点。即使我被埃斯科巴拘留了起来,那些巴罗普乔敌人也很难抓到我。而且,这或许……可以让更多的人关心这件事。"

"啊哈!"格雷格说,"一场公开的表演。"

"这不是一场表演。"马克恼怒地说。

"请原谅,我并不是说你的努力一点也不重要。恰恰相反,我认为它很重要。但是你确实曾经制定了一个长期对抗的计划,不是吗?"

"是呀,不过在他们得知我不是迈尔斯之后,我就丧失了对登达立的控制,这一切计划也就都破灭了。"他沮丧地回忆起自己的无助。

在格雷格的敦促下,马克又继续讲了下去。他开始回忆迈尔斯死时的情况,丢失那个冷冻室所造成的恐慌和打击,他们为了找回它所做的一切无效的努力,以及他们如何被屈辱地驱逐出杰克逊人的地盘等等。他发现自己比以前更加坦率地说出了内心的种种真实感受,然而……格雷格几乎让他感觉到非常轻松自如。这个男人是如何做到这一点的?随后,马克几乎是三言两语地简单讲述了他与玛芮的故事,以及自己在禁闭时的近乎神经错乱的状况。说完之后,就陷入了沉默之中。

格雷格皱着眉头沉思起来,很长时间都没有说话。该死的,这个男人几乎很少说话。"马克,我认为你低估了自己的能力。你已经在实战中受到过检验,证明了自己的勇气。你敢发动一场袭击,你并不缺少计谋,虽然有时可能缺少……相应的情报。这对于一个有朝一日可能会继承伯爵爵位的人来说,应该是一个不坏的开头。"

"永远没有可能。我不想成为一个贝拉亚的伯爵。"

"它也可能是通往我的职务的第一步。"格雷格微微一笑,提醒他说。

"不!那甚至更糟。他们会生吃了我,我的头皮也会被剥下来的。"

"很有可能。"格雷格的微笑消失了,"是的,我常常担心我自己的躯体在我生命结束的时候是否可以保持完整。但是,尽管如此——两年前你不是被训练出来篡位的吗?包括阿罗伯爵的爵位。"

"确实如此。但现在你谈论的是我,而不是那个模仿迈尔斯的家伙。"我现在不再是一个模仿者了,你知道吗?"无论如何,我不想成为弗·科西根伯爵。"

"没有迈尔斯,你就没有任何其他的选择了。"

"废话。"至少,他希望这仅仅是废话,"你自己刚才说过,这个爵位是可以替代的。他们可以另找一个人来替代,比如说,伊凡。"

格雷格笑了笑。"我承认,我自己也常常这样想。不过,我所争论的是关于王位继承人的问题。虽然关于自己身体是否可以保全的噩梦已经很糟了,但是,相比之下更糟的还是有关我可能拥有的孩子们的问题。我不想娶任何弗氏贵族的女人,因为在过去的六代人之中,我们相互缔结婚约的次数已经有十六次了。"他突然做了一个鬼脸,恢复了对自己愤怒情绪的控制。不过……这个男人一直是如此镇定而有节制,也许这个小小的失控也是有意为之?

马克的头开始疼痛。没有了迈尔斯……如果有了迈尔斯,这一切贝拉亚的困境就是迈尔斯的,马克自己就可以自由地……面对自己的问题了。而他自己的问题跟这些毫无关系。"我的才能不在……这方面,或者说我的兴趣、命运,我不知道,它究竟是什么。"

"激情?"格雷格说。

"对,就是激情。做一个伯爵不是我所渴望的事情。"

过了一会儿,格雷格好奇地问:"马克,你的激情在哪里?如果不是在政治、权力或财富等方面的话——你一直没有提到过财富的问题。"

"想要拥有足够的财富来消灭巴罗普乔王朝是不可能的,所以,财富的问题不是我用来解决问题的方式。我……我……有些人是吃人生番,比如巴罗普乔王朝的人和他们的顾客——我想要消灭这些吃人生番,这就是我的激情所在。"他意识到自己的声音越来越大,于是就重新缩回到自己柔软的椅子里。

"换句话说……你具有维护正义的激情;或者说,维护安全的激情。这似乎同你的,唔,原身,惊人地相似。"

"不,不!"是的……从某种意义上看,也许是的。"我想在贝拉亚也有一些吃人生番,但是,他们与我个人的特殊兴趣没有关系。我想通过法律程序来解决问题,因为在杰克逊联邦,换脑生意并不是非法的。或者说,当一个警察也不能解决问题。除非……他是一个倒霉的、非同寻常的警察。"就像一个皇家安全部秘密商务稽查员?马克试图想象一个手持特别缉拿许可证和罚款单的警官形象。但是,出于某种原因,他的原身的形象总是浮现在他的脑海里。格雷格该死的暗示。不是一个警察,而是一个疯狂的骑士。伯爵夫人说得一点没错。但是,现在不再有任何疯狂的骑士了,他们没有生存的空间了,警察会把他们拘捕起来的。

格雷格带着一种满意的神情靠到座位上。"这很有意思。"他那种出神的样子很像一个已经解开了保险箱密码的人。他站起来踱步来到窗户旁,从另一个角度往下面看去。面对着窗外,他说:"我看你未来的……激情是否能够燃烧起来,这在很大的程度上要看我们是否能够把迈尔斯弄回来。"

马克沮丧地叹息道:"这不是我能够做的事情。他们绝对不会让我……我能做什么呢,如果皇家安全部都没有办法的话。也许他们不久就能够找到他,随时都是可能的。"

"换句话说,"格雷格慢慢地说,"目前你自己无法确切地把握你生命中最重要的一个因素。我很同情你。"

马克情不自禁地说出了自己内心最坦率的感受:"我在这里事实上是一个囚犯,我根本就无法做任何事情,也无法离开。"

格雷格抬起头。"你是否尝试过?"

马克愣住了。"喔……还没有呢。"

"啊哈。"格雷格从窗户旁走过来,并从他的夹克衫内袋里拿出一张塑料卡片,递给了桌子那边的马克,"我的声音通讯仅仅能够连接到贝拉亚的周边地区,"他说,"尽管如此……这是我的私人视频通讯号码。你的呼叫在到达我之前,只会被一个人预先接听。你将被列在一个特许的名单上。只要你报上自己的名字,就立刻可以被接受。"

"哦……谢谢你。"马克既好奇又困惑地说。这个卡片上只有一串号码,没有其他任何标记。他小心翼翼地把它收了起来。

格雷格触摸了一下他自己夹克衫上的音频通讯配置,对凯维简单地交代了几句。几分钟以后,有人敲门,伊凡在得到允许之后走了进来——马克此时正在悠然自得地摇晃着自己的椅子,他见状立即下意识地站了起来。

格雷格和伊凡简单地道别,就像他们见面时相互问候的时候一样,没有一点多余的话。然后,伊凡带着马克离开了这个塔顶上的房间。当他们拐过一个弯的时候,马克听到一阵脚步声,此时凯维已经带来了另一个皇帝约见的人了。

"一切进行得如何?"伊凡询问道。

"我感到筋疲力尽。"马克承认。

伊凡忧郁地笑了笑。"当他以一个皇帝的身份出现的时候,格雷格确实能让人筋疲力尽。"

"以皇帝的身份出现?或者扮演皇帝?"

"喔,不是扮演。"

"他给了我他的号码。"而且我想他已经有了我的号码。

伊凡的眉头挑了起来。"欢迎加入俱乐部。只有很少一些人能够加入进来。"

"迈尔斯是否……曾经是其中一个?"

"当然了。"

第十四章

伊凡,显然是在按照命令——伯爵夫人的命令,马克猜想——带着他去吃午餐。伊凡服从很多命令,马克注意到这一点,几乎对他产生了一丝同情。他们来到弗·哈腾城堡附近的一个叫作卡拉万萨尔的地区,因为很近,可以步行过去,所以马克就幸免了另一次驾车冒险经历。

这个地区本身在贝拉亚人的社会变革中显得非常突出,值得细致研究。它最古老的部分已经不再存在了,被改造成了一个由商店、咖啡馆和一些小的纪念馆组成的迷宫。经常出入于这里的人既有城市里来吃午饭的工人,也有前来这个都市瞻仰历史古迹的旅游者。

在一个小咖啡馆吃了午饭之后,伊凡突然热心地要带马克去看他的父亲帕德玛·弗·帕特利尔勋爵被弗·巴的卫兵在一场战争中杀害的地方,此时伊凡满脑子想的都是他自己家族的历史事件。马克同意去那里看看,因为在他看来,这似乎与这个早晨的所有经历很协调。于是他们就步行往北走去。

他们在伊凡的指点下看到了一枚徽章,它是青铜色的,呈四方形,已经非常陈旧了。这个标记物被竖立在道路上,当伊凡凝视着它的时候,路上的车子穿梭不停。

"你是否认为他们应该把它竖在人行道上?"马克问。

"事实上,"伊凡回答,"是我妈妈坚持要放在这里的。"

马克耐心地保持着沉默和尊敬的姿态,以便伊凡有足够的时间从沉思中恢复过来。终于,伊凡抬起头,轻松地说:"想吃甜点吗?我知道这附近有一家非常好的面包房,每年我们来这里祭奠我父亲之后,妈妈就会带我们去那里吃点心。它是一个非常小的店铺,但是非常好。"

马克还没有消化掉他的午餐,但是,这个点心店确实像伊凡所说的,外表虽然很不起眼,里面的食品却非常诱人。马克买了许多点心带走,准备慢慢享用。伊凡在里面一边漫不经心地挑选着各种精美的点心,准备送给他妈妈,一边还在同那个漂亮的售货员调情——不知道他是认真的,还是逢场作戏——马克自己先走了出去。

马克想起来,盖尹曾经在这个地区安置了几个秘密间谍接头点。显然他们在两年前应该已经被贝拉亚皇家安全部在一次清除行动中发现了。不过,他仍然想知道,假如盖尹的复仇美梦真的实现了,他是否真的能找到这些人。有一个接头点应该就在附近隔一条街的地方……伊凡还在同那个面包姑娘闲聊。马克就慢步走开了。

他很快就找到了那个地址,这让他很满意。不过,他认为没有必要进去核实了。他转身走了回去,这一次他走的是一条看起来像是能够直达主干道和那个面包房的小巷子,但是,结果却走进了一个死胡同。于是他又转过身来,往巷口走去。

一个老年妇女和一个瘦弱的少年正坐在一个门廊前,看着他走进去,现在又走了出来。当他走到那个老年妇女的视线里时,她的眼睛里发射出一丝仇恨的目光。

"这不是一个男孩子,是一个残疾人。"她咋咋呼呼地对那个少年说。她的孙子? 她轻轻地碰了碰他,"一个残疾人到我们的街道上来了。"

受到这样的怂恿,那个少年懒洋洋地站了起来,慢慢地走到马克的面前。马克停下了脚步。这个少年比他高——谁不比他高?——但是却并不比他胖,油乎乎的头发,面色苍白。他夸张地张开自己的双腿,阻止住马克的躲闪。哦,我的天啊,这些本地小市民,他们显得多么地傲慢和得意洋洋。

"残疾人,这里不是你来的地方。"他厉声叫道,显露出一种欺软怕硬的神态,马克几乎要笑出声了。

"是的,没错。"他轻松地表示同意。他故意让自己的口音显示出不是贝拉亚人的口音。"这个地方是一个死胡同。"

"外星人!"那个老年妇女的神情更加不满了,"外星人,跃迁到地狱里去吧。"

"我好像已经到了地狱了。"马克冷冷地说。很不礼貌,不过现在他心情很糟糕。如果这些贫民区的乡巴佬想惹恼他的话,他会立刻回击的,"这些贝拉亚人。那些弗氏贵族已经很糟糕了,而他们统治之下的这些傻瓜则更糟糕。难怪银河系的其他星球把这个地方轻蔑地称为一个地牢。"自己内心里压抑着的愤怒如此轻易地爆发了出来,这让马克非常惊讶,但是他自己感觉很好。最好不要做得太过火了。

"残疾人,我会教训你的。"这个少年夸口说,他围着马克神经质地、充满威胁意味地走动着。那个老妇人冲着马克做了一个粗鲁的手势,鼓励她的杀手开始行动。这显然是一个非常奇特的组合。通常情况下,矮小的老妇人和小流氓是天然的敌人,但是这两个似乎联合了起来。他们显然是想充当起帝国志同道合的保卫者,来打击他们共同的敌人。

"一个残疾人比一个大傻瓜要好一些。"马克强调道。

那个乡巴佬皱了皱眉头。"嗨,这是在骂我?是不是?"

"你看到附近还有其他的傻瓜吗?"那个少年的眼睛困惑地眨巴着,马克回头一看,"哦,请原谅。这里确实还有两个傻瓜。我明白你为什么感到迷惑了。"他的胃翻腾起来,刚才吃了不久的午饭折腾起他的肚子来。他背后又来了两个少年,更高一些,胖一些,年龄也大一些,不过还都是小青年。也许是不良少年,但是没有经过什么训练。尽管如此……伊凡到哪里去了?那个该死的隐形卫士又去了何处?休息去了?"你们上学迟到了吗?或许是该去上行为教养纠正课?"

"这个残疾人很可笑。"两个大一点的男孩之中,有一个冷冷地说,他并没有笑。

他们的袭击很突然,让马克大吃一惊。他以为,按照规矩,他们还要再相互嘲笑和辱骂一番,而且他正好想到了一些巧妙的言辞。一阵兴奋奇怪地夹杂着他预料之中的疼痛,或者,正是这预料之中的疼痛激发起他的兴奋?那个最高大的小流氓又想用脚踢他的下腹,他一把抓住那只脚,用力往上一提,把那个小家伙重重地甩在地下。第二个进攻者猛地一拳打过来,马克抓住了他的胳膊,他们扭打了起来,但是最终这个小流氓发现自己也跌倒在他的那个同伴身边。不幸的是,现在这两个家伙都堵在马克和巷口之间。

他们挣扎着爬了起来,显得非常惊讶和愤怒的样子。他们究竟以为他是多么糟糕?已经够糟糕的了。他的身体反应还和两年前一样,而且他也被激发起好斗的情绪,不过,现在他这么胖,他的脚几乎动不了。三个人一起对付一个跛脚的、肥胖的、奇怪的、迷路的小矮人,是不是?你们喜欢这些怪异的情景吧?来吧,小野蛮人。那个面包房的食品袋仍然奇怪地吊在他的手臂上,当他摊开双手表示迎战的时候,那个袋子也摇晃起来。

他们一起跳上来对付他,相互密切地配合着。他仍然采取相同的自卫手段,他们被甩到一边的地上,感到天旋地转,成了自己虚张声势的攻击行为的牺牲品。马克动了动自己的下巴,它稍稍有些脱落。第二个回合就没有这么顺利了。他没有得手,一把抓空了,手臂上的食品袋也掉到地下,立即就被踩烂了。然后他们中的一个揪住了他,其他的人一拥而上,拳打脚踢,狠狠地报复了一把。他被弄得喘不过气来了。正当他准备虚晃一招,然后就瞅机会溜走的时候,一个白痴小流氓拿出一根废弃的震荡棒,冲着他打过来。

马克立即一脚往对方的脖子上踢过去,眼看就要踢死他了,幸好他及时收住一部分力量,努力不踢到最要害的部位。即使如此,他仍然隔着靴子感觉到对方的肌肉被撕裂了。一种恶心的感受迅速地弥漫了他的身体,马克满怀恐惧地看着躺在地下的那个男孩子,往后退缩了几步。不,我不是被训练出来打架的,我是被训练来杀人的。啊,真该死!他已经努力控制住不去折断他的喉咙,他祈祷,那一脚没有踢断他的主动脉。一时间,另外两个袭击者极度震惊地僵住不动了。

伊凡从一个弯道处飞快地跑了出来。"你究竟在这里做什么?"他声音嘶哑地叫喊道。

"我不知道。"马克气喘吁吁地说,双手按住自己的膝盖,弯下腰去。他的鼻子还在出血,鲜血流在了他的新衬衫上。好像是出于后怕,马克开始颤抖起来。"他们扑上来打我。"我激怒了他们。为什么他要这么做？一切都发生得太快了……

"这个残疾人是和你一起的吗？"那个瘦小的男孩子充满惊讶和恐惧地问道。

马克看到伊凡脸上的肌肉抖动起来，似乎想否认与他的任何关联。"是的。"伊凡终于勉强承认。那个高大的小流氓正在慢慢地后退，此时，立即转身跑开了。那个瘦小的男孩虽然也想跑，但是，却好像被那个受伤的青年和那个老妇人给拴住了。老妇人爬了起来，颤巍巍地走到那个受伤的"勇士"身边，扯着嗓子指责和威胁马克。她似乎是在场的唯一没有被伊凡的绿色军服吓倒的人。随后，侍卫队的卫兵赶到了。

当他看到那个被打伤的小流氓肯定可以受到照料的时候，他不再说话，让伊凡来处理一切。伊凡像一个……士兵一样撒谎，以便隐瞒住弗·科西根这个姓氏。那些卫兵也意识到伊凡的身份，于是迅速地呵斥住那个老妇人的哭闹，把他们解救了出来。即使伊凡不提醒的话，马克也不会提出人身攻击的起诉。三十分钟之后，他们就回到了伊凡的地面车里。这一次，伊凡开得慢多了，马克觉得这恐怕是出于刚才发生的事件的余悸，因为他差一点丢了自己要保护的人了。

"那个该死的隐形卫士究竟到哪里去了，他不是应该充当我的保护天使吗？"马克问道。他小心翼翼地查看着自己脸上的伤口。他的鼻子终于停止流血了。伊凡坚持等它不流血之后，才让他登上自己的跑车。

"你以为是谁喊来了那些侍卫队的卫兵？隐形卫士应该行为非常小心谨慎，不会轻易暴露自己身份的。"

"哦。"他的肋骨很疼，但是并没有断裂。他不像自己的原身，几乎从没有折断过骨头。残疾人。"难道……迈尔斯必须应付这些歧视和仇恨吗?"他仅仅是路过他们身边,什么也没有做。如果迈尔斯曾经穿得像他一样,也独自一人,他们会袭击他吗?

"迈尔斯不会愚蠢到独自在一个陌生的地方晃荡!"

马克皱起眉头来。他曾经从盖尹那里得到一个印象,似乎迈尔斯的高级官员身份已经使得他免于受到贝拉亚人对畸形人的歧视。难道迈尔斯确实曾经时刻防备着,小心翼翼地留意着哪里可以去,哪里不能去?

"如果他确实遇见了类似的情况,"伊凡继续说,"他也会不用武力就解决问题的。你究竟为什么同那三个家伙纠缠起来了?如果你仅仅是希望有人来把你的脑袋打开花,我会很高兴去做的。"

马克很不高兴地耸耸肩。这是他暗暗追求的吗?惩罚?这是当时一切发生得那么快、那么糟的原因吗?"我以为你们都是高贵的弗氏家族后裔,你们为什么要避开麻烦呢?难道不能把那些下贱的人踩在脚下吗?"

伊凡很不高兴地叹息说:"不,我们不会那么做的。而且我很高兴,我不会永远做你的私人卫兵。"

"对此我也很高兴。如果刚才就是你工作效率的一个测试的话。"马克怒气冲冲地回击道。他查看了一下自己左边的牙齿,他的牙龈和嘴唇都肿了起来,但是牙齿本身并没有松动。

马克重新靠到座位上,心里开始担心,不知那个被打破喉咙的男孩现在怎么样了。那些侍卫队的卫兵把他带去治疗了。马克觉得自己不应该跟他打架,他差一点杀了那个男孩儿。他也可能会把那三个家伙一起杀掉。这些小流氓仅仅是小野蛮人而已。马克意识到,这恐怕正是迈尔斯避开他们的原因,不是出于胆怯,也不是出于贵族的骄傲,而是因为他们够不上……他的力量的等级。马克觉得很恶心。贝拉亚人。上帝帮助我吧。

伊凡带着他回到他自己的公寓,他的公寓位于城里高级居住区的一座高楼里,离皇家保安司令部的那幢现代化建筑物也不远。在他的家里,他让马克在回到弗·科西根宅邸之前,首先清洗自己,并清除他衣服上的血迹。伊凡把清洗烘干之后的衬衫扔给马克,并且预言说:"你的身上明天就会出现大量斑点。如果是迈尔斯的话,他会在医院里住上三个星期来进行治疗,而我将不得不把他从那里硬拖出来。"

马克低头看了看身上那些红色的斑点,它们已经开始变成紫色了。他浑身感到僵硬难受,肌肉大量拉伤,所有这一切他都可以设法隐瞒,但是,他脸上的伤痕需要一个很好的解释。也许他可以告诉伯爵和伯爵夫人,这是因为他和伊凡出了车祸。虽然这将不会引起任何怀疑,但是,他担心他们不久就会发现事情的真相。

关于这次事件,伊凡担当起了解释的任务。在把他送回去的时候,伊凡如实地、但非常简略地把马克的冒险经历告诉了伯爵夫人。"噢,他自己独立溜达开去,被几个当地人捉弄了一下,不过,我及时赶到了,所以没有任何真正严重的事情发生。再见,考迪利亚婶婶……"马克没有阻止他,让他脱身了。

伯爵和伯爵夫人在晚餐时显然已经了解到了全部的细节。马克溜进自己在餐桌上的座位时,感觉到了一丝紧张的气氛。他的座位恰好在埃蕾娜的对面。埃蕾娜终于回来了,她可能刚刚应付完皇家保安部总部的冗长且具有某种惩罚性质的讯问。

伯爵夫人等到第一道菜送上来,仆人们也退下了之后,开口说道:"我很高兴,马克,你今天被教训的经历并不是致命的。"

马克设法迅速地把嘴里的食物咽下去,然后用一种温顺的语气说:"这是指他,还是指我?"

"两者必有其一。你想知道你的,呵,受害者的消息吗?"

不。"是的,请告诉我。"

"市政医院的医生告诉我说,他过两天就能出院了。但是,在一周之内,他只能吃流食。他已经能够开口说话了。"

"噢,太好了。"我不是故意地……寻找借口、道歉或者自我辩护,那有什么意思? 不,完全没有意思。

"我曾经准备支付他的医疗费,但是我发现,伊凡已经付过了。仔细地想想之后,我决定还是让他来承担这笔费用。"

"喔。"他是否应该归还伊凡所负担的费用? 他有钱吗? 或者说,他有权力这么做吗? 法律上的? 道义上的?

"明天,"伯爵夫人宣布说,"埃蕾娜将是你的本地向导,而且皮尔玛将陪同你一起外出。"

埃蕾娜看上去一点热情也没有。

"我同格雷格交谈过了,"弗·科西根伯爵说,"显然你给他留下了很好的印象。所以,他很赞同我以前提出的让你做继承人的要求。一旦迈尔斯的死亡被确证,我将选择一个恰当的时候来推举你为弗·科西根王朝在议会的见习成员。当然,目前看来,这个提案还没有切实的必要性。我自己也不知道哪一种方案更好一些:是在议会了解你之前就要求他们给予你身份的认可,还是等他们适应了这个想法之后再提出要求。前者是一种快速袭击的策略,迅速出击然后撤退;后者则是一种长期持久的拉锯战。在这两者之间,平生第一次,我认为拉锯战可能会更好一些。因为,一旦我们赢了,你的胜利成果将会更安全。"

"他们能够拒绝我吗?"马克问道。这就是我在这条似乎没有光明的道路上所期待的一线希望吗?

"他们必须通过投票选举之后,才能够接受并批准你成为伯爵爵位的继承人。我私人的财产继承是另外一个问题。通常,这个继承权是给长子的,或者,如果没有儿子,就将给予伯爵最亲近的一位男性亲属——它也可能不是一位亲属,虽然通常都是的。例如有一位叫作弗·塔拉伯爵的案例就非常奇特。这个伯爵同他的儿子闹翻了,他的儿子与自己的岳父在一场战争中缔结了同盟。弗·塔拉伯爵就取消了儿子的爵位继承权,并设法让他的一匹名叫子夜的马成为继承者。他声称,他的马同样非常聪明,而且从没有背叛过他。"

"对于我来说,这个……先例是多么令人鼓舞啊。"他勉强忍住笑说,"同一般的伯爵相比较,这个子夜伯爵干得如何?"

"子夜勋爵。唉,无从知晓了。那匹马在弗·塔拉伯爵去世之前就病死了,战争也结束了。而那个儿子最终还是继承了爵位。不过这仍然是议会历史上的一次特别决议的范例。"

伯爵没有再过多的询问马克当天的经历。马克也不愿意提供更详细的情况。晚餐像它开始的时候一样,在一种紧张的气氛中结束了。马克在礼貌许可的情况下,尽可能迅速地溜走了。

他悄悄地逃到图书室去了,这是那个位于这所房屋最古老的部分最顶端的一个长长的房间。伯爵夫人曾经鼓励他来这里浏览一些书籍。这里除了备有能够查阅公共信息的阅览器和具有复杂通讯链接的政府通讯终端等现代信息查询设备之外,还收藏了许多印刷的、甚至是手抄的书籍。这个图书室让马克联想起弗·哈腾城堡,它也是在一个古老的建筑物里混杂了许多高效率的现代设备。

正当他想起那个纪念馆的时候,他看到了一本打开的画册,里面都是一些木刻的武器和盔甲。他小心地把它从书架上抽出来,拿到图书室里的一个小隔间里。这种隔间一共有两个,分别位于通往后花园的大玻璃门两旁,里面的家具很奢侈,一张小桌子,旁边有一个巨大的扶手椅,它的两个扶手可以支撑住这本沉重的画册。马克困惑地翻阅着这本画册,里面有五十种剑和刀,式样大体变化不大,但是各有自己的名称,甚至每种剑和刀的各个部位也都拥有自己独立的名称……这是一种多么繁琐和精密的知识储备啊,它是由一些专门的人收集的,反过来,它又训练出了一批小范围里才有的专家,例如,弗氏家族……

图书室的门打开了,大理石和地毯上的脚步声越来越近。这是弗·科西根伯爵。马克躲进自己的椅子里,把脚也藏了起来。也许这个人仅仅是进来拿点东西,很快就会离开的。马克不希望在这里同他亲密地交谈,而这个图书室似乎很容易引起这样的谈话。他虽然现在已经不再非常害怕伯爵了,但是,这个男人还是让他感到非常不安,即使他什么话也不说。

不幸的是,弗·科西根伯爵坐到一架通讯终端前面了。马克坐在自己的椅子上,看见他的显示屏在窗户的玻璃上所反射出的五彩颜色。马克意识到,自己像一个暗杀者一样躲藏起来,时间越长,就越难主动地从自己躲藏的地方走出去。道声"你好",把书丢在地上,擤擤鼻子,或者做点其他任何发出响声的事情。他正准备鼓足勇气清清喉咙并翻动书页的时候,图书室的门又打开了,这一次来人的脚步声要轻一些。是伯爵夫人进来了。马克在那个扶手椅上缩成了一团。

"嗨。"伯爵招呼道。从窗户上发射的光线看,伯爵为新来的人关掉了机器。她是否俯身快速地拥抱了他?当她坐下的时候,椅子发出了一些轻微的响声。

"嘿,马克正在遭遇与贝拉亚现实的激烈冲突。"她的话让马克彻底放弃了最后一丝想暴露自己存在的冲动。

"这是他必须经历的。"伯爵叹息道,"他必须补上迟到的二十年,如果他要承担起职责的话。"

"他必须承担吗?我是说,必须立即就承担吗?"

"不,不是立即就要承担。"

"很好。我还以为你要布置一个不可能完成的工作给他做呢。"

伯爵笑了笑,他的笑声很短促,立即就消失了。"至少这一次他看到了我们社会中最肮脏的一些迹象。我们应该让他了解有关身体畸变疾病方面的全部历史和背景材料,这样他就会知道那些暴力是从何处出现的,那些痛苦和恐惧多么深地存在于人们的心中。"

"我不知道他是否会像迈尔斯那样,幼稚地希望在这个特殊的危险领域里取得某种平衡。"

"他似乎更倾向于同它大战一场。"伯爵冷冷地低声说,迟疑着,"他的外表……迈尔斯竭尽全力地表演自己,以便尽可能地把人们的注意力从自己的外表上转移开去。让自己的个性克服外形可能造成的偏见。马克……好像在非常糟糕地全力夸张这些外形特征。"

"为什么这么说,是不是因为这次大打出手?"

"那个,而且……我承认,我发现他的体重迅速增加这一点非常令人担忧。特别是,根据埃蕾娜的报告,这种增加是突发性的。或许我们应该请医生来给他做一些检查。这可能对他有好处的。"

伯爵夫人哼了哼,不同意这个建议。"他才二十二岁。体重的问题在这个年龄里还不是一个直接的健康问题。亲爱的,这不是真正让你担心的原因。"

"也许吧……不完全是。"

"他让你感到难堪。我的对优美体形非常敏感的贝拉亚朋友。"

"喔。"伯爵并没有否认这一点,马克注意到。

"对于他来说,这倒是他赢得的第一次胜利。"

"你能够就此问题进一步解释吗?"

"马克的行为是一种语言,几乎是一种绝望的语言,它们通常是不容易被翻译过来的。不过,这个行为的语义倒是很明显的。"

"我不这么认为。请分析分析吧。"

"这个问题有三个层面。第一方面关于纯粹的身体素质方面。我看你没有像我这样认真地阅读那些医疗报告。"

"我看的是皇家安全部的一个摘要版。"

"我看的是原始的信息材料。全部的。当那些人体形态美容师开始降低马克的身体高度以便与迈尔斯的身材相匹配的时候,他们并没有从基因的角度重新调整马克的新陈代谢系统,而是配制出一种定时释放药性的、由荷尔蒙和兴奋剂混合起来的药品,每个月给马克注射。而且,他们还根据实际的需要,及时地调整配方。这种方法比改造基因的方法便宜多了,也简单多了,并且更容易控制。现在,我们用伊凡来做一个基因遗传可能出现的样本,如果迈尔斯的基因没有被毒害而产生变异的话,他或许就是迈尔斯的基因可能形成的身体模本,这样我们就明白了,马克就是这样一个男人,他的身体高度被人为地降低到迈尔斯目前的矮小状况,而他本身从基因发展的可能性来看,应该有伊凡那样的体重。所以,当科玛人的'治疗'结束之后,他的身体便开始重新朝着自己既定的基因方案发展。如果你仔细地围着他看过来,你就会发现,他的问题不仅仅是肥胖。同迈尔斯相比,或者甚至同他自己两年前相比,他的骨骼和肌肉都更粗大、更结实。当他的体重最终达到预定的程度时,他恐怕会显得非常矮胖。"

你的意思是说会变得圆滚滚的。马克暗暗地想。他听到这些话觉得非常害怕,并且突然意识到自己在晚餐的时候又多吃了许多东西。突然,他差一点打出一个喷嚏,但是他异常勇敢地忍住了。

"就好像一个小油桶。"伯爵说,显然对自己的这个更形象的提法感到非常得意。

"也许。这要看他身体语言的另外两个方面是怎样发展的。"

"它们是哪些?"

"反抗和恐惧。就反抗而言——他整个一生到目前为止,在身体体质和形状等方面,都受到他人的全面控制。过去他无法决定或选择自己的身体形状。现在,至少他拥有了自主权。至于恐惧,他害怕贝拉亚,害怕我们,但是,他最主要的恐惧,坦率地说,还是来自迈尔斯,他害怕被迈尔斯的阴影所覆盖,而且这种可能性非常之大,即使他不是迈尔斯的弟弟。马克的想法很正确,他现在的体形确实有很大的便利。那些士兵和仆人很容易把他和迈尔斯区别开来,把他真正看作马克勋爵。这个体重计策具有某种半自动的、半人为的性质,它……使我想起一个我们俩都认识的人。"

"但是这个计策究竟什么时候中止呢?"伯爵说话的时候,显然手指着一个球形的东西。马克这样猜想。

"从新陈代谢方面来看——如果他愿意的话,他随时可以停止。他可以随时找到一个医生,把自己的新陈代谢水平调整到合适的程度,从而获得合适的体重。假如他不再想反抗,或者不再感到恐惧的话,他就会选择一个更合适的体形了。"

伯爵轻蔑地哼着鼻子说:"我了解贝拉亚和它的偏见。人们在这里永远也不会获得安全感。假如他决定一直这样胖下去,我们应该怎么办?"

"如果那样的话,我们就替他买一个气垫托板和两个强壮有力的仆人。或者——我们可以帮助他克服自己的恐惧? 不是吗?"

"如果迈尔斯死了。"他说。

"如果迈尔斯没有被找到或者被挽救回来。"她严格地纠正他说。

"那么马克就是迈尔斯留给我们的一切了。"

"不!"当她激动地站起来,并开始来回踱步的时候,她的裙子发出沙沙的响声。上帝,不要让她就这样离开!"这就是你思想上的误区。阿罗,马克就是马克,不是其他人的替身。"

伯爵迟疑起来。"好吧,我承认错误。但是如果马克就是我们仅有的——我们是否还能够培养出下一任弗·科西根伯爵?"

"假如他不能成为下一任弗·科西根伯爵,你是否能够接受他做你的儿子? 或者这就是他是否能够被接纳的一个测试?"

伯爵沉默了起来,伯爵夫人的声音也低沉了起来。"我是否从你这里听到了你父亲的声音? 我在你眼睛里所看到的是否是他正在做种种判断的身影?"

"这……不可能……他不可能不在那里,"伯爵的声音也非常低沉,显得不安,不过夹杂着不服气的意味,"在某种程度上看不得不承认这一点,尽管发生了那么多事情。"

"我……我能够理解。我很抱歉。"她重新坐了下来,这让马克大大地松了一口气,"不过,当一个贝拉亚的伯爵并不是一件非常困难的事情。你看看现在坐在议会席位上的一些老家伙们,或那些有时候连出席会议都做不到的人。你说过弗·迪尼伯爵多久没有参加投票表决了?"

"他的儿子现在已经长大并且能够接任他的爵位了,"伯爵说,"这让我们其他的人都感到非常高兴。上一次我们必须举行一个全体表决,执勤的官员不得不去他家里把他找来,而且他们在一个非常奇特的场合发现了他……唉,他正在用一种特殊的方法来使用他自己的私人卫兵。"

"他一定具有特别的爱好,我能够理解。"伯爵夫人考迪利亚的声音里有一丝嘲讽的意味。

"你是怎么知道的?"

"艾利丝·弗·帕特利尔告诉我的。"

"我可能……不会去问她是怎么知道的。"

"这才是明智的。但是,从这里我们可以看出,马克不可能是一个最糟糕的伯爵,因为其他的人大都不像他们自己所认为的那样杰出。"

"弗·迪尼仅仅是一个非常特别的糟糕范例。确实还有许多尽心尽职的伯爵,是他们使得议会能够发挥出积极的作用。这个工作非常辛苦。但是——议会里的责任还仅仅是他即将面对的责任的一部分。最重要和最艰辛的另一部分还是在管理领地本身。人民是否能够接受他？能否接受他这样一个令人不安的、身体受到摧残的克隆人？"

"他们已经开始接受迈尔斯了。我认为，他们甚至开始为他感到无比骄傲。不过——迈尔斯自己努力达到了这一点。他散发出强烈的忠诚之光，他们没有其他的选择，只能够以忠诚来回报他。"

"我不知道马克会散发出什么样的光芒，"伯爵若有所思地说，"他似乎更像一个活动的黑洞，吸收光亮，但是不反射任何东西。"

"给他一些时间吧。他仍然很害怕你。我想，这可能是一种对负罪感的抵制，因为他曾经在过去的那么多年里一直作为你的隐秘杀手而存在着。"

马克，此时正张着嘴悄无声息地呼吸着，他感到一阵战栗。难道这个可怕的女人具有X光的眼力？

"伊凡，"伯爵慢慢地说，"在这个领地的人民心目中显然拥有毫无疑问的威信。而且，虽然我并不愿意这种事情发生，我认为，他肯定会出来竞争伯爵爵位的。他不是最糟的，也不是最好的，不过最起码是符合了普通标准的候选人。"

"这正是他在学校和皇家后勤部里的表现，实际上他整个一生都是这样的，一个非常平凡的具有普通水平的人。"伯爵夫人说。

"看到他根本没有发挥出自己全部的潜力，很令人沮丧。"

"如果站在他的角度来看，你就会明白他根本不敢过分地表现自我。他太接近最高权力了，如果他表现得非常出色，就会像探照灯吸引昆虫一样，把那些潜在的谋反者吸引过来，他们正在为自己的小集团寻找一个傀儡头领呢。如果那样的话，伊凡很可能不得不成为他们的一个英俊潇洒的傀儡头领。伊凡只是在假装傻瓜的角色。而他实际上可能是我们所有人里最不愚蠢的一个。"

"这是一个非常乐观的理论。如果伊凡是这样一个精明狡猾的家伙,他怎么可能从小就表现出这个品质呢?"伯爵忧郁地说,"如果是那样的话,亲爱的,你就把他描绘成了一个五岁的马基雅维里式的恶魔了。"

"我并不坚持自己的观点。"伯爵夫人安慰他说,"我要说的是,如果马克选择另一种生活,比如,去贝塔殖民地生活,贝拉亚可能会继续生存下去,即使你的领地也不会因此而消亡——而且马克将仍然是我们的儿子,这一点丝毫不会受到任何损害。"

"但是我曾经想留给……你总是提起那个主意,贝塔殖民地。"

"是的,你不明白这是为什么吗?"

"不,我明白。"他的声音变得更低了,"但是,如果你把他带到贝塔殖民地去,我就没有机会了解他了。"

伯爵夫人沉默了,不久她就更坚定地说:"如果你现在就表现出希望了解他的意图,我会对你刚才的抱怨更加信服。你一直不遗余力地回避与他接触,如同他一直设法躲避你一样。"

"我不可能放下所有的公务来应付个人问题。"伯爵生硬地说,"即使我想那样也不行。"

"但是你为迈尔斯做过,我还记得。想想你曾经与迈尔斯一起度过的那么多时间,就在这里,在弗·科西根宅邸……你想方设法挤出时间来陪伴他,同时还应付着许多政治和军事上的重大危机。你不能在拒绝给予马克你曾经给予迈尔斯的优待的条件下,反过来指责他比不上迈尔斯。"

"噢,考迪利亚,"伯爵叹息着,"我不再那么年轻了,不再是二十年前那个迈尔斯的爸爸了。那个男人已经死了,被埋葬了。"

"我并没有要求你找回从前的那个爸爸形象,那样会非常可笑的。马克不是一个小孩子。我只希望你现在也能够成为一个父亲。"

"亲爱的……"他的声音被一种激动的情绪打断了。

在一阵沉思之后,伯爵夫人直截了当地说:"如果你退休了,你就会有更多的时间和精力了。辞去首相职务吧。"

"现在?考迪利亚,想想吧,现在我可不敢失去控制权。作为首相,伊凡和皇家安全部都会向我汇报情况的。如果我仅仅成了一个伯爵,我就不再是指挥系统的一个环节,我就没有权力督促他们查询迈尔斯的冷冻室了。"

"不对。迈尔斯是皇家安全部的一个官员,无论他是否是首相的儿子,他们都会同样去寻找他的。忠诚于自己的成员,是皇家安全部的少数值得赞赏的传统之一。"

"那样的话他们会仅仅在合理的范围之内查询,作为首相,我可以迫使他们做出超常的行动。"

"我不认为如此。亲爱的,我认为西蒙·伊林即使在你死去或者已经埋葬之后,也会努力地为你找到他的。"

当伯爵终于又开口说话的时候,他的声音显得非常疲倦。"我三年前就决定要辞职了,准备把首相职务交给昆迪兰。"

"对,我当时感到很高兴。"

"可惜他在那次愚蠢的飞行事故中丧生了。那真是一个毫无意义的悲剧事件,甚至都不是一次暗杀!"

伯爵夫人暗暗地笑话他说:"根据贝拉亚的标准来看,这真是一个多余的死亡事件。好啦,说正经的,你该辞职了。"

"的确不如当年了。"伯爵表示同意。

"那你辞职吧。"

"只要一切条件成熟。"

她停顿了一会儿。"亲爱的,你可能永远都不会觉得满意。还是辞职吧。"

马克蜷缩在椅子上,全身僵硬,他的一条腿抽筋了。他感到自己整个地被掀了个底朝天,心灵上受到的冲击远远超过了小巷子里的三个杀手的袭击所造成的伤痛。伯爵夫人显然非常有计谋,这是毫无疑问的。

伯爵显得似笑非笑的样子,但这一次他没有再多说什么。马克感到无比欣慰的是,他们俩一起离开了图书室。当大门关上之后,马克立刻从扶手椅溜到地板上,活动起自己的胳膊和腿,试图恢复血液循环系统的正常工作。他还在颤抖着,喉咙也堵住了,他终于咳嗽了起来,咳了又咳,努力恢复呼吸的能力。他不知道自己是应该笑还是应该哭,好像他同时想做这两件事,结果发现自己直喘气,肚皮上下不停地起伏着。他觉得自己非常肥胖而且荒谬,似乎他的皮肤已经变得透明了起来,过路人完全可以看清楚自己的每一个器官。

当他终于停止咳嗽并且恢复正常的呼吸时,他意识到,他真正感觉到的是一种害怕。不是害怕伯爵和伯爵夫人。他们俩的公开面貌和私下的表现是……完全一致的。他似乎可以信任他们,不是说他们绝对不可能伤害他,而是因为他们的真诚。他起初找不到一个词来形容他们的这个品质,这种人格上的完整和统一。后来他想起来了。哦,这大概就是诚实吧,我不敢肯定。

第十五章

伯爵夫人信守了她的诺言,她确实让埃蕾娜带着马克开始了更多的游览。在接下来的几个星期里,他们差不多逛遍了整个萨塔那和周边的领地,大都选择文化和历史名胜。有一次,他们甚至去了皇帝的寝宫。到了那里之后,马克很高兴地看到,格雷格本人恰好不在家。他们恐怕已经看过了城里所有的纪念馆,或许是受到别人的指挥,埃蕾娜还带他去参观了十几所大学、研究院和技术学院。马克欣慰地发现,在这个星球上,不是所有的学院都训练军事人员的。事实上,这个都市里最大的一所学院叫作弗·巴拉区农业和工程学院。

在马克的面前,埃蕾娜保持着一种正常的、非情绪化的公事公办姿态。她自己在相隔十年之久后的今天,看到家乡的风貌时有什么感受,她丝毫也不主动表述出来。不过,一些非常特别的场合里除外。当她看到家乡所发生的那些出乎意外的大变化时(例如,新的高楼大厦崛起了,街道重新变了方向,等等),她偶尔也会显露出无比惊讶的表情。马克怀疑他们之所以如此急促地从一处赶到另一处,就是因为这样一来,埃蕾娜就不需要同他多说话了。她让一些说教替代了他们之间的交谈。马克开始后悔自己没有更好地讨好伊凡,也许他的表兄弟会偶尔带着他去某个酒吧逛逛,好让他的生活不这么单调乏味。

马克的生活终于有了一点变化,因为伯爵突然回到弗·科西根宅邸,并且宣布他们要一起去弗·科西根·萨尔洛。马克发现自己的所有行李在一个小时之内就打了包并放进了一架轻便型飞机里。同行的人有埃蕾娜、弗·科西根伯爵和皮尔玛。他们一行人趁着暮色往南部弗·科西根的夏宫飞去。伯爵夫人没有同他们一起去。除了伯爵和皮尔玛之间曾经有过几句简短的(几乎都是不完整的句式)交谈之外,一路上他们几乎都默默无言。登达立的山峦终于显出了朦胧的轮廓,就好像云彩和星星之间一些黑色的斑点。他们绕过一个暗暗地闪动着光亮的湖泊,降落在半山腰上一座石头房子的面前。这座房子里灯火通明,许多仆人正在等候着他们的到来。

由于此时已经将近午夜时分,伯爵仅仅带着马克在房子的内部参观了一下,就把他送到二楼一个窗户朝着湖面的客房里了。当马克终于独自一人的时候,他俯身探出窗外,注视着外面的黑夜。从附近村庄里和远岸几处零星的住宅里发出的灯光在光滑的水面上闪烁着。你为什么要带我来这里?他默默地询问着不在眼前的伯爵。弗·科西根·萨尔洛是弗·科西根家族几处宅邸中最不公开的一处,它是伯爵严密坚守着的私人情感世界。难道他已经通过了某种测试,获得来到这里的特权了吗?或者来这里本身就是一种测试?他爬上床,在困惑中渐渐地睡着了。

他醒来的时候,窗户外面射进来的阳光刺得他直眨眼,原来他昨天晚上忘记把窗户关上了。某个仆人昨天晚上已经在他房间的壁橱里放置了一些休闲服装。他在客厅的尽头发现了浴室。他清洗好并穿戴整齐之后，就好奇地出门去看看其他人到哪里去了。在厨房里有一个管家引导他来到室外，指给他看伯爵所在的地方，却没有提供早餐给他吃。

他沿着一条碎石子铺成的小路走去，小路通往一片树林，里面精心地种植着从地球上进口的树木，它们那些特殊的绿叶子已经因为早秋时分的气候而变得色彩斑斓起来。这些树木都非常高大，而且也很古老。伯爵和埃蕾娜坐在树林旁一个有围墙的花园里，它目前是弗·科西根家族的私人墓地。那个石头房子起初就是墓地的看守棚，家族的居住地其实在湖泊那边的一个城堡，但是它现在已经被摧毁了。

马克好奇地挑起了眉头。他看到伯爵身穿色彩鲜艳的阅兵礼服，埃蕾娜同样穿着装饰有银色纽扣和白色斑点的登达立军礼服。她蹲在一个青铜色的小火盆前，淡红色的火苗在里面闪动着，一缕轻烟升起来，消失在清晨金色的天空中。马克明白了，他们正在祭奠某个人。于是，他在那个通往花园的大铁门前停住了脚步。他们是在祭奠谁？没有人邀请他进去。

埃蕾娜站了起来，她和伯爵安静地交谈着，火盆里的祭品慢慢地烧成了灰烬。过了一会儿，埃蕾娜在一个垫子上铺上一块布，拿起三脚架上的火盆，把里面灰白色的粉末倾倒出来，然后她把火盆擦拭干净，连同三脚架一起放进一个有棕色和银色刺绣的包里。伯爵往湖泊的方向望过去，发现马克正站在大门旁，就朝他点了点头。这似乎并不是邀请他，虽然也不是断然拒绝他。

同伯爵最后告别之后，埃蕾娜离开了花园。路过马克身边的时候，埃蕾娜客气地冲着马克点头致意。她的脸色很严肃，但是,马克似乎觉得,她不像他们刚刚来贝拉亚的时候那样紧张和漠然了。现在,伯爵真的挥手示意马克进去了。带着一种尴尬的好奇心,马克走过大门来到他的身边。

"这是……在干什么?"马克终于开口问道。他的问话似乎过于草率,不过伯爵并没有留意这一点。

弗·科西根伯爵示意他看他们脚下的那个坟墓:康斯坦丁·伯沙瑞中士。"我发现埃蕾娜从没有祭奠过她的父亲。他曾经担任我的警卫员有八十年之久,而且在那之前就曾经在我手下军队里服过役。"

"他是迈尔斯的私人卫兵。我知道。但是,他在盖尹开始训练我之前就已经死去了。盖尹没有在他的身上花费很多精力。"

"他应该花费更多的精力在他身上。伯沙瑞中士对迈尔斯来说是一个非常重要的人物,而且对我们大家来说都如此。伯沙瑞是一个……非常难以相处的人。我认为,埃蕾娜在这个问题上还没有克服所有的心理障碍。她曾经很难接受他,也很难原谅自己。"

"难以相处?我听说他行为恶劣。"

"这是非常……"伯爵迟疑了起来,不公正的,马克希望他补充说,不真实的,但他最终说出来的却是"……不全面的"。

他们围绕墓地慢步走着,伯爵带领马克游览了整个园地。许多亲属和家臣……这里让马克联想起自己看过的那些纪念馆。弗·科西根家族的历史就是贝拉亚历史的压缩版。伯爵为他指点出自己的父亲、母亲、兄弟姐妹以及父亲一方的祖父母。

"我死后也会埋在这里。"望着远方平静的湖泊和小山丘,伯爵宣布说。此时晨雾已经散去,朝阳开始发射出熹微的光芒,"别理睬那些掌管皇家公墓的家伙,他们想把我父亲埋葬在那里。事实上,我不得不因此同他们争辩了一番,尽管我父亲自己确实有相关的遗嘱条款。"他冲着一个石碑点了点头,石碑上写着:皮奥特·皮埃尔·弗·科西根伯爵、将军,还有死亡的时间。伯爵显然在这场辩论中获胜了。

"我生命中一些最幸福的时光就是在这里度过的。当我还很小的时候,以及后来,我的婚礼和蜜月。"他的脸上露出了一丝笑容,"迈尔斯就是在这里诞生的,所以,在某种程度上看,可以说你也是如此。看看这周围吧,这就是你的发源地。早餐之后,我换身衣服,然后我会带你再到四周看看。"

"哦,这么说,大家还都没有吃早餐?"

"你必须首先斋戒,然后才能享用一顿异常丰盛的餐饮。我猜想,这正是他们如此隆重地安排早餐的原因。"伯爵微微地笑着说。

伯爵在这里不可能还有其他场合能用得上他身上穿的这套军礼服,埃蕾娜的登达立灰色军礼服也一样。他们一定是特意带来为刚才的场合使用的。马克在伯爵明净如镜的靴子上看到了自己黑色的、扭曲了的反射形象。靴子凸起的表面使他看起来非常古怪。这就是他未来的形象吗?"这就是我们来这里的原因吗?让埃蕾娜祭奠她的父亲?"

"这是原因之一。"

带着一种惴惴不安的心情,马克跟随着伯爵回到了石头房子里。

早餐由那个管家安排在一个平台上,平台就在房子最顶端,四周有树木和花草,形成一道自然的围墙,只有在通往湖泊的地方才有意识地露出缺口。伯爵这一次换上了旧的黑色制服裤子和一件老式的乡村式样的上衣,很宽松,而且系着皮带。埃蕾娜没有来吃早饭。"她想好好地散散步。"伯爵简单地解释说,"我们也会去散步的。"马克听到这最后一句话,急忙小心翼翼地退回了一个甜卷。

他不久就因为自己的节制而感到高兴。伯爵直接就带着他去爬山了。他们到达山顶之后,停下来休息。从山顶上看过去,那条细长的湖泊在山丘之间蜿蜒着,看上去非常美丽。这种景观倒确实不枉刚才爬山的那番辛苦。在山的另一边,有一个平坦的小山谷,里面有石头砌成的马厩和一些种植着地球上那种绿色青草的小牧场。一些似乎没有人管的马匹在牧场上自由自在地闲逛着。伯爵带着马克到牧场的篱笆前,俯身往前望去,显得非常专心的样子。

"那边那匹大花马就是迈尔斯的马。最近几年,它几乎很受冷落。迈尔斯即使回到家里,也没有多少时间来骑马。当迈尔斯召唤它的时候,它会跑过来——这真是一件非常奇特的事情,这个巨大、慵懒的家伙居然会站起来并跑过来。"伯爵停顿了一会儿之后,说,"你可以试一试。"

"试什么?招呼那匹马?"

"我很想知道,这匹马能不能把你们俩区别开来。就我听起来,你们的声音……很相像。"

"我曾经受过这方面的专门训练。"

"它的名字叫,喔,里尼。"看到马克诧异的表情,伯爵补充说,"这个名字是一个昵称。"

它的名字叫胖里尼,你改编了它。哈。"那么,我该怎么做?站在这里喊'过来,里尼,里尼'?"他觉得自己已经像个傻子[①]了。

[①]"里尼"的英文意思就是傻瓜。

"三次。"

"什么?"

"迈尔斯通常是把它的名字重复三次。"

那匹马正站在牧场的一边,竖起耳朵注视着他们。马克深深地吸了一口气,用纯正的贝拉亚腔叫了起来:"过来,里尼,里尼,里尼。过来,里尼,里尼,里尼!"

那匹马鼻子里哼了哼,然后往篱笆这边小跑着过来了。它几乎不能算在奔跑,不过,在这过程中,它确实有一次抬起了自己的脚后跟,跳跃了起来。它到来的时候发出一阵嘶鸣,马克和伯爵都看见了它喷出的湿雾。它俯身靠在篱笆上,篱笆被压弯了,发出咯吱咯吱的响声。就近看上去,它简直非常庞大,它把自己巨大的头从篱笆那边伸了过来。马克急忙退缩了几步。

"你好,老伙伴。"伯爵拍拍它的脖子,"迈尔斯通常总是给它糖吃。"他回头向马克建议道。

"难怪它会跑过来了!"马克气恼地说,他本来还以为它来是出于对迈尔斯的深情。

"是的,不过考迪利亚和我都给它糖吃,但它并不听从我们的召唤,而是仍然自顾自地闲逛着。"

马克敢肯定,那匹马是在用一种非常困惑的眼光注视着他。这就是说,由于不是真正的迈尔斯,他又让一个灵魂彻底地失望了。另外的两匹马,大约是出于某种兄弟情义,此时也赶到了篱笆旁。马克出于某种恐惧的心理,很忧郁地问伯爵:"你是否带来了一些糖果?"

"哦,当然。"伯爵回答。他从口袋里拿出几个白色的方块糖,递给了马克。马克好奇地放了两块糖在自己的手掌心,并尽可能远地伸进篱笆里。随着一声嘶鸣,里尼扇动起耳朵,左右摇摆起来,把它的对手,另外两匹马赶走,然后端庄地用自己那富有弹性的嘴唇找到糖果并取走它们,在马克的手掌里留下一些黏糊糊的绿色黏液。马克在篱笆上擦掉一些,还想在自己的裤子上擦掉其余的,不过最终选择了那匹马的脖子来解决这个问题。马克的手触摸到那匹马柔软的毛发下面有一块老伤疤。里尼对他生气了,马克急忙退后到安全的区域内。伯爵对这群闹事的家伙吆喝了几声,往它们身上拍打了几次,还让其他两匹后来的家伙也吃了些糖,渐渐地让它们恢复了良好的秩序。马克似乎有些不恭敬地联想到——噢,这很像贝拉亚的政治局面。完事之后,伯爵不自觉地在自己的裤子上擦了擦手。

"你想试着骑骑它吗?"伯爵主动提出邀请,"虽然它最近没有受到足够的训练,不过也许会因为感到新奇而乐意接受你。"

"不,谢谢。"马克勉强忍住害怕,"也许以后还有机会的。"

"噢。"

他们沿着篱笆走开了,里尼在另一边一直跟随着他们,直到他们拐过一个弯,它才绝望地离开了。看到他们走远了,它发出一阵哀鸣,这是一种令人震惊的哀伤的声音,马克像是被击中似的缩起了脖子,伯爵笑了笑,但是,他的笑容立即就消失了。伯爵回头说,"这个老家伙已经二十岁了,对一匹马来说,就已经很老了。我也开始变得同它一样了。"

他们往树林走去。"那边有一条小路……它环绕着房子后面的一小块风景区,我们通常在那里野餐。你愿意过去看看吗?"

又一段长途跋涉,马克可不喜欢多走路。但是,他已经拒绝了伯爵骑马的邀请,这次不能再拒绝了。他可没有胆量连续拒绝伯爵两次。否则的话,伯爵会认为他……很傲慢。"好啊。"这里既没有保卫人员,也没有皇家安全部的私人卫兵,伯爵显然是故意安排了这个特别的时间,来进行一些非常亲密的交谈,马克想到这里,感到一阵畏缩。

当他们来到树林旁边的时候,看到发出一股清香气味的落叶已经散落在地下,而他们的脚步在落叶上发出的沙沙声似乎就是他们此时所发出的、唯一的声音了。伯爵虽然假装成一种优哉游哉的乡间休闲模样,其实整个人仍然显得非常僵硬和紧张,内心里似乎很不平静。马克被他的样子弄得很沮丧,脱口说道:"是伯爵夫人让你这么做的,是吗?"

"不完全如此,"伯爵说,"……是的。"

完全是一种毫无把握的语调。

"你会原谅那些袭击了一个假的内史密斯将军的巴罗普乔人吗?"

"也许不会的。"伯爵的语调非常平静,并没有显出被激怒的样子。

"如果一切都可以重来——如果那些巴罗普乔人袭击的是我——皇家安全部现在会不会竭力寻找我的冷冻室?"迈尔斯是否会把菲利皮拿出来,而把我放进去?

"如果那样的话,迈尔斯就会在皇家安全部工作——所以我猜想答案是肯定的。"伯爵低声说,"而我因为从来没有见过你,我自己的兴趣恐怕仅仅是一种……理论上的态度。不过,你妈妈一定会全力敦促的。"他若有所思地补充道。

"让我们坦诚相对吧。"马克毫不留情地说。

"只有这样我们才能够建立起某种能够持久的关系。"伯爵冷冷地说。马克涨红了脸,嘟嘟囔囔地表示同意。

那条小路起初沿着一条小溪延伸着,然后被一个峡谷截断,顺着一条铺着碎岩石的小径往山上延伸过去。不久它又恢复了以往的平展，往树林里岔开了去。

伯爵舔了舔自己的嘴唇。"关于那个冷冻室的事。"马克的头探了过来，就好像那匹马意识到糖果就要到口似的。皇家安全部没有向他透露任何消息，伯爵也没有同他谈起过任何相关的事情，在这种信息的真空里，马克简直急得要发疯了。他曾经不得已缠住伯爵夫人想探听一些消息，虽然他自己很恶心自己的行为。可是，伯爵夫人仅仅有一些负面的消息。据说皇家安全部已经排除了四百个地区，可以肯定这些地区都不可能有冷冻室。这仅仅是一个开端。已经排除了四百个，其余的将逐次查过……这是不可能的，毫无用处——

"皇家安全部已经发现了它。"伯爵揉了揉自己的脸。

"什么！"马克猛地停下脚步，"他们已经把它弄回来了？这个走运的家伙！一切都好了！他们在哪里——你为什么才——"他忍住了自己想说的话，猜想伯爵没有更早一些告诉他这个好消息，一定有充分的理由。而且他不知道自己是否愿意听到这个理由。伯爵的脸色非常忧郁。

"它是空的。"

"噢。"自己都说了什么愚蠢的话啊，噢，马克现在觉得自己愚蠢得无以复加，"怎么会——我不明白。"他曾经预测过许多结果，却从来没有想到过这一种，空的？"在哪里？"

"一个皇家安全部的间谍在赫根哈伯的医疗设备公司的销售清单上发现了它。它现在已经被清洗干净并且重新修整过了。"

"他们肯定那是同一个冷冻室吗？"

"如果奎因上校和登达立士兵提供的鉴别特征没有错的话，它就是那个冷冻室。那个间谍非常聪明，干脆就悄悄地买下了它。它已经通过邮政特快被托运到科玛的皇家安全部总部,正在接受全面的分析检查。显然,需要细致分析的东西很多啊。"

"但是,这毕竟是一个突破!那个医疗设备公司一定有相关的记录吧——皇家安全部已经能够跟踪追击,发现……发现……"发现什么?

"是的,但是又不是的。线索只能追踪到那个医疗设备公司。因为他们是在销售偷窃来的物品。"

"从杰克逊联邦偷来的物品?这不是大大降低了搜寻范围了吗?"

"唔,我们必须记住,赫根哈伯是一个很大的地区。这其中的情况要复杂得多了。"

"不,时间表会限定一些范围的。"

"从时间表看也有很多可能性。伊林已经计算过了,它确实把搜索的范围限制在……九个星球,十七个基地,以及穿梭于它们之间的所有飞船之内。"伯爵做了个鬼脸,"我甚至希望我们能够肯定自己的对手就是西塔甘达。让我绝望的是,冷冻室可能曾经落到了杰克逊的一些小偷手中,而他们为了谋取商业利润,重新出售冷冻室,就随便地丢掉了冷冻室内部的保存物了。我们应该悬赏……用比冷冻室本身高几十倍的奖金,来换取里面的尸体;或者满足对方的任何要求,只要迈尔斯还保留了原状,还可以被挽救。一想到迈尔斯可能被错误地扔在某个地方并且腐烂了,我就气得不得了。"

马克用自己的双手抱住自己的前额,他在不停地颤动着。他的脖子也很紧张,感觉就像一根木头。"不……这太疯狂了,太疯狂了。我们现在已经找到了两端的线索,仅仅缺少中间环节。它是可以被连接上的。诺伍德——诺伍德对内史密斯将军是忠诚的,而且他很聪明。我见过他。当然,他并没有设想自己会被杀死,但是,尽管如此,他也不会把冷冻室寄送到某个危险的地方,或者随意寄送到某处。"他可以肯定这一点吗?诺伍德应该计划在一天内能收到这个冷冻室,如果它到达某个地方……无论什么地方……带有某种暂留待领的密码,但是,却没有人去领……"那个医疗设备公司买下这个冷冻室的时候,它有没有被重新修整过?"

"已经修整过了。"

"那么,也许在某些缝隙里会隐藏着一些医疗用品的痕迹。也许迈尔斯已经被转移到某个人的固定储藏库里了。"这种情况在埃斯科巴应该是可能的,但是,在杰克逊联邦,恐怕很危险。

"我希望如此。冷冻室里确实残留了一点点有限的医疗用品痕迹。它们是可以被查清楚的。皇家安全部正在做这方面的努力。但是,问题是……冷冻尸体需要非常高的专门技术,而清除一个冷冻室里的杂物恐怕可能是任何杂务人员都会做的简单工作。一个没有标记的坟墓是很难发现的,或许根本就没有任何坟墓,仅仅被丢掉,就像垃圾一样……"伯爵瞪着树林,两眼发直。

马克知道他根本没有看到任何树木。马克知道他看到的情景同他自己所看到的一样,一个冷冻了的小尸体,胸部被炸开了——甚至不需要一个手动牵引机去搬动它——被漫不经心地塞进某个垃圾袋里。他们也许想都不会想一想,这个小个头的男人究竟是谁?也许它对于他们来说仅仅是一个讨厌的家伙?这些他们是谁?该死的!

究竟伯爵的脑海里何时开始转动起这个可怕的念头,而他居然能够像平时一样步行和谈话?"你知道这个消息有多久了?"

"这个报告是昨天下午到的。所以,你知道……我必须了解你目前的立场,就与贝拉亚的关系而言。"他重新开始沿着小径走了起来,然后拐到一个岔路上,这里更狭窄,并开始往上伸展。

马克加快脚步跟了上去。"没有一个正常人能够与贝拉亚保持正常的关系,他们都必须竭尽全力才能维持这种关系。"

伯爵回头笑了笑。"我恐怕你同考迪利亚交谈得太多了。"

"是的,不过,她恐怕是这里唯一愿意同我谈话的人了。"他追上了伯爵,因为后者已经放慢了脚步。

伯爵的脸上出现了痛苦的表情。"确实如此。"他沿着陡峭的石头小径往上攀登着,"我很抱歉。"过了一会儿,他用一种忧郁的幽默语气补充说,"我不知道我自己是否曾经也这样打击过我的父亲,如果答案是肯定的,那么他就是一个具有高贵的复仇品质的人了。"这里的忧郁比幽默更明显,马克说:"但是,我们必须要……了解……"

伯爵突然停住,靠着一棵大树,坐了下来。"这很奇怪。"他低声说,他的脸刚才还因为登山和早晨的阳光而显得红润和精力充沛的样子,现在突然变得苍白起来。

"怎么啦?"马克好奇地问,气喘吁吁的。他双手扶住自己的膝盖,直瞪瞪地看着这个男人,此时他已经奇怪地降低到自己视线的高度了。伯爵的脸上出现了一种心烦意乱的神情。

"我想……我最好休息一会儿。"

"我也想休息了。"马克也在附近的一块岩石上坐了下来。伯爵起初并没有同马克继续交谈。他们之间出现了一种非常尴尬的紧张气氛,这让马克的胃很不舒服。他怎么啦?他肯定出了什么问题?噢,真该死……天空开始变得湛蓝晴朗起来,微风吹拂着树木,发出轻轻的声音,好像在叹息,更多的金色树叶落了下来。马克感到的那种寒冷似乎与天气没有任何关系。

"这不像——"伯爵用一种冷静的、学究气的语气说,"胃部溃疡穿孔了,我以前有过那方面的经历,这一次感觉不一样。"他交叉双手护着自己的胸口。他的呼吸开始变得急促和微弱,并没有像马克那样在休息之后立即就恢复平常的节律。

肯定出了什么事。马克认为,伯爵就像一个非常勇敢的人,现在努力让自己不表现出害怕的样子。这真是他所看到的最吓人的场景了。勇敢,但是并不愚蠢:例如,伯爵并没有假装自己什么事也没有,并没有继续沿着小径攀登以证明这一点。

"你看起来不太舒服的样子。"

"我感觉很不好。"

"你有什么感觉?"

"哦……胸口痛。我恐怕,"他尴尬地承认,"不仅仅是痛,真的,一种非常……奇怪……的感觉。"

"会不会是消化不良?"就像马克自己现在所感觉到的?

"恐怕不是的。"

"也许你应该使用通讯设备请求援助。"马克胆怯地建议说,显然这里发生的事情他根本没有能力解决,看起来像是一次紧急事件。

伯爵笑了起来,一种干巴巴的表情,他说的话也不能令人感到安慰。"我没带通讯设备。"

"什么? 你是一个繁忙的首相,你怎么可能不随身带着它呢——"

"我想要与你进行一种不会被打扰的私人谈话。就这一次,我不愿意受到别人的干扰。我曾经……为迈尔斯做过这种事情。有时候,当一切都太紧张的时候,虽然让很多人气得发疯,但是慢慢地……他们变得……接受这件事了。"在说最后一个词的时候,他的声音变得响亮和轻松起来,"不……那不是赞同……"他伸手给马克,但是马克满怀恐惧地把他按住,不让他站起来。

一种让人麻痹的毒素……心脏丧失正常的功能……我必须与你单独在一起……我应该在你的注视下等待着,等二十分钟,直到你死去……他是怎么让这一切发生的?也许他曾经计划好了这一切?他的内心产生了分裂?一部分在做这些事情,而另一部分则完全不知道发生了什么?就像那些分裂的人格通常所做的那样?这是我干的吗?噢,上帝啊,噢,真该死!

伯爵勉强挤出一个笑容。"孩子,别吓成那样。"他低声说,"还是回到房子里去,把我的卫兵喊来,那儿并不太远,我保证不起来乱动。"一种沙哑的笑声。

我不在乎前面的路,我要跟你一起走。我能背你吗?不,马克并不精通医学知识,但是,他觉得现在绝对不能挪动这个男人。而且,即使他现在体重大大增加了,伯爵还是比他重很多。"好吧。"前面不会有许多迷惑人的弯道吧?"你……你……"真该死,你一定不要死在这里,不要现在就死掉!

马克转身一路小跑起来,迅速地跑完了一条笔直的小径。右边还是左边?左边,沿着那条双行通道。不过,他们究竟什么时候走过这里的?他们曾经经过了一些灌木丛——可是这里到处都是灌木丛,而且有好几个岔路口,其中有一个路边有一些马桩子,他们曾经路过那里,就是这个吗?它们一个个看起来很相像。我要在这个讨厌的树林里迷路了,我会在这里兜圈子……浪费二十分钟,直到他死去,变得僵硬,然后他们会一起指责我是有意识这么做的……他被一棵树绊了一跤,然后挣扎着站起来,重新寻找方向。他觉得自己就好像戏剧舞台上的一条狗,奔跑着去求援,但是,当他终于到达目的地的时候,却只会狂吠、哀鸣和摇尾巴,而没有人能够理解他……他紧紧地抱住一棵树,喘着气,往四周张望着。树林的北部不是应该长着苔藓吗?或者这种情况只有在地球上才会发生?这里大都是地球上的树木……哈!那边就是小溪了。但是,他们是沿着小溪的什么方向走的,往上游,还是往下游?真蠢,真蠢,真蠢。他觉得头晕眼花,于是就不顾一切地转身往左边飞奔起来。

得救啦!一个高大的女性身影在他前面的小路上出现了。是埃蕾娜,她正往谷仓走去。这样看来,他不仅走对了路线,而且还找到了援兵。他想要喊叫,但是仅仅发出了沙哑的低语。不过,这已经吸引了她的注意力。她回过头来,看到了他,立即停住了脚步。他摇摇晃晃地向她走去。

"你究竟怎么啦?"她的语气不再那么冷漠和气恼,而是充满着好奇和惊慌。

马克设法喘了口气。"伯爵……病了……在树林里。你能够……把他的卫兵……带到那里吗?"

她的眉头怀疑地皱了起来。"病了?怎么病的?一个小时之前他还好好的。"

"病得很厉害,请,真该死,快一点。"

"你究竟做了什么——"她开始说,但是他脸上明显的痛苦消除了她的怀疑,"马厩里有一个通讯链接设备,这是最近的一个了。你把他丢在什么地方了?"

马克含糊地冲着后面挥了挥手。"某个地方……我不知道你们怎么称呼那个地方。就在通往野餐地的路上——这样说行不行?难道那些该死的皇家安全部的家伙们不能搜索吗?"他发现自己正恼怒地跺着脚,因为她动作似乎太缓慢了些,"你的腿长一些,赶快去吧!"

她终于相信了他的话,奔跑起来,不过,在跑远之前,还是怀疑地回头瞪了他一眼,让他感到毛骨悚然。

我没有做——他转身往伯爵待的地方走去。他不知道自己是否应该跑开,躲起来。如果他设法偷一个轻便飞机然后飞到贝拉亚的首都,他是否能够说服某个银河系的大使馆让自己在那里政治避难?她认为我……他们都会认为是我……该死的,即使他自己也不能信任自己,为什么那些贝拉亚人应该相信他呢?也许他不该这么麻烦了,就地把自己解决掉算了,就在这个愚蠢的树林里解决掉。但是,他没有任何武器,而且,这里虽然很荒凉,却没有任何高一点的悬崖之类的地方,能够让他跳下去摔死。

起初马克以为自己又拐错了弯儿,伯爵肯定不会站起来或走动的——不。他在那里,仰面躺在一个倒下的木头柱子旁边。他正在气喘吁吁地呼吸着,呼和吸之间有很长的间隔时间。双手抱在胸前,显然他现在比马克走之前痛得更厉害了。不过,他还没有死。还没有死。

"你好,孩子。"他假装没事儿人似的招呼道。

"埃蕾娜去喊援兵了。"马克焦急地说,他往四处张望着,倾听着。但是他们还没有来。

"很好。"

"别……别说话了。"

他的话让伯爵发出了一声沙哑的笑声,这似乎比他那可怕的喘息声更让人害怕。"只有考迪利亚……曾经成功地……让我闭上嘴。"不过,他从此也再没有说话。马克有意识地让他说完最后一个词,至少他现在有些别的东西想想了。

活着,别这样离开我。

马克听到一阵嗖嗖的、熟悉的声音,抬头一看,发现埃蕾娜和一个皇家安全部的、穿着绿色制服的家伙一起骑在一辆气垫自行车上,那个家伙坐在后面,双手抱住埃蕾娜的腰。埃蕾娜迅速地借助一些细树枝从气垫自行车上滑了下来,树枝断了,自行车尾气掀起的灰尘向着她扑面而来,但是她全然不顾一切,迅速地降落在地面上。那个皇家安全部的家伙在自行车离地面还有一米高的地方下了车。"退回去。"他冲着马克厉声呵斥道,"你把他怎么了?"

马克退到埃蕾娜的那边。"他是医生吗?"

"不,只是一个医务员。"埃蕾娜此时也气喘吁吁。

那个医务员抬起头,汇报说:"是心脏,但是我不知道究竟是什么问题,也不知道为什么会出现这样的症状。首相的私人医生不在这里,让他去哈松达尔同我们汇合吧。不能耽搁了。我认为一定要有一些医疗用品才行。"

"好的。"埃蕾娜冲着一个联络器大声地发布命令。

马克想帮助他们把伯爵临时安置在气垫自行车上,就在埃蕾娜和那个医务员之间伸手想托起伯爵。"别碰他!"

马克以为伯爵已经昏迷了过去,但是,此时他睁开眼睛,低声说:"嘿,这个孩子没有问题。贾斯。"那个叫作贾斯的医务员有气无力地说:"是的,我明白了。"

他真的要死了,不过,他还是考虑得那么周到,他是在试图消除别人对他的怀疑。

"一辆飞行车就在最近的空地上等候我们。"埃蕾娜指着下面说,"到那里去,如果你想和我们一起走的话。"那个气垫自行车慢慢地、小心翼翼地升到空中。

马克听到埃蕾娜的吩咐之后,立刻飞跑下这座小小丘,很明显地感觉到自己的头顶上有一个影子在缓慢地移动着。他们在一个交叉路口停了下来。那个医务员、埃蕾娜还有皮尔玛,已经把伯爵转移到了一个黑色的飞车上。马克跌跌撞撞地爬进车里,同埃蕾娜一起坐在最后排的座位上。皮尔玛在前面开车,他们的车螺旋式地升到空中,然后飞快地开走了。那个医务员弯腰俯在他的病人身边,为他接上氧气并注射减低震荡作用的药品。

马克的喘气声甚至比伯爵的还要响,以至那个全神贯注的医务员也不得不抬头看看他,不过,跟伯爵不一样,马克很快就恢复了正常的呼吸。他大汗淋漓,内心里仍然在颤抖。上一次他具有同样感觉的时候,正是那些巴罗普乔士兵冲着他扫射的时候。飞车难道能够飞得这么快吗?马克希望不会有任何东西被吸入马达的通风口。

尽管被注射了减震药剂,伯爵的眼睛还是开始晃荡和模糊起来。他的手伸出来抓那个塑料氧气面具,不耐烦地挡开医务员的手,着急地向马克挥动了一下,显然是想说些什么。现在这种情况下,阻止他比顺从他要更危险,所以马克就跪倒在伯爵的身边。

伯爵悄声地、非常认真地对马克说:"所有的……真正的财富……都是生物学意义上的。"

那个医务员冲着马克瞪大了眼睛,想要听他的解释,马克仅仅无助地耸耸肩。"我想他已经神志不清了。"

在这段旅途中,伯爵还试图说过一次话,他抓掉自己的面具说:"吐痰。"那个医务员急忙帮助他抬起头,让他把嘴里的痰吐了出来。

　　这个伟大的人的最后一句话。马克闷闷不乐地想道。所有那些辉煌的生命经历就这样随着一声"吐痰"而结束了。确实这真的是生物学意义上的一句话。他双手抱在胸前,坐在地板上,无意识地咬着自己的手指。

　　当他们到达哈松达尔区医院的时候,一小队人员立即围上来了,他们迅速地把伯爵推走了。医务员和皮尔玛被赶走了,马克和埃蕾娜被送到一个私人等候处,他们在那里耐心地等待着。

　　过了一会儿,一个拿着报告单的女人突然冲了进来,问马克:"你是不是病人最亲的家属?"

　　马克张开了嘴,但是没有说话。他不知道如何回答。埃蕾娜救了他,她说:"弗·科西根伯爵夫人正从沃巴萨塔那飞来,她几分钟之后就会到达。"这个妇女似乎对此感到很满意,于是又冲了出去。

　　埃蕾娜说得没错。几分钟之后,走廊里就传来了皮靴疾步行走的声音。伯爵夫人快速走进来,身后跟着两名身穿特殊制服的卫兵。她从他们身边闪过,只给马克和埃蕾娜每人一个微笑,经过大门时没有丝毫减速。门的那边有一个不知好歹的医生居然试图阻止她。"请原谅,太太,这个时间不能探访病人。"

　　她的声音立即就压倒了他的:"别跟我说这些陈词滥调,小家伙,我是你的老板。"当他看到那些士兵的特殊制服时,他知道自己应该怎么做了。"这边请,夫人。"他们的脚步声渐渐地消失了。

　　"她的话是认真的,"埃蕾娜对马克解释说,"弗·科西根地区的这个医疗网络正是她最关心的工程计划之一。这里一半以上的人员都曾经宣誓为她效劳,以获得学业上深造的机会。"

时间过得非常缓慢，马克慢步走到窗户前，向外面注视着这个弗·科西根区的首府。哈松达尔是一个新城市，是在弗·科西根·瓦施诺伊被毁掉之后建造的。这里几乎所有的建筑物都修建于独立时期之后，大部分建造于过去的三十年间。城市是为方便新型交通工具行驶而设计的，不再仅仅适合马车等陈旧的交通工具了。林立的高楼大厦沐浴在朝阳中，其景色与银河系的其他发达世界几乎没有什么大的差别。难道现在还是早晨？从黎明到现在，就好像已经过去了一个世纪了。这个医院与一般的小医院，比如埃斯科巴的任何类似的医院，几乎没有什么差别。伯爵在这里的官府宅邸是弗·科西根家族有限的几个现代化住宅之一。伯爵夫人曾经表示很喜欢这里，但是，他们仅仅是来哈松达尔办事的时候才住上几天，这里更像一个旅馆，而不是一个家。很奇怪。

当伯爵夫人回来招呼他们的时候，已经是中午时分了。她走进来的时候，马克焦急地查看着她的脸色，她的脚步是缓慢的，她的眼睛显得非常疲倦，不过，她的嘴巴并没有因为痛苦而扭曲。看到这些，马克就知道，伯爵还活着。

她拥抱了埃蕾娜，并朝马克点了点头。"阿罗现在情况稳定下来了。他们准备把他转到沃巴萨塔那的皇家军事医院里。他的心脏受到了严重的损伤，我们的人认为必须要移植心脏或者安置人造心脏。"

"你今天早晨早些时候在哪里？"马克问她。

"我在皇家安全部总部。"这就对了。她看着他，"我们分了工，阿罗是否已经告诉你那个消息了？他曾经发誓他会告诉你的。"

"是的，他说了，就在他生病之前。"

"你们都做了些什么?"

这比人们通常所问的,你对他干了什么?要好一些。马克零乱地叙述了他们一个早晨所做的事情。

"紧张,早晨,登山,"伯爵夫人若有所思地说,"我敢肯定,是他安排了这个紧张的节奏。"

"军事化的节奏。"马克确认了这一点。

"嗯。"她神情黯淡地说。

"是心肌梗塞吗?"埃蕾娜问,"看起来很像。"

"不是的,这也是我感到困惑的原因。我知道他的主动脉是没有问题的,因为他一直在进行这方面的保健治疗,否则的话,他那些可怕的饮食很多年前就会杀死他的。这是一个动脉瘤,在心肌内部,造成了心血管破裂。"

"是不是因为压力过大?"马克问,"他的血压是不是很高?"

她的眼睛眯了起来。"是的,相当高。但是,这个血管已经非常脆弱了,随时都可能破裂的。"

"皇家安全部有什么……新消息吗?"他又胆怯地问,"你在那里的时候有没有听到什么?"

"没有。"她信步走到窗户旁,茫然地注视着窗外的市容,"找到一个空的冷冻室……这对我们的希望是一个很大的挫伤。至少这让他终于下决心亲近你。"她停顿了一会儿,"他做了吗?"

"不……我不知道。他带我到处转转,给我讲解许多事情,他努力了。他非常认真地努力了。看到他那样真让人难过。"他确实仍然感到难过,他的太阳穴附近还在疼痛。据说,人的灵魂就藏在那里。

"他努力了。"她舒了一口气。

这一切都太过分了。窗户的玻璃是防震的,但是他的手不是的。他紧紧地握住拳头,往后猛地一拉,砸了上去。

但是,伯爵夫人敏捷地一把抓住了他拳头,他的这种自虐行为被她阻止了。

"别这样。"她冷静地劝阻道。

第十六章

一面巨大的镜子镶嵌在一个手工雕刻的镜框里,悬挂在图书室的门厅里。马克紧张地站在它的面前,对自己做最后一次检查,以便前去接受伯爵夫人的审察。

那个棕色和银色相间的弗·科西根次子制服并没有掩盖多少他身材上的缺陷,他的所有缺点暴露无遗,无论是过去就有的还是现在新增的。而且,他发现如果他挺直腰杆,这套制服让他显露出一种呆头呆脑的样子;而当他松懈下来的时候,它却显得邋遢起来。它似乎非常合身,这可不是一个好兆头,因为它八个星期前被送来的时候,应该是宽松一些的。难道那个皇家安全部的分析家计算了准确的日子?如果过几天,他恐怕就穿不上这套衣服了。

才八个星期吗?他觉得自己好像已经被囚禁在这里很久了。他是一个受到良好待遇的囚犯,这倒一点不假,就好像一个古代的官员,曾经宣誓并获得了假释,还能够继续管理自己的城堡和庄园。不过,并没有任何人要求他的誓言,也许他的誓言已经没有任何意义了。他离开了镜子,吃力地走进图书室。

伯爵夫人正坐在丝绸沙发上,很优雅地穿着长裙,裙子的开口很高，装饰有柔软的本色毛呢和华丽的棕红色、银色相间的绣花图案，它松软地披在她的脑后，与她的头发颜色形成相互映衬的效果。她从头到脚没有一点黑色或灰色或任何暗示悲伤的颜色，显得非常高傲、雅致和高贵。我们这儿一切都很好。她的装扮是否在说，一切都很弗·科西根化。她回头看到了马克，脸上漫不经心的神情立即消失了，露出了自然的微笑。这让马克也不由自主地微笑起来。

"你看起来很不错。"她赞许地说。

"你也是。"他回答，然后，似乎自然而然地补充道，"夫人。"

听到他最后一句补充的称呼，她的眉头皱了皱，不过没有说什么。他走向近旁的一个椅子，不过，因为过于激动和紧张，他并没有坐下来，仅仅是靠在椅背上。他抑制住自己想用右脚在大理石地板上敲打的冲动。"那么，你认为他们将怎样看待今天晚上发生的事情？我是说，你的那些弗氏朋友。"

"噢，你一定会吸引他们的注意力。"她叹息道，"这一点毫无疑问。"她拿起一个小小的棕色丝织袋子递给了马克，袋子上面刺绣着弗·科西根家族的银色族徽，里面装着一些沉重的金币，发出有趣的声响，"在今天晚上的税务典礼上，你代表阿罗，把这袋金币送给格雷格，这就等于我们公开地宣布你为我们合法的儿子，而且我们的这个声明也会得到官方的关注。同时这也表明你已经接受这个身份。这是第一步。以后还有很多类似的事情发生。"

然后最终是——获得伯爵爵位？马克非常不高兴地皱着眉头。

"无论你自己的感受如何——无论最终的结果如何——别让他们看出你内心的动摇。"伯爵夫人提醒他说，"一切都是理念上的,这整个弗氏体系。信念是一种概念化的东西,怀疑也是的。"

"你认为这个弗氏体系是一个幻影?"马克问。

"我过去是这样认为的。但是,现在我更喜欢称它为一个创造物,而且,像现实中存在其他所有的创造物一样,它必须不停地被再创造。我看到了贝拉亚统治体系的笨拙、美丽、腐败、愚蠢、正直、挫败、疯狂和进步,但是,它基本上完成了政府部门的职责,这也是任何一个普通的政治体系的基本职能。"

"那么……你究竟是支持它还是反对它?"他困惑地问。

"我不知道我的态度有没有意义。最高权力形式就好像一场混乱的交响乐,由一个委员会组成,其成员大多是一些自愿的、非职业政治家。它的存在已经有三百多年的历史。它往往表现出极大的惰性和根本上的脆弱性,似乎既在不断地变化,同时又是不可改变的。它可以像一头瞎眼的大象那样把你踩死在脚下。"

"多么令人鼓舞的想法。"

她笑了起来。"今天晚上我们不会让你完全同陌生人在一起的。伊凡和你的婶婶艾利丝也会出席这个仪式,还有年轻的弗·塔拉勋爵和夫人等等,这些人在过去的几个星期里,你在这里都曾经遇见过。"

那就是一连串极其难以忍受的晚宴的收获。在伯爵发病之前,曾经有一大批经过精心挑选的客人被邀请到弗·科西根宅邸来会见马克。伯爵夫人即使在伯爵生病之后,也坚持邀请客人来府上聚会,其目的就是为今天晚上做准备。

"我想每个人都会轮番询问阿罗的情况的。"她补充说。

"我应该对他们说些什么?"

"简单的事实是阻止无止境的追问的最好方法。你就告诉他们,阿罗现在正在帝国军队医院里等待可以移植的心脏,而且他的表现很不好。假如他不收敛一些的话,他的身体可能导致他中风瘫痪或者辞职。你不需要告诉别人任何医疗上的细节问题。"

那些可能揭示出这个首相究竟病得多么厉害的细节。当然。"……如果他们问我迈尔斯的情况呢?"

"迟早,"她深深地叹了口气,"如果皇家安全部无法找到尸体,他们迟早会宣布他的死亡的。但是,在阿罗的有生之年,我希望这个最后的日子越迟越好。只有少数皇家安全部的高级军官、格雷格皇帝以及几个高级政府官员知道迈尔斯的事情和他的真实身份。对于其他的人来说,他只是一个军衔不高的、皇家安全部的特使。你可以告诉他们,他目前正在外地执行任务,如果有人打破砂锅问到底,你也可以回答说,皇家安全部没有向你透露他究竟去了哪里或究竟什么时候能回来。"

"盖尹有一次说……"马克准备说什么,又停住了。

伯爵夫人平静地看了他一眼。"今天晚上你的脑海里是否装满了盖尹的话?"

"在某种程度上,是的。"马克承认,"他也在这方面训练过我。我们曾经练习过所有的典礼,因为他不能肯定究竟在一年中的什么时间把我安插进来——皇帝的生日、仲夏庆典、冬季展览会等等。我今天准备参加这个仪式的时候,无法不想到他,想到他是多么的仇恨这个国家的最高权力机构。"

"他也不是完全没有自己的理由的。"

"他说……弗·科西根伯爵是一个谋杀者。"

伯爵夫人叹息了一声,重新坐了下来。"是吗?"

"他是一个谋杀者吗?"

"你已经有机会自己对他进行观察了,你是怎么看的?"

"夫人……我自己就是一个谋杀者,所以我无法分辨。"

她的眼睛眯了起来。"公正地说,是这样的。他的军事生涯很漫长,也很复杂——可以说是血腥的——不过,我想盖尹主要指的是那个大屠杀事件,他的姐姐就是在那时死去的。"

马克默默地点了点头。

"这个惨无人道的事件,是一个贝拉亚远征队的执行官擅自发起的。阿罗知道以后,为了这个事件,亲手处死了他。不过,没有经过正常的起诉程序,从这个意义上说,他确实是一个谋杀者。"

"盖尹说他这样做是为了掩盖真相。他说,伯爵有一个口头的命令,只有那个执行官知道。"

"既然如此,盖尹又是怎么知道的?阿罗不是这样说的,我相信阿罗。"

"盖尹说他是一个虐待狂。"

"不,"伯爵夫人冷冷地说,"盖斯·弗·特耶和萨尔格王子才是虐待狂。他们的政党现在已经被废黜了。"她黯淡地笑了笑。

"盖尹还说伯爵是一个疯子。"

"从贝塔人的观点来看,在贝拉亚没有人是正常的。"她露出幽默的神情,"即使是你和我也不能幸免。"

特别是我。他吐了一口气。"盖尹还指责伯爵搞同性恋。"

她抬起头。"这同你有什么关系吗?"

"盖尹就是这样对待我的,这似乎……很明显。"

"我知道。"

"你知道?真糟糕……"难道自己在这些人眼里没有任何隐

私吗?是他们用来娱乐的戏剧人物吗?不过,伯爵夫人似乎并没有流露出觉得这很有趣的样子,"一定是通过一份皇家安全部的报告知道的,毫无疑问。"马克痛苦地说。

"他们逮捕了盖尹的一个部下,叫拉斯。你知道他吗?"

"知道。"他咬紧牙关。

"如果撇开盖尹不谈,阿罗个人在性爱上的偏好是否让你不安?"

"我不知道。只想了解真相。"

"如果这样的话,是的,他是同性恋,唉,事实上……我认为他是双性恋,不过潜意识里更喜欢男性而不是女性。或者更准确地说,更喜欢士兵,而不是一般的男人。我并不认为自己,按照贝拉亚的标准,是一个极端粗野和顽皮的、男性化的女人,所以就解决了他的难题。他第一次遇见我的时候,是一个可怕的战争场合,我身穿制服在打仗。他认为自己是一见钟情。我也没有费心去向他解释说,这是因为他自己的心理抑制机制突然转变了方向。"

"为什么不说?或者你自己的心理也有类似的变化?"

"不,我确实是突然陷进去了。几天之后我才恢复了正常。至少有三天吧。"她的眼睛在回忆中熠熠发光,"我真希望你能够看到他当时的模样,四十岁左右,最辉煌的时期。"

马克曾经在这个图书室里听到过伯爵夫人对自己的解剖,现在他知道她的解剖手术刀并不是专门为自己准备的,这让他感到一种不可思议的欣慰。她不仅仅这样对待我,她对每个人都如此。噢。

"你非常……坦率,夫人,迈尔斯是怎么看待这一切的?"

她若有所思地皱着眉头。"他从来没有问过我任何事情。也许他了解一些阿罗年轻时的不愉快的经历,不过它们都事先被宣布为敌人的恶毒攻击。"

"为什么告诉我真相?"

"你问了。你已经是一个成年人了,而且……你非常需要了解一切,因为盖尹的缘故。假如你和阿罗之间的一切都透明起来,你对他的看法就不会太高,也不会太低。阿罗是一个伟大的人。我作为一个贝塔人已经看出了这一点。但是,我没有把伟大等同于完美。作为一个伟大的人……应该是最高的境界了。"她冲着他狡猾地笑了笑,"这是否让你对自己更有信心了?"

"嘿,你是说,这就阻止了我退缩。你的意思是不是说,无论我曾经多么失败,你仍然希望我能够创造奇迹?"太令人震惊了。

她想了想说:"是的。事实上,由于没有人是完美的,这就意味着,所有伟大的行为都具有不完美的一面。"

让迈尔斯疯狂的不仅仅是他的父亲,马克暗暗揣摩着。"夫人,我从来没有听到你分析你自己。"他调皮地说。不是吗,谁给理发师自己修理发型呢?

"我自己?"她忧郁地笑了笑,"我是一个傻瓜,小家伙。"

她避开了自己的问题,是不是?"一个爱情的傻瓜?"他轻松地说,想消除他自己的问题所招惹出来的尴尬气氛。

"在许多方面都是傻瓜。"她的眼睛里露出冷峻的神情。

当伯爵夫人和马克一起被送往皇帝的寝宫时,一种湿漉漉、雾蒙蒙的暮色渐渐笼罩住这个城市。身穿华丽制服并且佩带非常整齐的皮尔玛,为他们驾驶着一辆地面车。另外还有几个伯爵的卫兵坐在另一辆车里,伴随着他们——他们与其说是保镖,还不如说是仪仗队。而且马克似乎感觉到,他们很热切地盼望着晚会的来临。关于马克的猜测,伯爵夫人评价说:"是的,这次晚会对于他们来说非同寻常。皇家安全部会把整个寝宫都封锁起来。到会的人员里面将有许多与他们同样身份的人。他们在那里很有可能会吸引某些贵族少女的注意力,可能会攀得一个好姻缘,当然,这还要看他们在军队的表现是否足够出色。"

他们到达了皇帝的寝宫,这里的建筑风格与弗·科西根宅邸很相似,只是更加宏大一些。他们从寒冷的雾气里匆匆走进温暖的房间,马克发现,伯爵夫人正紧紧地扶住了自己的左臂。这似乎既是一种惊慌,也是一种安慰。他是保护者还是被保护者?无论如何,他都必须尽力挺直腰杆,装出勇敢的样子。

他们在门廊里遇见的第一个人居然是西蒙·伊林,马克感到非常害怕。这位安全部部长此时为了这个庆典,特意穿着红色和蓝色相间的皇家阅兵军礼服。虽然这里不断地有许多身穿同样服装的官员走进来,他还是显得非常引人注目。与其他佩带着双剑的军官都不同的是,伊林携带着真正的武器——一把等离子电弧枪和装在手枪套子里的电击器。一个显眼的监听器在他的右耳上闪闪发亮。

"夫人。"伊林点了点头,把他们带到一边,"今天下午你是什么时候看到他的?"他低声对伯爵夫人说,"他怎么样?"

在这种场合里,显然不需要说明这个他究竟是谁。伯爵夫人往四周看了看,确信没有人能够听到他们的谈话。"不好,西蒙。他的气色很糟。水肿得厉害,而且还时常失去知觉,这在我看来是最糟糕的症状了。那个医生不想在等待人体心脏器官的同时给他安装一个机械心脏,目的虽然是想减轻他的压力,但是,他的心脏不知道还能不能等那么久。他也可能随时在手术中送命。"

"根据你的判断,我是否可以去看望他?"

"不行。你一旦走进房间,他就会试图坐起来和你谈公事。当他发现自己居然不再能够工作,这种失望的打击会比他的努力产生的压力对他的身体更具有毁灭性的破坏效果。那会让他无比焦虑的。"她停顿了一会儿,"除非你突然跑过去告诉他一个好消息。"

伊林沮丧地摇了摇头。"抱歉。"

伯爵夫人没有立即答话,他们一时之间出现了令人尴尬的沉默。马克鼓起勇气插话说:"长官,我还以为你在科玛呢。"

"我必须到这里来。皇帝的生日晚宴是每年最让安全部害怕的事件。一个炸弹就可以把整个政府毁掉。这你不难明白。当阿罗的……不幸消息传来的时候,我正在来这里的途中,正在拼命地往这里赶。"

"那么……科玛究竟发生了什么事情?谁在监控,呵,这次搜寻行动?"

"一个值得信赖的部下。现在似乎我们仅仅能找到尸体了——"伊林瞥了一眼伯爵夫人,停下来不说了。她悲伤地皱着眉头。

他们准备降低搜索行动的级别了。马克急忙插嘴说:"那么,你们派了多少人去杰克逊联邦?"

"尽可能多的人吧。这次新的危急事件,"伊林的头扭动了一下,表示他指的是伯爵目前的威胁状况,"限制了我的人力资源。你们可能想象不到,首相的身体状况引起了多少有害的政治情绪,即使单单在西塔甘达一个地区就够让人烦恼的了。"

"多少有害情绪?"他的声音变得很尖锐,也很响亮。但是伯爵夫人并没有制止他,她只是冷冷地看着他们。

"马克勋爵,你还没有资格询问和要求得到有关皇家安全部的行动部署方面的任何资料!"

还没有?显然永远也不会有的。"仅仅是一个询问,长官,你不能认为这次搜索行动完全与我无关吧。"

伊林冲着他模棱两可、漫不经心地点了点头。他摸着自己的监听器,显出被什么东西弄得很分神的样子,然后向伯爵夫人敬礼告别说:"夫人,我必须离开了。"

"玩得开心点。"

"你们也一样。"他知道伯爵夫人的话具有嘲讽意味,就做了一个鬼脸。

马克伴随着伯爵夫人沿着一道非常宽敞的楼梯来到一个长长的接待室,这个房间的整个一面墙全是镜子,另一面则全是窗户。一个内部主管正站在大门边,高声宣读他们的头衔和姓名。

马克对他们最初的印象是一群没有面孔的、危险的有色形体,就像一个种植着食肉花卉的大花园。各式各样的弗氏制服像彩虹一样鲜艳耀眼,其中还夹杂着无数红色和蓝色相间的皇家制服。这些制服似乎比那些妇女们的盛装还要光彩夺目。大多数人三五成群地站在一起,相互交谈着,不断变化着位置。一些人坐在墙边的椅子上,也形成了类似的谈话组合。仆人在他们之间悄悄地走动着,提供各式食品和饮料。这些仆人中,看起来身体特别健壮和匀称的,大都是皇家安全部的特工,他们身穿仆人的服装作为掩护。那个看守着出口的老家伙,身穿弗·巴拉制服,相貌冷峻,他就是皇帝的私人卫兵。

马克认为,这一定是自己的幻觉:他觉得,当他们走进房间的时候,几乎所有的人都回过头来看他,人们大都停止了各自的谈话,房间里出现了一阵可怕的寂静。不过,确实有人回头来和伯爵夫人寒暄，例如，伊凡·弗·帕特利尔和他的妈妈艾利丝·弗·帕特利尔夫人。她一看到他们，就挥手招呼他们到她的身边去。

"考迪利亚，亲爱的。"弗·帕特利尔夫人露出一个忧心忡忡的微笑，"你必须告诉我最新的情况，人们都在询问。"

"是的，不过，你知道要按规定办事。"伯爵夫人叹息道。

弗·帕特利尔夫人嘲讽地点点头，就转身继续同伊凡交谈了起来。"如果有机会的话，今天晚上一定要让那个弗·桑逊家的姑娘觉得你很讨人喜欢。她是芜莱塔·弗·桑逊的妹妹，也许你会更喜欢她。卡斯亚·弗·高努也来了，这是她第一次参加皇帝的生日晚宴。还有埃瑞娜·弗·塔施普拉，待会儿一定要至少找到一次与她跳舞的机会。我已经答应了她的妈妈。说真的，伊凡，今天晚上合适的姑娘这么多，你只要稍稍地让自己……"话还没有说完，这两个年长的女人就手挽着手离开了，显然是不想让伊凡和马克听到她们的亲密交谈。弗·科西根伯爵夫人冲着伊凡点了点头，伊凡明白自己现在又成了马克的保护人。想起上次的经历，马克觉得自己更喜欢伯爵夫人的庇护。

"那些都是怎么回事？"马克问伊凡。一个仆人拿来一盘饮料，学着伊凡的样子，马克也拿了一杯，结果他发现，这是一种柑橘味的白葡萄酒，口感非常好。

"一年两次的蠢货集会，"伊凡做了个鬼脸，"在这一次和冬季展览会的舞会上，所有的高层弗氏家族的姑娘们都会跑出来展示自己。"

这倒是盖尹没有提到过的有关皇帝生日晚会的一个方面。马克又喝了一口饮料。他现在开始为那些盖尹没有告诉的情况而诅咒他。"她们不会注意到我的，是不是？"

"瞅瞅她们亲吻的那些讨厌的蟾蜍，我不明白为什么她们不会来找你。"伊凡耸耸肩说。

"谢谢你,伊凡。站在身材高大匀称、穿着红蓝色制服的伊凡旁边,马克觉得自己真的像一个蹲在地上的棕色蟾蜍。"我一定不受欢迎。"他肯定地说。

"别太肯定了。这里只有六十个伯爵爵位继承人,但是有很多的姑娘需要出嫁,大约几百个。一旦可怜的迈尔斯的情况被人们知道了,什么都可能发生的。"

"你的意思是……我不需要去追逐女人?假如我站着不动,她们也会自动跑到我身边来?"或许更多的是冲着他的名字、地位和金钱而来。想到这里,马克感到一种夹杂着忧伤的兴奋,虽然这似乎听起来很矛盾。尽管是因为自己的地位而获得了爱情,总比完全没有人爱要好一些。那些宣称不稀罕这种爱情的傻瓜,肯定不像他这样渴望女人的爱抚。

"对于迈尔斯来说,情况确实是那样的。"伊凡说,语气里暗含着一种莫名其妙的嫉妒,"我从来就无法说服他利用这个特权。当然,他很害怕被拒绝。再试一次,这是他的座右铭。但是,一旦遭到拒绝,他就会崩溃并缩进自己的壳里,好多天都恢复不过来。他不是一个冒险型的家伙。或者说,他不是贪婪型的。他一碰见自己喜欢的女人就立即感到心满意足了。例如,起初是埃蕾娜,后来当他们不成功之后,便是奎因。虽然我也认为,他对奎因感到满足不是没有道理的。"伊凡一口喝完了他杯子里的葡萄酒,顺手从经过自己身边的托盘里又拿了一满杯。

马克想起来,内史密斯将军,这是迈尔斯的另一个身份,也许伊凡根本就不完全了解他的表兄弟。

"噢,该死的。"伊凡从自己酒杯的边缘看过去,"那边有一个妈妈名单上的姑娘正往我们这边走过来。"

"那么,你自己是否追求女人?"马克困惑地问。

"没有必要追求这里的女人,她们个个都摆出一副'别碰我'的样子,白费力气。"

根据伊凡的语气,马克意识到他指的是性。像许多依然采用生物的、而不是采用子宫培植器的方式繁殖后代的落后文明一样,贝拉亚人仍然把性行为区分为两类:一类是合法的,就是通过一定的婚约而获得允许的行为,在这种形式里,所有的子女都必须得到承认,获得合法的地位;另一类就是非法的,也就是除前一类之外的其他一切形式。马克更加振奋了起来。这么说,这个晚宴还具有性聚会的特征?人们可以自由结合,没有紧张的气氛?没有恐惧?

伊凡已经认出的那个年轻姑娘现在渐渐接近他们了。她穿着一条柔软的淡绿色长裙,棕黑色的长发和漂亮的发带在她的脑袋后面飞扬着,头发鬈曲,上面还插着一些鲜花。"这个姑娘有什么不好?"马克低声问。

"你是在开玩笑吗?"伊凡嘀咕着,"卡斯亚·弗·高努?一个瘦小的孩子,长着马脸、身体扁平……"当她已经能够听到他们说话的时候,他突然停住了,冲着她礼貌地点了点头。"嗨,卡斯亚。"他的声音里几乎听不到任何厌烦的情绪。

"你好,伊凡勋爵。"她气喘吁吁地说,冲着他灿烂地笑了起来。是的,她的脸确实长了一点,而且身材也比较瘦小。不过,马克还是认为伊凡太吹毛求疵了。她的皮肤很好,而且眼睛很漂亮。不过,这里的女人都有非常漂亮的眼睛,大概是因为化妆品的缘故。她们也都洒了许多让人头晕目眩的香水。她恐怕还不到十八岁。她那羞怯的微笑几乎让马克想哭出来,因为伊凡对此无动于衷。从来没有人这样看过我。伊凡,你是一个卑鄙的铁石心肠的家伙!

"你是否对舞会充满期望?"她问伊凡,显然带有极大的鼓励意味。

"不会有什么特别,"伊凡耸耸肩,"每年都是一样的。"

她露出泄气的神情。马克敢肯定,这是她第一次来这里。如果附近有楼梯的话,马克真想把伊凡扔下去。他清了清喉咙。伊凡转过头来看着他,眼睛里突然闪动起灵感之光。

"卡斯亚,"伊凡高兴地叫了起来,"你见过我新来的表兄弟吗?这是马克·弗·科西根勋爵。"

她好像刚刚才注意到他,马克冲着她试探性地笑了笑。她怀疑地瞪着他。"没有……我听说了……我想他看起来不像迈尔斯,是不是?"

"不,"马克说,"我不是迈尔斯。你好,卡斯亚小姐。"

她急忙恢复了自己应该有的礼貌,回答说:"你好,唔,马克勋爵。"她的头神经质地上下点了点,弄得头上戴的鲜花都颤抖起来。

"你们两位好好谈谈,请原谅,我必须去会见一个人——"伊凡冲着房间那边一个身穿红蓝色制服的男人挥了挥手,成功地脱身了。

"你期待舞会早点开始吗?"马克试探地问。他自己曾经把注意力全部集中在牢记有关租税仪式和晚宴的所有正式行为规范上了,另外还记住了大约三百多个弗氏家族的人员名单,根本就没有注意到任何关于舞会的事情。

"唔……有点吧。"她的眼睛不情愿地从顺利逃走的伊凡那里转移到马克身上,然后立即又移开了。

你经常来参加这个晚会吗?他不想显得非常鲁莽,应该说什么呢？你喜欢贝拉亚吗？不，这句话不行。今天晚上外面有很可爱的雾气。里面也有。给一点提示吧，姑娘！说点什么，任何事情都可以！

"你真的是一个克隆人吗？"

任何事情，除了这个。"是的。"

"哦，我的天啊。"

又是沉默。

"很多人都是克隆人。"他评论道。

"不是这里。"

"对。"

"唔……啊！"她的脸露出释然的表情，"请原谅，马克勋爵。我看到我的妈妈正在叫我呢——"她像得救似的发出一阵神经质的笑声，然后迅速地往房间的另一个角落里走过去，那里坐着一个弗氏贵夫人，不过，马克并没有看到她招手或点头。

马克叹了一口气。看来那个有关头衔的吸引力的理论并不是那么乐观。卡斯亚小姐显然并不急切地希望亲吻一个蟾蜍。如果我是伊凡，我会为一个那样地看着我的姑娘肝脑涂地。

"你看起来在深思的样子。"伯爵夫人站在他的身边说，他微微地吓了一跳。

"哦，你好，是的，伊凡刚才把我介绍给那个姑娘。她不想做我的女朋友，我猜想。"

"不错。我刚才一直在观察这里发生的小小戏剧。我设法让艾利丝不要回头，免得看了生气。"

"我……不理解伊凡。对于我来说，她似乎是一个很不错的姑娘。"

伯爵夫人笑了起来。"她们都是好姑娘，这不是问题的关键。"

"关键是什么?"

"你看不出来吗？好吧,也许以后你多观察观察就能看出来了。艾利丝真是一个非常慈爱的妈妈,但是她热衷于细致地安排伊凡的将来。伊凡很听话,或者说很懒,他不愿意公开地反对自己的妈妈。所以她恳求他做的任何事情他都会去做——只有一件事除外,就是不愿意结婚并给她生一大堆孙子。我个人认为,伊凡的策略是错误的,如果他真的想从妈妈那里获得自由的话,就应该给她一些孙子来分散她的注意力。同时,他妈妈还非常担心他的安全,每一次他驾车出门,她都提心吊胆的。"

"我能够理解这一点。"马克承认。

"什么时候,我应该来教训教训他,让他不要再玩这个危险的游戏了。不过,我不知道他究竟是否有意识这么做的。"

马克看到伊凡的妈妈在房间的那一头逮住了伊凡。马克想,恐怕又是在审察他今天晚上的行动了。"你自己倒似乎能够保持一种袖手旁观的态度?"他漫不经心地说。

"这……似乎是不对的。"她低声说。

他抬起头,无比惊讶地在伯爵夫人的眼睛里发现了一丝绝望的凄凉神情。我这张烂嘴,真该死。那种神情迅速地消失了,他简直不敢去道歉。

"不完全是袖手旁观的。"她轻松地说,又扶住了他的胳膊。"来,我来告诉你他们的社会体制究竟是怎么样的,贝拉亚风格的体制。"

她带着他走过长长的房间。"那里,正如你刚才所看到的,今天晚上在这里,有两种议事程序在同时进行着。"伯爵夫人亲切地指点他说,"一种是政治的,由那些老男人们主持;另一种是遗传学的,由一些老女人们主持。那些男人以为他们自己的工作才是唯一有成效的,但那仅仅是一个自我欺骗的幻觉而已。暗地里,所有的弗氏体系都是由那些老女人们的游戏来决定的。政府议会里的那些老男人整天争论着,他们有的反对往外星球运送军火,有的却千方百计地密谋着如何实施这些倒卖活动。而与此同时,子宫培植器却悄悄地突破了他们的警备线,他们根本就不知道,一场关系到贝拉亚未来前景的争论正在他们的妻子和女儿们之间进行着。是否使用子宫培植器?现在阻止它的入侵已经太晚了。中产阶级已经一拥而上,开始使用它了。每个爱自己女儿的母亲都主张使用它,期望自己的女儿能够免受怀孕所可能带来的生理上的危险。她们与之斗争的人并不是那些老男人,因为他们还根本不知道这回事呢。那些反对的人恰恰是她们的姐姐们,她们说:'我们已经受过折磨了,所以,你们也必须要受到折磨。'看看这周围的一切,马克,你亲眼目睹了贝拉亚最后一场完全传统的舞会,弗氏体系就要从根本上发生变化了。对于这场变化,恐怕这里大多数人完全不能够理解。"

马克可以感觉到,在她那平静、学究式的声音里面,掩藏着一种残酷而充满报复心态的满足感。虽然她的表述语言像平常一样冷淡。

一个身穿上校制服的男人走近他们,冲着他们俩点头示意。"礼仪总管请您过去,阁下。"他低声说,这句话似乎没有明确所指何人,"这边请。"

他们跟着他穿过长长的接待室,走上一个铺着白色大理石的楼梯,然后沿着一条走廊,来到一个接待室的前厅里。这里已经聚集了好几个伯爵和他们的官方代表,他们都列队等待着。在拱门里面的接待室里,格雷格正被一小群男人围住,他们大都身穿红蓝色制服,也有几个穿着黑色的大臣长袍。

皇帝坐在一个普通的折叠板凳上,这个板凳甚至还不能说是一个普通的椅子。"不知为什么,我还希望看到皇帝坐在宝座上呢。"马克小声对伯爵夫人说。

"这是一个象征物。"她也低声说,"就如同其他象征物一样,是从祖宗那里继承下来的。它是最高军事执行官的野营板凳。"

"哦。"他哼了一声,之后就不得不和她分开了,因为礼仪总管把他安排在等待的队列里了,也就是安排在弗·科西根家族的位置上。不好,开始了。他顿时感到无比紧张和恐惧,担心自己也许已经不小心把那袋金币放错了地方,或者已经丢失在半路上。还好,它还安静地悬挂自己的腰上。他用汗津津的手解开系着它的丝带。这是一个愚蠢的小仪式。我现在为什么要这么紧张?

转身,向前走——他的注意力被周围叽叽喳喳的议论声吸引住了。"我的天啊,弗·科西根家真的要那样做了……"立正,敬礼,跪下左膝,右手献上金币袋,手掌朝上,结结巴巴地说出这个场合应该说的官样话语,感觉到自己后背被那些像等离子弧光射线一样厉害的目光刺得燃烧起来。此时,他终于抬起头,看到皇帝的眼睛正看着自己。

"那么,你终于到这里来了——弗·科西根勋爵。"格雷格低声说。

"仅仅是作为马克本人。"马克急忙更正,"我还不是弗·科西根勋爵,因为迈尔斯还没有……"伯爵夫人的话突然从他的嘴里冒了出来,"死和腐烂。这并不意味着任何东西。伯爵和伯爵夫人希望我来,而我并不想在这件事上违背他们的意愿。"

"是这样啊。"格雷格哀伤地笑了笑,"谢谢你,你自己最近怎么样?"

格雷格是第一个向他询问他自己的情况而不是询问伯爵的情况的人。马克眨了眨眼。不过,这可能是因为格雷格根本不需要询问,如果他想了解的话,他完全可以从每小时发布的医疗通报上了解到自己首相的情况。"我想,还可以吧。"他耸耸肩,"无论如何,与其他人比较而言,还可以吧。"

"唔,"格雷格说,"你还没有用过我给你的通讯卡呢。"看着马克一脸困惑不解的表情,他温和地补充说,"我并不是把它送给你作为纪念品的。"

"我……我并不能够为您做什么,陛下,所以不能滥用您的善意。"

"你的家族已经为皇家的最高权力机制做出了不可估量的巨大贡献,你可以因此获得一些特权,你应该知道这一点。"

"我不想要求任何东西。"

"这我理解,很值得赞扬的品质,但是却有些愚蠢。不过,你或许很适应这里的环境。"

"我不想得到任何偏爱。"

"许多新业务往往都是使用借来的资金才启动起来的,他们用利润来归还起初的贷款。"

"我曾经试过一次,"马克痛苦地说,"我借用了登达立雇佣兵,但结果是,自己破产了。"

"唔。"格雷格的微笑消失了。他抬起头,看着前厅里的那一大群人,"我们以后再聊,祝你晚餐愉快。"他的点头就是这个皇帝下的逐客令。

马克站起身,按规矩敬了一个礼,然后回到了伯爵夫人的身边。

第十七章

当那个漫长而可恶的租税仪式结束之后,寝宫里大摆宴席,招待宫里的千余位来宾。晚宴安排在好几个房间里,位置的安排是根据身份和地位来决定的。马克发现他自己就坐在格雷格的桌子旁边。美味的葡萄酒和精美的食物使得他不需要同自己的邻座多交谈。他尽量慢慢地嚼,慢慢地喝,但是,仍然弄得自己过饱,并且在酒精的作用下感到头晕目眩。后来他发现伯爵夫人在应付祝酒的时候,仅仅用嘴唇碰一碰酒杯,于是他也学她的榜样,他希望自己早一点留意到这个计策就好了。不过现在也不太晚,虽然房间好像有点旋转,但至少他现在自己能够走出这个房间,而不是醉倒在桌子底下了。

事情可能会比这个更糟糕的。我或许不得不装扮成迈尔斯来经受这一切呢。

伯爵夫人带他来到一个舞厅,舞池里的地板做工精致、色彩华美。舞厅此时空荡荡的,还没有一个人开始跳舞。一个小小的交响乐团聚集在舞厅的一个角落里,这些乐师们都穿着皇家后勤部的制服。此时,只有一半的乐师在演奏一种轻松的室内音乐。舞厅里有一个长长的大门敞开着,外面有清爽的夜空,是散步的好去处。马克留神观察这个出口,为可能需要的逃跑做好准备。现在如果能够独自待在黑夜里,该有多么惬意啊。他甚至开始怀念他在游客号上的那间舱房了。

"你跳舞吗?"他问伯爵夫人。

"今天晚上只跳一次。"

这个安排立即就得到了进一步的解释。皇帝格雷格出现了,他带着通常的那种严肃的微笑领着伯爵夫人走向舞厅中央,开始跳舞会的第一支舞。音乐的旋律开始第一次重复的时候,其他的人也纷纷跳了起来。弗氏舞蹈似乎是那种老式的、缓慢的宫廷舞,男女舞伴按照一个小组交叉排列着,而不是两个人单独起舞。舞蹈的步伐也很复杂,不容易记住。马克觉得,这种舞蹈方式似乎与这里人们办事的方式很相似。

由于失去了自己的护送对象兼保护者,马克就躲到舞厅旁边的一个小房间里去了。在这里,乐声显得非常轻柔,只能隐隐约约地听到一点。有那么一会儿,他非常渴望用酒来麻醉自己,让自己那些可恶的过去完全消失……很好,完全可以。在这个公众场合里喝醉,然后,毫无疑问,在众目睽睽之下呕吐。这正是伯爵夫人想要的效果。他现在已经有一些醉了。

不过,他并没有那么做,而是缩在一个窗户旁。他那阴沉的神情足以阻止任何人来打扰他。在灰暗的阴影中,他靠着墙,双手抱在胸前,忧郁地准备好忍受这不愉快的一切。当她跳完舞之后,也许他能够说服伯爵夫人提前离开这里?不过她似乎正在与一大群人周旋着。虽然她显得非常轻松、好交际、快乐,他发现她整个晚上实际上也比较沉默寡言,没有一句多余的话。她的这种极端的自我控制和极端的压抑真让人感到不安。

当他想起那个空冷冻室的时候,他忧郁的情绪更加重了。

皇家安全部不可能无处不在。伯爵夫人曾经这么说过。真该死……皇家安全部应该能够监控一切的。这种无所不知、无所不见的品质正是伊林制服领角上的那个不祥的太阳神之眼所暗示的意思。或许皇家安全部的盛誉仅仅是一种夸张的宣传效果。

有一件事是确定无疑的,那就是,迈尔斯并没有自己从冷冻室里跑出去。无论迈尔斯是否腐烂、是否被肢解、是否仍然处于冷冻状态,在某个地方,一定存在着一个见证人或者一些见证人。一个线索,一连串的事件,一个关键性的细节,一些泄露行踪的该死的面包屑。肯定有什么东西存在,如果没有的话,我简直活不下去了。一定有点线索。

"马克勋爵?"一个轻松活泼的声音喊道。

他从情不自禁地沉思中惊醒,目光离开了自己的靴子,发现面前出现了一道被暗红色薄纱保护着的可爱的乳沟,锁骨上有精美的线条,下面是饱满而柔和的球形曲线,象牙色的皮肤使得这一切就好像是一件抽象的雕塑,一张带着标签的美丽风景图片。他想象着自己变成了昆虫般大小,正赤着脚,在这些柔软的小山丘和洼谷中漫步——

"马克勋爵?"她又喊了一声,这一次显得有些不安的样子。

他往后抬起头,希望昏暗的灯光能够掩饰住他绯红的面颊,并试图看到对方的眼睛。我不是故意的,这只是因为我就这么点高。抱歉。她的脸也很值得观赏:灵巧的蓝色大眼睛,线条优美的嘴唇,短短的淡黄色鬈发披在脑后,形成了一个小半圆。像其他的年轻姑娘一样,她也佩戴着精美的粉色鲜花,这些鲜花为了她短暂的辉煌而牺牲了自己的生命。不过,她的头发似乎太短了,无法保持整齐的形状。

"什么?"这个招呼语似乎显得很粗鲁、傲慢,他于是又尝试着用一种更热情的语调说,"——小姐?"

"哦,"她笑了起来,"我不是什么小姐。我叫卡芮·库德尔卡。"

他的眉头皱了起来。"你是不是舰队司令官克莱门特·库德尔卡的某个亲属?"这个名字排列在阿罗·弗·科西根手下的高级官员名单中很靠前的位置上——他也在盖尹的名单上,属于那些在可能的情况下,需要被谋杀掉的人之一。

"他是我的父亲。"她骄傲地宣布。

"噢……他现在在这里吗?"马克紧张地问。

她脸上的笑容转变为一声短暂的叹息。"不,他今天晚上必须去总部工作。"

"噢。"这是肯定的。如果研究一下那些本来应该来这里,但是却临时因为伯爵的身体状况而不能出席的人,就可以发现一些非常重要的情况。如果马克真的是他曾经被训练过的那种人,这个研究就会让他迅速地了解到哪些人是阿罗·弗·科西根的心腹干将。

"你确实看上去同迈尔斯很不相像。"她用一种批评的眼光研究着他——他浑身僵住了,不过,他决定还是不要设法收紧自己的腹部,因为那样不仅没有效果,反而会把她的注意力吸引到它的上面去——"你的骨骼更粗大一些。看到你们俩并排站在一起一定很有意思。他是否很快就会回来?"

她不知道迈尔斯的情况。他因此感到一阵莫名的恐惧。她还不知道迈尔斯已经死了,不知道是我杀死了他。"不会的。"他低声回答。然后,又出于一种受虐狂的心理,问道,"你是否也爱上了他?"

"我?"她笑了起来,"我没有机会。我有三个姐姐,她们都比我高。她们喊我小矮人。"

他的头顶还不到她的肩膀,这就是说,她基本上具有贝拉亚妇女的一般高度。她的姐姐们一定是非常高大的那种,正是迈尔斯喜欢的类型。她的鲜花,或者是她皮肤的香气,让他感到一阵眩晕和冲动。

一阵绝望的痛苦从他的腹部一直冲到他的脑门。这个姑娘也许可能成为我的,此时也会与我共度快乐时光,如果我没有弄糟一切。她很友好、充满信任、满脸笑容,这都是因为她还不知道他做的那些事情。设想他瞒住她,尝试去追求她,设想他们像伊凡想象的那样漫步在一种令人陶醉的爱意中,而且她邀请他一起去爬山,就像迈尔斯做的那样——结果会怎么样?看到这个肥胖的家伙半死不活、软弱无力地挣扎着,她会觉得开心吗?没有希望,没有希望,没有希望——预想到这些可能出现的痛苦和羞辱,他内心刚刚萌芽的希望又消失了。他的肩膀动了动。"噢,看在上帝的份儿上,走开吧。"他悲伤地说。

她的蓝眼睛惊讶地瞪大了。"皮尔玛曾经警告过我,说你的心情很糟……好吧,没关系。"她耸耸肩,昂起头,转身走了。

几朵粉红色的鲜花从她头上掉了下来,几乎是本能地,马克捡起了它们。"等等——"

她转过身,皱着眉头。"什么事?"

"你丢了几朵花。"他双手捧着它们送给她,并且挤出一个微笑,他担心自己的微笑就像那几朵花一样残缺不全。

"噢。"她取回了它们——细长而洁净的手指,没有任何特别的修饰,不是一个懒散妇女的手——瞪着它们,然后眨巴了一下眼睛,似乎不知道究竟应该拿它们怎么办。终于,她随便地把它们插进头顶上的几缕鬈发里,然后又转身准备离开了。

说点什么吧,否则你就没有机会了!"你没有留长头发,像其他的姑娘们那样。"他不假思索地说。噢,不好,她也许会认为是在批评她呢——

"我没有时间来伺候它。"她不由自主地摸了摸自己的头发。

"你平时都做些什么?"

"大多数时间都在学习。"刚才被他的粗鲁拒绝如此残忍地压抑下去的活泼神情,此时又重新出现在她的脸上,"伯爵夫人许诺我说,如果我在班级一直保持名列前茅的地位,她明年就送我去贝塔殖民地学习!"她的眼睛里闪现着激动的光彩,"我能够做到,我要证明给他们看。如果迈尔斯能够做到,我也能够做到。"

"你知道迈尔斯都做了些什么?"他警觉地问道。

"他在皇家学院的时候一直是班级里的佼佼者,不是吗?"她抬起下巴,激动地说,"当时所有的人都认为他太矮小、太柔弱,没有必要去学习,因为他肯定会夭折的。而当他成功地从学院毕业的时候,他们就说,那是因为他父亲的面子。但是,他的成绩在班级里是顶尖的,而我不认为他的父亲曾经为此做过任何手脚。"她坚定地点点头,露出得意的神情。

但是他们说他要夭折却没有错。显然,她不知道迈尔斯自己的私人部队的事情。

"你多大了?"他问她。

"十八岁。"

"我,唔,二十二岁。"

"我知道。"她仔细地观察着他,仍然显出很感兴趣的样子,不过多了一些戒备和提防。她的眼睛里突然流露出同情的神情。"你正在为伯爵而担心,是不是?"

这是对他刚才粗鲁行为的一个非常仁慈的解释。"伯爵,是啊,我的父亲。"他附和着,这正是迈尔斯常用的一个短语,"是我担忧的人之一。"

"你在这里结交了一些朋友没有?"

"我……不太清楚。"伊凡?格雷格?他的妈妈?他们是他的朋友吗?"我现在太忙了,没有时间结交朋友。我以前也没有朋友。"

她的眉头挑了起来。"没有任何朋友?"

"没有。"意识到这一点很有点异样的感觉,"我过去似乎并没有感到这方面的匮缺,因为我总是有许多更棘手的事情要处理。"现在也还是这样。

"迈尔斯总有很多朋友。"

"我不是迈尔斯。"马克叫了起来,就像被触到痛处。不,这不是她的过错,他浑身上下都是痛处。

"我能看出来……"她停顿了一会儿,此时,舞厅里的音乐又开始奏响了,"你想不想去跳舞?"

"我不会跳你们那些舞。"

"有一种镜舞。每个人都会跳镜舞。它很容易。你只要模仿你的舞伴做的所有动作就可以了。"

他从门廊看过去,想到那个通往室外的大门。"也许——也许可以在外面跳?"

"为什么去外面跳?你会看不见我的。"

"那样别人也就看不见我了。"突然他被一种怀疑所缠绕,"是不是我的妈妈让你来的?"

"不……"

"是弗·帕特利尔夫人?"

"不是的!"她笑了起来,"她们为什么要让我来?快来吧,音乐就要结束了!"她抓住他的手,用力把他拉过门廊,身后散落了更多的花瓣。他用另一只手抓住几片飘到他衣服上的花瓣,塞进自己的裤子口袋里。救命,我被一个狂热分子绑架了……还有比这更糟的命运呢。一个自嘲的、似是而非的微笑出现在他的脸上。"你不在乎与一个蟾蜍跳舞吗?"

"什么?"

"这是伊凡说的。"

"噢,别理伊凡,我们来跳吧。"

卡斯亚小姐,你被报复了。马克的心情开始好转起来。

那种镜舞确实很容易。舞伴们面对面站着,随着音乐开始动作起来。这里的音乐速度比那边大圈子的舞蹈要轻快和富于跳跃性一些,所以吸引了许多年轻人。

马克随着卡芮一起来到舞场,觉得自己非常可怕地引人注目。他模仿着她的动作,似乎总是慢了半拍。正如她所许诺的那样,不到十五分钟,马克就掌握了这个舞蹈的技巧。他开始露出了一丝微笑。那些年龄大的舞伴们跳得优雅文静,但是那些年轻一些的舞伴却非常具有创造精神。一个小伙子想要同他的舞伴开玩笑,就用一个手指点着自己的鼻子,其余的手指摇晃起来,他的女友没模仿他的动作,但是他又开始惟妙惟肖地模仿她惊讶的神情。马克看着不由自主地笑了起来。

"你笑的时候看起来很不同。"卡芮吃惊地说,她扬起头,一副困惑的样子。

他也扬起头。"有什么不同?"

"我不知道。不再是……那样哀伤。你刚才躲在那个角落里,看起来像是失去了最好的朋友。"

如果你知道事情的真相的话,你就不会这么说了。她旋转起来,他也旋转了起来,他迅速地向她行了一个鞠躬礼,她显出吃惊和快乐的样子,也立即对他行了一个礼。

"我还要让你笑起来。"她很有信心地说。于是,她面无表情地一口气讲了三个黄色笑话,结果让他发笑的似乎主要并不是这些故事本身,而是它们与她的淑女身份的不相符。

"你从哪里听到这些故事的?"

"当然是从我的姐姐那里。"她耸耸肩。

当音乐停止的时候,他真的觉得很遗憾。这一次他主动建议,他们先到另一个房间去找点饮料喝,然后去外面散散步。当舞蹈停下来之后,他立即注意到许多人都瞪着他看。他们真是引人注目的一对,美丽动人的卡芮和她的弗·科西根蟾蜍。

外面似乎并不像他想象的那样黑,许多灯光从寝宫的窗户里射出来,此外还有许多装饰性的彩色聚光灯,它们都被夜晚的雾气播撒开来,转变成一种普照大地的温柔光亮。在石头栏杆下面,有一个斜坡,上面是灌木丛和树木,看上去几乎就像树林一样。一条石头子砌成的小路弯弯曲曲地向下延伸着,路边有为漫步者准备的花岗岩长板凳。不过,此时,天气还是比较寒冷,所以大多数人都还待在室内。

这真是一个非常浪漫的场所,但是似乎对他来说没有什么大的意义。我为什么要来这里?为什么要诱惑一个饥饿者,然而又根本不能提供食物给他?看着她就已经足够让他痛苦的了。但他还是走近了她,现在更多的是因为她的香水味而感到头晕目眩,而不再仅仅是因为葡萄酒和舞蹈了。她的皮肤因为激动而显得非常温暖并熠熠发光,就好像射击前打开了红外线瞄准镜。这是不祥的联想。在他的意识深处,性和死亡似乎总是紧密相连的。他很害怕。我触摸的每一件东西,都被我毁灭了,我不会触摸她的。他把杯子放在石头栏杆的围栏上,然后双手插进自己的裤子口袋里。他的左手不由自主地触摸到了他曾经藏在那里的几片花瓣。

"马克勋爵,"她喝了一口葡萄酒之后说,"你几乎可以说是一个来自银河系的人,如果你结婚了,准备要孩子,你是否希望你的妻子使用子宫培植器?"

"为什么有些夫妻不选择使用培植器呢?"他困惑地问。对于这个新问题,他的脑子似乎一时没有转过弯来。

"比如,一个丈夫可能为了验证妻子对自己的爱,而选择不使用培植器。"

"我的上帝,多么原始的观念!我当然不会这样做的。我以为这可能只能够验证出一个相反的事实,那就是,他根本就不爱她。"他停顿了一会儿,"这对于我来说,当然是一个纯粹理论性的问题,不是吗?"

"大概吧。"

"我是说,你是不是真的认识某个人,她非常严肃地考虑这个争论——你的姐姐或者其他人?"他担心地问。当然不会是你自己吧?如果是她自己的话,就糟了,想到这里,他就好像被当头泼了一桶冰水,满腔热情似乎顿时冷却下来。

"噢,我的姐姐们都还没有结婚呢,虽然她们有一些求婚者。但是妈妈和爸爸主张耐心等待,这是一种策略。"她非常坦率地透露了自己家的秘密,表现出对他的信任。

"哦?"

"当我们家第二个姑娘出生之后,伯爵夫人鼓励他们这么做。那时她刚刚移民到这里不久。当时,银河系的一种药品很盛行,你只要吃下一颗药,就可以选择自己孩子的性别了。一时间,很多人发疯似的要男孩子。虽然后来男女比例失调的情况得到了纠正,但是我和我的姐姐们都出生在女孩稀少的年代。现在,任何不希望自己妻子使用子宫培植器的男子,想结婚都是很困难的——那些媒人甚至都不愿意搭理他们。"她咯咯地笑了起来,"伯爵夫人告诉妈妈,如果她能够机智地处理好这场游戏,她的每个女儿都可能嫁一个弗氏家族的丈夫。"

"我明白了。"马克眨巴着眼睛说,"这就是你父母的远大目标吗?"

"不完全如此。"卡芮耸耸肩,"不过,假如其他条件都相当,具有弗氏头衔自然具有一定的优势。"

"这倒是……一个好消息,我想。"他看着自己的葡萄酒,不过没有喝。

伊凡从舞厅的一个大门走了出来,看到他们俩,友好地挥了挥手,但是没有停下脚步。他手里拿的不是一个杯子,而是一个大瓶子,在他消失在黑夜里之前,他又回头望了一眼。几分钟之后,马克低着头,往栏杆下面的小路望去,看到伊凡的头顶渐渐地远去了。

马克喝了一大口葡萄酒,然后说:"卡芮……我能行吗?"

"能行什么?"她抬起头,微笑起来。

"对于……对于女人来说,我有没有机会?我的意思是,看着我,仔细看看。我真的像一个蟾蜍,胖得不成形了。如果我不立即采取行动的话,不久我就会横……竖一样长了。而且,我还是一个克隆人。"还有那些诸如气喘方面的毛病啦,就更不用提了。这样对自己进行了一番总结之后,马克不由自主地把头低了下来。

"唉,这倒是真的。"她理智地对他的话表示同意。

该死的,你这个女人,难道你不应该出于礼貌,假装不同意我的话吗?

"但是,你是迈尔斯的克隆人,你应该具有他的智商。"

"难道智商能够弥补其余的一切?在女性的观念里?"

"不是所有的女人都会这么想,仅仅是一些聪明的女人。"

"你是一个聪明的女人。"

"是的,但是我自己这么说会显得非常粗鲁的。"她摇摇头,笑了起来。

他应该如何理解她的话?"也许我没有迈尔斯那么高的智商,"他泄气地说,"也许杰克逊人的那些医疗手段在摧残我的身体的同时,也摧残了我的智力。这似乎可以用来解释我的生活。"现在他又重新陷入了悲观绝望之中。

卡芮咯咯地笑了起来。"马克,我不是这样想的。"

他冲着她忧郁地笑了笑。"不要安慰,不要同情。"

"现在你听起来特别像迈尔斯。"

一个年轻的女人从舞厅那边走过来,身穿淡蓝色的丝绸衣服,身材健美匀称,金黄色的头发,几乎同伊凡一般高。"卡芮!"她挥了挥手,"妈妈喊我们。"

"现在?迪黎娅?"卡芮说,显得似乎非常沮丧的样子。

"是的。"她非常警觉地看了马克一眼,但是没有跟他打招呼就离开了。

卡芮叹了一口气,微笑着向他告别。"马克勋爵,遇见你很高兴。"

"同你谈话非常愉快。跳舞也很愉快。"这是真的。他挥了挥手,比他自己想象的要更随意一些,然后她就消失在寝宫温暖的灯光里了。当他确定她走出了自己的视线之外以后,他蹲下来,小心地捡起她洒落下来的花瓣,又装进自己的裤子口袋里。

她对我微笑了,不是对迈尔斯,不是对内史密斯将军,是对我自己。如果他没有在巴罗普乔一败涂地的话,这可能就是他未来生活的前景啊。

现在他终于独立一人待在黑夜中了,不过,他发现自己并不希望保持这种孤独的状态。他决定沿着栏杆下面的小路去找伊凡。不幸的是,小路很快就分出许多岔路,通往不止一个地点。他转来转去,不知往哪个方向去才对。他挑了一条岔路,结果却发现是一条死路。于是又转身往回走。

一个人跟着他,一个身穿红蓝色制服的高个子男人。他的脸在阴影中难以辨认。"伊凡?"马克试探地喊道。不过,他显然不是伊凡。

"那么,你真的是弗·科西根家的克隆人?"不是伊凡的声音。不过,他的语气里明显地表露出侮辱的意味。

马克停下了脚步。"你倒是很直截了当,这很好。"他怒吼道,"那么你是这个马戏团里的什么角色? 一个会跳舞的狗熊吗?"

"一个弗氏贵族。"

"从你那低矮而倾斜的前额我就能够看出这一点了。哪一家?"他脖子后面的头发竖了起来。上次在卡拉万萨尔的时候,他的胃里面也感觉到了这样紧张和恶心。他的心跳开始加速。不过,这个人还没有威胁我,而且他是独自一人,再等等。

"外星人,你不理解弗氏贵族的荣誉观念。"那个男人恼怒地说。

"也许我确实不理解,"马克表示同意,"我认为你们都是神经病。"

"你不是一个战士。"

"你又说对了。我的天啊,我们今天晚上倒是不需要任何废话。我是一个特立独行的杀手,受过相关的严格训练。黑暗中的死亡正是我的拿手好戏。"他开始准备随时对付敌人的攻击。

那个男人,已经开始往前移动,听了这话,又退缩了回去。"这么说,"他厉声指责道,"你倒是没有浪费时间,立即就篡夺了伯爵爵位。这对于一个杀手来说,似乎太直截了当了。"

"我就是一个直截了当的人。"他集中注意力来保持自己的身体平衡,但是没有移动位置。继续保持一种虚张声势的姿态。

"小克隆人,我告诉你,"他的声音里重新出现了早先的那种羞辱意味,"如果阿罗·弗·科西根死了,不会是你来继承爵位的。"

"哦,这完全正确。"马克故意高声叫起来,"那么你们又为什么这样紧张呢,你这个讨厌的弗氏贵族?"该死,这个家伙知道迈尔斯已经死了。他究竟是怎么知道的?他是皇家安全部的人吗?但是他的制服衣领上没有那个太阳神之眼的徽章,而是一个飞船形状的徽章,马克不知道它究竟是什么徽章。

"你非常傲慢。"

"就目前的场合来说,也许吧。"马克故意说话气他,"在这种场合,你大概不会大打出手,弄出个人命案来吧。皇家安全部会很恼火的。我也不认为你想惹恼西蒙·伊林,无论你是什么该死的家伙。"他继续说。

"我不知道你凭什么以为自己很了解皇家安全部。"那个男人气急败坏地说。

但是,他没有机会做出任何暴力行动了,一个穿着皇帝寝宫制服的仆人微笑着走了过来,手里托着一个放满了酒杯的托盘。他是一个身材非常匀称的年轻人。

"想喝点什么吗,先生们?"他招呼道。

那个非常气恼的弗氏贵族怒视着他说:"不,谢谢。"然后转过身去,气鼓鼓地离开了。灌木丛被他弄得沙沙响,几滴露水洒落了下来。

"我要一杯,谢谢。"马克轻松愉快地说。那个仆人稍稍蹲了下来,好让马克拿到酒杯。为了照顾自己已经负担很重了的胃,马克还是选择了他一直喝的那种温和的葡萄酒。"八十五秒。你的计时器不太灵光吧。他可能已经杀死我三次了。不过,你到达的时候,我们的谈话恰好变得有趣起来。你们这些家伙到底是怎么探测到异常情况的?你们不可能在楼里监听每一个人的谈话。难道是使用一些搜索关键词的自动装置?"

"要小脆饼吗,先生?"那个仆人殷勤地移开酒盘子,拿出一些小点心来。

"再一次谢谢你。那个傲慢的弗氏贵族是谁?"

仆人看了看前面已经空无一人的小路。"他是埃德文·弗·温塔上校。他目前正在休假,他的飞船停靠在轨道的港口里。"

"他是不是皇家安全部的人员?"

"不是,勋爵。"

"哦? 好吧,告诉你的老板,我想在他方便的时候跟他谈谈。"

"我的老板是弗·阿如伯格勋爵,是寝宫的食品和饮料总管。"

马克笑了起来。"哦,当然。你走吧,我已经喝得差不多了。"

"很好,勋爵。"

"噢,还有一件事。你是否知道我在哪里能够找到伊凡·弗·

帕特利尔?"

那个男人茫然地往阳台上看了看,似乎在听什么,不过他好像并没有佩戴监听器。"在前面左拐弯的地方,有一个瞭望台,靠近喷泉,勋爵,你可以到那里找找看。"

"谢谢你。"

在寒冷的夜雾中,马克向他所说的方向走过去。他很快就听到喷泉的声音了。一个小小的石头建筑,没有围墙,只有一些拱门,矗立在喷泉的旁边。

花园的这一边非常寂静,他几乎能够听到人的呼吸声。只有一个人,很好,他可不想打扰伊凡的约会,让他对自己更加恼怒。但是,这个呼吸声似乎非常奇怪,有些沙哑。"伊凡?"

一阵长长的停顿,他正在想,是再叫一声,还是走开呢?伊凡有气无力地吼了一声:"干什么?"

"我只是……来看看你在干什么。"

"没什么。"

"躲开你的妈妈?"

"……是啊。"

"我,哈,不会告诉她你在哪里的。"

"这很好。"一个傲慢的回答。

"好吧……再见。"他转身走开了。

"等等。"

他困惑地等待着。

"想喝点吗?"过了好一会儿,伊凡提出邀请。

"唔……当然。"

"那么,过来拿吧。"

马克慢慢地走了进去,让自己的眼睛逐渐适应这里的环境。一个普通的石头板凳,上面坐着一个黑影,就是伊凡。伊凡递给他一个闪闪发光的酒瓶,马克倒满了自己的酒杯,但是,他发现,伊凡喝的不是葡萄酒,而是一种白兰地酒。他在一个宣传栏的台阶上坐了下来,把酒杯放在一边。伊凡根本没有用酒杯,直接就从酒瓶里喝了。

"你能够走回到你的地面车去吗?"马克怀疑地问。

"我没有准备回去。寝宫里的仆人明天早晨打扫卫生的时候,会把我和其他垃圾一起清理出去的。"

"哦。"他的眼睛渐渐地适应了夜晚的昏暗。他现在可以看见伊凡制服上闪亮的装饰物和他那锃亮的靴子,以及伊凡眼睛里反射出的光亮和他脸上的泪珠。"伊凡,你——"马克把"哭"字吞了下去,变成一个不那么明确的字眼,"还好吧?"

"我,"伊凡态度简洁地宣布,"决定喝个烂醉。"

"这我已经看见了,为什么?"

"因为从来没有在皇帝的生日晚宴上喝醉过。这是对传统的一个挑战,就像在这里睡觉一样。"

"有人做过吗?"

"有过,在被刺激之后。"

"皇家安全部一定会觉得很有趣。"

伊凡扑哧一声笑了起来。"是啊,没错。"

"那么,什么人刺激了你?"

"没有人。"

马克那些充满好奇的问题一个个地都被伊凡用单音节字母给解决了,他再也没有更多的问题了。

但是,伊凡在黑暗中说:"迈尔斯和我过去经常一起策划这个晚会,几乎每一年都是的。这一次,我感到非常奇怪,我是多么地想念那个矮小的好色之徒那满嘴恶毒的政治诽谤。它们常常让我大笑不止。"伊凡笑了,一种空洞而不好玩的声音。他突然停住了。

"他们告诉我说,找到了空的冷冻室,是不是?"马克说。

"是啊。"

"什么时候?"

"几天前。我一直在想着这件事,不是好兆头。"

"是的。"马克迟疑了起来。伊凡在黑夜中颤抖,"你想不想……回家睡觉?"我非常想。

"恐怕走不到那个小山丘了。"伊凡耸耸肩。

"我来扶你,或者背你。"

"……好吧。"

虽然费了很大的力气,但他终于把伊凡搀扶着摇摇晃晃地走起来,勉强地往高坡上的花园走去。马克不知道那些善良的皇家安全部的保卫天使是怎么传话的,不过,他们在顶上遇见的不是伊凡的妈妈,而是他的婶婶。

"他已经,呵……"马克不知道应该怎么说,伊凡醉眼蒙眬地张望着。

"我知道了。"伯爵夫人说。

"我们是否能够让一个仆人送他回家?"伊凡的身体直往下沉,马克的膝盖站不稳了,"最好派两个仆人。"

"可以。"伯爵夫人拿出一个通信联络器,"皮尔玛……"

伊凡被仆人们接过去了,马克于是大大地喘了一口气。当伯爵夫人告诉他说,他们也该回去了,马克更是松了一口气。几分钟之后,皮尔玛开来了伯爵的地面车,这个苦难的夜晚终于结束了。

当地面车开往弗·科西根宅邸的时候,伯爵夫人破例没有说多少话。她靠在自己的座椅上,疲惫地闭上了眼睛。

她甚至没有问他任何问题。

在那个铺着黑白色地板的走廊里,伯爵夫人把自己的大衣交给了一个仆人,然后径直往左边的图书室走去。

"马克,请原谅,我要打电话给医院。"

她看起来非常疲倦。"他们肯定会给你电话的,假如伯爵的情况有任何变化的话。"

"我要打电话给医院。"她断然地说,她的眼睛眯了起来。"马克,去睡觉吧。"

他没有再说什么,疲惫不堪地爬上楼梯,来到自己卧室那一层的走廊上。

他在卧室的门前停下了脚步。此时夜已经很深了,走廊里没有一个人,整个房子似乎都是寂静的。出于一种突如其来的冲动,他转过身,来到那个通往迈尔斯房间的大厅里。他在门外停住脚步。在他住在贝拉亚的这几个星期里,他从来没有主动来过这里。他也没有被邀请来参观过。他试了试那个古色古香的圆形门把手,门没有锁。

他犹犹豫豫地走了进去,用一个口令打开了灯。从整幢房屋的古典式建筑风格来看,这是一个非常宽敞的卧室。它的旁边是一个侧室,以前可能是为仆人们准备的,现在被改装成一个内部浴室。乍一看,这个卧室似乎像是被人抢劫了一样,空荡荡的、整整齐齐的、非常干净。所有的儿童时代的乱七八糟的东西,大概被已经被装进箱子里,放到阁楼上去了。他猜想弗·科西根家的阁楼一定非常之大。

尽管如此,房间主人的个性还是多多少少地泄露了出来。

他慢慢地走在房间里踱步,就好像纪念馆里的一个看守者。

很自然的,剩下的一些纪念品大都记载了迈尔斯的成功业绩。一张皇家学院的毕业证书和他的军官证书,这似乎没有什么问题,但是,为什么在它们两个中间,还悬挂着一本天气手册?一盒子运动会的奖品大概都是少年时期获得的,看起来似乎很快就要被送进阁楼里了。整个墙面的一大半都摆放着光盘书籍和录像资料,成千上万种。迈尔斯究竟看了多少?他好奇地随手拿起身边墙上挂着的一个手动阅览器,随意地翻看了三个光盘。几乎每一本光盘书籍上都有迈尔斯的评注或者加入盒子边缘的注释,这些都是迈尔斯思想的痕迹。马克放弃了进一步的搜索,走了过去。

有一件物品他知道它的个人意义:迈尔斯从老将军皮奥特那里继承的一把有景泰蓝手柄的短剑。他大胆地把它拿下来,试了试它的重量和刀刃的锋利程度。这么说,这几年迈尔斯已经不再带着它四处炫耀,而是很理智地把它安全地留在家里了?他小心地把它重新放到原来的位置上。

有一面墙上的陈列物显然带有些滑稽的个性化色彩:一对旧的铁绑腿。它们交叉着,按照军事纪念馆里的规矩与一把弗氏长剑排列在一起,这好像既有玩笑的意味,也有挑战的意味。一个非常普通的光子复制品——从一本古代书籍上复制下来的一页——被镶嵌在一个昂贵的银质画框里。上面的内容让人摸不着头脑,但无疑是很久以前存在的某种宗教教派的胡言乱语。马克不知道它们究竟说了些什么,从来没有人认为迈尔斯是一个宗教分子。但是,这个东西显然对他很重要。

这类东西有时不是奖品,马克意识到,而是经验教训。

床头的桌子上放着一个装满全息照片的盒子。马克坐下来,翻看起来。他想一定能找到奎因的照片,不过,第一张照片却是一个相貌丑陋的男人,穿着弗·科西根卫兵的制服,是伯沙瑞中士,埃蕾娜的父亲。他继续翻看其余的,奎因是第二个,然后是伯沙瑞-杰萨克,迈尔斯的父母,这是自然的,迈尔斯的马,伊凡,格雷格,等等。翻看了五十张之后,马克发现,他只能够认出其中的三分之一。

他疲倦地揉了揉自己的脸,这个家伙不是一个男人,他是一个团队。不错。他弯腰坐着,感到一阵痛苦,双手掩着自己的脸,不,我不是迈尔斯。

迈尔斯的通讯终端是安全型的,没有联机到伯爵在图书室里的那台终端。马克走了过去,仔细地查看它,他把手插在裤子口袋里,手指碰到了卡芮的鲜花。

他拿出它们,平放在自己的掌心上。出于一种突如其来的沮丧,他用另一只手揉碎了它们,并把它们丢在地板上。然后又立即把它们捡了起来。我想我是发疯了。他跪在地板上,哭了起来。

同可怜的伊凡不一样,没有人来干扰他的悲伤,这倒是完全符合他的心意的。他在自己的脑海里默默地向自己的表兄弟道歉,请原谅,请原谅……不过,他不敢肯定,伊凡明天早晨还能不能记得今天晚上发生的任何的事情。他努力地试图恢复正常的呼吸节奏,他的头痛得很厉害。

在巴罗普乔多耽搁了十分钟,就造成如此不堪的后果。如果他们没有耽搁,那些登达立人就能够在巴罗普乔人炸毁他们的飞行器之前赶到那里,并立即起飞,这样一切都不同了。在他的生命中,已经过去了几千个十分钟,大都没有记录也没有意义,但是,那个十分钟却改变了他的命运,把他从一个很有希望成功的英雄,变成了永久的失败者。他完了,再也无法复原。

能够在当时那种混乱的情况下把握住这宝贵的几分钟,恐怕就是一个指挥官的才能了。迈尔斯具有特殊的把握时间的能力。男人和女人都跟随着他,对他充满信任,就是因为他的这种才能。

只不过这一次,迈尔斯的时间安排也出了差错……

不,他不得不用力呼吸以保证自己的肺部正常工作。迈尔斯的时间安排还是非常精明的,是其他人拖了他的后腿。

马克从地板上爬起来,到浴室里洗了洗脸,然后回来,坐在通讯终端前面的椅子上。机器的第一道安全防护网是一个掌式锁,它似乎不太喜欢他的掌纹了,因为随着骨骼的增长和肥胖程度的加大,他的掌纹已经变得难以辨认了。不过,还不是完全不可辨认的,目前还没有到那个地步。当马克第四次尝试打开设备的时候,它确认了他的掌纹,并为他打开了文件。第二层安全防护网需要口令和特许密码,他都不知道。不过,第一层中可以使用的功能已经能够满足他目前的需要了:那就是,一个私人的,如果不是秘密的,与皇家安全部的通讯路径。

皇家安全部的机器立即把他连接到一个接线员。"我是马克·弗·科西根,"他告诉那个值夜班的下士,此人的头像正出现在图像感光板上,"我要跟西蒙·伊林说话。我想他还在皇帝寝宫里。"

"勋爵,这是不是紧急事件?"那个下士问。

"对我来说,是的。"马克吼叫起来。

不知那个下士是如何理解他的话的,不过他还是把马克接了过去。马克又接连闯过了另外两关,直到皇家安全部的头领那疲倦的面孔终于出现在感光板上。

马克紧张地招呼道:"伊林上校。"

"是的,是马克勋爵吗?"伊林有气无力地说,对于皇家安全部来说,这真是一个漫长的夜晚。

"我今天晚上曾经与某个弗·温塔上校有过一次很有意思的谈话。"

"我知道。你非常露骨地威胁他。"

此时马克突然意识到,那个皇家安全部的卫兵兼仆人,是被安排来保护那个人的……哈,这样啊。

"我有一个问题要问你,这个弗·温塔上校是否是那些应该知道迈尔斯事件的人之一?"

伊林的眼睛眯了起来。"不是。"

"可是,他知道这件事。"

"这……很有意思。"

"了解到这个情况对你是否有帮助?"

伊林叹息起来。"这让我有了新的焦虑。是谁泄密了?现在我必须找到这个人。"

"但是——知道总比不知道要好一些。"

"哦,是的。"

"我是否能够请求奖赏?"

"也许,"伊林显得非常不情愿的样子,"你想要什么?"

"我想加入。"

"什么?"

"我想加入皇家安全部搜速迈尔斯的行动。我想,我可以首先从复查你们的资料开始。然后,我不知道我还能做什么,不过,我不能再这样袖手旁观了。"

伊林怀疑地审视着他。"不行,"他终于回答,"我不想让你有机会接触我们的最高机密文件。谢谢,晚安,马克勋爵。"

"等等,先生!你曾经抱怨说人手不够,你现在不能就这么拒绝一个志愿者。"

"你以为自己能够为皇家安全部做出什么贡献?"伊林厉声质问。

"问题是,先生——现在皇家安全部并没有取得任何进展,你们并没有找到迈尔斯。我不会做得比你们更差。"

马克意识到,自己的话没有像他自己所设想的那样说得比较圆滑,而是过于粗鲁。伊林的脸上顿时流露出愤怒的神情。"晚安,马克勋爵。"伊林咬牙切齿地重复了这句话,然后用手猛拍一掌,切断了链接。

马克坐在迈尔斯的椅子上一动也不动,房子里是如此寂静,他能够听到的唯一的声音似乎就是他自己血液流淌的声音。他应该向伊林证明他自己是多么聪明,反应力是多么的敏捷,那个泄密的上校事件就可以证明这一点。伊林现在一定在调查谁是内部的泄密者了。这难道不能够说明问题吗?我不像你想象的那样愚蠢。

你也不像我过去想像的那样聪明,伊林。你不是……完美无缺的。这让人很不安。他曾经期望皇家安全部是万能的,这个念头成了他的精神支柱。他还认为迈尔斯也是完美无缺的,还有伯爵和伯爵夫人,都是完美无缺的,都是杀不死的,具有橡胶制作的身体。而唯一真正的痛苦,是属于他自己的。

他想起伊凡,想起他在黑暗中哭泣,想起了在树林里濒于死亡的伯爵。伯爵夫人似乎比其他的人更善于掩饰自己的真实情感。她必须这么做,她需要掩饰的东西太多了。迈尔斯自己,这个创造了一个完全不同的自我身份的人,仅仅是为了逃避……

镜　舞

马克终于认识到,一切问题都是因为他曾经试图模仿迈尔斯·弗·科西根而引起的。都是他自己的过错。即使迈尔斯也没有那样做过。毫无疑问,他永远也追不上迈尔斯的脚步。

马克从上衣里面的前胸口袋里慢慢地、好奇地拿出格雷格的通讯卡,把它放在通讯终端的台子上。他一个劲儿地瞪着那个没有写名字的塑料卡片,似乎它携带着某种密码文件,只有他自己的眼睛才能够看见。他倒确实希望这样。

你知道,你知道,是不是?格雷格,你这个混蛋。你一直在等我自己意识到这一点,是不是?

出于一种突发的冲动,马克把卡片塞进了通讯终端的读卡口。

这一次没有任何机器来操作了。一个穿着普通便服的男人立即接通了他的链接,不过没有认出他是谁。"哪位?"

"我是马克·弗·科西根,我应该在你的名单上,我想跟格雷格谈话。"

"现在吗,勋爵?"那个男人温和地问,他的手在键盘上敲了起来。

"是的,现在,请帮我接通。"

"你可以通话了。"他消失了。

那个图像感光板还是黑的,但是,音频通道传来一阵悦耳的铃声。它响了很久,马克开始感到害怕。假如——不过,它终于停住了,一个神秘的叮当声,然后是格雷格朦朦胧胧的声音。"喂?"没有视觉图像。

"是我,马克·弗·科西根。"

"什么事?"

"你告诉我可以打电话给你的。"

"是的,但是现在……"一个短暂的停顿,"是该死的凌晨五点钟,马克!"

"喔,您在睡觉吗?"他傻瓜似的问道。他把身子前倾,用头轻敲冰冷坚硬的塑料桌。时机。看准时机。

"上帝,你说这句话的时候,听起来真像迈尔斯。"皇帝低声说。图像感光板被激活了,格雷格的图像出来了。他在一个卧室里,背景看不清楚,只穿了一条宽松的黑色丝绸睡裤。他使劲儿地瞪着马克,似乎想搞清楚,自己是否在同一个鬼魂谈话。但是,面前的尸体太肥大了,只能是马克。皇帝重重地叹息了一声,然后眨巴着眼睛,回到现实中来。"你需要什么?"

多么简洁,如果他作详细地回答,也许还需要六个小时。

"我想进皇家安全部参加搜索迈尔斯的行动。伊林不让我参加。您可以命令他答应我的要求。"

格雷格安静地坐在那里,没有出声,过了一会儿,露出了一个短暂的微笑,用一只手插进自己被睡床弄乱了的黑头发里。"你是否请求过他?"

"是的,就是刚才。他拒绝了我。"

"唔,好吧……他有责任为我保持警惕。不过,我的判断应该保持独立性。"

"陛下,根据您独立的判断,请让我加入吧!"

格雷格若有所思地审视着他,揉了揉自己的脸。"好吧……"过了好一会儿,他慢吞吞地说,"让我们……来试试看。"他的眼睛现在不再睡意蒙眬了。

"陛下,您现在就跟伊林说,好不好?"

"这是怎么啦,被压抑的要求一起爆发出来啦?"

我像奔腾的水流……这句引文是出自何处?似乎像是伯爵

夫人的话。

"他还没有休息,陛下,请求您现在就告诉他,然后让他回话到这个终端上,我等着。"

"很好,"格雷格的嘴唇翘起来,露出一个特别的微笑,"马克勋爵。"

"谢谢您,陛下。哦……晚安。"

"早安。"格雷格切断了链接。

马克等待着。时间似乎非常缓慢地流动着,他差一点就睡着了。突然,信号终于来了,他被吓了一跳,险些从椅子上跌下去。

他急忙拿起接听器。"喂,先生?"

伊林阴沉的脸孔出现在图像感光板上。"马克勋爵,"他只简单地冲着他点了点头,"如果你明天早晨在正常工作时间里来到皇家安全部总部,你会被允许复查我们讨论过的文件。"

"谢谢你,先生。"马克认真地说。

"那就是两个半小时之后的事情了。"伊林提醒他说。马克意识到,伊林的话暗示他自己也度过了一个没有休息时间的夜晚。

"我会准时到的。"

伊林眨了眨眼睛,表示知道了,然后就消失了。

这究竟是一种善意的惩罚,还是仅仅是恩宠?马克沉思了起来。格雷格知道,我还没有做任何事情他就已经知道了。

第十八章

黎明的曙光把迟迟未散的夜雾变成了金色,这层烟气蒙蒙的秋日薄雾使得沃巴萨塔那这个城市具有了一种魔术般的气氛。皇家安全部总部大厦是一幢四方形的建筑物,没有任何窗户,完全体现了实用主义的建筑原则,无数大大小小的门让任何试图进入其中的傻瓜伤透脑筋。马克认为,对于他来说,这点困难应该很容易解决。

"多么难看的建筑物。"他对坐在他身边的皮尔玛说。皮尔玛是开着伯爵的地面车送他来的。

"城里最丑陋的楼房。"这个警务员立即表示赞同,"这是疯狂的皇帝尤瑞的御用建筑师杜努·弗·如特耶的杰作,他也是前者的叔叔。在尤瑞被杀之前,他曾经准备造五座大厦,不过被阻止了。这是第一所,其次是市体育馆。我们至今仍然无法摆脱它,都已经六十年了,还不得不忍受着它的存在。"

"它看起来像是地牢,只不过这个地牢被漆成了政府机构惯用的那种绿色,还配备了一些心理医生来管理。"

"确实如此。"皮尔玛说。这个警务员同他们所经过的那个大门的卫兵商量了一下,然后开进去,在一个巨大的、无限高的台阶面前停了下来。

"皮尔玛……这些台阶是不是太多了一点?"

"是啊,"这个警务员笑了起来,"如果你一直爬上去,当你到达顶层的时候,你的腿一定会抽筋的。"皮尔玛打开车门,让马克下车,"不过,如果你走左边,就是这里,你会在第一层发现一个小门和一个设有升降管道的门厅。实际上,那里才是人们通常进去的途径。"

"谢谢你。"马克爬了出来,"疯子尤瑞的朝代结束之后,那个叫作杜努的建筑师怎么样了?我希望,他被建筑业的同盟会给干掉了。"

"不,他退休去了乡下,同自己的女儿和女婿住在一起,死的时候完全发疯了。他在他们的庄园附近造了许多奇怪的塔,现在他们收门票,让人们去参观。"皮尔玛关上车门,一阵风似的开走了。

按照皮尔玛所说的,马克转到左边。他来了,在明亮的清晨……或者至少是清晨。他来之前好好地洗了个澡,穿上了舒服的黑色便服,并且带上了足够的止痛片、维生素药片、醒酒药片和兴奋剂,从而保证自己的情绪人工化地达到正常的程度。虽然他现在的状况更多的是一种药物作用的结果,而不是自然和正常的,不过,最起码能够保证不让伊林有把他轰出去的机会。

他冲着门厅里那些皇家安全部的卫兵自报家门:"我是马克·弗·科西根,有人在上面等我。"

"不是那么回事。"从一个升降管道里传来一个愤怒的声音。伊林自己跑了出来。那些卫兵们立即警惕起来,不过,伊林挥了挥手,让他们放松些。伊林也洗了澡,并换上了平常的绿色便服。马克怀疑伊林同他自己一样,也吃了许多药片作为早餐。"谢谢,中士,我来带他上去。"

"这个工作场所是一个多么压抑的地方啊。"当他们走进升降管道,马克站在皇家安全部头领的旁边,情不自禁地评论道。

"是啊,"伊林叹息了起来,"我曾经访问过埃斯科巴的联邦情报大厦,那幢楼共四十五层,全都是玻璃的……我简直想要移民去那里了。杜努·弗·如特耶真应该一出生就被勒死。不过……现在它属于我了。"伊林环顾四周,带着一种似乎还不那么习惯的拥有者的姿态。

伊林带领马克深入到这个建筑物的最核心部位,也就是皇家安全部的心脏。他们的脚步声在一个空荡荡的走廊里回荡着。走廊的两旁是一些非常小的房间,从一些半开着的门望进去,马克看到一些穿着绿色制服的男人在控制台前操作着。在走廊的顶端,有一个巨大的自动咖啡销售机。他认为伊林是有意把他安排在13号房间的。

"这个通讯终端里有我们寻找弗·科西根中尉的过程中得到的所有资料。"伊林冷冷地说,"如果你认为你可以比我们训练有素的专家做得更好,我请你不妨试一试。"

"谢谢你,先生。"马克坐到椅子上,打开图像显示屏,"你真是太慷慨了。"

"在这方面,你可以满意了。"伊林用一种命令的口气宣布。格雷格今天早晨肯定惹得他非常恼火,马克猜想。此时,他看到,伊林在离开前,冲着他点了点头,脸上带有明显的嘲讽意味。或者是仇恨的怒火?不,这是不真实的,伊林没有理由对他产生这么强烈的敌意。这不仅仅是对他的皇帝的服从,马克意识到这一点之后,打了一个寒战。假如真的是不信任他,伊林完全有可能拒绝格雷格的要求。他已经非常绝望了。

他深深地吸了一口气,然后,埋头开始阅读、聆听和观看相关资料。伊林说这里有"所有的东西",并不是开玩笑的——这里实际上有五六十个间谍从各个地方发出的成千上万份资料。有一些是消极的短信息。还有一些非常冗长,虽然也是消极的。某个人似乎成功地探访了杰克逊联邦所控地区所有的冷冻设备。最近的报告还包括在埃斯科巴上的调查。

马克过了好一会儿才意识到,这里完全没有恰当的摘要和完整的分析报告,他只有最原始的、混乱的资料,他决定把它们统统查看一遍。

马克看得眼睛都干巴了,感到一阵阵刺痛,他的胃也因为喝了过多的咖啡而咕咕直响。该是休息吃午餐的时间了,他想,正在这时,一个卫兵来敲他的门。

"马克勋爵,你的司机来了。"那个卫兵客气地通知他。

该死——是该吃晚餐的时间了。那个卫兵带领他穿过楼里的复杂通道,把他交给了皮尔玛。外面已经黑了下来。我的头很痛。

马克第二天又固执地回到那个房间,继续复查资料。第三天,第四天,更多的报告传送过来了。事实上,它们到达的速度远大于他阅读的速度。似乎,他越是努力,剩下的就越多。当他阅读完第十五天的资料之后,他靠在椅子上想,这太疯狂了。伊林一定是准备把他埋葬在这些资料里面。由于资料过多过杂,他几乎已经因为疲劳而丧失了必要的判断力。我必须对这堆狗屎进行分类,否则我将再也走不出这个令人讨厌的楼房。

"谎言,谎言,全都是谎言。"他狂怒地冲着面前的通讯终端嘀咕着,这个机器似乎也狡猾而严肃地冲他眨巴眼睛并嘟囔起来。

他"啪"的一掌关掉了它,坐在黑暗和寂静中,直到他的耳朵里不再出现机器发出的各种声响的回音。

皇家安全部没有、没有找到迈尔斯。他不需要查看所有这些文件。没有人需要它们。他只需要抓住一点。让我们来缩小范围。

从一些简单明白的假设开始。第一个,迈尔斯是能够被找到的。

皇家安全部的间谍们在寻找腐烂的尸体、没有墓碑的坟墓或腐蚀物的分析报告等等,即使他们成功了,这种寻找对迈尔斯也没有任何好处。

只有关于冷冻室的调查是有意思的。但是,根据逻辑推论,他的乐观也没有多少道理。假如迈尔斯已经成功地被朋友救活了,他应该做的第一件事情就是汇报他的行踪。但是他还没有消息,所以,他一定还处于冷冻状态。或者,虽然被救了,但是解救不成功,肢体功能没恢复。或者落入敌人的手中——如果是这样,又在哪里?

登达立的冷冻室已经在赫根哈伯被发现。这……又说明什么?它在被清空之后送到了那里。马克睁大眼睛躺倒在椅子上,开始思考这些线索可能提供的结果。是不是他个人的特殊幻想导致了他盲目相信自己所希望相信的东西?不,该死的,让那个赫根哈伯见鬼去吧。迈尔斯从来没有离开过那个星球。突然间,他的脑海里出现了一个删除垃圾资料的好主意。

既然这样,我们就只看有关杰克逊联邦的报告。很好,然后呢?

皇家安全部的人是否已经查遍了所有可能的地区?是否检查了那些似乎与巴罗普乔王朝没有多少关系的地区?对于那里

的大多数地区,皇家安全部的调查仅仅限制在匿名询问并支付一笔报酬。这一切都是在他们的袭击行动发生了四个星期之后才进行的。人们可以有足够的时间来思考这个可疑的冷冻室,去藏起它,如果他们愿意的话。这样一来,即使皇家安全部发起第二次搜索,也不会有什么好结果。

迈尔斯一定在皇家安全部已经查找过的某个地方,在某个具有隐秘的动机并对他感兴趣的人手里。

仍然具有成千上万个可能性。

我需要一个关键的线索,应该有这么一条线索的。

皇家安全部已经把诺伍德的记录逐字逐句地分析过了。没有任何头绪。但是,诺伍德是一个训练有素的医务员,他不可能把自己爱戴的将军的冷冻室随意地托运到什么地方。他一定是把它寄给某个地方的某个人了。

如果真有地狱的话,诺伍德,我希望你现在正在那里受煎熬呢。

马克叹息着,往椅子上一靠,又打开了通讯终端。

几个小时之后,伊林路过马克的小房间走了进来,顺手关上了隔音门。他不自然地靠在墙上,问道:"情况怎么样?"

马克抓了抓自己的头发。"虽然你明显想要用资料把我掩埋掉,我还是认为自己有了一点进展。"

"哦,什么方面的?"伊林没有否认他的指控,马克注意到了。

"我肯定迈尔斯没有离开杰克逊联邦。"

"那么,你怎么解释我们在赫根哈伯发现了冷冻室?"

"我无法解释,不过,那是一个声东击西的误导。"

"喔。"伊林不置可否地说。

"而且这个误导已经成功了。"马克无情地补充说。

伊林的嘴唇紧闭了起来。

要有点外交策略,马克提醒自己。否则的话,他可能再也得不到他想得到的任何东西。"我明白你的人手很有限,先生,那么,就让他们都集中起来,用到关键的地方。你应该把所有的人都派到杰克逊联邦去。"

伊林脸上露出的冷笑,明白无疑地表明了他的反应。这个已经掌管了皇家安全部将近三十年的男人,根本不能忍受别人对他指手画脚,教他应该如何工作,即使是非常策略化的语言也不行。

"关于弗·温塔上校的事件,你查到了什么?"马克急忙转移了话题。

"事情很简单,也不是非常严重的。他的弟弟是我们银河系事务监督官的副手。这不是什么叛变的问题。"

"这样……那么你是怎么处理他们的?"

"对埃德文上校,我们没有采取任何行动。已经太晚了。迈尔斯的情况已经作为小道消息和闲话在弗氏圈子里传开了,早已不可收拾。那个弟弟被调职并降级了,他本来是一个很能干的家伙。"从伊林的语气可以听得出来,他并不感激马克提供的信息。

"哦,"马克停顿了一会儿,"弗·温塔认为我对伯爵做了手脚。这是不是也是闲话的一部分?"

"是的。"

马克紧张起来。"好吧……至少你了解真相。"他叹息着说。他抬头看了看伊林毫无表情的脸,突然感到一阵恶心和恐惧。"先生,难道不是吗?"

"也许是,也许不是。"

"为什么不是?!你看到了那些医疗报告!"

"唔,心脏病的症状看起来完全是自然的,但它们也可能是被人为引发的——只要使用一个手动医用外科牵引器就可以了。它所造成的损害非常像普通的心脏病发作。"

马克在一阵绝望的愤怒中颤抖起来。"骗人的把戏。"他强忍住内心的怒吼,"说说具体的细节吧。我是怎么让伯爵站住不动而又注意不到我的行动的?"

"这确实是一个不好解释的问题。"伊林承认。

"而且,我把手动牵引器藏到哪里去了?还有一个医用扫描盘?这些都是我必须要用的仪器,至少有三公斤重。"

"把它们丢在树林里的某个地方了。"

"你找到它们了吗?"

"没有。"

"你找了吗?"

"找了。"

马克用力地揉了揉自己的脸,咬紧牙关。"这么说,你把自己的手下都派去搜索那个方圆几公里的树林、去寻找一个不存在的手动牵引器了,所以你没有足够的人手派到杰克逊联邦去寻找迈尔斯。我明白了。"不,他应该控制住自己的怒火,否则就没有希望了。他想咆哮,想把伊林的脸打烂。

"一个搜索银河系的间谍应该是一个受过严格训练的专家,具有特殊的个人才能,"伊林面无表情地说,"而一个搜索某个地区的指定物品的工作人员,则可以仅仅是一般的士兵,这类人多得很。"

"是的,我很抱歉。"他是在道歉吗?你的目标,记住你的目标。他想起了伯爵夫人,于是深深地吸了一口气,又吸了几口气。

"我不认为你的结论是令人信服的,"伊林看着他的脸说,"我认为它仅仅是一个疑点。"

"谢谢你告诉我你的想法。"马克气恼地回答。

他静静地坐着,试图整理自己零乱的思路,组织自己的论点。"你看,"过了几分钟,他终于开口说,"你在浪费你的人力资源,其中的一个就是我。把我送回到杰克逊联邦去吧。我比你的任何间谍都更加了解那个地区,我也受过一些训练,虽然只是成为暗杀者的训练,但总是有些训练的。我的那些训练,曾经让我在地球上成功地从你的间谍手下逃脱了三四次,让我活到了现在。我了解杰克逊联邦的一些内部情况,这些情况只有像我这样在那里长大的人,才能够了解到,而且我还是免费为你效劳的。"他等待着,被恐惧和勇气弄得简直要窒息了。回去?他的记忆里出现了许多血腥的场面。回去,让那些巴罗普乔人有机会报复自己?

伊林仍然是一副冷冰冰的表情。"你过去的经历并不是非常令人满意的,马克勋爵。"

"确实如此,我不是一个成功的战地指挥官。我不是迈尔斯。我们现在都知道这一点了。但是,你的那些间谍都是成功的指挥官吗?"

"如果你像你所表现的那样无能,那么,送你回去就是一个多余的浪费。不过,假如你比我想象的要更具有间谍才能,你在这里所做的一切就都是某种伪装行为。"伊林半嘲讽地发泄着他内心的恼怒,"假如你比我们先找到了迈尔斯,接下来又会怎么样?"

"你是什么意思？什么'接下来又会怎么样'？"

"如果你把他还给我们的时候，他已经是一个处于室温下的尸体了，只能够被掩埋了，我们怎么知道是否你发现的时候，他就是那个样子的？你会继承他的名字、他的爵位、他的财产、他的前途。对于一个像你这样身份的人来说，马克，这很有诱惑力，很大的诱惑力。"

马克双手掩住了自己的脸，感到非常无奈、愤怒和极度的沮丧。"你想想看，"他透过手指说，"想想看，我只能是你所说的两种人中的一种：或者我是那个根据你的理论来说，成功地几乎谋杀了伯爵的人，而且没有留下任何线索；或者我根本就不是这样一个人。你可以认为我不够精干，所以不能够被派出去，或者你可以认为我不值得信任，所以不能够被派出去，但是你不能同时认为我既无能又不值得信任。你选择一种吧！"

"我在等待更多的证据。"伊林的眼睛流露出冷酷无情的神情。

"我相信，"马克低声说，"过分的怀疑甚于过分的信任，它会让我们变成更大的傻瓜。"这对于他来说确实是一个切身的教训。他突然站起来，"那么，使用吐真药对我进行测谎试验吧。"

伊林挑起眉头。"喔？"

"对我使用吐真药。你从没有这么做过，公开表露你对我的怀疑吧！"根据一般的报告来看，使用一种叫作吐真药的药品进行特殊审问，是一种非常羞辱人的体验。但是那又有什么关系呢，他的生命中更加羞辱人的体验还多着呢。

"我曾经确实很想使用吐真药来审讯你，马克勋爵。"伊林承认，"但是，唉，你的原身对它具有一种特殊的强烈反应，这大家都知道。我害怕你可能也有同样的反应。那不是一般的身体反应,而是一种令人毛骨悚然的激动,会引发一系列胡言乱语,但是,可惜的是,根本不是坦白的冲动。所以,用那种药并没有任何意义。"

"迈尔斯是那样的,"马克仍然心存希望,"你猜想我也是,但是你并不知道,我的新陈代谢系统与迈尔斯的明显不一样。你至少应该检查一下。"

"好吧,"伊林慢吞吞地说,"我可以检查一下。"他站直了身体,在离开房间之前告诉马克说,"继续吧,我马上就回来。"

马克心里很紧张,站起来在房间里来回踱步,两步一个回头。脑海里满是恐惧和欲望。巴罗普乔男爵那冷酷的眼神似乎掐住了他的脖子。如果你想找任何东西,到你丢掉它的地方去找。他的一切都丢在杰克逊联邦了。

伊林终于回来了。"坐下来,卷起你左边的袖子。"

马克照做了。"为什么?"

"做皮试。"

当伊林把一个很小的医用药片贴在他的小胳膊下方时,马克感觉到一种针刺般的疼痛。伊林很快就撕掉了那个药片,他看着自己的表,观察着马克胳膊的变化。

一分钟之后,出现了一个粉红色的斑点,两分钟之后,一片斑点,五分钟之后,从手腕到胳膊肘出现了一条红色的肿块。

伊林失望地叹息起来。"马克勋爵,我建议你以后一定要不惜一切代价回避吐真药。"

"这是不是一种过敏反应?"

"一种非常严重的过敏反应。"

"真该死。"马克忧心忡忡地坐了下来,同时使劲地挠着自己红肿的胳膊。最后,他不得不放下袖子,免得自己把胳膊抓出血来,"如果是迈尔斯坐在这里,阅读这些文件,提出这些建议,你是否会听从他的主张?"

"在我的记忆里,弗·科西根中尉战绩辉煌,这个事实本身证明了他的能力。但是,正如你自己一再强调的,你不是迈尔斯,你不能够同时使用两种论点来辩论,"他冷冷地补充说,"选择一个吧。"

"如果你根本就不相信我能够做出任何有意义的事情,为什么你允许我来这里?"

伊林耸耸肩。"撇开格雷格的直接命令不谈,让你来这里,我至少可以知道你在哪里,在干什么。"

"这里就好像是一个拘留室,所不同的是,我是自愿进来的。如果你能够把我关在一个没有通讯设备的牢房里,你会更加高兴的。"

"坦率地说,确实如此。"

"这样的话,那么……"马克故意地重新打开通讯终端。伊林离开了,让他自己去折腾。

马克从椅子上跳了起来,跌跌撞撞地跑到门口,把头伸出门外,此时伊林已经走到走廊的中间。

"伊林,我已经有自己的名字了!"马克气恼地叫喊起来。

伊林回过头来,挑了挑眉头,然后又继续往前走去。

马克试着阅读另一份报告,但是,他的眼睛和大脑之间似乎出现了障碍,他根本无法理解报告的内容。今天他太紧张了,没法继续分析任何报告了。他终于放弃了,打电话让皮尔玛来接他。外面仍然很亮。在回到弗·科西根宅邸的路上,他直瞪着闪烁在建筑物之间的缕缕日光,直到自己的眼睛被刺痛为止。

这个星期以来,他第一次从皇家安全部回来这么早,赶上了与伯爵夫人共进午餐。他看到伯爵夫人和伯沙瑞-杰萨克随意地坐在一楼的一个角落里进餐。从这里可以看到花园里的秋花和植物。伯爵夫人穿着一件华丽的绿色上衣和一条长裙,一身弗氏贵族已婚妇女的装扮;伯沙瑞-杰萨克穿着一套类似风格的蓝色服装,显然是从伯爵夫人的衣橱里借的。他还看到餐桌上放着一副特意为他准备的餐具,虽然他已经有四天没有来同她们一起进餐了。他坐到自己的位置上,内心里非常感动。

"今天伯爵的情况如何?"他担心地问。

"没有什么变化。"伯爵夫人叹息道。

在他们开始进餐之前,按照伯爵夫人的习惯,应该有一段默祷的时间。马克猜想,今天这个默祷显然不仅仅涉及到感谢上帝赐予的食物。伯沙瑞-杰萨克和他都安静地等待着默祷的结束。伯沙瑞-杰萨克不知道在沉思着什么,马克的脑海里回响着他与伊林的谈话,他设想着自己应该说的许多机智的言辞,可惜已经太晚了。一个仆人拿来了盖着盖子的菜肴,然后就离开了他们。这正是伯爵夫人喜欢的那种随意的进餐方式,家庭式的,嘿。

事实上,自从伯爵出事之后,伯沙瑞-杰萨克一直像个女儿一样安慰着伯爵夫人。她陪伴着她去医院看望伯爵,服从她的差遣,像个密友一样支持着她。马克猜想,伯爵夫人对伯沙瑞-杰萨克一定比对任何人都更加敞开心扉,因此,暗暗地感到一种莫名的嫉妒。作为他们最忠心的私人卫兵的女儿,伯沙瑞-杰萨克实际上成了弗·科西根家的养女。弗·科西根宅邸实际上就是她成长的地方。这么说,如果他真的是迈尔斯的弟弟,那么,伯沙瑞-杰萨克是否就成了他的非亲生姐姐?他想试着这么看待她。

"伯沙瑞-杰萨克上校,"马克吞下几大口食物之后,开口说话了,"那些在科玛的登达立士兵现在情况如何?伊林是否也对你隐瞒了他们的情况?"

"他最好不要这样做。"伯沙瑞-杰萨克说。的确,埃蕾娜拥有比皇家安全部司令地位更高的盟友,"奎因把绿色小分队和橘红色小分队、蓝色小分队的部分成员送到游客号上,让他们去舰队总部了。士兵们被困在那里,无所事事,都很心焦。"她听起来显然对自己暂时无法指挥自己的队伍而感到难过。

"那么,羚羊号还在科玛吗?"

"是的。"

"奎因……当然……还有索恩上校?陶娜中士?"

"都还在等待着。"

"他们现在一定很焦急。"

"是的。"伯沙瑞-杰萨克用叉子猛地戳了一下自己盘子里的一块固体蛋白质,以至于它在盘子里滑动了起来。焦急,是的。

"马克,你这个星期了解到什么信息?"伯爵夫人问他。

"恐怕都是一些你已经了解的东西。伊林是否一直向你递送报告?"

"是的。不过,由于近来事情太多,我只能简单翻翻他的分析简报。总之,我只对一个消息感兴趣。"

不错。她的话似乎激励了马克,他开始向她详细地汇报自己的复查结果,包括自己所进行的分类研究和越来越强烈的信念。

"你似乎看了不少东西。"她评价道。

他耸耸肩。"如果伊林确实没有对我隐瞒什么的话,我仅仅是了解到了皇家安全部已经了解的一些东西。不过,只要皇家安全部还不能察访到迈尔斯的下落,这一切就都是非常琐碎而无意义的。我敢肯定……"

"肯定什么?"伯爵夫人问。

"我敢肯定迈尔斯还在杰克逊联邦,但是我无法让伊林集中精力搜索该地区。他的注意力过于分散,他最关注的是整个西塔甘达地区。"

"这是有一些历史原因的,"伯爵夫人说,"而且,恐怕最近发生的情况也让他格外关注它。不过伊林肯定不会告诉你这些与迈尔斯没有直接关系的情况的。说他这个月日子不好过,恐怕都过于轻描淡写了。"她迟疑了很久,"马克……你毕竟是迈尔斯的克隆人同胞兄弟,你同他的关系应该是人与人之间所能够具有的最亲密的关系。你的这个信念一定具有某种情感的成分。你似乎知道事情的真相。你是不是想说……你真的知道真相?在某种程度上?"

"你的意思是不是说,我和迈尔斯之间存在着某种心灵感应?"他说。这是一个多么可怕的想法。

她点点头,微微有些脸红。伯沙瑞-杰萨克看起来大惊失色,眼睛里流露出一种奇怪的恳求神情:别弄乱了她的头脑,你——

她真的感到绝望了,这种胡思乱想正是一个证明。"很抱歉,我没有心灵感应的能力,只能做一种心理分析。"伯沙瑞-杰萨克松了一口气。他感到很沮丧,不过,很快就有了一个令人振奋的主意,"假如你让伊林相信你有这样的想法,倒也没有什么害处。"

"伊林是一个非常坚定的理性主义者。"伯爵夫人伤感地说。

"夫人,激情只能带来绝望。没有人会允许我做我想做的事情。"

"你想做什么?"

我想逃到贝塔殖民地去。伯爵夫人恐怕会帮助他的。

……不,我不会再逃跑了。

他深深地吸了一口气,用一种不知从哪里得到的勇气说:"我想回到杰克逊联邦去找他。我会做得像伊林手下的任何间谍一样好。我知道我能做到!我试图说服他,但是他不理睬我。如果他能够的话,他宁愿把我关进一个牢房里。"

"可怜的西蒙现在实在被搞得焦头烂额,为了让一切平静下来,恐怕他甚至宁愿出卖自己的灵魂。"伯爵夫人承认,"他的注意力不仅仅被分散了,而且被分裂了。我很同情他。"

"我不同情他。我并没有要求他为了我花费任何时间,他也不会的。"马克沮丧地说,"格雷格曾经暗示我可以从他那儿获得帮助,你……你愿意为了我花费时间和精力吗?"

"是的,儿子。我会毫无保留的。"伯爵夫人叹息道。

马克慢慢地咀嚼着,咽下口中的食物,停下来,抬起头。"真的吗?"

"真——"她起初准备做一个肯定的回答,但是立即警觉起来,"你问的是什么?"

"马克勋爵真的是一个自由人吗?我的意思是,我在贝拉亚帝国并没有犯下任何罪行,是不是?虽然我做了一些蠢事,但是并没有触犯任何法律。我没有被拘留。"

"是的……"

"那么,我可以自己去杰克逊联邦!让伊林和他的信息见鬼去吧。如果——"唉,一声咳嗽——他显得稍稍有些泄气,"如果我能够得到一张飞船票的话。"他的声音低落了下来。他所有的资产,就目前来看,只有十七贝拉亚马克,那是伯爵夫人这个星期给他的零花钱,现在正装在他的裤子口袋里。

伯爵夫人推开面前的盘子,往椅子背上一靠,她面无表情。"在我看来这似乎不是一个好主意。"

"巴罗普乔人也许已经发布了对你的通缉令,因为你袭击了他们。"伯沙瑞-杰萨克附和伯爵夫人说。

"不,不是通缉我,是通缉内史密斯将军。"马克提出异议,"而且,我也不是回到巴罗普乔。"不过,他并非完全不同意伯爵夫人的观点,巴罗普乔男爵在他的头上点下的印记还让他感到隐隐地害怕。他热切地看着她,"夫人……"

"你真的想让我资助你去拿自己的生命冒险吗?"她说。

"不——不是去冒险,是去拯救自己!我不能够——"他绝望地挥了挥手,冲着整个弗·科西根宅邸,冲着他自己处境——"再像这样过下去了。我在这里心理非常不平衡,我整个的存在都是一个错误。"

"心理上的平衡迟早会来临的,现在还不是时候罢了。"她认真地说,"你还没有熟悉这里的一切。"

"我必须回去。我必须修正自己犯下的错误,如果我能够做到的话。"

"但是,如果你不能做到,你将会怎么办?"伯沙瑞-杰萨克冷冷地问,"忘记它,让一切从头开始?"

难道这个女人钻进他的脑子里了?她的嘲讽弄得马克不由自主地退缩起来。"我,"他吞吞吐吐地说,"不……"知道。他无法大声地说出这句话来。

伯爵夫人把自己长长的手指头交织在一起。"我不怀疑你的诚意。"她定定地看着他说,"但是——你是我的第二次机会。我新的希望。我从来没有想到过在贝拉亚得到另一个儿子。现在杰克逊联邦已经吞噬了我的迈尔斯,你想同他一样去毁掉自己吗?你,再一次自投罗网?"

"夫人,"他绝望地说,"妈妈——我不能够做一个安慰你的奖品。"

她把胳膊抱在胸前,然后用一只手托起自己的下巴,掩住自己的嘴,她的眼睛像冬天的大海一般灰暗。

"你,还有许多其他的人,都必须意识到,"马克祈求道,"拥有第二次机会对于我来说是多么重要。"

她把椅子往后一推,站了起来。"我将……好好地考虑考虑这个问题。"她离开了这个小小的餐厅。她的盘子里还剩下一半的食物没有吃。马克不安地注意到了这一点。

伯沙瑞-杰萨克也看到了。"你干得真好。"她嘲讽地说。

我很抱歉,我很抱歉……

她急忙站起身,去追伯爵夫人了。

马克独自坐在那里,感到非常孤独和无助。他盲目而机械地继续吃起来,直到自己感到恶心为止。然后,他从升降管道回到自己的房间里,躺在床上想立即睡着,可是并不能如愿。

过了很久,当他的头痛和胃痛刚刚开始有些好转的时候,有人来敲他的门了。他含糊不清地、像是在呻吟似的叫喊起来:"谁?"

"埃蕾娜。"

他打开灯,靠在床上,用一个枕头抵在腹部。他现在不想同伯沙瑞-杰萨克交谈。他现在不想同任何人交谈。"进来。"他喃喃地喊了一声。

她小心翼翼地穿过门厅,她的脸色严肃而且苍白。"你好,你现在还好吗?"

357

"不好。"

"我是来道歉的。"她说。

"你？向我道歉？为什么？"

"伯爵夫人告诉了我……有关你过去的一些事情。我很抱歉。我过去不理解你。"

他又被解剖了一次，被缺席解剖了一次。从伯沙瑞-杰萨克注视着他的那种神情，他可以看出她感到非常震惊。"噢，该死的。她刚才对你说了什么？"他艰难地挣扎着让自己坐直身子。

"迈尔斯曾经对我含糊地说过一些事情，但是我无法理解它们究竟有多么糟糕。伯爵夫人解释了一切。盖尹是怎么对待你的，他如何用震荡棒鸡奸你，还有饮食方面的反常，以及其他一切反常现象。"她的眼睛始终回避着他的身体，只看着他的脸。她和伯爵夫人一起谈了大约两个小时，"而且，一切都是那么精心地策划出来的，这是最可怕的地方。"

"我不敢肯定那次震荡棒事件是否是预先策划好的。"马克慎重地解释说，"盖尹似乎昏了头，做了过头的事情。没有人会表演得那么好。或者它一开始是策划好的，但是后来失去了控制。"突然，他绝望地爆发了，"真该死！"伯沙瑞-杰萨克被吓了一大跳，"她没有权利同你谈这些！不应该同任何人谈论这些！我是什么该死的东西？城里最有趣的话题？"

"不，不，"伯沙瑞-杰萨克摊开双手，"你必须理解我们当时的语境。我告诉她关于玛芮的事情，就是那个金发小克隆人姑娘，你被发现同她在一起的那个。我告诉她我的猜测，我在伯爵夫人面前指责你的罪行。"

他僵住了，由于羞耻而涨红了脸，再一次感到非常沮丧。"我还以为你以前就告诉过她了。"难道他与伯爵夫人之间的所有关系都建立在一个腐朽的基础上,现在都要坍塌了吗?

"她当时那么想让你成为她的儿子,我不忍心告诉她。但是,今天晚上我对你特别气愤,所以说了出来。"

"结果怎么样?"

伯沙瑞-杰萨克困惑地摇了摇头。"她是那么贝塔化。非常奇怪,总是与其他人想的不一样。她一点也不感到吃惊,而且她立即就向我解释其中的原因——我觉得自己的大脑被整个翻了过来,被好好地清洗了一遍。"

他简直想笑了。"这听起来是一场典型的与伯爵夫人的谈话。"他内心里的恐惧开始有所缓解。她并没有因此而蔑视我……

"我误解了你。"伯沙瑞-杰萨克坚强地说。

他气恼地摊开双手。"很高兴知道我有这么一位辩护人,但是,你并没有错。你当时所想的真是我准备做的,假如我能够做的话。"他痛苦地说,"并不是我的美德阻止了我,而是因为我自己当时太紧张了。"

"我不是说在一些细节上误解了你。我的意思是,在对待你的态度上,我有一些先入为主的成见,它们让我对你非常生气,让我错误地理解了你行为的动机。我当时完全不知道你是如何被一系列折磨所塑造,并且是如何抵制这些折磨的。我想,假如我是你,我一定会得精神分裂症的。"

"并不是所有的时候都那么糟糕。"他尴尬地说。

"但是你应该了解,"她固执地说,"在我身上发生了什么,有关我父亲的事情。"

"嘿?"他仿佛觉得自己的头被突然往左猛地拧了一下,似乎一时难以适应,"我知道我自己的父亲与我的身世的关系,但是,你的父亲究竟与它有什么瓜葛?"

她在房间里来回走动着,似乎准备做某种决定。当她终于开口说话的时候,她倾诉了一切。"在贝拉亚侵占埃斯科巴的时候,我的父亲强奸了我的母亲,所以有了我。我很多年前就知道了这件事,所以对强奸这个问题一直非常反感。我受不了它。"她的双手紧握在一起,"但是它一直在我内心里,困扰着我。这使得我很难清醒地看待你,在过去的十个星期里,我一直感到自己似乎隔着一层迷雾在看你。现在伯爵夫人驱散了这层迷雾。"确实,她的眼睛现在不再那么冷漠了,"伯爵也帮助过我,对此,我简直难以言说。"

"噢。"他会说些什么?这么说,在过去的两个小时里,她们并不是仅仅谈论了自己。她的故事一定更复杂一些。不过,他是不会开口询问的。这一次,不该他来道歉了。"我……很高兴你能够出生,不管你是怎么来到这个世界的。"

她微笑了起来。"事实上,我也很高兴能够来到这个世界。"

他有一种非常奇怪的感觉。他对自己的隐私被侵犯的愤怒渐渐地消失了,取而代之的是一种令他无比惊讶的轻松感。他有一种如释重负的感觉,似乎摆脱了背负着自己秘密的重担,他的恐惧开始缩小,似乎说出一切就是对它们的消灭。我相信,假如我再告诉另外几个人,我就可以完全摆脱它们了。

他挪动双腿下了床,抓住她的手,带着她来到窗户旁边的一把椅子旁。他爬上椅子,站在上面,亲吻了她。"谢谢你!"

她看起来非常吃惊的样子。"为什么谢我?"她笑着问他。

"为了存在,为了让我活下去。我不知道。"他咧开嘴巴笑了起来,但是,他的笑容很快就消失了,他小心翼翼地从椅子上爬下来,坐了上去。

她低下头看着他,咬了咬嘴唇。"你为什么那样对待你自己?"

没有办法假装不知道她指的是什么,他那种强迫自己狼吞虎咽的自虐行为是显而易见的。他用一只手擦了擦自己满是汗水的脸。"我不知道。我想,大多数所谓的疯狂都是起因于一些可怜的糊涂虫由于痛苦而想激怒他们周围的人吧。"

"怎么能够使用一种给自己造成更大痛苦的方法来解脱自己的痛苦呢?"她哀伤地问。

他似笑非笑,双手放在自己的膝盖上,眼睛直盯着地板。"它有一种令人激动的诱惑力。它能够把你的注意力从真正让你痛苦的事情上转移开去。想想牙痛对你的注意力的影响。"

她摇了摇头。"我宁愿不想,谢谢你。"

"盖尹一直想破坏我和我父亲之间的关系,"他叹息道,"但是实际上破坏了我同一切事物之间的关系。他知道,一旦他把我送回贝拉亚,他就不再可能直接地控制我了。所以,他必须在我身上建构一些可以持续的动机。"他慢慢地补充说,"这些动机反过来作用到他自己身上了。因为,从某种程度上说,盖尹也是我的父亲,我的养父,是我最初拥有的那个父亲。"伯爵才是我真正的父亲。"当那些科玛人从杰克逊联邦把我带走的时候,我是如此渴望一个身份,我想,我就好像那些幼鸟,可能对一个水罐或者随便什么东西产生认同感,因为那些东西是它们首先看到的,与自己的父母差不多大的东西。"

"你具有一种惊人的分析问题的天才能力。"她指出,"在杰克逊联邦上我就发现了这一点。"

"我?"他眨巴着眼睛,"胡说八道!"不是一种天才能力,绝对不是的,否则的话,他就应该得出更好的结论来。虽然很沮丧,他还是感到某种满足。过去一周里,他在皇家安全部自己的那个小隔间里,还是做出了一点成绩的。那个隔间就好像一个修道士的安静的修炼室,但是里面却充满了大量的数据……这似乎让他想起了小时候在克隆人教养院里的学习生活。那时候还没有任何人来伤害他。

"伯爵夫人也认为你具有这方面的天才,所以她想见你。"

"什么,现在?"

"她派我来喊你,不过,我必须首先说出我想说的话,以免太迟了,我丧失了机会,或者丧失了自己的勇气。"

"好吧,让我收拾一下自己。"他走进浴室,用冷水洗了洗脸,吃下几粒止痛片,然后梳了梳头发。他在自己的黑衬衫外面套上一件老式乡村风格的背心,然后跟着伯沙瑞-杰萨克走进大厅。

她把他带到伯爵夫人自己的书房里,这个房间就在她和伯爵的卧室旁边。马克探头往那间卧室里面看了看,似乎切实实地感受到了伯爵不在里面的缺憾。然后他们走下台阶,穿过门厅。

伯爵夫人正坐在她的通讯终端前面,它不是那种具有安全保密设施的政府型的机器,而是一种似乎很昂贵的商用型。机器的感光板上显示出一个一脸苦相的男人。伯爵夫人对这个男人严厉地吩咐道:"好吧,去执行吧!对,就是今天晚上,现在就去。找到以后立即向我汇报。谢谢你。"她关上了机器,然后转过身来看着马克和伯沙瑞-杰萨克。

"你是不是在订购一张去杰克逊联邦的机票?"他哆哆嗦嗦地问,内心里混杂着希望和绝望。

"不是的。"

"噢。"当然不会是的。她怎么可能让他去？他是一个傻瓜。抱有这样的幻想是愚蠢的——

"我准备为你定购一艘飞船——如果你想去的话。你在交通上将需要更多的、独立的机动性，它们都不是那种固定化的商业交通网所能够提供的。"

"买一艘飞船？"他说，立即愣住了。"它是不是太昂贵了？"

"如果我愿意买，并且必须买，就不算太昂贵。在贝拉亚和科玛的轨道上，我有三四个可以选择的商家。"

"尽管如此——怎么买？"他不相信，即使是弗·科西根家族的人，也不可能立即从口袋里掏出钱来买下一艘飞船。

"我可以抵押某处财产。"伯爵夫人含糊地说，眼睛往屋子四周张望着。

"由于人工制品泛滥，现在人们不再能够抵押家传的珠宝了。"马克也随着她的眼光看去，"不会是抵押弗·科西根宅邸吧？"

"不，这所房屋需要合法继承人的授意才可以抵押。在哈松达尔的房子也有同样的问题。不过，我可以授权抵押弗·科西根·萨尔洛。"

那里是这个家庭最心爱的住所，哦，该死……

"所有这些房屋以及它们的历史都很好，"看到他一脸不高兴的神情，她挑起眉头解释说，"但是，一座辉煌的纪念馆是没有什么现实意义的。无论如何，资金问题由我来解决。你还是操心你自己的事情吧。"

"一批船员？"这个问题是他脑海里首先出现的问题，它也立即冲出了他的嘴巴。

"飞行员和工程师应该是随船配置的。至于其他的管理人员,在科玛的轨道上有那么多闲着无聊的登达立人,我猜想你可以在他们中间发现几个自愿者的——显然他们不可能把羚羊号开回杰克逊人的地盘。"

"奎因现在一定是急得像热锅上的蚂蚁一样,"伯沙瑞-杰萨克说,"如果他们在近期内仍然没有任何突破性的进展的话,即使伊林也将不再能够控制住她。"

"伊林会不会设法阻止我?"马克焦虑地问。

"如果不是因为阿罗,我自己都会去的。"伯爵夫人说,"我一定设法不让伊林阻止你。你是我的代表。我来对付伊林。"

马克相信她能够做到。"我构想中的那些登达立人确实会有很高的热情,但是——我也预见到一些问题,恐怕很难让他们服从我的命令。在这次私人旅行中,谁会服从指挥呢?"

"孩子,有一个黄金准则:谁拥有黄金,谁就能够发布命令。这艘飞船是你的,选择旅伴的权力也属于你。如果他们想搭乘你的飞船,他们就必须服从命令。"

"这恐怕只能维持到第一次跃迁,之后奎因也许就会把我关起来。"

伯爵夫人忍不住扑哧一声笑了起来。"嗨,这倒确实是一个问题。"她靠在椅子上,十指交叉在一起,眼睛半闭着,过了大约两分钟,她重新睁大眼睛。"埃蕾娜,"她说,"你是否愿意对弗·科西根勋爵宣誓效忠?"她的右手指着马克。

"我已经对弗·科西根勋爵宣誓过了。"埃蕾娜说,她指的是迈尔斯。

伯爵夫人的灰色眼睛里流露出严峻的神情。"死亡可以解除一切誓言。"她的眼睛随即发出熠熠光彩,"弗氏体系从来就不善于接受银河系里出现的新科技。你要明白,当一个口头誓言的效忠对象已经处于冷冻状态的时候,这个誓言也就不再有约束力了。当你已经不能呼吸的时候,你的言辞就不再是一种誓言了。无论如何,我们应该有创新的勇气。"

埃蕾娜走近窗户,漫无目的地往外望去。房间里的灯光模糊了夜色中的一切景象。终于,她转过身来,走过去,在马克面前双膝跪下,举起双手,合掌放在胸前。马克不由自主地捧起她的双手。

"我的主人,"她说,"我宣誓做您的忠实臣子。"

"唔……"马克说,"唔……我想,我可能需要更详细的誓词。试试这个。'我,埃蕾娜·伯沙瑞-杰萨克,郑重宣布,我是弗·科西根领地的一个自由人,我愿意作为一名警卫员为马克·皮埃尔·弗·科西根勋爵效劳,我愿意忠实地服从他的指令,直到生命的结束或者他解除我的誓约。'"

伯沙瑞-杰萨克无比震惊地看着他。"你不可能这样做!是不是?"

"好啦,"伯爵夫人注视着他们的这场表演,目光炯炯有神,"没有一条法规明确规定,一个伯爵的爵位继承人不能够拥有一个女警卫员,虽然从来也没有人做过这种事情。你们明白——这就是传统。"

埃蕾娜和伯爵夫人相互注视着,过了很久,伯沙瑞-杰萨克犹豫不决地、似乎处于一种被催眠状态地重复了这段誓词。

马克说:"我,马克·皮埃尔·弗·科西根,格雷格·弗·巴拉的诸侯,接受你的誓词,并保证给予你一个主人的庇护。这是我作为弗·科西根族人的誓词。"他停顿了一下,"事实上,"他对坐在一旁的伯爵夫人说,"我还没有对格雷格宣誓效忠,这是否会影响这个仪式的有效性?"

"这仅仅是细节问题,"伯爵夫人挥了挥手说,"你以后可以补上那些细节。"

伯沙瑞-杰萨克站了起来,她看他的神情,就好像一个女人清晨在床上醒来,看着她已经不记得了的一个情人,不知道自己昨天晚上在哪里遇见了这个男人一样。她擦了擦自己的手背,他的手曾经触摸过的地方。

权力。这种小小的仪式究竟能够赋予他多大的弗氏权威?看着她那健美的身段和机灵的面孔,马克决定只行使伯沙瑞-杰萨克所能够接受的一切权力。她是不会让他滥用自己的权力的。她脸上疑惑的表情现在已经转变为一种隐藏着的喜悦,这让他非常高兴。对了,这才是正确的态度。无疑,他的举动让伯爵夫人很满意,此时她正满面笑容地看着自己的这个儿子。

"现在,"伯爵夫人说,"我们需要多久才能够启动这个计划?你们何时能够起程?"

"现在就可以。"伯沙瑞-杰萨克说。

"听从你的指挥,夫人。"马克说,"我确实觉得——你知道,并不是出于一种心灵感应,甚至也不是出于某种急切的期待,仅仅是一种逻辑推论——如果我们不尽快行动的话,我们肯定会来不及了。"

"为什么?"伯沙瑞-杰萨克问,"没有什么东西比一种冷冻状态更固定的了。当然,我们因为无法确定的情况而焦急,但是,这是我们自己的问题。迈尔斯或许比我们更从容。"

马克摇摇头。"如果迈尔斯保持在冷冻状态,并且落在朋友的手中,或者在中立者的手中,他们早就应该对我们的悬赏行为有所反应了。但是,如果……某些人……想救活他,他们就必须首先做一些前期预备工作。现在我们都知道培植一些器官需要很长的时间。"

伯爵夫人忧郁地点点头。

"如果——无论迈尔斯在哪里——任何人在得到他之后就开始做相应的前期准备工作,那么,现在他们几乎可以开始他们的拯救计划了。"

"他们可能会弄糟一切,"伯爵夫人说,"他们可能会不够小心细致。"她的手指在椅子扶手上下意识地敲了起来。

"我不这样认为,"伯沙瑞-杰萨克反驳道,"为什么一个敌人会费心去救活他呢?什么样的命运比死亡更糟糕呢?"

"我不知道。"马克叹息着。但是,假如有这么一种命运的话,我确信,那一定是杰克逊人设计出来的。

第十九章

随着呼吸的开始,疼痛也开始了。

他躺在一张医院的病床上。这是他睁开眼睛之前已经了解的事情,因为他感觉到不适和寒冷,还闻到了医院特殊的气味。他眨巴眨巴眼睛,发现自己的眼睛被一种黏物质给固定住了。这是一种气味芳馨的、透明的、医用黏物。这就好像试图透过一层涂着油脂的玻璃看东西。他又眨巴了几次眼睛,似乎看到了某个地方,不过,他很快就不得不停下来,因为他已经上气不接下气了。

他的呼吸似乎出现了很糟糕的问题,很艰难而且几乎总是气喘吁吁,好像得不到足够的氧气。不仅如此,它还发出一种吹口哨似的声音,这种声音来自一个塑料插管。当他试图吞咽唾沫的时候,他感觉到,这个插管直接接在自己的喉咙上。他的嘴唇已经干燥而且开裂了。那个插管阻隔了他的嘴巴,使得他不能滋润自己的嘴唇。他想挪动自己的身体,但他稍一动弹就感到刻骨的疼痛,似乎每一块骨头都断裂了。他的胳膊上也有一些插管,他的耳朵和鼻子里也有。

这些该死的插管也太多了点。他不安地意识到,情况很严重,虽然他不知道自己是怎么知道的。出于一种英雄般的勇气,他试着抬起头,看看自己的身体。他喉咙的那个插管松动了,非常痛。

许多隆起的肋骨。腹部坑坑洼洼的,无数红色接缝带交叉粘贴在自己的胸前,似乎有一个长腿的蜘蛛正潜伏在他的皮肤下,覆盖在他的胸骨上。刀口被一些医用胶水粘连了起来,那些横七竖八的红色疤痕看起来就好像一幅地图,画的是一条大河的三角洲地带。他的身上满是连接着监控器的小垫子。无数插管从各种奇怪的地方冒了出来。他瞥了一眼自己的生殖器,松软地、没有血色地耷拉在那里。也有一个插管通到它上面。他感觉不到那里有任何疼痛的感觉,这让他非常不安。他也感觉不到他的腿和脚,虽然他能够看到它们。他的整个身体都覆盖着一层那种芳馨的黏物质。他的皮肤大块大块地剥落下来,令人作呕地粘贴在那层黏物上。他的头重新落在靠垫上,眼前一阵发黑。该死的插管太多了。糟糕……

他正处于一种懒洋洋的、半睡半醒的状态,在混乱的梦境和疼痛之间徘徊着,一位妇女走了进来。

她俯下身体,进入了他模糊的视线之中。"我们就要把替代器官卸下来了。"她的声音清晰而低沉。他耳朵里的插管已经被卸除了,或者他曾经梦见过它们的存在,"你的新心脏就要开始跳动,你的肺也将开始独立工作。"

她俯身看着他隐隐作痛的胸部。一个很漂亮的女人,显得很优雅而且很有学问的样子。在她的面前,他为自己仅仅覆盖着一层透明的黏物而感到难为情,不过,他记得他自己曾经穿过更少的衣服,但他不记得那是发生在哪里以及为什么。她对他那蜘蛛网似的身体做了些什么,他不很明白。只看到她掀开了自己的皮肤,从里面拿出了一个东西,放在站在她身边的男助手托着的盘子里。她似乎拿出了他的心脏,就好像一个古代的公主对待一个祭品,不过他还在呼吸,所以这个推测不是真的。

"你瞧。"她近距离地观察着他。

他也在看着她,使劲眨巴着眼睛,把挡住自己视线的那层膏药挤到一边去。她的脑后束着一头黑色的、光泽照人的直发。金黄色的皮肤,棕色的眼睛,双眼皮,粗而倔强的黑眉毛。鼻子的线条有一点弯曲,稍稍显得冷峻。这是一张本色的、令人愉快的面孔,不是那种经过大量外科手术整形过的、空洞的面容。这是一个很吸引人的女人,但是,唉,不是某个熟悉的女人。

她身材高大而且苗条,衣服外面套着一件淡绿色的工作服。"医……生。"他想和她打个招呼,但是,由于他嘴里的那些塑料插管,他的话变成了一连串的咕咕声。

"我马上就把插管拿出来。"她告诉他。她从他的嘴唇和面颊之间拿出某种东西——录音带?更多的死皮肤被带了出来。然后,她小心翼翼地拿出了喉咙里的插管。他感到一阵恶心,它看起来就好像一条没有被吞下去的蛇。终于摆脱了它,这让他产生一种如释重负的轻松感,不过,这种激动的心情差一点又让他昏了过去。但是,他的鼻孔里仍然有某种插管——或者器官?

他翕动着嘴巴,第一次试着咽……下……无论如何,他的舌头似乎过于厚大而且肿胀。他的胸部疼痛得厉害。不过,口水流动了起来,他干巴巴的嘴里终于有了口水了。一个正常人几乎感觉不到口水的存在是多么宝贵,除非他被迫失去它。他的心脏快速而微弱地跳动着,就好像小鸟在展翅飞翔。它似乎不太正常,但是,至少他终于感觉到它的存在了。

"你叫什么名字?"她问他。

他一直努力想忽视的恐惧,又从他的潜意识里冒了出来。他的呼吸立即急促起来,虽然有辅助器官,他还是觉得喘不过气来。他无法回答她的问题。"呵,"他低声嘟囔着,"嗨……"他不知道自己是谁,不知道自己为什么受到这么大的伤害。这种不知情本身比他所受到的伤害更让他感到恐惧。

那个穿着淡蓝色医务人员制服的年轻男人轻蔑地说:"一个人的眼球后面具有控制他一切的系统,所有的神经系统都存在于那里。"他敲了敲他的前额。

那个女人生气地皱起眉头。"病人从一个冷冻室里出来之后,不会像一块肉从微波炉里出来那样,立即就可以食用,病人不可能立即恢复正常。器官的恢复需要很长的时间,而且,还需要几天我才能够测试他的高级神经功能。"

话虽这么说,她仍然从口袋里拿出一种尖尖的、闪亮的东西,在他的眼前晃动着,试探他,同时查看着他头顶上的一个终端阅读器上的显示数据。当他的右手因为刺痛而做出了反应时,她笑了。

他想说话。他想让那个穿着蓝色制服的家伙跃迁到地狱去,带着他的赌注。但是,他所能够发出的唯一声音仅仅是一些咝咝的响声。他因为沮丧而颤抖起来。他必须恢复身体的功能,否则只有死路一条。关于这一点,他非常清楚。只有成为最好的,否则就会被毁灭。

他不知道自己的这种坚定信念是如何产生的。谁曾经想杀死他? 他不知道。他们,一些没有面孔的人。继续前进,否则就会死亡。

那两个医务人员离开了。他出于某种模模糊糊的恐惧心理,开始尝试着锻炼自己的身体,在床上扭动起来。他浑身上下只有右胳膊可以活动。由于他的监视器汇报了他过分激动的反应,那个年轻人回来给他吃了些药,设法让他镇定下来。当黑暗重新笼罩着他的时候,他真想大声地嚎叫起来。他做了许多噩梦,醒来时什么也记不住了,只记得那些可怕的感觉。

很久很久之后,那个医生又回来喂他吃东西。或者说,做类似的事情吧。

她按了按床头的一个开关,抬高了他的头部,闲聊似的说:"让我们来试试你的新胃,我的朋友。"

朋友?她是朋友吗?他需要一个朋友,这毫无疑问。

"葡萄糖水,你生命中的第一顿饭。我不知道你是不是已经对肌肉有了足够的控制力,不知道你是否已经能够使用吸管了?"

他能,虽然她一开始滴了几滴葡萄糖水到他的嘴里,他立即就开始吸,并且吞咽了。还有比这更基本的活动吗?吸并且吞咽。不过,他还不能喝光所有的葡萄糖水。

"这很好,"她停止喂他,"你的胃还没有完全发育好,你看。你的心脏和肺也是如此。莉莉过于着急把你唤醒了。你所有的移植器官都还没有发育到与你的身体相符合的成熟程度。这就意味着它们都要非常辛苦地工作,而且不会像在实验缸里那样快速地成长。你在很长的时间内,都将会有上气不接下气的感觉。尽管如此,这样还是更加有利于恢复你的器官功能。这让我很高兴。"

他不知道她是在对他说话,还是在自言自语,或者像一个孤独的人那样对着自己的宠物在说话。她把杯子拿开,回来的时候拿着一个脸盆、一些海绵和毛巾。她开始为他擦洗身体,一部分、一部分地擦洗。为什么一个外科医生要做护士的工作? R. 道若努医生,她绿色的外套前胸口袋上印着这样的名字。不过,她似乎同时在做着一种神经生理学上的检查。是在查看自己的工作效果?

"你是一个相当神秘的小东西,你知道吗?你被放在一个板条箱里寄来给我。雷文认为你太矮小了,不可能是一个士兵。但是,我从你的身上找到了许多伪装服和神经断裂防护服的碎片,还有四十六块炮弹碎片,这些都证明了你不是一个小人物。"她独自哀叹着,"你是谁?"

她并没有停顿下来等待一个回答,这也没有什么。刚才的吞咽活动已经让他筋疲力尽了。还有一个同样重要的问题是:他在哪里。他感到气恼的是,她是知道这个问题答案的人,但却不会告诉他。这个房间是一个秘密的高科技医疗场所,没有窗户。它坐落在一个行星上,而不是在一艘飞船上。

我是怎么知道这些的?一个关于飞船的模糊印象出现在他的脑海里,似乎他一碰就会消失。什么飞船?而且,哪个星球?

应该有一个窗户。一个大窗户,窗外可以看见雾气蒙蒙的城市景色,一条湍急的河流横穿整个城市。还有一些人。一些人应该在这里的,可是却没有来,不过,他完全想不出他们的模样。医院的这种熟悉的味道和一种特别的陌生感,简直让他百思不解。

新换上的干净衣服冰凉如铁,还有些扎人。不过,他还是很高兴能够摆脱那层黏物,更别提它上面粘连着的那些污垢了。他觉得自己就好像一只蜥蜴,蜕掉了一层旧皮肤。当她完成了清洗工作之后,所有的旧皮肤都被清除了,那层新皮肤看起来红红的,像是没有完全长好的样子。

她把脱毛剂抹在他的脸上,这几乎是多此一举,而且让他感到一阵特别的刺痛。不过,他还是喜欢这种刺痛的滋味。他开始放松起来,并且充分地享受她的服务,虽然还是觉得她的举动似乎过于亲密了一些,有点不好意思。她至少让他重新拥有了保持清洁的尊严,而且,她看起来不像是敌人。某种盟友,至少从肉体感觉上看是盟友。她清洗了他脸上的泡沫,胡子、大块的旧皮肤随着泡沫一起被清除干净了。她还替他梳理了头发,可惜的是,他的头发就像他的皮肤一样,一团糟。

"你瞧,"她满意地说,拿起一把大镜子放在他的面前,"看看你是否认识这个人?"他意识到,她正在密切地观察着他的反应,查看着他的眼睛里的每一点动静。

这就是我吗?唉……我想也许我能够慢慢地适应它。满脸红红的皮肤,高鼻梁,尖下巴……灰色的眼睛里有一种奇怪的醉态,还带着几分色迷迷的神情。黑色的头发稀稀拉拉的,就好像得了严重的皮癣。他真希望自己看起来不是这么糟糕。

他想说话,想询问。他的嘴巴动了起来,但是,就好像他的思维一样,由于过分散乱,他的努力只制造出一些不连贯的声音。他只能吹气并吐出吐沫,甚至连咒骂几句都不行,这惹得他更想骂人了,但他仅仅发出了一连串咕咕的咆哮声。她急忙把镜子拿开,然后站在他身边,忧心忡忡地瞪着他。

保持冷静。如果他再这样不安分,他们可能又要给他吃镇静剂了,他可不喜欢那样。他气喘吁吁地躺了回去,内心里感到无比绝望。她重新放低了床头,拧暗了灯光,走了。他试图呻吟,吸引她的注意力。成功了,她走了回来。

"莉莉把你叫作冷冻的潘多拉盒子,"她若有所思地低声说,

"但是我认为它是一个骑士的、被施了魔法的水晶棺。我希望用一个吻就可以把你唤醒。"

她俯下身体,半闭着眼睛,用自己的嘴唇贴上他的嘴唇。他静静地躺着,又高兴,又害怕。她直起身子,看着他,过了一会儿,叹息起来。"看上去似乎没有作用,也许我不是那个真正的公主。"

女士,你对男人很有点特别的口味,他心醉神迷地想着,我是多么幸运啊……

自从他恢复知觉以来,他第一次对未来充满了希望。他安静地躺在床上,任她离开,而不再胡闹。她当然还会再回来的。以前他不是晕倒,就是被击昏,而这一次不同了,他自然而然地进入了梦乡。他并不想入睡——也许我会在醒来之前就死掉——但是,睡眠对他的身体康复是很有好处的,而且可以让他暂时摆脱疼痛。

慢慢地,他可以控制住自己的左胳膊了。然后,他让右腿弯曲起来。他的那位美丽的女士又来过了,喂了他一些葡萄糖水,但是走之前没有再亲吻他。当他已经能够弯曲起左腿的时候,她又来了。不过,这一次似乎事情很不对头。

这位道如努医生看起来像是老了十岁,态度也很冷淡。她的头发从脑袋中间分开,向两边垂下,短短的,只到下巴的部位,头发里还有一些银丝在闪动。她的手触摸到他的身体,帮他坐起来,她显得冷淡而严厉,没有丝毫抚慰的意思。

我走进了一个错位的时间隧道。不,我又被冷冻起来了。不,我恢复得太慢,所以她已经开始抱怨我让她等待了这么久。不……困惑让他感到窒息。他恐怕已经失去了唯一的朋友,而他还不知道其中的原因。我毁掉了自己的幸福……

她按摩他的腿部,是一种非常专业化的按摩。她让他穿上一件宽松的病人长袍,让他站了起来。他几乎要晕倒了。于是她让他重新躺到床上,自己离开了。

当她再一次回来的时候,她的发型又发生了变化。这一次它们似乎突然长了许多,用一个银色的发圈束在脑后,像马尾巴一样晃动着,越发显得花白了。他敢肯定,这次她的年龄似乎又大了十岁。我究竟怎么啦?她的动作虽然比较轻柔,但是,完全不像第一次那样轻松愉快。她扶着他在房间里来回走动,这让他筋疲力尽,所以随后他立即就睡着了。

当她重新以那个冷淡的短发形象出现的时候,他简直感到压抑极了。他不得不承认,在搀扶他站立和走动的时候,她很称职。很快,他就自己独立走动了起来。她第一次带着他走出了房间的大门,来到一个尽头有扇滑动门的门厅里,然后又带着他走了回去。

正当他们开始走第二圈的时候,滑动大门打开了,又一个道如努医生走了进来。她的发型是马尾巴式的。他看了看身边的这个短发的道如努医生,几乎要哭出声来了。这不公平,你们把我弄糊涂了。两个道如努医生。这究竟是怎么回事?他克制住涌出眼眶的泪水,仔细地查看了她们胸前的名片。短发的C.道若努医生,马尾巴的是P.道若努医生。但是,我的道如努医生哪里去了?我要我的R医生。

"嗨,克莱丝,他现在怎么样了?"P医生问。

C医生回答说:"还不错。不过,我的这期治疗恐怕已经让他非常疲惫了。"

"我看也是——"P医生走过来帮忙扶起他,因为他已经瘫倒在地上了。他说不出话来,嘴里只能够吐出一些呜咽的声音,"我想,这是练习过度了。"

"根本不是那回事。"C医生扶起他的另一只胳膊。她们一起把他重新弄到床上。"但是,似乎他的智力还没有开始恢复,这很糟糕。我们的压力很大。莉莉已经很不耐烦了。如果他还不能在短期内恢复记忆的话,他对我们来说就没有任何用处了。"

"莉莉从来就没有耐心。"P医生责备地说。

"这次倒很耐心。"C医生忧郁地说。

"他的体能恢复之后,智能一定可以恢复吗?"她托着他的背,防止他摔倒。

"这只是人们的推测。茹恩已经成功地修复了他的脑组织,真是一项了不起的工程。那里有无数神经元,还需要进一步愈合。"

"是的,它们会愈合的,但不是立即就能够完成。"门厅里传来一个幽默而轻松愉快的声音,"你们两个对我可怜的病人做了什么啦?"

又一个道如努医生。她的长发随意地束在脑后,粗粗的一大把,乌黑乌黑的。当她微笑着走近的时候,他不安地瞥了一眼她的名片,R.道若努医生。这正是他的R医生。他大大地松了一口气,发出呜呜的声音。他简直担心自己再也受不了更多的困扰了,这似乎比身体上的疼痛更难以忍受。他的神经系统似乎比他的身体更混乱。这就好像他的一个噩梦,虽然这个噩梦似乎更多地充满血腥和暴力,而不仅仅是一群身穿绿色外套的女人围在他的身边。

"过一会儿再来训练他的体能吧,"R医生建议道,"不过——要温和一些。"

"我怎么敢鲁莽行事?"C医生严肃地为自己辩护,她昂着头站在那里,在一个笔记本上做着笔记,"上面一次次地提出质疑和催促,你要明白。"

"我知道,每隔四小时进行一次体能训练,不要超过这个频率,除非我让你增加。此外,不要让他的心跳频率超过每分钟一百四十次。"

"这么高?"

"由于它还没有完全发育好,所以,这是不可避免的后果。"

"亲爱的,我明白了。"C医生合上笔记本,并把它递给R医生,然后就走了出去。P医生跟在她后面也出去了。

他的道如努医生,R医生,来到他的床边,微笑着,用手拂去他眼睛边的头发。"你很快就需要理发了,头发脱落的地方也有新头发长了出来,这是一个好迹象。看到你的大脑外表发生如此惊人的变化,我希望它的内部也有一些改变了?是不是?"

是的,假如你把那些歇斯底里式的痉挛也称为脑部活动的话……由于紧张,他的眼睛眨巴了一下,原先出于惊恐而藏在眼睛里的眼泪突然流了出来。她急忙擦干它们。"哦,唔……"她充满同情地低声嘟哝着。这让他突然觉得非常尴尬,不,我不是……我不是……我不是一个软蛋。什么?

她俯下身子,靠近他。"你叫什么名字?"

他尝试着说:"什……嘿,唔……"他的舌头不听使唤,他知道这些词,但是,却无法说出来。"什么……呀……名?"

"你刚才是在模仿我吗?"她高兴起来,"这是一个起步——"

"不唔!你……什么……名?"他碰了碰她的上衣口袋,暗自希望她不要误以为他想调戏她。

"什么?"她低头看着他,"你是想问我叫什么名字?"

"嗯!嗯!"

"我是道如努医生。"

他嘟囔着表示不满,并且翻了翻眼睛,表示抗议。

"……我的名字叫茹恩。"

他满意地吐了一口气,重新安静地躺到自己的枕头上。茹恩,很可爱的名字。他想告诉她,她有一个可爱的名字,但是,假如她们都叫茹恩,怎么办——不,那个像卫兵的叫克莱丝。现在好了。他能够把他自己的这个道如努医生从其他的里面区分出来了。她是独一无二的。他用颤抖的手触摸了她的嘴唇,然后又触摸了自己的嘴唇,不过,这一次她没有理会他的暗示,没有再亲吻他。

他很不情愿地让她把手从自己的手里抽了回去,他现在还没有力气拥抱她。也许她的那个亲吻是他的梦想?也许这一切都是一个梦?

她离开了很久,不过,这一次他没有昏睡过去,而是一直清醒地躺在床上,在焦急不安的、混乱的思维中挣扎着。在他的意识中出现了许多奇怪而散乱的片断,这儿一个形象,那儿一段回忆,但是,一旦他有意识地去分析它们,思维好像立刻就冻结了,一阵莫名的惊恐就出现了。好吧,既然如此,还是不要胡思乱想吧。试着从一个特定的角度看看自己的思维活动吧。首先查看一下自己究竟都了解一些什么,然后再分析分析自己究竟是谁。如果我不能做我想做的事情,那么就做我能够做的事情吧。如果他不能够回答这个问题:他是谁? 他至少可以探视出他究竟在哪里? 他身上连接的监视器已经被拆除了,也不再携带任何声音跟踪仪器了。

房间里非常安静。他悄悄地爬下了床,走到大门口。门自动打开了,外面是那个小小的走廊,里面非常昏暗,只有地板周围有几盏夜灯还亮着。

这个走廊里连接着四间房间,包括他自己的那间在内。其余的房间都是空的,没有任何病人。这些房间都没有窗户。有一个小办公室或者说是监视器观察站,里面也是空的——不,一杯饮料正放在一个台子上,上面还有一台开着的终端机器,它的程序显示出等待的状况。某个人很快就会回来的。他急忙溜了过去,来到唯一的出口处,走廊尽头的那个大门口,这个大门也自动地打开了。

又是一个小小的走廊。走廊的两旁是两间设备精良的外科手术室。两间手术室里的设备都关着,清洁过了,也非常安静,而且都没有窗户。这里还有两间储藏室,一间锁着门,另一间没有锁。还有两间装有掌型锁的实验室,其中的一间里面有一些装有小动物的笼子,这个他隔着玻璃可以依稀看见。实验室里的设备看起来像是医学和生物学研究专用的那种,不完全是一个普通的医务所应该有的。看来这个地方是一个科研场所。

我是怎么知道的——不,别问这些。还是继续观察吧。在这个走廊的尽头,有一个升降管道。他的身体开始疼痛,呼吸也急促起来,但是他必须抓住机会。继续,继续,继续。

无论他在哪里,现在他站的这个地方肯定是一个建筑物的底层。升降管道的第一层就在他的脚底下。这里变得非常阴暗,壁上的灯光数字显示出 S-3, S-2, S-1。管道此时是关闭的,入口处有一道十字交叉的安全门阻挡了行人入内。他用手把门拉开了,然后考虑自己应该怎么做。他可以开动管道,但是可能会让某个地方的监视器上的警报灯闪亮起来,从而暴露自己的位置;(他为什么会想到这些?)他也可以不去开动它,而是首先秘密地从安全阶梯上爬进去。他试了试一级阶梯,发现眼前更昏暗了。他更加小心翼翼地爬了下来,然后开动起升降管道。

他缓慢地上升到S-1,然后走了出来。一个门通往一个小小的门厅,里面空荡荡的。门在他的面前打开了,然后又在他的身后关上了。他往四周看了看,发现这里显然是一个垃圾室,于是就转身往回走。但是,刚才自动打开的门不见了,面前只有一堵墙。

一时间他简直认为自己的大脑出了问题。然后他发现,那个门就是设计成墙的形式的,而他仅仅是把自己锁在了门外。他疯狂地在门上拍打着,但是它拒绝再让他进去。他赤裸的双脚站在粗糙的水泥地上,已经冻僵了,而且他还感到眩晕和极度的疲劳。他想回到床上去。沮丧和恐惧完全控制了他,不是因为它们太过激烈,而是因为他太虚弱了。

你想这么做仅仅是因为不能做到。倔强。继续。他严厉地告诫自己。于是他一路找东西支撑着来到这个垃圾室的另一个门口。它也是自动打开的,然后又在他的身后锁上了。从这里他发现了另一条通道。继续。

这个通道连接着一个小走廊,中间是一个普通的升降管道的前厅。这一层似乎是这条管道的顶层,叫B-2。它通往B-1,G-1,2,等等。他想去一个起点。G是不是代表着地面?对了,一定是的。他出来的时候进入了一间昏暗的门厅。

这是一个非常狭小、但很整齐的地方,装饰非常雅致,不过更像是一个办公场所,而不是一个居家场所。这里一个人也没有。什么标记也没有。不过至少有窗户和透明的门。他靠在放置着通讯终端的桌子上,暗自庆幸自己交了好运。这里不仅有坐的地方,还有大量的数据……该死,机器设有掌型锁,他根本打不开。有很多方法可以破除这种掌型锁的——他是怎么……——各种印象像一群小鱼一样在他的脑海里游动着,他根本无法把握。对自己的无能他几乎要哭出来了,他不得不坐在椅子上,捧着自己沉重的头,呆望着毫无反应的显示屏。

他冷得发抖。上帝,我恨寒冷。他慢吞吞地走到玻璃门前。外面正在下雪,闪亮的雪花在一道探照灯的白色弧光映照下,满天飞舞着。它们会很猛烈地刺痛人裸露着的皮肤的。一时间他的脑海里出现一个景象:十几个赤身裸体的男人半夜里站在那里发抖。但是,他无法回忆起任何人的名字,只能够感受到那是一场极大的灾难。他就是那样死掉的吗?在风和雪中被冻僵了?最近?就在这附近?

我曾经死掉过。他第一次清醒地意识到这一点,他的胃里顿时感到一阵激烈的翻腾。他隔着衣服抚摸着自己的那些伤痕。而且我现在的感觉也很糟糕。他傻笑了起来,发出的奇怪声音甚至把他自己也吓了一跳。他用拳头掩住自己的嘴,感到一阵强烈的后怕,不由自主地瘫倒在地上。刺骨的寒冷让他的双手失去了控制,它们在空中疯狂地挥动着。他开始在地上爬起来。

他一定是触到了某个开关,因为那扇玻璃门自动滑开了。哦,不,他可不想再犯同样的错误,不想被关在漆黑的外面。他开始爬开去,他的眼前一片模糊,不知怎么地,他转了个弯儿,但是,手指触摸到的冰凉的水泥地告诉他,他转错了方向。什么东西好像击中了他的脑袋,一阵剧烈的震荡和爆炸,还夹杂着许多嗡嗡的声音。在疯狂的反抗中,他听到头发被拉扯的声音,眼前似乎出现了聚光灯的强光,他躲闪着,却跌进了门口淤积着刺骨冰水的沟槽里。不,该死的,我不想再被冻起来……

说话的声音、惊讶的喊叫、脚步声、嘟嘟囔囔的低语。温暖,噢,可爱的温暖的手把他抱起来,离开了大门口。两个女人的声音和一个男人的声音。"他是怎么跑到这里来的?""——不应该跑出来的。""给茹恩打电话。把她叫醒——""他看起来很糟糕。""不,"一只手抓起他的头发,把他的脸凑到灯光下,"他平时就是这个样子的,没有什么差别。"

那只手的主人把脸凑近他,他是茹恩的助手,他看上去粗鲁而且焦虑。他的蓝色上衣上标记着R.道若努。这简直是疯狂。不过,他肯定不是他的R医生。这个年轻人正在说:"——非常危险,简直难以想象,他在这样的状态下居然突破了我们的保安系统!"

"没……保安系统。"词语!他能够说话了!"防火安全出口。"他还条件反射似的补充说,"傻瓜。"

那个年轻人的脸猛地转了过来,露出明显的气恼神情。"你是在对我说话吗?你这个小矮人?"

"他在说话!"他的R医生从人群外面伸进头来,她的声音里流露出情不自禁的惊喜。茹恩,亲爱的。"雷文,他刚才说了什么?"

那个年轻人的黑眉毛皱了起来。"我肯定他只是说'火,安全'什么的,我想,都是些胡言乱语。"

茹恩大笑了起来。"雷文,所有的安全门从内往外打开的时候,都是自动的,无须密码。这是为了保证在出现火警或化学事故的时候,人们可以迅速地撤离——你是否意识到了这些话里所表现出的理解力?"

"没有。"雷文冷淡地回答。

这个傻瓜肯定是受了刺激,他冲着他身边那些脸孔和他们头顶上摇晃着的天花板,得意地笑了起来。

人群的左边传来一个年龄大一些的女人的声音。"如果你在这里没有什么作用的话,就回去睡觉吧。"这是那个短头发的道如努医生,她的短发几乎完全白了。她俯身进入了他的视线,若有所思地低头瞪着他。"我的天啊,茹恩,他差一点逃走了,就在这样虚弱的状态下!"

"这几乎算不上一次逃跑,"雷文说,"即使他能够成功地穿过武力防护网,今晚他也会在二十分钟之内冻死在外面,看看他穿的衣服。"

"他是怎么跑出来的?"

一个惴惴不安的道如努医生承认道:"他恐怕是趁着我上盥洗室的那会儿,穿过了监视器观察站。我很抱歉!"

"假如他在大白天跑了这么远,我们该怎么办?"那个短发的女人说,"假如他被其他人发现了呢?这将是一场灾难。"

"我会加强安全门的安全措施的。"那个沮丧的道如努医生承诺。

"我不敢肯定那样是否就足够安全了,看看他今晚的举动吧,而昨天他甚至还不能够走路。不过,这让我既感到警觉也拥有了希望。我想我们的这个小家伙不同寻常。我们必须加强看守。"

"谁有时候来看守他呢?"茹恩问。

好几个道如努医生一起看着那个年轻人。

"喔,不。"雷文试图反抗。

"茹恩可以在白天监视他,并且继续自己的工作。你晚上看守他。"那个有白色短发的女人不容置疑地命令道。

"是的,夫人。"年轻人无可奈何地回答。

她做了一个武断的手势。"把他带回房间去吧,茹恩,你最好检查一下他是否受到了什么伤害。"

"我来拿气垫托板。"茹恩说。

"他可不需要什么气垫托板。"雷文嘲笑地说。他蹲下来,卷起袖子,俯下身体。展示自己的力气?算了吧……不。"他只有一只淋湿了的猫那么重。来吧,小矮人。回到你的床上去吧。"

被他这样抱着,他感到非常有失体面。茹恩非常体贴地伴随在他身边,他们穿过走廊,乘升降管道,然后走过许多其他的门厅,回到他的房间里。由于他一直在颤抖,茹恩就把他床上的温度调高了一些。

她仔细地查看着他,特别注意他那些疼痛的伤疤。"他没有把任何伤口从内部撕裂,不过,他看起来精神很沮丧,恐怕是因为疼痛吧。"

"你是否想让我再给他吃两片镇静剂?"雷文问。

"不,让房间保持安静和昏暗就可以了。他已经把自己弄得筋疲力尽了。他一旦暖和起来,我相信,他立即就可以睡着的。"她温柔地触摸着他的面颊和嘴唇,"你知不知道,这是他今天第二次开口说话?"

她想让他对她说话。但是他现在实在太累了,而且他现在非常心烦意乱。今天晚上所有的道如努医生都那么紧张,这似乎不仅仅关系到一个病人的安全问题。他们在为什么事情而担心。这个事情与他有关吗?他现在对自己一无所知,他们或许知道得比他多,但又不愿意告诉他。

茹恩终于离开了,雷文搬来两把椅子,一把他坐在上面,一把放上他的脚。他开始看书、做笔记。他在学习,为了成为一个医生,毫无疑问。

他仰面躺着,感到极度的疲倦。他今天晚上的冒险差一点送了他的命,而这所有的疼痛的代价究竟是什么呢?没有什么,他只是明白了:我来到了一个非常奇怪的地方。而且,我是一个囚犯。

第二十章

马克、伯沙瑞-杰萨克、伯爵夫人正在弗·科西根的图书室里浏览飞船的说明书,这是马克和伯沙瑞-杰萨克预定出发的前一天。

"你是否认为我可以在走之前去看看我的那些在科玛的克隆人?"马克问伯爵夫人,"伊林是否允许我去看他们?"

皇家安全部在征求过伯爵夫人的意见之后,把那些克隆人孩子全部暂时安排在科玛的一所寄宿学校里。伯爵夫人也已经把这个安排告诉过马克。这可以说是一个皆大欢喜的安排:首先,皇家安全部的人喜欢这样的安排,因为他们只需要很少的人手来监督这些集中起来的克隆人孩子;那些克隆人孩子也很高兴,因为他们聚在一起,在一个陌生的地方至少可以看到自己熟悉的同伴;那些老师们也很欢迎这样的安排,因为他们可以把这些克隆人孩子合在一个班级里,统一安排一些课程,帮助他们达到一定程度的文化水平。与此同时,这些年轻的移民也可以在一定的范围里,与周围那些来自普通家庭的年轻人进行一些交流,从而融入社会。过一段时间,当时机成熟的时候,伯爵夫人将考虑为这些孩子安排一些领养家庭,虽然他们的年龄和身材都将是非常尴尬的问题,因为他们不再是小孩子了。但是,假如他们没有可以模仿的对象,他们如何才能够组织自己的家庭呢?她会同伊林一起解决好这个问题的。马克当时听说这些事情的时候,内心里曾经产生过非常复杂的幻想,不过他什么话也没有说。

"他当然会同意的,如果你想去看他们的话。"伯爵夫人告诉马克,"伊林可能会抱怨的,这几乎是他的一个条件反射式的行为。不过……我想,这一次,他倒确实具有一个正当的理由来抱怨,因为,你要去的目的地是巴罗普乔王朝。在去那里之前,我认为你还是对皇家安全部的一些部署知道得越少越好。更合理的方案应该是在回来的路上再去看望他们。"伯爵夫人的表情看起来好像她的话并不是刻意所为,而是因为常年生活在一个安全措施严密的制度下,所以自然而然地产生了上述想法。

如果我再撞上瓦萨·路易吉,我就没有什么机会再替那些克隆人孩子担心了。马克自嘲地想道。为什么他现在还想亲自去访问他们?难道他还想在他们面前充当一名英雄?一个英雄应该更加具有自制力和自甘寂寞的精神。他还不至于绝望到真的要去祈求他的

——受害者——来赞美他。而且,他已经做了够多的傻事了。"算了,"他终于没精打采地说,"我想,如果他们之中真的有人想见我的话,他们会自己来找我的。"无论如何,反正没有什么女主角会来亲吻他的。

听到他说话的那种语气,伯爵夫人惊讶地挑起了眉头,不过,她还是耸耸肩,表示同意。

在伯沙瑞-杰萨克的指点下,他们讨论了许多关于燃料耗费、救生系统等问题。伯沙瑞-杰萨克和伯爵夫人——马克被告

知，她也曾经是一名舰长——正在深入地讨论一些非常专业化的技术问题，这时，通讯终端的显示屏亮了起来，西蒙·伊林的面容出现了。

"你好，埃蕾娜。"他对正坐在机器前的她说，"我想同伯爵夫人谈话。"

伯沙瑞-杰萨克微笑着点了点头，然后减弱了音量，并且把摄像头移到旁边。她急忙退到伯爵夫人身边，低声问："我们是不是有麻烦了？"

"他要阻止我们。"马克担心地说，顿时紧张起来。此时，伯爵夫人正在机器前安置好自己，"他一定想把我困住，我知道他会的。"

"别吭声。"伯爵夫人微笑着制止他，"你们俩坐到一边去，一定不要插话。我来对付西蒙。"她重新调整好声音和摄像头，"你好，西蒙，我能为你做些什么？"

"夫人，"伊林冲着她微微地点了点头，"长话短说，你别做梦了。你提交的行动方案是不可行的。"

"西蒙，谁说不可行？我不是这么认为的，谁还可以提出异议？"

"安全部。"伊林咆哮起来。

"你就隶属于安全部。我很感谢你从情感的角度出发，来担当起保护人的角色，但是，不要把其他的问题混进来。要不你干脆就以官方的身份来说话吧。"

"很好。我自己认为它不合适。"

"这话——太鲁莽了。"

"我要求你放弃这次行动。"

"我拒绝。你无法阻止我，除非你下令拘捕我和马克。"

"我要告诉伯爵。"伊林厉声说,像是一个被逼急了的男人。

"他太虚弱了,而且我还同他谈过这件事了。"

伊林不得不放弃自己的威胁。"我不知道你究竟对这次擅自进行的冒险行为期待些什么?它只能把事情弄得更糟、更复杂,不仅会损伤一些生命,还要浪费你一笔财产。"

"西蒙,这正是问题的关键。我不知道马克将会做些什么。你也不知道。你们皇家安全部的问题就在于,近来你们已经完全没有竞争对手了,你认为你们的独断专权是理所当然的。现在给你们一点压力是有好处的。"

伊林坐在那里,咬紧牙关,好久也说不出话来。"通过这次行动,你给弗·科西根王朝带来了三重危险。"他终于开口说道,"你可能切断了自己最后的退路。"

"我知道。我选择冒险。"

"你有这个权力吗?"

"我比你更有权力。"

"我认为,你们的家庭事务在很大的程度上涉及到政府事务。"伊林说,"许多党派都想找自己的人来替代阿罗。"

"很好。我希望他们其中有人能够在阿罗恢复健康之前取得成功。否则我永远也不可能劝说他退休了。"

"这就是你看问题的方式吗?"伊林责问道,"寻找一个机会来结束你丈夫的政治生涯?这就是忠诚吗?夫人?"

"我是在寻找一个机会,好让他从沃巴萨塔那活着回来。"她冷冰冰地说,"很多年以来,我一直对这个最终的结果感到绝望。你有你的忠诚观念,我有我的。"

"谁能够替代他呢?"伊林忧心忡忡地问。

"一大批人。拉库芘,弗·哈拉斯,或者森道夫,就列举三个人吧。如果没有人接班的话,阿罗的领导工作一定会发生重大失误。一个伟大人物的标记之一就是他留在身后的一连串接班人,那些他传授过领导技巧的人。如果你认为阿罗如此心胸狭隘,完全剥夺了自己周围所有人的发展权利,那么贝拉亚没有他也许更好一些。"

"你知道我不是这样想的!"

"很好。那么你的论点不攻自破了。"

"你让我陷入了圈套。"伊林不安地抓着自己的脖子,"夫人,"他终于又开口说,"我不想告诉你这个,但是,你是否考虑到这一点,让马克勋爵首先接触到迈尔斯勋爵,这可能具有一些危险性?"

伯爵夫人微笑着靠到自己的椅子上,手指在扶手上轻轻地敲着。"没有考虑过,你认为有什么危险?"

"他有替代他的野心。"伊林终于说了出来。

"谋杀迈尔斯。你想说什么该死的东西就直截了当地说吧。"她的眼睛里发出威胁的光彩,"那么,你就设法让你自己的人首先找到迈尔斯吧。我没有意见。"

"真该死,考迪利亚,"他急忙叫了起来,"你知道,任何人遇到麻烦都会找皇家安全部!"

伯爵夫人笑了起来。"你必须为他们服务,我相信你和你的人都曾经宣誓效忠,不是吗?"

"我们走着瞧吧。"伊林厉声说着,关掉了通讯链接。

"他下一步会做什么?"马克焦急地问。

"我有一个猜想,由于我已经切断了他与阿罗的联系,所以,只有一个可能性了。我想我不需要站起来了,马上还有一个电话要找我的。"

虽然被打扰了,马克和伯沙瑞-杰萨克还是准备继续讨论飞船的技术性问题。当通讯终端的铃声再次响起的时候,马克被吓了一大跳。

一个不知名的年轻人出现在显示屏上,他冲着伯爵夫人点了点头,宣布道:"弗·科西根夫人,格雷格皇帝将与你通话。"然后就消失了。格雷格的面孔替代了他的,看起来有些心神不定的样子。

"早晨好,考迪利亚夫人。你真不该让可怜的西蒙急成那个样子,你知道。"

"他活该!"她平静地回答,"我承认,当时他自己太固执己见了。每次他感到非常恐惧的时候,他就像紧绷的一根弦。他实际上应该更加灵活一些,我的意思是说,应该具有举重若轻的素质。"

"但是,当其他的人过于善辩的时候,这就是很困难的事了。"格雷格低声说。伯爵夫人撇了撇嘴。马克此时突然意识到,谁将是最终的决策人了。

"他在安全方面的考虑是正当的,"格雷格接着说,"这个杰克逊联邦之行是明智之举吗?"

"这个问题只能够凭经验来回答。这就是说,我假定,西蒙的反对是出于真诚的意图。但是,陛下,你认为怎样做才能最大限度地维护贝拉亚的利益?这是一个应该由你来回答的问题。"

"我的思想很矛盾。"

"你的心是不是也很矛盾?"她的问题是一个大胆的挑战。她摊开双手,"假如将来你不得不与马克·弗·科西根勋爵长期打交道的话,你就必须做出选择。他的这次旅行,即使没有其他成果的话,至少可以充当一种测试,从而驱除人们对他的一切疑虑。如果没有这种测试,这些疑虑会始终残存在你的心里,成为一个难解的谜。而这对马克是不公平的。"

"多么严密的推理。"他低声说。他们相互对视着,两个人都面无表情。

"我知道你会被惊动的。"

"马克勋爵是不是同你在一起?"

"是的。"伯爵夫人示意他到她的身边来。

马克进入了摄像头的拍摄范围。"陛下。"

"马克勋爵,看来,"格雷格忧郁地看着他,"你的妈妈好像是想让我给你足够的绳索,好让你吊死自己,"

马克局促地回答:"是的,陛下。"

"或者拯救你自己……"格雷格点点头,"就这样吧。祝你好运!"

"谢谢你,陛下。"

格雷格微笑着,关掉了通讯链接。

他们没有再接到伊林的电话了。

下午,伯爵夫人带着马克来到帝国军医院,进行她每日例行的对伯爵的探望。马克曾经陪她来过两次。他不是很喜欢这里。其中的原因之一是,这里的气味非常像在杰克逊联邦上使他备受折磨的那个医院,他一来到这里,就情不自禁地回忆起自己经历过的那些可怕的外科手术和各种"治疗",而这一切他原本以为自己已经忘记了。原因之二是,伯爵仍然让马克很害怕。他虽然躺在那里,但是他的个性仍然那么坚定,几乎与他身体上的危险性成正比关系。马克简直不知道究竟是哪种情况更让他害怕。

他的脚步在医院里首相的特护病房门外停了下来,脸上表现出犹豫和不安的神情。伯爵夫人回头看着他,也停住了脚步。"怎么啦?"

"我……真的不想进去。"

她皱着眉头,关切地说:"我不会强迫你进去的。但是,我告诉你我的一个预言。"

"说吧,唉,女预言家。"

"如果你进去了,你永远都不会后悔曾经这么做过;但是,假如你不进去,你可能有一天会非常、非常后悔的。"

马克仔细地想了想。"好吧。"他有气无力地说,然后跟在她的后面走了进去。

他低头看着脚下的长毛地毯。上面画着这个城市的景观,从古老的建筑物到那条已经成为这个都市心脏的河流,这上面应有尽有。这是一个阴冷飘雨的下午,一层灰白色的迷雾笼罩着城里一些高大的建筑物。在这个背景下,伯爵的面容几乎变成了银白色的。他看起来心神不定、疲倦而且病得很严重。他的身上连接着监视器,鼻子里还插着氧气管。

"嗨。"他们进来的时候,他转过头来,微笑起来。他打开了一个床头灯,这多少增添了一些温暖的光亮,不过,对他苍白的面容并没有多少帮助。"亲爱的。"伯爵夫人在他的床边弯下腰来,他们亲吻的时间比通常要稍稍长一点。然后,伯爵夫人在他的床尾坐了下来。不经意地,她开始按摩他的脚,这让他很高兴。

马克往前走了过去,在大约离病床有一米远的地方站住了。"下午好,先生,你现在感觉怎么样?"

"很糟糕,亲吻一下自己的妻子就被弄得气喘吁吁,还有比这更糟糕的吗?"他抱怨着重新躺倒,一副上气不接下气的样子。

"他们让我进实验室看了看你的新心脏。"伯爵夫人说,"它现在还只有一个鸡的心脏那么大,但是跳动得很欢快。"

伯爵虚弱地笑了笑。"多么怪异。"

"我觉得它很可爱。"

"你当然会的。"

"如果你真的喜欢怪异的事情,就想想怎么处理你的那颗旧心脏吧。"伯爵夫人调皮地笑着建议,"总是情不自禁地跟你开一些无伤大雅的玩笑。"

"积习难改。"伯爵低声说。他抬头看着马克,脸上仍然带着微笑。

马克吸了一口气。"考迪利亚夫人是否已经告诉你我即将去旅行?"

"喔,"伯爵的笑容消失了,"是的,小心点。杰克逊联邦这个地方非常危险。"

"好的,我……明白。"

"唉,你就要去了,"他转过头往着窗外的灰色迷雾,"我希望我能够派伯沙瑞跟你一起去。"

伯爵夫人看起来无比惊讶。马克能够从她的脸上看出她内心的活动,难道他忘记伯沙瑞已经死了吗?但是她不敢问,反而用一个开心的笑掩饰了自己的惊讶。

"我要带上伯沙瑞-杰萨克。先生。"

"历史总是不断地重复。"他挣扎着用一只胳膊支撑着坐了起来,然后严肃地说,"最好不要让它再重复一遍,孩子,听到没有?"他躺下了,伯爵夫人几乎来不及扶住他。她的脸上露出轻松的表情,显然,他可能有一些迷惑,但是还没有忘记自己的警卫员已经残忍地被杀死了,"埃蕾娜比她的父亲更聪明,我是这么看的。"他叹息着说。

他躺在那里,眉头紧紧皱着,显然是在设法想出更多的忠告。"我曾经认为——只是到了年迈之时我才发现这一点,才理解它——一个导师的最可怕的一种命运是:你能够告诉你弟子应该怎么去行事,可是却没有及时告诉他;你把你的那些年轻、美丽的被保护人,送去打仗……我想我甚至还发现了一种更糟糕的命运。那就是,当你把自己的弟子送去前线的时候,你知道自己还没有教会他足够的技巧……学聪明点,孩子。学会快速地掩护好自己。不要在意志上首先向自己的敌人投降。唯一能够打败你的是这里。"他用手指了指自己的太阳穴。

"我还不知道自己的敌人是谁呢。"马克沮丧地说。

"他们会找到你的,我想。"伯爵叹息道,"敌人会在你的面前自我暴露的,他们在谈话中和许多其他的行动中将暴露自己,如果你能够保持沉默并且有足够的耐心,允许他们暴露自己的话。不要急匆匆地首先泄露自己的秘密,那样的话你就什么也不会得到了。懂了吗?"

"我想我听明白了,先生。"马克回答,一脸困惑的神情。

"喔。"伯爵刚才的一番话已经让他上气不接下气了,"你看看。"他自嘲地说。伯爵夫人看着他,站了起来。

"好了。"马克点点头,"再见。"他的声音在空中飘荡着,听起来很突兀,而且有气无力的。心脏病又不是传染病,该死的,你究竟害怕什么?他战战兢兢地、小心翼翼地走近伯爵。他从来没有碰过这个男人,除了那次协助其他人把他抬到气垫自行车上。他鼓足勇气伸出自己的手。

伯爵握住了他的手,动作简洁而且有力。他的手很大、很宽,手指粗短,一双适应各种劳作并且能够征战疆场的手。马克自己的手相比之下,显得很小,就像孩子,胖胖的而且苍白无力。它们虽然紧紧地握在一起,却没有任何共同之处。

"你会让敌人很迷惑的,孩子。"伯爵低声说。

"杀个回马枪也是符合竞赛规则的,先生。"

他的父亲扑哧一声笑了起来。

在离开贝拉亚之前的那个晚上,马克打了最后一个电话。他独自躲在迈尔斯的房间里,不是为了保守秘密,而是为了保护隐私。他呆呆地看着面前的机器,大约十分钟之后,才连续拨打起自己早已熟记在心的号码。

一个金发的中年妇女,在铃声停止之后,出现在显示屏上。她曾经拥有的惊人美貌,现在仍然依稀可见,这让她看起来很坚强而且自信。她的蓝眼睛非常和善。"库德尔卡司令家。"她很正式地说。

这是她的妈妈。马克强忍住内心的恐慌。"请问,我是否可以和卡芮·库德尔卡说话——夫人?"

一道眉毛挑了起来。"我想我已经知道你想找哪位了,不过——我应该告诉她谁想找她?"

"我是马克·弗·科西根勋爵。"他回答。

"请等一会儿,勋爵。"她从显示屏上消失了,他能够听到远处她呼唤的声音,"卡芮!"

那边顿时出现了一阵嘈杂的声音,卡芮笑哈哈的声音在喊叫着:"不,迪黎娅,是找我的!妈妈,让她走开!找我的,只找我一个人的!走开!"只听到推门、关门、打闹和喊叫的声音,最终,门被"砰"的一声猛地关上了。

卡芮终于出现在显示屏上，气喘吁吁，头发蓬乱，冲着他奇妙地一笑。"嗨！"

这个笑容可能不完全像那个卡斯亚小姐冲着伊凡发出的那种灿烂的笑容，因为它更加豪放、更加高贵。马克简直要晕倒了。"你好，"他屏住呼吸，"我是来道别的。"不，该死的，会不会太直白了——

"什么？"

"唔，请原谅，我不完全是那个意思。不过，我就要去外星球旅行了，走之前我想和你告别。"

"哦。"她的笑容黯淡了下来，"你什么时候回来？"

"我不能肯定。不过，我回来之后，希望能够再见到你。"

"啊……当然。"

当然，她说的。在这个"当然"里面包含了多少可以预见的快乐啊。

她的眼睛眯了起来。"马克勋爵，出了什么事了吗？"

"没有，"他急忙声明，"喔……我听到你那里有人在远处说话，是你的姐姐吗？"

"是的。我不得不把她锁在门外，否则她会站在这里冲着镜头做鬼脸的。"她那副受害者的形象很快就被她自己破坏了，因为她接着补充说，"她的那些伙伴们打电话来的时候，我就是这么对待她的。"

他也是一个伙伴。多么……多么正常。他向她提了一个又一个问题，他们谈起她的姐姐们、她的父母、她的生活、私立学校和备受宠爱的孩子们……舰队司令官的家庭是比较富裕的，但是，她表现出一种贝拉亚式的勤奋品质，特别追求教育和事业的成功，被一种理想主义引导着走向未来。他被她的言词淹没了，像是在做梦一样。她是那么温和,那么真挚。她的生活里没有痛苦的阴影,没有被毁坏和扭曲的东西。他觉得自己好像在充分地汲取生命的养料,不是通过胃,而是通过大脑。他的大脑感到温暖、舒适和幸福,一种近乎肉欲的快感,不过没有它通常附带的那种可怕的副作用。啊,过了一会儿,她自己意识到了自己的絮叨。

"哦,我的天啊,我在喋喋不休地说些什么啊。我很抱歉。"

"不!我喜欢听你说话。"

"这可是我第一次听说。在我家里,我想插上一句话都是很不容易的。我小时候,到了三岁还不会说话,家里人带我去检查,结果发现,这都是因为我的姐姐们总是抢着替我回答了所有的问题,所以我就不会说话了。"

马克笑了起来。

"现在她们开始抱怨,觉得我说话太多了,是想把过去的损失弥补回来。"

"我了解这些'过去的损失'是什么滋味。"马克悲哀地说。

"是的,我已经……听说了一些。我猜想你的过去简直就是一场冒险。"

"不是一场冒险,"他纠正说,"也许,可以说是一场大灾难。"当他回忆过去的时候,他不知道自己的生活看起来究竟像什么。也许有某种更辉煌的东西……"等我回来之后,我或许可以告诉你一些我的生活情况。"假如他能够回来的话。假如他能够在这场劫难中幸存的话。

我不是一个很好的人。你应该在那之前就了解到这一点。在什么之前?越是走近她,他越是无法告诉她自己过去的那些讨厌的事情。

"你瞧,我……你必须理解。"我的天啊,他说话简直就像伯沙瑞-杰萨克一样,当她坦言自己与父亲的关系时,就是这么吞吞吐吐的,"我的生活一团糟,而且这还不仅仅是外表的事情。"该死的、该死的,一个可爱的少女怎么能够理解他那些微妙的、难以理解的精神创伤和它们那些复杂的后遗症呢?他有什么权利去污染她的头脑?"我简直不知道该告诉你些什么!"

现在太匆忙了,他能够确切地意识到这一点。但是,以后也许就会太迟了,会让她感到自己被出卖了或上当受骗了。假如他再让这场谈话继续下去,他恐怕就要失去刚才获得的那种轻快而健康的感觉,并陷入一种病态的大爆发之中。

卡芮困惑地抬起头。"也许你可以去问问伯爵夫人?"

"你和她很熟吗?"

"哦,是的。她和我妈妈是好朋友。我的妈妈过去是她的私人卫兵,那是在她辞职回来生养我们之前。"

马克又意识到伯爵夫人曾经评说过的那种老祖母式的同盟关系网的存在。有权威的老年妇女们联合在一起……他似乎模模糊糊地感觉到,一个男人应该独立地为自己做一些事情,但是,在贝拉亚,好像事情总是需要从两个方面去处理。在他自己的家里,有一个杰出的女大使,她就是伯爵夫人,她可以为他出点力。对了,她就像一个母亲,将抱起一个哭泣的孩子,为他接种一些预防性的疫苗,以免他传染上什么致命的疾病。

他在多大的程度上可以信任伯爵夫人呢?他在这方面能够信任她吗?

"卡芮……在我回来之前,我希望你为我做一件事。如果你有机会同伯爵夫人私下交谈,问问她,在她看来,你和我更多地接触之前,你应该了解我哪些东西。告诉她是我让你问的。"

"好的,我喜欢同考迪利亚夫人交谈。她在某种程度上可以说是我的导师。她让我相信我无所不能。"卡芮迟疑了一会儿,"如果你在冬季展览会之前回来,你会和我一起在皇家舞会上跳舞吗? 不会再一个人躲在角落里了吧?"

"如果我在那之前回来,是的,我不会再一个人躲在角落里了。"

"很好。我可记住你的话啦。"

"一个弗·科西根人说过的话。"他漫不经心地说。

她的蓝眼睛睁得大大的。"哦,我的天啊!"她那柔软的嘴唇张开来,露出一个灿烂的笑容。

这个姑娘一定非常崇拜弗氏贵族,居然把他的言词看得这么重要。

"我必须走了。"他说。

"好吧,马克勋爵——保重自己。"

"我——你为什么这么说?"他相信他自己根本没有提起他要去哪里,或者去做什么。

"我的父亲是一个战士。当他想对我母亲隐瞒自己即将遭遇的危险的时候,他脸上的表情与你现在的表情一模一样。他也是从来也骗不了我母亲的。"

以前从来没有任何姑娘像她那样,郑重地告诉他要保重自己。他觉得无比感动。"谢谢你,卡芮。"他很不情愿地关上了通讯链接,在这之前他做了一个手势,简直就像一个爱抚的动作。

第二十一章

马克和伯沙瑞-杰萨克乘坐皇家安全部的特别专车从贝拉亚来到科玛,这个专车和他们上一次乘坐的那种很相像。马克发誓,这是他最后一次求助于西蒙·伊林了。但是,这个决定只持续到了他们到达科玛为止,因为马克发现,登达立士兵已经提前为他献上冬季展览会的礼物了。医务兵诺伍德的所有私人用品都已经从登达立舰队总部运送到了科玛。

皇家安全部就是这样蛮横,他们已经先打开了它。这也好,假如他们没有确定自己已经洞察了一切,他们是不会让马克碰它的。在伯沙瑞-杰萨克的帮助下,马克通过恳求、虚张声势、威胁等等方式,终于得到了接触它的机会。虽然非常不情愿,但皇家安全部还是允许马克在一个封闭的小房间里,对这些材料进行分析。这个房间位于皇家安全部总部在科玛轨道上的一个分部里。

马克让伯沙瑞-杰萨克去监督伯爵夫人的代理人对飞船的部署工作。作为登达立舰队的一名舰长,伯沙瑞-杰萨克不仅仅是做这个工作的最佳人选,而且简直就是大材小用了。不过,马克让她去的目的,其实主要是想支开她,以便自己一个人静静地在这个空荡荡的房间里检查这个新的宝盒。

当他第一次激动地浏览过所有的东西之后——其中包括旧衣服、一个光盘图书文库、一些信件以及一些纪念品,这些小玩意儿都是诺伍德在登达立服务四年之中积攒下来的——马克觉得很沮丧,似乎皇家安全部是正确的,这里没有什么特别有价值的东西。没有什么东西能够提示什么秘密——皇家安全部都检查过了。他把所有的东西都放到了一边,包括那些旧衣服、靴子和纪念品。拿起那些旧衣服的时候,他有一种奇怪的感觉,因为那个把它们穿成这个样子的人已经死了,永远离开了。这里到处都是该死的物件。他开始把自己的注意力集中在一些与这个医务兵的生活和职业有关的、更加琐碎的东西上面:他的图书文库和一些专业的笔记记录。他郁闷地意识到,皇家安全部也已经查看过了这些东西。

他叹息着,靠在自己的椅子上,好久都没有挪动一下。他多么希望诺伍德能够提供一条线索给他啊,似乎这样一来,这个被他如此草率地害死了的人,就不至于死得那么无辜了。我再也不想当指挥官了,永远也不。

他并没有期望这个线索是显而易见的。但是,当他不停地翻看着所有的东西,又过了几个小时之后,他终于找到了它,几乎是神不知鬼不觉的——它是一张小小的便条,一张塑料纸片,与许多其他类似的便条混杂在一起,夹在一本冷冻技术训练手册里,这个手册是为那些接受急救技巧培训的学生准备的。它上面简单地写着:九点见道若努医生,问实验课的材料问题。

不是那个道若努吧?

马克又重新查看这个医务兵的所有证件和复印件,其中的一部分他已经在贝拉亚的皇家安全部电脑资料里看过了。诺伍德在一个叫作贝尔契尼生命中心的地方接受了人体冷冻学技术训练,这个中心是埃斯科巴的一个很有名气的营业性机构,为公众提供冷冻-复活服务。那个名字"道若努医生",不属于他的任何医学老师,也不属于生命中心的任何职员,事实上,它没有再出现于任何场合。马克查遍了一切,毫无线索。

在埃斯科巴,也许有很多人叫道若努?这似乎不是一个非常稀有的名字。不管怎样,他还是拿起了那张塑料纸片。它把他的手掌心弄得很痒痒。

他给奎因打电话,此时,她正在羚羊号上,这艘飞船就停泊在附近。

"嘿,"她说,很不友好地看着他,"你回来了,埃蕾娜告诉我了。你想干什么?"

"别管它了。你知道,在登达士兵里,是否有哪个医务兵或机师曾经在贝尔契尼生命中心学习过?与诺伍德同时在那里接受训练的,或者在那前后?"

她叹息着说:"总共有三个。红色小分队的医务兵、诺伍德、橘红色小分队的医务兵。皇家安全部已经询问过我们相同的问题了。马克。"

"他们现在在哪里?"

"红色小分队的医务兵几个月前在一起飞行器撞击事故中死了——"

"噢!"他用手抓了抓自己的头发。

"橘红色小分队的那个就在羚羊号上。"

"很好!"马克高兴地叫了起来,"我要跟他谈话。"他几乎要说,把他立刻叫来。不过,他想起自己现在使用的是皇家安全部的专用通讯线路,所以一定是被监视的,"派一艘人员运输机来接我去羚羊号。"

"首先,皇家安全部已经询问过他了,而且那场询问还持续了很久;其次,你以为自己是什么该死的东西,到这里来发号施令?"

"我可以看出,埃蕾娜没有告诉你足够的信息。"很奇怪。难道伯沙瑞-杰萨克并不坚守她作为卫兵的誓词,而是把她对登达立的忠诚放在了首位?或者她只是太忙了,还来不及闲聊这些事情?他来这里多久了——他看了看表。我的天啊。"我正准备去杰逊联邦,很快就要出发了。如果你对我很友好的话,我也许可以请求皇家安全部批准,让你搭乘我的飞船。也许。"他冲着她大笑了起来。

她看着他时,脸上出现的那种狂热的表情,比任何庄重的誓词都更加雄辩地表露了她的忠诚。她的嘴唇在动——数到十?但是没有声音发出来。当她终于可以说话的时候,她的声音显得很奇怪。"十一分钟之后,你的运输机就会在站上等候。"

"谢谢你。"

那个医务兵很粗鲁。

"你瞧,我已经被询问过很久了。一共四个小时。我们都谈完了。"

"我保证,我们只需要很短的时间。"马克设法让他放心,"只有一个问题。"

那个医务兵恶狠狠地看着马克,恐怕已经意识到,他就是那个可恶的家伙,害得他们在科玛这个轨道上滞留了这么久。

"当你和诺伍德一起在贝尔契尼生命中心学习人体冷冻学技术的时候,你是否记得见到过一个叫道若努的医生?此人可能是掌管实验室材料的?"

"那里的医生多得数不清。不,我没有见到过。我可以走了吗?"那个医务兵起身就要走。

"等等!"

"你已经问了一个问题了,而且皇家安全部在你之前,就已经问过这个问题了。"

"那么,你也是这样回答他们的么?等等。让我想想。"马克焦急地咬着嘴唇。这个名字本身并不说明很大的问题,即使对他来说也是如此。一定还有其他的线索。"你是否记得……诺伍德会见过一个高个子的、相貌非常漂亮的女人,她具有混血儿的身体特征,笔直的黑色长发,棕色的眼睛……非常聪明。"他不敢提供一个年龄上的限制,因为它可能是在二十岁到六十岁之间。

那个医务兵惊讶地看着他。"啊哟!你是怎么知道的?"

"她是谁?她与诺伍德是什么关系?"

"我想,她也是一个学生。他曾经追求过她一段时间,充分地施展了他作为一个军人的魅力,不过,我认为他没有得到她。"

"你记得她的名字吗?"

"她叫罗伯塔?茹恩娜?或者类似的名字。我不记得了。"

"她是杰克逊联邦人吗?"

"我当时以为她是埃斯科巴人。"这个医务兵耸耸肩,"这个生命中心为星球上所有地区的学生提供博士后课程,让他们来学习冷冻-复活技术。我从没有跟她交谈过,只是有几次看到她和诺伍德在一起。当时他大概以为我们想拆散他们。"

"这么说,这个生命中心是一个非常有名的地方,声誉很好。"

"我们当时是这样想的。"

镜　舞

"在这儿等一会儿。"马克离开了这个医务兵待着的这个羚羊号上的小会客室,跑出去找奎因。他不需要跑很远,因为奎因就在走廊里等待着,她的靴子不耐烦地敲击着地板。

"奎因,快点！我需要陶娜中士头盔里记录的有关上次袭击行动的一个视频资料。就一个静止的画面。"

"皇家安全部已经没收了原始资料。"

"你当然保存了副本。"

她狡猾地笑了笑。"也许。"

"求求你了,奎因。"

"在这儿等着。"她很快就回来了,递给他一个数据盘。这一次她跟他一起走进了会客室。由于那个加密的终端不再接受他的掌纹,马克不得不让奎因来启动机器。他用快进的方式迅速找到自己想要的那个形象,画面定格在一个高个子、黑头发的姑娘身上,她的头微微有些歪,眼睛睁得老大。马克把克隆人教养院的背景弄模糊了。

接着,他示意那个医务兵过来看这个形象。

"嗨！"

"是不是她？"

"是……"他仔细地看着,"这个姑娘看起来更年轻一些,但是,确实是她。你是怎么弄到这个的？"

"这就不要问了,谢谢你。我不需要再浪费你的时间了。你帮了一个大忙。"

那个医务兵很不情愿地走了,就像他曾经非常不愿意来一样。

"这究竟是怎么回事？马克？"奎因问。

"等我们乘着我的飞船出发之后,我再告诉你。在那之前不行。"他已经比皇家安全部领先了一步,所以他不愿意放弃这个优势。假如他们不是这么绝望,他们是绝对不会让他去的,即使是伯爵夫人的意愿也无济于事。这很公平,他并没有掌握更多的资料。他仅仅是把它们用一种不同的方法联系了起来。

"你究竟从哪里搞到一艘飞船的?"

"我妈妈给我的。"他努力忍住不发出傻笑。

"伯爵夫人?叛徒!她放跑了你?"

"不要嫉妒我的飞船,奎因。无论如何,我的父母已经给了我哥哥一个舰队。"他的眼睛里闪动着激动的光彩,"船上见,奎因。只要伯沙瑞-杰萨克报告说一切准备就绪,我们就立即出发。"

这是他的飞船。不是偷来的,没有任何虚假和伪装的成分。是他得到的合法的礼物。他这个从没有得到过生日礼物的人,现在终于有了一个礼物。这个礼物补偿了他二十二年的损失。

这个小飞船已经有几十年的历史了,它曾经属于一个科玛的独裁者,那是在贝拉亚征服科玛之前。它曾经非常豪华,不过显然在近十年里受到了极大的冷落。但是,马克知道,这并不代表科玛经济上的衰落,而只是一种贸易上的滞后,飞船的售出代表着情况的好转。科玛人和贝拉亚人曾经在贸易和关税上有不同的看法,而现在在他们之间的商业往来已逐渐地恢复到以往的密切程度了。

马克曾经发布指示,把原来飞船上的休息室改造成会议室。他此时正在这里巡视着他的那些被邀请来的乘客。他们稀稀拉拉地坐在不同的地方——从入口处到一个假的壁炉旁。

奎因当然在其中，仍然穿着她的登达立制服。她已经完全毁掉了自己的手指甲，上面全都是啃咬的痕迹。贝尔·索恩安静地坐着，神情拘谨，它脸上的苍白更凸现出它眼睛的轮廓。陶娜中士坐在索恩旁边，显得高大威猛，但充满困惑。

这不是一个团结紧密的集体。马克不知道自己是否应该做出一种更威严的姿态……不。如果他的第一次行动确实给了他一个教训的话，那就是，如果你没有足够的力量去赢得胜利，最好根本就不要发起战争。他现在应该做的，是汲取这些登达立专家们关于杰克逊联邦的大量经验。

伯沙瑞-杰萨克上校走了进来，冲着他点了点头。"我们已经出发了。飞船已经脱离了轨道，再过二十小时我们就要开始第一次跃迁。"

"谢谢你，上校。"

奎因在自己的身边给伯沙瑞-杰萨克让出一个位置。马克坐在一块人造卵石壁炉边缘口上，他身后的虚拟火苗发出噼里啪啦的声音。他深深地吸了一口气。"欢迎登上我的飞船，感谢你们的光临。你们都知道，这不是一次官方意义上的登达立舰队冒险行动，也不是皇家安全部资助的行动，我们的资金直接来自于弗·科西根伯爵夫人。你们都是在做无报酬的个人旅行。不过，有一点是例外的，那就是，我对于你们不具有任何官方的权威，你们对我也一样。我们之间具有一个共同的利益关系，这就需要我们全力以赴，奉献出我们最好的才能和资源。我想与你们共享的第一个信息资源就是内史密斯将军的身份秘密。奎因，你是否已经告诉索恩上校和陶娜中士这方面的相关信息了？"

贝尔·索恩点了点头。"我早就猜到了这个秘密。我恐怕迈尔斯的身份不像他自己希望的那样神秘。"

"我是第一次了解。"陶娜中士粗声大气地说,"不过,这确实解开了我过去的许多困惑。"

"欢迎进入最高机密集团。"奎因说,"我在这里正式表示对你们的接纳。"然后她转向马克,"好了,你究竟得到了什么?终于有了一条线索?"

"哦,奎因,我的线索恐怕是太多了,我现在缺少的是动机。"

"这么说你比皇家安全部领先了一步?"

"也许只是暂时的,他们已经派人去埃斯科巴,详细调查诺伍德曾经生活过的那个生命中心的情况了。他们最终可能也会找到我现在有的线索。我曾经为我们这次探险计划了大约二十个地点,即我们在杰克逊联邦上将深入调查的地方,不过,看了诺伍德的个人材料之后,我重新调整了我们行动的计划。假如迈尔斯被拯救复活了——这是我的假设的一部分——你们认为他需要多久才能够惹出点什么事来,引起人们对他的注意?"

"不会很久的。"伯沙瑞-杰萨克很不高兴地回答。

奎因忧郁地点了点头。"不过,他或许可能需要一些时间来摆脱失忆症。"也可能永远无法摆脱。她没有大声地补充这一点,不过,马克能够从她的脸上看到她内心的恐惧,"在冷冻-复活过程中,这似乎是非常正常的事情。"

"问题是——皇家安全部和我们并不是唯一想找到他的人。我在想,谁将是最先发现他真实身份的人?"

"喔。"奎因沮丧地说,索恩和陶娜相互交换了一个焦虑的眼神。

"好吧。"马克用手抓了抓自己的头发,他没有站起来踱步,那是迈尔斯的方式。不过,他第一次感到一种想要那么做的冲动,因为他看到了奎因那种极度失望的表情,"我来告诉你们我发现了什么,我究竟是怎么想的。当诺伍德在埃斯科巴学习人体冷冻技术的时候,他遇见过一个叫道若努的女医生,此人来自杰克逊联邦,也在那个生命中心学习。他们之间产生过某些比较友好的关系,所以,当诺伍德在巴罗普乔被围困的时候,他想起了她,也对她保持足够的信任,所以就把冷冻室寄给了她。请大家记住,诺伍德和我们一样,也以为费尔王朝是我们的同盟者,而这个道若努集团是为费尔王朝服务的。"

"等等,"奎因立即反驳说,"费尔王朝声称他们没有看到那个冷冻室!"

马克举起一只手阻止了她。"让我给你们讲一点杰克逊人的历史,就讲讲我所了解的那一部分。大约在九十或一百年前——"

"我的天啊,马克勋爵,这个故事有多长?"伯沙瑞-杰萨克问。奎因抬起眼睛严厉地瞪着她,因为她对他使用了他们在贝拉亚时常用的尊称。

"还是耐心地听我说完吧,因为你们必须了解这个道若努集团究竟是什么组织。大约九十年前,当今的瑞瓦尔男爵的父亲开始进行一种秘密的、规模不大的基因奴隶贸易活动,就是制造克隆人来出售。与此同时,他产生了一个想法:为什么要从外国雇用高级专家呢?那还不如培养自己的专家合算。智力资源在基因复制活动中是最难以把握的一种因素,不过,这个老瑞瓦尔自己就是这方面的一个天才。于是,他启动了一个计划,制造出一个绝顶聪明的妇女,他命名为莉莉·道若努。她成为他的医学研究事业的女神,他的奴隶兼医生。

"她长大了,受到很好的训练,并且开始工作了。她非常出色。可就在这时,那个老瑞瓦尔男爵死了。当然,大家都知道,那是一次换脑手术失败的结果。

"他的那个儿子和王位继承人,也就是现在的这个瑞瓦尔男爵,接位之后的第一个行动就是铲除自己所有的兄弟——那个老人留下了许多孩子。瑞瓦尔的早期政治生涯在杰克逊的历史上应该是一种具有传奇色彩的经历。那些年长的、最危险的哥哥们,被他谋杀了;那些姐妹和一些年幼的弟弟们被他送到自己的人体整形实验室进行整形,之后便在他自己的私人妓院里为他的那些生意上的伙伴提供性服务。我猜想他们现在都已经死掉了,如果他们运气够好的话。

"瑞瓦尔显然也对他继承的那些部下和工作人员实施了同样残忍的行动。他的父亲曾经把莉莉·道若努视为珍宝,但是这个新的瑞瓦尔男爵却威胁说,假如她不好好听话,就把她送去当妓女。她开始和一个也受到排挤的年轻人一起密谋逃跑,此人是瑞瓦尔的同父异母兄弟,名叫乔瑞斯·斯汤伯。"

"哦,费尔男爵!"索恩说。索恩看起来很兴奋的样子,陶娜显得若有所思,奎因和伯沙瑞-杰萨克则露出一副被吓坏了的神态。

"是的,但那时候还不是的。莉莉和年轻的乔瑞斯逃跑到费尔王朝,求得了庇护。事实上,我认为,莉莉是乔瑞斯能够进入那个国土的通行证。他们两个都开始为他们的新主人服务,但是经过交涉,各自拥有相当的个人自主权,至少在莉莉这方面是这样的。这是交易的一部分条件。在杰克逊联邦,交易几乎是神圣的,高于许多事物。

"乔瑞斯开始在费尔王朝发迹,而莉莉开始克隆自己,并组织起道若努研究中心。她不断地克隆自己,所以现在这个道若努研究中心里已经拥有大约三十到四十个克隆人姐妹了。她们在许多方面为费尔王朝服务。她们大都充当某种家庭医生的角色，为那些地位显赫的费尔家族的人服务，因为他们不愿意冒险去把自己的健康问题托付给外地专家，例如那些巴罗普乔专家。而且，由于费尔王朝是以军火买卖为主的，所以他们也做军用毒品和生化武器方面的生意，包括这些毒品的解药。例如，在佩里坦特，这个道若努研究中心起先出卖了一些毒品给佩里坦特，赢得了相当高的利润，几年之后，他们又出售了大量的解毒药品，再一次狠狠地大赚了一笔。如果你不反对这种机构的存在，她们其实可以说拥有相当的名声。显然皇家安全部并不反对她们的存在，在他们让我翻看的资料里，有大量相关的材料。不过，她们的情况在杰克逊联邦几乎不是什么秘密。

"乔瑞斯显然大大得益于他带到费尔王朝来的这个奇妙人物莉莉，过了几年，他终于攀登上权力的顶峰，成为了费尔男爵。然后，登达立雇佣兵袭击了杰克逊联邦。现在你们必须告诉我究竟发生了什么。"马克冲着贝尔·索恩点点头，"关于这件事，我只知道一鳞半爪。"

贝尔吹了一声口哨。"我知道一些，但是我想，我也不了解事件的全部。无疑费尔和瑞瓦尔是相互憎恨的。"它看了看奎因，后者接着说："唉，那是四年前，迈尔斯给登达立带来一个小合同，任务是去接应。我们的顾主——抱歉，也就是贝拉亚，长期以来我一直习惯于叫他们顾主，简直是习惯成自然了……"

"保持这个习惯吧。"马克提议。

贝尔点了点头。"帝国想引进一个银河系的遗传学专家，具体的原因我也不知道。"它又转过头看着奎因。

"你也不需要知道。"她说。

"不过,有一个叫作加纳巴的医生,此人是巴罗普乔王朝顶尖的遗传学专家,他想叛逃。而巴罗普乔一向极度痛恨那些带着满脑子商业秘密离开他的人,所以加纳巴需要帮助,他和贝拉亚帝国达成一个交易。"

"这就是我能够来到这里的原因。"陶娜插话说。

"没错。"索恩说,"陶娜是这位专家的一个非常得意的设计成果,他坚持要把她带上。但是不幸的是,他的超级战士项目已经被取消了,陶娜也被卖给了瑞瓦尔男爵,此人喜欢收集怪胎。抱歉,陶娜。所以,我们不仅要从巴罗普乔王朝把那个加纳巴带走,而且还要从瑞瓦尔王朝带走陶娜。喔,陶娜,你最好来说一说接下来发生的事情。"

"将军来了,把我从瑞瓦尔的生物实验中心救了出来。"这个身形巨大的女人大声说,她还大声地叹息了起来,就好像陷入了某种甜蜜的回忆,"在逃跑的过程中,我们摧毁了瑞瓦尔王朝的主要基因库。积累了近一百年的细胞组织全化成了烟雾。"她笑了起来,露出了尖尖的犬牙。

"根据费尔男爵推算,就在那天晚上,瑞瓦尔王朝大约损伤了一半的财富。"索恩补充说,"至少一半。"

马克幸灾乐祸地大笑了起来,然后又恢复了严肃的表情。"这就解释了,你们为什么会认为瑞瓦尔男爵的人一定会搜捕内史密斯将军了。"

"马克,"索恩绝望地说,"如果瑞瓦尔首先发现了迈尔斯,那他们救活他的目的就仅仅是为了能够不断地折磨他。这就是当我们离开杰克逊联邦的时候,我们一再坚持要你继续假扮迈尔斯的原因。瑞瓦尔没有理由报复一个克隆人,他仇恨的对象是将军。"

"我明白了。干得好。谢谢。哦,那个加纳巴医生现在怎么样了?如果我可以问的话。"

"他被安全地送到了贝拉亚。"奎因说,"现在,他有了一个新名字、一张新面孔、一个新实验室和一笔能够让他满意的薪水。他现在是帝国的一个忠实的新臣子。"

"喔,这样,我倒想起了另一件事。这不是一个新秘密,不过,我不知道怎么解释它才好。顺便说说,皇家安全部对此也感到很困惑,所以他们就两次派间谍去调查那个道若努研究中心。巴罗普乔男爵的妻子洛特斯男爵夫人就是一个道若努克隆人。"

陶娜的爪子捂住了她的嘴唇。"那个姑娘!"

"对,就是那个姑娘。我曾经很不理解,她为什么那么冷酷地看着我。我以前曾经见过她的模样,不过,那是另一个肉身。克隆人的克隆人。

"男爵夫人是最早的莉莉·道若努的女儿或妹妹(或者无论什么样的称呼)之一。我的天啊,她的身价可不低。她已经与巴罗普乔男爵一起生活了二十年,现在似乎又造了一个替身。这个道若努研究中心在生物科学方面很有权威,但是,她们拒绝做克隆人换脑手术。这条规定明确地写在莉莉·道若努和费尔王朝的交易条例上了。但是,这个男爵夫人,大约有六十岁标准年吧,显然不久就要获得自己的第二青春了。至少从我们观察的现象可以得出这个结论。"

"叛徒。"奎因嘟哝着。

"这是另外一条重要的线索。"马克说,"不过,我仍然不明白,为什么这个道若努研究中心要对她们自己的老板费尔王朝隐瞒迈尔斯的存在。"

"她们未必发现了迈尔斯。"奎因鲁莽地纠正他。

"未必。"马克不得不承认,"不过,"他显得乐观了些,"这倒可以解释为什么那个空冷冻室会在赫根哈伯出现。这个道若努并不是要对皇家安全部隐瞒它的存在,她们是想对其他的杰克逊人隐瞒它的存在。"

"这似乎很有道理。"索恩说。

马克摊开双手。"是啊,几乎是合理的。"他把双手紧握在一起,"这就是我们现在所了解的,也是我们即将深入调查的。我们的第一步就是从费尔的跃迁站重新进入杰克逊联邦。奎因上校已经带上了足够的伪装设备,我们可以重新设计我们的身份。这方面的问题请大家和奎因协商协商。我们还有十天的时候来做准备。"

"你的分析非常精彩,马克,"奎因勉强承认,"不过,希望一切都不仅仅是你的推测。"

"谢谢你,奎因。"他严肃地回答。他自己也希望这一切都不会仅仅是一个错误。

"我想……他有了些改变。"伯沙瑞-杰萨克嘲讽地宣布,"他成熟了。"

"是吗?"奎因上上下下认真地打量着他,"确实……"

马克的心感到一阵温暖和喜悦,他期待着听到奎因一句赞扬的话。

"——他比以前更胖了。"

"我们还是去工作吧。"马克怒吼道。

第二十二章

　　他记得自己以前曾经练习过发卷舌音。他甚至可以在脑海里回忆起当时的一连串场景。可惜的是,他根本不知道那是什么时候,或者是因为什么。是在修辞课上吗？他挣扎着坐在床上,开始练习。"十四……是……是、十、四,是!"他深深地吸了一口气,又开始练习起来。一遍又一遍。他的舌头就好像一只旧袜子,硬邦邦的。重新掌握说话的技巧是非常重要的,假如他一直像个白痴那样说话,她们恐怕就会一直把他当白痴看待了。

　　情况可能会更糟。他现在开始吃真正的食品了,不再是那种葡萄糖水或者流质食物了。他现在也可以自己洗澡、穿衣服,不再穿病人的睡袍了。她们给了他一件衬衫和一条裤子。很像船员便服。它们是灰色的,这起初让他很高兴,随后,他又觉得很困惑,因为他不知道自己为什么喜欢灰色。"四、十、四……是、四、十、四,是。啊!"他躺倒在床上,发出得意的笑声。他抬起头,看到茹恩医生正靠在门口,微笑地看着他。

　　由于他仍然上气不接下气,所以就用手指挥动了一下,打个招呼。她走了进来,坐在他的床边上。她穿着平常的那种绿色工作服,手里拿着一个大口袋。

"雷文说你昨天大半夜都在折腾,"她说,"但这不是真的,是吧?你只是在练习,是不是?"

"是,"他点头,"必须说话。命令——"他碰了碰自己的嘴唇,然后冲着房间挥了挥手,"服从。"

"你是这么想的,是不是?"她的眉毛调皮地往上挑了起来,但是她的眼睛敏锐地观察着他。她挪了挪身体,把他吃饭用的桌子横过来,放在他们之间,"坐起来,我的独裁者小朋友。我给你带来了一些玩具。"

"第二……儿童期。"他忧郁地低声说,同时又努力坐直了身体。他的胸部还在疼痛。至少他现在已经克服了他的第二个儿童期里的那些令人厌恶的东西。是不是还要来一个第二青春期?上帝啊,这可不行。也许他可以逃避这个阶段。为什么我这么害怕那个我已经遗忘了的青春期?

他看到她倒出口袋里的几十个手提式武器的散件,笑了起来。"一个测试,对吗?"他开始抓起它们,并把它们安装起来。震荡棒、神经断裂器、等离子弧光枪、射弹枪……他一个一个地把它们安装好,排列成一行。"武器……想起……死,不是……敌人……我?这些——不配套。"他把几个零件推到一边,"好,一个恶作剧。"他得意地冲着她笑了起来。

"你在安装的时候,一直没有把这些武器的枪口对着自己或对着我。"她奇怪地说。

"我?没……注意。"她是对的,他意识到。他困惑地抚摸着那只等离子弧光枪。

"在你做这些的时候,回想起什么没有?"她问。

他摇了摇头,感到又一阵沮丧。不过,他突然高兴起来。"不过,记得一些事情……早晨……洗。"他的话一说快了,就又变成了一连串不可理解的胡言乱语。

"在洗澡的时候,"她鼓励他说下去,"告诉我。慢慢地说。"

"慢……意味着……死亡。"他口齿清楚地说。

她眨巴着眼睛。"虽然如此,还是慢慢地告诉我吧。"

"唉,好吧。想起我是一个小男孩。骑一匹马。一个老人骑另一匹马。爬山。马……我特别喜欢。"他的呼吸开始困难起来,"树,山,两座、三座山,覆盖着树,全都用崭新的塑料管子连在一起,男人。跑到山下的小木屋,爷爷很高兴……因为管子很有效,"他努力保持吐词的完整,"那些男人也高兴。"

"在这个场景里,那些男人在做什么?"她迷惑不解地问。

他又在脑海里看见了那个场景,一个关于记忆的记忆。"烧木头,制糖。"

"这不符合常理。糖是在一些生物制造容器里被制造出来的,不是从烧毁的木头里。"茹恩说。

"树。"他强调说,"棕色的糖树。"又一阵记忆席卷而来:老人折断了一根木头一样的东西,颜色就像棕色的砂岩,把它放到他的嘴里,让他尝尝味道。那种冰凉的、多节的东西碰到了他的面颊,甜腻腻的汁液沾到皮带和马身上。他在这一阵猛烈的感性体验中战栗起来。这是真的。但是,他仍然不知道如何来描述它。爷爷。

"山……我的。"他补充说。这个想法让他很悲伤,但是,他还是不知道原因。

"什么?"

"拥有它们。"他沮丧地皱着眉头。

"还有其他什么吗?"

"没有了,就这些。"他的拳头握得紧紧的。他松开了它们,把自己的手指慢慢地在面前的餐桌上伸开。

"你肯定这不是你昨天晚上的梦吗?"

"不是,在洗澡。"他坚持说。

"这很奇怪。这个,正如我所预料的。"她冲着那些武器点了点头,然后开始把它们装进布袋子里,"那个,"她的头摇了摇,示意说他的那个小故事,"完全不符合常理。糖做成的树,对我来说,这简直像一个梦。"

不符合什么?一阵绝望的激动涌上他的心。他一把抓住她纤细的手腕,她的手里正拿着一根震荡棒。"不符合什么?你知道什么?"

"没什么。"

"没……什么!"

"你弄疼我了。"她平静地说。

他立即松开了手。"没……什么,"他固执地说,"一定有事情,什么事情?"

她叹息了起来,装好了那些武器,坐下来,仔细地观察他。"我们曾经确实不知道你是谁。但是,现在更准确地说,我们不知道你是哪一个。"

"我能够选择?告诉我!"

"你现在正……处于一个微妙的记忆恢复阶段。那些得了冷冻-复活失忆症的人,大都无法立即就恢复记忆。恢复中的记忆就好像小瀑布一样,不断地涌现,呈明显的球状曲线。起初是零零碎碎的,然后聚成一团,再慢慢地消失。有些记忆上的遗漏恐怕需要几十年时间来恢复。既然你的头盖骨没有受到任何损伤,我猜想,你终有一天会恢复自己的全部记忆。但是……"

一个非常严肃的但是。他充满期待地瞪着她。

"在这个时候,在这个记忆大量涌现的时候,一个冷冻-复活失忆症病人往往非常渴望立即获得某种身份,他可能会匆忙地选择一个错误的身份,然后开始收集证据来证明它。想要摆脱这个错误的选择,往往需要几周或者几个月的时间。在你身上,我认为这种情况不仅特别容易发生,而且一旦发生之后,还特别难以纠正。所以,我必须特别小心,对自己不能肯定的东西,不提出任何暗示。这非常困难,因为,在我的心里,焦急的程度几乎和你是一样的。我必须保证你说的任何东西,确实来自你自己,而不是我的某个暗示。"

"噢。"他重新躺下,感到非常失望。

"有一个可能的捷径。"她补充说。

他又坐了起来。"什么?让我试试。"

"有一种药,叫作吐真药。它的作用之一是作为精神病治疗的镇静剂,但是它通常的用处是审讯中使用的麻痹药。通常人们错误地称它为'真相血浆',没办法,外行人就是喜欢这么叫。"

"我……知道这个东西。"他的眉头皱了起来。他知道一些非常重要的、关于这个药品的事情。什么事情?

"它具有某种特殊的放松效果。有时候,对于冷冻-复活病人来说,它可以促进记忆的大量涌现。"

"啊!"

"不过,它可能很令人尴尬。在它的作用下,病人可能非常随意地说出任何闪现在他脑子里的念头,甚至是他们最亲密的、隐私的想法。出于良好的医学道德,我必须提醒你这一点。而且,有些人对这个药品具有生理过敏反应。"

"你……在哪里……学到……医学道德的?"他好奇地问。

很奇怪地,她移开了自己的目光。"埃斯科巴。"她说,然后看着他。

"我们现在在什么地方?"

"我还是不该告诉你,现在还不是时候。"

"它……会……怎样……影响到我……记忆?"他气愤地质问。

"我想,我很快就可以告诉你了。"她温和地安慰他说,"很快。"

"噢。"他大声叫起来。

她从上衣口袋里拿出一个白色的小包裹,打开来,从中拿起一个小小的圆形药片。"把你的袖子卷起来。"他照做了。于是她把那个小药片贴在他的胳膊下面,"这是皮试。"她解释说,"因为,根据我的理论推测,你很可能对这种药产生生理过敏反应。"

她又把那个药片拿开去——它引起一阵刺痛——然后仔细观察他的胳膊。"痒不痒?"她怀疑地问。

"不痒。"他撒谎说,并且紧紧地握住自己的右手,强忍住不去抓那个地方。一种药品可以让他的记忆恢复——他必须得到这个药品。再变回白色,求求你了。他冲着那个小小的粉红色斑点暗暗地祈求着。

"你看起来好像有一点过敏,"她若有所思地说,"不太严重。"

"求求你……"

她的嘴唇犹豫不决地翘了起来。"好吧……我们会有什么损伤呢? 我马上就来。"

她出去,然后很快又带着两个无针注射器回来了,她把它们放在桌子上。"这是吐真药,"她指着其中的一个注射器说,"这是它的对抗剂。当你产生一些奇怪感觉的时候,立刻告诉我。比如,感到痒、刺痛、呼吸困难或舌头开始感到不灵活等等。"

"舌头……现在就……不灵活,"他反驳说,此时她卷起了他的两个袖子,并且把第一个注射器里的药品喷注到他的胳膊内侧,"我……怎么……告诉你?"

"你会有办法告诉我的。好了,现在躺倒,放松。你会开始感到像做梦一样,或者像在漂浮着,从十开始倒计数。试试。"

"十、九、八、七……一。"他没有觉得像做梦,他觉得非常紧张和难过。"你肯定没有拿错药?"他的手指开始在餐桌上抖动起来。那种声音对他的耳朵而言似乎太大了些。房间里的物件全部改变了模样,变得坚硬、刺眼而且五颜六色。茹恩的脸似乎突然变成了一个古怪的面具。

这个面具凑近他。"你叫什么名字?"它龇牙咧嘴地喊叫着。

"我……我……呀啊……"他的嘴巴开始颤抖……

"奇怪,"那个面具嘟哝着,"你的血压应该下降,而不是升高。"

突然,他想起了那个关于吐真药的重要事情。"吐真——让……我……说。"她困惑地摇了摇头。"吟诗。"他重复地说,他的嘴似乎因为痉挛而扭曲了。他想说话,无数词语冲到他的嘴边。"呀,呀,呀。"

"这不正常。"她皱着眉头看着那个注射器,仍然拿在她的手中。

"不,妈的。"他的胳膊和腿弯曲了起来,变得非常僵硬。茹恩的脸开始变得非常美丽,就像一个美丽的玩偶。他的心开始快速地跳动起来。房间在旋转,好像他在水底下游泳。他努力地伸直身体。他必须放松,现在必须放松。

"想起什么事情没有?"她问。她的黑色眼睛就好像两汪清水,灵动而美丽。他想在里面游泳,想讨她的欢心。他想诱骗她脱掉自己的那件绿色盔甲,和他一起裸身在星光下跳舞,在……他在欲望的驱动下发出喃喃低语,突然,这些声音变成了一首诗,或者说像诗的东西,实际上,它是一首非常下流的黄色小调。值得庆幸的是,它被说得乱七八糟的。

她居然笑了起来,这让他大大地松了口气。但是,此时出现了有些不那么愉快的联想……"我上次背诵这个的时候,有人痛打了我一顿。那时……也……用了这种药。"

她可爱的身体顿时紧张起来。"你以前用过这种药?你还记得什么相关的事情?"

"那个名字……叫什么盖尹,对我……生气。不……知道为什么。"他记起有一个涨红了的脸在他的面前晃动,非常不耐烦,无比仇恨的神情,拼命抽打他。他试图从记忆里寻找恐惧,但是却发现它们奇怪地混合着怜悯,"我……不……懂。"

"他又问了你些什么?"

"不……知道。背……了……另……首诗。"

"你在接受药物麻痹审讯时背诗给他听?"

"四……小时。他……气……疯……了。"

她的眉头挑了起来,一个手指放在自己的嘴唇上,然后轻快地松开。"你战胜了一次药物麻痹审讯?太棒了!那么,我们不要再谈论诗歌了。但是,你记得萨尔·盖尹。快点!"

"盖尹有用吗?"他仰起头焦急地问。萨尔·盖尹,是的!这个名字很重要,她已经辨认出它了。"告诉我。"

"我……不能肯定。每次我以为我已经深入地了解了你一点了,但是随后就立即发现,我们面对的是两个岔路,还有一条往后退的路。"

"想……和你……一起走……出去。"他表露了自己的信任,然后恐惧地倾听着自己的内心,他该如何简洁而真实地描绘自己呢,他还希望和她一起做什么呢。"啊,啊,抱歉。女……士。"他把自己的手指塞进嘴里,咬了起来。

"没关系,"她安慰他说,"这仅仅是药物作用。"

"不——测是式诗时……"

她大声笑了起来。这很有激励的作用。不过,他短时间的兴奋很快就被又一阵紧张状态所替代。他的手抬了起来,在空中变得僵硬了;他的脚发生了痉挛。

她皱着眉头看了看墙上的监视器。"你的血压还在升高,虽然你在药物作用下的表现很可爱,但是,这不是通常应该有的反应。"她拿起第二根注射器,"我认为,我们最好现在就停止。"

"我……不是普通人。"他悲哀地说,"一个突变异种。"一阵焦虑涌上他的心头,"你想……掏空……我的脑子。"他突然怀疑地问,看着她手中拿着的那个注射器。然后,在一种突然爆发的意识照射下,他明白了,"嗨!我知道我在哪里了!杰克逊联邦上!"他满怀恐惧地看着她,跳下床,猛地往门口跑去,躲开她的阻拦。

"不,等等,等等!"她叫了起来,跟在他后面也跑了出去,手里还拿着那根注射器。"你现在还处于药物控制之中,停住!让我解除你的药性!波琶,抓住他!"

在实验室的走廊里,他躲开了那个扎着马尾巴的道若努医生,飞奔到升降管道里,顺着管道里的安全阶梯,他爬了上去,这让他胸口上即将愈合的伤口开始剧烈地疼痛起来。那些喊叫声、脚步声终于消失了,他来到了自己以前曾经来过的那个门厅里。

他躲闪着穿过几个工人,来到那扇玻璃门口。这次没有什么屏障阻止他外出了。一个身穿绿色派克大衣的卫兵慢慢地转过身来,准备敬礼,但是他立即就吃惊地张着嘴,大叫了一声。

他被外面的阳光刺得直眨巴眼睛,门外有一条为机动车准备的道路,还有许多脏兮兮的雪。当他奔跑的时候,冰和碎石子刺痛了他的光脚丫。一道围墙圈住了这个建筑物,墙上有一个开着的大门,门口有更多的身穿绿色派克大衣的卫兵在把守着。"别击昏他!"一个女人的声音从他的身后传来。

他跑进一条肮脏的街道,几乎撞上了一辆地面车。他的眼睛里满是刺眼的灰白色和彩色光亮。一片宽敞的开阔地出现在街道的尽头,上面种植着纯黑色的树木,树木的枝干就好像弯曲着的爪子,直冲着天空。他瞥了瞥周围其他的建筑物,都被高墙环绕着,都显得很吓人而且很奇怪。这里没有任何景象是他熟悉的。他开始往那片开阔地和黑色树木走过去。他的眼睛被黑色和紫红色的迷雾遮盖了起来,寒冷的空气刺穿了他的肺,他踉跄着,跌倒了,在地下翻滚着,喘不过气来。

五六个道若努医生一起把他像猎物一般围在中间。她们抓着他的胳膊和腿,把他从雪地里拽了起来。茹恩冲了进来,面色紧张,给他喷注了药剂。她们急忙拉拉扯扯地把他从马路那边拽了回去,就像拖一只被捆绑着的羊羔。他被重新带进那幢白色的高楼里。他的头脑开始清醒了一些,但是他的胸口还是疼痛无比,就好像被老虎钳紧紧地挤压着似的。当她们终于把他放回到那个地下室里的病床上的时候,药物的作用已经完全消失了,取而代之的是一种真正的戒备和怀疑……

"你们认为有什么人看见他了吗?"一个女低音焦急地问。

"门卫们,"又一个声音插了进来,"运输工们。"

"还有吗?"

"我不知道。"茹恩气喘吁吁地说,她的头发散乱地披在肩上,"当我们跑过去抓他的时候,几辆地面车从我们身边开过。我在公园里没有看见任何人。"

"我看到两个人在散步,"另一个道若努医生插话说,"在远处,池塘的那边。他们往我们这边看,不过我怀疑他们什么也看不清楚。"

"在那几分钟里,我们简直出了大洋相。"

"这一次是怎么回事,茹恩?"那个头发花白的女低音疲倦地质问道,她走近来,瞪着他,撑着一副拐杖。她似乎不是把那副拐杖拿来装模作样的,而是实实在在地依靠着它们的支撑。所有的人都遵从她的指令,这就是那个叫什么莉莉的女人吗?

"我给他使用了一剂吐真药。"茹恩紧张地汇报,"这是为了促进他记忆的恢复。这种药有时候对冷冻-复活病人有点效果,但是他产生了过敏反应。他的血压升高,他产生了幻觉,像一条猎犬似的逃走了。直到他在公园里瘫倒在地上,我们才抓住了他。"

那个老道若努医生轻蔑地问:"药有作用吗?"

茹恩迟疑了起来。"一些奇怪的事情发生了,我需要和莉莉谈谈。"

"立即就去谈。"那个老道若努医生说——显然,她自己不是莉莉。"我——"他颤抖着、结结巴巴地想说话,结果却造成了一阵痉挛。

一时间,整个世界都变成了五彩纸屑。当他醒过来的时候,发现自己被两个妇女按住了,茹恩在附近发布命令,其他的道若努医生都散开了。"我会尽快去的。"茹恩绝望地回头说,"我现在不能离开他。"

那个老道若努医生点了点头,表示理解,然后就离开了。茹恩挥挥手拒绝了别人提出的建议,认为不需要注射抗痉挛药剂。"我认为这个人现在不需要任何药剂,目前只需要对他的情感进行细致观察。"她把那些自愿的助手全都赶走了,然后让房间里的灯光暗淡下来,寂静和温暖重新回到了这里。慢慢地,他恢复了正常的呼吸节奏,虽然他的胃仍然很难受。

"我很抱歉,"她对他说,"我不知道吐真药会对你产生这么大的副作用。"

他想说,这不是你的过错。但是他说话的能力似乎又丧失了。"做……做……了……坏事……了?"

她过了很久才回答:"也许会没事的。"

两个小时之后,她们拿来一个气垫托板,并把他移到上面。

"我们准备接受另外一些病人。"短发的克莱丝医生漠然地告诉他,"我们需要你的房间。"谎言?半真半假?

他最困惑的是不知道他们会把他搬到哪里去。他想象着一些锁着门的密室,但是,结果出乎意料,他们居然通过一个货运升降管道把他搬上了楼,放在茹恩自己套间里的一张军用床上。这个套间里的房间很像他原来住的那个地方,这里大概就是这些道若努医生们的住所。套房里,有一个客厅兼书房、一个卧室和一个独立的浴室。布置得很合理,不过有些散乱。他现在觉得自己被偷偷地运进了一个女人的房间,更像一个宠物,而不再是一个囚犯。不过,在这里,他看到茹恩的旁边还站着另一个道若努医生,一个大约三十岁左右的男人,道若努医生称呼他"霍克"。

过了些时候,一个年轻的道若努送来晚餐,他和茹恩一起坐在她客厅的小饭桌上吃了起来。此时,外面的灰色天空已经呈现出暮色。他猜想,自己作为一个囚犯兼病人的身份并没有真正地改变,但是,能够走出那个医院风格的房间,远离那些监视器和高级的医用设备,并且能够和一个朋友共进晚餐,这实在是太好了。

吃完饭之后,他在客厅里走动着。"你介意我看看你的东西吗?"

"看吧,假如它们让你想起了什么,告诉我。"

她仍然拒绝告诉他任何直接与他自己有关的事情,但是,她现在至少很乐意谈论她自己了。他们谈话的时候,他内心里关于世界的图像在不断变化着。为什么我的头脑里有蛀洞的地图?也许他只能艰难地恢复自己的记忆。首先,重新认识这个宇宙里存在的一切,然后排除那些不相干的东西,一个矮小的男人的形象就会在这个宇宙的中心出现,这就是他自己。多么令人恐怖的工作。

他从那个安置了偏振屏障的窗户往外望去,看到了一些悬挂在天空中的微微发亮的星星,它们好像神秘的尘埃,即将洒落下来。他意识到这就是那个压力屏,现在它先进了些,比从前一头撞上去的时候先进了许多。他还意识到,这个保护屏是一种军事设备,能够阻挡病毒和气体化学粉末,以及……什么?当然,还能防御射弹和等离子射线。这附近一定有一个大功率的能量发动器。这些防御设备不是这幢建筑物本身拥有的,而是后来增加的。这里一定是一座老房子……"我们在杰克逊联邦上,是不是?"

"是的,这对你来说有什么意义?"

"危险,糟糕的事情要发生。这是什么地方?"

"道若努医学研究中心,一所医院。"

"是这样? 你是做什么的? 我为什么在这里?"

"我们是费尔王朝的私人医院,如果需要的话,我们为我们的主人做各种检查和治疗。"

"费尔王朝,军火商。"他的意识自动地产生了联想,"生化武器。"他责备地看着她。

"有时是的,"她承认,"但是也制造生化武器防御品。"

他是费尔王朝的一名士兵吗? 或者是一个被捕的敌方士兵? 该死的,哪个部队会雇用一个跛脚的小矮人呢?"费尔王朝把我送来给你们治疗?"

"不是的。"

"不是的? 那——我为什么在这里?"

"我们对此也感到非常困惑。你到来的时候,被冷冻在一个轻便式冷冻室里,从各种迹象来看,当时你的冷冻过程显得非常仓促。这个冷冻室被包裹在木箱里,上面写着我的地址,是通过商业运输渠道寄送来的,没有回寄的地址。我们希望等救活你之后,你会告诉我们这一切都是怎么回事。"

"还有……其他……事。"

"是的。"她坦率地回答。

"但……你现在不告诉……我。"

"现在还不能。"

"如果我从这里走出去,将会发生什么事情?"

她看起来很惊讶。"请别那么做。你会让人杀死的。"

"又一次被杀死。"

"又一次。"她点了点头。

"被谁?"

"这……就要看你是谁了。"

他改变了话题,然后在他们的谈话中,接连三次假装不经意地又回到这个话题,但是,仍然没有办法哄骗她说出更多的情况。由于太疲倦了,他不得不离开她去睡觉。但是,他躺在床上,久久难以入眠,感到无比困惑和焦虑。不过,他的辗转反侧似乎没有任何作用,仅仅让他的大脑更加僵化,让自己更加疲惫和沮丧。睡吧,他告诉自己说。明天也许会出现某些新东西的。他感觉到了这一点,觉得自己就好像横躺在一个刀尖上,身子底下一片黑暗,这黑暗里可能掩藏着柔软的羽毛、削尖的木桩,或者干脆什么也没有,只有无止境的坠落。

他起初还不知道自己为什么能享受到那么好的热水浴和按摩治疗。现在他明白了,是为了做体能锻炼。他看到道若努医生使劲儿拖进来一个自行车健身器,放在茹恩的书房里。她让他练得满头大汗,几乎要晕倒过去。一切痛苦的事情可能都是对他有好处的。不过,现在他还无法做引体向上。他曾经试着做了一个,结果不得不瘫倒在地上,大大地瞪着眼睛,体会那一阵无法忍受的疼痛。而且,他还因此被那个道若努医生愤怒地骂了一顿,并被告诫从此再不要自作聪明地做任何没有得到允许的动作。

那个道若努医生做了记录之后,就离开了,把他留给了温柔、善良的茹恩。此时,他正躺在茹恩的床上,浑身湿漉漉、热腾腾的,只裹着一条浴巾。茹恩正在往他的背后涂抹骨骼和肌肉强壮剂。道若努医生在做按摩治疗的时候,手指刺得他很痛,而此时茹恩的手就好像在爱抚他。虽然他天生就不会发出那种喵喵叫的声音,但是,他还是不时满意地哼上两声,表示鼓励和快乐。她涂完了他的脚和指头,又开始涂第二遍了。

他脸朝下,舒服地紧贴着她的枕头,逐渐地意识到自己的一个非常重要的生理机能恢复了。确切地说,他勃起了。他的脸由于尴尬和兴奋而涨红了。他用一只手撑起身子,想掩饰自己的真实状况。她是你的医生。她可能想知道这个。难道她不是已经对他身体的每一个细小的部位,无论是内部还是外表,都非常了解吗?但是,他仍然没有暴露自己的状况。

"翻个身,"茹恩说,"我要涂正面了。"

"嗯……最好不要。"他冲着枕头嘟囔着。

"为什么不要?"

"唔……记得你总是问……我有没有发生什么事情吗?"

"是的……"

"唉……发生……事情了。"

然后是一阵短暂的停顿。"哦!是这样,更需要翻个身了。我必须检查一下。"

他松了口气。"为了科学。"

他翻过身来,她掀开他身上的浴巾。"这种情况以前发生过吗?"她问。

"没有,这是我今生第一次。这一生。"

她那长长的手指试探性地抚摸着他。"看起来不错啊。"她激动地说。

"谢谢你。"他高兴地叫了起来。

她笑了。他不需要记忆来告诉他,在这种时刻,一个女人被他讲的笑话惹得笑起来,是一个好兆头。他很老练地、温柔地把她往自己身边拉了过来。为科学欢呼。让我们来看看究竟会发生什么。他亲吻了她。她回吻了他。他陶醉了。

谈话和科学此刻都被冷落在一旁了,更不用说那些绿色外套和所有的内衣了。她的身体正像他想象的那样可爱,具有运动员的健美线条和曲线,柔软无比。他自己的身体显然完全相反,就像一根满是骨头的空架子,浑身上下都是难看的红疤。

突然,他强烈地意识到自己刚刚经历的那场死亡,于是开始疯狂地亲吻她,带着极大的激情,就好像她就是生命本身,他要竭尽全力去占有她。他不知道她是敌人还是朋友,也不知道自己现在这样做是对还是错。但是,她是这么温暖和灵活,而不是冰冻和僵硬,完全与冷冻状态相反。抓住白昼吧,因为黑夜就等待在那里,它是那么寒冷、那么不可抗拒。这个教训就好像辐射线一般,突然从他内心里爆发出来。她的眼睛睁得大大的。只是因为他喘不过气来,他才不得不放慢速度。

他的丑陋外形应该很让他烦恼的,不知为什么他并不在乎。我们闭着眼睛做爱。谁告诉他这句话的?这个女人还告诉过他,重要的不是肉体,而是运动。面对茹恩敞开的怀抱,就好像以前面对那些被拆散的武器,他知道应该怎么做,知道哪个部位敏感,哪个部位不敏感,但是,他不知道自己从哪里学到了这一切。在他所体验的一切之中,就是这种熟悉和陌生的混合,让他感到最深的不安。

她颤抖着、呻吟着,完全放松了自己。他从她的脚下一路亲吻着她,直到她的耳朵边,对她轻声地说:"呵……我想……我现在还不能做引体向上呢。"

"哦。"她迷迷糊糊的眼睛睁开了,看着他,"当然,我来做。"她用了几分钟,找到了一个从医学上看很有利的位置。这次轮到他来享受了。他仰面舒舒服服地躺在那里,胸口和胳膊等地方都没有压力。感觉真好,女士优先。即使自己完事之后立即就睡着了,他也不需要担心会有枕头飞过来了。一种特别熟悉的节奏,虽然其他的细节都是陌生的。他认为,茹恩以前也做过这个,虽然可能不是常做。而且,她根本就不需要什么特别的技巧,她的身体运动是那么棒……

"医生,"他叹息着说,"你……是一个……天才……运动员,即使……那些希腊人也……必须向……你学习如何实现复兴。"

她笑了起来,然后慢慢地松软下来,躺在他的身边,他们的身体紧挨在一起。当我们躺在一起的时候,我的矮小就不是什么问题了。他以前就知道这一点了。他们开始慢悠悠地亲吻起来,就好像在享受着饭后的甜点。

"你很棒。"她贴近他的耳朵,气喘吁吁地低声说。

"是的……"他的笑容消失了,他瞪着天花板,眉头紧锁着,陷入了一种温柔的伤感和思想的沮丧之中,"……不知道我是不是结了婚了?"她的头抬了起来。看到她吃惊的神情,他恨不得咬断自己的舌头,"不……我想……没有。"他立即补充说。

"不……不,"她又躺了下去,"你没有结婚。"

"无论是哪一个都没有结婚?"

"是的。"

"喔。"他迟疑着,手指插进她的长发里,把它们随意地覆盖在自己的身上,"那么,你究竟认为你刚才是在和谁做爱?"

她用一只长长的食指温柔地点在他的前额。"你,就是你。"

这很令人高兴,但是……"这是爱,还是一种治疗?"

她神秘地笑了笑,看着他的脸。"我想,这两者兼有。在过去的三个月里,我一直对你非常痴迷。"

听起来像是一个诚实的回答。"在我看来……你好像为自己创造了这个机会。"

她的嘴唇动了动,露出了一个短暂的傻笑。"哦……可能吧。"

三个月。很有意思。他恐怕已经消耗了这个道若努研究中心的许多资源,比如,受到这个女人三个月的治疗和照料,这应该是非常昂贵的。

"你为什么要做这个?"他皱着眉头看着天花板问,而她此时正舒服地偎依在他的胳膊里,"我是指所有的事情。你希望我为你做什么?"他几乎是个跛子,大舌头,无知而且愚蠢,"你们都期待我能够恢复,就好像我是你们最大的希望。"即使那个粗鲁的克莱丝也是如此。他继续分析说,"难道谁还想要我,所以你们把我藏了起来?敌人还是朋友?"

"肯定是敌人啦。"她叹息地说。

"喔。"他无精打采地躺下了,她开始迷迷糊糊地入睡了,但是他没有。他抚摸着她的头发,困惑了起来。究竟她看中了他什么?我把它看作一个被魔法控制的骑士的水晶棺……我挑出了很多弹片,它们足以证明你不是一个小人物……

那么,还有许多事情需要去了解的。这个道若努集团恐怕不会要一个普通的雇佣兵的。如果这里是杰克逊联邦,他们可以很方便地雇用到大量的杀手。

不过,他从来没有认为自己是一个普通人。这个想法从来也没有出现过。

哦,女士。你想让我成为谁?

第二十三章

重新恢复了性功能,这着实让他那颗躁动的心安稳了几天,但是,有一个下午,他想逃跑的念头又出现了。此时,茹恩离开了房间,因为她以为他睡着了。他睁开眼睛,查看着自己胸口的伤疤,沉思了起来。逃到外面显然是错误的,这里内部的情况他还没有设法了解过。这里的人似乎一有问题都去找一个叫莉莉的。很好。他也要去找莉莉。

楼上?还是楼下?作为一个杰克逊人的头领,按照惯例她应该住在顶楼,或者是地下堡垒里。瑞瓦尔男爵就住在地下堡垒里;费尔男爵则住在顶楼,俯瞰着自己的轨道航空站。他的头脑里似乎有很多关于杰克逊联邦的情况,这里是他的家吗?这个想法让他非常困惑。楼上,一定是楼上。

他穿上自己的灰色套装,借用了茹恩的袜子,然后溜到走廊里。他发现一个升降管道,就进去升到了顶楼,这里只比茹恩的住处高一层,也是一些住宅式的套间。在楼层的中间,他发现了另一个升降管道,设有掌型锁。任何道若努都可以使用它。一个螺旋形的楼梯环绕着它。他慢慢地爬上楼梯,在即将到达顶端的时候,休息了一会儿,直到他喘过气来。他敲了敲门。

门打开了,一个苗条的混血男孩,大约十岁,神情黯然地问他:"你要干什么?"这个男孩皱着眉头。

"我想见你的……祖母。"

"让他进来,罗宾。"一个温和的声音吩咐道。

那个男孩子昂起头,示意他走进去。他穿着袜子的脚踩在长毛地毯上,发出吱吱呀呀的声音。这里的窗户也安装了等离子防护网,往外看去,看见的是深灰色的天空,房间里点着台灯,它那温柔的黄色光亮削弱了这里的阴暗色调。

一个瘦小的老年妇女坐在一个宽大的椅子上,看着他朝她走去。这个女人有着黑色的眼睛和象牙色的皮肤。她穿着高领的黑色丝绸上衣和宽松的裤子,她的头发完全白了,而且很长。一个苗条的姑娘,大概是那个男孩子的孪生姐妹,正站在椅子的背后,梳理着她的长发。房间里非常暖和。他看着她注视着自己的目光,不禁怀疑起自己曾经的猜想,这个莉莉怎么可能是一个老女人呢?那双已经有一百岁的眼睛看着人的神情也很特别。

"夫人。"他说,他的嘴巴突然变得干燥起来。

"坐下。"她点头示意他坐在自己面前桌子旁边一个低矮的沙发上,"瓦奥莱特,亲爱的。"一只满是皱纹和青筋的手,碰了碰那个姑娘放在她肩上的手,"现在去拿茶来。三杯。罗宾,去楼下把茹恩找来。"

两个孩子消失了,悄然无声,完全不像通常小孩子们的作为。显然,这个道若努研究中心不雇用任何外人。任何间谍都不可能潜入她们的组织。他顺从地坐在她指定的位置上。

她的语音是旧式的,但她的发音是完美无缺的。"你是否找到自己了,先生?"她询问道。

"没有,夫人。"他伤心地回答,"只找到了你。"他仔细地思考着,应该如何来提出自己的问题。莉莉恐怕至少会像茹恩一样谨慎,不会随意吐露任何线索的,"你为什么不告诉我真相呢?"

她的眉头挑了起来。"说得好,唉,我想,你现在已经准备好接受一个答案了。"

升降管道嗡嗡地响了起来,茹恩吃惊的脸孔出现了。她急忙冲了进来。"莉莉,我很抱歉。我还以为他睡着了——"

"没关系,孩子,坐下。倒茶。"这时,瓦奥莱特托着一个大托盘出现了。她又用一只颤抖的手掩着嘴,对那个姑娘低声说了些什么,她点了点头,跑开去了。茹恩跪下来,像是在行一个古老的礼节——她是否曾经扮演过瓦奥莱特现在的角色?他认为这很有可能——把绿色的茶倒进白色的茶杯里,递给周围的人。她坐在莉莉的脚下,触摸到了那些披散下来的白发。

茶水非常烫,不过,他最近已经饱尝了寒冷的痛苦,所以,这杯热茶很得他的欢心。他喝了一小口。"什么答案,夫人?"他好奇地提醒她。

茹恩的嘴巴张开了,发出不满和警告的声音。莉莉弯起一个手指头,让她平静下来。

"一些背景。"这个老女人说,"我相信现在应该告诉你一个故事了。"

他点了点头,拿着茶,安静地坐在沙发上。

"从前,"她笑了笑,"有三个兄弟。像不像一个神话故事啊?最大的一个是原身,另外两个小的是他的克隆人。那个哥哥——正如一般的故事里所说的——生下来就准备继承一大笔财产。他的父亲,享有崇高的头衔、无尽的财富和舒适的生活,虽然不是国王,却比任何国王的权力都大。因此,这个儿子便成为父亲的许多敌人想要袭击的靶子。而且,大家都知道,这个父亲非常喜爱自己的儿子,所以,这更使得那些敌人试图通过他唯一的儿子来击倒他。因此,就有了这种特殊的复制品。"她冲着他点了点头,这让他的胃突然颤抖起来。他又喝了许多茶,试图掩饰自己的困惑。

她停顿了一下。"现在能够想起什么名字了吗?"

"不能,夫人。"

"喔,"她放弃了这个神话故事,她的声音显得更急促了些,"贝拉亚的迈尔斯·弗·科西根勋爵是原身,他现在二十八标准岁。他的第一个克隆人,二十二年前,就是在这里,在杰克逊联邦制造的,是科玛抵抗组织向巴罗普乔王朝定购的产品。我们不知道这个克隆人怎么称呼他自己,不过,科玛人精心策划的复仇计划两年前失败了,那个克隆人也逃跑了。"

"盖尹。"他低声说。

她敏锐地观察着他。"对,他是这些科玛人的头领。第二个克隆人……像一个谜。最合理的猜测是,他是西塔甘达人制造出来的,但是,没有任何人知道这件事。大约两年前,他突然出现了,成为一个完全成熟的、非常杰出的雇佣兵司令官,拥有一个合法的贝塔名字,迈尔斯·内史密斯,沿用了母亲方面的姓氏。他对西塔甘达人并不友好,这也为那个认为他是西塔甘达的叛徒的推测提供了合理的逻辑。没有人知道他的年龄,不过,显然他不可能大于二十八岁。"她喝了一口茶,"我们的猜测是,你是这两个克隆人之中的一个。"

"我像一块冻肉一样被寄给你们,胸口完全被炸开了?"

"是的。"

"这又怎么样? 克隆人——即使是冷冻了的克隆人——在

这里应该不是什么新奇的东西。"他看着茹恩说。

"让我继续说下去。大约三个月之前,巴罗普乔制造的那个克隆人重新出现了——他显然是假扮成内史密斯将军,从登达立舰队偷窃了他的克隆人兄弟的那些雇佣兵和舰队。他带着这些人袭击了巴罗普乔的克隆人教养院,不知是想偷窃还是想释放这些克隆人,因为他们都是一些即将被换脑的克隆人。换脑生意是我所痛恨的一种东西。"

他触摸着自己的胸口。"他……失败了?"

"没有。真正的内史密斯将军紧追了上来。在他们逃离巴罗普乔的时候,两个克隆人兄弟中的一个被杀死了。另一个逃跑了,带着那些雇佣兵和克隆人孩子们。他们好好地糊弄了一下瓦萨·路易吉——我听到这个故事的时候,笑得简直受不了。"她非常庄重地喝了口茶。

他能够想象得出她会笑得多么开心的,不过,这让他微微地眯起了眼睛。

"在那些登达立雇佣兵跃迁之前,他们悬赏要找回一个冷冻室,那里面,据他们说,装着那个在巴罗普乔制造的克隆人。"

他的眼睛睁大了。"我?"

她举起一只手,让他不要插话。"瓦萨·路易吉认为,他们肯定在撒谎,他坚信,那个躺在冷冻室里的才是真正的内史密斯将军。"

"我?"他更不自信地说。

"乔瑞斯·斯汤伯,也就是费尔男爵,拒绝做出任何猜测;而瑞瓦尔男爵则想要挖地三尺,把这个真正的内史密斯将军找出来,因为后者在四年前曾经让他损失惨重。"她抿着嘴唇笑了起来。

这似乎很有道理,但是又完全不可理解。这就好像是一个他很多年前就听说过的故事,小时候就听说过了,现在又重新听了一遍。在另一个生命中。就像隔着一层玻璃的感觉。他摸了摸自己的头,很痛。茹恩关切地注意到了他的这个动作。

"你们没有任何医疗记录吗?或类似的东西?"

"我们冒险搞到了巴罗普乔克隆人的一些记录。可惜的是,他们只有那个克隆人兄弟十四岁之前的所有记录。我们没有任何关于那个内史密斯将军的材料。唉,我们无法进行三方面的对比分析。"

他转向茹恩。"你了解我,从内到外都了解,你能区分清楚吗?"

"你很奇怪。"茹恩摇摇头,"你的一半骨头是塑料的替代品,你知道吗?那些遗留下来的旧骨头显出老伤痕……从这些伤痕来看,似乎你的年龄不仅比那个巴罗普乔克隆人要大,而且还比那个贝拉亚的原身也要大。这似乎违背常理。如果我们仅仅追踪一个固定的、确切的线索,那么,到目前为止,你的回忆也显得极端混乱。你精通武器,那个将军恐怕就是这样的——不过,那个巴罗普乔克隆人也曾经被训练为一名杀手。你记得萨尔·盖尹,这似乎只有那个巴罗普乔克隆人能够做到。我找到了那些制糖的树,它们生长在地球上——在那里,那个巴罗普乔克隆人曾经接受过训练。还有许多其他的矛盾现象。"她沮丧地举起自己的双手。

"如果你没有得到正确的答案,"他慢慢地说,"这很可能是因为,你没有提出正确的问题。"

"那么,什么是正确的问题?"

他无言地摇摇头。"为什么……"他伸出双手,"为什么不把我冷冻着的尸体交给登达立人,从而赢得奖赏?为什么不把我卖给瑞瓦尔男爵,如果他是那么想要我?为什么救活我?"

"我不会出卖一个实验室的试验品给瑞瓦尔男爵的,"莉莉平淡地说,她露出了一个短暂的笑容,"这是我们之间的老故事了。"

有多老?比她老吗?她是谁?

"至于那些登达立人——我们即将和他们做一个交易,这要看你究竟是谁。"

他们就要接触到问题的关键了,他可以感觉到这一点。"是吗?"

"四年前,内史密斯将军袭击了杰克逊联邦,他除了狠狠地打击了瑞瓦尔之外,还带走了一个叫休·加纳巴的人——此人是巴罗普乔最顶尖的遗传学专家。我知道加纳巴,或者更准确地说,我知道瓦萨·路易吉和洛特斯多么想不惜一切代价再把他弄回来。他们永远也不可能让他活着离开杰克逊联邦的。但是,他走了,而且没有任何杰克逊联邦的人能够碰到他的一根毫毛。"

她急切地俯身向前。"假使加纳巴并不是偶然被劫走的——内史密斯将军已经显示出他在这方面的高超技能。事实上,他似乎特别擅长这种活动,而这也就是我们对他的兴趣所在。"

"你们想离开这里去其他星球?"他不解地问,"为什么?"

"我和费尔男爵之间有过一个老交易。这是一个非常古老的交易,因为我们俩都已经很老了。我的生命显然就要耗尽了,而费尔也在逐渐变老,不再可以依靠了。假如我死了——或者假如他死了——或者他成功地把自己大脑移植到一个年轻的躯体上,他其实已经至少安排过一次这样的活动了——我们的交易就算完结了,道若努研究中心就可能被迫进行一些不那么高尚的业务,它也可能被解散——被卖掉——或者被削弱,从而导致旧敌的攻击,例如来自瑞瓦尔攻击,这个人永远都牢记着他所受到的一切伤害。我们这个研究中心将不得不做自己不愿意做的事情。在过去的几年里,我一直在寻找一个能够逃离这里的机会,内史密斯将军可能可以提供这样一个机会。"

她希望他就是内史密斯将军,显然,内史密斯将军是两个克隆人中更有价值的一个。"假如我不是内史密斯将军,你们将怎么办?"他看着自己的手。

"你会让我们赢得一些赎金。"

谁会来赎他? 他是一个奴隶,还是一个商品? 茹恩很不自然地看着他。

"假如我不记得自己究竟是谁,你们会以为我是谁?"

"谁也不是,小男人。"她的黑色眼睛闪动了一下,就好像黑色的金属矿石碎片。

这个女人已经在杰克逊联邦生存了将近一百年了,千万不要低估了她。

他们喝了茶,回到了茹恩的房间里。

"哪些东西是你非常熟悉的?"茹恩焦急地问他,当他们回到她的房间,坐在小沙发上时。

"一切都非常熟悉。"他说,感到非常困惑,"可是——莉莉居然认为我可以使用某种魔法,把你们一起带走。即使我就是内史密斯将军,我也不知道我以前究竟是怎么做的!"

"嘘,"她试图让他平静下来,"你已经开始恢复记忆了。你的说话技巧在这几天里大大地进步了。"

"都是那些治疗性的亲吻的功劳。"他微笑起来,这些恭维话,正如他所期望的,给他赢得了更多类似的治疗。但是,当他终于可以喘一口气的时候,他说,"假如我是另一个克隆人,我就不可能回忆起那种特殊的技能了。我记得盖尹、地球、一幢在伦敦的房子……那个克隆人叫什么名字?"

"我们不知道。"她说。当他气恼地抓紧她的手时,她补充说,"不,我们确实不知道。"

"内史密斯将军……应该不是迈尔斯·内史密斯。他应该是马克·皮埃尔·弗·科西根。"他究竟是怎么知道这个的?马克·皮埃尔。一群人发出的这种嘲笑和辱骂曾经让一个老人痛不欲生;他曾经受到一个人的管束——但是这个人的形象他始终把握不住。爷爷?"如果那个巴罗普乔制造的克隆人是老三,他恐怕可以叫任何名字。"有什么事情好像不对头。

他试图想象内史密斯将军的童年生活,那时,他还是西塔甘达的一个秘密项目。他的童年?它一定非同寻常,假如他真的不仅在十八岁,或更小的时候,就逃跑了,不仅避开了西塔甘达情报局的追捕,而且还在一年之内就赢得了一大笔资产。但是,他的脑海里对于这样一个童年却一点儿印象也没有。一片空白。

"假如我不是内史密斯,你将怎样对待我?把我当作一个宠物保留着?那样能保持多久?"

茹恩担心地咬着嘴唇。"如果你是巴罗普乔制造的克隆人——你就必须自己设法离开杰克逊联邦。那些登达立人的袭击把瓦萨·路易吉的司令部弄得一团糟。他的财产和尊严都受到了损伤,他非常想复仇。如果你是那个克隆人的话——我会帮助你离开的。"

"你？或者你们所有的人？"

"我从来就没有违抗过团体的意志。"她站了起来,在她的起居室里来回踱步,"不过,我独自在埃斯科巴生活过一年,当时我是在那里接受冷冻-复活技术训练。我总是感到困惑……究竟作为一对夫妻中的一方,而不是作为一个团体中的四十分之一,是什么样的感觉?我是否会觉得自己更强大?"

"当你在埃斯科巴独立存在的时候,是否觉得更强大?"

"我不知道。那是一种愚蠢的自负。不过——我还是忍不住要想起洛特斯。"

"洛特斯,巴罗普乔男爵夫人?那个离开了你们团体的人?"

"是的。莉莉的大女儿。莉莉说……如果我们不团结在一起,我们就会被一个一个地吊死。这是一种古老的死刑方式——"

"我知道吊死是怎么回事。"他急忙打断她,不让她有机会对它进行详细地描述。

茹恩望着窗外。"杰克逊联邦不是一个能让人独立存在的地方,你无法信任任何人。"

"这倒是一个有趣的悖论。"

她从他的脸上查看到了嘲讽的意味,便皱起眉头。"这可不是开玩笑的事情。"

确实,即使莉莉的那种自我繁殖的母系体系也没有完全解决这个问题。这一点已经被洛特斯的行为所证实了。

他看着她。"你是否被命令和我睡觉?"他突然问。

她犹豫了起来。"没有。"她又停顿了一会儿,"但是,我确实曾经请求过批准。莉莉说,没问题,这将有利于加强你和我们之间的联系。"她顿了顿,"这对于你来说,是否显得太冷酷了?"

"在杰克逊联邦——这仅仅是出于谨慎吧。"而且任何关系都具有两方面的含义。杰克逊联邦不是一个能够让人独立存在的地方,因为,你不能信任任何人。

如果这里有任何人是心智健全的,他敢肯定,那一定是一个偶然事件。

他刚开始阅读时,眼睛感到非常刺痛,还头痛欲裂。不过,这些症状不久就有所好转。他已经可以一次阅读十分钟左右,而不至于感到太难受。他躲在茹恩的书房里,读一会儿材料,休息一会儿,把自己忍受痛苦的能力发挥到了极限。他开始从杰克逊联邦的奇特历史读起,涉及到它的非政府管理结构,一百一十六个大王朝和数不清的小王朝,它们之间的联盟关系或世仇,不断变动的交易和背叛。他认为,这个道若努研究中心正在向一个独立的小王朝发展。它即将从费尔王朝中脱颖而出,像一个九头怪,一个无性繁殖的九头怪。有些关于巴罗普乔、瑞瓦尔和费尔等王朝的资料自动地从他的头脑里涌现出来,无须阅读任何材料。其中的一部分甚至开始产生了一些关联。太少了。他不知道这些看起来似乎非常熟悉的王朝是否就是那些在外星球做非法生意的王朝。

无论我是谁,我一定了解这个地方。但是……他对这里的了解似乎太有限了,他的记忆完全不能够组成一个合理的生活经历。也许他仅仅是一个小人物。尽管如此,他对这里还是比对那个出生在西塔甘达的克隆人的童年生活,那个内史密斯将军,了解得更详细。

爷爷。那些记忆简直是一团乱麻。谁是爷爷?杰克逊养育者?科玛老师?西塔甘达的训练者?他是某个非常神秘而危险的人。他似乎来历不明,仿佛是从宇宙中蹦出来的。

来历。也许研究研究他的原身,那个跛脚的贝拉亚的弗·科西根伯爵爵位继承人,可能会发现一些东西。毕竟,他是按照那个弗·科西根的形象被制造出来的,虽然这是一个该死的倒霉的事情。他从茹恩的数据库里调出了几种关于贝拉亚的材料,包括几百种相关的图书、碟片、文件和纪录片。为了了解整个轮廓构架,他从一些简单的历史著作开始快速浏览。他所看到的一切似乎都模糊了起来,他的头好像就要爆炸了。熟悉,多么令人痛苦的熟悉的感觉……他必须停下来。

他气喘吁吁地关闭了房间里的灯,在那个小沙发上躺下来,直到自己的眼睛停止颤动。不过,假如他真的是被训练来取代弗·科西根的,这一切确实应该是他非常熟悉的。他一定曾经不得不把贝拉亚研究得非常透彻。我确实非常透彻地了解它。他很想祈求茹恩把自己铐在一堵墙上,再给自己来点吐真药,无论它会把他的血压怎么样。那个东西差一点就成功了。也许值得再试一试……

门"吱"的一声打开了。"你好?"灯光也打开了,茹恩站在门口,"你还好吗?"

"头痛,看资料看的。"

"你不应该这样……"

这样急躁,他无声地补充说。自从他们从莉莉那里回来之后,茹恩一直都劝说他不要操之过急。但是这一次,她克制住了自己。他坐了起来,她走过来,坐在他身边。"莉莉让我来带你上楼去。"

"好吧——"他站起来,但是她按住了他。

她亲吻了他。这是一个长长的吻,起初他对此感到很高兴,但是不久就感到一阵担心。他挣脱开来,问:"茹恩,出了什么事?"

"……我想,我爱你。"

"这是一个难题吗?"

"仅仅是我自己的难题。"她挤出一个短促的、痛苦的笑容,"我会处理好它的。"

他抓住她的双手,抚摸着,她有一双奇妙的手。他不知道说什么才好。

她把他拉起来站好。"来吧。"他们一起走进升降管道,一直手牵着手。然后她松开手,去打开升降管道的掌型锁,之后,她就没有再拉起他的手了。他们一起来到莉莉的房间里。

莉莉笔直地坐在自己宽大的椅子上,她那白色的头发今天梳成一根辫子,一直拖到她的膝盖上。霍克陪伴着她,站在她的右边,俨然如同一个卫兵。三个陌生人身穿灰色的制服——类似军服式样,服装上还装饰着白色图案——围在她的旁边。两个女人坐着,一个男人站着。其中的一个女人长着黑色的鬓发,棕色的眼睛,她的目光落在他身上,让他感到一阵灼热。另一个年龄大一点的女人,有一头短短的淡棕色头发。不过,那个男人一下子就让他惊呆了。

我的上帝,这是另外一个我。

*或者……不是我。*他们站在那里,相互对视着。这另一个家伙穿戴特别整齐,靴子锃亮,制服非常平整、得体,徽章在他的衣领上闪闪发光。将军……内史密斯?内史密斯这个名字刺绣在他便服上衣的口袋上。深呼吸、惊讶地眨巴着眼睛、一个抑制不住的微笑,这一连串的动作让这个矮小男人的面部表情显得非常生动。但是,如果他自己可以说是骨瘦如柴的话,那么这个

人可以说有他两倍的重量。他体格粗壮,横竖几乎一般高,肌肉强劲有力,情绪激昂,肥头大耳,还有一个鼓鼓的肚子。他看起来像一个高级官员。这么说,这就是那个内史密斯,莉莉所说的那个著名的乐于拯救他人的家伙。他不敢相信。

他看到这个克隆人兄弟时的那种极端着迷的神情中,掺杂着一种越来越强烈的、可怕的自我意识,我是那个错误的克隆人。莉莉花费了大量金钱拯救了一个错误的克隆人。她会多么生气?作为一个杰克逊人的头领,犯了这种错误之后,会感到竹篮打水一场空。确实,莉莉瞥了一眼茹恩,脸色显得呆板而冷酷。

"是他,没错。"那个眼睛闪闪发亮的女人说,她的双手紧紧地握成拳头,放在自己的膝盖上。

"我是否……认识你,女士?"他小心翼翼地、客气地问。她眼睛里那种炽热的感情让他很不安,他不由自主地往茹恩身边靠了靠。

她的表情很理智,但是她的眼睛微微地睁大了,就好像一个女人突然遭受了激光炮的袭击,暴露出了自己内心深处的……什么感情?爱?恨?非常紧张……他的头开始更加剧烈地疼痛起来。

"正如你们所看到的,"莉莉说,"他活着,状况很好。让我们再来谈谈有关价钱的事情。"那个小小的圆桌上满是茶杯和面包屑——这个会议召开有多久了?

"无论你要什么,"内史密斯将军说,呼吸非常急促,"我们照价付款,然后离开。"

"任何合理的价钱。"那个棕色头发的、年长一些的女人奇怪地看了一眼她的指挥官,似乎是在让他冷静下来,"我们是来找一个人的,不是找一个没有头脑的躯体。我认为,一个仓促的复活治疗意味着对商品的损坏,从而降低了它的价格。"那个声音,那个爱嘲讽的女中音……我认识你。

"他的复活治疗不是仓促的,"茹恩严厉地说,"如果有问题的话,那一定是在前期冷冻过程——"

那个两眼发烧的妇女突然变得非常激动,眉头紧紧地皱了起来。

"——但是,事实上,他正在很好地恢复过程中。每天都有很大的进步。现在还没到时候,你们催得太紧了。"茹恩看了看莉莉,"紧张和压力只会适得其反。他把自己催得太紧了,他一直在拼命地解开自己身上的谜——"

莉莉举起一只手,示意茹恩平静下来。"好了,我的冷冻-复活专家。"她对将军说,"你的克隆人兄弟目前正在恢复状态之中,很有希望改进自己的状况。"

茹恩咬紧自己的嘴唇,那个热情的女人咬着自己的手指尖沉思着。

"现在我们来谈谈我要什么。"莉莉继续说,"你们应该很高兴地了解到,我要的不是钱。让我们来讨论讨论近期发生的历史事件。"

内史密斯将军往窗户外面望去,看到了一个昏暗的杰克逊冬天的下午,聚集起来的乌云预示着一场大雪即将来临。"我很了解近期的历史,夫人,"他对莉莉说,"如果你了解它的话,你就会明白我为什么不愿意在这里滞留太久。直截了当地说吧。"

这似乎不太符合杰克逊人做生意的礼节,不过莉莉还是点了点头。"加纳巴医生近来如何?将军?"

"什么?"

镜 舞

作为一个杰克逊人,莉莉简明扼要地说明了自己为什么关心这个叛逃专家的命运。"是你们让休·加纳巴完全消失的;是你们用四架登达立飞船把一万名马里拉克囚犯从他们入侵者的鼻子底下偷渡走的,不过,我承认,他们似乎没有再出现。我的小小家庭的命运似乎介于上述两者之间。请原谅我开一个小玩笑,我觉得你来到这里,就好像是预先安排好的一样。"

内史密斯的眼睛睁大了,他揉了揉自己的脸,从牙缝里吸进一口气,脸上挤出一个很勉强的笑容。"我明白了,夫人。很好,事实上,你提出的这个问题很值得商谈,特别是如果你认为你们愿意加入加纳巴医生的行列。不过,在这个下午,我不可能立即就能够给你一个完满的回答,你要理解——"

莉莉点点头。

"不过,我一旦与我的后援部队联系上之后,我们会筹划好一个方案的。"

"那么,等你和你的后援部队联系上之后,再回来吧。将军,你的克隆人兄弟将随时在这里等待着你。"

"不——!"那个情绪激烈的女人叫了起来,几乎站起身来,她的同伴拉住她的胳膊,冲着她摇摇头,所以她又重新坐到了椅子上,"好吧,贝尔。"她低声说。

"我们希望今天就带他离开。"那个雇佣兵看着他说。他们的目光突然相遇了,那个将军移开了自己的视线,似乎为了保护自己不受到过于强烈的刺激。

"但是,正如你们所看到的,那样就会让我丧失唯一的筹码。"莉莉低声说,"通常交易中那种首付一半的方法在这里显然是行不通的。也许,一小笔定金会让你更放心?"

"就目前来看,他们似乎把他照顾得很好。"那个棕色头发的官员犹豫地说。

"但是,这也可能,"将军皱着眉头说,"让他们有机会用他来和其他的顾主做交易。我警告你不要在这件事情上搞什么投标竞争,夫人。它会造成真正的灾难的。"

"你们的利益会得到保障的,因为你们是独一无二的,将军。在杰克逊联邦没有第二个人拥有我需要的东西,只有你有。当然,我想,我们的情况也同样如此。所以,我们正好做一笔交易。"

对于一个杰克逊人来说,这样一种努力想取悦于人的言词是非常罕见的。接受了,接受交易!他想,然后又对自己为什么会有这样的想法感到困惑。这些人想要他干什么?外面,一阵狂风带着雪花冲击着窗户的防护网,敲打着窗户。

它敲打着窗户……

莉莉是第二个注意到这个情况的人,她那双黑色的眼睛睁大了。房间里的其他人还没有意识到发生了什么。当他转过头来的时候,她惊讶的目光和他的目光相遇了,她正要张开口说话。

窗户被炸开了。

这是一些安全玻璃,它们没有破裂成锋利的碎片,而是被炸得像小热球一样纷纷落下。那两个女雇佣兵立即站了起来,莉莉叫了起来,霍克护在她的前面,手里拿着一把震荡枪。一架巨大的飞行器停靠在窗户外面,一、二……三,四个身材高大的士兵钻了进来。他们的神经断裂防护服外面还罩着一层透明的生化锡纸。他们的脸部都带着头罩和护眼罩。霍克的震荡枪对他们似乎也没有杀伤力。

你把那个该死的震荡枪扔到他们身上恐怕会有点作用!他

疯狂地在四周寻找着,想找到任何可以用来抵御的武器,匕首、椅子、桌腿等等。在一个女雇佣兵的口袋里,一个通讯器响了起来。"奎因,我是埃蕾娜。一个飞行器刚才突破了那幢建筑物的防护网,我听到交火的声音——你们那里发生了什么?你是否需要增援?"

"是的!"那个女人激动地叫起来,躲开了一次袭击。霍克终于恢复了理智,开始围着桌子和敌人周旋起来,他击倒了一个士兵,但是又被另一个士兵击昏了。莉莉一动不动地站在那里,忧郁地看着这一切。一阵冷风吹动起她的丝绸裤子。没有任何人冲她开枪。

"哪位是内史密斯?"一个穿着生化锡纸的士兵发出被扩音器扩大了的声音。那些登达立士兵在谈判前一定是被解除了武装,那个棕色头发的雇佣兵正在和一个入侵者赤手空拳地格斗。他别无选择了。他抓住茹恩的手,用一个椅子抵抗着,试图杀开一条通往出口的道路。

"把他们两个一起带走。"一个头领喊叫起来。一个士兵冲到升降管道旁边去阻止他们,他的震荡枪瞄准他们猛地扫射起来。

"该死的!"将军叫喊着,扑向那个士兵,把他击昏在地。当他和茹恩走进升降管道的时候,他看到的最后一个场景是,一个震荡枪击中了内史密斯的头部。两个登达立女雇佣兵都被打倒了。

他们令人气恼地慢慢往下降。如果他和茹恩能够找到防护网启动装置,他们是否可以重新启动它,从而把那些入侵者困在里面?震荡枪在他们身后响了起来,火花在空中飞舞,他们被震得跳了起来,空中翻腾了几圈后,又跌倒在走廊里。没有时间解释了,他抓起茹恩的手,按在那个掌型锁上,然后用胳膊肘关上电源。一个追踪过来的士兵叫喊起来,跌倒在三米之外。

他拖着茹恩往走廊里面跑去。"哪里是能量启动器?"他回头问茹恩。另一些道若努吃惊地从四面八方跑来。两个穿着绿色制服的费尔卫兵在走廊的另一头出现了,往这里冲过来。但是,他们究竟是哪一边的?他带着茹恩拐进附近的一个出口。

"锁上它!"他喊叫着,她用钥匙把它锁住了。他们现在藏在某个人的住所里。一个死胡同并不是一个好的避难所。但是,他似乎觉得出路就在这里,可是还不清楚究竟在哪里。某个东西似乎破坏了你们的防护网……从内部。防护网只可能从内部被破坏。他弯下腰,张开嘴大口喘着气,肺像是着了火,心脏在剧烈地跳动,胸部非常疼痛,眼前一片漆黑。他不顾一切地往窗户旁边走去,试图寻找一个有利的位置。

"这些畜生是怎么把你们的防护网破坏的?"他气喘吁吁地对茹恩说,紧紧地抓着窗台,"没有听到任何爆炸声——叛徒?"

"我不知道,"茹恩焦急地回答,"还有外围安全防护系统,费尔的人似乎应该负责这部分。"

他往外看去,在那个寒冷的院子里,更多的身穿绿色制服的男人跑来跑去,他们叫喊着,指点着上面,有两个士兵在一个掩体里试图用一把榴弹枪瞄准上面,另一个士兵急忙做手势制止了他们,因为一旦有丝毫闪失,屋顶房间和里面的人就都完蛋了。他们点点头,等待着。

他仰起头,脸贴着玻璃,试图看清楚左上方。一架装甲飞行器又出现了,再次靠近屋顶房间的窗户。

那些袭击者就要撤离了,该死的!没有机会再去启动防护网了。我太慢了。那一架飞行器轰隆隆地吼叫着,士兵们正在登机。只见人们挥舞着手臂,一片惊慌。一个胖胖的、穿着灰色衣服的身影落后了,一阵枪炮声,一个跛脚的士兵被击倒了。他们不留下任何伤员,以防泄密。茹恩咬紧牙关,把他拉了过去。"别站在枪弹射线旁边!"

他反抗着。"他们正要离开!"他驳斥她说,"我们现在应该打击他们,否则我们——"

另一架飞行器从街道上升空,飞越了古老的院墙。这架飞行器小一些,似乎是民用型,没有武器装备,也没有装甲设备。透过它的顶棚,他可以看到一个模糊的身影,穿着灰色衣服,在驾驶着飞行器。那个入侵者的飞行器正要从窗户旁逃走,登达立飞行器堵住了它,强迫它下降,一阵火花和撞击,但是那个装甲飞行器挣脱了对手,它直挺挺地往人行道上冲过去。

"我敢说,它被撞伤了。"他观察着,非常焦急,"应该让他们付出代价。干得好。差一点成功了——茹恩!下面的那些飞行器是你们的吗?"

"你是指那一群?是的,但是——"

"来吧,我们到那里去。"但是整个建筑物现在已经被封锁了,任何人都必须首先验明身份,然后才可以通过。他又不能从窗户跳出去,虽然他特别想这么做。哦,一种奇怪的冲动。

哦,是的!

"带我去!你能带我去吗?"

"我想也许可以,但是——"

他跑到门口,当门打开的时候,又跌落在她的怀里。

"为什么?"

"去做!快!快!"他咬牙切齿地喊叫着。她把他带回到走廊里。他查看着眼前的混乱场面,眯着眼睛,试图把握局面。现在,许多曾被费尔的卫兵拦截住的道若努正一起往顶层房间跑去。"让克莱丝·道若努医生来背我。"他低声对茹恩说。

茹恩此时已经惊慌失措,只有服从他的指挥。"克莱丝,来帮我!我们来把他带到楼下去。"

"哦——"道若努医生似乎把这当作某种医疗上的紧急措施,二话没说,立即就照办了。她抓起他的脚脖子,抬起他就走,他们立即就杀开了一条通道。两个道若努医生抬着一个脸色苍白的病人在奔跑——那些穿着绿色制服的卫兵迅速让到一边,放他们过去了。

当他们来到底层的时候,克莱丝想往医院病房的方向走,一时间,他被她们两个往不同的方向拉扯着。他从克莱丝手中挣脱开自己的双脚,又推开茹恩的双手,但是茹恩立即追了上来。他们一起来到出口处。

那些卫兵的注意力集中在那两个拿着榴弹枪的男人身上,他的眼睛顺着他们的视线看到了他们瞄准的靶子,此时正要钻进云层中去。不,不,别开枪……榴弹枪开火了,闪亮的爆炸使得飞行器晃动起来,但是没有被击落。

"带我到你能找到的最大、最快的飞行器上去,"他气喘吁吁地对茹恩说,"我们不能让他们离开。"我们也不能让费尔的人把它炸毁。"快点!"

"为什么?"

"这些暴徒刚刚绑架了我的,我的……兄弟。"他上气不接下气地说,"必须跟踪他们,迫使他们降落,假如我们能够做到的话,即使不行也要跟踪他们。那些登达立人一定有一些援军,假如我们能够一直跟踪着他们的话。莉莉是他的人,是不是?他应该有所反应。"他可怕地颤抖着,"假如我们让他们跑了,我们就再也找不回他们了。"

"但是,假如我们追上了他们,我们该做什么?"茹恩反驳说,"他们刚刚想绑架你,而你却要去追他们?那是卫兵的工作!"

我是——我是……谁?我是谁?他的令人沮丧的昏迷状态又开始了。不,不要——

当他的胳膊上被喷注了一剂药物之后,他的视力重新恢复了。道若努医生正搀扶着他,茹恩用一根大拇指掀起他的眼皮,注视着他的眼睛,她的另一只手则把那根无针注射器重新从口袋里取出来。他感到一阵眩晕,就好像被一层塑料纸包裹起来了。"这也许有用。"茹恩说。

"不,没有用。"他抱怨着,或者说,试图抱怨,但是,他的声音变成了一连串的嘟哝。

他们把他拖出大厅,经过升降管道,来到医院的底层病房里。他仅仅是由于痉挛而短暂地丧失了知觉,应该还有机会的——他在克莱丝的手中挣扎着,但是她握得更紧了。

女人们的脚步声和卫兵的靴子发出的声音一起在一个角落里响了起来。莉莉又出现了,她的脸色很严厉,旁边站着波琵医生。

"茹恩,带他离开这里,"莉莉用一种极端平静的声音说,虽然她几乎已经喘不过气来了,"乔瑞斯很快就要到这里来调查这个人。我们的袭击者似乎是内史密斯将军的某个敌人。我们要告诉费尔的是,那些登达立人来这里寻找内史密斯的克隆人兄弟,但是没有找到。克莱丝,把茹恩房间里的一切医疗设备都清除掉,把那些文件都藏起来。去吧!"

克莱丝点点头,跑走了。茹恩扶起他,他好像就要融化似的,站也站不稳。他试图抵抗药物的作用,不,我们应该去追——

莉莉递给茹恩一个信用卡,波琵医生递给她两件大衣和一个医疗箱。"把他从后门带走,使用撤退密码,随便找一个地方躲起来,不要选择我们自己的任何地盘。用加密联络线汇报你的位置。也许到那时我就可以摆脱这个混乱的局面了。"她皱着的嘴唇露出一种嘲讽的神情,"走吧,姑娘。"

茹恩驯服地点点头,一句话也没有说。他非常气愤地看着她。她紧紧地抓着他的胳膊,引导他颤颤巍巍地走进一个升降管道,经过半底层,来到地下医院。经过二层的一个废弃的门,来到一条狭窄的隧道里。他觉得自己就好像一只小老鼠,在一个巨大的迷宫里乱窜。茹恩好几次停下来用信用卡打开一些安全防御设备。

他们出来的时候,已经来到另一个建筑物的底层,那扇门在他们的身后消失了,墙上一片空白。他们继续穿过普通的隧道。"你经常使用这个通道吗?"他气喘吁吁地问。

"不是。不过,偶然我们想运送某种秘密的东西,而不想让费尔的门卫知道的时候,我们就走这条路。"

他们终于走出隧道,来到一个小小的地下停车场的车库里。她带着他钻进一个蓝色的、陈旧而不起眼的小飞行器。她把他捆在乘客座位上。"这不……对头,"他抱怨说,舌头还是僵硬的,"内史密斯将军——应该有人去追内史密斯将军。"

"内史密斯有一个雇佣兵舰队来照顾他。"茹恩在驾驶员的座位上安置好自己,"让他们去对付他的敌人吧。安静下来,喘口气。我可不想再给你服一次镇静剂。"

飞行器升上了大雪纷飞的天空,被强大的旋风吹得摇摇晃晃的。茹恩加大马力冲了上去,他们下面的城市消失了。"莉莉肯定会采取一些行动的,"她安慰他说,"她也想要内史密斯。"

"错了,"他低声说,"一切都错了。"他裹紧了茹恩披在他身上的夹克衫,她打开了暖气。

我是那个错误的克隆人。似乎他本身没有任何价值,而且他似乎神秘地依附在内史密斯将军的身上,一旦内史密斯将军从这个交易中被排除了,那个仍然对他有兴趣的人就只有瓦萨·路易吉了。瓦萨会报复他,为了那些他自己曾经犯下的、但是现在已经忘记了的罪行。他感到自己毫无价值、多余而又孤独。他的胃开始疼痛,他的头开始感到眩晕。他的肌肉也疼痛起来,好像在痉挛。

他所拥有的只有茹恩了。当然,还有那个来找他的将军。那个人很可能会冒着牺牲自己生命的危险来拯救他。为什么?我必须做……些事情。

"那些登达立雇佣兵,他们都在这里吗?那个将军是否安排他的飞船在轨道上等待着?他有多少后援部队?他说自己需要一些时间才能够和自己的后援部队联系上,要多久?那些登达立人是从哪里来的?一个商业飞行器港口?他们能够呼叫空中援助吗?多少
——在哪里——"他的大脑疯狂地搜索着那些混乱不堪的数据。

"放松些!"茹恩恳求他,"我们没办法帮忙,我们仅仅是一些小人物。你的身体状态很差。假如你还是这样躁动不安的话,你会使自己再一次发生痉挛。"

"我的身体状况见鬼去吧!我必须——我必须——"

茹恩的眉头很不高兴地挑了起来。他重新躺倒在座位上,感到恶心,筋疲力尽。我应该能够解决这个问题的……做点什么……他什么也听不见,只有自己那沉重的喘息声。被打败了,再一次被打败了。他不喜欢这个感觉。他看着顶棚上自己那苍

白而扭曲的反射图像,陷入了沉思。时间似乎停滞了。

控制台上的灯光突然熄灭了,他们顿时处于失重状态。他座位上的安全皮带紧紧地缠住了他。雾气开始从他们的周围弥漫开来,越来越快。

茹恩尖叫起来,使劲地敲打着控制台。它闪动起来,过了一会儿,又重新启动了。然后迅速地又熄灭了。他们摇摇晃晃地往下降。"发生什么事情啦,该死的!"茹恩哭喊起来。

他往上望去,什么也没有,只有寒冷的雾气——他们降低到云层下面了,接着又升了上去。

"不是系统失灵。我们正在被别人控制,"他像在做梦似的说,"我们将被迫降落。"

茹恩一边抽泣着,一边试图保持飞行器的平衡。"我的上帝啊,又是他们吗?"

"不,我不知道……也许他们有一些后援。"出于一种坚定的意志和决心,他设法恢复了自己的理智思考能力,"弄出一些响声来!"他说,"砸掉什么东西!"

"什么?"

她不理解,她不明白他要干什么。她应该理解——有些人肯定理解——"毁掉那个吸管!"她不想服从。

"你疯了吗?"

他们降落在地面上,安然无恙。着陆点是一个荒芜的河谷,到处都是雪和灌木丛。

"我们应该弄出些声音来,留下一些痕迹,否则我们就会无影无踪地消失掉,一点信息也没有留下。"他冲着那个熄灭的控制台点点头,"我们必须留下一些足迹,让什么东西烧起来,任何东西!"他在座位上挣扎着,想挣脱开去。

太迟了。四五个男人包围了他们,手里拿着震荡枪。其中的一个走上来,打开门,把他拖了出去。"小心点,别伤害他!"茹恩害怕地哭喊着,跟在后面想要把他抢回来,"他是我的病人。"

"我们不会伤害他的,女士。"其中一个高大的男人客气地点点头,"但是你们不能反抗。"茹恩停下了脚步。

他慌乱地四处张望着,刚刚迈了几步,就被一个暴徒抓住了衬衫,拽了回来,提在空中。当那个男人把他的手拧到他背后的时候,他感到一阵刺骨的疼痛穿透了全身。一种金属的、冰凉的东西咔嚓一声卡在他的手腕上。他们不是打断登达立人交易的那伙人。他们的相貌、制服和装备都不一样。

另一个高大的男人从雪地里走来。他把自己的头罩往后一推,用手电筒照了照他们的俘虏。他的年龄大约有四十标准岁,长着一张很粗鲁的脸,棕橄榄色的皮肤,黑色的头发简单地束在脑后。他的眼睛非常明亮,而且很警觉。看着他的俘虏,他的黑眉毛弯了下来,一副困惑的模样。

"拉开他的衬衫。"他吩咐其中的一个卫士。

那个卫士照办了,那个长相粗鲁的男人用手电筒照着那些横七竖八的伤疤。他的嘴角重新露出了奸笑。突然,他仰头大声笑了起来,笑声消失在那个空荡荡的冬日黄昏里。"瑞瓦尔,你这个傻瓜!不知道你多久才能够猜到真相?"

"巴罗普乔男爵。"茹恩轻声说,她充满蔑视地微微抬了抬下巴,打了一个招呼。

"道若努医生,"瓦萨·路易吉很客气、也很愉快地回答道,"你的病人,就是他吗?那么请你不要拒绝我邀请你们加入,我会让这次会面成为一个小型的家庭聚会的。"

"你想要他做什么?他丧失了记忆。"

"问题不是我想要他做什么,问题是……可能某些其他的人想要他,而我又想从他们那里得到什么。哈!这更好了!"瓦萨·路易吉冲着他的手下做了个手势,他们立刻把他们的俘虏塞进了一辆封闭的地面车。

其中一个男人指着那架蓝色的飞行器说:"长官,我应该把这个东西丢在哪里?"

"把它带回到城里去,停靠在一个偏僻的街道旁,任何地方都行。回头见。"

"是,长官。"

第二十四章

马克呻吟了起来,一阵恶心和眩晕伴随着刺骨的疼痛。

"你是不是应该给他一些晕船药?"一个声音惊讶地说,"我觉得男爵很想好好地整治整治这个家伙。"

"假如他把早餐吐出来了,你来清扫飞行器吗?"另一个声音低声说。

"噢。"

"男爵自己会处理他的。他特别关照要让他活着——他确实还活着。"

一阵喷注药品的咝咝声。

"可怜的家伙。"那第一个声音说。

幸亏了那针晕船药,马克开始从震荡枪的创伤中恢复过来了。他不知道在他和道若努研究中心之间,目前相隔多远——仅仅在他恢复知觉之后,他就发现他们换了三次飞行器。他们在一个地点停了下来,他和那些士兵一起穿过一个净化室。之后,那些士兵离开了,他被转交给另外两个卫兵,他们长着扁平的脸,身材高大,穿着黑色的裤子和红色上衣。

这是瑞瓦尔王朝的颜色。哦。

他们把他面朝下放在地上,手和脚都捆绑着,塞进了一个飞行器的后部。那些灰色的乌云随着夜晚的来临,变得越来越黑了,所以,他们究竟在往哪个方向飞行,一点儿也分辨不出来了。

迈尔斯还活着。这个事实是多么令他感到如释重负啊,他得意洋洋地笑了,虽然现在他正脸朝下躺着。看到那个骨瘦如柴的、好色的男人多么让人高兴啊!看到他站在那里,好好地呼吸着,他简直要流眼泪了。他曾经犯下的错误,被纠正了。他现在真的能够做马克勋爵了。*我所有的罪恶都被清除了。*

几乎要被清除了。他祈祷那个道若努医生说的是实话,祈祷迈尔斯确实正在恢复之中,他的眼神看起来非常迷茫。而且,他居然没有认出奎因来,这几乎害死了她。*你会好起来的,我们会把你带回家的,然后你会更加好的。*他要把迈尔斯带回家,然后一切都会恢复正常,甚至比那更好,一切都会变得完美无缺的。

一旦这个愚蠢的瑞瓦尔明白自己抓错了人,马克就准备搅扰他,让他不得不允许自己回家去。皇家安全部会对付他的。

虽然不能判断方向,但他感觉倒他们驶进了一个地下停车场。那两个卫兵粗鲁地把他拉起来,松开了他的腿——它们已经开始痉挛了。他们通过了一间电子安全检查室,然后,他被脱了个精光。他们带着他走过各种设备。这是一个监狱,是瑞瓦尔王朝最著名的妓院之一。这里的空气里具有一种微弱的、令人不安的、医院里的气味。这里看起来似乎不像是为那些赞助人做外科整形手术的地方。这里非常神秘,安全措施极端严密,甚至连仆人也完全听从命令行事。在这里,人被制造成难以想象的东西。这个地方不是很大,四周没有窗户。在地底下?我究竟在什么地方？

他不会惊慌失措的。他抱着幸灾乐祸的态度来设想，假如瑞瓦尔发现他们抓错了人，他会怎么处置他自己的士兵。假如瑞瓦尔第一眼看到他之后，还没有意识到自己的错误，那他就会尽量拖延时间，保守他的身份的秘密。让迈尔斯和登达立士兵们能够有充足的时间来发起进攻。他们没有被抓住，他们是自由的。我发现了他！登达立士兵们必须来寻找他。或者假如不是他们，皇家安全部也应该来的。皇家安全部不可能比他迟一个星期，他们行动非常迅速。我赢了，该死的，我赢了！

当那些士兵把他带到瑞瓦尔面前的时候，他的头仍然感到眩晕，既得意又恐惧。这是一个非常豪华的办公室，或者是书房，显然是男爵自己的私人领地，因为他从一个拱门那里看到了一个像是起居室的地方。马克一眼就认出了瑞瓦尔。他曾经在羚羊号上的录像文件上看到过他。在那个文件里，瑞瓦尔威胁说，要把内史密斯将军的头砍下来，包在塑料纸里，悬挂起来示众。在其他人听起来，这似乎是一种夸张的言辞，但是马克有一种奇怪的感觉，瑞瓦尔恐怕并不是说着好玩的。瑞瓦尔坐靠在自己的椅子上。他的黑色头发被精心地梳理过，束在脑后，他的鼻梁很高，嘴唇很薄。对于一个已经一百多岁的人来说，他显得特别强壮而且年轻。

他移植了一个克隆人的躯体。马克的微笑变得更加具有嘲讽意味了。他希望瑞瓦尔不要把他被震荡枪击倒的后遗症，误认为他内心的恐惧。

那两个卫兵让他坐在一把椅子上，然后用金属手铐把他铐在椅子上。"在外面等着，"男爵命令他们说，"时间不会很长的。"他们退下了。

瑞瓦尔的手微微有些颤抖,他那古铜色的皮肤微微地有些湿润。当他抬起头看着马克的时候,他的眼睛里似乎闪动着一种发自内心的喜悦之情,他的神情好似一个完全沉浸在自己脑海里的种种臆想中的人,几乎看不到眼前的现实。马克简直太气愤了,他根本就无法形容瑞瓦尔的表情。一个克隆人消费者!

"将军,"瑞瓦尔高兴地招呼他说,"我曾经向你保证过,我们一定还会相遇的。这是一个无法逃避的命运。"他把马克上下打量了一下,他的黑色眉毛挑了起来,"在过去的四年里,你的体重增加了。"

"我生活得好啊。"马克大声叫了起来,很不舒服地想起自己还是赤身裸体的。虽然他很不喜欢那套登达立制服,但是,它确实让他看上去很不错。为了让他再一次假冒迈尔斯,奎因亲自重新缝制了那套制服。也许正是它愚弄了瑞瓦尔的那些士兵。

"我很高兴看到你还活着。起初我很希望你在某个小战役中死掉,但是,后来,经过一段反思,我开始真心地祈祷你能够活下来。我有四年的时间来计划我们的这次会面,不断地修改和改进我的计划。假如你错过了这个机会,我肯定会很不高兴。"

瑞瓦尔不知道他不是内史密斯,瑞瓦尔几乎没有看他。男爵开始在他的面前迈开大步来回走动,神经紧张地倾诉着自己的全部计划。

事情很可能会更糟糕。瑞瓦尔现在也可能对着那个骨瘦如柴、两眼迷离的小家伙说出这一连串的威胁,而那个小家伙甚至可能连他是谁都搞不清楚,更不用说为什么自己要遭受这一切了。这个想法让马克感到很恶心。是啊,现在这种情况下,最好是我而不是他。不,该死的。

他似乎正在恐吓你,这仅仅是些言词。伯爵曾经怎么说来着? 别向你的敌人首先出卖你自己……

该死的,瑞瓦尔甚至不是他的敌人。所有的这些诅咒都是冲着迈尔斯的。不,也不是冲着迈尔斯的,是冲着内史密斯将军的,一个不存在的人。瑞瓦尔追逐的是一个鬼魂,一个幻象。

瑞瓦尔在他的身边停住了脚步,暂时中断了自己的长篇大论。他好奇地伸出湿乎乎的手,摸了摸马克的身体。"你知道吗,"他说,"我曾经计划让你挨饿,但是现在我已经改变主意了。我准备让你被迫进食,而不是挨饿。从长远的角度来看,这样的结果可能更有幽默效果。"

马克第一次感到一阵恶心的颤抖。瑞瓦尔察觉到了这一点,咧开嘴笑了起来。这个男人对他的猎物似乎具有一种令人震颤的直觉反应。最好尽快地离开这个该死的地方。

他吸了一口气。"男爵,我一点也不想打扰你兴高采烈的情绪,但是,我有一些坏消息不得不告诉你。"

"我现在请你说话了吗?"瑞瓦尔的手指重新回到了他的身上,捏住他下巴周围的肌肉,"这不是一个询问,不是一个调查,忏悔得不到任何好处——甚至连死亡也得不到。"

"我不是内史密斯将军,我是那个在巴罗普乔制造的克隆人。你的那些傻瓜抓错人了。"

瑞瓦尔笑了笑。"干得好,将军。但是我已经在道若努研究中心监视那个克隆人很多天了。我知道你还会来找他的,因为你上一次曾经冒着那么大的风险要救他回去。我不知道他为什么让你这么着迷——你们是不是恋人?你恐怕会非常惊讶的,居然有那么多人为了这个原因制造自己的克隆人。"

奎因曾保证没有人会追踪他们的,她是对的。瑞瓦尔没有追踪他们,他在等候他们。

"但是,我也要抓住他的,"瑞瓦尔耸耸肩说,"很快。"

不,不会的。"男爵,我确实是另一个克隆人。你自己可以证实这一点。测试我吧。"

瑞瓦尔咯咯地笑了起来。"你有什么好建议?DNA检测?即使那些道若努也无法确定。"他深深地叹息了起来,"我有那么多计划要实施,我简直不知道从哪里开始了。我必须慢慢地来,而且要按照一个合理的顺序。我不知道我能够让你维持多少年生命,几十年?"

马克觉得他的自我控制能力正在崩溃。"我不是内史密斯。"他说,他的声音因为紧张而显得特别尖锐。

瑞瓦尔抓住马克的下巴,往上抬起,他的嘴唇扭曲着,露出不信任的嘲讽神情。"那么,就让我在你身上先实验实验,一场彩排。内史密斯随后就会来了。他会及时到达的。"

即将到来的事情会让你感到非常吃惊的。皇家安全部会毫不迟疑地把你的王朝炸个底朝天的,即使按照杰克逊人的标准,那也将会是史无前例的。

为了拯救迈尔斯。

他,当然,不是迈尔斯。

当瑞瓦尔命令那些士兵们进来的时候,他不安地思考着这个问题。

第一次鞭打就相当难受。那不是一种身体上的疼痛,而是一种无可言状的痛苦,一种无法释放的恐惧,它折磨着他的神经,让他的躯体紧张万分。瑞瓦尔观察着。马克无所顾忌地尖叫起来。在这里不需要什么男子汉的沉默和自尊。也许这会让瑞瓦尔相信他不是内史密斯。这真是太疯狂了。不过,那些士兵并没有打断任何骨头，似乎敷衍了事地结束了这场拷打。他们让他一个人赤身裸体地待在一间很冷的小房间里，四周没有窗户，排气口大约只有五厘米宽，他的拳头都无法透过，更别说他的身体了。

他尝试着让自己坚强起来，不断地激励自己的信心。时间对他有利。瑞瓦尔是一个经验非常丰富的性虐待狂，但他对心理虐待情有独钟。瑞瓦尔将让他活下去，相对而言不会特别严重地摧残他的肉体，最起码在一开始会是这样的。毕竟，要保证不伤害感觉神经，这样他才能够感受到痛苦。大脑也必须保持相当的清醒程度，以便体验各式各样的精神折磨。精心设计的羞辱，而不是突发的死亡，这应该是瑞瓦尔菜单上的第一道菜。他所能做的只有忍耐。然后——恐怕没有然后了。伯爵夫人曾经说过，马克去杰克逊联邦的行动本身，将迫使伊林派遣更多的间谍来到这里，无论他本人是否愿意，这个行动本身就对马克有利，即使他本人什么也没有做。

如果是这样，一些小小的侮辱对他来说有什么作用呢？如果换作迈尔斯，他的强烈自尊心也许会受到摧残，但是他却没有任何这样的自尊心。折磨对于他来说就好像家常便饭。哦，瑞瓦尔，你是否曾经抓过错误的俘虏？

现在，假如瑞瓦尔的心理虐待水平能够达到他曾经经受过的一半，他就会抓住迈尔斯的一些朋友，在他的面前折磨他们。这可能会对迈尔斯产生非常理想的效果，但是，当然，对他没有任何作用。他没有任何朋友。该死的，瑞瓦尔，我能够想象出比你设想的更糟糕的事情来呢。

无疑，他的朋友们会来救他的。随时会来的。

可能现在就来了。

在那些机师来找他之前,他一直保持着一种挑战心态。

后来,他们让他回到那个小房间里,或许是想让他有时间来思考刚才所发生的一切。他并没有想很久。他侧身躺在地上,艰难地呼吸着,胳膊和腿由于无止境的疼痛而不停地、有节奏地颤动着。

过了很久,他的视线开始逐渐清晰起来,身体上的疼痛渐渐消失了,取而代之的是一种极度的愤怒。那些机师首先检查了他,保证他没有携带任何危险的东西,然后往他喉咙里插进一根管子,把一些高卡路里的糊状食物灌进他的胃里,这个东西里还掺杂着抗呕吐药物,他们告诉他,这是为了防止他随后把东西吐出来。此外,他们还用一种混合饮料来增强他的消化能力和排泄能力。这似乎太复杂了,不可能是临时想出来的,或许是瑞瓦尔王朝的传统节目。此前,他曾经以为这种增加体重的方式是他自己个人的小秘密和奇特的变态行为,但是,瑞瓦尔手下的人显然把它发展到了非常极端的程度。他们的头领也在一旁观看着、研究着,脸上流露出越来越高兴的神情。瑞瓦尔知道他在做什么。他在那个男人调皮而欣喜的眼光里看到了这一点。

瑞瓦尔完全剥夺了他的微不足道的反抗所曾经带来的些许快感。瑞瓦尔牢牢地抓着了他,从下面,从他皮肤底下,抓住了他。

他们可以一整天不住地折磨你,而你则可以让你的思绪离开现场。所以,在心理上让你自己折磨自己,比从肉体上折磨你要痛苦很多倍。只有被折磨的人才能够分辨出什么是一般的折磨,什么是真正的羞辱。盖尹,他的折磨在肉体上比瑞瓦尔设想出的任何东西都更温和,但是,盖尹总是让他自己折磨自己,或者使他认为自己是在这么做。

瑞瓦尔也学会了这一点,他后来改进了。他给马克喷注了一些大剂量的壮阳药,使得他变得双眼呆滞,做出许多恶心的举动,还用那些一直工作着的全息摄像机拍摄了下来。

然后他被交给一些——卫兵?或者是从那些妓院里借用的工作人员?他们把他带回去,让他慢慢地品味这次的新体验。过了很久,药物的作用才逐渐消退。

奇怪的是,这个药品让他的饱胀状况有所改善,使他发出了一连串饱嗝。这样一来,他的丑态显得更有趣、更长久了。瑞瓦尔看到了这一点。

不,瑞瓦尔研究了这种情况。

他现在无时无刻不感觉到这个男人的目光。瑞瓦尔的兴趣不是肉欲的,马克觉得男爵恐怕早已经对几十年来人们那老一套的野蛮行为感到厌倦了。瑞瓦尔观察他是为了……反思?

这还不是真正的折磨,马克意识到,这仅仅是一点前期试验。我的灾难还在后面。

突然,他明白自己将遭受什么样的折磨了,全明白了。首先,通过一次次的喷注药物让他上瘾。然后他增加疼痛的程度,控制住他,让他在痛苦和愉悦之间摇摆,强迫他自己折磨自己。接着,他会停止提供任何药品,而让马克自己继续扮演自我折磨的角色,因为他已经养成不可更改的习惯了。最后瑞瓦尔会放了他,但他自己会哭泣着恳求留下来做一个奴隶。通过诱惑来进行毁灭。游戏结束。彻底的复仇。

你看穿了我,瑞瓦尔,但是,我也看穿了你。我看穿了你。

他发现,强制性的进食活动每三个小时就要进行一次,这是他唯一的时钟,否则他可能会认为时间已经停止了。他完全进入了永恒的状态之中。

他总是想着自己被人用锋利的小刀活活地剥了皮。或者瑞瓦尔的机师们用一种喷雾器,小心地选择他身体上的某个部位,使用化学药物剥离他的皮肤。他们戴着手套和面具,穿着防护服。在他们对他做这个事情的时候,他曾经试图抓住某张面具,让某个人也分享一下他的待遇,但是他失败了。他诅咒自己的矮小,哭泣着,看着自己的皮肤变成气泡,然后化成水消失掉。这种化学药品不是腐蚀剂,而是某种奇怪的酵素。他的神经系统没有受到任何伤害。在那之后,无论碰到什么东西,都是一阵刺心的疼痛,特别是当他坐下或者躺倒的时候。他在那个小囚室里站立着,两只脚不停地变换着,几个小时不碰任何东西,直到他颤抖的腿终于失去控制。

这一切发生得太快了。其他的人都跑到什么该死地方去了?他还需要在这里待多久?一天?

这么说,我已经活过一天了。所以,我还能够活过另一天。不可能更糟了。只是更多而已。

他坐着,摇晃着,头脑被疼痛和愤怒——特别是愤怒,弄得几乎一片空白。从第一次被迫进食开始,这就不再是内史密斯的战争了,现在它已经是私人战争了,是他和瑞瓦尔之间的战争了,虽然他从来也没有机会和瑞瓦尔单独在一起。现在,内史密斯将军,也仅仅被视为一个无足轻重的小东西。这可不行。

镜　舞

　　他本来能够告诉他们一切事情,所有关于马克勋爵、迈尔斯、伯爵、伯爵夫人、贝拉亚和卡芮等等事情,但是,强迫进食的活动堵住了他的嘴,药品又使得他丧失了语言能力,其他的事情又让他不停地喊叫。这都是瑞瓦尔的错。那个男人观察着一切,但是他从来不为所动。

　　我想成为马克勋爵。我只想成为马克勋爵。难道这就真的那么糟糕吗?他仍然想成为马克勋爵。他几乎已经达到目的了,但是功亏一篑。他为了这个而哭泣,他的眼泪飞溅着,融化在了自己像是没有皮肤的身躯上。他能够感觉到马克勋爵从他的脑海里消失了,被拽到一边,瓦解了,分化了,崩溃了。我只想做一个人。眩晕又开始了。

第二十五章

他围绕着房间,在墙壁上轻轻地敲打着。"假如我们能够发现哪个地方通向外面,"他对茹恩说,"或许我们就能够设法突破它。"

"怎么突破,用你的手指吗?假如我们是在三楼上,那又怎么办?请你坐下来好不好。"茹恩咬紧牙齿,"你真要把我逼疯了。"

"我们必须逃走。"

"我们必须等待。莉莉会想起我们的,然后就会采取行动来救我们。"

"谁来做?怎么做?"他环视着他们的小卧室,这里设计成了一个囚室的样子。它本来是一个客房,有自己独立的盥洗室;没有窗户,这表明它是在地下或者在一幢房子的内部。假如在地下,挖开一堵墙壁没有什么用处;不过,假如他们能够溜进另一个房间,逃跑的可能性就存在了。这里只有一个门,门口有两个手持震荡枪的卫兵。昨天晚上,他们曾经两次设法让这些士兵打开房门,一次是装病,一次是真的病了,因为他疯狂的激动情绪使他再一次痉挛了。那些卫兵拿来了茹恩的医疗箱,但是没有用。这个筋疲力尽的女人威胁说,假如他还是这样狂躁不安的话,就要给用他镇静剂。

"活下去,逃走,破坏。"他嘀嘀咕咕地说。这些话已经重复了许多遍,就好像循环放映的字幕,一直出现在他的脑海里,"这是一个士兵的责任。"

"我不是一个士兵。"茹恩说,揉了揉自己已经有黑眼圈的眼睛,"而且瓦萨·路易吉也不准备杀死我,而他如果想杀死你,他昨天晚上就会做的。他也不像瑞瓦尔那样折磨自己的俘虏。"她咬了咬嘴唇,或许是后悔说了最后一句话,"或许他想把我们一起关在这里,直到我杀了你。"她在床上翻了个身,用自己的枕头盖住自己的头。

"你应该设法摧毁那架飞行器。"

从枕头下传来一种声音,既像呻吟,又像诅咒。他恐怕已经重复说起这个悔之已晚的提议太多次了。

门吱吱呀呀地打开了,他猛地转过身去。

一个卫兵客气地敬礼。"巴罗普乔男爵的问候,女士,先生。请你们准备好和男爵、男爵夫人一起进晚餐。等你们准备好了,我们会带你们上楼去。"

巴罗普乔家的餐厅有一些巨大的玻璃门,透过它们,可以看到一个封闭的、被冬日寒霜覆盖着的花园。每个门口都站着一个高大的卫兵。在渐渐阴沉下来的天色里,花园若隐若现。当他们走进去的时候,瓦萨·路易吉站了起来,随着他的一个手势,那些卫兵们都退回到门外面去了,从而造成了一种神秘的气氛。

这个餐厅的装饰非常时髦,有一些单人沙发椅和小桌子,环绕着花园方向排放成半圆形。一个相貌非常熟悉的女人坐在其中的一个沙发椅上。

她花白的头发，精心编织成辫子盘在头上。黑眼睛，淡淡的象牙色皮肤上有一些细软的皱纹，高鼻梁——道若努医生。又是一个。她穿着质地优良的淡绿色丝绸衬衫，这个颜色或许偶然能够使她回忆起道若努中心的工作服，她的裤子是奶油色的。洛特斯·道若努，巴罗普乔男爵夫人，具有优雅的品味，也有满足它们的能力。

"茹恩，亲爱的。"她点了点头，伸出一只手，似乎期望茹恩会在上面印一个侍臣的亲吻。

"洛特斯。"茹恩平淡地答道，咬着自己的嘴唇。洛特斯微笑着抬起手，把自己的姿势改变成一个邀请他们坐下的手势，虽然他们已经坐下了。

洛特斯按了一个按钮，一个穿着棕色和粉红色相间服装的姑娘出现了，她送来一些饮料。她首先给男爵斟上，同时在他面前行了一个屈膝礼。这个姑娘的相貌也很熟悉，高高的，很苗条，高鼻梁、漂亮的黑色直发束在脑后……当她给男爵夫人斟饮料的时候，她抬起眼睛，它们像鲜花面向太阳一样绽放起来，流露出欣喜的光彩。当她来到茹恩面前的时候，她的眼睛里闪动着无比惊讶的神情，黑色的眉毛非常困惑地紧皱了起来；茹恩也同样惊讶地看了看她，这一看使得那个姑娘惊惶失措地移开了自己的目光。

当她来到他身边的时候，她的眉头皱得更紧了。"你……"她低声说，似乎惊愕万分。

"快点，亲爱的莉莉，别发傻了。"男爵夫人温和地说。

当她迈着摇摇摆摆的步伐离开房间的时候，她又偷偷地回头瞥了他们一眼。

"莉莉?"茹恩像是要窒息了,"你叫她莉莉?"

"一个小小的报复。"

茹恩的双手气恼地紧握了起来。"你怎么能够这样?你知道自己是谁?你知道我们是谁?"

"你怎么能够选择死亡而放弃生命?"男爵夫人耸耸肩说,"或者更糟——怎么能够让莉莉为你做出选择?你现在还不能够理解生命的诱惑,茹恩,我亲爱的妹妹。再过二十年或者三十年,当你感觉到自己的身体开始衰弱的时候,再问问自己,恐怕那时候你就不会这么轻率地给出一个答案了。"

"莉莉像爱女儿一样爱你。"

"莉莉把我当作她的奴隶来利用。爱?"男爵夫人咯咯地笑了起来,"让道若努们聚集在一起的不是爱,而是独裁者的高压。假如所有外部的经济和其他方面的威胁都不存在,我们大家都一定会高高兴兴地通过跃迁轨道,离开莉莉的。"

茹恩似乎被这个观点征服了,她看起来很难过,但是没有反驳。

瓦萨·路易吉清了清喉咙。"事实上,道若努医生,你并不需要长途跋涉去远方寻找自己的家。在巴罗普乔王朝,你就可以施展你的才能和技术,而且或许还能够享受到一些小小的自主权。例如,你可以成为一个部门的负责人。然后,谁知道呢——甚至可能独立掌管一个机构。"

"不,谢谢你。"茹恩不假思索地回答。

男爵耸耸肩。男爵夫人好像大大地松了一口气。

他急忙插话说:"男爵——真的是瑞瓦尔的人带走了内史密斯将军吗?你知道他们去哪里了吗?"

"哦,这可是一个有趣的问题。"瓦萨·路易吉看着他支吾起来,"我一整天都想和瑞瓦尔联系上,但是没有成功。我猜想,无论瑞瓦尔在哪里,你的克隆人兄弟一定和他在一起——将军。"

他深深地吸了一口气。"先生,为什么你认为我就是将军?"

"因为我曾经见到过那一个假冒的,还跟他交谈过,我不认为真正的内史密斯将军会允许他的私人卫兵对他发号施令的——你看呢?"

他的头开始疼起来。"瑞瓦尔正在对他做什么?"

"说实在的,瓦萨,这不是适合在餐桌上讨论的话题,"男爵夫人不高兴地说,好奇地看着他,"而且——你为什么要关心这件事呢?"

"迈尔斯,你对你的小兄弟干了什么?"男爵不知从哪里冒出一句话来。

他犹豫不决地碰了碰自己的嘴唇。茹恩瞪着他,洛特斯也瞪着他。

瓦萨·路易吉说:"将军,就你的这个问题,我的回答是,那要看瑞瓦尔是否已经得出了我已经得出的结论。如果他已经得出了这个结论——很可能他不会做什么,如果他没有,他折磨人的方法会根据你的克隆人兄弟本身来确定。"

"我……不明白。"

"瑞瓦尔将研究他,用他做一些实验。他对行动的选择是根据他从自己的研究对象身上所得出的个性来决定的。"

这听起来似乎并不那么糟糕。他皱着眉头,沉思起来。

"瑞瓦尔是一个艺术家,"男爵继续说,"他能够创造出最奇特的心理效果。我曾经看到他把一个敌人改造成一个奴隶,一个全心全意效忠他的奴隶,服从他的任何命令。那个最初想暗杀他的杀手,结果却落得一个悲惨的下场,在瑞瓦尔的私人晚会上伺候他喝酒,任何宾客都可以要求他满足他们的任何欲望。"

"你想要点什么?"男爵夫人干巴巴地问。

"白葡萄酒。"

"你是否在考虑把我卖给瑞瓦尔?"他慢慢地问。

"将军,是的,如果他是出价最高的人。你和你的克隆人兄弟袭击了我的地盘——我始终都无法相信,你并没有在一开始就策划这次袭击行动。而且,"他的眼睛闪动出光彩,"你们让我很生气。我不想对一个患了冷冻失忆症的人施行任何报复行动,但是,我确实希望能够挽回我的损失。假如我把你卖给瑞瓦尔,你会得到比我所能够想象出的任何惩罚都更加严厉的惩罚。瑞瓦尔会很高兴赢得一对可以相互比较的俘虏。"瓦萨·路易吉叹息着说,"在我看来,瑞瓦尔王朝恐怕将永远是一个小王朝,因为瑞瓦尔总是让自己个人的欲望凌驾于他的王朝的利益之上。这是一个耻辱。假如我拥有他的那些资源,我会做出比他所做的大得多的事业来。"

那个姑娘又回来了,带来一些开胃小菜,重新给每个人斟上饮料,然后又退了下去。瓦萨·路易吉的眼睛慢慢地追随着她移动着。男爵夫人注意到了他的目光,眼睛不禁眯了起来。当他回过头来的时候,她脸上的嫉妒神情突然消失了。

"那么……那些登达立雇佣兵作为投标人是否值得你考虑?"对!让巴罗普乔提出交易的要求,然后那些登达立士兵就会来敲他的门了。用等离子大炮来敲。确实是一个高级的投标行动。然后这个游戏就会很快结束了。巴罗普乔不可能把他拿来拍卖,而不泄露他们已经抓住了他这个事实。然后,然后……然后什么?"即使不想卖给他们,你也可以利用他们的竞争来抬高瑞瓦尔提供的价格。"他狡猾地补充说。

"我恐怕,他们的资源很有限,而且,也不在这里。"

"我们看见他们了,昨天。"

"仅仅是一个私人探险小分队,没有任何舰队,没有增援部队。我明白他们必须暴露自己的身份,好让莉莉答应和他们谈话。但是……我有理由相信在这场游戏里,还有一个玩家。我的兴趣转移了,转向了你。我有一种非常奇怪的紧迫感,我必须抓住一点微薄的中间人的利润,而让消极的投标人去和瑞瓦尔交易。"他轻声笑了起来。

消极的投标人?哦,那些拿着等离子大炮的人,他假装没有任何反应。

瓦萨·路易吉继续说:"这就把我们带回到了最初的一个问题上了——莉莉在这里感兴趣的是什么?茹恩,莉莉为什么要派你去拯救这个男人?而且,莉莉是怎么得到他的?当时有成千上万个搜索者想找到他。"

"她没有说,"茹恩漠然地说,"但是,我很高兴有机会能够施展我的技术。感谢你的卫兵们精湛的射击技术,救活他可真是一个医学上的挑战。"

谈话转变到医学技术方面去了,主要是在茹恩和洛特斯之间进行。然后,那个克隆人姑娘又送来了正餐,他们开始漫无边际地聊了起来。茹恩巧妙地回避了男爵那些狡猾的问题。但是男爵似乎并不着急,显然,他正在耐心等待。晚餐之后,卫兵们把他们带回到他们的房间里。他终于弄明白了,这间房间外面是一个长廊,是许多类似房间中的一个,它们大概是为了那些重要的客人家里的仆人们准备的。

"我们在哪里?"当门在他们的身后关上之后,他立即轻声问茹恩,"你能够分辨出来吗?这是不是巴罗普乔的首府?"

"不是的,"茹恩说,"他的主要宅邸还在重新修建之中呢,据说一些人袭击了他,炸毁了几间房子。"她不耐烦地回答。

他在他们的房间里慢慢地踱步,不过,他没有再去敲打那些墙壁,这倒让茹恩松了口气。"我认为……除了从里面突围之外,我们还有一个逃跑的方法。那就是,让其他的人从外面冲进来。告诉我……从外面闯进来拯救一个囚犯,这在巴罗普乔王朝、费尔王朝或者瑞瓦尔王朝,是不是更困难?"

"唔……在费尔王朝恐怕是最困难的,我猜想。因为他的军队更多,武器装备更好。瑞瓦尔应该是最容易的,因为他的王朝仅仅是一个小王朝,只不过他年龄最大,人们习惯上对他的王朝比较尊敬。"

"这么说……假如一个人想找到比巴罗普乔更坏的人,他就应该去找费尔了。"

"恐怕是的。"

"假如一个人知道援兵即将来临……那么更加明智的策略应该是把囚犯送到瑞瓦尔那边去,而不是转移到某个更加没有把握的地点。"

"也许。"她承认。

"我们应该去找费尔。"

"怎么去?我们连离开这间房间都不可能。"

"离开这个房间,是的,我们必须离开这个房间,但是我们也许并不需要离开这个建筑物。假如我们其中的一个人能够离开这里,找到一个通讯终端,不受打扰地使用几分钟,打电话给费尔,或者其他人,让人们知道瓦萨·路易吉抓住了我们,这就会让事情发生一些变化。"

"打电话给莉莉,"茹恩坚决地说,"不是费尔。"

我需要费尔。莉莉无法突破瑞瓦尔的防线。他开始考虑一个不那么乐观的可能性,也许他和道若努研究中心开始发生利益上的分歧了。他希望费尔帮他一个忙,而莉莉则想从那里逃跑。尽管如此,引诱费尔去袭击瑞瓦尔似乎并不需要费太多的力气,但其结果本身将是对杰克逊联邦军事势力的一次重新部署,也是对长期仇恨的一个了结。啊哈。

　　他茫然地走进盥洗室里,看着镜子里的自己,我是谁?一个骨瘦如柴的、憔悴的、模样奇怪的小男人,长着一双绝望的眼睛,动不动就痉挛。假如他能够分辨出他的那个克隆人兄弟究竟是两个克隆人双胞胎兄弟中的哪一个(他昨天那么痛苦地看着自己),他也就可以通过排除法来确定自己的身份了。但是,瓦萨·路易吉这么肯定他就是内史密斯。他一定是其中的一个。为什么他无法确定?如果我就是内史密斯,为什么我的克隆人兄弟要取代我的位置?

　　就在这时,他明白了,什么叫作意识流重现。

　　那种感觉就好像是在水中,在淹没了某个大陆的河流中,大股水流冲击着他,让他沉没了下去。他发出一阵低低的哭泣声,胳膊护着头,蜷缩了起来,眼睛一阵阵刺痛,恐惧掐住了他的喉咙,他紧紧地捂住自己的嘴,防止自己发出更多的声音来,以免茹恩注意到他的变化。他需要独自面对这种感觉,哦,是的。

　　难怪我猜不出来,我曾经不得不在两个错误的答案中进行选择。哦,妈妈,哦,爸爸,你们的孩子这一次弄砸了。糟糕,太糟糕了。迈尔斯·内史密斯·弗·科西根中尉趴在铺着瓷砖的地下,默默地叫喊着,只发出一点微弱的唏嘘声。不,不,不,哦,该死的……

　　埃莉……

贝尔,埃蕾娜,陶娜……

马克……马克?那个肥胖的、充满自信的家伙就是马克?

他不记得有关自己死亡的任何事情了。他触摸着自己的胸口,非常害怕地回想着有关的线索。他努力地闭上眼睛,试图回忆起他所记得的最后一件事。对巴罗普乔外科中心的袭击行动,对了。马克一手造成了一场大灾难,是马克和贝尔一起干的,而他不得不飞快地追上他们,试图收拾残局。出于某种自大狂式的心理,马克设想出这么一个疯狂的计划,把这些克隆人孩子从瓦萨·路易吉手中夺走,这个人曾经冒犯过他……把他们一起带回家给妈妈。一团糟。妈妈现在对这件事情了解多少?希望她还毫不知情,他祈祷上帝保佑。他们不知为什么现在还在这里,还在杰克逊联邦。他死了有多久了?……

那些皇家安全部的家伙到底去哪里啦?

在进行这一切回忆的同时,当然,他还一直不停地在盥洗室的地上翻滚着。

噢,噢,噢……

还有埃莉。我认识你吗?女士?他曾经这样问她。他真应该把自己的舌头咬下来。

茹恩……埃莉。从某种角度说,这似乎没有什么难理解的。他的情人是一个高个子的、棕色眼睛的、黑头发的、意志坚强的聪明女人。在他恢复正常的理智之前,他遇见的第一个好女人也是一个高个子的、棕色眼睛的、黑头发的、意志坚强的聪明女人。这真是一个非常自然而然的错误。

他不知道埃莉是否会接受这个解释。他对全副武装的女朋友的偏爱,似乎此刻受到了打击。他默默地、无助地笑了笑。

突然他的喉咙好像堵住了。陶娜,她也在这里?瑞瓦尔知道她来了吗？他是否知道，四年前，陶娜的那两个可爱的爪子是怎样摧毁他的基因库的？或者他仅仅把这笔账算在"内史密斯将军"身上？不错，瑞瓦尔所有的追捕者——他曾经不断地派出这些人——都集中精力瞄准了他一个人。但是，瑞瓦尔的士兵错误地把马克当成了将军，瑞瓦尔知道真相吗？当然马克会告诉他，自己仅仅是一个克隆人。该死的，假如我是他的话，我也会这样告诉他的。马克会遭遇些什么？为什么马克要自告奋勇地充当迈尔斯的……人质？马克不可能也得了冷冻失忆症，他会吗？不——莉莉曾经说起过那些登达立人还有克隆人孩子们，还有"内史密斯将军"，说他们都逃跑了。那么，他们怎么又回来了？

他们是来找你的，大傻瓜。

但他们一头撞到了瑞瓦尔，此人也在找他。

冷冻失忆症患者是多么幸福啊，他真希望自己回到那个什么都忘记了的时候。

"你一切都好吗？"茹恩怀疑地叫了起来。她走到浴室的门口，看到他坐在地上。"哦，不！又痉挛了？"她跪在他的身边，长长的手指开始检查他是否受伤了，"你弄伤自己了吗？"

"唔……唔……"我可不想费心去报复一个冷冻失忆症患者，瓦萨·路易吉曾经说过。那么，就目前的状况来看，他最好还是继续保持一个冷冻失忆症患者的身份。等到以后，情况好转一些再说。于是他说："我想还好吧。"

他听任她焦急地把自己扶上床。她抚摸着他的头发；他用一双半睁半闭的、像是刚刚痉挛过的、睡意蒙眬的眼睛，忧郁地看着她。我都做了些什么？

我准备干什么？

第二十六章

他已经忘记自己为什么在这里了。他的皮肤开始重新长了出来。

他感到奇怪,不知道马克去了哪里。

一些人来了,无所顾忌地折磨着一个没有名字的家伙,然后又都离开了。他常常遇见他们。他身上的一些突出的部分都具有了自己的特征,于是他给他们取了相应的名字,使他们获得了自己的身份。这些家伙就是戈杰、格鲁特、豪尔[①]和"另一个"——这个家伙一直待在一旁,等待着。

他让戈杰来应付那些强迫性进食行为,因为戈杰是唯一喜欢吃的家伙。别忘了,戈杰可从来也没有被允许像瑞瓦尔的手下所强迫他做的那样狂吃。格鲁特被他派去应付瑞瓦尔再一次拿来的强力壮阳药。格鲁特本来就应该对他袭击玛芮——也就是那个美丽的克隆人女孩子——负全部责任。但是,尽管如此,

---
[①] 戈杰,英文"Gorge",意思是暴食;格鲁特,英文"Grunt",意思是发出咕哝声;豪尔,英文"Howl",意思是嚎叫。马克会有这些感觉,是因为他在遭到虐待后产生了人格分裂。

他却认为,格鲁特在平时不激动的时候,还是一个很害羞的、不爱说话的家伙。

豪尔来应付其他的一切。他开始怀疑豪尔可能会一有机会就把他们全体都出卖给瑞瓦尔,所以豪尔不论遭受什么都是活该的。而那个难以捉摸的"另一个",却一直在等待着,他还声称,有那么一天,其他的人都会最爱他的。

他们并不总是各司其职的。豪尔经常会偷听戈杰的活动;戈杰则不止一次追随格鲁特一起去干他的冒险行为;从来没有人跟豪尔一起干任何事情。

在命名了所有的人后,他终于通过排除法找到了马克。戈杰、格鲁特、豪尔和"另一个"一起把马克勋爵深深地掩盖住了,让他在睡梦中经历这一切。可怜的、脆弱的马克勋爵,刚刚才存活了十二个星期。

瑞瓦尔不可能看到深藏着的马克勋爵,无法找到他,也无法触犯他。戈杰、格鲁特、豪尔和"另一个"都十分小心,不去唤醒那个宝宝。他们温柔地保护着他。他们有能力做到。这些家伙是他自己精神上的雇佣工,他们都非常丑陋、吝啬、粗鲁,但是他们完成了任务。

不知不觉地,他也开始不时地鼓励起他们来。

第二十七章

分离能够使人们更加亲密。而迈尔斯发现，亲密则可能会让人们相互疏远。茹恩又把头埋在枕头里了，而他不停地在踱步、说话。他似乎无法控制住自己。自从他秘密地恢复了自己的记忆之后，他已经设想出了无数逃跑的计划。但是，每一个计划似乎都有致命的缺陷，所以无法付诸行动。于是，他又大声地说出这些计划的修改方案。一次又一次。茹恩已经不再提出任何批评意见……从昨天开始？事实上，她已经不再和他说话了。她完全放弃了试图让他放松下来的一切努力，一直待在房间里离他最远的地方，或者常常跑到盥洗室里躲一会儿。他也不能指责她什么。他重新恢复的神经功能似乎变得越来越疯狂。

他们的这种囚禁生活已经熄灭了她对他的爱情，而且，他也不得不承认，自己也没有能够很好地隐瞒对她的感情中新出现的忧郁和困惑。他的触摸中饱含冷漠，对她的医学权威具有一种越来越强烈的抵触情绪。无疑，他爱她，崇拜她，很喜欢她来照管自己身上的那些伤疤。但是，她必须服从他的指挥。另外，负罪感和毫无私人空间的生活方式已经使他对过分亲密感到厌倦。

马上就要吃晚餐了。在这里每天大约三顿,估计他们已经被关了三天了。男爵再没有同他们谈话。瓦萨·路易吉在那里设计什么样的阴谋?他的拍卖是否成功?假如下一个出现在门口的就是他的买主,该怎么办?假如没有任何人投标,他们就这样永远被关在这里,又该怎么办?

通常食品是由一个仆人放在盘子里送来的,有两个手持震荡枪的卫兵严密地监视着。在和那些仆人的短暂交谈中,他几乎想尽了一切办法来收买他们。但是,他们仅仅冲着他微笑。他很怀疑自己是否能够跑得比震荡枪的炮弹更快,但是,他决定下次来试一试。他没有机会实施任何更加聪明一点的计划,于是他就准备试试这个愚蠢的计划。出其不意有时还是可能成功的……

锁吱吱呀呀地响了起来,他转过身去,做好了冲出去的准备。"茹恩,起来!"他低声说,"我准备干了。"

"哦,见鬼。"她呻吟着,站起身,绕过床走到他的身边,一脸的不信任和气恼,"震荡枪会伤害你的,你知道。中了枪之后,你会呕吐,还会痉挛。"

"是的,我知道。"

"不过,至少它可以把你打昏,让你安静一会儿。"她低声嘟囔着。

他全神贯注地站在那儿等待着。当那个仆人进来的时候,他又缩了回去。哦,我的天啊,这是谁?他们的游戏里突然出现了一个新玩家,而他的头脑因为过度活跃突然愣住了。茹恩正在监视着他,看他是否真的要逃跑,此时她也看了看来人,突然瞪大了眼睛。

来的居然是那个名叫莉莉的克隆人姑娘,他认为自己应该认识这个姑娘。她穿着普通的棕色和粉红色相间的丝绸家奴制服,一条长裙和一件镶嵌着亮片的短上衣。她端来了他们的食品盘,放在房间那边的桌子上。那个卫兵很困惑地冲着她点了点头,然后离开了,随手关上了房门。

她开始摆放他们的食物,像一个仆人通常所做的那样。茹恩走近她,吃惊地张着嘴巴。

他立即看到了许多可能性,而且意识到,这样的机会恐怕不会再重复了。就他目前的状况来看,要想武力征服这个姑娘恐怕是不可能的。使用茹恩一直用来威胁他的那个镇静剂怎么样?茹恩会给她来一针吗?茹恩很不善于领会暗示,而且在服从紧急命令方面也很糟糕。她总是需要解释,她还要辩论。他只能试一试了。

"我的天啊,你们俩看起来真太相像了。"他兴高采烈地叫了起来,眼睛看着茹恩。她气恼且困惑地瞪了他一眼,然后又迅速地挤出一丝微笑,因为那个姑娘正抬头看着他们。"我们多么有福气啊,唔,居然享受到你这么一位出身高贵的仆人的服务。"

莉莉柔软的手摸着自己的胸口。"我不是我的夫人。"她说,语气里包含着某种潜台词,她认为他简直是一个大傻瓜。不过这恐怕不是没有道理的,"但是你……"她怀疑地看着茹恩,"我不理解你。"

"是男爵夫人派你来的吗?"迈尔斯问。

"不是。但是我告诉那些卫兵说你们的食物里有药品,男爵夫人派我来守着你们,看着你们吃掉它。"她补充说,像是临时编造的谎言。

"唔,食物里真有药吗?"他问。

"没有。"她摇摇头,长长的头发飘动起来。然后,她不再注意他,只焦急地转过头去和茹恩说话,"你是谁?"

"她是男爵夫人的妹妹。"他立即回答,"是你的夫人的妈妈的女儿。你是否知道自己是用她的名字命名的?呵,就是你的祖母?"

"……祖母?"

"告诉她道若努研究中心的事情。茹恩。"他急促地要求说。

"那么,你为什么不给我一个机会说话呢?"茹恩微笑着说。

"她知道她自己是谁吗?问她是否知道自己的身世。"他命令说,然后,把自己的手指塞进嘴里,开始咬了起来。这个姑娘不是为了他而来的,她是来找茹恩的。他必须让茹恩来应付她。

"好吧,"茹恩扭头看看紧闭着的门,然后对着姑娘说,"道若努人是一个由三十六个克隆人兄弟姐妹组成的小团体。我们在费尔王朝的保护下生活。我们的妈妈——也就是第一个道若努——也叫莉莉。当洛特斯——也就是男爵夫人——离开我们的时候,她感到非常难过。洛特斯曾经是我的……大姐,你知道。你一定也是我的妹妹。洛特斯有没有告诉你,她为什么要制造你?你是她的女儿?她的继承人?"

"我就要和我的夫人结合为一体了,"那个姑娘说,她的语气里含有一丝微弱的挑战意味,"我不知道……你是否要取代我?"嫉妒?疯狂。

茹恩的眼睛黯淡了下来,流露出一阵厌恶的神情。"你是否明白'和夫人结合为一体'究竟意味着什么?这个克隆人换脑手术究竟意味着什么?她将要拿走你的身体,莉莉,而你将不再存在。"

"是的,我知道。这是我的命运。"她又摇摇头,把头发从自己的脸上拂去。她的语气非常坚定,但她的眼睛里……是否有一丝疑问,在她的眼睛里?

"你们两个真是太相像了。"他低声说,围着她们转悠着,压抑着自己内心里的兴奋,露出了微笑,"我敢打赌你们可以互相换穿衣服,却没有人能够分辨出来。"茹恩迅速地瞥了他一眼,对了,她已经明白了他的意思,但是认为他操之过急了。"啊不,"他继续说,噘起嘴唇,抬起头,"我想,恐怕不会的。这个姑娘太胖了。茹恩,你不认为她太胖了点吗?"

"我不胖!"小莉莉气愤地说。

"茹恩的衣服你肯定穿不上。"

"你错了,"茹恩说,她终于放弃了反抗,让自己听从他的指挥了,"他是一个白痴。让我们来证明这一点。莉莉。"她开始脱下自己的上衣、衬衫和裤子。

带着一丝好奇,那个姑娘也慢慢脱掉她自己的上衣和裙子,然后穿上茹恩的外衣。茹恩没有去碰莉莉的丝绸衣服,它们整齐地摆放在床上。

"哦,你看起来很不错,"茹恩说,她冲着盥洗室点了点头,"你应该去看看你自己的模样。"

"我错了。"迈尔斯很诚实地承认,同时,拉着那个姑娘来到盥洗室。他没有时间精心策划一切,也没有时间发布命令,他不得不完全依赖茹恩的……创造力。"的确,茹恩的衣服穿在你的身上,看上去很不错。想象一下,你也是一个道若努外科医生,他们那里的人都是医生,你知道吗? 你也能够成为一个医生……"他用眼角的余光看见茹恩松开自己的发带,把头发弄得蓬松起来,然后拿起那些丝绸衣服。他把盥洗室的大门在自己和莉莉身后关上,然后带着她来到一个镜子面前,打开水龙头,以便遮盖茹恩在外面叫门的声音和卫兵开门的声音。

莉莉瞪眼看着那个长长的镜子。她看着站在她身边的他，他正挥舞着一只手，好像正在把她介绍给她自己，然后，他的那只手停下来，落在她的肩膀上。他抓起一个茶杯，倒了一杯水，润润自己的嘴唇，准备大大地施展自己的口才。他能够让这个姑娘在这里逗留多久？他不认为他能够把她打昏；他也不知道，茹恩的医疗箱里面那种药品是镇静剂，这个药箱现在正放在盥洗室的台子上。

让他惊讶的是，她首先开口说话了。"你就是那个来救我的人，是不是？来救我们所有的克隆人孩子的？"

"唔……"那场登达立人对巴罗普乔的灾难性袭击？她也是被拯救的人之一？那么，为什么她又回到这里了？"请你原谅，我最近死过一次，我的头脑现在还不太好使。患了冷冻失忆症。那可能就是我，不过也许是我的克隆人兄弟。"

"你也有克隆人亲属？"

"至少有一个。我的……弟弟。"

"你真的死掉过？"她听起来似乎不太相信。

他掀起自己的灰色衬衫，让她看那些伤疤。

"哦，"她叫了起来，非常震惊，"我猜你确实死过一次。"

"茹恩又把我修补好了。她非常棒。"不，不要把她的注意力引到消失了的茹恩身上。"如果你努力，并受到相应的训练，你也会同样出色的。我敢打赌。"

"那是什么样的感觉？死掉？"她的眼睛突然紧紧地盯着他的脸。

他耸耸肩，把衬衫重新穿好。"很麻木，乏味，一片空白。我什么也记不得了。我不记得临死前的任何事情——"他的呼吸突然卡住了……榴弹炮的炮口，发射出燃烧的火焰……他的胸口被炸开了,非常痛……他倒吸了一口气,靠在台子的边角上,双腿突然发软了,"孤独。我敢保证,你不会喜欢死亡的。"他抓起她温暖的手,"活着要好得多,活着是,是……"他需要一个地方站上去。他爬到那个台子上,终于可以看着她的眼睛了。他抚摸着她的头发,抬起头,亲吻了她,只是简单地吻了一下她的嘴唇,"当你活着,有人触摸你的时候,你就可以感觉到。"

她往后退缩了,摇摇头,好奇地说:"你的亲吻与男爵的不一样。"

他的头似乎蒙了。"男爵已经亲吻过你了?"

"是的……"

提前尝试尝试妻子的新身体?那个换脑手术安排在什么时候?"你一直和你的……唔……夫人,生活在一起吗?"

"不是的。在那个克隆人教养院被炸毁之后,我才被带到这里来的。修复工程快完工了,我很快就要搬回去了。"

"但是……不会再在那里待很久了。"

"是的。"

她对男爵所产生的诱惑力一定……非常有意思。毕竟,她的大脑很快就要被毁掉了,她永远也不可能提出指责了。瓦萨·路易吉可以对她做任何事情,只要不损害她的处女膜。这种行为对于她目前的心理状况有什么影响?她将更加忠诚于自己的宿命?这似乎是显而易见的。或者,她不愿意留在这里。

她看了看关闭着的门,嘴唇突然翘了起来,流露出怀疑的神情。她挣脱了他的手,跑回空荡荡的房间。"哦,不!"

"嘘!嘘!"他跟在她后面跑去,又抓住了她的手,气喘吁吁地爬上床,站在上面,把她的脸转过来对着自己。"不要喊叫!"他低声说,"如果你跑出去了,告诉那些卫兵,你就会给自己带来很大的麻烦。如果你就在这里耐心地等待着,直到她回来。那么,任何人都不会知道这里曾经发生的事情。"他觉得自己很卑鄙,如此残忍地利用她的恐慌,但是,不得不这么做,"安静点,没有人会知道的。"他不知道茹恩是否准备回来。也许她只是想赶快从他的身边逃开。在他所有的计划中,他从没有这种好运气。

小莉莉在体能上能够轻易地打败他,当然他不知道她自己是否意识到了这一点——只要往他的胸口轻轻一推,就可以把他推倒在地下。她甚至都不需要用力打击他。

"坐下来,"他告诉她,"在这里,坐到我旁边来。别害怕。事实上,既然你的宿命都没有吓倒你,我不知道还有什么事情能让你害怕。你一定是一个非常勇敢的姑娘……女人……废话。"他把她放倒在床上,她担心地看了看锁着的门,但是,她没有反抗,暂时躺在那里,"告诉我……告诉我你自己的事情,你的生活。你知不知道,你是一个很有意思的人。"

"我?"

"现在,我不太记得自己的事情了,这也是我问你的原因。我丧失了记忆,这让我很害怕。简直让我受不了。关于你自己的生活,你能记得的最早的事情是什么?"

"呵……我想……就是那个我在去克隆人教养院之前生活的地方。在那里,有一个妇女照看着我。我已经——这很愚蠢——但是我记得她养了一些紫色的鲜花,和我一样高,它们生长在一个小小的、方形的花园里,大约只有一米见方,但是这些花闻起来很像葡萄。"

"是吗?再说一说那些花……"

他们长时间地交谈了起来,他觉得已经有很久了。然后再怎么办?茹恩没有被卫兵绑架回来,这似乎是一个好迹象。但是,她可能不会再回来了,这让小莉莉陷入了一个非常危险的境地。那么,男爵和男爵夫人究竟将怎么样处置她?他的思维里出现了许多野蛮的想法,杀了她?

他们谈起她在克隆人教养院里的生活。他从她的嘴里探听出许多关于登达立人袭击那个教养院的情况、从她的视角所看到的情况,以及她是如何重新回到了男爵夫人身边的。聪明,一个非常聪明的孩子。马克搞的什么乱七八糟的东西。他们谈话的间隔时间越来越长了。他开始准备谈论他自己了,只是为了打发时间,而那样会非常危险的。她的注意力越来越不集中,她的眼睛越来越频繁地往门口望去。

"茹恩不会回来了,"小莉莉终于说,"是不是?"

"我想是的。"他坦率地说,"我想她已经独身逃走了。"

"你是怎么知道的?"

"如果他们抓住了她,他们就会到这里来找你的,即使他们不再把她带回到这里来。现在,在他们看来,茹恩仍然在这里,失踪的人是你。"

"你并不认为他们会把她错当成我,是不是?"她紧张地叫了起来,"他们会让她去和我的夫人结合成一体吗?"

他不明白她究竟是害怕茹恩,还是害怕茹恩强占了她的位置。这是一种多么可怕的偏执狂啊。"你还要多久……不,"他安慰说,"不。当然,乍一看你们两个很相像,但是,在做手术之前,人们一定会仔细看清楚的。那样就会发现,她比你年长很多。你担心的那种事情是绝对不可能发生的。"

"我应该怎么办?"她想站起来,他抓住她的胳膊,把她拉回到床上,让她待在自己的身边。

"什么都不要做。"他建议说,"你可以告诉他们——告诉他们是我强迫你留下的。"

她很不以为然地看了看他矮小的模样。"你怎么强迫我的?"

"阴谋、威胁、心理上的压抑等等。"他真诚地说,"你可以把责任推到我的身上。"

她看起来非常惊讶和犹豫。

她多大年龄了? 在过去的两个小时里,他费尽心机套出了她的整个生活经历,不过,那似乎也没有多少。她的谈话显得既聪明又天真幼稚。她生命中最具有冒险色彩的一个事件,就是被那些登达立雇佣兵给绑架了。

茹恩。她已经逃走了。然后又怎么样? 她会回来救他吗? 怎么救? 这里是杰克逊联邦。你无法信任任何人。在这里会发生人吃人的事件。例如他眼前的这个姑娘。他的眼前仿佛突然出现了一个关于她的噩梦般的画面:她的头盖骨被打开了,两眼一片空白。

"我很抱歉,"他低声说,"你是一个很美丽的姑娘……你应该活下去,而不是被那个老女人给吃掉。"

"我的夫人是一个伟大的女人。"她意志坚定地说,"她应该活得更长久一些。"

是一种什么样的扭曲的道德观念驱使洛特斯·道若努给这个姑娘洗了脑,让她如此心甘情愿地为自己献身? 洛特斯认为她欺骗的是谁? 仅仅是她自己,毫无疑问。

"而且,"小莉莉说,"我以为你喜欢那个肥胖的金发姑娘。你曾经一直在围着她转悠。"

"哪个?"

"哦,对了,那可能是你的克隆人。"

"我的兄弟。"他机械地更正她说。这是怎么回事,马克?

她变得放松了起来,似乎对自己被囚禁这个事实不再有什么反抗和异议了。她觉得很无聊,试探性地看着他。"你愿意再亲吻我吗?"她请求说。

这都是因为他的身高。他的这种奇异的身高往往会让女人性欲高涨。因为他显得毫无危险,所以她们就变得大胆起来。通常他认为这种效果很令人兴奋,但是,这个姑娘让他很担心。她不是他的……同龄人。但是他必须得消磨时间,让她留在这里,让她不要厌烦,时间越长越好。"哦……好吧……"

他们大约亲吻了二十分钟,是那种庄重的、温和的亲吻,然后,她挣脱开来,宣布道:"男爵不是这样做的。"

"瓦萨·路易吉是怎么做的?"

她松开他的裤子腰带,然后开始做给他看,大约过了一分钟,他用力喊了起来:"停止!"

"你不喜欢吗?男爵喜欢。"

"我肯定他会喜欢的。"由于已经非常可怕地勃起了,他逃到餐桌边的一把椅子旁,坐在上面缩成一团。"这是,唔,很好。莉莉,但是,这对于我们两个来说,太危险了。"

"我不懂。"

"确实如此,"她还是一个孩子,虽然她的身体完全发育成熟了,"当你长大一些以后……你就会知道做事的分寸,但是现在你还不知道很多事情。人的肉体欲望应该发自内心,而不能从外在引发。"他试图用自己的意志力来压抑自己的欲望,有点效果。瓦萨·路易吉,你这个人渣。

她皱着眉头沉思着:"我不会长大了。"

他用双臂抱住自己的膝盖,颤动起来。见鬼。

他突然想起了他是怎么样遇见陶娜中士的,以及他们是如何在一种非常绝望的情况下成为情人的。噢,他记得那时他也被囚禁了。在他近期的生活中,往往会出现一些基本相同的处境,所以他的潜意识里也会搜索过去成功的解决方法。但是,陶娜是一个生物工程上的变异种类,只有很短暂的生命。登达立的医生已经通过改进她的新陈代谢系统,成功地延缓了她的死亡时间,但是并不能彻底挽救她。对于她来说,每一天都是一个惊喜,每一年都是一个奇迹。她的生命方式是及时行乐,他也赞同这一点。小莉莉可以活一个世纪,如果她不被……当作配件使用掉的话,她应该被引导走向真正的生活,而不是性放纵。

和诚实一样,对生活的热爱不可能由教导获得,而需要从别处感染。你只能够从一个热爱生命的人那里接受一种影响,从而产生对生命的热爱。"你难道不想活下去吗?"他问她。

"我……不知道。"

"我想,我想活下去。而且,请你相信我,我非常不愿意死掉。"

"你是……一个可笑的、矮小的、丑陋的男人,你能从生命中得到什么呢?"

"一切。而且我还想要更多。"我要,我要财富、权力、爱情、胜利,非常辉煌的胜利,以及士兵们眼睛里闪动的那种钦佩的光彩。将来有一天,我还要有一个妻子、孩子,一大群孩子,全都高大、健康。而且,我还要有一个兄弟。

马克,是啊。现在,那个高傲的小家伙恐怕正被瑞瓦尔一点点地撕碎呢。他的神经开始受不了,简直想大声地喊叫起来。我应该抓紧时间。

他终于把小莉莉哄着睡着了。她裹在被子里,睡在茹恩曾经睡过的那半边。他很有绅士风度地坐在椅子上过夜。几个小时过去了,夜也深了,他感到非常痛苦。他试着躺在地板上,但是地板实在太冷了。他的胸口还在疼痛,他害怕醒来时会咳嗽。终于,他爬上了床,蜷缩在一个角落里,背过脸去不看她。他深深地感受到她身体的吸引力,又为自己目前束手无策的处境感到焦虑和忧伤。折腾了大半夜,到了黎明时分,他才暖和起来,迷迷糊糊地睡了。

"茹恩,亲爱的。"他稀里糊涂地把头钻进她香喷喷的头发里,抱着她的身体爱抚着,"我的夫人。"这是一个贝拉亚的词汇,他终于明白了"夫人"的来由。她退缩了,他也惊醒了,恢复了理智,"哦!抱歉。"

小莉莉坐了起来,挣脱了这个矮小、丑陋的男人的拥抱和爱抚。"我不是我的夫人!"

"抱歉,我不是那个意思。我刚才是把你错当作茹恩了,在我内心里,茹恩是一个贵夫人,我是她的……"愚蠢的玩偶,"骑士,我真的是一个士兵,你知道,虽然我很矮小。"

当门外再一次响起敲门声的时候,他突然意识到,是什么把他惊醒了。"早餐。快点!到盥洗室去。"

这一次他没有设法和那些卫兵搭腔,没有诱惑他们接受他的贿赂。当大门重新关上之后,小莉莉从盥洗室出来了。她慢慢地、小心翼翼地吃着,似乎不能够肯定自己是否有权利吃这些食物。他看着她,越来越为她所吸引。"来,吃掉那个面包圈,你可以放些糖在上面。"

"不许我吃糖的。"

"你应该吃点糖,"他停顿了一下,"你应该拥有一切。你应该拥有朋友。你应该拥有……姐妹。你应该有很好的教育和工作。工作可以让你觉得自己更高大、更真实。你把这些都吃下去,好让自己长大。你应该拥有爱情。一个属于你自己的骑士,比我高得多的骑士。你应该吃……冰激凌。"

"我不能长胖,我的夫人是我的宿命。"

"宿命!你知道什么是宿命?"他站起来,开始围着床和桌子踱步,"你的夫人是一个虚假的宿命。你知道我是怎么了解这一点的吗?她拿走了一切,但是她什么也不给予。

"真正的宿命带走一切——最后一滴血——但是,它给予你双倍、四倍、千倍的回报。只是你必须付出一切代价。我敢保证这是真的。我从死亡那里回来,告诉你生命的真相。真正的宿命将回报你一种丰富的生活,而且让你登上生命的顶端。"

他的信念显示出一种绝对的狂妄,他非常喜欢这样的时刻。

"你疯了。"她看着他小心地说。

"你怎么知道?你一辈子还没有遇见过一个正常人呢。你遇见过吗?仔细想一想。"

她被激起的兴趣又消退了。"这些话又有什么意思呢,我反正是一个囚犯,我能到哪里去呢?"

"莉莉·道若努会收留你的。"他迅速回答说,"道若努研究中心受到费尔王朝的保护,你知道的。如果你能够回到你的祖母那里,你就安全了。"

她的眉毛皱着起来,就像茹恩有时在他的计划里寻找漏洞时的样子。"怎么去?"

"他们不可能永远把我们留在这里。设想……"他走到她的背后,抓住她的头发,把它们往脑后束成乱糟糟的一团,"我似乎觉得瓦萨·路易吉并不打算把茹恩扣留在这里。如果他们认为你就是茹恩,我敢保证他们会放了你。"

"我……该说些什么？"

"尽量少说话。"

"我不能。"

"你可以试一试。如果你失败了，你也不损失什么。如果你赢了，你就赢得了一切。而且——如果你离开了——你可以告诉别人我在哪里，谁抓住了我，什么时候。只要忍受一会儿精神紧张，你就自由了。见鬼，我不需要告诉你这些，你很精明地从那些登达立雇佣兵手中逃跑过，你知道应该怎么办。"

她看起来非常惊慌。"那是为我的夫人做的。我从来没有为自己……做过任何事情。"

他觉得很想哭，简直就要神经崩溃了。他通常都是运用自己那雄辩的口才来劝说别人去拿生命冒险，而不是劝说他们拯救自己的生命。他靠近她，在她的耳朵边低声说："为自己做吧！"

早饭之后，他开始帮助她把她的头发梳理成茹恩的发型。他很不擅长梳理头发。不过，茹恩也是一个很糟糕的发型师，所以最终他做得恰到好处。接着，他们又送来了午餐。

当他们没有敲门就闯了进来的时候，他知道那不会是送晚餐的。

来了三个卫兵，一个穿着仆人的制服。两个卫兵抓住他，一言不发，把他的手铐在他的胸前。他对这个小小的照顾很感激。在其后的日子里，等待着他的恐怕是无休止的折磨。他们把他推着来到大厅里。瓦萨和洛特斯都不在这里，难道是出去寻找他们丢失的克隆人姑娘去啦？希望如此。他回头看了看。

"道若努医生，"那个仆人模样的人冲着小莉莉点点头，"我是来送你的，你去哪里？"

她用手拂开脸上的头发，说："回家。"

"茹恩,"迈尔斯说,她转过身来。

"带上所有的东西,"他润了润自己干燥的嘴唇,"可以吻别吗?"她抬起头,弯下腰,用自己的嘴唇轻轻地碰了碰他的,然后就跟着司机走了。

好了,这已经足够让那些卫兵惊讶的了。"你是怎么做到的?"其中的一个笑嘻嘻地问,显然感到非常有趣。

"我自有办法。"他洋洋得意地告诉他们。

"别说话。"一个年长的男人叹息着说。

在他们往地面车走去的时候,他两次企图逃跑,但是,都失败了。然后,那个高大一些的卫兵干脆把他头朝下扛在肩膀上,并且警告他,假如他再乱扭动的话,就摔死他。他们第二次追捕他的时候,使用了许多暴力手段,所以,他认为他们这么说恐怕也不是在开玩笑。他们把他放在地面车的后部,夹在两个卫兵的中间。

"你们要带我去哪里?"

"去一个交接地点。"其中的一个说。

"什么交接地点?"

"你不需要知道那么多。"

他一直不停地在说话,想劝说他们、收买他们,甚至不惜威胁、羞辱和咒骂,但是,他们根本就不理睬他。他怀疑这些士兵之中也许就有那个曾经杀死他的人。不,不可能,任何参加过那场战争的人都不可能这么镇定。这些家伙那天一定不在现场。他的声音开始变得嘶哑。这是一次长途旅行。地面车驶出城外,路面很糟糕,他们似乎远离了任何城市。当他们来到一个独立交叉点的时候,天色已经接近黄昏。

他们把他交给两个毫无幽默感的、脸色呆板的男人,他们穿着红黑色相间的制服,他们像两头公牛似的耐心地等在那里。红黑两色相间是瑞瓦尔的颜色。这些人把他的手铐在背后,还铐上了他的脚。然后,他们把他塞进一个飞行器的后部。它悄悄地升空,进入黑暗之中。

看起来瓦萨·路易吉已经收到了他的货款。

茹恩,假如她已经逃走了,也许会派人去巴罗普乔寻找他。而迈尔斯已经不在那里了。

但是,假如瑞瓦尔的地方真的更容易找到,皇家安全部就应该已经找到了它。

我的上帝啊,我也许是第一个到达现场的皇家安全部的特工。他应该搞清楚方位,好去向伊林汇报。他曾经非常希望完事之后对伊林汇报一切,但是现在他很担心,不知道自己是否可以活到那时候。

第二十八章

"男爵,我很不愿意告诉你这个消息,"那个机师说,"但是,看起来你的受害者正过得很舒服呢。"

戈杰咯咯地笑着,嘴里塞着那个管子,男爵围着他走了一圈,好像在欣赏他那惊人的胃。

"在这种情况下,可能出现许多精神上的防御机制,"瑞瓦尔说,"分裂的人格可能是其中的一种。我知道内史密斯迟早会达到那一步的,但是——这么快?"

"我也不敢相信,先生。所以我做了一系列脑部扫描,结果非常不同寻常。"

"假如他的人格确实分裂了,脑部扫描肯定能够显示出来的。"

"扫描确实显示了某些东西。他似乎掩护了大脑中的某些部分,使之不受我们的刺激的影响,他的表层反应确实显示出分裂,但是……那些模式似乎不正常,先生。"

"我要去看看它们。"瑞瓦尔很有兴趣地噘起嘴唇。

"无论如何,他不可能作假。我能肯定。"

"这么快,简直不可能……"瑞瓦尔低声嘟哝着,"你认为他是什么时候发生突变的?我怎么没有注意到?"

"我不知道,很早,第一天——或者第一个小时。但是,假如他一直保持了那种状态,他就非常令人费解了。他可以一直……变化策略。"

"我也可以。"瑞瓦尔冷冰冰地宣布。

他的胃开始剧烈疼痛。豪尔变得焦急不安,但是戈杰还是不肯让开。这还是他的工作。"另一个"留心地倾听着。当瑞瓦尔出现的时候,"另一个"一直在倾听。他很少睡觉,几乎从不说话。

"我还以为他需要几个月的时间才能够达到这种分裂的状态。这打乱了我的时间表。"男爵抱怨说。

是的,男爵,难道我们不是很神奇吗?难道我们不是让你很感兴趣吗?

"我必须思考如何让他的人格重新统一起来。"瑞瓦尔沉思着说,"过一会儿把他带到我的住处来。我要看看一次安静的谈话和一些小小的体验会有什么效果。"

在他冷漠的外表掩藏之下,"另一个"因为期待而颤抖起来。

两个卫兵把他/他们带到瑞瓦尔舒适的起居室里。这里没有窗户,那幅全息图像展现了美丽的海湾景物,它的背后一定是一堵墙。瑞瓦尔的住宅显然在地下,没有人能够从任何窗户闯进来。

他的皮肤仍然破破烂烂的。来之前,机师给那些没有长出皮肤的地方喷射了一些覆盖物,以防止他弄脏了瑞瓦尔那些珍贵的家具,同时,他还把其他的部分用塑料绷带捆绑了起来,这样他们就不会破裂流血,也就不会把房间弄得一团糟了。

那些卫兵让他坐在一个低矮的大椅子上,这是一个简单的椅子,上面没有任何长钉子、剃须刀或其他锋利的东西。他的双手被铐在背后,这就意味着他不可能靠在椅子上。他松开自己的膝盖,舒舒服服地坐直了身体,气喘吁吁的。

那个年长的卫兵问瑞瓦尔:"先生,你需要我们在这里监视他吗?"

瑞瓦尔挑起眉头。"他是否能够自己站起来?"

"在目前的状况下,不能。"

瑞瓦尔的嘴唇翘了起来,看着他的囚犯,显示出一副沉思的模样。"让我们单独待一会儿。我会叫你们的,别打扰我。这里可能会有些吵闹。"

"这里的隔音系统非常好,长官。"那两个卫兵敬礼之后就离开了。这些士兵身上好像有些不对劲的地方。当没有命令传达下来的时候,他们就一直坐在那里等待着,一言不发,一脸茫然。肯定是被训练成那个样子的,毫无疑问。

戈杰、格鲁特、豪尔还有"另一个"好奇地四处打量着,不知道这次该轮到谁来对付瑞瓦尔。

豪尔对戈杰说,你刚才轮到过,现在该我了。

别那么肯定,格鲁特说,也许该我了。

假如不是戈杰的事,"另一个"忧郁地说,我就要抓住我的机会了。现在我必须等待。

你从来就没有承担过任何事情。戈杰说,但是,"另一个"保持着沉默。

"让我们来看一个表演。"瑞瓦尔打开了一个视频遥控开关。那个热带海滩的图像转换成真人大小的画面,上面是格鲁特的一次遭遇……和妓院里的那些人在一起。格鲁特非常兴奋地看着自己,因为录像展现了更多的角度。

"我准备寄一个这些画面的副本给登达立雇佣兵舰队,"瑞瓦尔低声说,观察着他的反应,"想象一下,你的那些高级军官一起看到了它。我想这下你应该有点反应了吧,没有?"

不,瑞瓦尔在撒谎。他在这里的消息被封锁了,瑞瓦尔不会这么快就泄露这个秘密的。"另一个"干巴巴地嘟囔着,寄一个副本给西蒙·伊林,为什么不寄,然后你看看你会得到什么反应。但是,伊林属于马克勋爵,而马克不在这里,也不在任何地方。"另一个"再也没有大声说话了。

"想象一下,你的那个漂亮的女保镖,来加入你……"瑞瓦尔继续详细地描述着,格鲁特非常乐意想象这些事情,但是,其他的家伙不愿意了。豪尔?

不,我不干,豪尔说,这不是我的事。

我们应该招收一个新家伙来干。他们一起说。如果需要的话,他能够再制造一千个出来。他像河流一样不断地流淌着,任何阻隔都无法真正地毁灭他。

那个图像又转到了豪尔的一个最得意的时刻,那也就是他因此而得名的时刻。那是在他刚刚被化学药品腐蚀了皮肤之后不久,机师在他的身上喷了一些刺人的、黏糊糊的东西,让他感到疼痛无比。那个机师根本就用不着碰他,他几乎杀了自己。他们在这之后不得不给他输液,以补充大量流失的血液。

他无动于衷地看着全息图像上的那个正在痉挛的家伙。现在看着他自己,就好像看着一个实验模型,很有戏剧性,激动人心,但是也很乏味。瑞瓦尔看起来似乎气得要发疯,简直想把那个视频遥控器扔到他的脸上,不过他终于换了一个节目。

"另一个"等得越来越不耐烦。他开始恢复自己的力气,但是,他还不得不待在那个低矮的椅子上。必须就在今天晚上。下一次,假如还有下一次的话,戈杰一定会把他们所有的家伙都撑死。是的,他等待着。

看着他平静的样子,瑞瓦尔极端失望地吐出一口气。他关上全息图像,站了起来,围绕着他的椅子来回走动,眯起眼睛研究起他来。"你简直有些心不在焉,是不是?你已经逃到某个避风港了,我一定要想办法把你拉回来。或者说,把你们一起拉回来。"

瑞瓦尔的观察力太强了。

我不相信你,戈杰困惑地对"另一个"说,在那之后,我该怎么办?

还有我,格鲁特补充说,只有豪尔一声不吭。豪尔太疲倦了。

我保证马克会照样给你吃好,戈杰,"另一个"低声说。至少有时候,他会做的。还有格鲁特,马克可以带你去贝塔殖民地,在那里人们会帮助你恢复自己的清洁,然后让你出现在光天化日之下的。我想,那时你就不需要瑞瓦尔的壮阳药了。可怜的豪尔已经完全筋疲力尽了,他工作得最辛苦,设法弥补你们所有人犯下的错误。而且,格鲁特,假如瑞瓦尔决定下次使用禁欲政策,那该怎么办?也许你和豪尔能够携手,而马克可以给你们弄来一小群美丽的姑娘——难道女人不是一个很可爱的变化?——相对于鞭打和铁链来说。这里是杰克逊联邦,我敢肯定你们在图像上能够看出来这一点。你们不需要瑞瓦尔,让我们来拯救马克,然后他会拯救我们全体。我保证。

你是谁,居然用马克的口气说话?戈杰脾气很坏地说。

我是跟他最亲近的人。

你一直躲藏得最好,豪尔说,带着一点怨恨。

这是必要的。但是,假如瑞瓦尔把我们全都抓住了,我们就会一个一个地死掉,全部死掉。他非常非常厉害。

这是真的,他们都看得很清楚。

"我马上要给你们带来一个游戏伙伴。"瑞瓦尔解释说,仍然围着他走动着。瑞瓦尔走到他背后的时候,他关于局面的预想发生了一点奇怪的变化。戈杰被安抚好了,豪尔出现了,又缩了回去,但瑞瓦尔又出现在他的视线之内了。格鲁特警惕地倾听着,稍微有点摇晃起来。"就是你的克隆人双胞胎。我的那些愚蠢的卫兵曾经没有能够抓住的那个家伙。"

在内心很深层的地方,马克勋爵冒了出来,他完全清醒地叫喊起来。"另一个"在安慰他,他在撒谎。他撒谎。

"他们的搜索完全没有成效,这应该让他们付出代价的。你的克隆人突然消失了,然后出现在瓦萨·路易吉的手中。我仍然不相信洛特斯与道若努研究中心没有任何秘密交往。"

瑞瓦尔又围绕着他转悠了起来,似乎非常茫然。"瓦萨坚信他手上的那个家伙是将军,而你是一个克隆人。他的想法感染了我,假如正像他所声明的,那个家伙真的得了冷冻失忆症,那就更令人失望了。但是现在没事了,我拥有了你们俩,正如我曾经预见的那样。你们是否能够猜出来,我将让你们俩为对方所做的第一件事是什么?"

格鲁特能够猜出来,非常形象地想象出来。但是,还没有瑞瓦尔低声所说的那样详细。

马克勋爵愤怒万分,因为恐惧和沮丧而哭泣起来。耐心等待,别让这个可恶的家伙看出你内心的打算,"另一个"恳求说。

男爵走向一个台子或吧台,它是一种有花纹的、抛光的木头制成的。他打开一箱闪闪发亮的各式工具,其他的人都没有注意到这一点,只有豪尔伸长了脖子。瑞瓦尔沉思着翻看他的工具箱。

你不要挡住我的路,也不要搞破坏,"另一个"说,我知道瑞瓦尔正要给你来点什么——但那只是一个圈套。

瑞瓦尔没有给你任何东西吃,戈杰说。

瑞瓦尔自己就是我的食物,"另一个"低声说。

你只能有一个机会,豪尔神经紧张地说。

我只要一次机会。

瑞瓦尔转过身来,拿出一个闪亮的外科手动牵引器。

"我相信,"瑞瓦尔说,"我将挖出你的一只眼睛,只挖一只。这也许会产生某些有趣的心理反应,接下来,我会一直威胁挖去另一只。"

瑞瓦尔开始走近他们。慢慢地,豪尔逃走了。最终,戈杰也很不情愿地放弃了。

第一次站起来的努力失败了,他倒了下去。该死的戈杰,都是你的错。他又试了一次,首先把整个身体的重量往前倾斜,艰难地抬起身体,中途停下了一次,几乎跌倒了,因为他没有手来让自己保持平衡。瑞瓦尔观察到了,哈哈大笑起来,对这个他自己制造出来的、摇摇摆摆的小怪物,瑞瓦尔显然没有一点心理防备。

他的第一脚正踢到瑞瓦尔的胯部,这一脚差一点让他跌倒,使他弯下腰来,仿佛摆好了一个正好合适的挨打的姿势。他就势来了第二脚,正中他的喉咙。他能够感觉到那些软组织和细胞组织的断裂和粉碎。由于他这一次没有穿带钢头的靴子,所以他自己的脚趾头也断裂了好几个,它们一起耷拉了下来。他感觉不到疼痛,因为那是豪尔的职责。

他从椅子上倒了下去。他的双手被铐在背后,要想站起来很不容易。当他在地上翻滚着努力想站起来的时候,他看到瑞瓦尔还没有死,感到非常失望。这个男人痛苦地挣扎着,发出咕咕的声音,双手紧紧地抓住自己的喉咙,正躺在他身边的地毯上。但是,房间里的电脑控制系统现在已经分辨不出男爵发出的口头命令了。他们还有一些时间。

他翻滚到瑞瓦尔的耳朵边。"我也是一个杰克逊人。我曾经被训练成一个能够深入敌营并长期潜伏下来的间谍,你知道吗?"

他重新站起来,仔细地研究了当下的问题,那就是,瑞瓦尔仍然活着。他叹息着,咽了咽口水,走向前去,用脚猛烈地冲着他一阵乱踢,直到他停止吐血水,不再痉挛,也不再呼吸。这是一个非常令人恶心的过程,但是,总体来说,他感到一阵轻松,因为似乎他自己身上的那些家伙们没有一个真的喜欢这个行动。即使是杀手也必须依靠一种坚定的职业信念来完成整个过程。

他想起"另一个",现在"另一个"认出他就是杀手。盖尹制造了你,不是吗?

是的。但是,他并不是凭空制造出来的。

你干得很好,躲起来,悄悄地追踪猎物。我不知道我们中间有谁能够准确地把握时机,但我很高兴看到至少还有一个在这方面做得很好。

这就是伯爵所说的那种耐心,杀手承认,受到表扬之后感到很高兴,也很尴尬。他说过,如果你守候着,人们会对你暴露他们自己,你要等待他们出来,而不是冲出去把自己暴露给他们。我是这样做的,瑞瓦尔也是这样做的。他害羞地补充说,伯爵也是一个杀手,你知道,和我一样。

唔。

他试图挣脱手腕上的镣铐,跛着脚走到那个有花纹的木头台子旁边,查看着瑞瓦尔的工具箱。里面有一个激光钻机,还有各种可怕的工具,例如匕首、手术刀、钳子、探针等。钻机是那种短焦距的外科手术型的,是用来切割骨头的,它不是一件精良的武器,但却是一个非常合适的工具。

他转过身去,试图从背后用手去打开它。当他不小心把它翻倒在地上的时候,他几乎想哭了。然后,他蹲在地板上,笨拙地移动着身体,花了很长时间,摸索着找到了那个钻机。他终于非常艰难地把这个钻机安放在一个合适的位置上,使它能够割断自己的手铐,而不是割断自己的双手或烧伤自己的屁股。他终于大大地松了一口气,甩动着自己的胳膊,轻轻地摇晃着身体。刚才的那场猛烈的踢打显然伤了他的后背。

他往旁边看过去,看着他的受害者/折磨者/牺牲品。克隆人消费者。对这个被他踢死的尸体,他感到一种歉意。这不是你的过错。你早就死了。大约……十年前?只有那个头脑里面的东西,头盖骨内部的东西,才是他的敌人。

突然,他感到一阵奇怪的恐惧,假如瑞瓦尔的士兵现在冲进来,把他们的主人从死亡中拯救过来,那该怎么办?他又爬了过去,这一次要容易多了,因为他的双手已经能够活动了。他拖着那个激光钻机,在瑞瓦尔的脑门上钻了几个洞,好阻止任何人再来移植这个人的大脑。

他重新回到那个低矮的椅子旁,筋疲力尽地坐在上面,等待着死亡。瑞瓦尔的人肯定会来为他们死去的主人报仇的。

没有人进来。

……对了,这个老板曾经把自己和他的囚犯以及一箱子外科手术工具一起关在自己的住所里,还告诉他的卫兵不要来打扰他。还要多久才会有人鼓起勇气来打扰人?这可能……会是相当长的一段时间。

重新燃起的希望给他一种难以忍受的重负,就好像拖着折断的骨头走路。我不想挪动。他对皇家安全部把他遗弃在这里感到非常愤怒,但是,假如他们现在,就在此刻,能够冲进来,把他抬走,而不再需要他自己努力去逃跑,他就愿意原谅他们所有的延误。我还不能休息一会儿吗?房间开始变得非常寂静。

那样似乎太残忍了些,他思考着,眼睛瞪着地下瑞瓦尔的尸体。过分凌乱,而且还把地毯弄得乱七八糟。

我不知道下一步该怎么做。

谁在说话?杀手?戈杰?格鲁特?豪尔?他们所有的人?

你们是很好的士兵,很忠诚,但不是很聪明。

聪明不是我们的职责。

现在该是让马克勋爵清醒过来的时候了。难道他真的睡着了?

"很好,伙伴们,"他大声地叫起来,重新展露出自己,"每个人都振作起来。"那个低矮的椅子也是一种折磨人的设备,它是瑞瓦尔最后一个欺骗人的陷阱。他呻吟着重新站了起来。

像瑞瓦尔这样的一个老狐狸,不可能只有一条通道通往自己的住宅。他检查起那些地下橱柜、办公室、起居室、小厨房和大卧室,以及一个具有非常奇怪的设备的浴室。他看着淋浴莲蓬头,自从他来到这里之后,他就从来也没得到允许洗个澡。但是,他担心如果现在洗澡的话,就会洗掉那些塑料皮肤。他刷了刷牙齿,牙龈出血了,但不严重。他还喝了点冷水。至少我现在一点也不饿。他轻轻地发出一阵咯咯的笑声。

在卧室的壁橱后面,他终于发现了一个紧急出口。

假如这里没有卫兵,杀手认为,那么就一定有陷阱。

瑞瓦尔的主要防御体系应该是对付那些想从外面进来的人,马克勋爵慢慢地说,而为了方便从里面出去,他肯定设计了一种利于紧急逃跑的方式。这仅仅是为了瑞瓦尔,只为瑞瓦尔一个人。

这里设置了掌型锁,外加脉冲卡,还有能够测试体温、皮肤、手印等的传导设备。死人的手是打不开它的。

有许多方法可以解决掌型锁的问题。杀手嘀咕着,杀手曾经在这方面受到过专门的训练,马克勋爵于是任由他去折腾,自己在一旁观察着。

那一套外科手术工具像那个激光钻机一样,在杀手的手中发挥出极好的作用。耐心地工作了相当长一段时间之后,那个掌型锁被破坏了,失灵了。马克勋爵像做梦似的看着杀手从墙上拿下那个传感器垫片,摸摸这里,碰碰那里。

墙上的控制器终于亮了起来,噢,杀手骄傲地嘟哝了起来。

哦,其他的家伙也一起叫了起来。控制器上显示出一个小小的闪闪发光的四方形图案。

这需要一个密码钥匙,杀手沮丧地说。他担心被困在这里,他的这种惊慌迅速加快了他的心跳。豪尔微弱的控制力松懈了下来,一阵刺痛袭击了他们全体。

等等,马克勋爵说,如果他们需要一个密码钥匙,那么瑞瓦尔也应该需要。

瑞瓦尔男爵没有任何继承者。瑞瓦尔也没有任何副官,没有任何训练好的接班人。他自己的那些部下相互之间都没有任何联系。瑞瓦尔王朝就只有瑞瓦尔和他的奴隶们。这也是瑞瓦尔王朝无法发展的原因之一。瑞瓦尔从来就不授权给任何人，从不。

所以，瑞瓦尔一定没有任何部下可以掌管他的密码钥匙，他不得不亲自带着他们，一直带着。

当马克勋爵转身回到那个起居室的时候，他身体里的那群家伙们一起呻吟着，嘀咕着，但是他不理睬他们。现在，这是我的工作。

他翻过瑞瓦尔的尸体，让它面朝上，然后很有经验地搜查它，从头到脚，从里到外，没有漏掉一个可能的地方，甚至连牙齿也检查过了。但是什么也没有找到。他很不舒服地坐在地上，肿胀的屁股很痛，扭伤的后背像火烧似的。现在，他的痛觉越来越敏感，因为他逐渐开始恢复统一的个性了。它应该就在这里，应该就在这里的某个地方。

快点，快点，快点。那些家伙们一起喋喋不休地叫了起来，简直像整齐的大合唱。

闭上嘴，让我来想想。他抓起瑞瓦尔的右手，看到了一个戒指，上面有一个黑色钻石，闪闪发光……

他大声地笑了起来。

突然，他忍住了笑，不安地往四周看了看。显然，男爵的隔音设备很好。那个戒指拿不下来，粘住了？固定在骨头上了？他用那台激光钻机割下瑞瓦尔的右手。激光钻机灼伤了手腕，没有多少血流出来。很好。他慢慢地、痛苦地跛着脚走回到卧室里的壁橱旁，然后瞪着那个小小的闪光的四方形图案，正好和戒指上的钻石一般大。

哪个方向？假如放错了方向是否会激活某个警报？

马克勋爵急忙模仿着瑞瓦尔男爵的动作，把他的手放在掌型锁上试了试，然后按上密码钥匙——"这个方向。"他低声说。

门自动地打开了，外面是一个秘密升降管道，它往上延伸了大约二十米。控制灯亮了起来，绿色是上升，红色是下降。马克勋爵和杀手往四周打量了一下，没有任何明显的防御设施。

一个微弱的通风机从上面带来了一些新鲜空气。我们走！戈杰、格鲁特和豪尔一起叫了起来。

马克勋爵双腿叉开站在那里，固执地瞪着眼，拒绝操之过急。没有安全阶梯，他终于说。

那又怎么样？

那，怎么办？

杀手退缩了，并且呵斥住其他的人，充满敬意地在一旁等候着。

我要一个安全阶梯，马克勋爵挑剔地嘟囔着。他转过身去，回到瑞瓦尔的住所。他在那里找到一些衣服，没有很大的选择余地，这里显然不是瑞瓦尔最主要的住宅，只是一个秘密的别墅。这些衣服都太长了，而且也不够宽。裤子简直不能穿，但是，他找到一件柔软的衬衫，一个宽松的夹克衫，虽然无法遮蔽胸口，但总算给自己赤裸的身体提供了一些保护；一个贝塔式的围裙，洗澡后用的，围住了他的腰部；一双拖鞋，左脚勉强能穿上，肿胀、破裂的右脚则很艰难地挤了进去。他找到现金、钥匙，以及其他一些有用的东西，但是没有发现合适的攀登设备。

我必须自己制造一个安全阶梯。他把那个激光钻机吊在自己的脖子上，用瑞瓦尔的两个领带作吊带，走进升降管道的底部，开始一步步地在塑料墙壁上凿洞。

太慢了！那些家伙们一起哭喊起来。豪尔在里面号叫着，甚至杀手也尖叫起来。快点,该死的!

马克勋爵不理睬他们。他打开了"上升"重力场,但是没有让它带着上去,而是顺着他凿的那些洞爬了上去。他一路爬着,凿着,并不觉得很困难,因为他实际上飘浮在上升的重力场之中,只是有时候他忘记了如何使用他的双手和一只脚,因为他的另一只脚已经完全不能用了。那些家伙们一起喋喋不休地抱怨着,非常害怕。但是,马克倔强地、巧妙地不断上升着。凿一个洞,等一会儿,然后移动一只手,或者一只脚;再凿一个洞,再等待……

离顶端只有三米高了,他的头顶已经顶到了一个小型的自动加速器,它在墙上闪动着,旁边还有一个防御监视器的传感器。

我想它一定需要一个密码暗号,必须是瑞瓦尔的声音。马克勋爵仔细地观察之后,平静地说。

它也许并不需要你说的那种东西,杀手说,它可能需要任何东西,等离子弧光炮,或者有毒气体。

不,瑞瓦尔看透了我,但是我也看透了瑞瓦尔。这个机关的设计一定是非常简单的,而且非常精巧。你看我的。

他一只手抓紧洞口,另一只手举起激光钻机冲着监视器的传感器凿了一个洞。

升降管道里的重力场突然关闭了。

虽然他已经有所准备,但还是差一点被自己的重量掀了下去。豪尔觉得受不了,马克无声地尖叫起来,疼痛无比。但他还是抓住不放,不让自己掉下去。

最后三米往上爬的经历简直可以说是一个噩梦,但是,他现在几乎已经对噩梦有了新的标准,所以,这恐怕仅仅只能算一个沉闷的旅程。

在顶端的出口处,还有一个陷阱,但它是朝着外面的,马克用钻机解决了它。他跛着脚,翘着屁股,横着身体,勉强挪动到一个私人地下机库。那里有瑞瓦尔的轻便飞行器。飞行器的顶棚盖碰到瑞瓦尔的戒指就打开了。

他挤进了飞行器,调整好座位的高度,打开能量开关,把它往前开去。机库的门滑动着打开了。一通过了大门,他就驾驶着飞行器径直往高空上升,上升,上升。下面没有任何动静。没有一个人冲他开火。

他查看了飞行器上的电子地图,选择了他的前进方向——东方,朝着光明飞去。这似乎很不错。

他一直全速飞行着。

第二十九章

飞行器转了一个身,准备降落。迈尔斯伸出脖子,看了一眼底下的情况。黄昏已经悄悄地降临这个寒冷的沙漠,附近几公里之内似乎都没有任何有趣的东西。

"……真奇怪,"那个驾驶飞行器的卫兵说,"门是开着的。"他接通了他的通讯设备,传递了某种暗号,另一个卫兵不安地看着他的同伴。迈尔斯转过身去,想要同时看到他们俩。

他们降落了。岩石在他们周围升起来,然后出现了一个混凝土的门柱。哦,一个秘密的入口。他们来到底部,进入一个地下机库。

"喔,"另一个卫兵说,"其他的飞行器都到哪里去了?"

他们的飞行器停了下来,那个高大一些的卫兵把迈尔斯从后部的座位上拽出来,松开他脚上的镣铐,让他站了起来。但他几乎立刻摔倒了。由于双手被铐在背后,他胸前的伤疤开始被撕裂了,疼痛难忍。他终于站稳脚步,像那些卫兵一样,往四周张望起来。这里仅仅是一个建造得非常简单的机库,照明很差,有回音,墙上凹凸不平,而且是空的。

两个卫兵押着他走到一个入口处。他们通过口令穿过几道自动门,走进一个电子检测室。机器是开着的。"瓦吉?"其中的一个卫兵招呼说,"我们在这里,对我们进行扫描吧。"

没有回答。一个卫兵走上前去,四周看看,在墙上的一个垫板上按了一个密码。"带他进去吧。"

穿过那个电子检测室,他仍然穿着那套灰色的服装,是那些道若努人给他的。显然布纹里并没有暗藏任何有趣的东西,太糟了。

那个年长的卫兵试图接通一个内部电话,试了几次。"没有人答话。"

"我们应该怎么办?"他的同伴问。

那个年长的卫兵皱着眉头。"脱光他的衣服,带他去见老板。我想,这就是命令。"

他们脱下了他的衣服,他无力反抗。他为那套衣服感到很惋惜,因为这里面真他妈的太冷了。即使是这两个公牛般的卫兵也被他胸口上的伤疤吓了一大跳,他们瞪着眼睛看着它们,非常惊讶的模样。他们重新铐上了他的双手,带着他穿过实验室。每到一个交叉路口,他们都警惕地四处张望。

这里非常寂静。灯都亮着,但是到处都没有一个人影。一个奇怪的机构,不大,很普通,而且他判断出,具有一股医院的气味——一定是研究所,是瑞瓦尔的私人生物研究所。显然,自从四年前登达立雇佣兵袭击了他们之后,瑞瓦尔对他的主要研究所加强了防御和保密工作。迈尔斯可以看出这一点。这个地方没有其他地方的那种商业氛围,这里的工作人员恐怕很多年也不会外出一次。或者根据瑞瓦尔的个性来看,甚至永远也出不去。一路上,他看到了一些像是实验室的小房间,但是没有看到任何机师。那两个卫兵喊了几声,没有人回答。

他们来到一扇开着门的房外,里面像是一个书房或者办公室。"男爵,"那个年长的卫兵贸然喊了起来,"我们带来了你的囚犯。"

另一个卫兵抓了抓自己的脖子。"如果他不在这里,我们是否应该带他回去,像对待另一个那样对付他?"

"男爵还没有命令我们这么做。最好等等。"

当然,瑞瓦尔不是那种喜欢犒赏有创造性的部下的人,迈尔斯猜想。

那个年长的卫兵深深地、神经紧张地叹了一口气,走进门去。那个年轻的卫兵推着迈尔斯跟在他后面。这个书房布置得很豪华,有一个真正的木头桌子和一个奇怪的椅子,椅子上还有金属手铐。没有人能够主动和瑞瓦尔交谈,除非他自己准备好同别人谈话。所以他们等待着。

"我们现在做什么?"

"不知道,我只接到命令要把人送来,其余的我就不知道了。"那个年长的卫兵停顿了一会儿,"也许是一个测试……"

他们又等待了大约五分钟。

"如果你们不想到四处去看看的话,"迈尔斯兴高采烈地说,"我就去了。"

他们相互看了看,那个年长的卫兵皱着眉头,拿出一根震荡棒,小心翼翼地侧身穿过一个门廊,走进里面的一个房间。过了一会儿,他的声音传了过来。"糟糕!"然后,又过了一会儿,传来一种的时断时续、呜呜咽咽的哭泣声。

这简直太奇怪了,即使那个抓住迈尔斯的愚蠢的家伙也坐不住了。他虽然仍牢牢地抓住迈尔斯的一个胳膊,但也往里面的房间冲了进去。这是一个大房间,像是一个起居室。一个有一面墙大小的全息图像显示屏关闭着,一个有花纹的木质吧台把房间分割成两个部分,一把特别低矮的椅子放在中间空旷的地方。瑞瓦尔男爵的尸体仰面躺在地上,浑身赤裸裸,双眼直盯着天花板。

这里似乎没有任何明显的挣扎痕迹——没有被推翻的家具,墙上也没有等离子弧光炮的弹痕——只有尸体上显示了暴力痕迹。尸体上的这些暴力痕迹非常奇怪,完全集中在喉咙附近。男爵的喉咙被毁坏了,那里的肌肉被打碎了,变成了肉酱,鲜血顺着嘴唇流淌了下来。男爵的头顶上有两排黑色的小洞眼,它们看起来像是烫伤的痕迹。他的右手不见了,被割下了。

那两个卫兵弯着腰,脸上露出非常恐惧和惊慌的神情。"发生什么事情了?"那个年轻的问。

他们将会有怎样的反应?

瑞瓦尔是怎么样控制他的雇员兼奴隶的?对那些低级的家伙们,当然是通过恐吓;对那些中层的雇员和那些机师,通过恐惧和个人兴趣的微妙结合;但是,这些人,他们是他的私人保镖,大概是一些最亲近的人,是传达主人意志的人。

他们不可能在智力上被麻痹了,虽然他们看上去显得呆头呆脑的,因为那样一来,在紧急时刻他们就毫无用处了。但是,如果他们的小脑袋没有被损坏,那么他们一定就是通过情感因素来控制的。这些站在瑞瓦尔背后、手中拿着武器的人,一定受到了非常严格的训练,或许这个训练从他们一出生就开始了。瑞瓦尔一定被他们视为父亲、母亲、家庭乃至一切。瑞瓦尔简直就是他们的上帝。

但是现在,他们的上帝死了。

他们会做什么?"我自由了"这个概念是否能够为他们所理

解？没有了控制中心,他们的控制程序多久才会崩溃？恐怕不会很快的。迈尔斯看到,他们的眼睛里还闪动着愤怒和恐惧的光芒。

"这不是我做的,"迈尔斯急忙申辩说,"我一直跟你们在一起。"

"待在这里,"那个年长的卫兵咆哮着说,"我再去侦察一下。"他大步跑着穿过男爵的房间。几分钟之后,他回来简短地宣布,"他的飞行器不见了,升降管道的防御系统也被完全破坏了。"

他们迟疑了起来。哦,这些只会服从命令的家伙,没有一点创造力。

"难道你们不应该去侦察一下整个研究所吗?"迈尔斯建议说,"那里也许还有一些幸存者,目击者,也许……也许那个杀手还藏在什么地方。"

马克在哪里？

"我们拿他怎么办？"那个年轻的卫兵问,他歪了歪头,示意自己指的是迈尔斯。

那个年长的家伙不确定地说:"带上他,或者锁住他,或者杀掉他。"

"你不知道男爵要我来做什么,"迈尔斯急忙插话说,"最好带着我,直到你们找到了答案。"

"他要你来是为了另一个。"年长的卫兵说,漠然地看着他,一个矮小的、赤裸的、还没有完全恢复健康的家伙,双手被铐在背后。这些士兵显然不认为他是某种威胁。完全正确,该死的。

简短地交流了一会儿之后,那个年轻的卫兵推搡着他开始了他建议的一次快速巡视。他们发现了另外两个身穿红黑色制服的同伴,都死了。一汪神秘的血水穿过一个走廊,顺着血迹,他们发现了另一具尸体,穿着高级机师的制服,他死在浴室里,后脑被人击碎了。在下面几层里,他们发现了更多的格斗、掠夺和偷窃的痕迹,还有一些刻意的破坏,通讯终端和仪器都被毁掉了。

最底层有一个实验室,它的一个顶端设有一排有玻璃门的小房间。从那里的气味来看,有些实验品因为没有人看管,恐怕已经烧焦了。他伸头往小房间里看了看,感到一阵恶心。

那些东西可能曾经是人,那一堆堆的肉、疤痕组织和肿瘤,它们现在……是某种培养基。其中有四个是女人,两个是男人。某个逃跑了的机师,大概是出于怜悯,干净利落地割断了每个人的喉咙。他绝望地看着他们,他的脸贴在玻璃上。他们都太高大了,不可能是马克。而且,他们被折磨的程度也不是几天时间就能够达到的。这是肯定的。他不想走进那里仔细查看。

这至少解释了一个问题,那就是,为什么瑞瓦尔的奴隶从来也不敢反抗。这里有一种特别恐怖的气氛。你不想在妓院里干了吗,姑娘?对做一个卫兵感到厌烦了吗?小伙子?你现在是否想去搞科学实验?这里是那些反抗者的最终下场。贝尔是对的,我们上次在这里的时候,应该摧毁这个地方。

那两个卫兵简单地看了看那些小房间,继续往前走去。迈尔斯突然站住了,有了一个好主意。一个值得试一试的好主意……

"真讨厌!"迈尔斯叫喊着,还跳了起来。

卫兵们转过身来。

"那个……那个男人,在那里,他刚才动了。我想我要吐了。"

"不可能。"那个年长的卫兵透过那堵透明墙往房间里看去,只见一具尸体,背对着他们。

"他在那里不可能看见任何事,不是吗?"迈尔斯说,"看在上帝的份上,别打开那扇门。"

"闭上你的嘴。"那个年长的卫兵翘起嘴唇,瞪着那个控制按钮,犹豫了一会儿,按了开门的密码,小心翼翼地走了进去。

"啊呀!"迈尔斯说。

"怎么啦?"年轻的卫兵厉声质问。

"他又动了。他,他,像是在抽筋。"

那个年轻的卫兵拿出震荡棒,跟在同伴的后面,也走了进去,去掩护他。年长的伸出手,又动摇了起来,仔细想了想,从腰间的武器带上抽出一根电击棍,小心翼翼地向那个尸体伸去。

迈尔斯用自己的前额撞上开关,玻璃门滑动着及时关上了。两个卫兵撞在玻璃门上,就好像两条得了狂犬病的狗。他们的躁动和喧哗都被那堵墙给挡住了,只看见他们张着嘴,嚎叫着,像是在诅咒和威胁,但是没有任何声音传过来。这堵透明的墙一定是由防弹材料制成的,足以抵抗震荡枪的冲击。

那个年长的卫兵拿出等离子弧光炮,开始射击。墙开始微微地摇晃起来,这很不妙,迈尔斯开始研究那些按钮……在这里。他用舌头堵住那些按钮,直到里面开始缺氧,然后重新设定,让房间里的氧气保持最低。那些卫兵会不会在墙被打倒之前昏倒?

太棒了!这个环境设置系统非常好。瑞瓦尔的那两只狗瘫倒在墙上,紧握着的手松开来,失去了知觉,等离子弧光炮从他们的手中掉了下来,熄火了。

迈尔斯让他们关在他们受害者的坟墓里。

这里是一个实验室,应该有切割机的,或者类似的工具……就是它。几分钟之后,迈尔斯就打开了自己的手铐,不过,在背着身子让切割机干活的时候,他差一点昏了过去。当他的双手终于自由的时候,他大大地松了口气。

武器? 显然,所有真正的武器都被那些从这里逃跑的人拿走了。而且,没有生物防护服,他也不愿意重新走进那间玻璃房间,去取那两个卫兵的武器。但是他找到了一个医用激光刀,所以不再觉得自己毫无抵抗能力了。

他想拿回自己的衣服。他冷得直发抖,一路小跑着,穿过那些阴森森的走廊,来到电子检测室旁边,重新穿上自己的那套衣服。他又回到研究所里,开始更加仔细地搜索起来。他试了试自己看到的每一个通讯终端,所有的都是只能够联系内部系统的,没有一台可以往外发送任何信息。

马克在哪里? 他突然意识到,假如有什么比被囚禁在这里的某个囚室里、等待着自己的施虐者来临更糟糕的事情,那就是,被囚禁在这里,等待着永远也不会再来了的施虐者。在接下来的半个小时里,他体验了他一生中最疯狂的经历,他打开、冲进研究所里的每一扇门。在每一扇门的背后,他都以为自己可能发现一个血肉模糊的小矮人,喉咙被人出于怜悯而割断了……正当他感到上气不接下气、害怕自己立即就要出现又一次痉挛的时候,他发现了那个靠近瑞瓦尔住所的小囚室是空的。它看起来好像最近有人使用过,墙上和地上喷射的那些血迹和其他分泌物的痕迹,让他感到非常恶心。但是,无论马克在哪里,或者处于什么样的状况之下,他都不在这里。他自己也应该离开这里。

他恢复了正常的呼吸,找到一个塑料篮子,然后出发去实验室里去寻找一些有用的电子设备,例如,切割器、电缆线、阅读器和继电器等。当他捡够了的时候,他重新回到瑞瓦尔的书房里,开始给那个被损坏了的通讯终端解密。他终于打开了掌型锁,但是又跳出一个对话框,要求插入密码钥匙。他咒骂起来,舒展了一下自己疼痛的后背,然后又坐了下去。这还真不太好办呢。

他又重新回到那些实验室里,拿来另外一些工具,然后再破除了密码锁。这个通讯终端的系统完全被改变了,但是,他终于进入了商业网络系统。不过,在进行任何联络之前,他还必须重新设置好从瑞瓦尔的账上扣除费用的问题,因为在杰克逊联邦,所有的费用都是事先支付的。

他停顿了一会儿,不知道究竟应该给谁打电话。贝拉亚在这个星球上的某个领事馆里有一些人,他们其中的一些人是外交人士和商业人士,而且根据皇家安全部的分析,他们都有双重身份。还有一些是标准的间谍,在这个星球上维持着一些小信息站。内史密斯将军有他们的联系方式。但是,皇家安全部是不是已经到达这里了?这里发生的事情是不是他们的作为?为了拯救马克?不,他判断说,这是一次突袭行动,但是显得不够有条理和专业化。事实上,它们看起来一片混乱。

那么,为什么你们这些家伙不来寻找马克?一个非常令人困惑的问题,一个他自己也没有答案的问题。他拨了那个领事馆的电话号码。让好戏开场吧。

半个小时之后,他们找到了他,一个神情严肃的皇家安全部的中尉,名叫艾弗森,带着一小队从当地借用的武装人员,他们都穿着军服,带着相当不错的武器装备。他们乘一架宇航飞机直接从轨道上过来,在这清晨的阳光下,全跑得汗津津的。迈尔斯坐在一把摇椅上,守在一个行人出入的入口处,或者更准确地说,是一个他找到的紧急出口。他冷冷地看着他们从飞机上冲了出来,手里紧握着武器,迅速地散开,摆好架势,像是准备武力占领这个军事要塞。

那个官员急忙朝他走来,做了一个像是敬礼的姿势。"内史密斯将军?"

艾弗森是他不认识的一个家伙,恐怕他并不知道自己的确切身份。"没错。你可以告诉你的手下,放松些,这个地方已经彻底侦察过了,没有危险了。"

"你自己一个人做的?"艾弗森似乎有些不相信地问。

"可以这么说吧。"

"我们一直在寻找这里,已经找了两年了。"

迈尔斯忍住了,没有给他一句嘲讽的评议,只是简单地问:"马克……在哪里? 就是另一个克隆人,我的同胞兄弟。"

"我们不知道,先生,在你打电话的时候,根据一个线人的情报,我们正准备去袭击巴罗普乔王朝的一个地点,去解救你。"

"我昨天晚上在那里的。你的情报员不知道我已经被转移了。"一定是茹恩干的——她已经逃跑了,太棒了!"假如你赶到那里,发现自己来得太晚了,你恐怕会很尴尬的。"

艾弗森的嘴唇紧闭了起来。"这一次行动从一开始到现在,一直都特别混乱。各种命令不停地变化着。"

"告诉我,"迈尔斯叹息着说,"你是否有登达立雇佣兵的任何消息?"

"一个穿着你们制服的秘密小分队正在往这里赶来,长官。"艾弗森在说"长官"两个字的时候,有些犹豫,他似乎不知道一个贝拉亚的正规军军官是否应该这样称呼一个雇佣兵的头目,"我……我想再去侦察一下这个地方,看看还有没有任何安全隐患,假如你不介意的话。"

"去吧,"迈尔斯说,"你们会发现它将是一次非常有趣的旅行——假如你的胃足够坚强。"艾弗森带着他的士兵们走进门去。迈尔斯生怕自己会笑出声来,因为他的内心里正在狂笑。但是,只是他叹息了一声,从椅子上滑下来,跟在了他们后面。

迈尔斯的手下乘坐一架小型私人飞机,直接冲进了那个秘密机库。他从瑞瓦尔书房里的监视器上看到他们,告诉他们应该到哪里来寻找他。奎因、埃蕾娜、陶娜和贝尔,都穿着轻便盔甲,她们猛冲进书房,几乎像那个皇家安全部的笨蛋一样。

"为什么穿着节日的服装?"当他们出现在他的视线之内的时候,他首先嘲讽地问道。他应该站起来,接受并回复他们的敬礼和其他的事情,但瑞瓦尔的椅子实在太舒服了,而他也太疲劳了。

"迈尔斯!"奎因激动地哭了起来。

看到她关切的面容,他意识到自己是多么生气和内疚。由于极度的恐惧,他感到极度的气愤。马克在哪里,你们这些该死的家伙?"奎因上校,"他用这种语气暗示她,让她明白现在是在执行任务的特殊时刻,防止她突然扑上来。奎因尴尬地站住了,只按照一般的礼节敬了一个礼。其他的人都排在她的后面。

"我们正准备协助皇家安全部的人袭击巴罗普乔王朝,"奎因气喘吁吁地说,"你已经恢复记忆了!你曾经得了冷冻失忆症——你好了吗?那个道若努医生说你会——"

"我想,大概恢复了百分之九十。我的记忆里仍然有一些漏洞。奎因——都发生了些什么?"

她看起来好像很茫然。"从什么时候开始？从你被杀死——"

"就从五天前开始吧,那时候你们来到道若努研究中心。"

"我们来找你,在经历了大约四个月的痛苦等待之后,终于找到了你！"

"你被打昏了,马克被带走了,莉莉急忙把我和我的外科医生一起送到某个她认为是安全的地方。"迈尔斯提醒她,好让她直截了当地说出自己想知道的事情。

"哦,她是你的医生。我还以为——啊,别在意。"奎因控制了自己的情感,摘下自己的头盔,掀开头罩,用染着红指甲的手梳理着自己的蓬乱的鬓发,开始有条理地叙述起事情的经过来,"我们一开始浪费了好几个小时,等到埃蕾娜和陶娜又搞到一架飞行器的时候,那些入侵者已经溜了。她们寻找了很久,但是没有找到。当她们回到道若努研究中心的时候,贝尔和我正好醒过来。莉莉保证你是安全的。我不相信她。我们冲了出去。我同皇家安全部联系上了,他们开始把散布在各地的间谍集中到杰克逊联邦来,寻找你和马克——时间又耽搁了下来,因为起初他们认为你被西塔甘达人绑架了,而且,瑞瓦尔王朝有大约五十个需要搜索的地点,还不包括这个,因为它完全是秘密的。

"然后莉莉宣布你失踪了。由于寻找你更重要,所以我们就把几乎所有的人员都使用在这方面,但是我们几乎没有任何线索。就是那个被遗弃的飞行器,我们也是在两天之后才发现的,而且它没有提供任何线索。"

"很好。但你们怀疑是瑞瓦尔抓了马克。"

"但是瑞瓦尔想要内史密斯将军。我们以为他会明白他抓错了人。"

他用手捂住了自己的脸,他的头开始痛起来。他的胃也痛起来。"难道你们从来就没有想到过,其实瑞瓦尔并不在乎他抓住的是谁?几分钟之后,我要你们去看看他关押马克的囚室,闻闻里面的味道。我希望你们看仔细一些。事实上,我要你们现在就去。陶娜中士,请你留下来。"

奎因带着埃蕾娜和贝尔很不情愿地出去了。迈尔斯俯身对陶娜说话,她也弯下身来倾听。

"陶娜,到底发生什么了?你是一个杰克逊人。你知道瑞瓦尔是什么样的人,也知道这里是什么地方,你们怎么都没有注意到这个地方呢?"

她摇了摇自己巨大的头。"奎因上校认为马克是一个不折不扣的捣蛋鬼。你死了之后,她气得要命,简直恨不得他也死掉。起初我也同意她的意见,但是……我不知道。他曾经那么努力过,对教养院的袭击就差一点就成功了。如果我们再快一点,如果那些保护飞行器的士兵做得再好一些,我想,我们就成功了。"

他点点头,表示赞同。"但是,战争是无情的,误差一丝一毫都是不行的。"他停顿了一会儿说,"奎因有一天会成为一个优秀指挥官的。"

"我也这么认为,长官。"陶娜脱掉她的头盔和头罩,四处张望了一下,"但是我开始喜欢那个小家伙了。他确实非常努力。他努力了,也失败了。但是没有任何人曾经去做他做的那件事。而且他是那么孤独。"

"孤独,是的,在这里,五天整。"

"我们真的相信瑞瓦尔会明白他不是你。"

"也许会的……也许不会的。"他自己也产生了同样的希望。也许实际上情况并不像看上去那么糟糕,不像他所想象的那样糟糕。

奎因和她的同伴们一起回来了,看起来非常悲伤。

"既然,"他说,"你们已经找到了我,现在我们可以一起集中精力来找马克了。在过去的几个小时里,我找遍了这个地方,但是没有发现任何线索。难道那些逃跑的人带走了他?他是否在外面的沙漠里徘徊着?被冻僵了?我已经命令艾弗森手下的六个士兵去外面寻找了,还派了一个人检查研究所的记录,看看有没有大约五十公斤重的蛋白质类物体被分解掉过。你们有没有什么高明的建议?"

埃蕾娜看了第二个房间之后回来说:"你们认为是谁干掉了瑞瓦尔?"

迈尔斯摊开双手。"不知道。他有几百个敌人。"

"他被一个没有胳膊的人杀死了。一脚踢在喉咙上,然后,在他跌倒之后,被打死了。"

"我注意到了这个。"

"是啊。"

"迈尔斯,这是马克干的。"

"这怎么可能呢?这件事大概就发生在昨天晚上。在那个时候,马克已经被他们折磨了将近五天了——马克是一个和我差不多的小矮子,我认为这在体能上是不可能的。"

"马克确实是一个小家伙,但是不像你。"埃蕾娜说,"而且,他在沃巴萨塔那的时候,就曾经一脚踢到一个人的喉咙,差一点踢死了他。"

"什么?"

"他受到过专门的训练。迈尔斯,他曾经被训练来杀死你的父亲,一个比瑞瓦尔还要高大的男人,而且具有许多年的战争经验。"

"是的,但是我从来不相信这个——马克什么时候去了沃巴萨塔那?"简直令人难以置信,死去两三个月之后,你就完全落伍了。他第一次意识到,自己恐怕不可能立即就回到指挥官的岗位上去。记忆不全所造成的疯狂,还有经常性的痉挛,都是需要好好检查检查的,更不用说总是喘不过气来了。

"哦,还有你父亲的事情,我应该说一说——不,还是等等再说吧。"埃蕾娜担心地看着他。

"我父亲——"一阵电话铃声打断了他的话,这是艾弗森给他的联络器,"你好,中尉?"

"内史密斯将军,费尔男爵在这里的门口,带着一个小分队。他,呵……说他到这里来安葬自己的同父异母兄弟的尸体。"

迈尔斯无声地吹了一个口哨,并暗暗地笑了起来。"是吗?现在?好吧,告诉你,让他进来吧,只能带一个私人保镖。我们要谈一谈。他或许知道什么事情。但是,现在还不要让他的小分队进来。"

"你认为这是一个明智之举吗?"

我他妈的怎么知道?"当然。"

过了几分钟,费尔男爵跑了进来,由艾弗森的一个士兵护送着,另外还有他自己的一个高大的保镖陪伴着。费尔男爵的脸由于疲劳而显得更加红了,但他身体的其他方面他还保持着通常那种胖墩墩的祖父形象。

"费尔男爵,"迈尔斯点点头,"很高兴又看到你。"

费尔也点点头。"将军,是的,我想,你现在看起来一切都很好啊。那么,巴罗普乔士兵击毙的那个人确实是你啊。你的克隆人在你死后很好地扮演了你,我必须承认这一点,而且他让本来就非常复杂的局面变得更加复杂了。"

啊哈!"是的,嗨,你到这里来有何贵干?"

"来做个买卖。"费尔说。意思是,你先说出你知道的。

迈尔斯点点头。"去世的瑞瓦尔男爵让自己的两个贴身卫兵把我带到这儿,我来之后就看到了现在的这种局面。我抓住机会,解除了那两个卫兵的武装。至于他们是怎么找到我的,这又是一个更加复杂的故事了。"意思是,在你告诉我一些情报之前,我就说这么多了。

"外面有一些奇怪的传闻,关于我那故去的兄弟——他已经故去,对吧?"

"哦,是的。你马上就可以看到。"

"谢谢你。关于我故去的、亲爱的同父异母兄弟,我有第一手资料。"

瑞瓦尔的一个老部下从这里直接跑到他那里去送情报了。没错。"我希望他的美德得到了很好的报偿。"

"只要我查出他说的都是实话,他会得到报偿的。"

"好吧,为什么你不自己来看看?"他不得不从那个舒服的椅子上吃力地爬起来,带着费尔男爵走进起居室里,费尔男爵的保镖和那些登达立雇佣兵一起跟在后面。

那个保镖担心地看了看陶娜,后者正赫然站在他的面前。陶娜冲着那个保镖笑了笑,她的犬齿闪闪发光。"嗨,你好。你很迷人,知道吗?"她对他说。他吓了一大跳,退缩了回去,侧着身子更贴近了他的主人。

费尔急忙走向那具尸体,在它的右边弯下腰来,抓住那个没有手的胳膊,非常失望地喊叫起来:"这是谁干的?"

"我们现在还不知道,"迈尔斯说,"我发现他的时候就已经这样了。"

"真的?"费尔敏锐地看了他一眼。

"是的。"

费尔摸着那具尸体头顶上的那些黑洞。"无论是谁做了这个,他一定有他自己的目的。我想找到这个杀手。"

"为了……替你的兄弟报仇?"埃蕾娜警惕地问。

"不,为了提供一个工作给他!"费尔笑了起来,一种爽朗的、快乐的声音,"你知不知道,多少年来,曾经有多少人想取得这样的功绩?"

"我有一个主意,"迈尔斯说,"假如你能够帮助——"

在隔壁房间里,瑞瓦尔的那台被糟蹋得一塌糊涂的通讯终端响了起来。

费尔立即注意到了,眼睛里闪动着非常关切的神情。"只有拿了密码钥匙的人,才能打进电话接到那个终端上。"他说着,加快了脚步。迈尔斯勉强赶在他的前面,回到书房里,坐进椅子上。

他激活了图像显示屏。"你好?"他几乎又要从座位上跌倒了。

马克肥胖的脸出现在显示屏上。他看起来好像刚刚洗了澡,脸擦洗干净了,湿漉漉的头发往后梳着。他穿的也是灰色的衣服,和迈尔斯身上的一样。但是里面的皮肤似乎很奇怪。他的一双眼睛睁得大大的,非常明亮。"嘿,"他高兴地说,"你到了,我猜想你恐怕会在那里的,你现在明白自己是谁了吗?"

"马克!"迈尔斯简直想去摸摸那个全息图像,"你好吗? 你在哪里?"

"你已经明白自己是谁了,我看出来了。很好。我在莉莉·

道若努的研究中心。多么好的地方,多么了不起的女人。她让我洗了个澡,把我的皮肤补好了。她还修好了我的脚,为我注射了一剂肌肉延缓药,治疗我的后背。她还亲自施行了一些非常复杂和恶心的外科手术,这些手术简直令人难以启齿,但是却非常必要。我告诉过你关于洗澡的事了吗?我爱她,我要娶她。"

所有的话都是在那么可怕的、筋疲力尽的状况下说的,迈尔斯简直不知道马克是不是真的在开玩笑。"你吃了什么?"他怀疑地问。

"止痛片。大量的止痛片。哦,太好了!"他冲着迈尔斯讨好地大声笑了起来,"但是别担心,我的头脑现在很清醒。只是那个澡。我一直都保持着良好的自制力,直到洗了那个澡。它让我失态了。你简直忘记了舒舒服服地洗个澡是一件多么美妙的事。当你洗掉了——唉,算了。"

"你是怎么从这里逃到莉莉·道若努那里的?"迈尔斯急切地问。

"当然是乘瑞瓦尔的私人飞机。那个密码钥匙很有用。"

在迈尔斯的身后,费尔开口说话了。"马克,"他微笑着伸头冲着显示屏说,"你能不能让莉莉来说话?"

"啊,费尔男爵!"马克说,"很好。我正要打电话给你呢。我想邀请你来这里喝茶,就在莉莉这里。我们有很多话要谈呢。你也一起来,迈尔斯。还有,带上你的那些朋友。"马克意味深长地瞪了他一眼。

迈尔斯悄悄地伸出手,在艾弗森给的联络器上按下了"警惕"按钮。"为什么,马克?"

"因为我需要他们。我自己的士兵今天太疲劳了,不能工作了。"

"你的士兵?"

"请按照我的要求去做吧。因为你欠我的。"马克补充说,他的声音很低,迈尔斯不得不竖起耳朵才能听得清。马克的眼睛里闪出一丝激动的光彩。

费尔嘟哝着说:"他已经使用了它。他应该知道——"他又伸头说,"马克,你知不知道你,唉,手中掌握了什么东西?"

"哦,男爵,我知道自己在干什么。我只是不知道为什么那么多人都觉得这一点难以理解。"马克用一种受了伤的语气抱怨道,"我完全清楚我自己在做什么。"然后他笑了起来。那是一种特别可怕的笑声,显得很气恼,声音也过于响亮。

"让我和莉莉说话。"费尔说。

"不,你必须到这里来跟莉莉谈话。"马克任性地说,"无论如何,你还想同我谈话呢。"他直盯盯地看着费尔的眼睛,"我保证你会发现这次旅行很有价值。"

"我相信我确实想同你谈谈。"费尔低声说,"很好。"

"迈尔斯,你现在正在瑞瓦尔的书房里,我曾经在那里待过。"马克似乎想从他的脸上寻找某种东西,迈尔斯猜不出来那是什么东西。然后马克一声不响地点了点头,似乎很满意的样子。"埃蕾娜在那里吗?"

"在……"

埃蕾娜从迈尔斯的另一边伸出头来。"马克,你需要什么?"

"我想同你谈一分钟,女警卫员。私下谈谈。请你让房间里的其他人都离开,好不好? 每个人。"

"你不可能,"迈尔斯张开口说,"……女警卫员? 不是——不是忠诚誓言吧? 你不可能做到的。"

"只是一种权宜之计。我猜想她现在不是了,因为你又活过来了。"马克说,他悲哀地笑了笑,"但是我想让她为我服务一次,这是我第一个,也是最后一个要求。埃蕾娜,私下谈谈。"

埃蕾娜往四周看了看。"每个人都请离开这里,迈尔斯,这是我和马克之间的事情。"

"女警卫员?"迈尔斯低声嘟囔着,顺从地离开房间,来到走廊里,"这怎么——"埃蕾娜把他们全部关在房门外面。迈尔斯打电话让艾弗森安排运输工具和其他一些事情。现在他和费尔之间仍然存在着一种客气的竞争关系,但是,尽管很客气,仍然还是在竞争。

埃蕾娜几分钟之后出现了,她的脸上流露出非常严肃的神情。"你们先去道若努研究中心,马克让我在这里替他找一样东西。我随后就来。"

"那么,顺便替伊林收集所有你看到的有用资料。"迈尔斯说,对事件发展的速度之快感到非常困惑。不知怎么的,他觉得自己在这里没有掌握指挥权,"我会告诉艾弗森,让他给你一些自由。但是——女警卫员?这是不是意味着我说的那种关系?这怎么可能——"

"现在它什么意义也没有了。但是我欠马克的。我们都欠他的。他杀了瑞瓦尔,你要明白。"

"我开始明白事情确实是这样的,我仅仅是不理解他是怎么做到的。"

"他说,当时他的双手都被铐在身后,我相信他。"她转过身去,重新走进瑞瓦尔的住所。

"那是马克吗?"迈尔斯低声嘀咕着,很不情愿地往另一个方向走去。他死掉的那段时间里不可能又出现了另一个克隆人孪生兄弟,不是吗?"他听起来不像马克。他居然很高兴见到我似的。那是马克?"

"哦,是的,"奎因说,"那就是马克,没错。"

他加快了脚步,即使陶娜也不得不迈开大步才能够跟上他。

第三十章

登达立雇佣兵的那架私人小飞机努力与费尔男爵那架巨大的飞机保持着同等速度,他们几乎同时到达了道若努研究中心。皇家安全部租用的一架戴恩王朝的飞机,正礼貌地等候在入口处的街道对面,一个公园旁边。

在他们准备降落的时候,迈尔斯问正驾驶着飞机的奎因:"埃莉——假如我们正在飞行过程中,在一架轻便飞机或者其他飞行器里,我突然命令你毁掉它,你会服从命令吗?"

"现在?"奎因吃惊地问。飞机降落了。

"不!不是现在。我的意思是,你是否会无条件地服从我的命令,立即就执行我的命令,不询问任何问题?"

"呵,当然,我想是的。不过,事后我会问你为什么的。"

"我也是这么想的。"迈尔斯满意地靠到座位上。

在前门入口处,他们和费尔男爵汇合了,门卫正准备按下密码,打开大门。费尔看着跟在迈尔斯身后的那三个穿着轻便盔甲的登达立军人——奎因、贝尔和陶娜,皱起眉头来。

"这里是我的研究所。"费尔声明,他自己那两个身穿绿色制服的保镖很不友好地看着他们。

"他们是我的私人卫兵。"迈尔斯说,"我需要他们来保护我。你的防护网似乎有故障。"

"我们已经重新整修过了,"费尔不高兴地说,"那样的事情不会再发生了。"

"既然这样,"迈尔斯用大拇指朝着公园旁的那架飞行器示意了一下,"我的其他朋友可以在外面等候。"

费尔皱着眉头,仔细地想了想。"好吧。"他终于说。他们跟着他一起走了进去。霍克来迎接他们,对男爵鞠躬之后,就很庄重地带领他们往莉莉·道若努的顶层住所走去。

当他们通过升降管道上去的时候,迈尔斯想出了一个词来形容当时的场景,就是"戏剧化"。这一切似乎都安排得像舞台剧一样,完美无缺。

马克是这里的主角。他很舒服地半躺在莉莉自己专用的椅子上,他缠着绷带的右脚放在自己面前的茶几上,底下垫着一个丝质的靠垫。他的周围都是那些道若努。莉莉自己站在马克的右边,靠在椅子的靠背上,灰白的头发高高地盘在头顶上。霍克站到了马克的左边,道若努医生、波琵医生和罗斯医生非常恭敬地围在他们的身边。这一群人旁边还有一个道若努医生手中拿着一个巨大的灭火器。茹恩不在这里。那扇窗户已经被修好了。

在桌子的中心放着一个透明的冷冻盒,里面放着一只手,手上戴着一个很大的银质戒指,戒指上镶嵌着一块四方形的彩纹玛瑙钻石。

马克的身体状况让迈尔斯非常担心。他不得不服用一些药品,来掩饰自己曾经经历的那些残酷的折磨所留下的痕迹。虽然他穿着和迈尔斯自己一样的灰色套装,从头到脚,把身子包得严严实实的,只有他脸上的青肿斑块和缠着绷带的脚,稍稍透露了一些过去五天里的情况。但是,他浑身上下似乎都奇怪地肿胀起来,腹部出奇地大,简直让迈尔斯不敢相信,他就是几天前看到的那个穿着登达立军队制服的整齐而匀称的人,和那个他四个月前曾经设法营救的、冒充内史密斯将军的人就相差更大了。这种肥胖如果出现在另一个人身上,比如,出现在费尔男爵身上,恐怕不会有什么特别明显的变化,但是马克……假如他松懈下来,这也可能在某一天出现在迈尔斯自己身上?他突然决定不再吃甜点。埃莉坦然地瞪着马克,流露出恐惧和厌恶的神情。

马克微笑着,手里拿着一个小小的控制盒。他的食指一直按在一个按钮上。

费尔男爵看到了那个装着一只手的冷冻盒,便一边往前走去,一边叫喊起来:"啊哈!"

"停下。"马克说。

男爵停住了,低下头看着他。"怎么啦?"他很谨慎地说。

"你感兴趣的那个东西现在正安置在一个随时可以被引爆的炸弹上,由这个——"他举起手中的遥控器,"控制着。在这个房间的外面还有一个控制开关,由另一个人看守着。一旦你打昏我,或者扑向我,那个开关就会启动。如果你恐吓我,我的手也许会抖动,或者你让我过度疲劳,我的手也可能失去自控。假如你惹恼了我,我就会让它见鬼去。"

"事实上,既然你已经布置了这样一种预防措施,"费尔慢慢地说,"我就明白你已经了解你手中物品的价值了。你不会那么做的,你在吹牛。"他敏锐地看了一眼莉莉·道若努。

"别抱任何侥幸心理,"马克仍然微笑着,"在你那同父异母兄弟的仇恨里生活了五天之后,我也传染上了强烈的仇恨心态。盒子里的东西对你来说是非常有价值的,但是对于我来说,却没有什么了不起。不过,"他喘了一口气,"你确实也有一些我感兴趣的东西。男爵,我们来做个交易。"

费尔咬住自己的下嘴唇,瞪着马克发光的眼睛。"我听着。"他终于说。

马克点点头,两个道若努急忙给费尔男爵和迈尔斯搬来椅子,迈尔斯的私人卫兵们站在他的旁边,费尔的保镖看起来好像在努力地思考着,他们看着那个盒子,又看看他们的主子,而那些登达立雇佣兵则密切关注着这些保镖的举动。费尔若无其事地坐下来,似笑非笑地,眼睛里流露出热切的神情。

"来点茶?"莉莉问道。

"谢谢你。"男爵说。两个道若努孩子在她点头示意之后,立即走了出去。交易开始了。迈尔斯小心翼翼地坐下来,咬紧牙关,紧张万分。这里发生的一切,他一无所知。这显然是马克的计划。但是,他现在甚至不敢相信马克的理智是正常的。他很聪明,不错,但是,绝对不正常。费尔男爵看起来好像也要得出同样的结论,他直盯盯地看着茶几对面,那个自封的主人。

两个对手静静地等待着茶饮上来,相互瞪视着对方。那个男孩端上茶盘,把它放在那个可怕的盒子旁边。那个姑娘只倒了两杯茶递给马克和男爵,用的是莉莉最好的、日本进口的陶瓷杯,而且还给他们提供了小甜饼。

"不,"马克用一种非常厌恶的语调拒绝了小甜饼,"谢谢你。"男爵拿了两个小甜饼,立即就咬了一口。马克想用自己的左手拿起茶杯,但是他的手颤抖得特别厉害,于是他不得不把它放回到椅子扶手上,以免打翻它。那个姑娘悄悄地走了过来,帮助他把茶杯送到嘴唇边,他喝了一口,然后感激地点点头。他受的伤害大大地超过了他现在给人们看到的表面现象,迈尔斯意识到,他的胃难过起来。男爵看着马克颤抖的左手,对他右手的动作更加怀疑起来,但很快就移开了自己不安的目光。

"费尔男爵,"马克说,"我想你一定会同意我的观点,那就是时间是很宝贵的。我可以开始了吗?"

"请开始吧。"

"在这个冷冻盒子里,"马克冲着那只手点了点头,"有瑞瓦尔王朝的钥匙,也就是瑞瓦尔的密码戒指。"马克大声地咳嗽起来,掩饰自己的大笑,他还冲着那个姑娘点点头,示意她再给他喝一口水。他恢复了说话的能力之后,又继续说:"戒指上的钻石就是瑞瓦尔男爵的私人密码钥匙。瑞瓦尔王朝的统治局面一向很特殊,或者说,瑞瓦尔其实是一个具有偏执狂式统治欲的畸形人。但是现在瑞瓦尔死了,一旦他死亡的消息传到他的那些原本就分崩离析的部下耳中,谁知道他们会做出什么事情来?你已经看到了一个例证。"

"一两天之后,那些想浑水摸鱼的家伙们就会从四面八方赶来,他们会把瑞瓦尔王朝撕个粉碎。巴罗普乔王朝显然对瑞瓦尔的遗产有很浓厚的兴趣,我敢肯定你还能够想出许多其他的人来。"

费尔点点头。

"但是,一个在今天就拥有瑞瓦尔本人的密码钥匙的人,一定拥有相当大的优势。"马克继续说,"特别是他还势力雄厚,才华出众。他无须任何讨厌的拖延,无须一个个地解开瑞瓦尔的那些密码,立即就能够掌握瑞瓦尔的大部分或全部现有的资源。而且,假如他还有一些血缘上的关系的话,他的占有权就是更加合法的了。同时,我认为,大多数竞争者恐怕来不及认真交锋就会立刻败下阵来。"

"我的同父异母兄弟的密码钥匙戒指不是你的,你不能用它来做交易。"

"哦,它是我的。"马克说,"我赢得了它。我控制住了它。我可以摧毁它,而且,"他舔了舔自己的嘴唇,那个姑娘再一次端起茶杯,"我为它付出了代价。你现在无法独享——是的,你现在还有可能会独享——那个机会,假如我不给你的话。"

男爵微微地点头表示让步。"继续吧。"

"与瑞瓦尔王朝的财富相比较,你认为道若努研究中心相当于它的几分之几?精确点。"

男爵皱着眉头。"二十分之一,或许三十分之一。瑞瓦尔王朝有更多的固定资产,而这些智力财富恐怕不好计算。她们都是特殊的生物学领域里的专家。"

"撇开——或者暂时不谈——那些固定资产,瑞瓦尔王朝也有许多高级研究所、机师、奴隶、大量的生意伙伴、外科医生和遗传学专家等。"

"我承认你是对的。"

"好吧,让我们来做交易。我要用瑞瓦尔王朝跟你交换道若努研究中心,外加瑞瓦尔王朝百分之十的资产,折合成通用的现金支票。"

"百分之十,那是一个代理人的价格。"费尔说,看了看莉莉。莉莉微笑着,没有说话。

"仅仅是一个代理人的价格。"马克表示赞同,"比实际的要价低两倍。这也是假如你得不到瑞瓦尔的密码钥匙,可能要损失的最小数目。"

"马克,假如你得到了她们,你将如何处置这些女士们?"

"我自有打算。"

"马克男爵,你是否考虑在这里做自己的生意?"

迈尔斯僵住了,被这新的一幕吓得够呛。

"不,"马克叹息着说,"我想回家,男爵。我非常想回家。我要把道若努研究中心还给——她们自己。而你必须允许她们离开,自由地、不受任何干扰地离开,而且不得跟踪追捕,无论她们去了哪里——随她们自己所愿。埃斯科巴,是不是,莉莉?"他抬头看了看莉莉,她也低头看着他,微笑着点点头。

"这真是太奇怪了,"男爵嘟哝着,"我认为你简直发疯了。"

"哦,男爵,你不能理解。"马克奇怪地笑了一声。假如他在表演,那么这就是迈尔斯所看到的最好的表演了。

男爵靠到椅子上,双手抱在胸前。他的脸由于思考而显得非常冷峻。他是否决定要突袭他们?迈尔斯进入一种疯狂的状态之中,开始计算起假如发生武力冲突,双方力量的均衡情况:登达立舰队还在基地里,皇家安全部的大部队在轨道上,他和马克处在危险之中,假如来一阵令人眼花缭乱的榴弹炮袭击——哦,我的上帝啊,真是一团糟——

"百分之十,"男爵终于说,"减去道若努研究中心百分之十的价值。"

"谁来为那些智力资源估价?"

"我。而且她们必须立即就撤走,所有的资产、文件、仪器设备都必须完好无损地留下。"

马克看着莉莉,她弯下腰,低声在他的耳边说了些话。然后马克宣布:"道若努应该拥有复制科技文件的权利,应该能够带走私人用品,例如衣服和书籍。"

男爵若有所思地看着天花板。"她们可以带走——任何她们可以自己携带的东西。不能有更多。她们不能复制科技文件,而且她们的银行存款,像已往一样,仍然属于我所有。"

莉莉的眉头皱了起来,她扶着马克,又冲着他的耳朵嘀咕了一会儿。他提出了一些反对意见,她终于点点头。

"费尔男爵,"马克深深地吸了一口气,"成交。"

"成交。"费尔确认道,微微地笑着看着他。

"我的手粘在上面了。"马克高兴地大叫着窃笑起来,把那个遥控器转了个身,关上了底下的一个按钮。他把它重新放在他的椅子扶手上,摇晃着自己颤抖的手指。

费尔在椅子上伸直了身体,摆脱了内心的紧张情绪。那两个保镖也大大地松了口气。迈尔斯差一点跌倒在地下。哎哟,我们都干成了什么啊?在莉莉那边,许多道若努慌忙地四处跑开去。

"跟你做交易很愉快,马克,"费尔站起身来,"我不知道你的家在哪里,但是假如你哪天决定要一个职位,再来找我,我需要一个像你这样的代理人。你把握时机的能力……极端高超。"

"谢谢你,男爵,"马克点点头,"我会记住你的话,假如我的其他选择行不通的话。"

"也欢迎你的兄弟,"费尔想了想,又补充说,"当然了,假如他完全康复了。我的士兵们应该有一个更加具有活力的战斗指挥官。"

迈尔斯清了清喉咙。"费尔王朝仅仅需要防御性的人才,我更喜欢登达立雇佣兵的那些更具侵略性的任务。"他说。

"在不久的将来,也许会有更多的攻击性工作。"费尔说,他的眼睛里出现了一丝对未来的遥想。

"想要征服整个世界?"迈尔斯询问道。费尔帝国?

"赢得瑞瓦尔王朝,将会使费尔王朝处于一个非常有利的地位。"费尔说,"假如仅仅是为了五年的统治权力,那就不必去追求无止境的扩张,因为那将招致相当强的抵抗。但是,假如一个人还能够再活五十年,情况就大不一样了。一个有能力的军事头领就可能因此而获得一些非常合适的工作……"费尔期待地看着迈尔斯,挑起一条眉毛。

"不,谢谢你。"而且我祝你们相互打得愉快。

马克冲着迈尔斯狡猾而幽默地挤了挤眼睛。

迈尔斯暗暗地想,马克取得了一个多么奇特的结局啊。一个多么惊人的交易啊。我认为我的兄弟比他自己所意识到的要更加杰克逊化。一个反叛的杰克逊人。难以置信。

费尔做了一个手势,他的一个保镖小心翼翼地拿起那个透明的盒子。费尔转身对莉莉说:"唉,老姐姐,你度过了很有趣的一生。"

"我还活着呢。"莉莉微笑着。

"还能活一段时间。"

"对我来说就足够了,贪婪的小男孩。这么说,我们的路走到头了,这是我们最后的生死条约。很多年前,当我们一起从瑞瓦尔的下水道里爬出来的时候,谁能够想到我们会有今天啊?"

"我肯定想不到。"费尔说,他们相互拥抱起来,"再见,莉莉。"

"再见,乔瑞斯。"

费尔转身对马克说:"交易归交易,那是为了我的王朝,这是为我自己,为了那些过去的日子。"他伸出一只肥胖的手,"先生,我可以跟你握手吗?"

马克显出困惑和怀疑的样子,但是莉莉冲着他点点头,于是他就伸出手让费尔握住了。

"谢谢你。"乔瑞斯·斯汤伯真诚地说。然后,他冲着自己的保镖示意了一下,他们一起消失在升降管道里。

"你认为这个交易是否能够维持住?"马克用一种微弱的、担心的声音问莉莉。

"能够维持足够长的时间。在接下来的几天时间里,乔瑞斯肯定会忙着接收他的那些新财富。这将吸引住他的全部注意力。在那之后,他当然肯定会后悔的,但是已经太晚了。至于追捕和复仇,不会的。这就够了,我们只需要这些。"

她疼爱地抚摸着他的头发。"你好好休息吧,喝点茶。我们大概要忙一阵子了。"她转身过去招呼那些年轻的道若努,"罗宾!瓦奥莱特!快来——"她急忙带着她们走进她自己的房间去了。

马克松懈下来,看起来非常疲倦。他苦着脸看着那个茶杯,把它换到右手,颤抖着送到唇边。

埃莉触摸了一下她的头盔,倾听着,然后扑哧一声笑了出来。"皇家安全部的一个使者在戴恩航空站,他说他的增援部队到了,应该派他们去哪里?"

迈尔斯和马克相互看了看,迈尔斯不知道马克在想什么,但是知道他自己的头脑充满了愤怒和厌恶。

"让他们回家去。"马克终于说,"这样他们就可以带我们一程了。"

"我必须回到登达立舰队去。"迈尔斯急忙说,"呵……他们在哪里?埃莉?"

"他们正前往埃斯科巴附近的集合地。但是你,长官,你现在哪儿也不能去,皇家安全部的医生首先要给你检查身体。"她非常坚决地说,"舰队很好。你的健康状况却不那么好。伊林肯定会拧我的耳朵的,假如我没有立即把你带回去的话。而且,还有你父亲的情况。"

"我的父亲怎么啦?"迈尔斯问。埃蕾娜也曾经说起过——他的胸口顿时像要结冰了一样。各种恐怖的镜头出现在他的脑海里,谋杀、致命的疾病,还有空难,等等。

"我在那里的时候,他得了严重的心肌衰竭。"马克说,"我离开的时候,他正被迫躺在床上等待着一个新心脏来做移植手术。事实上,现在他们恐怕已经可以做手术了。"

"你在那里的时候?"你对他做了什么?迈尔斯觉得自己好像要晕倒了,"我必须回家去!"

"我也是这么想的,"马克疲倦地说,"你认为我们跑这么远到这里来有什么意思,假如我们不能把你带回去的话?我们可不是到瑞瓦尔的温泉来免费度假的。妈妈认为我就是下一任弗·科西根继承人,我想,我可以应付贝拉亚,但是我应付不了那个家族的责任。"

这一切发生得太快了,他坐了下来,试图让自己重新镇定下来,否则恐怕他又要开始另一次痉挛了。这样一种体能上的虚弱恐怕足以让皇家安全部的医生给他的健康状况下一个不合格的评语。他曾经认为自己这种间歇性的痉挛只是自己恢复过程中的一个症状,但是,假如它们成为一种长期性的后遗症,那该怎么办?哦,我的上帝啊……

"我准备把我的飞船借给莉莉她们。"马克说,"因为费尔男爵居然不给她们足够去埃斯科巴的旅费。"

"什么飞船？"迈尔斯问。不是我舰队里的某一艘吧……

"妈妈买给我的飞船。莉莉应该能够在埃斯科巴把它卖上一个好价钱。然后，我就可以把钱还给妈妈，把弗·科西根·萨尔洛赎回来，此外还可以赚一笔不小的零花钱。有一天我会有自己的飞船的，但是现在我确实不能要这个飞船。"

什么？什么？什么？

"我正在想，"马克继续说，"这里的那些登达立将领可以同莉莉一起旅行，这样她们一方面可以为她提供一些军事保护，另一方面又可以免费快速地回到舰队去。这样也为皇家安全部省了四个旅客的旅费。"

四个？迈尔斯瞪眼看着贝尔，它一直非常沉默，此时正坦然地看着迈尔斯。

"这样也可以迅速地把所有人都尽快从这里撤离，"马克补充说，"以免任何不好的事情发生。"

"感谢上帝！"奎因低声说。

茹恩和埃莉同乘一条飞船？更别提还有陶娜。假如她们全都聚在一起，相互交流各自的信息，那该怎么办？假如她们吵了起来又该怎么办？假如她们一起叛变，结成同盟，并且通过协约来分割他，又该怎么办？北部迈尔斯和南部迈尔斯……他发誓，并不是他自己刻意找上了这许多女人。同伊凡相比较，他简直可以说是一个禁欲者了。这主要是因为他从来也没有放弃过任何自己喜欢的女人。长此以往，这个积累的过程恐怕会导致一个非常令人尴尬的局面。他需要……一个弗·科西根夫人，来结束这个荒唐的积累过程。但即使是埃莉也拒绝承担那个责任。

"好的，"迈尔斯说，"这样安排很好。回家。奎因上校，替我和马克安排同皇家安全部的人员一起回家。陶娜中士，你是否可以听从莉莉的指挥?我同意,我们应该尽快从这里撤离。还有,嘿,贝尔……请你留下来和我谈谈。"

奎因和陶娜明白了他的暗示,各自走开了。马克……马克也涉及到这件事,所以迈尔斯决定让他留下,况且,他很害怕让马克站起来,不知道他的移动究竟会暴露怎样的惨状。

"请坐,贝尔。"迈尔斯冲着费尔男爵刚刚坐过的椅子说,这就让他和贝尔、马克形成了一个三角格局。贝尔点点头,坐了下来。它双手抱着头盔,头罩披在肩膀上。迈尔斯回想起几天前,就在这个房间里,在他的记忆力还没有恢复之前,他曾经把贝尔视为女人。但是在从前,他总是习惯性地把贝尔看作男人。很奇怪。房间里此刻出现了一阵短暂的、令人不安的沉默。

迈尔斯清了清喉咙,打破了沉默。"我不能再让你回去指挥羚羊号了。"他说。

"我知道。"贝尔回答。

"这对舰队的纪律很不利。"

"我知道。"贝尔说。

"这……不公平。假如你扮演一个不诚实的沉默者,闭上嘴,继续假装被马克欺骗了,那就没有人知道你的错误了。"

"我知道。"贝尔说,它过了一会儿补充说,"在那个紧急时刻,我必须重新获得指挥权,因为不能够让马克继续指挥了,那样太危险了。"

"对于那些跟随你的人来说太危险了,是不是?"

"是的,而且……我应该早就预料到这点。"贝尔补充说。

"索恩上校,"内史密斯将军叹息着说,"我必须要求你辞职。"

"我答应你。长官。"

"谢谢你。"于是这件事就算结束了。非常迅速。他在自己的脑海里回想起马克的那次袭击,还有一些不连贯的记忆场景,"你是否知道……菲利皮怎么样了?我想,她还有得救的可能性。"

马克和贝尔交换了一个眼神,贝尔回答:"她没有活过来。"

"哦,听到这个消息我很抱歉。"

"冷冻-复活的危险性非常大,"贝尔叹息地说,"当我们处于这种状况中时,我们都是在冒险。"

马克皱着眉头说:"这似乎不公平,贝尔丢了工作,而我却什么事也没有。"

贝尔瞪着马克那个被折磨得肿胀起来的身体,微微挑起了眉头。

"贝尔,你下一步有什么打算?"迈尔斯小心翼翼地问,"是回到贝塔殖民地的家里吗?你以前总是说起这个。"

"我不知道。"贝尔说,"我不是没有考虑这个,这几个星期一来我一直在思考这个问题。我只是不知道我是否还能够适应在家里的生活了。"

"我也一直在思考这个问题。"迈尔斯说,"我有一个非常保守的想法。假如你能够继续为伊林服务,充当一个线人或者代理人,我们贝拉亚国内的那些多疑的家伙们也就可以稍稍地安心一些了,因为你了解许多贝拉亚的军事机密。"

"我没有奎因那样的狡诈才能。"贝尔说,"我是一个舰长。"

"舰长可以去许多有趣的地方,能够收集到许多情报。"

贝尔抬起头。"我会……好好考虑考虑的。"

"我想你大概不会在杰克逊联邦这里就离开我们吧?"

贝尔大声笑了起来。"当然不会的。"

"那么,在回埃斯科巴的路上仔细想想,再同奎因谈谈,在你们到达那里的时候做出决定,然后告诉我。"

贝尔点点头,站了起来,然后环顾了一下莉莉·道若努的起居室。"我并不感到后悔,你知道,"它对马克说,"无论如何,我们把将近九十人从这个可怕的地方救了出去,使得他们免于死亡或者沦为杰克逊人的奴隶。对于一个逐渐变老的贝塔人来说,这个成绩还不错。你可以相信,我一定会记住他们的。"

"谢谢你。"马克低声说。

贝尔看着迈尔斯。"你记不记得我们第一次见面时的情景?"它问。

"记得。我击昏了你。"

"没错。"它走到他的椅子旁,弯下腰,捧起他的下巴,"别动。很多年来我一直渴望这样做。"它亲吻了他,一种非常热切的、长时间的亲吻。迈尔斯起初还担心这是否体面,担心它的暧昧的意味,担心自己会突然死掉,但是他很快就决定让这些担心都见鬼去吧,于是开始热烈地回吻贝尔。贝尔微笑着直起了身体。

一阵嘈杂的声音从升降管道那里穿了过来,一个道若努正在给一个人引路。"就在楼上,夫人。"

埃蕾娜·伯沙瑞-杰萨克从管道里升了上来,瞪着眼睛看了看这个房间。"你好,迈尔斯,我必须和马克谈话。"她深深地吸了一口气说,她的眼神很黯淡,而且显得很忧郁。"我们能找个地方单独谈谈吗?"她问马克。

"我可不想站起来。"马克说,他的声音显得特别疲倦。

"好吧,迈尔斯,贝尔,请离开这个房间。"她直截了当地说。

迈尔斯很困惑地站了起来,他给了她一个询问的眼神,她也用眼睛回答说"现在不行,以后再告诉你"。他耸耸肩。"来吧,贝尔。我们去看看是否能够给其他人帮上忙。"他想出去找茹恩。当他和贝尔一起乘升降管道的时候,他很留心地注视着马克和埃蕾娜。埃蕾娜从附近拖了一把椅子过来坐下,她的双手摊开来,显得很急切的样子,马克脸上的表情非常阴郁。

迈尔斯把贝尔交给波琵医生,让贝尔给她帮帮忙,自己单独去茹恩的房间找她。正如他所预料的,她正在房间里收拾行李。另一个道若努坐在那里,看着她,显得很迷惑的样子。迈尔斯立即就认出了她。

"小莉莉!你逃出来了。茹恩!"

茹恩的脸上露出喜悦的神情,急忙过来拥抱他。"迈尔斯,你的名字是迈尔斯·内史密斯。我过去就相信你是内史密斯!你恢复了记忆,什么时候?"

"噢,"他清了清喉咙,"事实上,这件事发生在巴罗普乔的囚室里。"

她的微笑黯淡了下来。"在我离开之前,而你却没有告诉我。"

"为了安全起见。"他做了个鬼脸说。

"你不相信我。"

这是杰克逊联邦,你自己说过。"我更担心瓦萨·路易吉。"

"我想,我能够理解。"她叹息地说。

"你们俩分别是什么时候来到这里的?"

"我是昨天早晨来的。莉莉是昨天晚上来的。非常顺利!我简直没有想到你能把她也弄出来!"

"一个人的逃离可以带动第二个。你自己逃走了,才使得莉莉也能够逃掉。"他微笑着看了莉莉一眼,她正好奇地看着他们俩,"我没有做任何事情。这似乎是我最近以来的一贯作为。但是我相信,你们两个一定可以在瓦萨·路易吉和洛特斯弄清楚真相之前,离开这个星球。"

"我们在黄昏之前都会离开这里的。你听!"她把他带到她的窗户前,他们看到登达立的私人小飞机,由陶娜驾驶着,带着大约八名道若努,从院子里升空。她们是去打前站的,为的是去飞船上为其他所有的人做好登机的准备。

"迈尔斯,埃斯科巴!"茹恩激动地说,"我们就要去埃斯科巴了。噢,莉莉,你一定会喜欢那里的!"

"你们到了那里之后,还是住在一起吗?"迈尔斯问。

"我想,起初肯定会住在一起的。等到所有的人都熟悉了当地的环境之后,我们才会分开来。莉莉死之前会让我们自由的,我想,费尔男爵大概已经预测到了这一点。这从长远的角度看,对他的威胁要小一些。我认为,明天早晨,他就会从瑞瓦尔王朝选择一些顶尖人物,带到这里来。"

迈尔斯在房间里四处走动着,看到了沙发扶手上的一个小小的控制盒。"啊哈!原来控制那枚炸弹的另一个控制盒在你这里!我应该想到的。那么你一直在监听谈判的过程了。我还以为马克在吹牛呢。"

"马克从来就不吹牛。"她肯定地说。

"当他来这里的时候,你是否已经回来了?"

"是的。他来的时候是今天早晨的黎明前夕。他从一架飞机上爬了出来,穿着最不可思议的服装,要求和莉莉见面。"

迈尔斯想象着当时的情景。"那些卫兵怎么回答的?"

"他们说,好的,先生。他身上似乎有一种奇特的神韵……

我不知道如何去描绘它。但是……我可以想象出假如他出现在黑夜中的人行道上,大块头的杀手们也会给他让道的。你的克隆人同胞兄弟是一个非常可怕的人物。"

迈尔斯眨巴着眼睛。

"莉莉和克莱丝用一个气垫托板把他抬到医院里,然后我就没再见到过他。然后各种命令就开始满天飞。"她停顿了一下,"那么,你就要回到你的登达立雇佣兵舰队去了?"

"是的,但是我恐怕首先要接受一些体格检查。"

"在经受了那么严重的伤害之后,还不……安顿下来?"

"我承认,看到那些射弹武器确实让我感到一种奇怪的不舒服,但是,我还是希望我能够继续留在登达立舰队里。喔……我近来一直有的这些痉挛是否会消失?"

"会的。冷冻复活的过程总是非常坎坷的。那么,你……不打算退休,比如,去埃斯科巴生活?"

"我们会经常去埃斯科巴,去整修舰队的飞船,或者为一些私人的事务。那里是一个重要的交通枢纽地,我们肯定会有机会见面的。"

"但是肯定不会像我们第一次见面那样了。"茹恩笑了起来。

"告诉你吧,假如我下一次需要做冷冻复活手术,我会授命我的部下去找你的。"他迟疑了一下。我需要一个弗·科西根夫人,来结束这种彷徨……茹恩会是这个人选吗?"你是否会考虑选择贝拉亚作为生活和工作的地点?"他小心翼翼地问。

她的鼻子皱了皱。"那个落后的地方?你为什么这么问?"

"我……对那里有一些个人的兴趣。事实上,我准备退休去那里。那是一个美丽的地方,真的,而且人口很少。他们鼓励,唔……生养孩子。"他几乎差一点儿就暴露了自己的真正意图,

"而且,那里有许多工作需要一个训练有素的外科医生去做。"

"我想这是肯定的。但是,我一直是一个奴隶。为什么我还要选择去做一个臣民,而不是选择去做一个公民呢?"她嘲讽地笑笑,走到他的身边,双手搭在他的肩膀上,"我们在巴罗普乔被关押的那五天,你展现了你自己独特的个性,是不是?"

"差不多吧。"他承认。

"我一直想知道,成年人多动症对一个人会有什么样的影响。指挥几千名士兵大概刚好能够吸引你的注意力,是不是?"

"是的。"他叹息着说。

"我想,在某种程度上,我会一直爱你的。但是,和你整天生活在一起却会让我发疯。你是我所遇见的人之中最不可思议的、最喜欢控制别人的人。"

"你可以反驳我,"他解释说,"我很需要——"他不能说埃莉,或者更糟,说我的所有的女人们,"我的伙伴对我的反驳。否则,我就无法放松,无法展现出自我的本色。"

不错。他们过分亲密地在一起生活的那段时间,反而毁掉了他们的爱情,或者至少毁掉了她的幻想。这样看来,贝拉亚式的使用媒人来安排婚约的制度倒好像更好一些。也许确实应该首先确保婚礼的举行,然后再相互了解。那样的话,当他的新娘终于明白他是什么样的人之后,她想反悔就已经太晚了。他叹了口气,微笑起来,冲着茹恩非常夸张、优雅地鞠了一躬。"女士,我会很高兴去埃斯科巴看望你的。"

"这简直太好了,先生。"她也假装毫无表情地回敬了他一句。

"噢!"该死的,她应该就是一个合适的人选,她低估了自己——

小莉莉坐在沙发上看着这一切,感到非常惊讶,她咳嗽起来,迈尔斯瞪眼看着她,想起她所描述的那段与登达立士兵在一起的时光。

"莉莉,马克是否知道你在这里?"他问。

"我不知道,我一直和茹恩在一起。"

"马克最后一次看见你的时候,你正准备和萨瓦·路易吉一起回去。我……想,他知道你已经改变了主意,一定会很高兴的。"

"他曾经想劝我留在船上,他没有你说得那么好。"她承认。

"是他促成了这一切。是他为你们离开这里支付了一笔赎金。"迈尔斯不能肯定自己是否愿意想起钱的事,"我仅仅是协助他做了点事情。来吧,至少说声'你好'、'谢谢'。这对你来说是轻而易举的事情,但是,我相信,他一定会感到非常高兴的。"

她很不情愿地站起来,被他拉了出去。茹恩冲着他们赞许地点点头,然后又继续收拾她自己的行李。

第三十一章

"你找到它们了吗?"马克勋爵问。

"找到了。"伯沙瑞-杰萨克严肃地回答。

"你销毁它们了吗?"

"销毁了。"

马克的脸涨得通红,又靠到莉莉的椅子上,突然感到呼吸非常困难。"你看了它们,我让你不要看的。"

"我必须看,这样我才知道是否找对了碟片。"

"不,你不需要看,你可以直接把所有的碟片都毁掉。"

"事实上,我最后确实是那样做的。我一开始的时候还看全部的录像,后来我不得不关掉声音,再后来我就用快进的方式看,最后我就只抽看一两个场面。"

"我希望你没有看。"

"我也希望自己没有看。马克,那里有几百个小时这样的录像带,我简直不敢相信会有那么多。"

"实际上,只有五十个小时。或者说,五十年。那么多录像带是因为许多录像机同时从不同的角度拍摄。无论什么时候,只要我一睁开眼睛,就能看到录像机对准了我。我不知道瑞瓦尔录制它们是为了研究和分析,还是仅仅为了享受。也许两者兼有。我想。他的分析能力是令人毛骨悚然的。"

"我……不能够理解我所看到的一些东西。"

"你是否想要我解释给你听?"

"不想。"

"很好。"

"我能够理解你为什么要销毁它们。假如泄露出去……它们很可能成为别人敲诈你的依据。"

"这不是我要销毁它们的理由。我并不想对任何事情保守秘密。从此以后再也没有人能够控制住我了,我再也不想保守任何秘密了。你可以简略地把这一切告诉所有的人。我担心的是,一旦皇家安全部的人得到了录像带,它们就不会仅仅停留在伊林的手中。他可能不得不让伯爵和伯爵夫人看,虽然我相信他会设法阻止的。或者,最终,还有迈尔斯,他也可能看到。你是否能够想象,让伯爵、伯爵夫人和迈尔斯看那些垃圾会是怎么样的效果?"

她咬紧牙关。"我明白了。"

"想想吧,我已经仔细想过了。"

"艾弗森中尉非常愤怒,他闯进来的时候,只看到了一些灰烬。他准备通过通讯频道发信息来汇报我的举动。"

"随他去吧。假如皇家安全部发布信息表示对我有任何不满的话,我也会发布信息来抱怨他们,例如,过去的五天里他们都上哪儿去啦?我将毫不留情地和伊林及其手下的任何人辩论,只要他们胆敢来惹我……"他愤怒地低声嘟囔起来。

她的脸变得铁青。"我……很抱歉,马克。"她的手小心地触摸到他的手。

他抓住她的手腕,握得紧紧的。她开始紧张起来,但是并没有缩回自己的手。他坐起来,或者说试图坐起来。"你居然敢怜悯我,我胜利了。把你的怜悯留给瑞瓦尔男爵吧,假如你一定要怜悯别人的话。我抓住了他,骗过了他,在他自己的游戏里、自己的地盘上击败了他。我不要你出于自己该死的……情感,而把我的胜利转变为一种失败。"他松开了她的手腕,她揉着手腕,平静地看着他,"事情的关键就在于,假如他们不干扰我的话,我会忘记瑞瓦尔的。但是,假如他们知道得太多——假如他们看了那些碟片——他们就永远也不会忘记它们。他们的负罪感会导致他们不断地提起那些可怕的事情,然后也让我无法忘记它们。我不想在我的余生里一直和我的脑海里的(或者是他们的脑海里的)那个瑞瓦尔搏斗。他已经死了,我还活着,这就足够了。"

他停顿了一下,又轻蔑地说:"而且你不得不承认,这对于迈尔斯来说要特别难以忍受。"

"噢,是的。"伯沙瑞-杰萨克非常赞同这一点。

外面,陶娜开着登达立的私人小飞机,运送第一批道若努到停靠在轨道上的马克的飞船上。他停下来看它升空。好的,走吧,走吧,走吧,离开这个地狱,你们、我、我们所有的克隆人。永远离开,去做普通人,假如你们能够做到,假如我能够做到。

伯沙瑞-杰萨克回头来看着他说:"他们会坚持对你进行体格检查的,你知道。"

"是啊,他们会了解一些情况,我不可能隐瞒那些毒打,而且我根本无法隐瞒那些强迫进食所造成的结果,难以置信。是不是?"

她点点头。"我还以为你就要——噢,别介意。"

"好啦,我告诉过你不要去看。不过,我越是推迟接受皇家安全部医生的检查,就越能够多隐瞒一些事情。"

"他们肯定要对你进行治疗的。"

"莉莉·道若努已经对我进行了出色的治疗。而且,按照我的要求,所有的医疗记录都只保存在她的头脑里。"

"别期望能够隐瞒一切,"伯沙瑞-杰萨克建议说,"伯爵夫人会发现一些情况的,即使其他人没有发现。而且我不相信你真的不需要……更多的治疗。我指的是精神方面的治疗。"

"噢,埃蕾娜,假如我在过去的一周里确实认识到一件事的话,那就是,我自己是一个多么可怕、复杂的人啊。我在瑞瓦尔的地下室里遇见的最可怕的人,就是我的心魔,一个有四个头的家伙。他显然比瑞瓦尔自己更糟糕、更强壮、更敏捷、更狡诈。"他咬住自己的嘴唇,意识到自己说得太多了,自己已经即将变得痴呆了。他过去从没有想到过自己会变得痴呆。他一直以来都很害怕自己发疯,"我知道我自己在做什么,或者说,在某种程度上,我完全清楚自己在做什么。"

"在一些碟片里——你好像用一种分裂的人格来欺骗瑞瓦尔,不停地自言自语……"

"我不可能用任何虚假的东西来欺骗瑞瓦尔,他干那种交易已经有几十年了,对人的大脑了如指掌。但是,我的人格并没有分裂。它更像是……颠倒了。"没有什么可以被称为分裂的,因为他一直感到一个整体的存在,"这不是某种我决定要去做的事情,而是我不知不觉做了的事情。"

她非常担心地看着他,他想大声地笑出来。但是,他的好心情恐怕也无法使她相信他的心智是正常的。

"你必须理解,"他告诉她,"有时候,疯狂并不是一个悲剧,而是一种生存策略,有时候……它甚至是一种胜利。"他犹豫着,"你听说过'黑伙计'吗?"

她摇摇头,没有作答。

"那是有一次我在伦敦的博物馆里发现的。远在十九和二十世纪,在地球上,海洋上行驶着使用蒸汽动力的轮船,蒸汽发动机所需要的热能来自于船腹部燃烧的炭火。这些倒霉的人就在那里不停地添炭,他们浑身肮脏,汗流浃背,恶臭难闻。炭灰把他们染成了黑色,所以他们被叫作'黑家伙'。衣着光鲜的先生和小姐们对这些丑陋的怪物避之唯恐不及,但是,没有他们,就没有东西可以开动,没有东西可以燃烧,没有东西可以生存,也不会有蒸汽。'黑家伙',他们是丑陋的低等人,也是不被歌颂的英雄。"

她肯定他现在在胡言乱语,对"黑家伙"的推崇备至的歌颂在她听起来简直是……可能不是一个好念头。

"忘了这些吧,"他微笑着说,"不过我可以告诉你一点,那就是,盖尹和瑞瓦尔比较起来,就显得很渺小了。而我已经战胜了瑞瓦尔,所以,现在我觉得自己自由了。这是一个很奇怪的感受。不过,我愿意保持这种自由的感觉。"

"在我看来,马克,你现在好像……请原谅……有一点癫狂。对于迈尔斯来说,这种癫狂似乎是正常的。或者说,是一种常态。他的情绪往往起伏不定。我想,你也需要注意那些变化,因为你们两个可能拥有共同的气质。"

"你的意思是不是说,那种感觉就像在荡秋千?"

她情不自禁地笑了起来。"是的。"

"我会留心那些最低点的。"

"噢,是的。不过,好像人们通常是留心那些最高点。"

"我现在,唉,吃了一些止痛片和兴奋剂,"他告诉她,"否则我不可能对付得了刚才那种紧张场面。我想,药性已经在渐渐减弱。"很好,这就让她理解了,为什么他一直在胡言乱语,而且好像很自以为是的样子。

"你是否想让我去喊莉莉·道若努过来?"

"不,我只想在这里静静地坐一会儿。不想挪动身子。"

"这是一个好主意。"埃蕾娜从椅子上站起来,拿起她的头盔。

"我现在知道当我长大以后,我想做一个什么样的人了。"他突然冲着她说,她停下来,挑起眉头。

"我想当一名皇家安全部的情报分析员。一个不会把自己的手下派到错误的地方,或者迟到五天的指挥官。我想整天坐在一个小房间里,受到严密的保护,把情报分析得非常准确。"他以为她会嘲笑他。

相反,他惊讶地发现,她点点头严肃地说:"作为一名深受皇家安全部混乱工作效率之害的人,我很高兴听到你的这个想法。"

她随意地敬了个礼,转身走了。他对她眼睛里的那种神情感到非常困惑,那不是爱,也不是害怕。

噢,那就是尊敬吧,噢。

我应该能够逐渐适应那种神情的。

马克静静地坐在那里,眼睛瞪着窗外,正如他对埃蕾娜所说的那样。他很快就不得不出发了。也许他可以利用自己受伤的脚为借口,来要求一个气垫椅。莉莉曾经告诉过他,那些兴奋剂可以让他在六个小时之内保持镇定。在那之后,就会出现一些新陈代谢方面的异常情况。他怀疑,现在他脑海里出现的那些奇怪的梦幻景象,恐怕就是即将来临的异常状况的前兆。他祈祷,希望自己能够在安全到达皇家安全部的飞船之前,保持一定程度的镇定。哦,哥哥,带我回家吧。

一阵说话的声音从升降管道那边传来。迈尔斯出现了,身后跟着一个道若努。他穿着那套道若努灰色套装,显得特别消瘦和苍白。他们俩好像一直在交谈。马克相信,假如他能够把瑞瓦尔逼迫他吃出来的那些体重直接地转移到迈尔斯身上,他们两个人恐怕都会显得好看一些。但是,假如他一直这么胖下去,迈尔斯是否会越来越消瘦,最终完全消失掉?一个非常可怕的前景。这仅仅是药物作用,小家伙,仅仅是药物作用。

"哦,很好,"迈尔斯说,"埃蕾娜说你还在这里。"他兴奋地一边说,一边把那个年轻的女人往前拉,"你能够认出她吗?"

"迈尔斯,她是一个道若努。"马克温和而疲倦地回答,"我恐怕在梦里也会看见她们的。"他停顿了一会,"这是一个狡猾的问题吗?"然后,他坐直了身子,为自己的眼睛所认出的人感到非常震惊,他能够区分出克隆人之间的差别——"是她!"

"没错,正是她。"迈尔斯满意地微笑起来,"我们从巴罗普乔把她偷了出来,她就要和她的姐妹们一起去埃斯科巴了。"

"啊哈!"马克靠到椅子上,"啊,哦,太好了。"他慢慢地揉了揉自己的前额,"迈尔斯,我不知道你也对拯救克隆人感兴趣。"

迈尔斯的语气明显地不再那么兴奋了。"是你启发了我。"

当然,迈尔斯把这个姑娘拉来见马克,主要是为了让马克高兴一下,不过,他自己也没有明确地意识到,这个举动还包含了某种竞争的意味。生平第一次,迈尔斯感到自己的后脑勺上一阵灼热,一种友好的竞争所散发出的热能。我让你不自在了吗？哈！赶快适应这个感觉吧，小家伙，我一直生活在这个感觉之中。迈尔斯一直很轻松地说着"我的兄弟"这个词，就好像说"我的靴子"，或者是"我的马"，甚至是"我的孩子"一样。语气中带着一种自鸣得意的家长作风。迈尔斯从来就没有想到他所面对的是一个和他自己一样平等的人。突然，马克意识到他拥有了一个新的爱好，一个在将来的岁月里给他带来乐趣的爱好。上帝啊，我会喜欢当你的弟弟的。

"是的，"马克兴奋地说，"你也可以去拯救克隆人。我知道你能做到，只要你尝试去做。"他笑了起来。但是，让他郁闷的是，他的笑声在嗓子里变成了一声呜咽，于是他不得不咳嗽起来，以掩饰自己的失态。现在，他简直不能笑，也不能表达任何其他的情感。他的自控能力太弱了。"我会很高兴的。"他尽量不动声色地说。

迈尔斯已经看到了发生在马克身上的这一切，他点点头，用同样镇静的神情说："很好。"

上帝保佑你，兄弟。迈尔斯理解这个，至少，他知道与病魔进行搏斗是什么滋味。

他们两个都看着那个道若努姑娘。在这两个人的双重期待之下，她很不自在地往前走去。她拂开了自己脸上的头发，勉强开口说话。"当我第一次看见你的时候，"她对马克说，"我不是很喜欢你。"

当我第一次看见自己的时候，我也不是很喜欢自己。"是吗？"他鼓励她说下去。

"我现在仍然认为你的长相很可笑，甚至比另一个还可笑。"她冲着迈尔斯点点头，迈尔斯殷勤地笑起来，"但是……但是……"她说不出话来了。她小心翼翼地、犹豫不决地走向前去，就好像一只野生的小鸟面对一个喂食者,她弯下腰,在他胖胖的面颊上亲吻了一下,然后又像小鸟一样飞走了。

"呵,"迈尔斯看着她从升降管道下去,稍有些失望地说,"我还以为她会更热烈地表达她的感激之情呢。"

"你会吸取教训的。"马克平静地说,他摸着自己的面颊,露出了微笑。

"假如你以为这是忘恩负义的话,你就错了。看看皇家安全部会怎样对待你吧。"迈尔斯沮丧地提醒他,"你损伤了多少武器设备?"

马克挑起一道眉毛。"这是在引用伊林的话吧?"

"哦,你已经见过他了?"

"呵,是啊。"

"我希望我当时在场。"

"我也希望你在场。"马克认真地说,"他非常……尖刻。"

"我相信。他比我所见到的任何其他人都更擅长讽刺挖苦人,唯一的例外是我的妈妈,当她发脾气的时候,她还要厉害些。不过,感谢上帝,她并不经常发脾气。"

"那么,你也应该看看她是怎么对付伊林的。"马克说,"那简直就好像凶猛的泰坦神被摧毁了。我想你一定会像我一样,很高兴看到那个场景的。"

"哦?看来我们有很多东西需要交流交流——"

马克第一次意识到,他们确实有很多东西可以交流。他感到一阵振奋。不幸的是,又有人来打扰他们了。一个男人从升降管道里走了出来,此人身穿费尔王朝的银色制服,他看到马克,冲着他行了个礼。"我有一封快信要交给一个叫马克的人。"他说。

"我就是马克。"

那个送信的人走过来,仔细地看了看他的脸,似乎是为了确认他就是马克。他打开自己手腕上连着的一个小盒子,拿出一张卡片交给他。"费尔男爵向您表示祝贺,先生,而且他相信这个会让你们更加迅速地离开这里。"

一张银行卡,啊哈,哈!他做了一个粗鲁的手势。"我也祝贺费尔男爵,而且……而且……我们应该对费尔男爵说些什么,迈尔斯?"

"我想就说声谢谢吧。"迈尔斯建议说,"至少在我们离开这里足够远之前,我们就说这些。"

"告诉他,我们谢谢他。"马克告诉那个送信的人,他点点头,离开房间,顺着原路回去了。

马克看见莉莉的通讯终端放在房间的一个角落里,他觉得自己与那个通讯终端之间的距离过于漫长了。"迈尔斯,你,喔,能不能帮我把那个通讯终端上的遥控浏览器拿过来?"

"当然。"迈尔斯急忙跑过去拿了回来,递给马克。

"我预测,"马克挥舞着那张卡说,"我肯定只会得到索要的一部分,但是,也不至于少到我不得不冒险去找费尔吵架。"他把卡插进阅览器里,微笑着,"钞票出来。"

"你得到多少?"迈尔斯伸头过来问。

"嘿,这是一个非常私密的问题。"马克说。迈尔斯难为情地缩回头,"来个交易吧。你有没有和那个外科医生睡觉?"

迈尔斯咬住嘴唇,显然他的好奇心正在和自己的绅士风度做斗争。马克满怀兴趣地看着他,不知道他的这个思想斗争会有什么样的结果。根据他个人的猜想,他相信,好奇心一定会胜利。

迈尔斯深深地吸了口气。"睡了。"他终于说。

我想也是。马克觉得,他们俩的好运气总是差不多的。迈尔斯得到女人的爱慕,而他得到其余的东西。但是这一次却不同了。"两百万。"

迈尔斯吓了一大跳。"两百万帝国马克?太惊人了!"

"不,不,两百万贝塔元。大约八百万马克。我猜是的,对不对?或者,我猜想,根据最近的换算率,接近一千万马克,是不是?这不是瑞瓦尔王朝百分之十的财产,只有百分之二吧。"马克大声地计算着。他显得非常高兴,他的这种罕见的兴奋神情让迈尔斯·弗·科西根惊讶万分。

"你准备拿这笔钱做什么?"过了大约一分钟之后,迈尔斯低声问道。

"投资,"马克情绪高昂地说,"贝拉亚的经济正在发展之中,不是吗?"他停顿了一会儿,"不过,我首先要送一百万给皇家安全部,奖励他们在过去四个月里的良好服务。"

"没有人会送钱给皇家安全部!"

"为什么不送?看看你的雇佣兵舰队吧,假如它运行正常的话,岂不是一项非常赚钱的买卖?它不是会给皇家安全部带来大量利润吗?"

"他们是从政府领取资金的。"迈尔斯非常肯定地说,"不过——假如你真的要这么做的话,我也想出席馈赠仪式,我要看看伊林脸上的表情。"

"如果你表现好的话,我就让你参加。哦,好吧,我一定会做这件事的。还有一些债务,我几乎难以偿还,"他想到菲利皮和其他的人,"但是我想赔偿那些我可以赔偿的东西。其余的钱我会自己保留的。我会在六年之内让钱翻一番。或者做得更好。

假如我对那种游戏没有理解错的话,我认为,用一百万赚两百万,比用一元钱赚两元钱要容易得多。我还要多多学习这方面的知识。"

迈尔斯好奇地看着他。"我相信你会的。"

"当我开始那次突袭行动的时候,你能不能想象得出,我是多么绝望,多么害怕?我想要拥有一种没有人能够否认的才能,即使这种才能只能够用金钱来衡量。金钱是一种所有人都能够拥有的权力,你甚至都不需要一个弗氏贵族头衔。"他微微地笑着,"也许,过一段时候之后,我就会赢得自己的一席之地,就像伊凡那样。毕竟,假如我长到……比如说,二十八岁的时候,还住在父母家里,那就很滑稽了,不是吗?"

今天说这么多恐怕已经足够让迈尔斯好好想想的啦。迈尔斯当然愿意为了自己的兄弟牺牲自己,但是,他确实也有一种强烈的倾向,那就是,很喜欢把自己周围的人都吸引到自己身边,让他们成为自己个性的某种延展。我不是你的附属品,我是你的兄弟。是的。马克希望他们两个都能够遵循这个原则。

"我真的相信,"迈尔斯说,仍然显得有些晕头转向,"你是弗·科西根家族整整五代人之中,第一个能够从一次冒险生意里获得利润的人。欢迎回家。"

马克点点头,他们俩都沉默了一会儿。

"这并不是一个解决问题的根本方法。"马克终于叹息着说,他冲着道若努研究中心周围点了点头,暗示了整个杰克逊联邦。"这种拯救克隆人的行为仅仅是一种零敲碎打的行为。即使我把瓦萨·路易吉完全炸飞掉,其他的人也会顶替巴罗普乔王朝接着干下去的。"

"是啊,"迈尔斯表示赞同,"真正解决问题的方法应该是医疗技术的改进。人们应该发明一种更好的、更安全的延长生命的技术,我相信一定有人会发明出这种技术的。这需要很多人,在很多不同的地方同时做出努力。这种换脑技术太危险了,没有继续完善的必要,总有一天它会完结的,不会很久的。"

"我……在医学技术方面没有任何才能。"马克说,"而且,与此同时,这个野蛮的生意还在不断地进行着,我必须在你的好方法发明之前,就采取另一个途径来制止它。"

"但是,不是今天。"迈尔斯断然地说。

"不是的。"他看到窗外一架私人飞机降落到道若努研究中心的大院里,但那不可能是登达立雇佣兵的那架飞机又飞回来了。他点点头说,"这难道是我们的飞机吗?"

"我想是的。"迈尔斯说着,走到窗户前面,往外看去,"没错。"

这之后他们就没有时间闲聊了。当迈尔斯去查看飞机、不再会看到他的时候,马克让几个道若努帮忙把自己那僵硬的、弯曲的、几乎瘫痪了的身体抬到一架气垫托板上。他的身体弯曲着,颤抖个不停,直到莉莉再一次给他喷注了一些奇妙的药物。他很高兴自己被抬了出去,他那只断了的脚是他不能走路的一个很好的理由。他看起来完全是一副伤残的模样,最好让那些皇家安全部的家伙把他抬到自己的床铺上去。

生平第一次,他要回家了。

第三十二章

迈尔斯看见了弗·科西根宅邸图书室门厅里的那个大镜子,此时房间里没有别人,没有人会看见他,他悄悄地溜到镜子面前,不自在地看着自己的镜像。

那套鲜艳的、红蓝相间的帝国阅兵服,并没有使他苍白的面容增色一些。他更喜欢那套严肃而庄重的绿色制服。可惜的是,这套阅兵服的金色硬高领还不够高,不能遮掩住他脖子两边的一对疤痕。这些疤痕不久就会褪色,并且最终会消失掉,但是此刻它们却很醒目。他在考虑自己应该怎样解释它们。决斗时留下的痕迹,我输了。或者,爱的疤痕。这好像更贴近一些。他用手指触摸着它们,头来回转动着。他能够记得那个可怕的榴弹炮是怎么给他带来胸口上的那些疤痕的,但是这两个疤痕是怎么来的,他却记不得了。这似乎比他的死亡更让他烦恼。他自己的身上曾经发生过一些非常重要的事情,而他却都记不得了。

好吧,人们都知道他有一些健康上的问题,这两个疤痕看起来好像很整齐,就像是手术后的痕迹。也许人们会放过他,根本就不会询问他任何问题的。他退后几步,从整体上打量打量自己。他的制服从某种程度上看，仍然很宽大，虽然自从他回家以来，他妈妈每天都逼着他吃很多东西。她总是把吃东西这个问题移交给马克，好像他是一个高级专家。马克则很高兴地笑着，但是毫不留情地灌他吃。事实上，他们的努力还是有一些成效的，迈尔斯确实比以前吃得更好、更多了。

冬季展览会舞会基本上是一种社交式的场合，并没有什么政府的或军事上的义务和职责要履行，所以，他可以把那对与阅兵服配套的长剑留在家里。伊凡肯定会带上它们的，伊凡拥有那种威武的气质，能够与双剑相得益彰。迈尔斯这么矮小，一对长剑佩带在身上显得特别愚蠢。另外，从实际的角度看，它们不仅会拖在地上，而且还会绊倒他自己或他的舞伴。

一阵脚步声从走廊里传来。迈尔斯急忙转身，抬起一只穿着靴子的脚，靠在一把扶手椅上，假装没有留意自己在镜子里的影像。

"呵，你在这里。"马克慢步走来，在镜子前面停了一会儿，转动着身体查看自己的衣服是否合身。他的衣服确实非常合身。马克已经找到了格雷格的裁缝，这个人本来是皇家安全部严密保守的一个秘密。但是，马克直接给格雷格打了个电话，问出了此人。马克的衣服和裤子都是很普通的民间样式，但却剪裁得极为精致。衣服的颜色与冬季展览会似乎有一些关联：一种深色的、近乎黑色的绿，配上同样深色的近乎黑色的红，它们造成一种介于节庆和灾难之间的某种情绪，马克穿着它们看起来就好像一枚小小的、欢快的炸弹。

迈尔斯想起在茹恩的小飞机里那个古怪的时刻，当时他受到误导，以为自己就是马克。那是一个多么可怕的感觉啊，作为马克，他感到多么的孤独和无奈。对那种凄凉感受的回忆让他颤抖起来。那就是他一直以来的感受吗?

嘿,不会再继续下去了。

"你看起来很不错啊。"迈尔斯赞赏说。

"啊,"马克咯咯地笑起来,"你自己也很好啊,不再那么苍白了。"

"你也在慢慢地好转。"事实上,马克确实在好转。迈尔斯想。无论瑞瓦尔曾经对他施行了怎么样的酷刑,那些他闭口不谈的可怕折磨所造成的影响,已经逐渐地消退了,虽然还有一些肉体上的痕迹。"你准备让自己长多胖为止?"迈尔斯好奇地问。

"就是你现在看到的这么胖。否则的话,我也不会花费大量的钱财来置办衣橱里的那些衣服了。"

"唉,你觉得这样很舒服吗?"迈尔斯不自在地问。

马克的眼睛里闪动着光彩。"是的,谢谢你。只要想到没有人再把我和你混淆起来,我就很舒服了。现在,即使是在一个电闪雷鸣的夜晚,一个独眼的狙击手站在两公里之外,也不可能把我误认为是你了。"

"哦,好吧,是的,确实如此,我承认。"

"继续锻炼吧,"马克热诚地建议说,"这对你有好处的。"马克坐下来,跷起脚。

"马克?"伯爵夫人的呼叫声从大厅里传来,"迈尔斯?"

"我们在这里。"迈尔斯说。

"呵,"她走进门厅,"你们俩都在这里。"她微笑着看着他们俩,流露出一种母亲特有的得意神情,看上去一副非常满意的样子。迈尔斯顿时情不自禁地感到满心温暖,似乎冷冻室里遗留下来的最后一块冰块终于在他心中融化了,并缓缓地流动起来。伯爵夫人穿着一套新衣裙,比她平时穿的任何衣服都要华丽。衣服的颜色是绿色和银色相间,样子很复杂,有轮状皱领、各种褶皱和拖地长裙摆。但是这衣服并没有让她显得呆板。她从来就没有被任何衣服束缚过。

"父亲要找我们吗?"迈尔斯问。

"他一会儿就下来,我坚持要在午夜就回来。当然,你们两个可以在那里待得更久一些。我敢肯定,他一定会让自己过度疲劳,为的是证明给那些阴险的人看,他不是好惹的,即使那些阴险的人根本就没有关注他。这已经成为他的一种本能反应了。迈尔斯,想个法子让他的注意力集中到自己的领地上吧,假如可怜的首相拉库兹发现阿罗还在监视着他,他会分神的。冬季展览会之后,我们一定要离开首都,到哈松达尔去。"

迈尔斯显然很清楚,一场胸部的外科手术需要多么艰难的恢复过程。"我想,你会说服他的。"

"请你也来帮个忙吧,我知道他不可能骗得了你,他自己也知道这一点。呵——从医学的角度看,你认为,今天晚上他会怎么样做?"

"他会跳两支舞。第一次是为了证明他能跳舞,第二次是为了证明第一次跳舞并不是一种侥幸的行为。然后,你就可以轻而易举地说服他坐下来了。"迈尔斯很自信地预言说,"两支舞之后,你尽管去保护他,他可以假装是为了你的缘故才停止跳舞的,而不是他自己觉得好像要晕倒了。对于我来说,去哈松达尔生活是一个好主意。"

"确实如此。贝拉亚似乎不知道如何安置那些退休了的权威人士。通常他们都是很体面地死去,而不再待在他们的继承人周围发表任何意见。阿罗恐怕是第一个活着退休的人。而格雷格已经有了一个非常可怕的想法。"

"哦?"

"他嘀咕着说要给提供阿罗一个总督职位,在萨尔格耶星球。等他完全康复之后就去上任。现在的那个总督似乎已经要被辞退了,事实上,他现在满腹牢骚。这个职务在我看来,似乎比当一个殖民地的统治者还要麻烦。你要是有任何方法可以打消格雷格脑子里的这个念头,我就太高兴了。"

"哦,我不知道,"迈尔斯的眉头若有所思地挑了起来,"我的意思是——我不知道,这是一个什么样的退休计划。整个萨尔格耶星球都握在手中,那是一种什么感觉?你当年作为贝塔天文勘察上校的时候,有没有类似的体会?"

"事实上,假如贝拉亚的军事力量不是大大地超过了我们,萨尔格耶现在早已经是贝塔的殖民地了。而且,它会被管理得更好一些的,请相信我。它确实需要一个得力的管理者。它的经济急需注入一些高科技养料。一点儿贝塔式的产品就可以……喔。他们终于明白了这一点,我猜。"

迈尔斯和马克相互对视了一下。这不是一种心灵感应,但是,他们俩确实同时意识到,格雷格想留下的恐怕不仅仅是阿罗·弗·科西根一个人,还有他的妻子。

马克的眉头皱了起来。"夫人,这是多久的事?"

"哦,恐怕还有一年吧。"

"啊。"马克高兴起来了。

警卫员皮尔玛从走廊里伸出头来。"夫人,一切都准备好了。"他报告说。

他们一起往那个铺着黑白色地砖的大厅走去,看到伯爵正站在楼梯旁边等他们。当他们走进他视野之中的时候,他的眼睛里闪动出喜悦的光彩。伯爵因为手术治疗也消瘦了一些,但是这仅仅让穿着红蓝色制服的他看起来更加英俊潇洒。他非常轻松地佩带着双剑,但是马克估计,三个小时之内,他就会感到非常疲倦的。而在那之前,他将充分地表现自己,以给那些暗自观察他的人留下深刻印象,因为这是他安装新的心脏之后第一次在正式的场合出现。他的气色非常好,眼神仍然极端犀利。但是,他的头发全部白了。除此之外,你完全看不出他有任何变化,一定会认为他会长生不老的。

但是,迈尔斯现在不再这样想了。刚刚听到父亲生病的消息时,他吓得要命。这倒不是因为害怕父亲死了,因为父亲毕竟终有一天会在自己之前死去的,他并没有希望自己先死掉的想法;而是因为害怕当父亲去世的时候,自己可能不在场——当父亲需要他的时候,他可能在外面,例如,和那些登达立雇佣兵一起执行任务,几个星期也没有一点音信,等他回来,一切都已经晚了。

因为他们都穿着制服,迈尔斯中尉向他的将军父亲行了个军礼,像他们通常所做的那样。但是迈尔斯更想拥抱他的父亲,不过那样看起来似乎有些奇怪。

管他看起来是不是奇怪呢,迈尔斯走上前去,拥抱了他的父亲。

"嗨,孩子,嗨。"伯爵说,显得很吃惊,但是很愉快。"还没有那么糟呢,真的。"他也拥抱了迈尔斯。然后,伯爵往后退了一步,上下打量起他们三个来:他的妻子和他的——现在是两个了——儿子们。他像一个非常富有的人那样得意地微笑着,张开双臂,好像要拥抱他们似的,"弗·科西根家的人难道要轰动整个舞会吗?亲爱的上校,我敢说他们全都会听从你的指挥的。马克,你的脚怎么样啦?"

马克伸出他的右脚。"完全可以带着任何弗氏少女走上一百公里了。先生。下面装着钢制鞋头。"他对迈尔斯补充说,"我可不敢再冒险。"

伯爵夫人挽住她丈夫的胳膊。"带头走吧,亲爱的。凯旋的弗·科西根家族来了。"

他们其实更像是一群正在康复的弗·科西根人。迈尔斯暗暗地思量着,跟了上去。但是你应该看看其他人是什么样。

不出迈尔斯预料,他们在舞会门前看到的第一个人就是站在皇家寝宫前的西蒙·伊林。伊林像通常一样,穿着红蓝色的军礼服。

"啊,今晚他亲自出现在这里。"伯爵喃喃地说,认出了门廊里他的老部下,安全部的头领,"如此看来,其他地方一定没有什么异常了。很好。"

他们把沾了一些雪花的大衣交给了仆人。迈尔斯颤抖了起来。他意识到,自己的时刻表被这最后一次冒险经历给打乱了,通常在冬日,他总是给自己安排一个去其他星球的任务,离开这个寒冷的首都。伊林点点头,走上前来迎接他们。

"晚上好,西蒙。"伯爵说。

"晚上好,先生,到目前为止,一切都很正常。"

"很好。"伯爵挑起一条眉毛,幽默地说,"我相信拉库兹首相一定会很高兴听到这个消息的。"

伊林张开嘴,又闭上了。"唉,习惯了。"他很尴尬地说。然后他几乎是无比沮丧地瞪着伯爵,不知道说什么才好,似乎他除了向当了自己三十年上司的伯爵汇报情况之外,就不知道说其他任何东西了,而现在弗·科西根伯爵居然不再听取他的汇报了。

"这让人感到很奇怪。"他承认。

"你会习惯的,西蒙。"伯爵夫人说着,很坚决地把她的丈夫从西蒙的身边拉走了。伯爵给西蒙行了一个告别礼,应和了伯爵夫人的话。

伊林的眼睛落在迈尔斯和马克身上。"哈!"他很高兴地喊了起来。

迈尔斯站得笔直,皇家安全部的医生已经允许他两个月之后恢复工作,只是还需要最后做一次体格检查。他没有告诉他们他的那些痉挛,也许第一次痉挛是因为吐真药的药物作用,而第二次和第三次是因为药物的反射作用。那之后他就没有再痉挛了。迈尔斯很自信地微笑着,想要显示出非常健康的模样。伊林只是摇摇头,看着他。

"晚上好,先生,"马克对伊林说,"皇家安全部是否已经把我的礼物都送给那些克隆人孩子了?"

伊林点点头。"每个人五百马克,及时送到了。勋爵。"

"很好。"马克露出一丝神秘的微笑,好像要让人们不知道他究竟在想什么。马克发誓要送一百万贝塔元给皇家安全部,而那些克隆人孩子则是他送钱的借口。那笔基金现在被用来支付他们的一切费用,满足他们的任何需要。伊林被马克的举动吓得要命,几乎现在对他惟命是从了。迈尔斯看到这个效果之后,感觉非常奇妙。当那些克隆人孩子完全独立之后,那笔基金恐怕也就用完了,马克这样暗自计算着。但是,这笔礼物的费用是他个人单独给的。

马克没有问那些克隆人孩子是怎么样接受他的礼物的,虽然迈尔斯非常想知道这一点。他仅仅是礼貌地点点头,迈尔斯也只好行了一个军礼。

镜　舞

"有生以来,"马克低声对迈尔斯坦言道,"我一直担心自己收不到任何礼物。但是,从来就没有想过要送任何人礼物。冬季展览会是一个迷人的节日,是不是?"他叹息道,"我真希望自己能够非常熟悉那些孩子们,能够为他们每个人选择一个合适的礼物,不过,这样的方式至少可以让他们有一个机会,让他们有机会为自己选择一个合适的礼物。这几乎像是给了他们两个礼物了。你们是怎么选择礼物给格雷格的?"

"我们按照传统,送给他两公斤登达立山的枫树糖浆。"

他们一起来到楼上的接待大厅,拿了些饮料喝起来。他们俩的出现吸引了许多注意力。迈尔斯冲着那些弗氏姑娘们点点头,内心里感到非常好笑。哈,贝拉亚,我们是不是给你们带来了一个惊喜啊?

他确实让我吓了一大跳。

有马克做兄弟,一定非常有意思。他至少是一个同盟者!我想……迈尔斯不知道他是否能够使马克像自己那样喜欢贝拉亚。这个想法让他感到很紧张。还是不要爱得那么深吧。贝拉亚有时候非常可怕,但是……它是一个挑战。

迈尔斯应该当心点,不然的话,马克会以为他想驯服他。马克对被人控制的强烈反抗是可以理解的,迈尔斯想,不过,这就给他提出了一个非常微妙而细致的要求。

最好不要干得太好了,哥哥,你知道,你可以做出点自我牺牲的。他用一只手抚摸着自己的制服上衣,感受到自我牺牲的那种冰凉的滋味。但是,对于一个老师来说,被自己的学生打败,应该是一种最终的胜利。一个迷惑人的悖论。我不能失败。

迈尔斯露出牙齿,笑了起来。啊哈,马克,假如你能够做到的话,超过我吧,假如你能够做到。

"嗨,"马克冲着房间那头的一个身穿紫红色制服的男人点点头,"那个人是不是弗·斯迈思勋爵? 一个工业家?"

"是的。"

"我想和他谈谈,你认识他吗? 能不能替我介绍一下?"

"当然可以,你在考虑新的投资问题,是吗?"

"是的。我决定把所有的投资金额做一个分配,三分之二投资在贝拉亚,三分之一投资到银河系的一些地区。"

"银河系?"

"我准备投资一些给埃斯科巴的医疗技术事业。"

"莉莉?"

"是的,她需要一笔启动资金。我就要成为她的合伙人了。"马克迟疑了一会儿,"你知道,最终的解决方法还必须是医学上的。而且……你想不想打赌,赌她不会返还利润?"

"绝不。事实上,我会下大赌注,赌相反的结果。"

马克非常狡猾地笑了起来。"很好,你开始吸取教训了。"

迈尔斯带着马克走到房间的另一边,替他做了介绍。弗·斯迈思很高兴发现有一个人在这里想要和他谈谈他的工作,当他听到马克提出自己第一个问题的时候,他脸上厌烦的神情一扫而光。迈尔斯挥挥手,示意马克不要拘束。弗·斯迈思眉飞色舞地高谈阔论,马克不动声色地聆听着,好像他的脑袋里装着一部录音机。迈尔斯走开了,让他们尽情交流去。

他在房间的另一边发现了迪黎娅·库德尔卡,就朝她走过去,约她跳一支舞。假如他足够幸运的话,也许她会给他提供机会,让他炫耀炫耀自己那些"决斗"得来的疤痕。

第三十三章

他们就贝拉亚飞速发展的经济局势热火朝天地谈论了起来,但是不久,弗·斯迈思就被他的妻子叫了过去。他很不情愿地和马克告别了,并且许诺,要寄给马克一些书面的说明材料。马克四处寻找起迈尔斯来,他意识到,为了给各色观众留下深刻印象,可能在这次舞会上让自己筋疲力尽的弗·科西根人,并不仅仅是伯爵自己。

马克曾经被迈尔斯一厢情愿地视为自己的心腹,他让马克帮助他做一些自我测试,而这些测试他是不愿意让皇家安全部的医生知道的。他们一起复习一些基础知识,从公务员的规章条款,到五维空间数学题。在没有意识到迈尔斯内心里深深的恐惧之前,马克曾经拿这些测试来开玩笑。但是看到迈尔斯如此焦虑,他也开始感到非常担心,特别是当他们真的发现迈尔斯记忆中的一些空白之处的时候,他们俩都很不安。马克深切地希望他的哥哥能够摆脱这种新的、绝望的、不自信情绪,盼望他重新恢复自己以往的信心。这真是一种奇怪的交互作用:迈尔斯拥有一些他希望记住的东西,但是他做不到;而马克有一些他希望忘记的东西,但是他也做不到。

他应该鼓励迈尔斯更多地带他四处转转。迈尔斯喜欢扮演专家的角色,那会让他兴奋起来。啊哈,让迈尔斯的自我感觉再膨胀一些吧,马克现在还能够承受得住,他要等到迈尔斯跑起来的时候,再追赶上去,那样会增加竞争的激烈性。

马克最终不得不跳上一把椅子,然后伸长脖子四处张望,这才终于找到了他的哥哥。他看到迈尔斯正从接待室走过来,身边陪伴着一个身穿绿色天鹅绒衣服的高个子金发姑娘——迪黎娅·库德尔卡,卡芮的姐姐中个头最高的一个。她们在这里,哦,上帝。他急忙离开那把椅子,去找伯爵夫人。他终于在三楼的一个休息室里找到了她,她正同一些老年妇女在一起闲聊。她看了一眼他脸上激动不安的微笑,请求大家原谅,站起来和他一起来到铺着地毯的走廊上的一个角落里。

"马克,你遇到什么麻烦了吗?"她问道,在一张长沙发上坐下,并安置好自己的裙子。他小心翼翼地坐在沙发的另一端。

"我不知道。库德尔卡家的姑娘们在这里。在上次皇帝的生日宴会上,我曾经答应卡芮,假如我能够在冬季展览会之前回来,就在这次舞会上和她跳舞。而且……我还让她找你谈谈。关于我的事情。她找过你吗?"

"找过。"

"你告诉她什么了?"

"喔,我们谈了很久……"

哦,糟了。

"不过,整个谈话的中心点是,我认为你是一个有知识的青年人,曾经有过一些不愉快的经历,但是,你能够在别人的引导下利用自己的智力来克服那些问题。我可以赞助你的治疗。"

"贝塔心理治疗?"

"类似的治疗吧。"

"我曾经考虑过贝塔心理治疗,想过很多,但是我不愿意自己的治疗记录最终成为皇家安全部的分析报告。我不想成为人们的谈资。"又来了。

"我想,在这个问题上,我可以帮忙。"

"是吗?"他抬起头,充满着希望,"即使你自己也不去看那些报告?"

"是的。"

"我……将非常感激。夫人。"

"就把我的话当作一个许诺吧。一个弗·科西根的誓言。"

一个被征服了的弗·科西根,比他还要典型。但是,他丝毫也不怀疑她的话。妈妈,和你在一起,一切都是可能的。

"我不知道你告诉了卡芮哪些具体的东西——"

"很少。她毕竟才十八岁,才刚刚适应了自己的青春期。而且,呵,我想,更进一步的事情还是等等在说。在结成任何长期的关系之前,她必须首先完成学业。"她直截了当地补充说。

"哦,唔,"他不知道自己是否感到轻松了一,"那些过去的事情都已经过时了,我已经……又惹上了许多新问题,糟糕得多的问题。"

"我没有感觉到什么问题,马克。对于我来说,自从你和迈尔斯一起从杰克逊联邦回来之后,你看起来显得更加精力充沛,也更加轻松了些——即使你闭口不谈在那里的经历。"

"我并不后悔了解自己,夫人,我甚至也不后悔……作为自己而存在。"我和"黑家伙"。"但是我确实感到非常遗憾,因为我和卡芮之间的距离实在太大了。我认为我自己是一个怪物,或者某种类似的东西。而且,在那部戏剧里,卡列班并没有能够娶普洛斯皮洛的女儿[①]。事实上,我记得,当他产生这样的奢望时,他遭到了极大的打击。"是啊,他怎么可能把他那些分裂的人格,例如戈杰、格鲁特、豪尔和杀手解释给卡芮听呢?他会吓倒她,会让她感到非常恶心的。他如何要求她来满足他的一些不正常的欲求,即使是在一些梦幻似的、虚构的游戏之中?一切都毫无希望。最好不要尝试。

伯爵夫人的微笑里露出了一丝讽刺的意味。"马克,你的分析中有几个地方错了。第一,无论你自己是怎么想的,我可以保证,你不是一个低等的人,而且卡芮也不是一个高等的人。并且,假如你坚持把她视为一个珍宝而不是一个普通人的话,我敢肯定你还会有其他的麻烦。"她挑起眉头提醒他注意这个论点,"我还要补充一点,我已经建议她明年去贝塔殖民地学习一段时间,贝塔的受教育经历会让她更加容易接受一些复杂的事情。那里的气氛能够使一个十八岁的姑娘获得一些在贝拉亚无法获得的自由观念。"

"哦。"这倒是一个他从来都没有想到过的新思路,从卡芮的角度来解决问题。这确实……有些道理。"我曾经……想明年也去贝塔上学。假如我要在贝拉亚申请一个职位的话,有一段贝塔的受教育经历也可以增加我的竞争力。我不想纯粹依靠关系来得到一个职位。"

伯爵夫人沉思着抬起头。"很好,看来你已经为自己设计了一个很好的长远计划,你现在只要努力实现它就可以了。我完全支持你。"

"长远的。但是……今天晚上就是迫在眉睫。"

[①] 卡列班和普洛斯皮洛都是莎士比亚的《暴风雨》中人物,卡列班是一个畸形人。普洛斯皮洛是国王。

镜 舞

"马克,你今天晚上想做什么?"

"和卡芮跳舞。"

"我看不出这有什么问题。你可以和她跳舞,无论你是什么人。这不是一部戏剧,马克。而且,老普洛斯皮洛有很多女儿,其中的一个也许眼光不是那么高,能够容忍一些比较可疑的家伙。"

"她的眼光究竟会低到什么程度呢?"

"噢⋯⋯"伯爵夫人把手举到大约和马克一样高的位置,"至少这么低。马克,去跟那个姑娘跳舞去吧。她认为你很有意思。大自然母亲赋予年轻人一种浪漫的情怀,来替代过分的精打细算,以此来促进种姓的繁荣。这是一个计策——为的是让我们不断繁衍。"

马克觉得,走过那个舞会大厅去迎接卡芮·库德尔卡,是他一辈子所主动去做得最可怕的事情,当然那次诱骗登达立舰队去杰克逊联邦的事情除外。就这两件事情而言,它们的结果很相似,都是很完美的。

"马克勋爵!"她高兴地说,"他们告诉我你来了。"

"女士,我来请你跳舞,履行我对你的诺言。"他行了一个颇有弗氏贵族气质的鞠躬礼。

"太好了!正是时候。我们可以一起跳镜舞和摇摆舞。"

所有他会跳的简单舞蹈。"上个星期,我请迈尔斯教会了我小步舞。"他满怀希望地补充说。

"好极了。噢,音乐开始了——"她把他拉到舞池里。

她穿着一套深绿色和红色搭配的衣裙,她那淡淡的金黄色鬈发显得更加耀眼。出于一种乐观的幻想,他怀疑她服装的颜色和自己服装的颜色之间有一种刻意的协调意义。当然,这可能仅仅是一种巧合。怎么可能——我的裁缝告诉我的妈妈告诉她的妈妈告诉她。胡言乱语。任何皇家安全部的分析员都可以找到其中的线索。

格鲁特,唉,特别想和她进一步亲密交往,但是,今天晚上没有格鲁特说话的权利。这是马克勋爵的任务,而他这一次还不打算有什么特别的举动。格鲁特只能在底下暗暗地集聚能量。马克勋爵会合理地使用这些能量的。一开始他努力跳好镜舞,然后是小步舞——这个舞蹈允许两个人自始至终相互拉着手并扶住对方的腰。

一切真正的财富都是生物学意义上的。伯爵曾经说过。马克终于明白了他话里的含义。用他所拥有的那上百万的贝塔元,也买不来这次体验,买不来卡芮眼睛里的光彩。不过,有钱也不是坏事……那些讨厌的地球鸟或其他的一些生物,不是疯狂地精心构建自己的巢穴,以便吸引一个配偶吗?

他们正在跳镜舞。"嗨——卡芮,你是一个姑娘,我,呵,曾经和伊凡争论过一个问题。你认为一个男人可能拥有的最吸引人的东西是什么?一架飞机、财富……军衔?"他希望他的语气能够给她某种暗示,显示出自己问这个问题的目的是为了做一些科学的研究,而不带有任何个人性的杂念。

她咬了咬嘴唇。"机智。"她终于说。

啊哈。你还想用你那些贝塔钱币买什么更好的东西呢,孩子?

"该我提问了。"卡芮说,"一个女人能够拥有的最重要的东西是什么?"

"信任。"他不假思索地回答,然后他仔细地想了想自己为什么要这么说,结果被自己的潜意识吓了一大跳。的确,他特别需要女人的绝对信任。那么,今天晚上就开始建立一种信任的关系吧,马克勋爵,老小伙子。艰苦的活儿应该慢慢地做,假如你不得不做的话。

他设法让她开心地大笑了四次,然后,她就开始不停地笑着。

他吃了太多(即使戈杰也悄悄地厌倦了),喝了太多,话也说了很多,而且舞跳得特别多,总之玩得非常开心。舞跳得过多出乎他的预料,因为卡芮很不情愿地把他介绍给了她的一些好奇的女友。他明白,她们之所以对他有兴趣,主要是因为他很稀奇。不过,他也不计较这个。午夜两点之后,他觉得自己快要晕倒了,疲惫不堪。最好现在就停住,免得豪尔跑出来嚎叫。另外,迈尔斯已经在一个角落里静静地坐了有一个小时了,看起来一副萎靡不振的样子。

通过仆人传话,伯爵的地面车被招了回来,皮尔玛是驾驶员,他已经把伯爵和伯爵夫人送回家了。迈尔斯和马克都钻进了车子的后部座位里。车子的后部只有迈尔斯和马克。马克清点着在场的人数:一、二、三、四、五、六、七。迈尔斯·弗·科西根勋爵和内史密斯将军;马克·弗·科西根勋爵和戈杰、格鲁特、豪尔、杀手。

内史密斯将军是一个高级得多的生物。马克默默地想着,发出了一声充满嫉妒的叹息。迈尔斯能够把他的将军带到晚会上去,介绍给他的女人们,可以让他在贝拉亚之外的任何地方露面。我想,我的那群家伙们虽然不是那么机警,但是我们人数众多……

但是,他们必须一起奋斗,他和他的那群"黑家伙",没有人可以脱离其他人独立存在。那么,让我来照顾你们全体吧。你们就生活在黑暗中吧。因为,也许有一天,在某种绝望的时刻,我还会需要你们的。你们曾经照顾过我,现在轮到我照顾你们了。

马克不知道,内史密斯将军曾经为迈尔斯做了些什么。肯定是某种非常微妙的、但是又很重要的事情——伯爵夫人甚至已经看出来了。她是怎么说的呢?只要他不停止扮演那个小将军的角色,我就不会为他的疯狂而过分焦虑的。

我想我能够理解这一点的。哦,是的。

"我有没有为自己害你被杀死而道歉过?"马克大声地问。

"我不记得你道歉过……那不完全是你的错。我完全可以不去冒险,应该接受瓦萨·路易吉的任何条件,只是……"

"只是什么?"

"只是因为他不愿意把你卖给我。我猜想,他甚至在那个时候就已经设想要把你卖给瑞瓦尔,以换取一个更高的价格。"

"我也是那样猜的。嗨……谢谢你。"

"我不能肯定我是否真的救了你,"迈尔斯满怀歉意地说,"因为瑞瓦尔到底还是达到他的目的了。"

"噢,不,你确实拯救了我。你改变了一切,改变了我的整个世界。"马克在黑暗中愉快地微笑起来。

"你明天准备做什么?"马克问。

"睡觉。"迈尔斯嘟囔着说,头耷拉在制服的衣领上,浑身软绵绵的,没有了一丝力气。

"在那之后呢?"

"篝火晚会之后,这个为期三天的冬季展览会就结束了。假如我的——我们的父母真的回到领地上去的话,我想,在皇家安全部恢复我的工作之前,我会把自己的时间分成两个部分,分别在哈松达尔和这儿各待一段时间。哈松达尔比这里要暖和一些。呵——你可以和我一起去,假如你愿意的话。"

"谢谢你,我接受你的邀请。"

"你准备做些什么?"

"在你的病假结束之后,我想,我会去你的某个学校上学的。"

"哪个学校?"

"假如伯爵和伯爵夫人主要居住在哈松达尔,我就上那里的地区学院吧。"

"噢,我必须事先提醒你,在那里,你恐怕要碰见一群更加土气的人,他们的贝拉亚老观念会更加浓厚。"

"很好,那正是我需要的。我必须学习如何对付这些麻烦事,免得在冲突中失手杀死某个人。"

"啊,"迈尔斯说,"没错。你准备学什么?"

"这倒无所谓。我会获得一个官方的身份——学生——和一个研究人的机会。我可以从计算机里获得任何数据,但是,我对人还很不了解,有很多需要学习的东西。我需要了解……一切。"

这种对知识的渴望是另一种饥渴。一个皇家安全部的分析员必须拥有非常广博的知识结构。他曾经在皇家安全部的咖啡室里遇见过一些家伙,听到过他们相互之间那些神奇的交谈,他们对事物的了解,无论在广度上,还是在深度上,都是非常惊人的。假如他想加入他们的竞争,想赢得胜利,他就必须抓紧了。

迈尔斯笑了起来。

"有什么好笑的?"

"我在想哈松达尔可能会从你这里学到什么。"

那辆地面车在弗·科西根宅邸的大门口转了个弯儿,减速了。"也许我会起得比较早,"马克说,"要做的事情太多了。"

迈尔斯迷迷糊糊地咯咯笑起来,仍然缩在自己的制服里。"欢迎你来加入竞争。"